Le LYS DE FEU

La Prophétesse

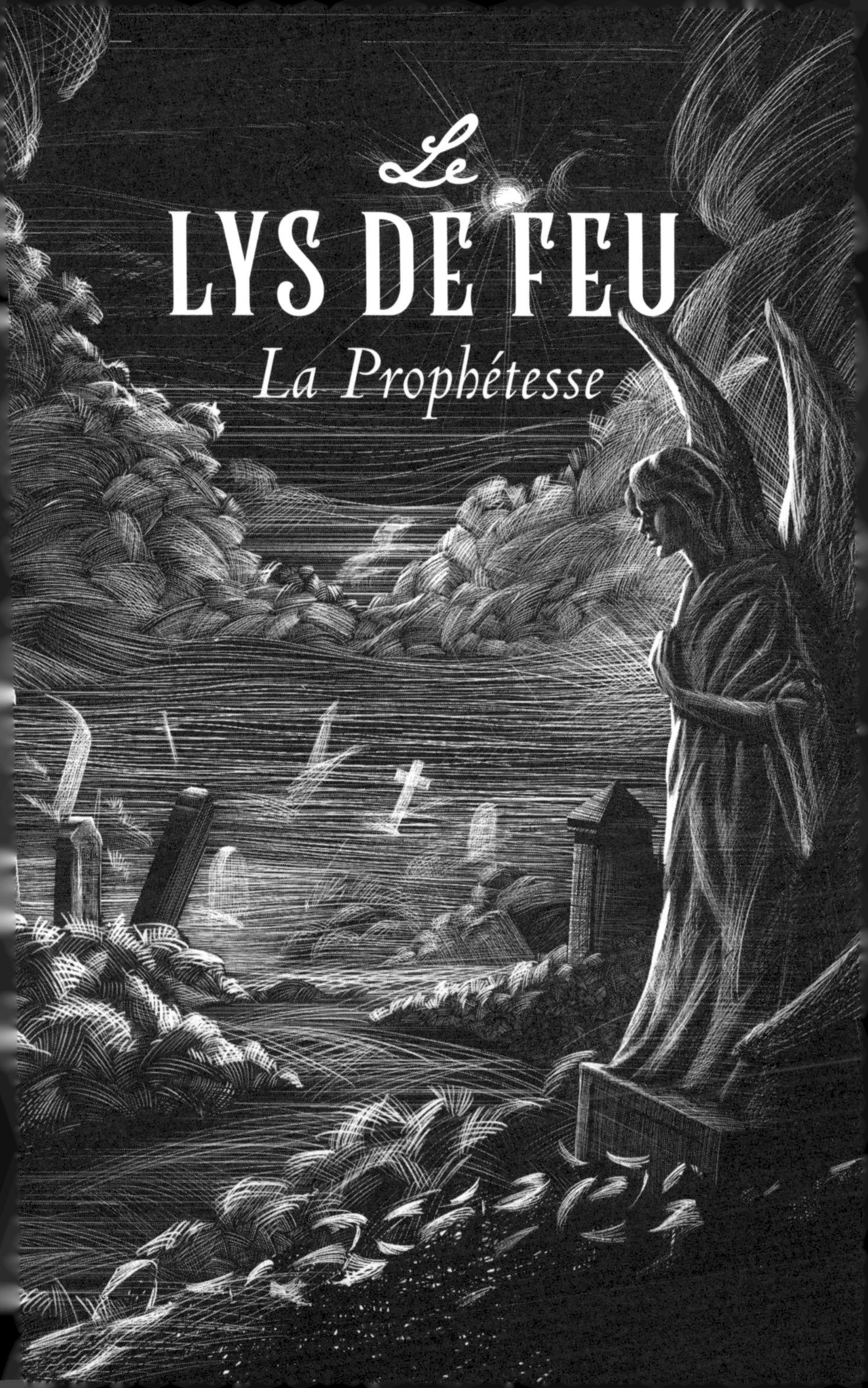
Le
LYS DE FEU
La Prophétesse

JACQUELYN BENSON

Le LYS DE FEU

La Prophétesse

Traduit de l'anglais (États-Unis) par
Bérengère Amadie et Liliane-Fleur C.
pour Valentin Translation

RIVKA

Titre original: *The Fire in the Glass*

12 rue de la Borne Sud, 92190 Meudon
ISBN : 978 - 2 - 9570237 - 8 - 3

Illustration jaquette : © Alice Duke
Design jaquette : © Josh Durham
Illustration page titre : © Elizabeth Peiró
Corrections : Milena Schwarzberg

Achevé d'imprimer en décembre 2021 par Tallinn Book Printers en UE
Dépôt légal : décembre 2021
Prix TTC : 18 euros

Les citations en épigraphe sont extraites des œuvres suivantes :

1 *Léviathan (Léviathan ou Matière, forme et puissance de l'État chrétien et civil)*, Thomas Hobbes
Traduction de Gérard Mairet
© Éditions Gallimard - Collection Folio essais (n° 375)
29 novembre 2000

2 *La Voie et sa vertu, Tao-tê-king*, Lao-tzeu
Texte chinois présenté et traduit par François Houang et Pierre Leyris
Nouvelle édition remaniée
© Éditions Seuil
18 mai 2004

La prophétie n'est pas un art, ni (lorsqu'il s'agit de prédiction) une vocation constante, mais un emploi extraordinaire et temporaire que Dieu donne, le plus souvent à des hommes bons, mais parfois aussi à des mauvais.

THOMAS HOBBES, *LÉVIATHAN*[1]

La prescience est la fleur de la Voie mais aussi le seuil de l'ignorance.

LAO-TZEU, *TAO-TÊ-KING*[2]

CHAPITRE I

Hampstead Heath, Londres
16 février 1914

Lilith Albright filait à travers la lande sur sa mobylette bringuebalante, cramponnée à l'accélérateur comme s'il était possible d'échapper à l'inévitable.

La vaste campagne, recouverte de nuages noirs fuyants, s'étendait à perte de vue, les champs bruns entrecoupés de murets de pierre décrépits et de haies d'ajoncs biscornus. Le vent charriait la froide morsure de cet hiver sans fin. Ce n'était pas une journée idéale pour une virée, mais Lily n'avait pas sorti la Triumph verte couverte de boue pour une agréable promenade.

Il s'agissait d'une fuite. Une fuite bien vaine, cependant, car ce qu'elle fuyait ne pouvait être distancé. C'était l'inconvénient, avec l'avenir.

Tout avait commencé plus tôt, ce matin-là, alors qu'elle faisait un brin de toilette.

Elle s'aspergea le visage d'eau froide, les gouttes ruisselant le long de sa mâchoire pour disparaître dans la bassine émaillée, troublant la surface d'un millier de ridules qui brouillèrent son reflet – les yeux gris et perçants hérités de son père, les cheveux auburn tristement célèbres de sa mère. L'eau cessa bientôt ses oscillations pour se changer en une bourrasque de neige fine et tourbillonnante. Le blizzard obscurcit son visage aux traits désagréablement familiers, l'occultant par un voile blanc qui s'écarta alors pour révéler une scène nouvelle : la porte ouverte de son immeuble sur March Place, dans le quartier de Bloomsbury, où des flocons glacés tournoyaient tout autour d'elle, s'engouffrant pour se déposer sur le tapis élimé.

Lily entra prestement. À l'exception de la neige sur le sol, le vestibule n'avait pas changé d'un pouce. Du papier peint couleur rouille à motifs cachemire recouvrait les murs, accentué par une nature morte représentant deux sardines huileuses inertes s'acoquinant à une chope de bière éventée. Il flottait dans l'air de vagues relents d'ortie bouillie et de la lumière filtrait du palier supérieur, par la porte ouverte de l'appartement situé juste en dessous du sien, où vivait sa voisine, Estelle, avec sa compagne, Miss Bard.

La jeune femme grimpa jusqu'au palier pour jeter un œil à l'intérieur. Le salon était vide, exception faite du chien sur le tapis. L'animal vert pâle, fendu pile en son milieu, gisait dans un tas de cendres et fixait Lily de ses yeux tristes. Elle passa devant lui, attirée par la chambre à coucher. L'air y était étouffant, envahi par une présence invisible. Assise devant sa coiffeuse, Estelle était tournée vers le miroir, les yeux fixés sur le placard, derrière elle, dont la porte était entrouverte.

À l'intérieur, quelque chose bougea, déplacement d'ombres subtil, accompagné d'un petit tintement de verre, comme des bouteilles qui s'entrechoquent dans la caisse du laitier. Puis le mouvement prit de la consistance et de la vitesse avant de faire irruption dans la chambre, fondant sur les deux femmes, à la fois humain et difforme. Il tendit une longue lame argentée vers sa voisine, aussi fine et tranchante qu'un fleuret. La pointe scintillante vint se ficher dans le bras d'Estelle et le miroir se craquela, fissuré d'un côté à l'autre comme une toile d'araignée.

Toujours assise devant la coiffeuse, Estelle bascula en arrière, brutalement interrompue à mi-chemin du sol. Là, en suspension dans les airs, son corps mince se détacha du siège pour abandonner la pièce, ses talons traînant sur le tapis tandis que des tourbillons de neige envahissaient la chambre avec une intensité aveuglante.

Enfin, la tempête passa et Lily se retrouva ailleurs, dans un endroit étrange et nimbé de ténèbres, où régnait une odeur âcre, chimique. Les murs qui l'entouraient étaient composés de verre, de bouteilles et de bocaux empilés qui captaient et reflétaient l'image spectrale d'une flamme vacillante, la multipliant en une myriade de copies à la fois sombres et chatoyantes.

— Voleur, souffla une voix derrière elle, rauque et marquée par un accent inconnu.

C'était Estelle. Lily se retourna pour la découvrir assise à une table en bois, le visage pâle, livide comme la mort. Elle se tenait la gorge d'une main. Le sang suintait entre ses doigts, entachant le bleu clair de sa robe. De ses yeux hagards, elle fixait le néant par-dessus l'épaule de Lily.

De la fumée s'enroulait autour de ses pieds, s'élevant en volutes pour l'envelopper.

— Meurtrier, ajouta-t-elle en levant une main effilée et tremblotante, doigt tendu vers les ténèbres. Alukah.

Et Estelle de disparaître, engloutie par la fumée et l'obscurité. Le sol s'ouvrit alors devant Lily, révélant un bassin d'eau opaque, dont la surface ondoyait comme sous l'effet d'une intrusion soudaine. Elle s'y laissa tomber. Aussitôt, l'eau charbonneuse fut à ses pieds, se répandant sur le parquet de sa chambre où la bassine renversée tournoyait lentement sur elle-même avant de s'immobiliser.

Alors que Lily réprimait ce cocktail familier de fureur et de chagrin, elle empoigna l'accélérateur pour propulser sa Triumph au maximum de ses capacités. Secouée par les cahots, dents serrées, elle laissa l'étendue brunâtre de la lande s'estomper en arrière-plan de ses pensées.

D'aussi loin qu'elle se souvienne, elle avait toujours été assaillie de visions de l'avenir.

Toutes sortes d'épouvantes avaient défilé dans son esprit : des incendies annonçant des cadavres carbonisés ; la jambe cassée d'un voisin dont l'os avait fendu la chair ; des bateaux naufragés dans les eaux glacées de la mer du Nord.

Des années durant, elle avait tenté de mettre ses connaissances à profit. Elle avait tour à tour averti, supplié, menti et manipulé son prochain pour orienter les événements vers une issue différente. Enfant, elle avait fait un croc-en-jambe à un marchand d'oranges pour éviter qu'il ne tombe sous les roues d'un camion, avait volé des tickets de transport sur une table de nuit, et avait même tourmenté un chien, préférant qu'il s'en prenne à elle avant qu'il n'inflige d'irréversibles blessures à quelqu'un d'autre.

Aux yeux du monde, son attitude passait pour de la désobéissance. Les nourrices s'étaient succédé comme autant de mouchoirs de poche. Et si Lily avait échappé aux rossées régulières, c'était uniquement parce que sa mère n'éprouvait que peu d'intérêt pour les questions de discipline.

Pire encore que tout châtiment, elle savait que ses efforts étaient vains : l'incendie évité un jour se déclarait une semaine plus tard ; un os intact trouvait une autre façon de se briser le jour suivant ; elle se précipitait dans la rue pour rattraper un chat sur le point d'être écrasé par un omnibus dans l'indifférence générale, pour découvrir le même malheureux, le lendemain, gisant couvert de mouches au bord de la route.

Elle avait essayé encore et encore. Elle avait mené sa bataille solitaire contre le destin en dépit des remontrances des nurses, de la culpabilité, du chagrin et de cette frustration dévastatrice – jusqu'à la mort de sa mère.

Ce jour-là, Lily l'avait vu dans ses détails les plus subtils.

Elle avait déployé toutes les tactiques de son vaste répertoire pour l'éviter. L'espace d'un bref instant, elle avait cru pouvoir réussir. Des demandes folles avaient été formulées et acceptées. Quelques effets personnels déterminants avaient été égarés avec succès. Tout était en place pour qu'enfin, l'avenir se déroule autrement.

Jusqu'à ce que tout bascule.

Lily avait fini par accepter la vérité : elle n'aurait jamais aucune influence sur ses prémonitions. Il ne s'agissait ni d'un don ni d'une responsabilité, seulement d'une malédiction, son propre tourment personnel.

Condamnée à dépérir dans un pensionnat de jeunes filles gris et glacial pendant cinq ans, elle s'était efforcée d'échapper à son destin. Chaque fois qu'une vision poignait, elle faisait son possible pour dévier la révélation. Elle avait tout essayé : se pincer, réciter du Milton, mais rien n'y faisait. Elle était même allée, cette fois mémorable, jusqu'à planter une fourchette dans une prise électrique en espérant créer un court-circuit dans son esprit.

En vain. Elle était incapable de tenir les vérités à distance. Elle devait se contenter de les ignorer et continuer à vivre, malgré l'inévitable et lancinante culpabilité, la colère et la frustration qui menaçaient de la consumer de l'intérieur.

La plupart du temps, il lui suffisait de vivre.

Et puis, il y avait les jours comme celui-ci.

Elle amorça un virage et la mobylette rebondit contre une bosse sur la route. Elle se cramponna au guidon d'une poigne d'airain comme pour soumettre la Triumph à sa volonté.

La silhouette d'un vieux manoir se dressait au-delà de la haie épineuse, ses murs de pierre tachés par l'usure et ses fenêtres embuées par des années de crasse. Des échafaudages couraient sur toute la longueur d'une aile, et des bâches claquaient dans la brise glaciale. Il n'y avait pas d'autres maisons alentour. Aucune voiture ni calèche n'encombrait la chaussée. Seule la forme obscure d'un cavalier filant à travers champs troublait la solitude de la scène.

Estelle allait mourir.

Estelle, qui gagnait sa vie en parlant aux morts, qui raffolait de ragots, de turbans et de ce vermouth italien sucré si onctueux. Estelle, qui n'avait pas son pareil pour intercepter Lily au moment précis où elle montait l'escalier, l'inviter à boire un verre ou à discuter, l'entraînant dans les remous de tel scandale ou tel autre.

Il n'était pas facile de se faire des amis quand on savait des choses qui ne pouvaient jamais être révélées. À tout moment, Lily pouvait découvrir que les êtres chers à son cœur lui seraient enlevés. Estelle avait été la première depuis très longtemps à passer outre ses défenses soigneusement dressées pour se frayer un chemin vers son cœur. Et voilà qu'un monstre allait la changer en fantôme.

Alors, Lily s'était enfuie. Elle avait quitté son appartement en trombe, emportant sa tenue de motarde dans la fraîcheur du matin. Elle avait pris le tramway jusqu'à Highgate, aux confins de l'étendue tentaculaire de Londres, et avait récupéré sa Triumph au garage, qu'elle pilotait à présent comme si elle pouvait distancer la douleur, la laisser derrière elle en redoublant de vitesse.

Ses pneus dévoraient la route déserte, ses joues et son cou exposés offerts à la morsure du vent. Habituellement, rouler agissait sur elle comme un remède miracle, une panacée pour toutes sortes de maux. La sensation de filer dans le vent, de changer de trajectoire par un simple déplacement du poids, était ce qui se rapprochait le plus de l'impression de voler. Quand la frustration accablait Lily, une heure ou deux sur sa mobylette suffisaient à lui garantir une plénitude absolue.

Pas cette fois.

Galvanisée par le cavalier qui, au loin, dans les champs, venait de lancer sa monture au galop et survolait désormais les étendues d'herbe et de bruyère, Lily se coucha sur le guidon pour gagner en vitesse. Le moteur rugissait et tremblait sous son corps, résistant à ce qu'elle exigeait de lui, pourtant même poussée dans ses retranchements, la machine ne parvenait pas à chasser de son esprit le corps ensanglanté d'Estelle. Non seulement jouer les brise-cou ne l'empêcherait pas d'échapper à sa propre impuissance, mais elle se trouvait tout à coup prise de courbatures et de gerçures au nez.

Rien n'avait changé. Rien ne changerait jamais.

Soudain, un craquement aigu fendit le silence de la lande. La Triumph s'emballa tandis qu'une traînée de flammes lui zébrait la cuisse. Le moteur eut un raté et se mit à grincer. Les pneus dérapèrent sur la terre sèche. Puis l'horizon bascula et la moto la précipita au sol.

Elle heurta violemment la route, dont la morsure déchira l'épais lainage qui lui recouvrait l'épaule. La mobylette tournoya sur elle-même, s'extrayant de ses jambes pour aller glisser sur la terre battue. Après quelques roulés-boulés, Lily s'arrêta finalement sur le dos, les bras en croix, les yeux vers l'immensité grise du ciel. Les nuages semblaient tourner lentement, tout là-haut.

Le silence retomba, occupant l'espace qu'avait laissé le grondement du moteur de la Triumph. Elle ferma les yeux, se demandant vaguement quelle partie du corps elle avait pu se briser.

Un nouveau bruit se fit entendre, d'abord diffus, puis plus intense, plus rapide : un martèlement de sabots qui s'écrasaient assez lourdement sur le sol pour qu'elle puisse les sentir à travers la terre, dans son dos.

Ils s'arrêtèrent juste à côté d'elle.

— Oh là, Béatrice, fit une voix chaude et virile.

Elle rouvrit les paupières. Sa vue imprenable sur le ciel était gâchée par l'apparition d'un visage masculin penché sur elle, yeux sombres et cheveux ébouriffés par le vent.

Il avait un petit côté prédicateur de campagne ; sans doute la coupe sobre de son épais manteau de laine noire, dont les poignets présentaient de légères traces d'usure. Un prédicateur de campagne aurait porté une cravate, cela dit. L'homme au-dessus d'elle n'en avait pas, pas plus que de chapeau ni de bouton supérieur à sa chemise. Le bouton négligé laissait le vêtement blanc ouvert au niveau du cou, révélant un triangle de peau claire parsemé de poils sombres. Un détail qui attirait bien plus son attention qu'il ne le devrait, songea Lily.

Sa présence se détachait sur la toile de fond de la lande balayée par les vents, décor conçu de sorte que tout homme raisonnablement proportionné prenne des allures de héros tout droit sorti d'un roman des sœurs Brontë, ce qui n'arrangeait rien.

— Vous êtes une femme, se récria-t-il en s'accroupissant à côté d'elle.

— Oui, confirma Lily avec une grimace.

— Vous rouliez à moto.

— Exact.

— Quel effet cela fait-il ?

La question était si déconcertante que Lily lui jeta un coup d'œil en se demandant s'il se payait sa tête. Mais son expression était franche, sa curiosité apparemment authentique.

— À l'instant présent, ça fait plutôt mal, répondit-elle mollement.

Elle allait pour se lever quand une main gantée de noir se plaqua contre son torse.

— Vous ne devriez vraiment pas.

Son accent le trahit. Sa voix riche était un peu saccadée, à la manière snob de la haute société, du côté d'Eton, sans doute, avec une touche d'Oxford. Il y avait quelque chose d'autre aussi, une nuance plus chaude, comme un petit accent du Nord.

C'était un gentleman, malgré son absence étonnante de couvre-chef.

Lily avait peu de raisons d'apprécier les gentlemen.

— Voulez-vous retirer votre main ?

Il s'exécuta aussitôt.

— Excusez-moi, mais vous pourriez vous être cassé quelque chose. Une chute de moto, ce n'est sûrement pas très différent d'une chute de cheval.

— Une moto est beaucoup plus proche du sol.

— Elle avance plus vite, aussi. Avez-vous des douleurs dans le cou ?

Lily secoua la tête.

— Arrêtez ! ordonna-t-il, visiblement alarmé. Et ailleurs ?

— Je viens d'avoir un accident de moto. J'ai mal un peu partout en ce moment même.

— Merveilleux. (Il avait l'air de le penser.) Bon, essayez de remuer vos doigts. Vos orteils ?

Lily obéit non sans impatience.

— Est-ce que quelque chose est engourdi ?

— Non.

— Migraine ?

— Pas encore.

— Bougez vos membres. Le bras droit d'abord. Le gauche ? Maintenant, la jambe droite.

Lily réalisa chaque geste mécaniquement, avec un agacement à peine dissimulé.

— Puis-je me lever à présent ?

— Vous devriez d'abord faire quelque chose pour ce saignement.

Lily se mit en position assise, percluse de douleurs qui recouvriraient bientôt en hématomes ses bras et sa poitrine. Elle baissa les yeux sur sa cuisse gauche, couverte de sang, et l'épais sergé de son pantalon déchiré.

— Zut ! pesta-t-elle, tirant sur l'accroc pour mieux voir.

Elle était bien consciente de la présence de l'homme à son côté, de l'inconvenance qu'il y avait à dévoiler ainsi une partie de sa cuisse pâle, aussi infime soit-elle, devant un inconnu, aristocrate qui plus est. Pourtant, elle n'en avait cure. Il ne devait pas s'en faire une très haute opinion, de toute façon, puisqu'il l'avait retrouvée allongée sur la route.

La plaie à vif de sa cuisse continuait à saigner, détrempant lentement sa jambe.

— Ce n'est qu'une égratignure.

— Il faut des points de suture, rétorqua l'homme.

— Je suis sûre que ce n'est pas nécessaire.

— Votre sang coule sur la route.

Il fouilla dans sa poche et en sortit un carré de soie noire soigneusement roulée en boule. Il la déroula et Lily reconnut la longueur d'une cravate. Il la lui tendit.

Elle hésita.

— Allez-y, l'encouragea-t-il.

— Je vais la tacher.

— Cela me donnera une autre excuse pour ne pas la porter.

Lily finit par céder. Elle retira ses gants de conduite et lui prit des mains le morceau de soie foncé. Elle en entoura deux fois sa cuisse, puis le noua fermement en se retenant de grimacer. Le sang pénétrait déjà le tissu, lui donnant une nuance plus sombre encore.

À côté d'elle, l'étranger se redressa.

— Vous aurez besoin d'aide pour vous lever, observa-t-il sur un ton incertain.

— Oui, je crois, admit Lily.

Après une infime hésitation, il tendit sa main gantée de noir, dont le cuir, très fin et élimé, était plus souple qu'elle ne l'aurait cru. Sa poigne était assurée et il la hissa sur ses pieds d'un coup de main qui la rapprocha de l'inconnu bien plus que la bienséance ne l'autorisait. Lily remarqua qu'ils faisaient la même taille, car leurs regards se rencontrèrent à peu près au même niveau – caractéristique qui rendait sa proximité plus intime et troublante encore.

Aussitôt, il la lâcha pour reculer.

— Merci, fit Lily.

Il jeta alors un regard circulaire, levant les yeux vers la colline et l'amas délabré de l'imposant manoir en ruine. La toile recouvrant l'échafaudage ondulait sous une rafale de vent, seul mouvement perceptible à l'horizon. S'il était évident que les lieux étaient en travaux, aucun coup de marteau ne résonnait sur la façade et aucun camion ni chariot n'occupait l'allée.

Il se tourna de l'autre côté, vers le bosquet dans lequel la route disparaissait.

— Il y a un corps de ferme à moins d'un kilomètre sur la route, dit-il. Vous pourriez attendre là-bas le temps que j'aille chercher un médecin.

Lily suivit son regard et aperçut les volutes de fumée qui s'élevaient par-delà les arbres.

Elle évalua ses options. La Triumph gisait sur le flanc après avoir glissé sur la route pour terminer sa course dans une haie d'ajoncs. La courroie de transmission était cassée, expliquant sa blessure à la cuisse – elle s'était détachée en se brisant, lacérant le sergé et sa peau en dessous. La mobylette était inutilisable tant qu'elle n'aurait pas remplacé la pièce.

Ses réticences à accepter l'aide de ce gentleman étaient injustifiées, elle en avait conscience. Seul son accent raffiné était fautif, mais les a priori de la jeune femme, causés par la conduite d'un autre homme, avaient la peau dure. Cependant, si elle persistait à refuser son aide, elle n'aurait plus qu'à ramener la Triumph à Highgate en boitillant tout le long du chemin sur sa jambe blessée, dont elle devait bien admettre qu'elle avait besoin de quelques points de suture. L'après-midi était déjà bien entamé : elle n'atteindrait pas le village avant la nuit.

— D'accord, céda-t-elle.

Le gentleman émit un sifflement clair et mélodieux, et son cheval s'approcha au trot.

— Pouvez-vous monter ?

— Je pense pouvoir me débrouiller.

Arrivé à la hauteur de la motocycliste avec sa monture, il tint l'étrier en place pendant qu'elle y ajustait sa botte, du côté de sa jambe valide. Saisissant le pommeau, elle poussa contre l'étrier et se hissa sur la selle. Elle sentit son équilibre flancher au dernier moment, mais la main de l'inconnu surgit et l'attrapa par la taille pour la stabiliser. Il la retira dès qu'elle fut bien en place.

— Êtes-vous confortablement installée ?

— Oui. Merci, répondit-elle.

— Doucement, Béatrice, dit-il en caressant l'encolure du cheval.

Les rênes en main, il guida la monture le long de la route, aussi lentement que si elle était un enfant sur un poney.

L'incongruité de la situation ne lui échappait pas, ce gentleman bien né qui la promenait sur la route déserte, à travers la lande, comme un chevalier épuisé ramenant sa princesse auprès des siens après l'avoir sauvée des griffes du dragon.

— Votre monture n'est-elle pas un hongre ? demanda Lily.

— Si.

— Alors, pourquoi l'avoir appelé Béatrice ?

— Ce n'est pas moi qui l'ai appelé ainsi.

— Qui donc, alors ?

— Virginia. Ma sœur. Elle est férue de Shakespeare.

— Pourquoi pas Henry ? Ou Hamlet ?

— Il n'a pas un profil de Hamlet.

Lily n'insista pas. Il n'y avait rien à en tirer, de toute manière. Il avait certes été assez courtois pour s'arrêter et lui porter secours, et ses manières ne semblaient pas conformes à celles de ses pairs – il était trop curieux, son costume trop quelconque –, mais elle n'attendait rien d'autre de sa part.

Ils traversèrent un petit bois obscur, l'entrelacs de branches nues formant une voûte au-dessus de leurs têtes. Après un virage, Lily aperçut la ferme que son chevalier avait décrite : une petite chaumière de plain-pied, fraîchement blanchie à la chaux, flanquée de quelques dépendances éparses. Un poney couvert de boue paissait dans le champ de derrière et quelques poules picoraient dans la cour.

La porte s'ouvrit à leur approche et deux petits garçons se ruèrent dans l'allée en braillant, suivis par une femme replète d'âge moyen.

— Walter, garde Reggie loin des poulets. Il va encore les faire fuir sur le toit. Oh ! s'exclama-t-elle en découvrant les nouveaux venus devant sa porte. Bien le bonjour.

— Je m'excuse de vous importuner, madame. Je m'appelle lord Strangford.

Lord Strangford. La sonorité du titre de son compagnon eut l'effet d'un frisson sur sa peau.

Un noble.

C'était pire encore qu'un simple gentleman.

— Ma compagne, Miss… (Il marqua une pause, levant les yeux vers Lily.) Miss… ?

— Albright.

— Miss Albright a besoin d'un médecin. Auriez-vous l'amabilité de veiller sur elle le temps que j'aille chercher quelqu'un pour la soigner ? Il doit bien y avoir un médecin au village.

— Ce vieux schnock ? fit la femme avec un reniflement de mépris. Il sera saoul comme un cochon à cette heure de l'après-midi. Non, vous feriez mieux de la laisser à cette bonne vieille Edna Sprout. J'ai cinq garçons de moins de quinze ans, alors j'ai vu plus de blessures qu'un chirurgien de l'armée. Je fais les points de suture mieux que n'importe quel docteur.

Parce que les docteurs, voyez-vous, ne passent pas leurs soirées à repriser des chaussettes et des pantalons déchirés pour qu'ils redeviennent comme neufs.

— Vraiment, j'insiste…

— Ce sera parfait, intervint Lily.

C'était une tentative mesquine de contrecarrer sa volonté, qui semblait pourtant avoir comme seul objectif de la voir correctement soignée. Juste ou non, son irritation, mue par le rang de cet homme, ne faiblissait guère, et elle se contenterait de la moindre petite victoire contre lui.

— Pourriez-vous la conduire jusque dans la cuisine, milord ? J'aurais bien demandé à Mr Sprout de s'en charger, mais il est allé nettoyer l'étable, et je ne le laisserai pas toucher à une dame tant qu'il n'aura pas pris son bain.

— Très bien. Oui, bien sûr, bredouilla-t-il, un peu gêné.

— Allez, venez, ordonna Mrs Sprout, entrant chez elle sans se retourner.

Lily s'empressa de protester.

— Est-ce vraiment nécessaire ?

— Béatrice pourrait vous y porter, mais je doute que votre médecin apprécierait. (Il sembla y réfléchir sérieusement, comme s'il s'agissait d'une solution envisageable à un problème qu'ils n'avaient pas posé.) Elle a dit qu'elle avait cinq garçons. Le cheval ne peut pas être pire, ajouta-t-il avec un sourire au coin des lèvres.

Celles de la jeune femme eurent beau avoir envie de l'imiter, elle résista : il était de sang noble.

— Mieux vaut entrer simplement.

— Laissez-moi vous aider à descendre.

Il posa ses mains gantées autour de sa taille et Lily se laissa glisser en avant de la selle. Il la rattrapa de ses bras solides avant qu'elle ne touche le sol et l'y déposa avec délicatesse.

Il posa alors sur elle un regard hésitant.

— Je crains de ne pas pouvoir vous porter.

L'idée qu'il puisse essayer la mit en alerte. La dernière chose dont elle avait besoin après une telle journée était d'être portée dans la lande par un aristocrate aux intentions manifestement héroïques et à la chemise déboutonnée au col.

— Je me disais que nous pourrions y aller en boitant, répondit Lily.

— Excellente suggestion.

Il la regarda comme s'il ne savait pas par où commencer.

— Si je passe mon bras sur votre épaule, peut-être, pour soulager ma jambe, avança-t-elle.

— Bien sûr. Bien sûr.

Il fit un pas de plus et Lily posa le bras sur ses épaules.

— Allons-y, proposa-t-il.

Ils firent un pas en avant, mais Lily étouffa un juron et il s'arrêta net.

— Vous devez me laisser soutenir votre poids à chaque déséquilibre.

— D'accord, souffla Lily. Peut-être que si vous mettez votre bras autour de ma…

— De votre taille. Oui. Ce serait cohérent.

Son bras se glissa autour d'elle et ils tentèrent encore quelques pas, trouvant peu à peu un rythme qui préservait la jambe de Lily des secousses.

— J'étais plus habile à cet exercice lorsque j'avais dix ans, observa-t-il, un brin essoufflé.

— Quoi donc, servir de béquille ?

— La course à trois pattes.

— Qu'est-ce qu'une course à trois pattes ?

Il s'arrêta, surpris.

— Vous ne connaissez pas ?

Lily secoua la tête.

— C'est… cela, en quelque sorte. Le sang en moins. (Après réflexion, il ajouta :) Cela dit, ce n'est pas tout à fait exact. Je crois bien me souvenir d'un peu de sang. Vous n'y avez vraiment jamais joué ?

— Non, répondit sobrement Lily.

Ils atteignirent enfin le seuil. Lord Strangford l'aida à se hisser dans la pénombre de la maison. Une fois devant la table sur laquelle Mrs Sprout n'avait laissé qu'une bassine et une pile de serviettes propres, il la lâcha.

— Comment puis-je vous aider ? demanda-t-il.

— Ce n'est que la treizième fois que je plante une aiguille dans la chair, et celle-ci aura moins tendance à se trémousser que mes patients habituels. Je devrais pouvoir m'en sortir seule.

— Dans ce cas, je vais voir si Mr Sprout peut utiliser sa carriole pour aller récupérer la mobylette de la jeune dame.

Il s'inclina en franchissant la porte basse.

Lily attendait que Mrs Sprout fasse un commentaire sur la bizarrerie que représentait une femme à moto, mais l'attention de la matrone semblait orientée sur plus intriguant encore.

— Comme c'est gentil de la part de ce lord de vous avoir amenée jusqu'ici, s'exclama Mrs Sprout en saisissant une grosse bouilloire noire sur le poêle avant de verser l'eau fumante dans la bassine sur la table. Et il n'est pas désagréable à regarder, si vous voulez mon avis. (Elle plongea un chiffon propre dans l'eau et l'essora entre ses mains calleuses.) Depuis combien de temps vous courtise-t-il ?

— Il ne me courtise pas.

Elle grimaça lorsque Mrs Sprout appliqua la compresse chaude contre sa peau. La plaie la brûla en signe de protestation et la douleur s'accentua. La maîtresse de maison essuya l'entaille et Lily vit s'écouler un filet de sang, déjà poisseux et presque coagulé.

— Vous devriez y remédier, rétorqua la femme.

Lily comprit qu'elle ne parlait pas de la blessure.

Deux garçons déboulèrent au même instant dans la pièce, tourbillonnant comme deux tornades avant de ressortir aussi vite.

— Walter, occupe-toi des poulets. Et retrouve le pantalon de Reggie ! cria Mrs Sprout.

Des preuves d'une vie de famille animée étaient éparpillées dans la pièce chaleureuse qui l'entourait : un canard de bois renversé sur le sol devant la cheminée ; des tasses de lait abandonnées çà et là ; une chaussure égarée gisant sur le parquet, ses lacets encore attachés. Elle pouvait entendre des voix dans la cour, le tintement aigu d'un rire d'enfant.

Le bruit, la chaleur, le réconfort... tout cela lui était étranger, comme un pays qu'elle n'aurait visité que rarement sans jamais vraiment le connaître.

Cette vérité la lacéra, provoquant une douleur pire encore et plus tenace que la blessure à sa jambe.

Mrs Sprout revint à la table avec un flacon de phénol et un journal corné et froissé, qu'elle tendit à Lily.

— Il vaut mieux avoir quelque chose pour vous occuper l'esprit pendant cette partie.

Lily siffla lorsque l'acide toucha sa plaie, la brûlure lui rongeant la chair.

La femme lui jeta un regard admiratif tout en enfilant son aiguille.

— N'importe lequel de mes garçons aurait braillé, dit-elle en arrosant de désinfectant le fil et l'aiguille avant de se pencher sur la blessure de Lily. Ça va piquer.

Lily souleva docilement le journal, essayant de s'absorber dans sa lecture, les dents serrées lorsque l'aiguille perça habilement sa peau.

C'était l'un de ces tabloïds imprimés sur du papier bas de gamme trop fin et entrecoupé de toutes sortes d'illustrations effroyables : un scieur au bras arraché, un docker écrasé à pied d'œuvre, des têtes ensanglantées et membres réduits en mille morceaux suite à un accident de train en Afghanistan. Un autre article décrivait à grand renfort de détails sordides une bête massive et velue aperçue dans les régions sauvages de la Colombie britannique.

Rien qui ne puisse véritablement détourner son attention de la piqûre de l'aiguille dans sa chair... jusqu'à ce qu'elle tourne la page.

Le vampire spiritualiste fait une autre victime, titrait l'article.

À ces mots, les poils se hérissèrent sur son bras.

Le texte relatait les récents rebondissements d'une affaire

que le journal suivait apparemment depuis un certain temps : jusqu'à présent, trois femmes avaient succombé à ce que la gazette décrivait comme « une mort violente et cruelle ». Toutes étaient allées se coucher le soir comme à l'accoutumée pour être retrouvées le lendemain matin, mortes dans leur lit, leurs corps vidés de sang, bien que l'on n'y ait retrouvé qu'une légère perforation à la gorge. Aucun signe d'effraction n'avait été découvert, malgré portes et fenêtres verrouillées. En outre, les trois victimes avaient fait de la communication avec les morts leur profession.

— Quelle effroyable histoire, commenta Mrs Sprout en regardant par-dessus le journal tandis qu'elle formait une autre maille. Elle m'a donné des frissons. Bien sûr, la police ne dit pas que c'est un vampire. Mais d'après vous, qui d'autre pourrait se glisser dans une maison bien fermée et sucer le sang de sa victime de cette façon ?

Des femmes médiums assassinées. Une perforation au cou.

Les images affluèrent à l'esprit de Lily, claires et vives : les monceaux de neige sur le trottoir ; le miroir brisé ; l'ombre, un surgissement puissant et flou. Estelle, blême comme un linge, sa main ensanglantée pressée contre sa gorge.

Voleur. Meurtrier. Alukah.

La coïncidence était trop forte pour être ignorée. Lily avait l'intime conviction que le meurtrier du journal était celui-là même qui allait s'en prendre à son amie. Il ne s'agissait pas d'un hasard que Lily avait entrevu, mais de l'acte prémédité d'un tueur calculateur, d'un monstre qui avait déjà tué auparavant et comptait recommencer.

À moins que…

— Et voilà, annonça Mrs Sprout. (Le fil dans la cuisse de Lily se tendit alors qu'elle bouclait son nœud.) Il n'y en a que quatre. Le reste va guérir naturellement, sinon je ne m'appelle pas Edna Sprout.

— Comment va-t-elle ?

Lord Strangford se tenait dans l'embrasure, ses épaules soulignées par la lumière déclinante de l'après-midi.

— Il ne me reste plus qu'à appliquer un pansement, répondit Mrs Sprout.

— Nous avons récupéré la mobylette. Je crains qu'elle ne soit plus en état de marche. Mr Sprout a eu l'amabilité de se proposer pour vous ramener en carriole, mais si vous préférez un véhicule plus confortable, je peux retourner au village et vous trouver une voiture.

— Ce ne sera pas nécessaire, fit Lily précipitamment. La carriole fera parfaitement l'affaire.

— Tout est bon de notre côté, à moins que vous ne vouliez que j'essaie de raccommoder ce pantalon, proposa la femme.

— Pas besoin de vous déranger. Il est trop abîmé, j'en ai peur.

— Quoi, à cause d'un peu de sang ? Ce n'est rien. Il faut juste cracher dessus.

— Pardon ? demanda Lily.

— Cracher dessus. Un vieux truc de couturière. Je le tiens de ma marraine. Couvrez la tache de salive, puis lavez-la à l'eau chaude avec un peu de soude. Mais attention, il faut que ce soit la salive de la personne qui a saigné. Sinon, c'est inefficace. Ça marche comme un charme à chaque fois. Croyez-moi, c'est une technique bien éprouvée.

Lily était intensément consciente de la présence de lord Strangford à ses côtés, la laine raffinée de son pantalon taché par son propre sang depuis qu'il l'avait aidée à clopiner jusqu'à la porte de la ferme.

Devrait-elle lui proposer de cracher dessus ?

Elle garda le silence.

— Si pouviez l'aider à ressortir, milord, avança Mrs Sprout.

— Bien sûr.

— Je vais me débrouiller, protesta Lily.

— Acceptez l'aide de ce gentleman, ordonna la maîtresse de maison. Je ne voudrais pas que mon travail soit gâché par vos efforts.

Faisait-elle allusion aux points de suture ou bien se complaisait-elle à jouer les entremetteuses ? Un nouvel élancement interrompit sa réflexion.

Elle écarta alors ses jambes de la table, sentant la tension du fil contre la peau de sa cuisse, et se redressa péniblement. Une fois de plus, lord Strangford plaça son bras autour de sa taille. Lily le laissa supporter la majeure partie de son poids, et d'une démarche boitillante, ils gagnèrent ensemble la cour, qui paraissait un peu moins inhospitalière dans la lumière dorée de cette fin d'après-midi.

Mr Sprout inclina son chapeau pour la saluer lorsqu'ils émergèrent. Le fermier avait l'air avenant, ses bottes en caoutchouc couvertes de fumier.

— Faites-la grimper à l'arrière, sur les couvertures, ordonna Mrs Sprout. Vous ne devez plus vous appuyer sur cette jambe pendant le reste de la journée. Plus longtemps, si possible. Mes garçons, eux, n'arrivent pas à tenir en place et galopent déjà dans l'heure qui suit, malgré les points de suture.

Son chevalier servant s'arrêta près de la carriole. Il y déposa Lily, qui s'assit sur le hayon ouvert, où elle recula sur les couvertures, un nid chaud qui sentait la paille sèche et le cheval.

Mrs Sprout se pencha par-dessus la main-courante et tapota l'épaule de Lily.

— Ce fut un plaisir de m'occuper d'une gentille jeune fille au lieu d'un petit diable hurleur. Ça change, pour une fois.

— Je vous remercie. Très sincèrement. (Elle se tourna vers l'aristocrate sans chapeau qui se tenait au pied de la charrette.) Vous aussi, milord.

— Béatrice et moi allons vous suivre en ville. Je veux m'assurer que vous arriviez à destination sans encombre.

— Ce ne sera pas nécessaire.

La réponse de Lily fut un brin plus rapide que l'exigeait la politesse, et elle vit Mrs Sprout arquer un sourcil.

— Je vois, répondit lord Strangford. (À son intonation circonspecte, Lily comprit que sa réaction n'était pas passée inaperçue.) Si vous en êtes certaine.

Elle reconnaissait que cette rebuffade n'était pas franchement méritée. Il s'était montré secourable. Ce n'était tout de même pas sa faute s'il était issu de l'aristocratie.

— Je suis sûre que Mr Sprout est capable de s'occuper de moi. Vous en avez déjà fait plus qu'assez.

— Dans ce cas, je vous souhaite une bonne soirée.

Il s'inclina, dans un geste élégant dénué de la moindre ironie, le genre de révérence que les dames d'un salon de la noblesse trouveraient tout à fait acceptable.

Ce n'était pas une courtoisie qu'une femme en pantalon déchiré était en droit d'attendre, étendue dans la carriole d'un fermier.

Aucune importance, se rappela-t-elle résolument.

Mr Sprout fit claquer ses rênes et l'attelage de Lily se mit en branle.

Le vampire spiritualiste fait une autre victime.

Au-delà de la vaste étendue désertique de la lande s'ouvrait l'immensité grouillante de Londres – sa demeure. Quelque part dans ce dédale de rues et de ruelles, un meurtrier attendait son heure. Un meurtrier bien précis. Une menace bien définie. Et dire que cette menace pourrait être identifiée, capturée et traduite en justice. Aucun autre monstre ne viendrait prendre sa place. Pas pour un crime comme celui-ci. Si elle parvenait à éliminer la menace, alors elle empêcherait l'avenir funeste de se réaliser.

L'équation était irréfutable, pourtant elle soulevait une question terriblement délicate : en était-elle capable ? Elle n'était pas inspectrice de police et n'avait pas la moindre idée de la manière dont on débusque un meurtrier. Mais si elle avait ne fût-ce qu'une infime chance de mettre la main sur le tueur avant qu'il n'atteigne Estelle…

La vision s'était ouverte dans la neige. Le mois de février était déjà bien avancé, l'hiver touchait à sa fin. Elle avait peut-être des mois devant elle pour accomplir cet exploit, presque une année entière.

À moins qu'il ne soit question que de quelques jours.

Oserait-elle prendre à nouveau un tel risque, sous peine de

revivre toute la culpabilité et la douleur qu'un échec entraînerait ?

Le chariot quitta l'allée en cahotant vers le village de Highgate. Un coup d'œil en arrière lui dévoila lord Strangford qui remontait sur son cheval au nom saugrenu. Il prit les rênes dans ses mains gantées, aussi naturel sur sa selle qu'un centaure, puis s'éloigna. À la porte de la ferme, Edna Sprout les regardait partir, les mains sur les hanches. Elle secouait lentement la tête.

Lily savait à présent quelle était cette étrange émotion, celle qui avait commencé à gonfler en elle à la lecture de l'article dans ce vieux journal abîmé. C'était un sentiment bien plus pénible que sa blessure à la cuisse, que la fureur qui l'avait précipitée sur la lande.

L'espoir.

CHAPITRE II

La nuit tombait, éclairée par les lumières vacillantes derrière les fenêtres des hautes façades toutes en briques longeant March Place, la petite rue tranquille et convenable de Bloomsbury où Lily louait une chambre.

Sur le trottoir, les hommes rentraient du travail en costumes simples, serviette à la main. Les enfants jouaient dans les jardinets bien entretenus, leurs éclats de rire résonnant sur les maisons de ville serrées les unes contre les autres.

Lily avait revêtu une jupe, un chemisier et une veste, et grâce aux épingles à cheveux, elle avait réussi à créer un semblant de coiffure – sans miroir, dans l'ombre du garage qu'elle louait à Highgate pour sa Triumph, et où le propriétaire, Mr Plunkett, avait promis de faire le nécessaire pour réparer la mobylette.

Elle avait encore quelques égratignures à la joue et au menton, sans compter l'ecchymose qu'elle sentait se propager sur son front. Si son apparence générale laissait à désirer, les résidents de March Place, bien élevés, se contentaient de détourner le regard en passant leur chemin.

Elle était épuisée. Les points de suture à sa cuisse l'élançaient, aussi brûlants qu'une marque au fer rouge, sensation qui tranchait nettement avec le froid de plus en plus mordant. La chaleur relative du jour avait disparu avec le soleil, et les impitoyables bourrasques hivernales s'infiltraient dans son manteau de tweed.

Au numéro 702, une lampe brillait à la fenêtre du premier étage : Estelle était chez elle. La lueur suscita une autre douleur vive, le coup de poignard de la culpabilité.

Elle avait repris ses esprits pendant le long trajet de retour à Londres. Le tramway qu'elle avait emprunté à Highgate était bondé, mais Lily était bien trop têtue pour admettre qu'elle avait besoin d'un siège, aussi était-elle restée debout pendant tout le trajet entre la campagne et la ville, avant de claudiquer jusqu'à Bloomsbury depuis l'arrêt de Tottenham Court Road. Elle en était venue à utiliser sa canne en bois d'if pour l'emploi auquel elle était manifestement destinée, une baguette toute droite surmontée d'un globe en laiton.

En temps normal, ce n'était pas pour soutenir une jambe boiteuse qu'elle en usait. Les raisons remontaient à son seizième anniversaire, lorsqu'elle avait été acculée dans un recoin obscur par un homme qui s'estimait le droit de prendre quelque chose qu'elle n'avait aucune envie de lui céder.

C'était peu après qu'elle se fut enfuie du pensionnat. Elle travaillait alors dans un théâtre, où elle gagnait tout juste de quoi vivre en balayant la sciure des coulisses ou en ponçant la peinture des vieux décors. Deux maçons étaient passés par là alors que Lily se battait bec et ongles. Ils n'étaient pas intervenus, mais leur présence avait détourné l'attention de son agresseur et Lily en avait profité pour se dégager de sa poigne et détaler au plus vite.

Le lendemain, elle avait abordé Bay, le machiniste du théâtre. Comme beaucoup de machinistes, Bay avait été marin. Et comme beaucoup de marins, c'était un étranger. Il venait des Indes orientales. Tard le soir, longtemps après que les comédiens et le reste de la troupe eurent rejoint leurs maisons ou les pubs environnants, Lily voyait souvent Bay sur la scène vide, qui menait un duel aussi gracieux qu'acharné contre un adversaire invisible.

— Tu peux m'apprendre à me battre ? lui avait-elle demandé.

Son regard s'était alors porté sur son visage couvert d'hématomes.

Le soir même, alors qu'elle balayait la scène poussiéreuse, Bay avait laissé tomber à ses pieds un long bâton tout droit.

— Utilise ça, lui avait-il dit. C'est mieux pour toi qu'un couteau. Tu ne risques pas de te poignarder avec.

D'après lui, cet art s'appelait le *kali*. Au cours de l'année suivante, le marin dispensa à Lily des leçons de défense, gagnant ainsi un adversaire contre lequel s'entraîner. Lorsqu'il partit pour un emploi mieux rémunéré dans une entreprise d'électricité, Lily était parfaitement capable de mettre le voyou moyen hors d'état de nuire, rien qu'avec un bon mètre de bois dur.

Elle avait choisi ce bâton dans une boîte d'accessoires, au grenier, à la fois pour sa légèreté et sa souplesse. Elle pouvait le manier avec plus d'aisance qu'une épaisse canne en bois de chêne, et il était suffisamment flexible pour ne pas se briser en heurtant un objet rigide.

Dans le tramway, le bâton lui avait servi à soulager sa jambe blessée, alors qu'elle était comprimée entre une femme avec un teckel sur les genoux, des maçons plongés dans leurs journaux et trois garçons dissipés.

Entre deux élancements douloureux causés par les secousses, Lily avait fini par s'avouer la vérité : elle ne savait pas comment arrêter un criminel. Si la police, formée à cet exercice et disposant de toutes les ressources nécessaires, était incapable de retrouver le monstre qui assassinait les médiums de Londres, comment Lily pouvait-elle prétendre faire mieux ?

Qu'importe si la menace envers Estelle reposait sur une seule et unique personne, Lily était tout bonnement incapable de retrouver le coupable. Elle était bien bête d'y avoir seulement songé. C'était une impasse de plus, comme toujours, un autre exemple que l'anomalie lui permettant d'entrevoir l'avenir n'était qu'une bizarrerie destinée à lui causer des tourments.

Alors que les passants du soir défilaient sur le trottoir devant son immeuble, emmitouflés dans leurs lainages, elle sentit la fatigue la pénétrer jusqu'aux os. Elle n'avait qu'une envie : se glisser dans son lit, tirer les couvertures sur sa tête et se couper du reste du monde.

Elle fit un pas en avant, profitant d'une interruption dans la marée humaine, et monta les marches de l'entrée.

Dans le vestibule, le papier peint à motifs cachemire délavé par les ans soulignait les goûts de sa logeuse, Mrs Bramble, en matière de décoration ; les improbables sardines en toile côtoyaient une photographie de chatons prenant le thé, affublés de costumes et figés dans des postures auxquelles aucun chaton vivant ne se plierait. Le pudding aux orties – spécialité de Mrs Bramble – avait imprégné l'air ambiant, et Lily se rappela qu'elle était affamée tout en se réjouissant d'avoir manqué l'heure du dîner. Elle entendait la vaisselle s'entrechoquer tandis que la femme replète nettoyait la cuisine.

Elle dut forcer ses pieds à gravir les marches, où elle chercha Le Chat du regard, une énorme bête orange qui n'appartenait à personne dans l'immeuble, mais qui y avait élu domicile et refusait d'en partir. Le Chat aimait dormir partout où il risquait de mettre en danger la vie des résidents inattentifs, notamment dans les recoins les plus obscurs de la cage d'escalier.

Si aucun chat ne lui barrait le chemin, l'ascension lui parut néanmoins plus longue que de coutume. Elle s'arrêta sur le palier du premier étage, devant la porte d'Estelle. Elle ressentit une forte envie de se glisser à l'intérieur, de se laisser tomber sur le canapé en jacquard violet et d'exister, tout simplement, pendant qu'Estelle vivait et s'agitait dans son appartement.

Mais comment le pourrait-elle, sachant ce qui attendait son amie au terme d'un nombre de jours inconnu mais compté ? Elle n'avait pas l'énergie de faire comme si tout allait bien. Parce que ce n'était pas le cas.

Elle continua son chemin jusqu'à ce que, à deux pas de la porte d'Estelle, la marche émette un grincement alarmant sous son pied. Elle n'aurait pas dû être étonnée. Il y avait toujours une marche qui craquait lorsqu'elle montait à son appartement du deuxième étage. Pourtant, Lily aurait pu jurer qu'elle se trouvait généralement trois marches plus loin, ou peut-être même à l'étage inférieur. La planche s'amusait-elle à bouger rien que pour la contrarier ?

La porte derrière elle s'ouvrit et la tête d'Estelle émergea, couverte, comme à son habitude, d'un turban de soie élaboré maintenu par une broche en toc scintillante.

— Lily ! Dieu merci, tu es là. Entre un moment, veux-tu ? J'ai désespérément besoin d'un regard neuf, s'exclama-t-elle avant de disparaître à l'intérieur de son logement sans attendre de réponse, exigeant visiblement que Lily s'exécute.

Elle aurait pu faire mine d'ignorer sa voisine et se retirer dans ses appartements, mais cette attitude aurait immanquablement attiré l'attention d'Estelle. Le plus raisonnable était encore de jouer le jeu jusqu'à ce qu'elle trouve une excuse plausible pour s'éclipser.

Rassemblant ses dernières forces, Lily fit demi-tour et descendit les deux marches d'un pas vacillant avant d'entrer chez Estelle.

La décoration du salon était pour le moins éclectique. Chaque surface était agrémentée d'objets décoratifs : un candélabre en forme de goélette à trois mâts au sommet de la bibliothèque côtoyait un cacatoès empaillé perché sur la branche d'un ficus, au milieu de lampes en céramique rose rehaussées d'abat-jour en dentelle à franges et de rideaux de velours vert sapin. D'autres objets plus hétéroclites parsemaient le bric-à-brac : une énorme tête de chèvre empaillée était tournée vers le salon à côté du porte-manteau ; la sculpture en pierre d'un dieu ancien, encadrée de lierre, était fixée au mur entre une photographie et une peinture, la première d'une grand-tante, la seconde d'un cochon en robe portant un bouquet de saule herbacé.

La tête de chèvre et le dieu appartenaient à la compagne et colocataire d'Estelle, Miss Gwendolyn Bard. Miss Bard était une spécialiste en folklore de renom, qui publiait sous le pseudonyme de G.W. Bard. Seuls quelques privilégiés savaient que l'illustre Bard n'était pas un gentleman à la barbe grisonnante, mais bien une jolie femme d'âge moyen, à la silhouette replète et au rire charmeur.

Miss Bard, pour ses recherches, avait pour habitude de sillonner les villages d'Angleterre à la recherche de toutes sortes de pièces – dont la chèvre empaillée faisait partie –, mais Estelle insistait pour récupérer celles qu'elle jugeait les « moins glauques » et les intégrer à sa décoration au genre unique.

Estelle était tout aussi excentrique que son salon. Grande et svelte, le visage marqué par de gracieuses ridules, elle portait un caftan de soie fluide à l'imprimé paon audacieux et des pendants dorés aux oreilles, et tenait entre les mains un grand vase vert, exécuté dans le style chinois. Les poignées avaient été façonnées à l'image de dragons lovés, et le couvercle semblait avoir la forme d'un shih tzu accroupi.

— Je cherche l'emplacement idéal pour ma dernière œuvre d'art et je suis tout simplement perdue. Je me disais qu'elle pourrait aller sur la cheminée, à côté des bergères, mais il y en a déjà bien assez. Je n'ai plus un centimètre carré là-haut. La placer sur le socle serait du plus bel effet, mais il faudrait alors que je déplace le cupidon…

Lily abandonna sa canne contre le support près de la porte et jeta un coup d'œil au chérubin en plâtre, qui posait en équilibre sur une jambe grassouillette au sommet d'une grosse colonne de marbre avec une grâce surprenante.

— Où est Miss Bard ? demanda-t-elle.

— Gwen ? Elle est partie assister à une conférence sur les divinités solaires gaéliques. À moins que ce ne soit une vente de gâteaux avec les suffragettes ? Je n'arrive jamais à suivre. De toute façon, elle ne m'est d'aucune utilité pour ce genre de choses. D'après elle, les dragons devraient avoir des pattes.

— Qu'est-ce que c'est ?

— Une urne, ma chérie.

— Une urne funéraire ? Il y a quelqu'un à l'intérieur ?

Estelle souleva le couvercle, jeta un coup d'œil à l'intérieur et remit le shih tzu en place.

— Non. (Elle leva les yeux vers Lily et se renfrogna.) Qu'est-il arrivé à ton visage ?

— Ce n'est rien, répondit précipitamment la jeune femme.

Estelle posa l'urne sur l'assise d'un fauteuil au revêtement jaune moutarde élimé. Elle prit Lily par le bras et l'entraîna vers la lampe ourlée de dentelle.

— On dirait que tu t'es frotté du papier de verre sur le menton. Et ce bleu ! Tu as eu un accident de la route, n'est-ce pas ? Combien de fois dois-je te dire que cet engin est bien trop dangereux, aussi excitante que soit l'aventure. Bon, assieds-toi.

Comment peux-tu me laisser bavasser sur ma décoration alors que tu as été victime d'un accident ?

Estelle poussa Lily sur le canapé pourpre, puis souleva ses pieds et les posa sur l'ottomane assortie. Elle se tourna alors vers le bar et remplit un verre à sherry en cristal, qu'elle tendit à Lily.

— Tiens, bois ça.

— Tout va bien, vraiment.

— C'est un remontant. Allez, bois.

— C'est du vermouth ?

Estelle avait une préférence inexplicable pour une marque particulièrement infâme de vermouth italien, qui avait le goût d'un sirop pour la toux trop sucré.

— Non. Pourquoi ? Tu veux un peu de vermouth ?

Lily renifla le verre. Ça sentait le brandy.

— Non, merci. C'est parfait.

Estelle remplit son propre verre du fameux vermouth, puis s'installa à côté de Lily sur le canapé.

— Alors, que s'est-il passé ?

— Rien. C'était un accident.

— Quelqu'un est mort ?

— Non. Ce n'était pas une collision. La courroie de transmission a cassé et je suis tombée. C'est tout.

— Hmm. Tu es sûre qu'il n'y avait pas un homme impliqué ?

Lily faillit avaler son brandy de travers. L'image de lord Strangford lui revint à l'esprit, la sensation de ses mains gantées autour de sa taille, alors qu'il l'aidait à descendre de son cheval. Elle contrôla sa réaction, cependant, sachant qu'Estelle avait le don de déceler le moindre signe d'embarras lorsqu'elle se laissait aller.

— Qu'est-ce qui te fait penser qu'il y avait un homme impliqué ? répondit-elle, désinvolte.

Estelle agita ses longs doigts.

— Juste une petite voix qui chuchote à mon oreille.

Lily savait très bien ce qu'elle voulait dire. Sa voisine avait pour habitude de faire référence aux défunts dans ses conversations, et Lily essayait de considérer cette manie comme l'une de ses charmantes excentricités.

Elle n'avait jamais eu la preuve que ce qu'affirmaient les médiums comme Estelle était vrai. Au cours de ses années passées au théâtre, elle avait même connu un illusionniste qui professait une profonde aversion pour le spiritisme et se faisait fort de dévoiler les différentes astuces utilisées par les médiums londoniens pour convaincre de leur légitimité les participants à leurs séances.

Elle ne pouvait pas croire qu'Estelle pratique délibérément le charlatanisme, mais son amie avait une intuition remarquable et un talent presque surnaturel pour les ragots. Peut-être se persuadait-elle qu'il y avait autre chose, interprétant les idées que la rumeur lui soufflait comme issues d'un autre monde.

— La chaîne de la Triumph a sauté et je suis tombée. Voilà tout, répéta Lily.

— Si tu le dis.

Un silence s'ensuivit, pendant lequel les deux femmes sirotèrent leur alcool. Lily avait la nette impression qu'Estelle savait qu'elle lui cachait quelque chose, mais qu'elle n'insistait pas, convaincue qu'elle finirait par lui soutirer la vérité. Si tel était le cas, son assurance n'était pas usurpée : Estelle n'avait pas son pareil pour attirer les confidences.

Mais Lily était tout aussi douée pour garder les secrets, comme celui qu'elle portait en cet instant, sur le sort qui attendait Estelle après les prochaines neiges.

Si quelqu'un dans cette pièce était un imposteur, c'était bien Lily, pensa-t-elle avec culpabilité. Elle était assise là, à boire tranquillement son brandy tout en sachant qu'une terrible menace planait sur son amie, sans rien tenter pour y remédier.

Il n'y avait absolument rien à faire, se rappela-t-elle fermement. Elle avait déjà emprunté ce chemin, à plus de reprises qu'elle ne pouvait les compter. C'était toujours la même chose. La seule différence était qu'en général, elle n'avait pas à s'asseoir et bavarder avec les futures victimes des tragédies annoncées par ses visions.

Il n'était pas aisé de faire semblant que tout allait bien. Elle en était malheureuse comme les pierres, en proie à bien pires douleurs que celles causées par sa blessure à la cuisse et ses côtes meurtries.

Elle vida son verre, puis le posa sur la table.

— Merci pour le brandy, mais je dois vraiment…

Elle fut interrompue par un coup sec sur la porte, à laquelle elle jeta un œil.

— Ne fais pas attention à ça. Ce n'est qu'Agnès, lui dit Estelle avec un geste évasif de la main.

— Tu comptes la laisser dehors ?

— Où ça ?

— Sur le palier.

— Il n'y a personne sur le palier.

— Et Agnès ?

— Agnès ?

— Oui, celle qui vient de frapper, apparemment.

— Oh ! Agnès n'est pas sur le palier, ma chérie. Agnès est morte.

Estelle tendit son long bras en arrière pour saisir la bouteille de vermouth sur le bar. Elle remplit son verre, puis posa la bouteille sur la table basse.

— Elle frappe à la porte depuis jeudi dernier. Quand elle s'en rend compte, Gwen parle d'appeler un plombier. Elle croit que c'est de l'air dans les tuyaux. Tu sais comment elle est quand elle a le nez dans un livre.

Une rafale de vent secoua l'immeuble au même instant, faisant trembler les carreaux des fenêtres. Il était évident que le coup à la porte venait de la charpente de la vieille bâtisse qui protestait dans le vent de cette soirée d'hiver.

Estelle poursuivit :

— Elle est un peu gênante, mais je ne peux pas me résoudre à la chasser. C'est vrai, la pauvre créature a bien assez souffert, assassinée dans son sommeil. Je peux difficilement lui reprocher d'être un peu agitée.

— Oh. Alors, elle a été assassinée ? fit Lily avec nonchalance.

— Hmm, hmm, murmura Estelle en sirotant son vermouth. Tu en as peut-être entendu parler. C'était dans le journal, à l'époque.

À ces mots, Lily tendit l'oreille.

— Quel journal ?

— À peu près tous. *Une spiritualiste vidée de son sang dans son sommeil.* Ça a fait sensation. Vraiment, ma chérie, tu devrais sortir plus souvent.

Dora Heller, Agnès McKenney, Sylvia Durst… les trois victimes citées dans l'article que Lily avait lu dans l'après-midi.

Ce n'est qu'Agnès.

Estelle avait une imagination débordante, alimentée par les nombreux journaux qu'elle lisait chaque jour et les rubriques mondaines dont elle s'abreuvait en potins. Elle avait dû lire le même article que Lily et s'était convaincue qu'elle communiquait avec l'une des victimes.

— Tu parles du vampire, reprit Lily avec précaution.

Estelle ricana.

— Les vampires, ça n'existe pas.

— Apparemment, ce tueur cible les médiums, dit Lily lentement, conservant un ton décontracté.

— Oui, il semblerait.

— Dis-moi, tu n'as pas recommencé à faire ta publicité, si ?

Estelle organisait des séances deux fois par semaine, le mercredi et le samedi. Elles étaient ouvertes au public et lui permettaient de recruter des clients pour sa véritable source de revenus – les sessions privées payantes. Quelques mois plus tôt, grâce au simple bouche-à-oreille, ses séances étaient devenues si fréquentées et son calendrier de consultations si chargé qu'elle avait retiré ses petites annonces.

Estelle prit une autre gorgée de vermouth.

— Pourquoi cette question ?

— Eh bien, s'il y a un meurtrier qui s'en prend aux médiums, ce n'est peut-être pas le moment d'étaler ton nom dans les journaux. On ne sait jamais comment il choisit ses victimes.

— Ou elle.

— Elle ?

— Ce pourrait être une femme, n'est-ce pas ?

Lily fut décontenancée, l'espace d'un moment. Elle repensa à la vision, à l'ombre déboulant de l'obscurité au-dessus de l'épaule d'Estelle, une silhouette informe et sans visage qui lui avait pourtant semblé distinctement masculine, à tel point qu'elle ne s'était jamais posé de questions.

Bien sûr, elle n'était pas prête à lui en parler.

— Euh, oui. J'imagine que c'est possible.

— Dieu sait qu'Agnès elle-même ne m'a pas été d'une grande aide sur ce point, se plaignit Estelle.

— Ah oui ? demanda Lily en reprenant son verre vide pour le faire tourner entre ses doigts.

Estelle soupira.

— Chaque fois que je l'interroge à ce sujet – *qui t'a tuée, Agnès ?* –, elle me montre une lampe et c'est tout.

— Une lampe ?

— Une lampe, confirma Estelle.

— Quel genre de lampe ? s'enquit Lily sans trop savoir que dire d'autre.

— Une applique à gaz, répondit Estelle sans hésiter. (Elle prit la bouteille de vermouth et en versa quelques gouttes dans le verre que Lily tenait toujours entre ses doigts.) Elle est terriblement brouillonne. Ce n'est guère surprenant, étant donné de ce qu'elle a vécu.

Lily fixa le verre rempli de liqueur onctueuse, mais elle n'avait pas d'autre choix que de l'avaler coûte que coûte. Elle prit une gorgée, une grande, pour la faire descendre plus vite.

— Je dis seulement que tu devrais peut-être prendre quelques précautions, poursuivit-elle une fois sa gorge suffisamment éclaircie pour lui rendre l'usage de la parole.

— Ah bon ? fit Estelle, dubitative.

À son intonation, Lily sentait qu'elle était intriguée. Elle s'avançait sur un terrain dangereux, mais elle pouvait s'en sortir. Elle irait juste un peu plus loin, à peine plus qu'il n'était cohérent de l'être en de telles circonstances.

— Ce que je veux dire, c'est que s'il y a un tueur quelque part qui traque les médiums, tu aurais peut-être intérêt à faire profil bas pendant un moment, vérifier que les fenêtres soient bien fermées, éviter de rester seule chez toi.

— Je vois, répondit Estelle d'un ton égal.

Trois coups secs retentirent dans le salon. Ils provenaient du plafond, au-dessus duquel se trouvait l'appartement vide de Lily.

Une fois de plus, le vent balaya l'immeuble, allant jusqu'à faire bouger les charbons dans l'âtre.

— Je ne peux pas m'empêcher de m'interroger, commença Estelle en faisant tourner le pied délicat de son verre.

— À propos des meurtres ?

— Non, de toi.

Une alarme se déclencha dans l'esprit de Lily, mais elle dissimula sa nervosité par une nouvelle gorgée.

— Il n'y a pas grand-chose à mon sujet qui mérite qu'on s'y attarde, répondit-elle, la voix rendue un tantinet rauque par l'alcool.

Estelle posa son verre.

— Et si on jouait à un jeu ? annonça-t-elle.

Une impression de danger imminent s'empara de Lily.

— Cela aurait été avec plaisir, mais la journée a été atrocement longue…

— Oh, ce sera rapide, juste un petit divertissement de salon. Tu me poses une question et je te dis la vérité. Puis j'en fais de même avec toi, poursuivit Estelle, sourde à ses protestations.

Il n'y avait aucun moyen d'y échapper poliment, à moins de se lever et de lui souhaiter une bonne nuit, au risque d'accroître considérablement l'intérêt d'Estelle. La ligne de conduite la plus prudente était encore de prendre tout cela pour un caprice, de jouer le jeu, puis de s'éclipser.

— Bon, si tu insistes. Mais après, je dois vraiment aller me coucher avant d'être trop raide pour bouger. Que veux-tu savoir ?

— Non. Toi d'abord. Pose-moi une question.

Lily cherchait une idée. Son regard s'arrêta sur l'urne verte, abandonnée sur le coussin du fauteuil comme un participant muet en retrait de leur conversation.

— Combien as-tu payé ça ?

— Quatre shillings.

— C'est du vol.

— Mes goûts m'appartiennent. À mon tour. Es-tu la fille de Deirdre Albright ?

La sonorité de ce nom plongea la pièce dans une étrange immobilité. Lily était sur le qui-vive, comme un lièvre flairant un renard, juste avant de décider s'il devait se fondre dans le paysage ou s'enfuir.

— Ce sont les cheveux, expliqua Estelle sans attendre sa réponse. Ce roux si foncé qu'on pourrait presque le prendre pour du brun jusqu'à ce que la lumière y allume des étincelles. Je suis assez vieille pour me rappeler qu'il existait autrefois une femme célèbre pour cette même chevelure, et tu portes son nom. Tu es peut-être issue d'une autre branche de la famille, mais je ne t'ai jamais entendue évoquer de quelconques parents, pas même une grand-tante agaçante. Alors, on peut se demander…

— Oui, l'interrompit Lily à mi-voix.

— Je le savais ! jubila Estelle. J'ai résisté aussi longtemps que j'ai pu, crois-moi. Il fallait que je te le demande. Je n'ai jamais vu ta mère sur scène, mais je connais des gens qui ont assisté à ses pièces. J'ai entendu dire qu'elle était extraordinaire.

Lily attendait la suite, l'inévitable compassion de l'ordre de « quelle terrible tragédie cela a dû être pour toi ». Quiconque connaissait le nom de Deirdre Albright connaissait forcément la suite de son histoire, et comment elle s'était achevée.

Estelle se garda pourtant de tout commentaire. Elle prit une gorgée de vermouth, orientant la conversation comme si elle ne venait pas tout juste d'évoquer la mère de Lily, brutalement assassinée.

— À ton tour.

Lily n'aimait pas ce jeu. Elle avait hâte qu'il se termine. Si elle pouvait déstabiliser Estelle autant qu'elle venait de l'être, leur conversation avait des chances de se terminer plus tôt. Elle avait bien conscience de l'ingratitude de son comportement – après tout, Estelle était une femme qu'elle appréciait, une femme destinée à mourir sous peu –, mais elle était bien trop fatiguée et secouée pour y résister.

— T'es-tu déjà demandé si les esprits auxquels tu parles n'étaient pas vraiment des esprits ? S'ils n'étaient que le produit de ton imagination que tu prends pour autre chose ?

— Pas le moins du monde, répondit Estelle du tac au tac. C'est encore mon tour. Qui est ton père ?

Le salon sembla rétrécir.

— Tu sais qui c'est, reprit-elle. C'est évident. Et apparemment, il est toujours vivant. Ça se devine dans les petits signaux que tu envoies sans le savoir quand Gwen parle du fort circulaire de l'âge de fer que son père a découvert par hasard en labourant son champ d'orge, ou quand j'essaie d'avoir ton avis sur l'agencement de mes portraits de famille. Et il y a les rumeurs, bien sûr, même si certaines étaient plutôt folles. On ne peut jamais être certain de la valeur à accorder à…

— Le comte de Torrington, coupa Lily sèchement, qui termina son vermouth et reposa le verre sur la table dans un claquement.

— Bien sûr, murmura Estelle. Comment ai-je pu ne pas le deviner avant ? On le voit à ton nez, la forme de ta mâchoire. Et tes yeux. Ce gris à la Torrington, si distinctif.

Il n'y avait aucune désapprobation dans son timbre de voix, aucune intention subtile de rabaisser son interlocutrice. Rien n'indiquait que Lily avait baissé dans l'estime d'Estelle maintenant qu'elle savait que la jeune femme était une bâtarde. La fille d'une célèbre actrice et du comte qui l'avait prise pour maîtresse, profitant avec elle de quelques après-midi lascifs avant de rentrer chez lui auprès de son épouse et de sa couvée d'héritiers.

Elle aurait dû s'étonner qu'Estelle ait mis si longtemps à lui soutirer l'information. Après tout, elle habitait à l'étage depuis près de trois ans, et certains scandales étaient trop tenaces pour s'estomper avec le temps.

Elle n'avait aucune raison d'être en colère, pourtant ses poils se hérissèrent. Elle se sentait sur la défensive, comme un chien acculé, et dut s'efforcer de n'en rien laisser paraître.

— Je ne savais pas que tu connaissais lord Torrington, répondit-elle froidement.

Estelle agita une main évasive.

— On ne se connaît pas, ma chérie. On ne fréquente pas exactement les mêmes cercles. Je l'ai juste aperçu une fois ou deux. C'est le genre de personne que l'on remarque.

En effet, c'était le genre de personne qui ne passait pas inaperçue. À la tête d'une ancienne et noble famille propriétaire de vastes domaines dans le Sussex, le comte de Torrington était l'un des hommes les plus puissants du royaume. De grande stature, bien bâti, avec des cheveux argentés chatoyants et le nez fin des aristocrates, il jouait aussi un rôle prépondérant sur la scène politique. S'il n'occupait aucune position officielle en dehors de celle que lui conférait son titre à la Chambre des lords, il était connu comme l'instigateur d'une grande part des décisions prises au Parlement.

Elle se rappelait l'époque où cette crinière argentée était plus poivre que sel, où ces mains élégantes lui ébouriffaient les cheveux ou lui offraient des bonbons sortis de ses poches en passant. Il n'était alors pas un pair du royaume à ses yeux, ni un homme d'influence, simplement une présence distante et affectueuse de passage sous son toit.

Jusqu'à ce qu'il disparaisse.

— Alors, c'est mon tour ? demanda Lily, incapable de maîtriser la nervosité dans sa voix.

— Je t'en prie, répondit Estelle avec un geste gracieux de la main. C'est le dernier tour, alors profites-en.

Lily cherchait une question. Elle savait que le plus intelligent serait de poser n'importe laquelle, demander peut-être à Estelle où elle avait eu ce cupidon ou quand elle comptait remplacer ces affreux rideaux.

Son amie lui avait laissé les nerfs à vif, même si les questions qu'elle avait posées n'étaient pas totalement inappropriées.

Après tout, n'était-il pas naturel de demander à une femme que l'on connaissait depuis des années qui étaient ses parents ? Certes, les réactions de Lily avaient été excessives, et alors ? Voilà qui lui donnait envie de se montrer à la hauteur des enjeux de cet échange et de trouver une question qui prendrait Estelle au dépourvu, au moins autant qu'elle-même l'avait été – ce qui n'était pas chose aisée.

La mention du comte de Torrington produisait sur elle un effet difficilement égalable.

— Si je te disais que tu es en danger, demanda-t-elle sur un ton soigneusement et délibérément monocorde, me croirais-tu ?

Estelle cessa de faire tourner son verre et darda sur Lily un regard scrutateur et pénétrant. À l'évidence, elle était sincèrement surprise, et la jeune femme en éprouva un petit élan de satisfaction.

Puis quelque chose changea dans l'expression d'Estelle. Lily eut l'impression que l'autre femme l'analysait, et qu'elle en tirait des conclusions.

Estelle posa son verre d'un geste doux et gracieux.

— Demain matin, j'aimerais que tu fasses une visite avec moi.

— Je ne suis pas sûre d'être…

— Bien sûr que tu es disponible, ma chérie. Tu n'as jamais de rendez-vous avant onze heures. Je prévois un fiacre pour neuf heures.

— N'est-ce pas un peu tôt ?

— Pas pour là où nous allons. (Sur ce, elle se leva et tendit la main.) Mais j'ai été terriblement égoïste. Tu dois être épuisée. Je n'ose même pas imaginer la journée que tu as passée, et moi qui suis là, à te faire tenir le crachoir alors que tu dois mourir d'envie d'aller te coucher.

Lily accepta sa main et Estelle l'aida à se remettre debout, l'accompagnant jusqu'à la porte où elle lui tendit sa canne. Elle avait beau vouloir partir, Lily hésita un moment, incapable de résister à sa propre curiosité.

— Tu n'as pas répondu à ma question, dit-elle.

— Nous en parlerons demain.

— Mais tu as encore une question à me poser.

— Et si je te la posais ? De cette façon, nous aurons la nuit pour réfléchir à nos réponses.

— D'accord, acquiesça Lily.

Elle était toujours fébrile et la fatigue jouait avec ses nerfs, pesant lourdement sur elle. Elle était prête à en finir avec cette journée troublante de bout en bout.

— Si j'étais en danger, me le dirais-tu ? lui demanda Estelle.

Le sentiment de danger se raviva et son pouls s'accéléra, comme si elle venait de baisser les yeux pour se découvrir au bord d'un précipice terrifiant.

— Allez, va te coucher avant de t'écrouler, conclut joyeusement Estelle. Fais attention au Chat dans l'escalier. On se voit à neuf heures.

Sur ce, elle retourna dans ses appartements et la porte se referma derrière elle, laissant Lily seule avec ses fantômes dans la pénombre du couloir.

CHAPITRE III

Estelle frappa à la porte de Lily à neuf heures du matin.

La jeune femme avait presque espéré pouvoir faire la grasse matinée. Pour quelqu'un qui vivait à l'heure des morts, Estelle était sacrément matinale ! Affublée de son caftan recouvert d'un chaud manteau de laine qui lui donnait une allure presque quelconque, elle annonça :

— Allez, viens, ma chérie. Le fiacre nous attend.

Lily était prête. Elle avait tenu à se lever et à s'habiller, au cas où Estelle déciderait de mettre à exécution la promesse – ou plutôt la menace – de la veille. La seule chose qu'elle n'avait pas préparée était une excuse suffisamment plausible pour esquiver le rendez-vous : il n'était pas évident de trouver un prétexte crédible alors qu'elle n'avait aucune idée de leur destination.

Cela dit, quel que soit le terrain social inhabituel sur lequel Estelle prévoyait de l'entraîner, Lily serait parfaitement capable d'y trouver un chemin. Elle avait sûrement déjà connu circonstances plus étranges.

Elle était toujours raide, mais moins endolorie que la veille. Avant de s'habiller, elle avait examiné ses points de suture. Ils semblaient plutôt nets et bien en place, et la plaie ne montrait aucun signe d'infection. Ses croûtes guérissaient bien, aussi laides soient-elles, ainsi en évidence sur son visage. Elle envisagea un chapeau avec voilette pour parachever sa coiffure, mais rejeta l'idée. Elle préférait encore affronter les coups d'œil intrigués de quelques passants plutôt que de ne pas voir devant elle.

Elle récupéra sa canne près de la porte et suivit Estelle dans l'escalier.

Miss Bard les rejoignit sur le palier, tirant derrière elle la porte de l'appartement qu'elle partageait avec Estelle.

— Tu viens aussi ? demanda Lily.

— Où ça ? répondit-elle en souriant.

Miss Bard lui avait toujours fait penser à un roitelet brun dodu.

— Elle s'en va regarder un groupe de messieurs danser avec de drôles de chapeaux sur la tête, expliqua Estelle.

— C'est une danse de mimes en l'honneur de la fête de Jean le Saxon, figure-toi. Où allez-vous, toutes les deux ?

— Nulle part en particulier, répondit succinctement Estelle. (Miss Bard haussa un sourcil complice.) Notre voiture nous attend. Allez, viens, Lily, ordonna-t-elle en l'entraînant dans les marches.

Pour Lily, se déplacer en fiacre était un luxe sortant de l'ordinaire, qu'elle avait tendance à considérer comme une dépense inutile, résidu d'une époque où ses finances étaient plus limitées, même si elle pouvait aisément se le permettre, à présent.

— Vas-tu me dire où nous allons ? demanda-t-elle une fois qu'elles furent installées et que le fiacre se fut éloigné.

— Je te l'ai dit. Nous allons chez un ami.

Lily attendit plus d'informations, mais Estelle n'en fournit guère. Elles continuèrent le trajet en silence. La calèche oscilla au détour d'un virage, puis s'arrêta brusquement : la circulation bloquait la rue étroite. Droit devant, deux agents de police barraient le passage, moulinant des bras pour faire arrêter tout le monde à grand renfort de sifflets. De l'autre côté des policiers, la rue était large et dégagée. Pourquoi n'avançaient-ils pas ?

Enfin, la réponse apparut : l'éclatant défilé d'un cortège automobile royal. Lily avait beau rechigner à l'idée de se retrouver coincée à bord du fiacre avec la curiosité insatiable d'Estelle pour seule compagnie, elle ne pouvait pas vraiment déplorer ce retard. N'était-ce point grâce à cette automobile rutilante couleur bronze qu'elle s'était réveillée ce matin dans une mansarde modeste mais confortable, et non dans une chambre exiguë partagée avec deux choristes ?

Lily avait fui le pensionnat à seize ans, dépensant ses der nières économies dans un billet de train pour Londres. Une fois sur place, elle s'était rendue au seul endroit où elle avait une chance de gagner sa vie par ses propres moyens : Drury Lane.

Lily n'était pas comédienne. Elle détestait l'attention portée à la scène et tenait trop de son père pour être considérée comme une beauté, à l'image de sa mère, dont elle avait souvent entendu qualifier le physique de « captivant ». Cependant, elle avait passé suffisamment de temps à explorer les dédales des coulisses pendant que sa mère buvait du sherry et bavardait avec de vieilles amies pour bien connaître le fonctionnement interne d'un théâtre.

Et s'il y avait bien un monde où personne ne jugerait Lily pour les circonstances inhabituelles de sa naissance, c'était celui-là.

Bien sûr, rien ne la poussait à trouver un emploi jadis, compte tenu des fonds qui lui étaient versés chaque mois avec une régularité d'horloger.

Pourtant, Lily n'avait jamais touché à ce compte, même lorsqu'il lui manquait trois pennies pour se payer à dîner.

Cinq ans plus tard, alors que ses finances étaient au plus bas, un vieil avocat efflanqué s'était présenté sur le pas de sa porte, à l'occasion de son vingt et unième anniversaire, pour l'informer qu'elle était désormais l'unique héritière des dividendes de sa mère.

Après avoir décroché un premier rôle au Théâtre Royal, Deirdre avait investi une petite somme dans une jeune entreprise du nom de Daimler, entreprise qui était devenue par la suite le fournisseur officiel en automobiles de la famille royale.

Le petit pécule de Deirdre Albright avait atteint plus de cent fois sa valeur initiale et générait désormais des dividendes conséquents chaque mois, suffisants pour assurer à Lily un train de vie modeste mais convenable. Sans compter les bonus qu'elle recevait à l'occasion, comme celui qui lui avait permis d'acheter sa Triumph.

Malgré tout, elle menait une vie solitaire. La femme assise à son côté dans le fiacre était l'une des seules personnes à avoir fait tomber les barrières de Lily, et maintenant elle allait mourir.

La longue file de Daimler rutilantes disparut enfin et les policiers firent signe à la circulation de reprendre son cours.

— Ne crois pas que je l'ai oublié, dit soudain Estelle.

— Qui donc ?

— L'homme impliqué dans ton accident.

Lily ne répondit pas.

Estelle souriait, adossée confortablement dans son siège.

— Tu sais que je finirai par te faire cracher le morceau.

La voiture emprunta un autre virage, puis s'arrêta.

— Nous sommes arrivées, annonça joyeusement Estelle en sautant du véhicule.

Lily s'attarda un moment, ancrée sur place par la surprise : sans le passage du cortège, elles n'auraient pas roulé plus de cinq minutes.

Comme le fiacre attendait toujours, elle finit par en descendre.

— Nous aurions été plus rapides à pied, commenta-t-elle alors qu'Estelle remettait quelques pièces au cocher.

— Je ne comprendrai jamais ton besoin d'abîmer ces semelles d'excellente qualité. En plus, tu es blessée.

Lily promena son regard à la ronde alors que la voiture s'éloignait. Elle reconnaissait les lieux : Bedford Square, un parc huppé donnant sur l'arrière du British Museum. Même s'il n'était pas loin de March Place, ce jardin était nettement plus bourgeois que son quartier de la classe moyenne.

Elles s'arrêtèrent devant deux grandes et belles bâtisses en agrégat de calcaire qui se démarquaient, claires et brillantes, des façades en briques rouges de chaque côté. D'élégantes impostes surplombaient les portes peintes en bleu profond entre de fausses colonnes sculptées de bas-reliefs, qui donnaient aux deux bâtiments des allures grecques anciennes, tel le temple d'un dieu antique, bâti avec opulence et élégance, et entretenu avec dévotion.

C'était un endroit très cossu, du genre où une jeune femme du statut social de Lily ne serait probablement pas la bienvenue.

Estelle gravit les marches de droite. Une plaque en laiton

étincelante était fixée sur le calcaire, à côté de la porte bleue, affichant une série de caractères que Lily reconnut comme étant du mandarin. Au lieu de frapper, Estelle se contenta de tourner la poignée et poussa la porte.

— Ce n'est jamais fermé, lança-t-elle par-dessus son épaule en entrant, comme si cela suffisait à expliquer pourquoi elle pénétrait sans prévenir dans la maison de quelqu'un d'autre.

Figée au bas des marches, Lily était pétrifiée à la perspective de la suivre. La porte était restée ouverte, laissant s'engouffrer le froid de l'hiver : Estelle s'attendait clairement à ce que Lily lui emboîte le pas. Que pouvait-elle faire d'autre ? Elle n'allait tout de même pas attendre dehors, et cela n'aurait aucun sens de frapper alors que la porte était entrouverte et que son amie était déjà à l'intérieur.

En expirant, elle franchit le seuil.

Elle déboucha dans une belle entrée à haut plafond, tapissée de damas vert. Des pièces s'ouvraient de chaque côté, et devant elle, une série de marches menait à un palier dégagé.

La décoration était sobre, mais de bon goût, accentuée par quelques objets d'exception à peine plus insolites qu'à la normale. Un buste d'Isaac Newton en marbre trônait sur un socle à l'entrée d'une vaste pièce – le salon sans doute. De l'autre côté, sur un guéridon, une gerbe de fleurs séchées dépassait de ce qui lui semblait être un authentique vase Ming, élégamment peint de feuilles d'algues ondulantes au milieu desquels nageaient des poissons rouges, petites taches orange vif sur le bleu des tourbillons aquatiques. Sur le mur était monté un énorme bouclier en fer, l'intégralité de sa surface ronde ornée de gracieux guerriers en relief chevauchant des montures aux longues jambes, toutes lances et épées dehors alors qu'ils se ruaient vers le combat.

Où diable Estelle l'avait-elle conduite ? S'agissait-il simplement de la maison d'une de ses connaissances ou y avait-il autre chose ? Elle se garda de l'interroger, toujours méfiante quant à la raison pour laquelle Estelle l'avait menée ici, compte tenu du moment où l'invitation lui avait été proposée… à la toute fin de leur étrange jeu, la veille au soir.

Si je te disais que tu es en danger, me croirais-tu ?

— Ohé, chantonna Estelle.

Un lourd fracas lui répondit, quelque part au-dessus. Lily crut bien que l'on avait projeté quelqu'un contre un mur, mais son amie ne sembla pas s'en émouvoir.

Une silhouette s'avança alors dans l'embrasure de la porte à la droite de Lily, celle d'un homme de grande taille, son âge avancé manifeste dans les rides profondes de son visage. Ses cheveux blancs étaient taillés de près, comme ceux d'un soldat, et sa moustache entretenue avec une précision tout aussi militaire. Sa posture témoignait d'une forme et d'une énergie hors du commun chez un homme de son âge.

— Miss Deneuve.

— James !

— Que nous vaut ce plaisir ?

— J'ai amené une amie pour rencontrer Mr Ash. Lily, je te présente James Cairncross. James, Miss Lily Albright. Le maître de maison est-il là ?

— Il s'entraîne, répondit Mr Cairncross avec un accent typiquement écossais. Mais j'imagine qu'ils vont bientôt terminer.

En guise de confirmation, un autre bruit sourd se fit entendre à l'étage, assez retentissant pour faire trembler le bouclier métallique contre le mur.

Un nouveau visage apparut au bout du couloir, celui d'un jeune homme longiligne dont les traits exprimaient une origine asiatique. S'il portait la livrée d'un cocher, son manteau était déboutonné et sa casquette de guingois lui donnait un air canaille.

— Sam, pourrais-tu annoncer à Mr Ash qu'il a de la visite ? demanda Mr Cairncross.

— Tout de suite, répondit le jeune homme dans un pur accent de l'East End, avant de bondir dans l'escalier, dont il gravit les marches quatre à quatre.

Une silhouette plus petite et plus fine lui succéda, vêtue d'une robe foncée doublée d'un tablier.

— Mrs Liu, pouvons-nous prendre le thé dans la bibliothèque, je vous prie ?

La vieille dame hocha la tête avant de s'éclipser.

— Si vous voulez bien me suivre, Mesdames ?

Mr Cairncross exécuta une élégante révérence avant de les convier à entrer dans la pièce derrière lui.

Lily leva les yeux de la canne qu'elle tenait à la main vers le porte-parapluies, près de la porte, manifestement destiné à ce genre d'accessoires. Elle était instinctivement réticente à s'en séparer dans cette troublante demeure.

Qu'à cela ne tienne ! Elle était blessée, et il était légitime qu'en tant qu'infirme – temporaire, certes –, elle garde sa canne avec elle.

La mention d'une bibliothèque avait évoqué dans l'esprit de Lily un bureau de gentleman tape-à-l'œil, mais la pièce dans laquelle elle pénétra était tout autre. Immense espace s'étendant sur toute la longueur de la maison, la salle était entrecoupée de larges fenêtres donnant à la fois sur la place et le vaste jardin de derrière. Le plafond était plus haut encore que dans l'entrée, si bien que les murs entièrement recouverts d'étagères bien garnies s'élevaient sur deux niveaux. Un système d'échelles et de balcons en fer forgé courait tout autour de la pièce.

Manifestement, la bibliothèque contenait bien plus que des livres. Derrière une vitrine était exposée une série de sculptures et de tablettes, dont une fine plaque en or battu. À l'avant de la salle, un meuble d'apothicaire en bois fin ouvert révélait ce qui semblait être des parchemins jaunis rangés à l'intérieur.

Les étagères de livres, quant à elles, n'étaient pas remplies par les volumes d'une encyclopédie horticole acquis par lots entiers à des fins décoratives, mais par un grand nombre d'ouvrages aux âges et tailles hétéroclites. D'après le bureau dans le coin et l'authentique catalogue de cartes attenant, il ne s'agissait pas d'une salle d'exposition mais d'une véritable bibliothèque en activité.

D'autres objets d'art plus originaux les uns que les autres décoraient la pièce. Le regard de Lily se porta tour à tour sur une épée incurvée dans son somptueux fourreau émaillé, une idole à multiples bras et visage de démon, ainsi qu'une boule d'ivoire sculptée d'impressionnants motifs intriqués, à l'intérieur de laquelle s'ouvraient d'autres sphères tout aussi finement ouvragées.

Un planétaire présentant la Terre au centre de l'univers était posé sur une table voisine, ses vieux engrenages en cuivre jaune soigneusement polis.

Les lieux étaient silencieux, à l'exception du tic-tac régulier et apaisant de la grande horloge comtoise qui en occupait un coin.

Des fauteuils en cuir lie-de-vin, ornés de clous en laiton, étaient disposés autour d'une cheminée qui n'avait qu'une fonction décorative, à en juger par la chaleur qui émanait des radiateurs en fer forgé disposés tout autour de la pièce.

Mr Cairncross tendit une chaise à Lily avant de s'asseoir.

— Comment va votre santé, James ? s'enquit Estelle.

— On fait aller. Et vous, comment allez-vous ? On ne vous a pas vue dans le coin depuis un moment.

Estelle agita la main d'un air évasif.

— J'en ai moins besoin que d'autres. Que voulez-vous, je suis parfaitement équilibrée.

Quelle réponse étrange. Équilibrée ? Quel rapport avec ses visites ?

Mrs Liu, dont Lily avait déduit qu'il s'agissait de la gouvernante, entra avec un plateau à thé lourdement chargé, qu'elle posa sur la table basse.

Les yeux de Mr Cairncross s'éclairèrent.

— Mrs Liu, vous avez fait des rouleaux aux graines de lotus. Vous êtes un trésor.

— Il y en a beaucoup trop, se récria Estelle à la vue des pâtisseries. Vous n'auriez pas dû vous donner cette peine pour moi. On ne reste pas svelte après quarante ans en se laissant tenter par des mignardises.

— Trop mince, marmonna Mrs Liu en secouant la tête avant de prendre congé.

— Vous devriez goûter, Miss Albright. C'est un vrai délice, insista Mr Cairncross.

Lily obligea le vieil homme, saisissant l'un des gâteaux clairs mais légers et doux au toucher. Dès la première bouchée, elle retint un gémissement. Le rouleau, enrobé dans une garniture lisse et sucrée au goût de noisette, était vaporeux comme un nuage, et elle se sentit d'humeur à s'installer plus confortablement dans son fauteuil.

Sam, de retour, annonça :

— Ils ont presque fini à l'étage. (En voyant le plateau à thé, il s'exclama :) Des rouleaux au lotus ! Năinai n'a pas voulu que j'en prenne dans la cuisine. Elle a dit que c'était pour la maison.

Il s'empara de la dernière pâtisserie, qu'il engouffra tout entière dans sa bouche.

Fille illégitime d'une comédienne, Lily n'avait pas une grande expérience du traitement réservé aux domestiques au sein des grandes maisons, pourtant elle était convaincue qu'il était tout à fait inapproprié pour un cocher de faire irruption auprès des invités pour leur chaparder leurs collations. Mais Cairncross ne sembla ni outré ni réprobateur, affichant l'indulgence amusée d'un grand-père.

Ce n'était pas à elle d'attirer l'attention sur cette inconvenance. Au jeu du statut social, Lily avait peu de chances de sortir gagnante.

Une autre onde de choc se propagea depuis l'étage, faisant trembler les tasses dans leurs soucoupes.

— Préviens-nous quand Mr Ash sera disponible, s'il te plaît, dit Mr Cairncross.

— C'est comme si c'était fait, répondit le jeune homme avant de quitter la pièce en coup de vent.

— Du thé, Miss Albright ? proposa le bibliothécaire.

— Merci.

— Crème ou sucre ?

— Un peu des deux.

— Je prendrai le mien noir, précisa Estelle.

— Je n'ai pas oublié, Miss Deneuve.

Lily prit une gorgée de thé.

— Votre bibliothèque abrite une collection plutôt originale, observa-t-elle, comblant ainsi le creux naturel de la conversation.

— Plus de cinq mille articles au catalogue, qui couvrent une période d'environ trois mille ans et seize langues différentes. Cinq mortes, dix vivantes. Et une autre de statut indéterminé, répondit Mr Cairncross avec une fierté manifeste. Mr Ash a passé la plus grande partie de sa vie à voyager dans le monde entier – j'ai eu le privilège de l'accompagner la majeure partie du temps – et il a fait expédier la plupart de ces objets chez lui au cours de ses périples. Là-bas, vous avez un hymne sumérien à Ishtar, dit-il en désignant l'une des tablettes de la vitrine, avant de déplacer sa tasse de thé pour indiquer d'autres objets dans la pièce. Cette boule-ci est un casse-tête de la dynastie Qing. Ici, un psautier du XVIIe siècle incrusté de dix carats d'émeraudes et de rubis. Là, la déesse hindoue Kali, que l'on ne se lasse pas d'admirer.

Lily jeta un coup d'œil aux titres sur l'étagère la plus proche. *Les Vies des Saints* côtoyait un volume sur les pouvoirs des ascètes soufis. Au-dessus, quelques reliures arboraient des caractères qu'elle aurait été bien en peine de déchiffrer.

— La chambre forte au sous-sol regorge d'autres trésors, dont quelques artefacts que je dois garder sous clé pour des raisons de santé autant que de sécurité, poursuivit Mr Cairncross.

— Vous voulez dire qu'ils sont fragiles ? demanda Lily.

— Non. Je veux dire qu'ils sont plutôt dangereux.

— James est le bibliothécaire officiel du Refuge. Si tu le lances sur certains sujets, tu auras du mal à l'arrêter, la prévint Estelle.

— Le Refuge ? répéta Lily comme en écho.

Tous deux échangèrent un regard, et Lily crut deviner un subtil avertissement dans celui d'Estelle, qui n'avait apparemment pas non plus échappé à Mr Cairncross.

— Techniquement, le nom est Zìzhīzhìmíng Bìfēnggang. Vous avez dû voir les caractères près de la porte d'entrée. La traduction littérale serait « le sanctuaire de la pleine connaissance de soi », mais comme c'est un peu long et que seuls Ash, les Wu et moi-même maîtrisons le mandarin, nous préférons l'appeler le Refuge.

— Vous parlez de cette maison, devina Lily lentement.

— Oui, ma chérie. La maison, confirma Estelle.

— Plus ou moins, précisa Mr Cairncross.

Une fois de plus, les deux autres échangèrent un coup d'œil et Lily sentit revenir au galop la méfiance que la chaleur et le confort de la bibliothèque avaient chassée. Elle se rappela qu'elle n'avait pas la moindre idée de ce qui se tramait ici. Quelle sorte de maison privée portait un nom aussi alambiqué en langue étrangère et employait un bibliothécaire ? Si tant est que Mr Cairncross fasse bel et bien partie du personnel – statut qui devrait l'interdire de jouer les hôtes de substitution, ce qu'il faisait pourtant depuis une demi-heure.

Estelle posa sa tasse de thé.

— Voulez-vous m'excuser un instant ? dit-elle en se levant pour se glisser hors de la pièce.

Son départ ne fit rien pour apaiser le malaise de Lily, qui se perdit dans la contemplation de la tasse dans ses mains. Elle avait presque envie de remettre le thé à moitié bu sur le plateau, de s'excuser auprès de Mr Cairncross et de quitter les lieux, purement et simplement. Elle pouvait rentrer par ses propres moyens, même avec les points de suture qui lui brûlaient la cuisse.

C'est alors qu'une pensée lui vint. La pièce dans laquelle elle était assise contenait peut-être la réponse à une question qui ne cessait de la tarauder, si fort soit son désir de la chasser de son esprit.

— Mr Cairncross…

— Oui ? répondit l'intéressé entre deux gorgées.

— Vous avez dit parler mandarin.

— C'est exact.

— Combien d'autres langues parlez-vous ?

— Couramment ? Sept. Mais je me débrouille dans une

demi-douzaine d'autres. Et il y a celles que je lis, bien sûr. Un peu de sanskrit, et même quelques hiéroglyphes. J'ai toujours eu un don pour les langues. Talent utile pour un bibliothécaire, s'il en est.

— Avez-vous déjà entendu le mot *alukah* ?

Cairncross se renfrogna.

— J'ai du mal à croire qu'une jeune femme puisse rencontrer un tel mot par hasard.

— Alors, vous le connaissez ?

— C'est de l'hébreu.

— Et que signifie-t-il ?

— Buveur de sang.

Lily sentit les poils se dresser sur son bras.

Buveur de sang… l'accusation qui avait franchi les lèvres blêmes d'Estelle dans sa vision. Encore un autre lien avec les articles de journaux et cette créature d'épouvante qui s'infiltrait dans les chambres des femmes endormies à la faveur de la nuit pour les laisser exsangues au petit matin.

— Comme un vampire, vous voulez dire ?

— C'est cela.

— Les vampires n'existent pas, répondit-elle machinalement, reprenant les mots prononcés par Estelle, la veille.

— Allez dire ça à celui que j'ai rencontré à Trieste, rétorqua Mr Cairncross. Puis-je vous demander où vous avez trouvé ce mot ?

Son regard exprimait une vive curiosité.

Lily n'eut pas à répondre, car Sam revint sur ces entrefaites.

— Il est prêt à la recevoir maintenant. Il a dit qu'il la verrait dans la salle de réflexion.

— Un choix intéressant, murmura Mr Cairncross. Merci, Sam. Je vais l'y conduire. (Il se leva, extrayant du fauteuil sa silhouette longiligne.) Si vous voulez bien me suivre, Miss Albright.

Elle se demanda si elle devait attendre Estelle, mais Mr Cairncross semblait attendre qu'elle le rejoigne. Et pourquoi ne le suivrait-elle pas ? Elle n'avait rien à craindre. Dans le pire des cas, elle s'apprêtait à vivre une rencontre gênante avec un riche excentrique, situation qu'elle se sentait parfaitement à même d'appréhender.

Elle se leva alors et Mr Cairncross la guida dans le couloir par lequel ils étaient arrivés. Il s'arrêta en haut d'un escalier menant au sous-sol, au bas duquel tintait de la vaisselle. De l'autre côté, à gauche de Lily, un épais rideau noir contrastant avec le vert éclatant du papier peint masquait une ouverture dans le mur. Un petit banc de bois y était accolé, et en dessous, sur un paillasson, une paire de chaussures Oxford parfaitement vernies étaient rangées côte à côte.

Il n'y avait aucun bruit de l'autre côté, à peine un léger courant d'air qui faisait frémir le bas du rideau et soufflait sur les chevilles de Lily.

— En général, on se déchausse avant d'entrer, déclara Mr Cairncross sur un ton légèrement contrit.

Lily se figea, indécise. À la perspective d'ôter ses souliers, elle se sentait étrangement vulnérable. Mais à y être…

Elle s'assit sur le banc et retira ses bottes, retenant une grimace lorsque les points de suture tirèrent sur sa cuisse.

— Bonne chance, lança Mr Cairncross avec entrain, hochant la tête en direction du rideau avant de retourner à grandes enjambées vers la bibliothèque.

Debout toute seule dans le couloir, bas aux pieds et canne à la main, Lily se tourna vers l'obscurité.

Plus vite elle en aurait fini avec cette entreprise, plus vite elle pourrait rentrer chez elle, s'enjoignit-elle, opposant le poids de cette assurance à l'air froid qui flottait autour de ses orteils.

Enfin, elle tira le rideau et s'avança à l'intérieur.

CHAPITRE IV

Ce fut le calme qui la frappa. Non pas le silence, mais l'immobilité – une quiétude feutrée, contemplative.

La salle était vide. Des murs blancs barrés de poutres apparentes sombres s'élevaient jusqu'au plafond lambrissé. Le parquet était dépourvu de tapis ou de moquette, simples planches nues et cirées. Quelques bancs de bois ordinaires alignés contre un mur tenaient lieu d'ameublement, ainsi qu'une étagère sur laquelle de petits tapis étaient enroulés en tubes bien rangés. Tout un côté de la salle était constitué d'une rangée de fenêtres qui s'élevaient du sol au plafond et pouvaient être ouvertes par temps chaud pour laisser entrer l'air du jardin sur lequel elles donnaient. Les vitres étaient fermées aujourd'hui et les branches au-dehors encore nues, figées par l'hiver infini. Seule la douce lueur grise qui se répandait par la baie vitrée éclairait l'intérieur de la pièce, les habituelles lampes à huile dans leurs appliques le long des murs encore éteintes à cette heure de la journée.

Cependant, c'est l'eau qui attira l'attention de la jeune femme. Elle coulait d'un robinet fixé au mur du fond jusque dans une rigole en cuivre peu profonde creusée à même le sol. Le filet d'eau, de trente centimètres de large et quelques centimètres de haut, ruisselait ainsi sur toute la largeur de la pièce jusqu'à disparaître dans le jardin, sous l'une des fenêtres. On n'entendait que son léger murmure dans le silence par ailleurs absolu.

Un homme ni grand ni robuste se tenait au centre de la pièce.

Ses cheveux et sa barbe étaient presque entièrement gris, trahissant un certain âge, et il portait un costume gris anthracite finement taillé, un ensemble tout à fait respectable si l'on faisait abstraction de ses pieds nus. Droit et immobile, il était tourné vers le jardin.

Lily toussota poliment et il se retourna. Une émotion à laquelle elle ne s'attendait pas étincela dans son regard… on eût dit qu'il la reconnaissait.

— C'est vous.

— Je suis désolée. Nous sommes-nous déjà rencontrés ? demanda-t-elle.

— Non, Miss Albright. Jamais.

C'était une réponse logique, évidemment, mais Lily avait toujours la nette impression que l'homme debout de l'autre côté de la rigole la connaissait.

Il s'inclina, un geste naturel et courtois.

— Robert Ash, à votre service. Asseyez-vous, je vous en prie, fit-il en désignant l'un des bancs de bois.

Il enjamba le ruisseau et Lily le rejoignit près du banc. Lorsqu'elle prit place à une extrémité, Mr Ash sembla percevoir son besoin d'éloignement et laissa entre eux un espace prévenant. Cette attention la rassura, atténuant la méfiance viscérale qu'elle ressentait depuis son arrivée.

— Êtes-vous à votre aise ? s'enquit-il.

— Parfaitement.

— En temps normal, nous n'utilisons pas cette pièce pour les conversations, mais plutôt pour y trouver silence et méditation.

— On dirait une église, commenta Lily, avant de se demander si elle n'avait pas commis quelque impair avec cette remarque.

— Elle en reprend le modèle, d'une certaine manière. Je me suis inspiré de l'intérieur du temple de la Falaise Sud, à Wŭdāng, en Chine. Mais comme celui-ci a été taillé à flanc de montagne, j'ai dû opérer quelques changements. Et bien sûr, la vue est très différente.

— Vous êtes allé en Chine ?

Elle connaissait déjà la réponse, naturellement, grâce à Mr Cairncross, mais par politesse, et tant qu'elle n'aurait pas compris la raison de sa présence et l'identité de ce Robert Ash, elle se contenterait des banalités les plus sommaires.

— Oui, confirma son hôte.

— Qu'est-ce qui vous y a mené ? Les affaires ?

— Le deuil, répondit-il sobrement.

La réponse la surprit par son honnêteté : elle révélait une vulnérabilité que l'on ne partageait pas habituellement avec de nouvelles connaissances.

Lily ne savait plus quoi dire. Serait-il plus respectueux de lui demander la raison de ce deuil ? D'exprimer de la compassion ? Rien dans le ton ou la posture de Mr Ash n'indiquait qu'il attendait l'un ou l'autre.

— Que vous a dit Miss Deneuve sur cet endroit ? demanda-t-il, troublant le silence avant que Lily ne puisse se décider.

— Rien.

C'était la vérité.

— Alors, vous ignorez pourquoi vous êtes ici.

— Elle a dit qu'elle voulait me présenter l'un de ses amis.

— Je vois.

Le silence revint, comblant l'espace laissé par le doux murmure de l'eau.

Ce moment aurait dû lui sembler oppressant. Un blanc dans la conversation avec une personne que l'on connaissait à peine n'avait rien d'agréable. Mais pas cette fois. C'était comme si l'espace lui-même avait une qualité propre à apaiser les nerfs de Lily. Elle n'avait pas l'impression d'être en visite chez quelqu'un, mais plutôt d'avoir croisé un autre paroissien en prière lors d'un temps de recueillement.

— Êtes-vous catholique, Miss Albright ?

En effet, elle l'était – une confession qu'elle avait héritée de sa mère irlandaise. Si son origine et ses croyances religieuses donnaient généralement matière à mépris parmi les hommes du rang de Mr Ash, d'un point de vue social, Lily souffrait de fautes bien plus rédhibitoires, aucun de ces sujets n'étant de ceux que l'on aborde entre personnes bien éduquées.

— Pourquoi cette question ?

— Je me demandais si vous connaissiez la vie des saints.

— Un peu.

C'était peut-être une exagération. Lily n'avait jamais été très attentive à l'église.

— Saint Alphonse de Liguori ?

— Je crains que non.

— On dit que sa sainteté se révélait dans sa capacité à apparaître à deux endroits en même temps. Un phénomène connu sous le nom de bilocation.

— C'est très intéressant, répondit-elle poliment, décontenancée par ce qui lui semblait être un tournant très étrange et abrupt dans la conversation.

— Puis il y a Saint Paul de la Croix, reprit Mr Ash. On dit qu'il avait la capacité de projeter des sermons dans l'esprit de personnes situées à des kilomètres de là et de lire les pensées des âmes avec lesquelles il entrait en contact.

Une fois de plus, sa méfiance instinctive s'éveilla sans qu'elle s'explique pourquoi. Après tout, Mr Ash ne lui donnait aucune raison de penser qu'il s'agissait d'autre chose que d'une simple conversation. Pourtant, son pouls s'accéléra et ses sens s'aiguisèrent.

— Je vois.

— Il y en a beaucoup d'autres : des récits de saints et de saintes capables de projeter leurs âmes sur de grandes distances ou insensibles à la douleur… On trouve des histoires similaires dans les religions et cultures du monde entier, depuis l'hindouisme jusqu'à la santería. Dans l'islam, de tels pouvoirs sont appelés *karamat*. Ce mot correspond à notre « charisme » occidental. Savez-vous ce qu'est le charisme, Miss Albright ?

— C'est une sorte de charme, répondit Lily.

Au théâtre, le charisme faisait toute la différence. Sans, vous restiez dans l'oubli ; avec, vous deveniez une vedette. Elle avait souvent entendu dire que sa mère en regorgeait, cette qualité unique, ineffable, qui attirait tous les regards vers une forme, une voix, un sourire.

— Il y a un autre sens au mot charisme, reprit Mr Ash. Il ne s'agit pas de l'attrait d'un physique ou d'un caractère donné, mais d'une notion autrement différente, un pouvoir extraordinaire conféré par Dieu. Du grec *khárisma*, don de la grâce.

Elle se sentait à nouveau dans une impasse, comme si quelque chose de dangereux était tapi dans cette pièce, une chose que Lily aurait intérêt à fuir si elle n'était pas incapable de l'identifier comme telle.

Elle affermit sa prise sur sa canne.

— Les charismatiques ont toujours existé, reprit-il. Soyez attentive et vous les retrouverez, dispersés dans l'histoire de chaque nation, de chaque religion. Certains ont été portés aux nues, d'autres brûlés au bûcher. D'autres encore ont probablement suivi des chemins plus tranquilles dans l'existence, laissant peu ou pas de traces dans nos archives du passé. Mais ils ont toujours été là.

Mr Ash ne bougea pas. Il n'y avait aucun changement dans son intonation. Il prononça les mots suivants aussi calmement et posément que les précédents, depuis sa première exclamation de surprise lorsqu'elle était entrée dans la pièce.

— Vous possédez vous-même ce don. N'est-ce pas, Miss Albright ?

La panique déferla, forte et empreinte d'urgence. Comment le savait-il ?

Comment pouvait-il le savoir ?

Personne n'était au courant. Depuis la mort de sa mère, quatorze ans plus tôt, elle n'avait pas parlé de ce maudit pouvoir à qui que ce soit.

L'inconnu assis à côté d'elle dans cette pièce obscure et silencieuse n'avait pas pu découvrir son secret.

Si je te disais que tu es en danger… me croirais-tu ?

Les paroles que Lily avait prononcées, la veille, dans un élan de dépit, au cours d'un jeu auquel elle n'avait pas même envie de participer.

Elles auraient dû paraître absurdes, le genre de fadaises que toute personne rationnelle aurait rejetées comme le fruit d'une imagination trop fertile.

Mais Estelle n'était pas une personne rationnelle. Estelle était intuitive - résolument, fondamentalement intuitive. Avait-elle flairé la vérité dans les propos de Lily ?

Si j'étais en danger, me le dirais-tu ?

La question qu'Estelle avait posée à la fin de la soirée, celle que Lily s'était empressée de chasser de son esprit alors qu'elle sombrait dans le sommeil.

Elle avait toujours été d'une prudence irréprochable. Avait-elle commis une erreur cruciale ?

Elle tenta de se rassembler, affichant une sérénité et un détachement de façade.

Personne ne pouvait connaître son secret, et personne ne le découvrirait.

— Je crains de ne pas savoir ce dont vous parlez.

Mr Ash se leva et se dirigea vers les fenêtres, ses pieds silencieux sur le parquet, avant de contempler le paysage austère et froid du jardin.

— Ma femme était une charismatique, confessa-t-il, le regard toujours tourné vers la baie vitrée. (Comme Lily gardait le silence, il ajouta :) Son pouvoir ne se manifestait pas de façon évidente comme des apparitions simultanées à deux endroits différents. Je ne l'ai jamais vraiment compris, pas tant qu'elle était en vie. Ce n'est qu'après, au terme d'un très long moment à courir le monde en quête de réponses à des questions que je ne savais même pas formuler, que j'ai enfin compris ce qu'elle était.

Il se tut et le silence retomba. Elle ne pouvait pas voir son visage. Rien dans sa voix ou sa posture n'indiquait autre chose que la simple énonciation d'un fait. Malgré cela, Lily sentit que le chagrin était à l'origine de cette pause dans son récit.

Qu'est-ce qui vous a mené en Chine ?

Le deuil.

Cette conversation était dangereuse, infiniment trop dangereuse, et elle ne voulait pas en entendre plus. Mais les mots franchirent ses lèvres, mus par une force plus puissante encore que sa peur.

— Qu'est-ce qu'elle était ?

Il se tourna vers elle à nouveau.

— Connaissez-vous le Tao, Miss Albright ?

— Je crains bien que non.

— Ce n'est guère surprenant. Malheureusement, il ne s'agit pas d'un concept facile à aborder en une heure de conversation. Disons simplement que ma femme avait la capacité de percevoir l'imperceptible.

— Vous voulez parler des esprits ? demanda Lily en pensant aux prétendus dons de médium d'Estelle.

— Je veux parler du but ultime, répondit Ash à mi-voix. De l'ordre indicible de toute chose.

— Et à quoi cela ressemble-t-il ? souffla Lily, interdite.

— C'est magnifique… et terrible à la fois.

— Est-ce comme cela qu'elle vous l'a décrit ?

— Evangeline était une artiste. Elle ne décrivait rien. Elle dessinait.

Cette idée attisa sa curiosité, et elle en fut profondément troublée.

Tout ceci n'était qu'une perte de temps. Si elle avait été percée à jour, alors elle réparerait les dégâts et passerait à autre chose, aussi rapidement et efficacement que possible.

Elle se leva en lissant sa jupe.

— Je ne doute pas que ses œuvres étaient remarquables, dit-elle poliment.

Mr Ash reprit la parole, ses mots glissant à travers la pièce avant que Lily ne puisse enchaîner avec une excuse plausible pour battre en retraite.

— Vous en faites partie.

Le sentiment revint en force, l'impression d'être *vue*, comme un animal aux abois.

— Que diable voulez-vous dire ? demanda-t-elle d'une voix monocorde et détachée, refusant de trahir le tumulte qui grondait en elle.

— Elle vous a peinte.

— Je suis désolée… J'ignorais que je l'avais rencontrée.

— Ma femme est morte, Miss Albright. Elle est morte il y a trente-six ans.

Son cœur battait la chamade, des cognements sourds, puissants et insistants dont le bourdonnement à ses oreilles jurait avec le murmure constant et discret de l'eau qui s'écoulait à travers la pièce.

— Dans ce cas, c'est parfaitement impossible, rétorqua-t-elle sur le même ton.

— Oui, convint Mr Ash. Et pourtant, c'est vrai.

— Je crains que vous ne fassiez erreur.

Il ne releva pas son intonation acerbe, demeurant calme et résolu, aussi inébranlable qu'un roc.

— C'est vous, Miss Albright. Jusqu'à la canne en bois d'if que vous tenez dans votre main.

Sa poigne se resserra par réflexe autour du bâton.

Rien ne l'obligeait à accorder le moindre crédit à ses paroles. Il s'agissait sans doute d'un jeu, ou d'une sorte de folie étrangement perspicace.

Pire que la peur était l'autre émotion que la folie évoquait en elle, quelque chose de bien plus troublant qu'une brève panique.

La fascination.

Elle se redressa. Il était grand temps qu'elle sorte d'ici.

— Je suis terriblement désolée, Mr Ash…

— Zìzhīzhīmíng Bìfēnggang, l'interrompit-il, dans un mandarin mélodieux. C'est une référence au trente-troisième chapitre du *Tao-tê-king*, un livre de vertu écrit par un sage chinois du nom de Lao-tzeu. « Qui connaît autrui est prudent. Qui se connaît est éclairé. Qui triomphe d'autrui est puissant. Qui triomphe de soi est plus fort encore. » J'ai créé cet endroit pour offrir un refuge aux charismatiques, aux individus possédant des dons qu'ils ne comprennent pas entièrement, afin qu'ils puissent atteindre le zìzhīzhīmíng, c'est-à-dire qu'ils apprennent à se connaître eux-mêmes. Vous avez vu la bibliothèque. La collection est vaste et couvre tous les aspects de l'expérience humaine en matière d'extraordinaire, tant ancienne que contemporaine. Il y a également un atelier d'entraînement, où je travaille avec des techniques plus physiques pour cultiver la concentration et l'équilibre entre maîtrise et acceptation.

— On m'a dit que vous étiez en train de vous entraîner quand je suis arrivée. (Les mots avaient jailli, sa curiosité reprenant le dessus.) Le sol tremblait.

— Une séance de tai-chi-chuan. Même si je l'enseigne principalement pour ses bienfaits mentaux et spirituels, il peut servir d'arme d'autodéfense, expliqua-t-il. C'est l'une des nombreuses pratiques que j'ai découvertes pendant mes années à l'étranger et qui peuvent être employées dans le cadre de mon travail avec les charismatiques. D'autres impliquent un contact moins direct.

Elle avait la tête en vrac. Cela faisait trop d'informations à absorber – qu'il y en avait eu d'autres, comme elle, à travers l'histoire ; qu'il existait une gigantesque bibliothèque remplie de livres susceptibles de lui en apprendre plus sur qui elle était ; qu'il existait des techniques et des pratiques capables de lui offrir… la maîtrise de soi. Et l'acceptation.

Les mots d'Ash étaient riches de promesses.

Quelque chose en elle se languissait à cette idée, et elle se sentait très tentée.

Non, se rappela-t-elle avec force. Elle ne suivrait pas cette voie. Elle savait ce que son pouvoir pouvait faire. Plus important encore, elle savait ce qu'il ne pouvait *pas* faire, quels que soient les livres qu'elle consulte. Elle ne devait pas tomber dans ce piège. Explorer le monde qu'Ash lui avait révélé ne la mènerait nulle part, si ce n'est vers plus de douleur, plus de souffrance. Plus de tourments.

— Je suis vraiment désolée, répéta-t-elle d'une voix affirmée, en contradiction avec ses tremblements intérieurs. Je crains bien de devoir partir.

— Mais bien sûr.

Ash ne semblait pas froissé devant cette esquive soudaine. Il se rapprocha, s'arrêtant de l'autre côté de la rigole qui divisait la pièce.

— Si vous souhaitez revenir, Miss Albright, la porte du Refuge est ouverte. Elle vous sera toujours ouverte.

Il ne s'agissait pas de politesses ordinaires. Lily savait d'instinct qu'Ash pensait chaque mot prononcé, que la porte de ce lieu, sa maison, lui serait bel et bien ouverte.

Mais pourquoi donc ?

L'envie d'obtenir une réponse était irrésistible, la consumant d'une énergie qui tenait à la fois de la curiosité éperdue et de la colère pure. Pourquoi cet homme faisait-il une telle proposition à une parfaite inconnue ? Était-ce à cause du tableau, de la toile que sa femme avait réalisée, des années avant sa naissance, et qui, selon lui, la représentait ? Ou y avait-il autre chose encore ? Que pouvait-il bien avoir à y gagner ?

Lui demander ne ferait qu'ouvrir une autre porte, et elle en avait fini avec les révélations pour la journée. Après un hochement de tête tout juste poli, elle tourna les talons pour se retirer.

Elle était sur le point de s'éloigner lorsqu'une autre pensée lui vint, une pensée aux implications si écrasantes qu'elle l'arrêta net.

Le tai-chi-chuan. Un art martial d'autodéfense. Ash avait dit qu'il s'entraînait lorsqu'elle était arrivée, or la maison avait été secouée par l'impact d'un corps heurtant le sol. Et pour qu'un corps heurte le sol, il fallait qu'il soit projeté. Il y avait donc eu deux corps en jeu.

Elle fit volte-face.

— Qui entraîniez-vous ?

Elle l'exigea plus qu'elle ne le demanda, l'importance de la réponse l'emportant sur la quelconque bienséance à laquelle elle s'était accrochée jusqu'alors.

Pour la première fois depuis leur rencontre, un éclat transparut dans le regard de son interlocuteur, et les rides se plissèrent au coin de ses yeux.

— Je vous ai dit que l'on retrouvait des charismatiques tout au long de l'histoire. Pensiez-vous qu'il n'en serait pas de même aujourd'hui ? Vous n'êtes pas seule, Miss Albright. Vous n'avez jamais été seule.

Ces mots la percutèrent comme un boulet de canon.

Vous n'êtes pas seule.

C'était impossible. Lily n'avait jamais connu que la solitude. Elle était seule, et il n'en serait jamais autrement.

Elle recula d'un pas, puis d'un autre, et enfin, se retourna et franchit le rideau noir pour émerger dans la lumière du couloir. Là, elle enfila ses bottes à la hâte, son cœur cognant dans sa poitrine comme si elle courait le cent mètres… en quelque sorte, c'était le cas : elle fuyait.

Elle ravala la douleur que lui causait sa blessure à chaque mouvement, se dirigeant vers la porte à pas mesurés : elle ne devait surtout pas céder à son envie de détaler.

Une fois dans l'entrée, elle commença à se sentir ridicule.

Elle venait d'échapper à une conversation polie, quoiqu'étrange, avec un excentrique. Voilà tout. Ash n'était qu'un vieil homme un peu extravagant, mais bien intentionné, avec un tas d'idées folles qui dansaient dans sa tête. Lily avait laissé son imagination et sa propre paranoïa prendre le dessus. Il n'y avait rien à craindre ici, ni rien de vraiment extraordinaire dans cette maison qui n'était composée que de briques, de bois et de mortier, le foyer délirant d'un doux dingue fortuné.

Estelle repéra Lily dans l'entrée et sortit de la bibliothèque.

— Tu t'en vas ?

Soudain, le craquement d'un pas se fit entendre sur le palier du premier étage. Lily leva les yeux pour voir quelqu'un apparaître dans le couloir éclairé. L'homme était vêtu d'une chemise et d'un pantalon amples, une sorte de tenue de sport qui révélait sa belle carrure. Ses cheveux bruns, un peu plus longs que l'exigeait la mode actuelle, formaient des boucles sur son front que l'effort avait rendu humide.

Ses mains gantées de noir vinrent se poser sur la balustrade.

Il la dévisagea avec une stupeur évidente, identique à l'émotion qui la ravageait comme un feu de forêt en cet instant même.

— C'est vous, souffla-t-il avec un hoquet de surprise.

— Lord Strangford, parvint-elle à répondre.

Ils se dévisagèrent à travers le vaste hall d'entrée, son apparition lui causant un tel choc qu'elle était incapable de formuler la moindre réponse cohérente.

— Je suis atrocement désolée, lâcha-t-elle en s'adressant à Estelle, sans toutefois détacher son regard de l'homme sur le palier. Je dois y aller.

— Lily…

Ignorant l'objection d'Estelle, elle passa la porte et traversa la place à grandes enjambées. S'efforçant de faire taire la douleur aiguë dans sa jambe, elle trotta plus qu'elle ne marcha avant de tourner au coin de la rue, où elle s'enfonça dans l'animation incessante de Tottenham Court Road.

Elle se faufila dans la marée humaine comme une aiguille dans une tapisserie jusqu'à ce que la brûlure devienne insoutenable. Alors elle se réfugia dans une ruelle, derrière une banque. Son dos s'affaissa contre les briques. Se laissant glisser à terre, elle donna enfin libre cours aux tremblements de son corps.

Vous n'êtes pas seule, Miss Albright.

Vous n'avez jamais été seule.

CHAPITRE V

Une poule, pensa Lily. Non, se reprit-elle. C'était peut-être un faucon.

Elle rêvassait, étendue sur le dos dans son lit, intriguée par la forme des taches de fumée sur son plafond.

Elle avait musardé toute la journée. Après son retour de Bedford Square, elle s'était enfermée dans ses appartements et avait ôté sa robe, bien résolue à chasser de son esprit le reste du monde.

Néanmoins, la tache en forme de poule ne parvenait pas à balayer le souvenir de la silhouette spectrale d'Estelle, ni de son doigt accusateur dardé sur l'ombre menaçante, ni de la conscience que la mort la traquait sans qu'elle en connaisse l'origine et qu'elle ne pouvait rien faire pour l'éviter.

Sans parler du regard stupéfait de lord Strangford, qu'elle ne parvenait pas plus à oublier.

Ce souvenir raviva sa curiosité. Que faisait-il là-bas ? Sa présence chez Ash était-elle une simple coïncidence ? Elle ne pouvait pas envisager l'éventualité alternative. Sinon, elle serait portée à croire tout ce qu'Ash lui avait dit au sujet du Refuge et de son objectif. Trop d'éléments flirtaient avec la folie dans son récit, par exemple l'idée que sa femme ait peint un portrait de Lily des années avant sa naissance.

Mieux valait oublier toute la rencontre.

Pourtant, elle avait beau essayer de se changer les idées, ses pensées revenaient sans cesse à lord Strangford, à la tension et la surprise qu'elle avait décelées dans la rigidité de ses épaules.

Elle se redressa et jeta un regard furieux au seul autre occupant de la pièce, comme s'il était en mesure de lui fournir une solution. Le Chat se contenta de lui rendre son regard en clignant des paupières, roulé en boule sur son écharpe neuve où il avait déjà déposé une épaisse couche de poils orange.

On frappa à la porte – plus pour la forme que par réelle considération, car avant même que Lily ne réponde, sa logeuse, Mrs Bramble, fit brusquement irruption dans la pièce.

Veuve d'âge moyen, elle était bâtie comme un dogue anglais. Ses pas défiaient les lois de la physique, percutant le plancher avec une force qu'elle n'aurait dû avoir qu'en mesurant deux fois sa taille.

Elle tenait un plateau dans ses mains, avec une assiette recouverte d'une cloche en étain cabossée.

— Pudding aux orties ? demanda Lily avec une légère appréhension.

— Steak de jambon, répondit mollement Mrs Bramble. (Elle posa le plateau sur un guéridon dans un claquement mat.) Et un peu de brocoli. (Elle tira de sous son bras un journal plié, avec la vivacité d'un escrimeur paré au combat.) Journal ?

Lily s'apprêtait à refuser, comme à son habitude, mais elle s'interrompit.

— Lequel est-ce ?

— *Police News*. Le seul qui soit un tant soit peu intéressant. Les autres pourraient savoir qu'une horde de cambrioleurs sévit en entrant par les fenêtres, et vous pensez qu'ils nous préviendraient ? Que nenni. Toujours la politique et l'argent, comme si ça faisait une vraie différence pour nous autres.

Il ne s'agirait que d'une distraction, se dit Lily, pas d'un moyen de savoir s'il y avait eu des rebondissements dans l'enquête sur les meurtres.

— Je vais le prendre, merci.

La logeuse laissa tomber le journal à côté de l'assiette couverte.

— Bon, j'y vais, lança-t-elle avant de sortir d'un pas lourd.

Lily souleva la cloche et regarda pensivement le steak de jambon, le bouquet de brocoli… et le journal.

Elle ne devrait vraiment pas.

Pourtant elle s'en empara et retomba sur le lit.

L'article en une rapportait la tragédie qu'avait vécue une dame somnambule lorsqu'elle avait dégringolé du bastingage d'un bateau avant d'être secourue par un marin au courage extraordinaire. On avait aussi aperçu, semblait-il, un orang-outan en fuite rôder dans les rues de Paris. Dans une note plus légère, on racontait l'histoire d'amour entre l'homme le plus grand de la ville de Leeds et la femme la plus petite du Dorset.

Lily trouva enfin ce qu'elle cherchait en page cinq.

L'article était court, un seul paragraphe illustré d'un point d'interrogation frappant, qui retranscrivait les résultats de l'enquête du légiste sur la dernière femme médium victime du « vampire tueur », Sylvia Durst. Officiellement, elle était morte de causes naturelles. Le journal précisait cependant que la nature spécifique de ces causes n'était pas divulguée. Lily ne se faisait aucune illusion : jamais la police ne consacrerait de ressources pour enquêter sur une mort qui n'était pas classée comme un homicide. En fin de compte, cela n'avait rien de bouleversant : les enquêtes ne faisaient jamais aucune différence. Lily le savait. Ce dont elle était témoin dans ses visions se produisait immanquablement selon le même schéma, et cela ne changerait pas. On n'y pouvait rien.

Elle abandonna le journal, déçue de sa lecture et d'elle-même, aussi. Les pages se détachèrent, glissant sur le sol.

Elle imaginait la tête de Mrs Bramble quand elle reviendrait chercher le plateau-repas et le découvrirait là. À cette idée déplaisante, elle trouva la force de sortir du lit pour le ramasser.

En récupérant la dernière page, elle suspendit son geste. Là, entre deux réclames pour un remède fortifiant et un nouveau cireur de ceintures électrique, était annoncé un événement : Vernissage à la galerie Carfax, « Toiles de maîtres britanniques décédés ». L'encadré n'avait rien de remarquable, mais son regard fut attiré par un nom dans la liste des artistes exposés, qui se trouvait entre Arthur Bardswell et Dudley Snodgrass… cinq lettres toutes simples.

E.V. Ash

Se pouvait-il qu'il s'agisse des initiales d'Evangeline ?

D'après Robert Ash, c'était le prénom de sa défunte épouse, artiste peintre.

Le pari était improbable. Il pouvait y avoir des dizaines d'artistes anglais du nom d'Ash. Les initiales sur la page pouvaient très bien faire référence à n'importe lequel d'entre eux.

Elle parcourut le reste de l'annonce.

Le vernissage avait lieu ce soir, sur Bury Street.

Tout ceci était parfaitement absurde. Quand bien même le tableau serait peint par la femme d'Ash, qu'espérait-elle en tirer ? Cela dit, ce n'était pas en restant chez elle qu'elle parviendrait à apaiser ses pensées fébriles. Sortir n'était peut-être pas une mauvaise idée ; un peu d'air frais et un changement de décor lui feraient le plus grand bien. Avec de la chance, elle réussirait à oublier le souvenir de l'homme sur le palier et du tueur de l'ombre.

On pouvait toujours espérer.

St James n'était pas un quartier de Londres que Lily avait pour habitude de fréquenter.

Assise dans le fiacre réservé pour l'occasion, elle vit défiler maisons cossues – propriétés de certaines des familles les plus riches du pays –, ambassades et clubs d'élite. Dans ce secteur, même le granite et le calcaire des bâtiments semblaient plus résistants à la suie qui encrassait la ville. Les rues y étaient plus propres, les calèches plus majestueuses.

C'était le genre de quartier où son noble père se serait senti chez lui, un monde auquel Lily aurait peut-être pris goût, si elle avait été sa fille légitime et non la conséquence inattendue d'un petit plaisir coupable avec sa maîtresse.

Au dire de tous, le comte de Torrington était un homme singulièrement grave, ce qui rendait d'autant plus incompréhensible son choix d'une comédienne charmante mais frivole, comme maîtresse. Peut-être était-ce justement la frivolité de Deirdre Albright qui l'avait attiré. En plus d'être l'un des membres les plus influents de la Chambre des lords, Torrington gérait d'une main de fer ses propriétés et son capital. Alors que de nombreuses familles de la noblesse peinaient à se maintenir à flot en raison des réformes agricoles et du manque de main-d'œuvre au profit des usines de Leeds et de Manchester, les terres et entreprises de Torrington – prudemment diversifiées, cela va sans dire – continuaient à dégager de confortables bénéfices.

Pour un homme qui passait ses journées dans les livres de comptes, les portefeuilles d'investissement et les dossiers législatifs, le monde frivole de Deirdre Albright, tout en soie et bulles de champagne, exerçait un charme certain. Charme que son épouse et leurs enfants n'avaient manifestement su lui offrir.

Lily n'était, tout au plus, qu'un curieux effet secondaire de son passe-temps, ce qui lui avait été clairement signifié après la mort de la charmante et joviale Deirdre, car le comte avait tout bonnement disparu de sa vie.

Lily n'avait pas été laissée sans le sou, cependant. Un représentant était venu la trouver dans son appartement d'Oxford Street pour l'escorter à l'académie pour demoiselles de Mrs Finch, où ses frais de scolarité furent régulièrement versés, ainsi qu'une allocation pour ses faux frais, vêtements et articles divers.

Elle n'avait jamais reçu de visites ni de lettres, aucun contact de quelque nature que ce soit. L'homme qui l'avait engendrée s'était acquitté de ses obligations à coups de chéquier, et rien de plus.

À seize ans, Lily s'était lassée de la décoration de table, du français et du pianoforte. L'académie de Mrs Finch éduquait les jeunes filles destinées à des mariages respectables ou, pour les rares malheureuses qui n'étaient pas vouées à la vie maritale, au poste de gouvernante. Le mariage était hors de question pour Lily. Quel genre d'homme serait prêt à s'unir avec la bâtarde d'une comédienne irlandaise ? Et de son côté, comment pourrait-elle croire qu'un homme qui lui ferait des avances la désirait vraiment, elle, et non la chance que représenteraient des relations avec son illustre père ? Elle ne se faisait pas non plus de grandes illusions sur sa capacité à vivre au service des autres.

Quand elle s'était enfuie de chez Mrs Finch, le chéquier de lord Torrington avait suivi. Le premier mois de sa colocation à Covent Garden, elle avait reçu par courrier un relevé indiquant les coordonnées bancaires d'un compte ouvert à son nom, avec la mention que des dépôts y seraient effectués mensuellement pour ses besoins courants.

Lily avait brûlé le pli… et tous les suivants, avec du charbon acheté par ses propres moyens, chaque centime durement gagné en reprisant des costumes de scène.

Elle avait fini par prendre le temps d'écrire une lettre à la banque demandant que l'on cesse de lui envoyer les relevés. On ne s'était pas fait prier, trop heureux, sans doute, d'économiser les frais de port.

Depuis, elle n'avait jamais retiré un centime, même lorsque la crainte de la famine l'avait obligée à revêtir les paillettes et le maquillage d'une choriste… une profession si proche du « travail » de sa mère que la plupart des hommes ne faisaient pas la différence.

Si tout ce que le comte de Torrington avait à lui offrir était son argent, elle trouverait un moyen de s'en passer, s'était-elle dit à l'époque.

Elle n'avait pas non plus besoin de son monde. Son excursion à St James ce soir, et l'inévitable rencontre avec la crème de la société londonienne qui en résulterait, constituait une rare exception. Sa visite n'avait pour but que de prouver que le tableau d'Evangeline Ash n'avait rien de plus exceptionnel qu'un portrait de banquier avec son basset ou qu'un vase de fleurs insipide sur aquarelle.

Son fiacre s'arrêta dans Bury Street, ralenti par un étrange embouteillage : plusieurs voitures se disputaient la place disponible devant une porte illuminée, au rez-de-chaussée de l'un des imposants immeubles longeant la rue.

En descendant les marches de sa calèche, elle balaya la foule du regard.

Elle avait choisi sa robe avec soin, l'une des plus belles de sa garde-robe : un fourreau de soie doré coupé à la dernière mode et brodé de gaze noire. À voir les tenues des dames qui sortaient des véhicules environnants, sa robe faisait honneur à l'événement. Elle avait même abandonné sa canne, craignant d'attirer l'attention – ce dont elle se passerait volontiers – avec cet accessoire hors du commun pour une dame du monde en tenue de soirée.

C'était une galerie huppée. Si les propriétaires découvraient son identité, il était fort probable qu'on la raccompagne poliment à la rue. La haute société partait généralement du principe qu'un enfant conçu dans le péché portait les mœurs regrettables de ses parents dans son sang comme une sorte de maladie héréditaire, apparemment contagieuse.

Ce soir, cependant, elle affichait l'air d'une dame tout ce qu'il y avait de plus respectable. Grâce à ses années de formation chez Mrs Finch, elle était capable de jouer ce rôle à la perfection. Ce qu'elle ne pouvait se permettre, en revanche, c'était d'arriver seule à la galerie, un impair qu'aucune dame digne de ce nom n'aurait commis.

Elle s'arrêta et se pencha en faisant mine d'observer son chausson tandis que la file de voitures avançait derrière elle, leurs portières déversant de nouveaux passagers sur le pavé.

Les premiers à sortir furent un couple de personnes âgées. Lily continua de triturer sa boucle alors qu'ils passaient : aucune dame au bras de son mari ne manquerait de remarquer la présence d'une charmante inconnue à leurs côtés.

Ensuite passèrent trois messieurs d'âge moyen qui discutaient bruyamment. L'un d'eux s'arrêta à sa hauteur.

— Bonsoir, madame. Auriez-vous un problème ?

Son haleine sentait le brandy. Parfait, songea Lily.

— Ce n'est que mon chausson. Voilà ! Je l'ai remis en place, annonça-t-elle. Oh, zut. Où est-il passé ?

— Avez-vous perdu votre cavalier ?

— Il semblerait.

— Permettez-moi de vous accompagner, dit-il en lui offrant son bras.

— C'est très aimable de votre part, répondit Lily avec un sourire.

Elle n'avait pas hérité du don de sa mère pour le badinage, et elle n'en aurait pas voulu. Si ce talent avait permis à la fille d'un jardinier de province d'accéder à la célébrité sur la scène londonienne, il donnerait à sa bâtarde toutes les chances d'être cataloguée comme une femme aux mœurs dissolues.

Ce soir, cependant, elle devait faire une exception… le temps de franchir la porte.

Elle espérait que ses talents lui permettraient de réussir haut la main, et pour cela, elle comptait aussi sur le brandy qu'avait bu son cavalier.

— Quel curieux accessoire, dit-elle en désignant la petite broche en laiton que l'homme portait à la boutonnière.

Il s'agissait d'une sorte de sceau, un symbole composé d'accents circonflexes entremêlés.

ᛝ

— D'où le tenez-vous ?

— Ceci ? fit-il en tapotant sa broche. Ceci, ma chère, est l'insigne de la Société pour l'amélioration de la race britannique, une association scientifique à laquelle j'ai le privilège d'appartenir. C'est une ancienne rune saxonne signifiant « héros ». Et c'est précisément ce que promet notre avenir si nous sommes assez audacieux pour l'honorer… une race de nobles héros.

— Alors, vous êtes un scientifique ? demanda Lily comme ils franchissaient le seuil.

— Un scientifique ? Non, non. Moi, je suis dans les cure-dents.

— Les cure-dents ?

— Premier fabricant mondial de cure-dents, confirma-t-il avec un accent grasseyant.

Un domestique accourut à la porte pour lui prendre sa cape.

Elle retint un frisson lorsque l'air froid de l'hiver toucha son cou et ses épaules nues. Elle ne portait pas souvent de robe de soirée, par manque d'occasion, et la sensation de l'air libre sur sa peau était inhabituelle. Le portier allait remettre son ticket de vestiaire à l'homme à l'haleine de brandy, mais Lily le récupéra prestement, le rangeant dans son réticule.

— Merci, dit-elle.

Elle avait profité que l'on prenne leurs manteaux pour se détacher de son cavalier. Après quoi, elle se coula dans la foule sans lui laisser le temps de se ressaisir et de se demander où elle était passée.

Loin de la porte, la pièce se réchauffait considérablement, à la limite de la touffeur. Les lieux étaient bondés. Des femmes tout en soie, bijoux et plumes virevoltaient entre des hommes aux moustaches gominées et aux effluves de scotch et de tabac.

L'intérieur de la galerie était conçu pour ressembler à un salon privé bien aménagé, dans des teintes rouge et or raffinées. Les murs étaient cramoisis, des tapis orientaux anciens réchauffaient le sol, tandis que palmiers et fougères en pots offraient d'agréables touches de verdure. L'espace était éclairé par des lampes électriques hors du commun, qui diffusaient une lueur chaude au lieu de l'éclat habituellement cru de ce type d'éclairage, permettant aux invités de voir distinctement les œuvres sur les murs sans nuire à l'ambiance feutrée.

La pièce bourdonnait, entre conversations et éclats de rire aussi cristallins qu'artificiels.

Elle se déplaça le long du mur, admirant l'assortiment d'œuvres soigneusement encadrées. La plupart correspondait à ce qu'elle avait imaginé ; il y avait là des paysages ternes et des scènes de chasse sanglantes, mais aussi le portrait sulfureux d'une dame, sans doute grand-mère aujourd'hui, allongée sur une méridienne dans toute la splendeur du XVIIIe siècle.

Elle s'arrêta pour accepter une coupe de champagne, se laissant porter par le mouvement naturel de cette foule endimanchée. Soudain, elle se figea en entendant une voix familière inattendue.

— Dites à ces crapules qu'elles doivent circuler. Circulez !

Pour plus d'emphase, l'homme qui venait de parler agita le poignet, et un nom franchit avec surprise les lèvres de Lily avant qu'elle ne puisse se raviser.

— Mr Roth ?

C'était un homme entre deux âges, une couronne de cheveux soigneusement taillée à l'arrière du crâne, par ailleurs dégarni. Il présentait un certain embonpoint, mais l'excellente coupe de son costume en atténuait les effets fâcheux. Il se retourna au son de sa voix.

— Je suis terriblement désolée, dit Lily en essayant de diminuer l'attention que son exclamation avait attirée. Vous ne vous souvenez probablement pas de moi, et manifestement, vous êtes occupé. Je ne vais pas vous déranger.

— Attendez. Je connais ces cheveux. Et la voix ! C'est vous, n'est-ce pas ? Vous êtes la fille de Deirdre.

Mordecai Roth était une figure incontournable de la scène théâtrale londonienne lorsque Lily était plus jeune, bien qu'il n'ait été ni comédien, ni écrivain, ni metteur en scène. Selon les rumeurs, il avait été l'amant d'Oscar Wilde. Fils d'une éminente famille juive ayant fait fortune dans le domaine de l'assurance maritime et fort de nombreuses relations dans le *milieu*, il disposait également des fonds nécessaires pour financer les spectacles en difficulté qu'il estimait dignes d'être soutenus.

Roth était un invité régulier des salons et soirées que Deirdre organisait dans sa suite, sur Oxford Street, et il régalait les convives par sa pertinence sur l'état actuel de la dramaturgie britannique tout en maintenant à distance les importuns, comédiens en herbe et aspirants producteurs. Lily était encore une fillette à l'époque, mais Deirdre, dont les principes éducatifs n'étaient rien moins que stricts, fermait volontiers les yeux sur sa présence à ces soirées, à condition qu'elle réussisse à fausser compagnie à sa nounou sans se faire remarquer – un jeu d'enfants.

— Mais oui, c'est bien vous, poursuivit-il sans prendre la peine d'attendre une confirmation. La ressemblance est frappante. Mais vous tenez un peu de *lui*, aussi, pour ce que ça vaut. Dites-moi, qu'est-ce qui vous amène dans ma modeste galerie ?

— C'est votre galerie ?

— Je l'ai achetée pour une bouchée de pain à un couple d'incompétents qui avaient réussi à lui faire frôler la ruine. Depuis, je l'ai entièrement remise sur les rails.

— Je n'en doute pas. C'est tout à fait charmant.

— Merci, ma chère. Mais ne me dites pas que vous êtes devenue collectionneuse !

— Ciel, non. J'étais juste… curieuse. Et je cherchais quelque chose à faire.

— Comme nous tous, soupira Roth.

Lily prit conscience qu'elle avait peut-être trouvé un moyen d'accéder directement au tableau qui l'intéressait, plutôt que de jouer des coudes dans la foule qui ne cessait d'affluer, toujours plus nombreuse.

— Mr Roth, votre annonce mentionnait l'œuvre d'un ou d'une certaine E.V. Ash. J'ai récemment entendu parler d'une artiste de ce nom et je me demandais s'il s'agissait de la même personne.

— C'est donc l'Ash qui vous intéresse, n'est-ce pas ? Eh bien, figurez-vous que c'est la vedette de la soirée. Permettez-moi de vous y conduire.

Il lui prit le bras et fendit adroitement la cohue jusqu'au tableau situé à l'autre extrémité de la galerie.

— Mrs Ash, voici Miss Albright. Miss Albright, je vous présente Mrs Ash, annonça-t-il d'un geste théâtral vers le portrait fixé au mur devant eux, éclairé avec raffinement par un jeu d'appliques électriques.

— C'est un autoportrait ? souffla-t-elle, impressionnée.

— Plus ou moins, répondit Roth.

C'était une peinture aux dimensions moyennes - soixante par soixante, environ. Elle représentait une femme à la beauté non conventionnelle : ses sourcils étaient trop prononcés, épais et foncés ; sa bouche trop large ; ses yeux sombres et sa peau hâlée suggéraient une ascendance autre qu'entièrement anglaise.

Pourtant, en dépit de son nez trop fort pour les critères de beauté actuels, la femme sur la toile dégageait une impression saisissante… et pas uniquement parce qu'elle avait quatre bras. Cette coquetterie était représentée avec subtilité, si bien que l'on pouvait ne pas la remarquer au premier abord. Les bras supplémentaires étaient disposés de telle sorte qu'ils paraissaient tout à fait naturels, même s'ils évoquaient pour Lily la curieuse statue de la bibliothèque de Robert Ash – la déesse Kali, d'après Mr Cairncross.

La femme du tableau était assise sur une chaise devant un grand vase posé au sol, dont le vernis bleu et blanc offrait un maillage de mille clés délicatement esquissées. Le vase contenait une gerbe de fleurs à longues tiges – des lys, reconnut-elle avec un étrange malaise. Des lys calla orange flamboyant.

La robe de l'artiste était d'un noir chatoyant aux nuances bleues et pourpres, mais ce n'était pas une tenue de deuil : le col était particulièrement chic, et les manches – au nombre de quatre – élégamment fuselées. Ses pieds étaient nus, et ses orteils dépassaient légèrement de l'ourlet de la robe.

En y regardant de plus près, Lily constata que le sol était étrange, lui aussi. Ce n'était pas une surface solide, mais de l'eau, opaque et inerte, qui reflétait la pièce au-dessus. De fines ondulations étaient peintes autour des pieds de la chaise et à la base du vase.

Et puis, bien sûr, il y avait ses yeux. En guise d'iris, on lui devinait de minuscules lignes scintillantes formant un délicat réseau. Pareil à une toile d'araignée, il était rendu avec une telle habileté qu'il n'apparaissait pas seulement en surface, mais semblait presque abyssal. Lily avait comme une envie de demander une loupe pour les observer de plus près et en constater la formidable étendue.

Cela étant dit, l'idée de s'approcher autant de la femme du tableau était troublante.

L'une des mains de l'artiste tenait un pinceau et une chute

de soie écarlate. L'autre était tendue vers le bord du tableau, où, sur les ombres profondes, se détachait une main plus robuste et masculine qui tentait de la toucher sans y parvenir.

Dans ses deux autres mains, elle tenait une bannière, simple bande de parchemin sur laquelle on pouvait lire en français : « Méfie-toi de l'étranger dont les paroles sont douces comme le miel. » Ses connaissances de la langue étaient suffisantes pour que Lily soit capable de déchiffrer le message.

Alors qu'elle méditait ces quelques mots, le brouhaha des conversations s'estompa en même temps que la chaleur écrasante de la pièce. Elle eut l'impression de contempler l'œuvre non pas dans une galerie bondée et bien éclairée, mais tout au bout d'un long couloir obscur. Tout s'assombrissait à l'exception de la peinture, dont les symboles étranges intriqués dans la toile semblaient flotter vers elle en un murmure.

Soudain, elle comprit avec une clarté qui ne laissait aucune place au doute : ce n'était pas de l'esbroufe artistique, c'était une langue, une langue que Lily ne parlait pas, mais qu'elle était capable d'entendre.

— Alors, c'est elle ? C'est Mrs Ash ?

Ses propres paroles lui parurent étranges, comme si elle avait oublié l'usage des mots.

— Il y a des libertés artistiques, bien sûr. Je veux dire, au-delà des membres supplémentaires. Elle était beaucoup plus jolie dans la réalité. Elle a fait sensation lors de sa présentation dans le grand monde. Plusieurs célibataires très prisés se sont disputé sa main. C'était une vraie compétition. (Désignant le tableau, il ajouta :) L'œuvre n'est pas du goût de tout le monde, mais je l'ai toujours trouvée captivante. Pas précisément plaisante à regarder, bien sûr, mais… stimulante. Heureusement, je ne suis pas le seul à l'apprécier. C'est le vernissage aujourd'hui et j'ai déjà non pas une, mais deux propositions pour cette œuvre. Toutes deux très motivées. Le vendeur en a hérité, mais il s'en fiche éperdument. Il n'en demande pas grand-chose, mais comme ma commission augmente avec le prix, que la bataille commence, n'est-ce pas ?

Roth était manifestement ravi par la perspective d'une guerre d'enchères, mais Lily était mal à l'aise. Elle chassa ce sentiment. Après tout, elle se moquait de savoir qui finirait par remporter le tableau…

— Qui est intéressé ? demanda-t-elle, surtout pour faire la conversation.

Il fit un pas vers elle et jeta un regard alentour avant de hocher la tête.

— Tenez, vous avez là le docteur Joseph Hartwell, médecin renommé et ancien membre du Collège royal, maintenant dans le privé. Il compte parmi sa clientèle la comtesse de Sussex et au moins une duchesse douairière.

L'individu que Roth lui indiquait était un grand homme d'un certain âge, à l'allure altière, arborant une épaisse chevelure blanche bien entretenue et une tenue impeccable. Il avait dû être d'une grande beauté, autrefois, car il était toujours aussi fringant.

— Le bon docteur est très respecté parmi ses pairs, ajouta son interlocuteur. Apparemment, il a fait des progrès remarquables dans la science de l'hématologie. On parle même d'un prix Nobel. Dommage que ce soit une telle crapule. (Devant le regard étonné que lui lança Lily, il s'empressa d'ajouter :) Oh, c'est un gentleman, autant qu'on puisse l'être. Seulement, il pense que les gens comme vous et moi devraient s'abstenir de se reproduire.

— Pardon ? dit-elle en s'étranglant à moitié avec son champagne.

— Du mauvais sang, voyez-vous. Vous les Irlandais, nous les Juifs, et les Chinois, les Africains, et peu ou prou tous ceux qui ont un revenu inférieur à 500 livres l'an. Il a fondé toute une association là-dessus.

— La Société pour l'amélioration de la race britannique ? avança Lily sur une intuition.

— Ne me dites pas que vous en faites partie.

— Non, mais j'ai rencontré l'un de ses membres en venant.

Roth soupira.

— Il y en a toujours quelques-uns qui pointent le bout de leur nez quand ce bon docteur est dans les parages. Il a tout un entourage de fidèles.

— Ce sont des eugénistes.

Lily avait entendu parler de cette mouvance, même si elle n'était généralement pas décrite en des termes aussi bruts que ceux de Roth. L'on considérait ce « courant scientifique » comme un programme d'amélioration biologique de l'espèce humaine, calqué sur les principes de l'évolution. À en croire les eugénistes, la capacité rationnelle de l'homme à prendre conscience de lui-même et à s'auto-analyser, associée à une meilleure compréhension de la science de l'évolution et de l'hérédité, lui permettrait de prendre en main le destin de son espèce et de la façonner par sélection artificielle, favorisant ainsi croissance et progrès.

Une race de nobles héros, en somme, comme le lui avait assuré le fabricant de cure-dents à la porte. Une race valorisant un certain modèle d'hommes et de femmes - ceux-là mêmes qui se massaient dans cette salle étouffante -, et en excluant tous les autres.

Roth sirota son verre. Il était rempli d'eau, non de champagne, comme le constata Lily. Elle n'en fut guère étonnée : c'était un homme d'affaires bien trop avisé pour laisser l'alcool lui brouiller les idées alors qu'il y avait des ventes à conclure.

— Il n'a aucun souci à se faire, en ce qui me concerne. J'ai envie de procréer au moins autant que de boire du vinaigre au petit-déjeuner. Mais l'argent n'a pas d'odeur et il va m'acheter ce tableau.

— Comment pouvez-vous en être si sûr ?

— Parce que c'est l'un des prétendants dont je vous ai parlé.

Lily ne put dissimuler sa stupeur, une réaction qui sembla réjouir Roth.

— Eh oui ! N'est-ce pas ironique ? L'eugéniste implorant à genoux la main de la fille d'une Indienne. Son père était un capitaine de la Compagnie des Indes orientales, mais sa mère une indigène. Sa famille avait des liens lointains avec une société de chemin de fer canadienne lui garantissant une modeste fortune, mais rien de comparable à celle de Hartwell. Il ne devait pas envisager qu'elle puisse dédaigner sa demande. Pourtant, elle a éconduit le riche et fringant docteur pour un étudiant issu d'une famille dont personne n'avait jamais entendu parler. Bien sûr, je suis convaincu que le choix de la jeune dame n'avait rien à voir avec la passion actuelle du scientifique pour la stérilisation de sa race et de tous ceux qui, selon lui, sont à mettre dans le même panier. Je crois pouvoir affirmer sans trop m'avancer qu'il paiera un bon prix pour obtenir ce tableau.

Lily se surprit à espérer que Roth trouverait un moyen de plumer le respecté médecin s'il tenait vraiment à conclure cet achat.

— Et votre autre enchérisseur ? demanda-t-elle, curieuse de connaître l'identité de son poulain par défaut dans la compétition pour le portrait d'Evangeline Ash.

— C'est ce qui complique toute cette entreprise, voyez-vous. Il s'agit de l'un de mes clients réguliers, un drôle de zèbre comme on en fait peu, un vrai garçon de bohème, même si cela ne saute pas aux yeux. Des goûts très modernes, un œil averti. Il apprécie des œuvres que personne d'autre dans cette salle n'est capable de comprendre. Je regrette seulement qu'il n'ait pas plus d'argent à dépenser, car malgré son titre de baron, ses finances sont limitées. S'il avait un ou deux milliers de livres de plus par an pour s'amuser, oh, quelles merveilles nous pourrions faire ensemble ! C'est lui, là-bas, le personnage byronien avec des gants.

Lily suivit la direction que pointait Roth, et soudain, tout le vacarme et la confusion de la galerie se focalisèrent en un seul point.

Lord Strangford.

Outre la longueur peu orthodoxe de ses cheveux, rien chez lui ne confirmait la réputation d'iconoclaste dont Roth l'affublait. Sa tenue de soirée était aussi sobre que le costume noir dans lequel elle l'avait vu la veille, quoique nettement plus formelle. Elle était bien taillée, d'une coupe légèrement désuète, terminée par une simple cravate de la même couleur, semblable à celle qu'elle avait tachée de son sang pas plus tard que la veille.

Ni éclat ni fioritures, seulement ses éternels gants noirs en cuir de chevreau. Lily était certaine que c'était la même paire qu'il portait lorsqu'il lui était venu en aide sur la route. Elle se rappela qu'il les avait encore aux mains lorsqu'il lui était apparu à l'étage du Refuge.

D'autres hommes dans la salle portaient des gants avec leurs costumes de gala, mais ceux-ci étaient presque exclusivement blancs, d'un tissu fin comme la soie ou la laine délicate, jamais en cuir. Il faisait trop chaud dans la galerie pour une matière aussi épaisse. Lily commença à se demander si le choix de lord Strangford n'était pas un caprice de mode. Peut-être les gants cachaient-ils une cicatrice ou autre disgrâce, or sa présence au Refuge n'avait rien de formel ; s'il s'y sentait suffisamment à l'aise pour se promener dans une tenue proche du pyjama, il n'aurait pas éprouvé le besoin de dissimuler les traces d'une ancienne blessure.

Mais alors, quel autre but ces gants pouvaient-ils servir ?

Roth se pencha pour lui raconter la suite de l'histoire.

— Hartwell et notre lord ici présent ont tous deux proposé d'acheter l'œuvre sans l'avoir vue, mais j'ai insisté pour qu'ils viennent au vernissage avant d'accepter leurs offres officielles. S'ils se rencontrent, l'esprit de compétition pourrait bien faire grimper leurs enchères plus haut qu'ils ne l'avaient prévu à tête reposée, dans le calme de leurs salons respectifs.

Roth avait raison, mais cela mettait Lily mal à l'aise.

— En prime, mon petit stratagème a attiré lord Strangford hors de chez lui, ajouta-t-il. Cet homme est un reclus notoire. Durant des années, les douairières entremetteuses ont essayé toutes sortes d'astuces – la duplicité, la culpabilité et même un peu de chantage sans conséquences – pour l'attirer dans leurs bals et dîners. Il les rejette sans relâche. Et voilà que j'ai réussi à le faire sortir de son trou. Quel coup de maître, vous ne trouvez pas ?

Ce n'était sans doute pas pour lui-même que lord Strangford s'intéressait au tableau, mais pour le mari de l'artiste, Mr Ash. Que ce dernier ait préféré ne pas venir enchérir en personne n'avait rien d'étonnant, étant donné le chagrin qu'elle avait perçu chez lui, le matin même, à l'évocation de sa défunte épouse.

Elle avait désormais une opinion bien tranchée sur l'identité de l'acquéreur qu'elle souhaitait voir remporter la bataille de Roth : le portrait d'Evangeline Ash devait revenir à l'homme que l'artiste avait elle-même choisi.

Qu'en serait-il ?

Roth avait précisé que les finances de lord Strangford étaient limitées, et il était évident que Hartwell ne manquait pas de moyens. Il ne faisait aucun doute qu'il en offrirait plus que ce que lord Strangford n'était en mesure de débourser. Quant à Roth, il ne se laisserait pas émouvoir par des histoires d'amour perdu, aussi poignantes soient-elles. Il était trop intraitable en affaires.

Enfin, cela ne la concernait pas.

Au même instant, lord Strangford se tourna vers eux. Lily détourna le regard, faisant mine d'étudier le tableau : elle se trouverait bien incapable de trouver quoi lui dire s'il remarquait sa présence. Elle le revoyait encore, à l'étage du Refuge, un bâtiment dédié à l'éducation et à la formation des…

Charismatiques, comme les avait qualifiés Ash.

Les gens comme elle.

Des milliers de questions lui brûlaient l'esprit, qu'elle n'était pas prête à poser de peur de révéler ses propres secrets bien gardés.

— Bonsoir, Roth, salua lord Strangford derrière elle, son timbre profond et grave.

— Quel plaisir de vous voir de sortie, milord.

— Je pouvais difficilement rater pareille œuvre. Pourrions-nous discuter de mon offre ?

— Oh, nous avons tout le temps du monde. Et si vous preniez un moment pour vous détendre ? Buvez un peu, mêlez-vous aux invités. Tenez, je vais vous présenter une amie de longue date. Miss Albright, puis-je vous présenter lord Strangford ?

Elle ne pouvait s'y dérober. Lily se retourna alors lentement, adressant à lord Strangford un sourire affable.

— Bonsoir, milord.

Elle perçut un bref éclat de surprise dans ses yeux, mais il le maîtrisa. Il semblait exercer un contrôle rigoureux sur lui-même, qu'elle n'avait pas remarqué sur la lande.

— C'est un plaisir de vous revoir, Miss Albright.

— Vous vous connaissez déjà ? demanda Roth, visiblement intrigué.

— Nos chemins se sont croisés dernièrement, répondit Lily.

— Alors, il ne serait pas déplacé que je vous laisse prendre de vos nouvelles, tous les deux. Si vous voulez bien m'excuser, je dois aller houspiller le traiteur. Les petits fours auraient dû être servis il y a vingt minutes. (Il prit la main de Lily et y déposa un baiser.) Ce fut un plaisir inattendu, ma chère.

Sur ce, il s'éclipsa dans la foule, l'abandonnant à la tension gênante qui pesait sur elle et l'homme qui lui faisait face.

Il y avait trop de choses qu'elle ne pouvait dire, dont le poids lui faisait chercher ses mots ; n'importe quelle banalité pourvu qu'elle remplisse le silence laissé par toutes ces questions en suspens.

Lord Strangford fut le premier à prendre la parole :

— Comment va votre jambe ?

— Très bien, merci.

— Vous m'en voyez ravi.

Un autre silence tendu s'attarda, tranchant avec la cohue environnante de plus en plus bruyante, les bavardages amplifiés par le champagne qui coulait à flots. Un éclat de rire particulièrement mélodieux s'éleva au-dessus du brouhaha ambiant, aussi clair et retentissant que le tintement d'une clochette. Lily chercha instinctivement son origine, mais n'eut qu'un aperçu de robe blanche entre les corps en mouvement près de la porte d'entrée.

Un homme corpulent passa devant eux avec, à son bras, une

femme qui ne devait pas être son épouse. Leur démarche était vacillante et Strangford fit un pas de côté pour les éviter.

— Mr Roth a dit que vous ne participez pas à ce genre d'événements en temps normal.

— Je n'aime pas trop les rassemblements.

Il dégageait une certaine tension, subtile certes, mais Lily s'en rendait compte à la manière dont il évitait le contact avec les corps qui se pressaient tout autour d'eux. Il cachait bien son malaise, mais une fois qu'elle en eut pris conscience, sa gêne devint presque palpable. Elle se remémora son étrange hésitation sur la lande, lorsque la courtoisie avait exigé qu'il lui offre sa main ou son épaule. Cette fois-là aussi, elle avait été tout juste perceptible.

Trop de questions.

Elle préféra s'orienter vers un sujet moins incertain.

— J'ai entendu dire que vous étiez collectionneur.

— Dans la mesure du possible, en effet.

— Quelle est votre préférence ? Les pastorales ? Les portraits ?

— Parfois. Et en même temps, pas exactement.

— Mais encore ?

Il prit une profonde inspiration.

— Disons que je suis attiré par… tout ce qui me montre ce que je ne m'attendais pas à voir.

— Quoi donc, par exemple ?

— Une cathédrale à l'envers. Le rythme d'un lever de soleil. L'arc d'un sourcil féminin. C'est… difficile à mettre en mots. Ces œuvres n'entrent dans aucune case. Elles parviennent simplement à… capturer une petite partie de la vérité.

— La vérité de quoi ?

— De ce qui existe sous la surface des choses.

Lily prit le temps de la réflexion.

— Alors, vous êtes vraiment un garçon de bohème.

Lord Strangford haussa un sourcil sombre.

— D'après Roth, expliqua-t-elle. J'avais du mal à le croire. J'ai connu des gens qui menaient une vie de bohème, mais ils étaient hauts en couleur ou bien profondément malheureux.

Sa bouche frémit aux commissures et ses yeux brillèrent.

— Vraiment ?

Lily sentit un sourire lui monter aux lèvres.

Ce fut à ce moment que Roth revint.

— Lord Strangford, il y a quelqu'un que j'aimerais vous présenter. Miss Albright, je vous promets de vous le ramener très bientôt.

Une douairière, lui souffla Roth dans son dos alors qu'ils s'éloignaient, désignant de la tête une femme âgée au dos droit, vêtue d'une robe rose alambiquée. Apparemment, il tenait à faire savoir à toute la société mondaine qu'il avait réussi l'exploit d'attirer lord Strangford hors de sa tanière ce soir.

Lily demeura seule avec Evangeline Ash. Alors qu'elle reportait son attention sur le tableau, elle sentit son influence menacer de la submerger à nouveau. Tournant les talons, elle se laissa entraîner par la foule, le courant la projetant contre un groupe de visiteurs rassemblés autour de la grande silhouette du docteur Hartwell.

Sa curiosité envers le second enchérisseur dans la compétition pour le portrait de Mrs Ash – et ancien prétendant – finit par avoir raison d'elle, et elle s'attarda auprès de cet aréopage, constitué essentiellement de femmes âgées et fortunées, qui écoutaient avec ravissement un gentleman en queue de pie vanter la grandeur de l'œuvre de Hartwell.

— Vos éminentes recherches sur la possibilité d'un classement du sang humain en types distincts représentent une avancée tout à fait remarquable. Une avancée, Mesdames, ajouta-t-il en s'adressant à la foule, dont les implications potentielles sont tout bonnement révolutionnaires. Les transfusions sanguines faisaient jusqu'alors courir de terribles risques de complications, mais avec les découvertes du docteur Hartwell…

— Ne nous emballons pas, Mr Edwards. Il y a encore du chemin à parcourir avant qu'une transfusion soit possible, l'interrompit le principal intéressé, dont l'apparente modestie fit son effet sur ces dames.

Quelques hommes éparpillés autour de Hartwell arboraient le même insigne runique du héros saxon que le fabricant de cure-dents qui l'avait accompagnée dans la galerie, le symbole du club eugéniste de Hartwell.

L'un d'eux prit la parole.

— Bien entendu, je suis sûr qu'il y a d'autres questions que vous souhaitez étudier. Par exemple, si certaines de ces qualités sanguines constituent une souche supérieure, que nous pourrions encourager à propager.

À la mention du mot « propager », quelques éventails s'agitèrent et une femme laissa échapper un petit rire nerveux.

— Il y a encore beaucoup de recherches à faire, observa Hartwell.

— C'est remarquable ! murmura l'une des femmes, à proximité.

— En effet, répondit sa compagne, qui semblait davantage concentrée sur la prestance du docteur que sur ses idées.

La chaleur commençait à lui peser. Elle s'éloigna du groupe pour mieux respirer, mais il n'y avait rien à faire, la foule était très dense où qu'elle aille. La soie et les pierres précieuses étincelaient de mille feux, et les fortes odeurs d'encaustique et de parfum l'étouffaient.

Elle n'aurait pas dû venir. Ce n'était pas son monde. Cette initiative était une aventure bien mal avisée.

Comme si cela ne suffisait pas, sa jambe commençait à l'élancer. Elle l'avait trop sollicitée depuis l'accident, et maintenant, elle en payait le prix. Il était grand temps de rentrer.

Elle sortit de son réticule son ticket pour le vestiaire avec l'intention de se frayer un chemin jusqu'à la sortie.

Lorsqu'elle se retourna, lord Strangford se tenait juste derrière elle.

— Oh !

— Je ne voulais pas vous faire peur, dit-il avant de poser les yeux sur le billet dans sa main. Vous partez ?

Toutes les questions tues remontèrent à la surface, exigeant d'en savoir plus sur son rôle mystérieux au sein du Refuge. Elle ne comptait pas le revoir, alors c'était le moment ou jamais pour espérer satisfaire la curiosité qui la consumait.

— J'allais juste… commença-t-elle.

Mais le reste de ses paroles fut interrompu par le timbre aigu d'une voix de femme par-dessus le grondement sourd de la foule.

— Anthony !

Si rien ne changea dans la posture ou l'expression de son compagnon, Lily eut toutefois la surprise de percevoir son corps se raidir, comme sous l'effet d'une parfaite maîtrise de soi.

Une femme s'approchait d'eux. Elle ne se faufilait pas dans la foule, mais plutôt la fendait tel Moïse avec son bâton. Elle était menue et bien faite, vêtue d'une saisissante robe ivoire qui contrastait avec ses cheveux d'un noir de jais éclatant. Sa peau était immaculée, rayonnante d'une beauté pour laquelle les hommes ne cherchaient pas à dissimuler leur admiration. Lily prit conscience que c'était son rire cristallin qu'elle avait entendu danser au-dessus de la foule toute la soirée, comme la mélopée d'une sirène envoûtant tout le monde à la ronde.

— Qui aurait cru que je vous trouverais en pareil endroit ? s'exclama-t-elle, s'arrêtant devant Strangford. Mais quelle charmante surprise. Il y a si longtemps que je ne vous ai pas vu !

— Mrs Boyden, la salua lord Strangford avec une courtoisie aussi froide que les bavardages de la femme étaient chaleureux.

— Vous savez que vous pouvez toujours m'appeler Annalise… Après tout, nous avons pratiquement grandi ensemble. Si cela ne justifie pas une telle intimité, je ne sais pas ce qui le pourrait.

Lord Strangford ne répondit pas.

Mrs Boyden, qui ne sembla pas remarquer son mutisme, se retourna alors et lança par-dessus son épaule :

— Chéri, tu ne devineras jamais qui je viens de rencontrer !

La foule se remit à onduler, révélant le nouveau venu en approche.

Lily sentit aussitôt son cœur se serrer.

Elle connaissait ce visage. Elle connaissait ces yeux gris clair, ce nez aristocratique. La forme de sa mâchoire ressemblait à s'y méprendre aux traits qu'elle voyait chaque fois qu'elle se regardait dans un miroir, et pour cause, ils étaient de la même ascendance noble.

L'homme aux côtés de la jeune brune qui troublait tant lord Strangford n'était autre que Simon Carne, vicomte Deveral… fils aîné du comte de Torrington.

Et le demi-frère de Lily.

CHAPITRE VI

La première fois que Lily avait vu son demi-frère, elle l'avait fait de son plein gré. Le journal avait annoncé une compétition d'aviron sur la Tamise entre anciens élèves d'Oxford et de Cambridge. Le nom de lord Deveral était mentionné, et Lily n'avait pu résister à l'envie d'apercevoir l'aîné des quatre fils de lord Torrington, un homme qui partageait la moitié de son sang.

Il avait été plutôt facile à repérer, même à plusieurs mètres sur l'eau. S'il était sans conteste le fils de leur père, il arborait toutefois les cheveux clairs de la comtesse et des traits plus doux.

Leur deuxième rencontre avait été un pur hasard : elle avait failli lui rentrer dedans alors qu'il sortait de son club avec un groupe de jeunes nobles tapageurs.

Elle ne s'était jamais présentée. Pourquoi l'aurait-elle fait ? Quel intérêt aurait-il pu lui montrer ? Elle ne représentait assurément rien pour lui, si tant est qu'il connaisse son existence. Dans le cas contraire, mieux valait ne pas y remédier.

Face à l'héritier de son père, dans la galerie chic et bondée de Bury Street, Lily se détourna, manœuvre subtile, suffisamment discrète pour ne pas attirer l'attention de Mrs Boyden, mais qui donnerait à quiconque arriverait sur les lieux l'impression qu'elle participait à une autre conversation.

Mrs Boyden, qu'elle ne se soit rendu compte de rien ou ignore délibérément la froideur de lord Strangford, glissa une main sous son bras et tendit l'autre pour rapprocher lord Deveral.

— Lord Deveral, lord Strangford. Voilà, Deveral, maintenant, tu peux mettre un visage sur mes histoires ; il était temps. (À nouveau, elle se tourna vers Strangford, lui adressant un sourire aux dents blanches et régulières.) Vous êtes devenu un véritable ermite, n'est-ce pas ? Cela dit, ça ne se voit pas de prime abord. Vous vous tenez très bien.

Lily écoutait toujours attentivement, même si elle faisait mine d'être absorbée dans une conversation voisine sur les chevaux de course.

Elle connaissait Mrs Boyden – pas la femme, mais son genre. Le théâtre les attirait, ces hommes et ces femmes au physique avantageux qui étaient passés maîtres dans l'art d'utiliser cette précieuse ressource. Mrs Boyden usait de sa beauté avec une assurance aisée, manifestement habituée à son pouvoir.

— Enchanté de vous rencontrer, répondit sèchement lord Deveral.

Lily ressentait la présence de son frère dans toutes les fibres de son être, bien qu'il n'ait encore remarqué personne d'autre que Mrs Boyden et lord Strangford. Il semblait s'ennuyer, et sur les nerfs.

— Lord Deveral, le salua Strangford en s'inclinant poliment.

Ce dernier était manifestement trop bien élevé pour lui battre froid, quelle que soit son histoire avec la femme à ses côtés… et quelle que soit la relation actuelle entre cette femme et le vicomte.

Lily pouvait se hasarder aux suppositions.

Soudain, elle sentit le changement dans la posture de lord Strangford et comprit avec horreur ce qu'il était sur le point de faire.

Pitié, non, le supplia-t-elle silencieusement, mais son message resta lettre morte.

— Puis-je vous présenter Miss Albright ? proposa-t-il avec une exquise formalité.

Il était possible que ce nom ne signifie rien pour l'homme aux yeux d'acier qui tenait l'autre bras de Mrs Boyden. Après tout, elle n'avait aucune idée de ce qu'il savait du passé de son père. Il n'avait que quelques années de plus qu'elle et n'était qu'un enfant à l'époque de la liaison de son père. Il n'était alors pas en âge d'être mis dans la confidence ni de comprendre d'éventuels racontars.

Lily se détourna du groupe dans lequel elle s'était dérobée et afficha un sourire poli.

Aussitôt, tous ses espoirs s'envolèrent. Les yeux gris du vicomte devinrent plus froids encore et ses traits perdirent tout leur charme.

— Vous, souffla-t-il.

Son aversion était si forte qu'elle en était presque tangible, épaississant l'atmosphère déjà pesante de la galerie. Elle brûlait de fuir, de détaler tel un renard devant une meute de chiens de chasse, mais n'en fit rien. Jouer autre chose que l'indifférence gracieuse serait faire preuve de faiblesse devant cet homme, à la fois un inconnu et son propre frère – et qui la détestait copieusement, sans équivoque.

Elle se redressa de toute sa hauteur, drapée dans une froide courtoisie, et esquissa une révérence, geste bien rodé grâce à ses années d'école. Elle s'inclina juste assez pour satisfaire à la bienséance, une salutation de pure forme.

— C'est un plaisir de vous rencontrer, monsieur le Comte.

— Vous connaissez-vous, oui ou non ? demanda Mrs Boyden, sa curiosité clairement éveillée.

Lily n'eut pas l'occasion de répondre et n'entendit pas ce que répliqua lord Deveral, car Mordecai Roth revint au même instant.

Il s'adressa à lord Strangford.

— Excusez-moi, milord. Puis-je vous parler en privé un moment ?

L'hésitation se dessina sur les traits de lord Strangford. Son regard se posa sur Lily, et elle comprit que, malgré son propre malaise, il avait perçu la tension qui la liait au comte.

Heureusement, il n'en connaissait pas la raison.

Lord Deveral avait retrouvé un certain contrôle, du moins pour le moment. Il renifla bruyamment et détourna les yeux, dirigeant son regard sur la foule tout en tambourinant des doigts sur sa jambe.

Lily ne trahit aucune réaction, évitant de confirmer les soupçons de lord Strangford. Elle n'avait pas besoin qu'un noble qu'elle connaissait à peine essaie de jouer au chevalier servant dans une bataille qu'il ne pouvait et ne devait pas comprendre.

— Si vous voulez bien m'excuser, dit lord Strangford, laissant Roth l'entraîner au loin.

Mrs Boyden soupira – sa déception évoquait à Lily celle d'un chat privé de souris – et s'appliqua à scruter la foule à la recherche d'une autre source de divertissement.

— Oh, voilà George. Je dois le féliciter pour sa fusion. Deveral ?

Elle s'éloigna sans prendre la peine de vérifier si le vicomte la suivait.

Ce qu'il ne fit pas.

Demeurant à la même place, il fit mine de regarder autour de lui.

— Je ne vois pas votre cavalier, Miss Albright.

Elle se crispa, persuadée qu'il s'agissait d'une attaque.

— Je n'en ai pas, répondit-elle d'un ton égal.

— Vous êtes ici pour ferrer un nouveau poisson, c'est ça ? Ce n'est pas le meilleur endroit, mais après tout, c'est vous l'experte. Avec votre mère, vous étiez à bonne école.

Ses oreilles se mirent à siffler comme si l'on venait de la gifler et, pendant un instant, le choc la rendit muette.

Ce n'était pas la première fois qu'on l'insultait de façon aussi flagrante. Elle avait dû endurer les provocations de ses camarades de classe des années durant chez Mrs Finch, une fois ses origines dévoilées, ce qui n'avait pas tardé. On ne peut pas cacher grand-chose à une bande d'écolières déterminées.

Cette fois, c'était différent. Il y avait plus derrière cette insulte que le plaisir de mettre à terre une pauvre femme sans défense. C'était viscéral, un désir réel d'infliger une blessure, de causer de la peine.

Elle venait d'être traitée de putain dans une salle comble, et elle sentit la fureur la gagner.

Puis il renifla à nouveau et sortit un mouchoir pour s'essuyer le nez d'un geste détaché. Lily remarqua ses mouvements rapides, l'énergie fébrile de son corps. Et il y avait ses yeux, les pupilles dilatées jusqu'à presque engloutir ses iris d'un gris si distinctif en dépit de l'éclairage abondant. Lily avait déjà vu ces signes auparavant. Elle savait ce qu'ils signifiaient.

Il avait pris de la cocaïne.

Le rire argentin de Mrs Boyden, provenant d'un cercle de messieurs grisonnants aux tenues élégantes, fusa dans la galerie. À l'évidence, elle aussi était sous emprise. Sans doute s'y étaient-ils adonnés ensemble, peut-être même dans la voiture qui les avait menés jusqu'ici. L'effet ne devrait pas durer plus d'une heure.

En soi, la prise de cocaïne n'avait rien de scandaleux. Il s'agissait d'un remède parfaitement respectable utilisé pour guérir toutes sortes de maux, à l'instar de la quinine ou du laudanum. Cependant, elle doutait que lord Deveral en consomme pour soigner ses rhumatismes.

Un profond mépris monta en elle à l'idée que cet arrogant se croie en droit de l'insulter tout en s'adonnant lui-même à des plaisirs illicites.

Elle se redressa, adoptant son intonation et sa posture les plus hautaines, qui lui venaient avec un naturel déconcertant.

— Du poisson, monsieur le Comte ? Je crains fort de ne pas savoir pêcher. Et ma mère n'en a jamais pêché qu'un seul, à ma connaissance… un poisson plein d'arêtes qui l'a dégoûtée avant même qu'elle puisse en profiter. Si vous voulez bien m'excuser.

Sur ce, elle le contourna et s'éloigna dans la foule, à l'opposé de la sortie. Même si la perspective de s'échapper vers March Place et la solitude de sa chambre l'attirait éperdument en cet instant, elle ne donnerait pas à son frère la satisfaction de sentir qu'il l'avait fait fuir. Elle se mêlerait à la foule, donnant l'impression de passer un bon moment, puis elle se retirerait discrètement quand il ne prêterait pas attention.

De toute manière, il ne resterait pas attentif bien longtemps. Pas avec la cocaïne qui coulait dans son sang.

Elle erra sans but précis, observant distraitement les tableaux devant lesquels la conduisait la foule. La plupart ne méritaient pas plus qu'un simple coup d'œil – paysages ternes et évasifs, ou natures-mortes de fleurs fanées et autres fruits luisants. Parmi toutes ces madones préraphaélites et ces portraits trop prévisibles, quelques œuvres dignes d'intérêt se détachaient toutefois, des tableaux aux couleurs et à la disposition plus surprenantes. Elle devinait le goût de Roth dans ces choix, l'audace d'une appétence que la plupart des aristocrates auraient difficilement affichée dans leur salon.

Une peinture en particulier attira son attention. Elle s'en servit comme excuse pour s'attarder et faire durer encore un peu le temps qui la séparait de son évasion.

La toile était légère, comme incomplète. Des vagues déferlaient sous un ciel nuageux éclatant de luminosité. L'eau était rendue par d'élégantes touches d'un gris bleuté, accentuées çà et là par des tons plus sombres. Les espaces négatifs formaient les crêtes et l'écume, pour un effet général saisissant, tout en mouvement et vivacité, bien plus fidèle à l'expérience de la mer que ne l'aurait été une reproduction plus stricte.

— Ah, le Whistler. Pas tout à fait dans la thématique de la soirée : cet homme était américain, même s'il a beaucoup peint en Grande-Bretagne. Mais c'est un excellent choix. Tout comme l'autre tableau qui a éveillé votre intérêt ce soir.

Lily se retourna pour découvrir le docteur Joseph Hartwell, juste à côté d'elle. Même si rien dans le ton de l'homme n'indiquait autre chose qu'une discussion au hasard des rencontres, il lui faudrait rester vigilante.

Son interlocuteur jeta un coup d'œil de l'autre côté de la galerie, vers le portrait d'Evangeline Ash, tout juste visible entre les corps en mouvement.

— Ce portrait ne lui rend pas justice, commenta-t-il. Elle a exagéré des défauts que ceux qui l'ont côtoyée n'auraient probablement jamais remarqués.

— Vous ne faites pas référence à ses bras supplémentaires, je présume.

— Simple fantaisie grotesque, répondit-il avec un geste de la main, avant de continuer sur un ton tout aussi léger, bien que la portée de ses mots soit claire : Vous pouvez dire à lord Strangford que je ferai une offre aussi élevée que nécessaire pour cette œuvre. Il peut faire monter le prix autant que ça lui chantera, il ne l'aura pas.

Lily n'était pas d'humeur à tolérer quelconque affront, aussi insignifiant soit-il. Les insultes sans ambages de lord Deveral lui avaient suffi, sans qu'on la considère de surcroît comme la messagère d'un aristocrate qu'elle connaissait à peine.

— Je vous demande pardon, mais je ne suis pas le page de lord Strangford. Si vous avez un message à lui transmettre, vous pouvez le faire vous-même, rétorqua-t-elle sur un ton digne du sang des Torrington, dans lequel transparaissait une hauteur glaciale.

Hartwell s'inclina avec grâce.

— Bien sûr. Veuillez accepter mes excuses.

Le dégoût que lui inspirait cet homme, aussi viscéral et concret que le tapis sous ses chaussons, la frappa avec une force surprenante. Une envie soudaine de froisser ses abords impeccables pour révéler ce qui se cachait sous le vernis de surface s'empara d'elle. Cependant, elle s'empressa de se ressaisir, douloureusement consciente de l'esclandre que causerait sa présence dans cette foule d'illustres invités si l'on venait à découvrir son identité. Elle devait prendre garde à ne pas trop en dévoiler.

Elle allait pour s'éloigner, quand une pointe de curiosité interrompit son pas.

Pourquoi voulait-il le tableau ?

Son intérêt pour l'œuvre ne pouvait pas être de nature financière. Evangeline Ash n'était pas une artiste connue au point que ses œuvres soient considérées comme un investissement rentable. Il semblait tout aussi peu probable que l'homme en face d'elle soit simplement amoureux du style artistique de la femme qui l'avait jadis délaissé pour un autre homme.

Non, il se jouait autre chose, en dépit de la froide sophistication de Hartwell. Peut-être n'était-ce qu'une simple vengeance amère – s'il ne pouvait pas avoir la femme, il aurait au moins son portrait, une part de son être suspendue à un mur comme un trophée de chasse exotique.

Cela n'expliquait pourtant pas son attirance pour cette femme. D'après la description de Roth et ce que Lily avait observé, Hartwell avait un sens aigu de sa propre valeur. Or, Evangeline Ash ne possédait aucune richesse ; elle était à moitié indigène, un grave handicap pour bon nombre de pairs du même rang social que Hartwell ; et ce n'était pas une beauté conventionnelle. Alors, qu'est-ce qui avait attiré cet homme éminent, à la fortune prometteuse, et le poussait encore à vouloir posséder ce qui restait d'elle, trente ans après sa mort ?

Les mots d'Ash lui revinrent, flottant dans la sérénité grave et silencieuse de sa salle de réflexion.

Ma femme était une charismatique.

Les longs doigts du désarroi glissèrent le long des bras nus de Lily. Elle sentait le regard sombre de la défunte peser sur elle, qu'elle devinait à travers les interstices des corps scintillants qui la séparaient de la toile sur le mur du fond.

Hartwell était-il au courant ? Et Ash ? Était-ce ce qui les avait attirés vers elle comme des papillons de nuit vers la lune ?

Elle tirait là des conclusions trop hâtives. Robert Ash était un excentrique bien intentionné, son épouse une artiste au talent unique. Voilà la seule certitude que pouvait avoir Lily. L'intérêt de Hartwell pour cette femme n'avait peut-être aucune explication logique, ni même surnaturelle. Après tout, c'était tout le charme du désir, cette étrange force également à l'œuvre dans l'histoire de Lily.

— Docteur Hartwell ! Un moment, s'il vous plaît.

Un couple s'approchait de lui – encore deux bourgeois sur leur trente et un, désireux de flatter son ego.

— Si vous voulez bien m'excuser, dit-il avec un signe de tête poli avant de se tourner vers les nouveaux arrivants.

Une certitude poignait en elle, aussi réelle qu'indésirable : elle ne pouvait pas le laisser gagner ; le portrait sur le mur ne lui appartenait pas. Sa place était au Refuge, auprès de Robert Ash… absent ce soir. Hartwell avait raison d'être confiant. Lord

Strangford n'avait aucune chance de gagner ce duel d'enchères. Lily allait devoir s'assurer que ce concours soit remporté par d'autres moyens que les seules finances.

Mais comment faire ? Mordecai Roth avait beau être un vieil ami de sa mère, cette loyauté avait ses limites et ne serait sûrement pas suffisante pour l'empêcher d'être jetée dehors si elle entravait le bon déroulement de ses ventes.

Il lui fallait un moyen d'éliminer Hartwell de l'équation en tant qu'acquéreur potentiel. Alors, il ne resterait plus que lord Strangford pour acheter le tableau. Si Roth pensait avoir perdu l'une de ses prises, il serait reconnaissant pour celle qu'il lui resterait sur l'hameçon.

Comment évincer Hartwell du jeu ?

À sa place, sa mère aurait provoqué une scène en prétextant un affront imaginaire ou en simulant une violente querelle d'amoureux dans l'espoir de lui faire honte et de le pousser à se retirer. Lily écarta cette idée : elle n'avait ni talent de comédienne, ni désir d'attirer davantage l'attention des invités. Quel que soit son subterfuge, elle devrait être discrète, comme son père, déplaçant ses pièces depuis les coulisses avec une stratégie tout en retenue.

Les collectionneurs d'art n'entraient pas dans les galeries avec de l'argent liquide en poche. Les achats étaient négociés à crédit. Si Lily pouvait convaincre Roth que Hartwell était incapable de livrer la somme convenue, puis faire en sorte que l'offre de lord Strangford ce soir soit directement acceptée par le galeriste…

Alors que des tourbillons de soie miroitante évoluaient autour d'elle au rythme de la foule, un plan se mit en place dans son esprit.

Lily ne pouvait pas suggérer l'idée elle-même. Roth savait qu'elle connaissait lord Strangford. Tout ce qu'elle lui dirait au sujet de Hartwell serait accueilli, à juste titre, avec une méfiance avisée. Non, le message devait lui être livré par quelqu'un d'autre, quelqu'un qui avait une certaine influence sociale et qui n'avait rien à gagner à cet avantage.

Son regard survola les corps ornés de bijoux et parures pour s'arrêter sur celui du vicomte Deveral. Une fois de plus, il avait son mouchoir pendu au nez, qu'il rangea précipitamment dans une poche.

Oui, pensa-t-elle distraitement. *Ça pourrait marcher.*

Les pièces du puzzle commençaient à s'agencer. Lord Deveral étant le fils héritier de lord Torrington, on ne remettrait pas en question ses renseignements, même si personne d'autre n'en avait connaissance. Et si l'on avait quelques réticences à l'égard de ses choix de vie, la réputation de sa famille aurait tôt fait de les balayer.

Lily avait les moyens de le faire chanter pour obtenir de lui ce qu'elle voulait.

C'était un plan si audacieux qu'elle faillit lâcher son champagne. Mue par un effort de volonté, elle glissa la main sous le pied de son verre pour le retenir, le reste de son corps pétrifié par la hardiesse de son initiative.

Il serait furibond.

S'il y avait eu la moindre chance d'une relation apaisée entre Lily et son demi-frère, voilà qui allait définitivement l'anéantir. Cela dit, leur échange, plus tôt dans la soirée, lui avait clairement signifié qu'une relation n'avait jamais été envisageable. Elle n'avait décidément rien à perdre. Alors, pourquoi son cœur battait-il comme une machine à vapeur dans sa poitrine ? Ce n'était qu'un homme, se rappela-t-elle avec force. Il ne représentait rien pour elle. Le pire qu'il puisse lui faire dans cette salle bondée était de la couvrir de ridicule, et il n'y parviendrait pas sans s'exposer lui-même au scandale. Un homme encore furieux des ragots humiliants dont son père et sa famille avaient fait l'objet des décennies plutôt ne prêterait pas le flanc à de nouvelles rumeurs.

Lily se redressa et s'avança dans la foule en direction de lord Deveral, seul devant le tableau d'un renard dépecé par une meute de bassets.

— J'aimerais que vous me rendiez un service, annonça-t-elle sans préambule.

— Pourquoi diable accepterais-je de faire quoi que ce soit pour vous ? rétorqua-t-il sèchement.

Lily feignit de ne pas l'avoir entendu.

— Je veux que vous disiez à Roth qu'il ne peut pas se fier au crédit du docteur Joseph Hartwell.

Lord Deveral se retourna pour lui faire face, visiblement sidéré.

— Mais vous êtes complètement folle.

— Non, répondit posément Lily. Et je ne suis pas non plus sous l'influence de la cocaïne.

Il demeura interdit pendant un moment très révélateur. Puis il haussa les épaules.

— Et alors ? C'est loin d'être un crime.

— Notre père encouragerait-il cette attitude ? Je me le demande.

Son regard était de glace, froid et tranchant comme un couteau.

— Vous n'oseriez pas.

— Et pourquoi donc ? Bien sûr, il ne me croirait peut-être pas. Qu'en pensez-vous, monsieur le Comte ? Notre père accorderait-il un quelconque crédit à cette histoire, si je m'assurais qu'il en ait vent ?

— Vous n'êtes qu'une petite garce insensible.

— Allez-y. Maintenant. Je veux pouvoir vous entendre. Ensuite, je pourrai recommencer à vous ignorer, et vous, à vous vautrer dans la débauche.

Elle voyait bien le conflit qui le tiraillait, la peur aux prises avec une autre impulsion, l'instinct de la frapper en plein milieu de la galerie, sans doute. Mais même pour l'héritier du comte de Torrington, un tel acte aurait dépassé les limites du tolérable, comme il le savait bien.

Elle resta fermement campée sur ses jambes, affrontant sans ciller la véhémence de son regard. Elle ne pouvait pas montrer la moindre hésitation, sous peine de voir son plan capoter.

Il poussa un juron – particulièrement grossier. Son verre claqua sur la table et il s'éloigna. Elle le regarda fendre la foule, bousculant les douairières tout en perles sur son chemin jusqu'à Roth, avant de le suivre prudemment, se frayant un passage discret entre les corps serrés jusqu'à ce qu'elle soit à portée de voix du galeriste.

— En êtes-vous bien certain ? s'écriait Roth.

— Je le tiens de source sûre, répondit sèchement lord Deveral.

— Et pourquoi me le dire ? Par pure bonté d'âme ?

— Qu'est-ce que ça peut vous faire ? Je vous l'ai dit. Faites-en ce que vous voulez. J'ai fait ma part.

Il lança un regard appuyé à Lily avant de se retourner et de partir dans la direction opposée. Il joua des coudes entre les invités jusqu'à Annalise Boyden, lui agrippa le bras et approcha sa bouche de son oreille.

— Oh, très bien, répondit-elle.

Elle adressa un charmant sourire au gentleman avec qui elle devisait, murmurant des excuses, puis le couple se retourna et lord Deveral la conduisit vers la sortie.

Lily tremblait de tous ses membres dans le contrecoup de sa soudaine victoire et du conflit désamorcé, mais retrouva bien vite sa contenance. Elle n'en avait pas encore terminé.

Elle chercha lord Strangford du regard. Il était seul, debout devant le Whistler, abîmé dans sa contemplation.

— Allez voir Roth. Faites-lui une offre, ordonna Lily en arrivant à ses côtés. Une offre généreuse. Dites-lui qu'elle n'est valable qu'à condition de conclure le contrat ce soir, que le portrait n'est pas particulièrement flatteur et que vous n'êtes pas sûr que Mr Ash sera prêt à payer autant pour l'acquérir une fois qu'il l'aura vu lui-même.

— Mais rien de tout cela n'est vrai, répondit-il avec un regard intrigué.

— Roth doit croire qu'Ash pourrait changer d'avis une fois qu'il aura vu le tableau.

— Qu'avez-vous fait exactement ?

— Vous voulez cette œuvre, oui ou non ?

— Elle compte beaucoup pour moi.

— Alors, faites ce que je dis, lui enjoignit-elle.

Il ne bougea pas, les yeux rivés sur elle comme pour l'analyser sans qu'elle puisse deviner le fil de ses pensées.

Tout à coup, elle se rappela combien de mystères cet homme recelait. Elle pinça les lèvres pour résister à cet élan de curiosité.

— Très bien, concéda-t-il enfin en posant son verre.

Il s'enfonça dans la foule. Entre les têtes du beau monde londonien qui s'agitaient, Lily regarda son petit drame se jouer.

Lord Strangford prononça sa réplique et l'expression de Roth devint pensive. Il marqua une pause avant de faire signe à son secrétaire. Ce dernier et lord Strangford se retirèrent alors, dans l'aile droite de la galerie – vers le bureau, supposa Lily dont le cœur battait à tout rompre. Roth adressa un second geste à un autre membre du personnel. Après un bref échange, le jeune homme fut renvoyé. Le regard de Roth croisa alors celui de Lily.

Il lui fit une petite révérence.

Il avait compris, se dit-elle. Et en bon joueur, il avait accepté d'être l'objet de sa manœuvre.

Le jeune employé revint et posa une petite pancarte blanche contre le cadre du portrait d'Evangeline Ash.

Vendu.

Et maintenant, l'acte II.

Hartwell surgit, sa carrure imposante séparant la foule tandis qu'il fondait droit sur Roth. Lily s'autorisa à se rapprocher un peu. La voix de l'homme était basse, mais elle portait.

— Pourquoi n'ai-je pas eu l'occasion de faire une contre-offre ?

— L'avance de l'acheteur était plus que conséquente. J'ai décidé de conclure la vente.

— Et renoncer à la possibilité d'une commission plus élevée ? Depuis quand les gens de votre trempe laissent-ils passer l'occasion d'augmenter leurs profits ?

L'insulte avait été prononcée avec tant de désinvolture qu'elle lui était sans nul doute venue d'instinct.

S'il fut blessé, Roth n'en laissa rien paraître.

— Il y a un charmant petit Gainsborough dont on ne parle

pas encore, si vous voulez. Le tableau est tout à fait sous-évalué, à mon humble avis. Un excellent investissement pour un collectionneur averti.

— Vous pouvez garder votre Gainsborough, grogna Hartwell, qui se détourna et scruta la foule, comme à la recherche d'une réponse à la question qui le tourmentait.

Son regard s'arrêta sur Lily.

La jeune femme s'efforça de ne pas ciller, attendant qu'il la rejoigne, mais son pouls battait avec un mélange d'excitation et de peur.

Sa crainte était sans fondement, se dit-elle. Que pouvait Hartwell au milieu d'une salle où évoluait la fine fleur de Londres, même s'il devinait qu'elle était derrière cet échec ?

— C'est vous qui êtes derrière cette comédie, n'est-ce pas ? demanda-t-il.

— J'espère que vous n'êtes pas trop contrarié. Vous avez dit que l'œuvre était plutôt imparfaite.

Il n'y eut aucune explosion de colère ; Hartwell se maîtrisait admirablement.

Le tableau en question, le portrait d'Evangeline Ash, était accroché juste derrière lui. L'effet était étrange. Pendant un instant, il lui sembla que l'artiste était là, dans la salle, à regarder par-dessus l'épaule de Hartwell avec ses yeux en toile d'araignée… comme si la défunte pouvait les voir, observant tout ce qui allait se dérouler.

— Je vous félicite, Miss Albright.

Le rire carillonnant de Mrs Boyden retentit dans la galerie. Lily l'aperçut, drapée dans son manteau de laine, près de la sortie. Le bras de lord Deveral autour de sa taille, elle disparut dans l'obscurité de la rue.

— Vous m'avez bien eu, j'en conviens, poursuivit Hartwell, mais je ne suis pas assez bête pour me laisser prendre au dépourvu deux fois. Vous pourriez trouver notre prochain duel un brin plus exigeant.

Il leva sa coupe de champagne dans un piètre simulacre de toast, et tout à coup, les pièces se mirent en place.

Le verre dans sa main se superposa au tissu rouge que tenait Evangeline Ash, la soie colorée faisant passer le vin pétillant du doré au cramoisi. La manche de Hartwell recouvrit la bannière reposant sur les genoux de l'artiste, masquant quelques-unes des lettres de l'étrange proverbe français qui y était inscrit – la fin de *de*, les premières lettres de *l'étranger*. Le mot en fut modifié, en offrant un tout autre que Lily déchiffra avec effroi.

Danger.

C'était un message, et l'identité de son destinataire était codée dans le vase de fleurs chatoyantes qui trônait derrière l'artiste.

Des lys. *Lilies*, en anglais.

Non. C'était de la folie. Pensait-elle vraiment que Mrs Ash avait deviné où son portrait serait accroché par un soir d'hiver, trente ans après sa mort, et qu'elle avait conçu l'intégralité de l'œuvre afin d'envoyer un avertissement à une femme qui n'était pas encore née ?

Elle avait dû boire plus de champagne qu'elle ne le pensait. Les mots, les fleurs, le regard troublant de la défunte… ce n'était rien, trois fois rien.

— Vous n'avez aucune idée de ce que je trouve exigeant, répondit froidement Lily. Maintenant, si vous voulez bien m'excuser, je vais prendre l'air.

Elle s'éloigna. La salle semblait se refermer sur elle : la chaleur de tous ces corps était oppressante, les bougeoirs électriques aveuglants, les odeurs de parfum, de tabac et de vin l'asphyxiaient. Elle avait besoin de s'échapper, de retourner dans la quiétude de sa petite mansarde de March Place.

À contre-courant de la foule, elle redoubla d'efforts pour atteindre la sortie. Là, elle remit son ticket et attendit sa cape pendant ce qui lui sembla durer une éternité. Elle dut résister à l'envie de l'abandonner pour s'élancer dans la nuit.

Enfin, son vêtement lui fut rendu. Elle jeta la cape de laine sur son dos et dévala les marches à toute vitesse. L'air froid de la nuit lui offrit un contraste bienvenu après l'étuve suffocante de la galerie.

Une voix derrière elle l'interrompit au moment où son chausson touchait le pavé.

— Miss Albright.

Lord Strangford se tenait dans l'embrasure de la porte, tel un ange noir encadré par la lumière dorée des appliques électriques.

— Quelque chose ne va pas ?

— Non, répondit-elle précipitamment. Mais je n'ai pas l'habitude de rentrer aussi tard.

Toutes ces questions qui restaient en suspens dans l'air, lourdes de sens, entre elle et l'homme en haut de l'escalier.

Une fois qu'elle aurait quitté cet endroit, il était peu probable qu'elle le revoie un jour.

C'était maintenant ou jamais.

— Ce fut un plaisir de vous revoir. Bonsoir, milord.

Puis Lily monta dans l'un des fiacres qui attendaient le long du trottoir. Le cocher fit claquer ses rênes et le véhicule s'éloigna.

Elle ne se retourna pas.

CHAPITRE VII

Lily se trouvait dans une chambre.

Ce n'était pas celle dans laquelle elle s'était assoupie ce soir-là, après son retour de la galerie. Celle-ci était bien plus vaste et élégante que la sienne, dominée en son centre par un imposant lit à baldaquin auquel étaient suspendus des rideaux légers comme de la soie. Le clair de lune filtrait par les hautes fenêtres, nimbant les lieux de nuances bleues et grises. Une fine poudre blanche flottait dans l'air comme des flocons dans une boule à neige.

Au cœur de cette tempête silencieuse, deux corps se mouvaient sous un enchevêtrement de draps. Désincarnée, Lily ne pouvait détourner le regard, contrainte d'épier l'intimité d'Annalise Boyden et de lord Deveral.

Puis la scène se mua en une autre.

Lord Deveral était debout près de la fenêtre, en pantalon. Annalise Boyden, vêtue d'un négligé clair, était assise devant une coiffeuse à côté de lui. Elle lui tendit la main et le vicomte sortit de sa poche une dague incrustée de pierreries. C'était un objet magnifique, médiéval dans sa splendeur, comme une pièce d'apparat. Elle l'agita autour d'elle, y recueillant un peu de poudre blanche qui flottait encore dans l'air. D'un coup de langue, elle nettoya la lame, puis elle abandonna la dague sur la table en riant.

L'expression de lord Deveral s'assombrit et une lueur cruelle transparut dans ses yeux. Ses lèvres bougèrent, mais leur mouvement ne correspondait pas aux paroles que Lily entendait.

Vous êtes ici pour ferrer un nouveau poisson, c'est ça ?

Annalise Boyden se retourna, sa main fusant comme la patte d'un chat furibond. Ses griffes lacérèrent la joue de l'homme, traçant de vives lignes rouges dans leur sillage.

Un rugissement retentit aux oreilles de Lily, pareil à une bourrasque soufflant dans la chambre. Lord Deveral se retira, laissant la porte se refermer derrière lui.

Son amante rejoignit le lit, où elle tomba doucement en arrière sur les draps, paupières closes.

Les flammes bleu azur des lampes à gaz le long des murs vacillèrent, variant en intensité.

Tout à coup, une ombre se détacha du coin de la pièce et s'avança en flottant. Elle contourna le lit, émettant un cliquetis semblable à des bouteilles de lait qui s'entrechoquent. Ses épaules se déployèrent, formant deux ailes sombres au-dessus de la femme assoupie.

Le cauchemar ailé se pencha pour poser sa bouche sur la peau claire du cou de Mrs Boyden, qui soupira tandis que son corps se soulevait comme précédemment, sous les attentions d'un amant d'un genre pourtant très différent.

La forme sombre finit par se dissoudre, se fondant dans l'ombre de la chambre. Annalise Boyden se redressa sur le lit, les mains serrées autour de sa gorge.

Elle darda sur Lily un regard impitoyable.

— Vous êtes en retard, l'accusa-t-elle alors que le sang commençait à couler entre ses doigts.

Lily se réveilla avec un cri étouffé.

Elle rejeta la couverture, laissant l'air froid de sa chambre frapper sa peau.

Une autre vision.

L'ombre mouvante, les tintements de verre, le sang qui s'écoulait de la gorge d'une mourante. C'était lui. Le monstre qui s'en prendrait à Estelle.

Pourtant, cette vision-là était différente. Le cœur de Lily galopait, ses veines en feu sous l'effet d'un sentiment plus terrible encore que la terreur.

L'urgence.

Les événements dont elle venait d'être témoin n'auraient pas lieu dans quelques jours ni semaines. Non, ils étaient imminents. La femme que Lily avait rencontrée plus tôt dans la soirée, lors du vernissage – la maîtresse de son demi-frère, qui partageait aussi une troublante histoire avec lord Strangford –, était sur le point de mourir.

Fébrile, Lily fouilla sa table de chevet à la recherche d'allumettes et en gratta une au-dessus de la bougie, dont la lueur révéla les aiguilles de l'horloge, sur le manteau de la cheminée.

Il était trois heures du matin.

L'immédiateté du danger l'oppressait, exerçant une telle tension sous son crâne qu'elle paraissait sur le point d'exploser, tel un volcan en furie.

Elle devait passer à l'action. Même si ses efforts étaient vains, elle ne pouvait décemment pas rester dans son lit alors qu'une femme était sur le point d'être assassinée. Ouvrant l'armoire en hâte, elle tira une veste et une jupe qu'elle jeta par-dessus sa chemise de nuit. Puis elle enfila son manteau et attrapa ses bottes et sa canne, les glissant sous son bras avant de sortir au pas de course. Elle dévala les marches, ses pieds en bas de soie rapides et silencieux sur les lattes. Au rez-de-chaussée, elle chaussa ses bottes, tira vivement la porte et s'élança au-dehors.

Elle s'arrêta un moment pour évaluer ses options. Sans surprise, il n'y avait aucun fiacre sur March Place au beau milieu de la nuit. Elle aurait plus de chance du côté de Tottenham Court Road, mais le plus rapide serait encore de se rendre à destination à pied.

Alors, elle courut, bien décidée à ignorer la protestation de sa jambe accidentée.

Elle passa en trombe devant les rangées de maisons sombres et silencieuses, et ne ralentit pas avant d'avoir atteint le parc bien entretenu de Bedford Square et le large perron en granite du Refuge.

Elle s'attarda un instant sur le seuil, les yeux sur la porte et sa jambe en proie à une douleur lancinante.

Que diable était-elle en train de faire ? Allait-elle vraiment frapper à la porte d'un quasi-inconnu à trois heures du matin ?

Plus angoissante encore que l'inconvenance de la situation était la perspective de ce qui se passerait si l'on répondait à ses coups : elle ne pouvait pas espérer obtenir ce dont elle avait besoin des habitants de cette résidence sans s'ouvrir à des questions auxquelles elle n'avait aucune envie de répondre… des questions qui risqueraient de dévoiler sa vraie nature.

Mais l'urgence qui la taraudait s'en fichait éperdument. Assourdissante, elle hurlait à ses oreilles. Lily revit en pensée le sang qui coulait entre les doigts d'Annalise Boyden et se décida à gravir les marches.

Saisissant le heurtoir, elle frappa à la porte.

Un instant plus tard, cette dernière s'ouvrit, révélant la silhouette de Sam Wu, sa chemise de nuit rentrée à la hâte dans un pantalon.

Au bref regard suspicieux qu'il lui lança, il était évident que son propre instinct lui dictait de lui claquer la porte au nez. Au lieu de quoi, il recula d'un pas pour la laisser entrer dans le vestibule.

— J'ai bien conscience de l'inconvenance de ma requête, mais j'ai besoin de l'adresse de lord Strangford.

Elle fut la première surprise par le désespoir que trahissait sa propre voix, éraillée sous l'effet de l'urgence.

— Pourquoi en avez-vous besoin ? s'enquit Sam.

— S'il vous plaît, je n'ai pas le temps. Je dois lui parler.

— Il est juste ici.

La réponse provenait de derrière. Lily fit volte-face pour découvrir lord Strangford, à l'entrée de la bibliothèque.

Il était toujours en tenue de gala, mais sa cravate avait disparu. Derrière lui, Mr Ash posa sa tasse de thé avant de quitter son fauteuil près du feu.

Il avait l'air fatigué, plus âgé que ce matin-là.

C'était le tableau, comprit-elle. Lord Strangford avait dû quitter la galerie avec son acquisition et le lui apporter directement. Les deux hommes ne s'étaient pas encore couchés. C'était bien compréhensible. Revoir le visage de sa défunte femme pour la première fois depuis des décennies avait de quoi déstabiliser. Le cadeau de lord Strangford avait-il été bien accueilli ou, au contraire, ravivé la douleur du deuil ? Peut-être un peu les deux, conclut Lily.

— Je dois absolument savoir où trouver Mrs Boyden.

— Annalise ? fit lord Strangford, troublé au point d'employer le prénom de l'intéressée. Pourquoi ?

Sa question exigeait une réponse. Une réponse à laquelle elle ne pouvait échapper, de crainte de repartir bredouille.

Mais ce qu'il attendait d'elle…

D'autres spectateurs commençaient à émerger des différentes parties de la maison – Cairncross au premier étage, en robe de chambre et pyjama ; Mrs Liu dans le hall d'entrée.

Tout le monde l'entendrait. Cette idée avait beau la terrifier, elle n'avait pas le choix : la vie d'une femme était en jeu.

Lily dut produire un effort pour chasser la boule qui lui obstruait la gorge.

— Parce qu'elle va mourir, déclara-t-elle enfin.

Un silence absolu s'ensuivit, clair et pur comme du cristal.

Elle vit un tumulte d'émotions successives passer dans les yeux sombres de lord Strangford – surprise et inquiétude, ainsi que d'autres, indéfinissables. Elles s'enchaînaient trop vite, se mêlant trop intimement pour être identifiées.

— Comment êtes-vous arrivée jusqu'ici, Miss Albright ? demanda Mr Ash.

— J'ai couru.

— Avec des points de suture dans la jambe ? ajouta lord Strangford.

— Le temps presse, répliqua-t-elle.

— Sam, dans quel état se trouve la Rolls ? reprit Mr Ash.

— J'ai sorti le carburateur pour le nettoyer. Le moteur est en pièces détachées sur le sol du garage. Il me faudrait au moins une heure pour tout remonter.

— Qu'est-ce qui serait le plus rapide : préparer la voiture ou courir chercher un fiacre ?

— Un fiacre, répondit le jeune homme sans hésiter.

— Alors, vas-y.

Tournant les talons, Sam descendit les marches avec agilité et s'élança dans la nuit.

Lord Strangford la contourna, décrocha son manteau de la patère et l'enfila. Comprenant ce que cela signifiait, Lily éprouva une vive appréhension.

— J'ai juste besoin de l'adresse, protesta-t-elle.

— Non, vous avez besoin de moi, répliqua-t-il en récupérant son chapeau. Sinon, elle n'avouera rien et ne vous écoutera pas.

Elle voulait objecter, mais il avait raison. Annalise Boyden penserait sans doute Lily folle si elle se présentait chez elle aux petites heures du jour en hurlant au meurtre et à la mort.

Le silence retomba dans l'entrée alors qu'ils attendaient le retour de Sam. La tension était épaisse, suffocante. Chacun devait avoir mille questions en tête. Au vu des circonstances, ils auraient été en droit de les poser. Mais personne ne pipa mot.

Elle se remémora sa conversation avec Ash, plus tôt dans la journée, dans la paisible et silencieuse salle du bout du couloir. S'il ne l'interrogeait pas, peut-être était-ce parce qu'elle avait confirmé ce qu'il soupçonnait déjà.

Cette pensée lui laissa les nerfs à vif, comme si l'on venait de l'écorcher.

Ash fut le premier à parler.

— Cette situation pourrait-elle vous faire courir un danger, à vous et lord Strangford ?

Aussitôt, ses pensées s'en retournèrent vers l'ombre qui rôdait dans la chambre d'Annalise Boyden. Ajustant sa main sur sa canne, elle s'évertua à réprimer un frisson.

— Nous nous débrouillerons, répondit posément lord Strangford à sa place, croisant le regard d'Ash.

Au même instant, Sam surgit sur le perron et Lily entendit le cliquettement des roues d'un fiacre derrière lui.

— C'est un vieux landaulet, dit-il, à peine essoufflé. C'est tout ce que j'ai pu trouver.

Le coupé fermé n'aurait que deux sièges. Voilà qui réglait la question.

— Allons-y, décréta Lily sans laisser à Mr Ash l'occasion de protester.

Le temps pressait. Elle se retourna et descendit les marches en toute hâte. Lord Strangford lui emboîta le pas, la rattrapant juste à temps pour lui ouvrir la portière de la voiture. Il donna au cocher une adresse à Belgravia, lui promettant le double du tarif pour sa diligence. Puis, il se hissa à son côté et l'attelage se mit en branle, partant en cahotant dans les rues désertes.

Dans l'habitacle exigu, la proximité de lord Strangford était presque gênante. Tant de questions occupaient l'espace restreint qui les séparait, l'emplissant de tension. Bien sûr, elle pouvait laisser le trajet se dérouler en silence, l'obligeant à la croire sur parole. Il le ferait ; sa seule présence en était la preuve. Mais ce serait alors choisir la facilité, au détriment de l'honnêteté.

Elle déglutit péniblement, ravalant la terreur qui menaçait de l'envahir.

— Parfois, je sais que certaines choses vont se produire, dit-elle à mi-voix, ses mots tranchant le silence.

Elle attendit sa réponse, la moquerie incrédule ou la dérision froide indiquant qu'il la prenait pour une menteuse.

— De quelle façon ?

Son cœur battait la chamade, ses nerfs mis à rude épreuve par cette révélation impensable.

— De différentes manières. Parfois comme un rêve, pendant mon sommeil. Parfois quand je suis éveillée. Ce n'est pas quelque chose que je peux contrôler comme une voyante extra-lucide. Disons que… cela vient à moi. (Sa bouche était sèche.) Je suis consciente de l'impression que cela donne.

— Je vous crois.

Ses mots étaient catégoriques, lourds de détermination.

Je vous crois.

Leur impact, chaud et puissant, remua quelque chose dans les tréfonds de son être.

— Merci.

Elle sentit le coin de ses yeux lui piquer et elle cligna des paupières, redressant l'échine.

Les maisons aux fenêtres obscures défilaient de l'autre côté de la vitre et l'air de la nuit lui mordait les joues.

Cette course revêtait une signification différente pour l'homme à ses côtés. Il y avait une histoire entre Annalise Boyden et lui. Elle en ignorait la teneur et ce que Mrs Boyden représentait pour lui, mais si elle avait une quelconque importance à ses yeux – et Lily savait que c'était le cas –, alors elle lui devait une autre information cruciale.

— Je ne me suis jamais trompée, annonça-t-elle à voix basse.

— Jamais ?

— Jamais.

Il garda le silence pendant un moment.

— Je vois, dit-il enfin.

À son intonation, elle sut qu'il avait compris.

L'air froid les enveloppait, s'infiltrant dans le véhicule par les fissures entre les vitres, son souffle formant des nuages de buée tandis que le landaulet bringuebalait le long des rues désertes.

L'imminence du danger la tenaillait toujours. Le fiacre emprunta un autre virage. Fidèle à sa parole, le cocher roulait plus vite que la prudence ne l'exigeait, mais le grondement sourd qui courait dans les veines de la jeune femme lui criait d'accélérer davantage encore. Elle refréna l'envie d'ouvrir la portière et de bondir dans la rue pour se rendre à Belgravia par la force de ses jambes. Elle n'irait pas plus vite, mais au moins, aurait-elle l'impression d'agir au lieu de rester assise là, les bras ballants.

Les horloges sonnaient quatre heures lorsqu'ils franchirent Wellington Arch pour pénétrer dans les rues soignées et tranquilles de l'un des plus beaux quartiers de Londres. Ils y croisèrent un laitier en tournée et un employé du service du gaz avec sa mallette, sans doute de retour d'une urgence de nuit.

La calèche s'arrêta devant une maison de ville en briques immaculées, volets noirs fraîchement repeints et portail en fer forgé. Toutes les fenêtres étaient obscures, sans lueur indiquant le moindre signe de vie.

Et si elle avait tort ?

On n'allait tout de même pas frapper à la porte des gens à quatre heures du matin.

S'il ne s'agissait que d'un rêve, d'un cauchemar particulièrement vivace, alors elle entraînerait lord Strangford dans une situation qui risquait fort de lui causer bien de l'embarras.

Non, ce n'était pas un rêve. Lily en était aussi convaincue qu'elle l'était de sa présence dans ce fiacre et des pavés sous leurs roues. La différence entre un rêve et une vision se jouait à un niveau viscéral, aussi franche que le contraste de température entre un seau d'eau bouillante et glacée.

Du moment, en revanche, elle était moins certaine. Ses visions avaient toujours été avares en détails quant au moment précis où les événements qu'elles annonçaient devaient se produire. Estimer la chronologie des événements était un jeu de devinette bien sinistre, dont le plus souvent, elle sortait perdante.

L'impression de menace imminente était écrasante, pourtant Lily eut un instant de doute à la vue de l'impeccable perron de la maison d'Annalise Boyden. Ne valait-il pas mieux faire demi-tour et revenir à une heure plus propice, au lieu de réveiller toute la maisonnée pour ce qui pourrait n'être qu'une fausse alerte ?

Elle se surprit à espérer que lord Strangford remette en cause sa certitude.

Au lieu de quoi, il descendit du fiacre pour l'attendre sur le trottoir.

Ils n'auraient pas dû venir. Après tout, leur présence ne ferait aucune différence. Comme toujours. Que les événements se déroulent quelques minutes après ses visions ou de nombreux mois plus tard, elle n'avait jamais réussi à inverser le cours des choses.

Ramassant ses jupes, elle le rejoignit.

Ils montèrent l'escalier jusqu'à la maison obscure et endormie, puis lord Strangford frappa fermement à la porte d'entrée. Après ce qui sembla durer une éternité, une gouvernante apparut. Elle parut hésiter entre inquiétude et colère.

— Veuillez m'excuser pour le dérangement, mais il y a une affaire urgente dont je dois discuter avec votre maîtresse, annonça son compagnon.

— Et vous êtes ?

— Lord Strangford.

Le titre sembla la tranquilliser quelque peu.

— Je vous en prie. C'est une question de vie ou de mort, ajouta-t-il.

— Je vais voir si elle accepte de vous recevoir, répondit-elle en ouvrant la porte.

Elle alluma une lampe sur la table de l'entrée, la faible lumière plongeant les élégantes décorations du couloir dans une pénombre lugubre. Puis, la gouvernante prit sa bougie et gravit les marches d'un pas alerte et coutumier.

Lily avait la chair de poule, chaque ombre projetée par la flamme tremblotante comme un assaut personnel. Elle resserra les doigts sur sa canne et jeta un coup d'œil à lord Strangford en se demandant s'il était de taille à maîtriser le monstre en cas d'apparition. Il n'était pas costaud, mais son expression ne trahissait pas la moindre peur, seulement de l'anxiété et une attention grave.

Soudain, la gouvernante hurla.

Lily entendit le bruit mat de son bougeoir heurtant le sol à l'étage supérieur.

Lord Strangford avait bondi dans l'escalier, grimpant les marches quatre à quatre. S'emparant de la lampe, Lily le suivit sans prêter attention à la douleur lancinante qui lui vrillait la jambe. Une fois sur le palier, elle aperçut la gouvernante dans l'embrasure d'une porte, le tapis à ses pieds éclaboussé de cire. Lord Strangford la dépassa, disparaissant dans l'obscurité. Lily s'engouffra derrière lui et la lumière vacillante de sa lampe éclaira la pièce.

La forme du grand lit à baldaquin se détacha, ses rideaux blancs mouchetés de taches sombres : le sang de la femme étendue à moitié nue dans les draps, la gorge tranchée.

La voix spectrale de sa vision résonna alors à ses oreilles.

Vous êtes en retard.

Lord Strangford se laissa tomber à genoux. Rejetant la vague d'horreur, de culpabilité et de fureur qui menaçait de la submerger, Lily reporta son attention sur le chaos de la scène de crime : le vase en porcelaine en mille morceaux sur le sol, près de la fenêtre ; le miroir de la coiffeuse enduit d'une matière ressemblant fort à de la neige ; l'entrelacs de draps blancs immaculés autour des jambes de la défunte.

Sur le parquet, près du lit, gisait un couteau ensanglanté.

Des portes s'ouvrirent avec fracas derrière elle, et des pas martelèrent les marches et le plancher du couloir. Tout le personnel se rassemblait devant la chambre ; une série de hoquets atterrés, puis le soupir d'un sanglot brisant le silence.

— Y a-t-il un valet de pied ici ? demanda-t-elle sans se retourner, incapable de détacher les yeux des rideaux du lit tachés de sang.

— Oui, madame.

— Trouvez l'inspecteur au poste de Gerald Road et dites-lui qu'il y a eu un meurtre. Faites vite.

~

Deux heures plus tard, Lily était assise sur le bord du divan, dans le salon raffiné d'Annalise Boyden, tandis que les agents de police en uniforme de la division B allaient et venaient dans l'entrée.

Quelques minutes. C'était le temps qui avait dû s'écouler entre la vision de Lily et le moment où les événements annoncés s'étaient produits.

Voilà qui était inhabituel et déstabilisant.

L'image du corps livide et couvert de sang d'Annalise Boyden refusait de la quitter. En plus de la culpabilité et de l'impuissance familières, elle était plongée dans des abîmes de perplexité. Il lui avait paru si évident, dans sa vision, que l'ombre qui avait ôté la vie d'Annalise Boyden était la même menace qui planait sur Estelle. Or la victime de la nuit passée n'était pas médium. C'était une veuve de la haute société, et sa gorge avait été tranchée d'une oreille à l'autre.

Ce meurtre ne ressemblait en rien aux autres.

Lily s'était-elle trompée ? Était-il possible qu'elle ait mal interprété les signes ?

Ses prémonitions n'étaient pas à prendre au pied de la lettre. Tout était imprégné de symboles, comme si son cerveau s'efforçait de trouver au débotté un moyen d'ancrer le contenu de sa vision, lui donnant la forme de choses que Lily connaissait déjà ou avait déjà vécues. Il y avait toujours un certain degré d'interprétation – comme un jeu de casse-tête. Peut-être avait-elle mal deviné, cette fois.

Non. Le lien avec les autres meurtres était bien réel. Chaque cellule de son corps le lui criait, même si elle ne savait pas encore comment.

Lord Strangford était debout devant la cheminée sans feu, à regarder fixement l'âtre endormi. Il s'était montré peu loquace depuis la sinistre découverte.

Elle n'osait insister. Ce n'était pas son rôle, et ce n'était certainement pas le moment.

Une foule s'était rassemblée dans la rue en contrebas, dans la lueur rosée de l'aube naissante. Lily en entendait le murmure à travers les fenêtres, sans doute les badauds habituels attirés par l'agitation et le sordide, une poignée de journalistes et peut-être un ou deux prédicateurs itinérants. Même dans le quartier huppé de Belgravia, le chaland était friand de macabre.

Fin comme une baguette et de petite taille, avec une moustache bien taillée, l'inspecteur affichait pourtant la prestance d'un homme bien plus imposant.

— Inspecteur Gregg. Désolé de vous avoir fait attendre, dit-il en entrant, suivi d'un jeune agent de police dégingandé qui paraissait avoir l'âge ingrat où les membres paraissent trop longs pour le corps.

L'inspecteur fit un geste et le garçon ouvrit un carnet, tirant un crayon de sa poche.

— Miss Albright. Milord, dit-il en saluant lord Strangford

qui ne sembla pas l'entendre. On m'a dit que c'était vous qui aviez découvert le corps.

— La gouvernante nous a précédés, rectifia Lily.

— Sachez que je trouve plutôt intrigante votre présence dans cette maison. Selon la gouvernante, votre visite a eu lieu à une heure plutôt indue. Puis-je vous en demander la cause ?

Lily s'y attendait. Évidemment, elle ne pouvait pas donner la véritable raison de leur présence chez Annalise Boyden. Mais quelle alternative plausible s'offrait à elle ? Aucune, bien sûr. Ce qui ne laissait qu'une seule option : y aller au culot. S'inspirant à la fois de sa mère et de la femme que l'on avait essayé de faire d'elle au pensionnat, elle se redressa, leva le menton et répondit d'une voix atone :

— J'espère que vous n'insinuez pas que nous sommes suspects d'une quelconque manière.

Elle sentit plus qu'elle ne vit lord Strangford lui jeter un coup d'œil ; son attention restait rivée sur l'inspecteur. En poste à Westminster, il devait avoir l'habitude de côtoyer l'aristocratie. Il n'était pas sans savoir quelles règles tacites entraient en jeu lorsqu'un homme de son rang se heurtait au leur. Aussi échevelée que Lily puisse paraître, le poids des quatre lettres – *lord* – que conférait la présence de son compagnon ne pouvait être ignoré.

Son expression ne trahit pourtant rien du mécontentement que sa réponse avait dû lui causer. Le jeune gendarme, en revanche, était moins sur la retenue, son regard alternant frénétiquement entre le visage de la jeune femme et celui de son supérieur, le crayon suspendu au-dessus de son carnet de notes.

— Non, répondit sobrement l'inspecteur. Comme vous n'êtes arrivés sur les lieux qu'après le crime et que vous êtes restés visibles pendant toute la durée de votre visite, vous n'êtes pas suspects.

— Alors, il me suffira de vous dire que notre présence ici concerne une affaire privée.

L'inspecteur marqua une pause, un silence juste assez long

pour montrer clairement qu'il trouvait cette explication tout sauf suffisante.

— Si vous pouviez avoir la courtoisie de donner vos adresses à mon agent, je vous en serais reconnaissant. Au cas où d'autres questions me viendraient au cours de l'enquête.

— Bien sûr, concéda Lily, laissant son regard dériver pour lui faire comprendre que cette conversation était terminée.

C'était une gageure, mais l'on ne s'élevait pas au niveau d'inspecteur de la division B sans apprendre à faire preuve de tact avec l'aristocratie.

Il se retirait lorsque le jeune agent de police se racla la gorge, manifestement mal à l'aise.

— Votre adresse, miss ?

— 702 March Place.

— Et milord ?

— Sussex Court, Bayswater, répondit lord Strangford à voix basse.

— Je vous remercie pour votre concours.

C'était une formule de pure politesse, et le jeune homme en parut presque gêné. Il se retourna pour s'éloigner, mais Lily le rappela :

— Monsieur l'agent… pourriez-vous me dire si l'on a déjà un suspect ?

Sans le regarder, elle perçut le changement d'attitude dans la posture de lord Strangford, le bruissement de son manteau lorsqu'il se détourna de la cheminée.

— Je crains de ne pas pouvoir vous en dire plus.

Le policier avait l'air nerveux.

— S'il vous plaît, insista-t-elle. Vous devez comprendre que nous sommes tous deux impatients de voir le meurtrier traduit en justice. Si je pouvais m'en aller en sachant au moins qu'il y a un espoir que ce diable soit retrouvé…

Lily n'acheva pas sa phrase.

Le jeune homme se trémoussa, embarrassé, mais il se sentit obligé de remplir le silence laissé par sa phrase en suspens.

— L'inspecteur est presque certain de tenir notre homme.

Le bougre l'a ramenée chez elle hier soir, ils ont eu une terrible dispute et il est parti en claquant la porte. Personne n'a revu la jeune dame en vie après ça. L'affaire serait déjà bouclée si le type n'était pas un rupin. Enfin, passez-moi l'expression, s'empressa-t-il d'ajouter avec un regard nerveux par-dessus l'épaule de Lily, vers lord Strangford. C'est son couteau qui lui a tranché la gorge.

— Comment le savez-vous ?

— Ses initiales sont gravées dessus. (Il ouvrit son carnet et le feuilleta avant d'ajouter :) S.J.C.

Il sembla prendre conscience qu'il en avait divulgué plus qu'il n'en fallait et s'empressa d'ajouter, le rouge aux joues :

— Je dois m'y remettre. Vous êtes libres de partir, précisa-t-il avec un bref mouvement de tête, avant de s'éclipser dans le couloir.

Stupéfaite par les révélations du jeune agent, Lily resta sans voix.

Le bougre l'a ramenée chez elle... ont eu une terrible dispute... ses initiales sont gravées sur l'arme du crime...

Elle se remémora le rire cristallin d'Annalise Boyden et l'homme fringant à son bras alors qu'elle se pavanait dans la galerie, la veille au soir. Puis ce même homme, debout dans l'intimité de la chambre à coucher illuminée par le clair de lune, se détournant après la gifle que lui avait assenée la femme du revers de la main.

S.J.C.

Simon James Carne, le vicomte Deveral.

Son frère.

CHAPITRE VIII

Lily était assise dans la pénombre du vaste habitacle du fiacre, sur un siège qui n'était plus qu'une planche enveloppée de lambeaux de cuir.

C'était un quatre places, sans doute grandiose lors de sa fabrication, soixante-dix ans plus tôt, mais à présent réduit à des charnières grinçantes et des doublures de soie en charpie. L'ancien écusson en était à un stade de dégradation avancée qui ne laissait sur la porte que des écailles colorées tachées de suie grise.

Lily savait que la foule rassemblée dans la rue, devant la maison, attendait de voir qui en sortirait. Les rumeurs allaient se répandre comme une traînée de poudre dans la ville. Elle avait donc conduit lord Strangford à l'arrière, sachant que dans une demeure aussi cossue, il y avait forcément une entrée de service. Après avoir repéré ladite porte dans la cuisine, elle l'avait entraîné dans la ruelle étroite qui courait derrière les bâtiments.

Quelques curieux les attendaient là également, mais en nombre inférieur. Pour six pence, l'un d'eux avait accepté d'aller quérir un fiacre.

Le véhicule qu'il leur avait dégotté n'était sûrement pas conforme aux habitudes du noble gentleman, mais il ne semblait pas s'en préoccuper, à présent assis en face d'elle, le regard tourné vers la vitre crasseuse.

Lily tenta de proposer qu'il soit déposé en premier à Bayswater, avant que le fiacre continue jusqu'à Bloomsbury, mais alors qu'elle donnait l'adresse au chauffeur, lord Strangford sortit de son silence pour décréter sur un ton sans appel qu'il la raccompagnerait chez elle.

La circulation du matin encombrait déjà les rues de Londres, ralentissant leur progression.

Le silence retomba à l'intérieur du véhicule – un silence déplaisant que Lily se mit en tête de troubler, même si elle doutait fort que ses mots puissent détendre l'atmosphère.

— Ce n'était pas lord Deveral, dit-elle à brûle-pourpoint.

— Avez-vous vu de qui il s'agissait ?

— Non, admit Lily.

— Alors, comment pouvez-vous en être sûre ?

— Deveral était là. Ils se sont disputés, comme l'a dit l'inspecteur, mais ensuite il est parti. C'est quelqu'un d'autre qui l'a tuée. Il y avait quelqu'un d'autre dans la pièce.

— Savez-vous qui ?

Elle pensa au docteur Joseph Hartwell, au moment où, dans la galerie, les yeux sombres et tristes d'Evangeline Ash semblaient posés sur elle par-dessus l'épaule du scientifique, tandis que la bannière qu'elle tenait dans ses mains exprimait son avertissement.

Le docteur Hartwell témoignait un intérêt particulier pour l'hémoglobine, substance que le tueur avait aspirée chez ses victimes. Toutefois, selon cette logique douteuse, chaque hématologue d'Angleterre devrait alors être considéré comme suspect.

Lily savait que ce n'était pas tant l'objet de ses recherches qui lui faisait penser à lui, mais plutôt l'avertissement qu'elle avait cru recevoir de la part d'une artiste décédée depuis trente ans. Étrange coïncidence que cette affaire. Y voir autre chose relèverait de la folie, même pour une femme aux dons aussi extraordinaires que les siens.

Ses soupçons envers Hartwell étaient sans doute fondés sur son aversion pour le scientifique, raison peu valable pour retourner voir l'inspecteur Gregg.

— Je ne sais pas, admit-elle. Mais je sais qu'il a déjà tué auparavant. (Les mots franchissaient péniblement sa gorge nouée.) Et je sais qu'il le fera à nouveau.

Ils longeaient la vaste étendue de Hyde Park, quand le fiacre fut arrêté par le flot de la circulation. Les piétons passaient tant bien que mal, se frayant un chemin entre les véhicules agglutinés les uns aux autres. Leurs voix se mêlaient aux hennissements alentour et aux quelques coups de klaxon.

— Pourquoi ?

La question de lord Strangford, bien que tenant en un seul mot, était lourde en émotions, traduisant son besoin éperdu de savoir ce qui avait causé l'abomination dont ils avaient tous deux été témoins dans cette chambre sanglante.

Elle était bien consciente de la pauvreté de sa réponse :

— Je ne sais pas.

Le fiacre reprit lentement sa progression. Les gloussements d'une file de jeunes filles en robes chasubles qui passaient près d'eux pour se rendre au parc pénétrèrent leur habitacle sombre, en même temps que le cri d'un livreur de journaux. Un autre sujet ferait les gros titres, ce soir, quand on apprendrait que l'héritier de l'un des pairs les plus puissants du royaume était soupçonné de meurtre.

Seulement, elle était certaine de l'innocence de lord Deveral. C'était un homme assurément trop gâté et cruel, mais en dépit de sa haine manifeste à son encontre, il n'était pas l'assassin d'Annalise Boyden.

Malgré sa certitude, l'affaire décrite par l'agent de police ne présageait rien de bon pour son frère, tout noble fût-il. Quand bien même il serait jugé non pas par la cour commune, mais par ses pairs à la Chambre des lords – un organe peu enclin à condamner l'un des siens pour un crime capital –, l'influence de son père serait-elle suffisante pour étouffer une accusation de meurtre ? Le vicomte perdrait quoi qu'il arrive sa place et son statut au sein de la nation.

Quel que soit l'angle sous lequel on l'abordait, cette affaire porterait un coup dur à la famille, dont elle ne se remettrait peut-être jamais.

Elle n'en avait cure ; ce n'était pas sa famille.

Restait pourtant la douloureuse réalité de savoir qu'un homme méprisable, certes, mais innocent, risquait la potence.

Que pouvait-elle y faire ?

En même temps, ne pas lever le petit doigt…

Un klaxon retentit à côté d'elle et des cris fusèrent alors qu'un automobiliste s'en prenait à une charrette qui refusait de s'écarter de son chemin.

En cet instant, Lily n'avait qu'une envie : sortir de ce fiacre - ouvrir la portière, descendre et rentrer à pied à Bloomsbury. Ce trajet s'éternisait.

Ce fut à ce moment que lord Strangford reprit la parole :

— J'étais censé l'épouser.

Se dérobant à la curiosité de sa compagne, il dirigea son regard vers le chaos de véhicules quasi stagnants de l'autre côté de la vitre. Son chapeau reposait sur la banquette à côté de lui, sa mâchoire était obscurcie par une barbe naissante, et ses yeux étaient fatigués.

— Nous étions deux familles aisées dans notre village du Northumberland, offrit-il en guise d'explication. Nos parents étaient proches. Cet arrangement coulait de source.

Le Northumberland. Voilà donc d'où provenait ce léger accent traînant, cette touche de chaleur sous le vernis aristocratique.

Sa voix ne chevrotait pas, mais Lily pouvait sentir la tension sous-jacente. Cette histoire n'était pas aisée à raconter, pourtant quelque chose l'y poussait. Et en l'espèce, elle était la seule disponible pour l'écouter.

Le silence qui s'imposa après ces quelques mots la suppliait de poursuivre la conversation.

— Y étiez-vous favorable ?

— Vous l'avez rencontrée à la galerie. Vous avez vu comment elle était.

— Captivante.

— Captivante, approuva-t-il sur un ton monocorde. Elle a toujours été captivante.

Il ferma les yeux, et elle vit une ancienne douleur se mêler à la nouvelle.

— Vous l'aimiez.

— Le contraire eût été impossible.

— Que s'est-il passé ?

Il lui opposa le silence en guise de réponse, les yeux baissés sur ses doigts gantés de cuir sur ses genoux.

— Mes mains, dit-il avant de déglutir difficilement. Vous avez peut-être remarqué…

Sa voix faiblit.

— Les gants, dit-elle. (Son cœur s'emballa et son pouls se mit à cogner dans ses oreilles.) Vous les portez constamment.

Lord Strangford se raidit avant de retirer enfin ses gants de chevreau fins et élimés.

La peau en dessous était belle, sans la moindre cicatrice ni imperfection.

Dans le fiacre, l'atmosphère était pesante comme l'instant qui précède un orage. Les bruits du monde extérieur s'estompaient, réduits à un brouhaha, une tension sonore en arrière-plan. Toute l'attention de Lily était orientée vers l'homme assis en face d'elle, ses deux mains parfaites présentées à sa vue comme deux armes brandies.

— Je les porte parce que je suis comme vous, Miss Albright, dit-il doucement. Je ne peux pas voir l'avenir, mais je peux toucher le passé.

La tension explosa tandis que le monde de Lily volait en éclats.

Vous n'êtes pas seule. Vous n'avez jamais été seule.

Il s'était écoulé des années ; des années durant lesquelles aucun signe ne lui avait jamais laissé entendre qu'elle était autre qu'unique détentrice de ce pouvoir ; des années à garder le secret dans son cœur de peur d'être traitée de déséquilibrée ou de menteuse.

Elle avait porté ce fardeau dans l'isolement et le silence toute sa vie durant.

— Comment ? souffla-t-elle, la gorge comme du papier de verre.

— Lorsque je touche quelque chose, celle-ci… s'ouvre à moi. Je peux sentir tout ce que cette chose a été, tout ce qu'elle a connu.

— Quand vous dites « tout »…

— Je veux dire tout.

Lily s'évertua à comprendre, pour en conclure qu'elle en était incapable.

— Jusqu'où pouvez-vous remonter ?

— Aussi loin qu'il le faut. Jusqu'au commencement. Il y avait un vase grec… vieux de trois mille ans. J'ai pu sentir l'odeur de la paille sur le sol de l'atelier du potier, la texture de l'argile humide. (Il passa un doigt sur ses gants de cuir noir, posés sur le siège à côté de lui.) Quant à eux, je ne pouvais pas simplement les acheter sur un présentoir chez Harrods. J'ai choisi le couturier moi-même, un type assommant, mais gentil. Il ne crie pas après sa femme et ne frappe pas ses apprentis. Le tanneur joue dans un groupe folklorique, il boit, mais heureusement, il a l'alcool joyeux. Je lui ai demandé d'acheter la peau de chevreau spécialement pour moi chez un boucher musulman de Brick Lane. Saviez-vous que leur foi exige qu'ils abattent leurs bêtes de manière à leur infliger le moins de souffrance possible ?

Lily laissa son regard vagabonder sur la peau exposée de son poignet, puis sur le triangle pâle de sa clavicule.

— Cela concerne-t-il uniquement vos mains ?

— Non.

Sa tête commença à tourner alors qu'elle prenait conscience de tout ce que cela impliquait. Avisant le revers noir de sa veste du soir, qui dépassait de son pardessus en laine, elle demanda :

— Votre costume…

Mais ses paroles se tarirent avant la fin.

— Je ne peux pas porter de coton. La plupart provient d'Amérique et recèle bien trop de douleur. La laine est encore ce qu'il y a de mieux. Elle dégage une impression de plein air, de chiens qui aboient, de bruyère. J'arrive généralement à porter du lin, aussi. Avec la soie, selon sa provenance.

Il n'y avait aucun doute. Elle abandonna l'idée de se convaincre que tout cela n'était qu'une plaisanterie de mauvais goût. Chaque atome de son être avait la conviction que cet inconnu lui disait la vérité, que l'homme qui partageait l'habitacle obscur de ce fiacre autrefois rutilant était exactement ce qu'il prétendait être.

Quelqu'un comme elle. Un autre charismatique.

Les mots suivants lui échappèrent avant qu'elle puisse y réfléchir :

— Vous voulez bien me montrer ? (Il se crispa et elle le sentit se dérober, comme si le banc situé juste en face du sien avait reculé d'un mètre.) Je m'excuse. Je n'aurais pas dû vous demander cela.

— Il est logique que vous doutiez.

— Ce n'est pas cela. Je vous en prie, ne croyez pas que je remette vos paroles en doute. Seulement, je…

Elle peinait à trouver les mots pour exprimer sa motivation. Ce n'était pas le doute qui l'animait, pas plus que la curiosité, mais quelque chose d'autre – et pour cela, elle avait besoin de rendre entièrement et irrévocablement réel ce que cet homme venait de lui confier.

— … je ne pensais pas, conclut-elle.

Il garda le silence pendant un moment, une main sur ses gants, sur le siège, l'autre sur ses genoux. Elle constata qu'il mettait une grande prudence dans chacun de ses gestes, évitant que ses doigts n'effleurent par inadvertance le cuir de la banquette ou la soie abîmée des cloisons.

Il avait toujours été ainsi, songea-t-elle, déjà circonspect lorsqu'il l'avait croisée sur la route de Hampstead Heath. Elle savait maintenant pourquoi il avait tant hésité à lui tendre la main pour l'aider à se lever ou à descendre de cheval pour l'accompagner jusque dans la ferme. L'esquive de tout contact avec l'inconnu devait être une habitude si profondément ancrée en lui qu'il la portait constamment comme un bouclier.

— Donnez-moi quelque chose, dit-il, tirant brusquement Lily de sa rêverie. Rien de trop personnel. Je ne peux pas filtrer mes visions, elles me viennent que je le veuille ou non, même les plus…

— … désagréables ? proposa Lily dans le silence qui ponctua ses paroles.

— Intimes.

Il croisa son regard, la portée de ses mots d'une implacable clarté.

Lily s'était précipitée hors de chez elle sans rien emporter d'autre que sa canne et ce qui se trouvait dans les poches de son manteau. La canne était hors de question - bien trop chargée d'histoire, la jeune femme y était étroitement liée. Elle plongea alors la main dans sa poche, effleurant de ses doigts les quelques objets qu'elle y avait oubliés. Elle s'arrêta sur une petite boîte ronde, à la surface lisse et fraîche, qu'elle extirpa.

C'était un poudrier dont elle avait fait l'acquisition pour son travail de l'époque et qu'elle n'utilisait plus qu'en de rares occasions. La veille au soir, elle l'avait ainsi glissé dans sa poche au cas où elle aurait besoin d'une retouche à la galerie.

C'était un petit accessoire bas de gamme, simple et impersonnel.

Elle le lui tendit.

— Êtes-vous sûre de vouloir partager ceci ? demanda-t-il, hésitant.

Elle perçut un net avertissement dans son intonation.

— Ce n'est qu'une babiole, le rassura-t-elle.

Il ouvrit alors la main et Lily déposa le poudrier dans sa paume. Ses doigts se refermèrent autour de l'étain. Il prit une grande et profonde inspiration, et son regard se fit soudain vague et imprécis, une étrange distance dans ses yeux.

— De la sciure, dit-il d'une voix claire et stable. Je la sens. Autre chose aussi, de la graisse. De l'huile de moteur. Pas désagréable. Familier. De petits espaces encombrés. Des lumières vives encadrant un miroir. De nombreuses alcôves de ce genre, mais toutes identiques. Vous êtes dans le miroir, vous vous poudrez le visage, et il fait froid. Vos jambes sont nues, mais vous n'avez pas d'autre choix que de porter ce costume. Un costume… avec des sequins et des plumes, un costume trop petit qui vous laisse une impression de… solitude. Une solitude intense, en dépit du défilé de filles qui s'affairent autour de vous dans le miroir. Une solitude qui vous prend même ailleurs, là où les hommes boivent dans des odeurs infectes de cigare. Ils se permettent de toucher votre…

Aussitôt, la main de Lily jaillit pour lui arracher le poudrier.

Un an durant, elle avait fait la choriste pour le théâtre. Elle avait résisté aussi longtemps que possible, mais ses petits boulots en coulisses ne lui rapportaient plus assez pour manger à sa faim et elle risquait une augmentation de loyer qui la mettrait à la rue.

Elle avait ainsi accepté à contrecœur ce travail qu'elle avait en horreur : le costume moulant et scintillant lui faisait l'effet d'une cage autour de ses entrailles ; les projecteurs l'éblouissaient ; il ne faisait jamais assez chaud. Quant aux hommes… la façon dont ils la regardaient, dont ils sifflaient en lui lançant des pièces de monnaie. Le producteur lui avait ensuite fait savoir que sa présence était requise lors de certains événements en coulisses où, avec le même maquillage et la même tenue à sequins, elle devait servir des verres de brandy et allumer les cigares de ses amis et clients.

Son corps était alors traité comme un vulgaire élément de décor, caressé ou manipulé à la manière d'un objet passant de main en main. Elle voyait bien certaines filles se laisser entraîner dans les pièces qui bordaient la salle, sachant pertinemment qu'elles complétaient leur salaire par un travail d'une tout autre nature. Lily avait toujours réussi à contourner ces attentes, mais elle s'était fait remarquer. Elle était sur le point de faire un choix désespéré lorsque le notaire de sa mère était arrivé, lui offrant sa planche de salut.

Le tableau devait être de mauvais goût : ses joues poudrées, sa peau claire en grande partie exposée, les hommes avec leurs rires gras et leurs mains licencieuses.

Elle fourra le poudrier tout au fond de sa poche.

Dans le fiacre, le silence était devenu gênant, vibrant de tension.

Il fut le premier à le rompre :

— Je suis désolé. Je vous ai dit que je…

— Ça ne fait rien, l'interrompit vivement Lily.

Il récupéra ses gants et les remit en place.

— Depuis combien de temps avez-vous cette capacité ? demanda-t-elle.

Elle était parvenue à parler sur un ton régulier, sans doute un résidu des talents d'actrice de sa mère.

— D'aussi loin que je me souvienne.

— Qui d'autre est au courant ?

— Ash. Et les autres au Refuge.

— Votre famille ?

— Non.

Elle fut étonnée par sa réponse, mais à bien y penser, pourquoi le serait-elle ? Elle n'avait jamais eu de famille. Comment pouvait-elle prétendre connaître les secrets que l'on partage dans le cadre de telles relations ?

— Ce n'était pas ce que vous vous attendiez à entendre, observa-t-il.

Il frotta le début de barbe qui assombrissait sa joue. Lily était consciente que cela devait faire près de vingt-quatre heures qu'il n'avait pas dormi. Il rassembla ce qu'il lui restait de forces, et elle entendit l'effort que cela lui demandait.

— Ash croit que nous… commença-t-il avant de balbutier, cherchant ses mots. Il nous prend pour des saints, en quelque sorte.

— Oui, c'est ce qu'il m'a dit, quand je lui ai parlé.

Et il était aisé de le croire tant la vision de lord Strangford se prêtait à cette image, dans la lueur claire de l'aube filtrant à travers la vitre tachée de suie pour venir éclairer ses traits tirés, les bords élimés de son col. Il lui évoquait l'un de ces portraits au musée, ces représentations baroques d'ascètes en bure noire trouvant l'extase parmi les rochers.

— Ils n'ont pas eu la vie facile, commenta-t-il à mi-voix.

— Mais nous ne prétendons pas parler au nom de Dieu.

— Les sorcières non plus. Elles furent tout de même brûlées. En 1914, nous n'allumons plus de bûchers dans les campagnes et nous ne clouons plus les hérétiques au pilori, mais ce que nous faisons, vous et moi, n'en est pas moins dangereux. Le peuple risque de nous craindre tout autant qu'autrefois ; ils ont seulement des armes différentes à leur disposition.

Ces mots trouvèrent un écho en elle. Lily connaissait cette peur, ce sentiment qui s'attardait au fond de son esprit d'aussi loin qu'elle s'en souvienne. L'humanité n'admettait pas aisément la différence.

— Sans doute votre famille serait-elle plus tolérante ?

L'idée n'aurait pas dû la chiffonner, pourtant c'était le cas.

— Probablement, convint-il. Mais, cela compliquerait… les choses.

Oui, pensa-t-elle. Il était compliqué d'en savoir plus qu'on ne le devrait, surtout lorsqu'aucune explication ne tenait. On risquait de passer pour un fou ou un manipulateur. Et quand bien même l'on vous croirait, cela risquait de susciter des attentes qui ne pouvaient ou ne devaient pas être satisfaites.

Chaque fois qu'ils étaient partagés, les secrets devenaient aussi exponentiellement plus difficiles à garder.

Il était infiniment plus simple de rester caché, de se préserver.

— Et Mrs Boyden ?

— Annalise… précisa-t-il, le prénom à mi-chemin entre la prière et le juron. C'était ma faute. Je la connaissais. Je l'ai toujours connue. Avec notre enfance commune, nos virées sur la lande, comment aurait-il pu en être autrement ? C'était une jeune fille brillante et ambitieuse, qui ne se laissait pas attacher par les règles et les attentes de quiconque. Oh, c'était une sacrée menteuse, mais les mensonges allaient toujours dans mon sens… jusqu'à ce que je parte faire mes études. À mon retour, elle était devenue femme. Elle aurait pu m'avoir encore à ce moment-là, si j'avais été quelqu'un d'autre. Elle réussissait tout ce qu'elle entreprenait, et ce qu'elle voulait alors, c'était moi.

— Mais pas comme vous le pensiez, devina Lily.

— Non. Pas comme je le pensais.

— Comment l'avez-vous appris ?

— Par un baiser. Je l'ai suppliée un mois avant notre mariage. J'étais… eh bien, j'étais un jeune homme amoureux.

Impatient. Et j'ai découvert qu'elle me trouvait ennuyeux, mais assez séduisant pour être tolérable et surtout assez faible pour être manipulé. Elle aimait le titre que je pouvais lui apporter. Elle avait aussi eu des rapports intimes avec le maître d'écurie de son père, un homme marié, père de quatre enfants.

— Alors, il n'y a pas que les objets, souffla Lily, stupéfaite, incapable de retenir ce que le tact aurait peut-être exigé qu'elle garde pour elle.

— Non, répondit-il. En effet.

Cette implication la plongea dans le silence.

Chaque contact était une fenêtre ouverte sur l'histoire de l'autre, ses secrets, ses mensonges. Tout ce qu'un tel avait pensé ou fait, exposé comme un livre que lui était contraint de lire de bout en bout. Il ne pourrait jamais connaître la simplicité d'un baiser, d'une poignée de main ou d'une accolade amicale.

Elle pensa à la chaude et douce texture de la joue d'Estelle sous ses lèvres, à la poigne calleuse d'un machiniste la félicitant chaleureusement après une représentation à guichets fermés. Aux longs doigts du comte de Torrington, ébouriffant ses cheveux alors qu'il passait près d'elle pour se rendre dans la chambre de sa mère.

Être privé de la simplicité des contacts humains, en être exclu pour toujours…

La solitude de sa situation l'ébranlait.

— Et ces visions… vous viennent-elles continuellement ?

— Elles étaient plus sporadiques quand j'étais jeune. Je pouvais même choisir quand les recevoir, lorsque j'étais dans le bon état d'esprit. Mais maintenant, elles sont… permanentes.

— Vous voulez dire qu'elles sont toujours là.

Il hocha sèchement la tête.

— Et cela fonctionne toujours de la même façon ?

— Il y a des anomalies, parfois.

— Comment cela, des anomalies ?

Il haussa les épaules. Visiblement, il ne souhaitait pas s'étendre sur le sujet.

— Et vous ne pouvez exercer aucun contrôle dessus ?

— Ash essaie de m'apprendre.

— Cette technique que vous pratiquiez au Refuge…

— Le tai-chi-chuan. Oui.

— Est-ce efficace ?

Il détourna le regard en direction de la vitre noircie.

— Ash dit que ça prendra du temps.

— Et les gants ?

— Ils bloquent les visions, du moins au niveau des mains.

— Est-ce que vous les enlevez parfois ?

— Rarement.

Bien sûr. Pourquoi le ferait-il, alors que ce précieux cuir de chevreau le mettait à l'abri de révélations inopportunes sur les personnes dont il espérait se rapprocher, ou encore lui évitait d'être pris en otage par les secrets les plus sordides de chaque inconnu qu'il effleurait ? C'était son armure. Si Lily était en mesure de concevoir un bouclier protecteur contre ses visions d'horreur aussi incontournables qu'inutiles, elle s'en serait enveloppée aussi minutieusement que possible.

La pensée lui vint que l'homme assis en face d'elle dans cette vieille guimbarde était peut-être le seul être au monde à pouvoir comprendre ce désir. Il savait exactement ce qu'elle ressentait.

En l'espace d'une nuit, il en avait appris plus sur elle que n'importe quelle autre âme qui vive.

À vrai dire, ce n'était pas une notion avec laquelle elle se sentait très à l'aise.

Elle se rappela la raison de leur présence ici. Une femme était morte, son assassin tout juste une ombre dans l'esprit de Lily.

— Mrs Boyden avait-elle des ennemis ?

— Certainement, mais j'ignore qui. (Il se tourna vers elle, ses yeux à la fois assombris par le chagrin et empreints de détermination.) Pourriez-vous me dire ce que vous savez d'autre ?

Elle fit taire ses propres appréhensions à cette question, bien consciente qu'il méritait une réponse.

— Je sais qu'il cible les médiums.

— Annalise n'était pas une spirite.

— En effet. Les autres victimes ont été retrouvées dans leurs lits, vidées de leur sang, sans aucune blessure apparente. (Elle hésita avant d'ajouter maladroitement :) Je sais que les circonstances paraissent très différentes, mais j'ai comme une… certitude.

Strangford était silencieux. La croyait-il ? Bien que mourant d'envie de sonder le fond de sa pensée, Lily attendit patiemment sa réaction.

— Il n'y avait pas assez de sang sur le lit, déclara-t-il enfin, ses doigts gantés se contractant sur ses genoux. Étant donné l'étendue de sa blessure, on aurait pu s'attendre à…

— Oui, l'interrompit Lily, son cœur battant la chamade. Vous avez raison. Les draps n'étaient pratiquement pas souillés. Il y avait tout juste une trace sur les rideaux du lit, la taie d'oreiller…

Ce n'était qu'une maigre preuve, pas suffisante pour convaincre un inspecteur de police dubitatif d'un quelconque lien, mais elle offrait à Lily l'assurance infime que la vérité qu'elle avait perçue dans sa vision n'était pas qu'un élan de folie.

— Vous avez dit qu'il essaierait encore, dit-il.

Elle pensa au visage livide d'Estelle, à l'accusation dans son regard. Elle acquiesça, incapable de s'exprimer, déchirée par la culpabilité.

— Alors, nous devons l'arrêter, décréta-t-il.

Un mot, une syllabe… *Nous.*

Elle en fut frappée avec la force d'un ouragan.

Au-delà de la pénombre du fiacre, la ville continuait de s'éveiller sous les harangues des marchands ambulants et le carillon des cloches d'églises.

À l'intérieur, dans l'obscurité, Lily observait l'inconnu adossé contre la soie détériorée.

Nous devons l'arrêter.

Était-ce seulement possible ?

Cela ne marcherait jamais, se rappela-t-elle avec véhémence. Ses interventions passées s'étaient toujours soldées par une défaite.

Et pourtant, il y avait lord Deveral. Son frère.

Si elle ne pouvait guère espérer retrouver le tueur avant qu'il ne frappe à nouveau, elle avait encore la possibilité de sauver une vie en s'assurant que le monstre qui avait commis ces crimes soit traduit en justice.

C'était de la folie, et presque certainement voué à l'échec… mais la vérité s'installa en elle, aussi inconfortable que la banquette usée sur laquelle elle était assise.

Elle allait essayer. Et elle ne le ferait pas seule.

— Je ne sais même pas par où commencer, admit-elle.

— Nous devrions commencer par le témoin.

— Le témoin ?

— Si lord Deveral n'est pas le coupable, alors il est notre meilleure chance d'en savoir plus sur ce qui s'est passé dans cette chambre la nuit dernière.

Le cœur de Lily se serra. Il avait raison, bien sûr. Interroger lord Deveral était la démarche la plus évidente.

C'était aussi la dernière chose dont elle avait envie.

Le véhicule s'arrêta brusquement. Lily jeta un coup d'œil à travers la vitre sale pour découvrir qu'ils étaient arrivés à March Place. Strangford descendit, puis se tourna vers elle.

— Besoin d'aide ? demanda-t-il aimablement.

— Non, répondit Lily, pleinement consciente à présent de l'importance de sa question.

Elle souleva ses jupes et sauta hors de la voiture, s'arrêtant à côté de lui sur le pavé.

— Dois-je comprendre que le temps est limité ? s'enquit-il.

Elle pensa à la neige, aux flocons blancs qui tourbillonnaient dans l'air, et ressentit le froid du petit matin contre sa peau.

— Je ne sais pas, avoua-t-elle.

— Alors, considérons que c'est le cas. Il nous faut rendre visite à lord Deveral dès cet après-midi. Quand dois-je passer vous chercher ? Quinze heures vous conviendrait-il, ou est-ce trop tôt ?

— Non, répondit Lily en s'armant de courage. Je serai prête.

Il hésita, comme s'il voulait en dire plus. Lily sentit la même impulsion brûlante en elle, tant cet échange poli était inadéquat en contrecoup de ce qui venait de se passer entre eux, entre les cloisons obscures de ce vieil attelage délabré.

— Dans ce cas, je vous souhaite une bonne journée, dit enfin Strangford en s'inclinant.

Il remonta en voiture au moment même où l'une des fenêtres de son immeuble s'ouvrait dans un claquement. Le cabriolet effectua un demi-tour et repartit dans la direction inverse alors qu'Estelle, vêtue d'une robe de chambre en soie rose vif, passait la tête dans l'air froid du matin.

Elle baissa les yeux sur Lily, arquant un sourcil éloquent.

— Alors ? fit-elle.

— Excuse-moi. Je dois vraiment aller me coucher. La nuit a été longue.

Estelle jeta un coup d'œil à la voiture qui disparaissait au loin.

— Vraiment ?

Lily se sentit submergée par une vague de frustration lasse.

— Ce n'était pas… (Mais elle s'interrompit, trop fatiguée pour protester, sachant que tout déni ne ferait qu'ajouter de l'huile sur le feu.) Je vais me coucher, annonça-t-elle sur un ton catégorique.

— Fais de beaux rêves, lança Estelle alors que Lily, le pas lourd, franchissait la porte d'entrée.

CHAPITRE IX

Que porte-t-on pour rendre visite au frère qui vous a traitée de putain ?

Lily n'eut guère le loisir d'y réfléchir. En retournant à March Place ce matin-là, après avoir refroidi la curiosité flagrante d'Estelle, elle avait cru qu'elle ne parviendrait pas à trouver le sommeil. Ses yeux s'étaient pourtant fermés dès qu'elle s'était effondrée sur son lit sans avoir quitté sa jupe en tweed et ses bottes, pour ne pas se rouvrir avant quatorze heures trente.

Elle enfila tant bien que mal son corset, se soutenant au montant du lit pour serrer les lacets au maximum. La soie vert sapin qu'elle avait choisie formait des cascades de tissu autour du bustier étriqué, rehaussé de velours et de dentelle brodée. Si la coupe était intransigeante, elle présentait un parfait équilibre entre haute couture et respectabilité.

Après avoir boutonné sa robe, elle entortilla ses cheveux en un chignon élégant et les coiffa d'un chapeau de velours vert.

Vous êtes ici pour ferrer un nouveau poisson, c'est ça ?

Sa main vacilla au moment d'ajuster une épingle à cheveux, qui se planta de travers et lui égratigna le cuir chevelu. En poussant un juron, elle la retira.

C'était de la folie. Lord Deveral refuserait de la recevoir. Aucune soie verte ne viendrait à bout de son aversion. Même si par miracle il la laissait entrer, il ne risquait guère de lui dire quoi que ce soit d'utile sur la mort de sa maîtresse, pas plus qu'à Strangford. Pourquoi le ferait-il ? Seulement parce qu'ils prétendaient vouloir son bien et non se prêter à des ragots de bas étage ?

Ils ne pouvaient en aucun cas lui dire la vérité.

Elle se demanda si Strangford ne ferait pas mieux de s'y rendre seul. L'opinion que lord Deveral se faisait d'elle était sans appel et l'inciterait sûrement à ne pas répondre à leurs questions. Sans elle, le baron aurait peut-être plus de chances de le faire coopérer. L'ennui, c'était que pour expliquer cela à Strangford, elle devrait lui donner la raison du mépris de Deveral.

Parce que ma mère était une putain, voyez-vous...

Un coup retentit à la porte d'entrée. Lily jeta un coup d'œil à l'horloge. Strangford était pile à l'heure.

Elle termina de lacer ses bottes, récupéra sa canne en bois d'if et descendit les marches. L'ouvrage de Mrs Sprout, qui l'avait si aimablement recousue après son accident, avait vaillamment résisté aux rigueurs qu'elle lui avait fait subir, mais sa jambe était douloureuse. Sa canne ne serait pas un simple accessoire de mode aujourd'hui.

Elle tournait sur le palier devant la porte d'Estelle, quand en bas, Mrs Bramble tendit la main vers la poignée pour ouvrir la porte d'entrée.

— Bonjour, madame, dit poliment Strangford. Miss Albright est-elle là ?

La femme le toisa du regard, depuis ses cheveux qui dépassaient de son chapeau jusqu'à la coupe sobre de son costume noir.

— Hmm, fit-elle, estimant manifestement qu'il ne méritait pas de se voir claquer la porte au nez, mais guère moins. Les messieurs ne sont pas autorisés dans cette maison.

— Il ne me rend pas visite, c'est moi qui sors, annonça Lily.

Il leva les yeux vers elle, la dévisageant un moment.

— Miss Albright.

— Milord, répondit-elle sur un ton vaguement courtois.

La curiosité aiguë de Mrs Bramble, dont le regard alternait entre le palier où elle se tenait et le gentleman aux cheveux bruns sur le seuil, était palpable.

Une fois au bas des marches, Lily passa devant sa logeuse.

— Merci, Mrs Bramble.

Un fiacre était stationné au bord du trottoir, en bien meilleur état que celui qu'ils avaient emprunté la nuit précédente.

Sans attendre que Strangford lui tende à nouveau la main, Lily s'aida de sa canne pour se hisser à l'intérieur, prenant soin de ne pas trop forcer sur sa jambe endolorie. Strangford la suivit et prit place auprès d'elle.

Tandis que la voiture se mettait en mouvement, elle reporta son attention sur la vitre, encore hésitante quant à la conversation à entamer avec son compagnon.

Par-delà le carreau, dans la rue, une silhouette attira son regard parmi les passants : un homme de grande taille, fin comme un roseau, qui arborait un élégant gilet en cachemire vert et un chapeau melon noir. Il était adossé à la façade en face de la sienne avec une nonchalance typique des flâneurs d'Oxford Street, à ceci près que March Place n'était pas Oxford Street.

Lily eut à peine le temps de noter sa présence que la voiture tourna et il disparut à sa vue.

— Votre jambe vous fait souffrir, constata Strangford.

— Ce n'est rien.

Ils continuèrent en silence. L'intimité de la matinée était passée, remplacée par ce qui pouvait ressembler à une distance polie, à première vue.

Ce n'était pas le cas.

Lily n'aurait jamais cru rencontrer un jour une autre personne évoluant comme elle dans cette réalité de visions qui vous assaillent sans jamais pouvoir les éviter ni les partager.

À présent, il était là, et elle n'avait pas la moindre idée de ce qu'il convenait de dire.

— Vous n'avez pas votre propre véhicule, observa-t-elle pour tenter maladroitement de combler ce gouffre de silence.

— Non. Mon cocher est resté dans le Northumberland, chez ma mère. Elle en a plus besoin que moi.

— Je pensais qu'une voiture à soi était de rigueur chez les nobles.

— Tout comme les dettes. Ce ne sont pas des tendances qui me tentent particulièrement. Et puis, j'aime marcher. Même si ce n'est pas aussi excitant que le mode de transport que vous avez choisi.

La Triumph. Elle avait presque oublié qu'il savait, pour sa moto.

— Et votre cheval ?

— Béatrice ? Il reste à l'écurie de Highgate. À ce qu'on m'a dit, il n'est pas très friand de balades en ville.

Comment diable pouvait-on connaître avec une telle précision les ressentis d'un cheval ?

— J'imagine que vous savez où nous allons ?

— Oui. Grâce à Mrs Jutson.

— Mrs Jutson ?

— Ma gouvernante.

— Elle connaît lord Deveral ?

— Pas du tout. (Il sembla comprendre qu'elle attendait plus d'explications, et ajouta :) J'aurais pu chercher le nom de lord Deveral dans le *Debrett's*, mais le seul exemplaire de la maison appartenait à mon grand-père, je ne l'y aurais donc pas trouvé. Heureusement, Mrs Jutson est une fervente monarchiste qui se tient au courant de ce genre de choses. Lord Deveral habite l'une des maisons de son père. À Bayswater, au-dessus du parc.

L'une des maisons de *leur* père, corrigea silencieusement Lily. Il ne devait pas s'agir de la maison de ville familiale. Comme le Parlement était en session actuellement, le comte devait y résider lui-même. Lily savait que celle-ci se trouvait à St James, mais elle ne l'avait jamais vue de ses propres yeux, allant même jusqu'à faire un détour, un jour, pour éviter cette rue. Quel bien cela lui aurait-il fait, de voir cet endroit où elle ne serait jamais la bienvenue ?

La maison dont ils approchaient maintenant était l'une des nombreuses propriétés des Torrington. Son père y avait-il vécu lui-même, lorsqu'il était plus jeune et que le vieux comte, son grand-père, occupait encore le siège familial ? Elle l'ignorait.

— Votre voisin ? demanda-t-elle, se rappelant que la maison de Strangford se trouvait, elle aussi, à Bayswater.

— Plus ou moins.

Le paysage continua de défiler pendant une autre minute.

— Vous ai-je demandé des nouvelles de votre jambe ?

— Oui.

Un lourd silence retomba, qu'elle n'était pas sûre de pouvoir - ni même de vouloir - rompre.

Ils atteignirent les rues sinistrement propres de Bayswater et l'attelage s'arrêta devant une élégante maison de ville, juste en face de l'étendue verdoyante et soigneusement entretenue des jardins de Kensington. C'était une maison géorgienne, sa pierre calcaire exempte de suie et parée du genre de balcons qui regorgent de fleurs en été et de plantes à feuilles persistantes pendant la saison des fêtes.

— Nous y voilà, annonça Strangford.

Lily n'hésita qu'un instant avant de sortir du fiacre dans la lumière grise et froide de l'après-midi.

Cette maison devait être deux fois plus grande que celle que Lily partageait avec Estelle, Miss Bard et Mrs Bramble. Le loyer dépasserait sans doute les 1000 livres l'an si son père choisissait d'en déloger son héritier pour en faire une source de revenus. La porte était en ébène poli, le laiton étincelant. Des haies de lauriers parfaitement taillées bordaient le perron.

La voiture s'éloigna derrière eux et Lily se tourna vers la porte d'entrée. Elle pouvait sentir la présence des promeneurs dans le parc derrière elle : deux dames âgées endimanchées, bras dessus bras dessous, des ombrelles fermées à la main ; une nurse et sa ribambelle de petits aristocrates qui couraient en cercles tapageurs ; un homme en tweed appuyé contre la clôture en fer forgé - sans nul doute un policier en civil surveillant la porte d'entrée. Il notait vraisemblablement les allées et venues au domicile du principal suspect du meurtre, ainsi que le nom de quiconque était accepté à l'intérieur.

Elle savait que leur présence n'était passée inaperçue pour personne. Dans ce monde, les rumeurs allaient plus vite qu'un télégramme. L'implication de lord Deveral dans le meurtre d'Annalise Boyden s'était déjà ébruitée, et les curieux attirés par le sordide devaient suivre attentivement ce qui se passait à cette adresse.

Elle gravit les marches du perron, Strangford à ses côtés.

Dans le parc, les femmes s'arrêtèrent, apparemment pour discuter d'un sac à main. Le policier leva les yeux. Elle sentit d'autres regards sur elle : un homme qui lisait un journal sur un banc dans le parc ; un balayeur de rues qui passait par là.

Elle garda le dos bien droit, son port aussi altier que Mrs Finch, de l'académie, l'aurait exigé d'elle.

Strangford actionna le heurtoir en laiton. Des bruits de pas se firent entendre à l'intérieur. Il y eut une pause, assez longue pour paraître suspecte, puis la porte s'ouvrit.

L'homme qui apparut dans l'entrée était le majordome, à l'évidence, mais avec son physique de colosse, il aurait pu tout aussi bien gagner sa vie en cassant du genou dans l'East End : ses bras étaient épais comme des jarrets sous son costume noir bien taillé, son crâne chauve aussi lisse que le heurtoir en laiton.

Strangford sortit une carte de sa poche.

— Lord Strangford et Miss Lily Albright. Nous venons voir lord Deveral.

— Je crains que lord Deveral ne soit pas là.

Lily doutait fort que son demi-frère ait osé affronter ses semblables aujourd'hui. « Pas là » était l'excuse que tout bon domestique fournissait lorsque son maître ou sa maîtresse n'était pas en mesure de recevoir de visites.

Lily pouvait difficilement reprocher à lord Deveral de fermer sa maison. Tous les visiteurs qui se présenteraient aujourd'hui viendraient très certainement en quête de ragots, qu'ils ne se priveraient pas de colporter sans pitié parmi la haute société.

Ils devaient trouver un moyen de passer outre cette interdiction imposée, de piquer la curiosité du majordome afin qu'il aille au moins informer lord Deveral de leur présence.

Lily avait une idée.

Elle n'eut qu'un instant pour y réfléchir. Elle en éprouva un élan d'appréhension et de honte, mais l'enjeu était trop important. Pouvait-elle accepter que leurs efforts s'arrêtent à ce stade simplement pour préserver l'illusion de sa propre respectabilité ?

C'était sans importance. Tous les regards qui suivaient ses faits et gestes auraient découvert le pot aux roses avant l'heure du dîner, quoi qu'elle dise ou taise maintenant.

Redressant le menton, elle mobilisa tout le dédain que lui conférait son sang à demi bleu.

— Veuillez informer lord Deveral que sa sœur souhaite lui parler.

Le majordome ne trahit aucune surprise, mais Lily la perçut dans son silence. Son regard balaya sa robe de qualité très acceptable, le port que l'on acquérait dans les pensionnats huppés, pour s'arrêter sur ses yeux d'un gris acier si distinctif, identique à celui de son employeur.

— Si vous voulez bien m'excuser un moment.

Il ne les convia pas à l'intérieur, mais ne ferma pas non plus la porte. Elle le vit s'éloigner sur le carrelage en marbre, puis disparaître au coin du couloir.

— Sa sœur ? souffla Strangford à côté d'elle.

— Demi-soeur, rectifia-t-elle.

— Lord Deveral est le fils du comte de Torrington.

Lily était aussi tendue que la corde d'un arc.

— C'est exact.

— J'ignorais que la comtesse avait déjà été mariée.

— Je n'ai aucun lien de parenté avec la comtesse.

— Vous êtes donc la fille de lord Torrington.

— Je suis la bâtarde de lord Torrington, précisa Lily.

— Ah.

Lily se sentit envahie par la honte, comme si tous les yeux des promeneurs du parc dans son dos la toisaient, la jaugeaient. Une fois qu'ils auraient eu vent de son identité, ils la mépriseraient. Comme ils le faisaient toujours. Elle pouvait en jouer le rôle, mais elle n'était pas une dame, ne le serait jamais. Elle n'avait pas sa place ici, et en cet instant, elle était certaine que tout le monde alentour le savait.

Le silence sembla s'attarder pendant une éternité. Enfin, la silhouette du majordome réapparut dans l'entrée. Il s'approcha d'eux, ses pas d'une régularité déconcertante, jusqu'à ce que son corps volumineux emplisse à nouveau l'encadrement de la porte.

— Je crains que lord Deveral ne soit pas là.

Prononcée avec la même inflexion que la première fois, la phrase était d'une courtoisie froide et impersonnelle.

Lily n'en attendait pas moins.

— Très bien, dit-elle avec un timbre monocorde.

Le majordome s'éclaircit la voix, l'arrêtant avant qu'elle ne puisse tourner les talons pour partir.

— Oui ?

— Sachez que j'ai pour instruction de vous opposer une réponse plus musclée si vous revenez ici.

Ces mots la frappèrent avec l'impact d'une gifle.

— Je vois.

— Milord, reprit le majordome en s'inclinant poliment devant Strangford, avant de refermer la porte.

Le claquement du loquet résonna en elle.

— Eh bien, dit-elle sur un ton faussement enjoué. Voilà une pure perte de temps.

Elle se retourna et descendit l'escalier, faisant appel à toute son énergie pour garder le dos bien droit et réprimer le tremblement de ses mains.

Strangford allongea sa foulée pour la rattraper. Sa main gantée de noir se glissa sous son bras et elle s'arrêta, surprise par ce contact inattendu.

— Allons faire un tour.

Il avait parlé sur un ton impassible, mais la pression de sa main était constante alors qu'il la conduisait vers les grilles du parc.

Elle éprouvait une irrésistible envie de prendre la fuite, mais elle ne pouvait y céder, pas avec tous ces regards toujours braqués sur eux, qui les dévisageaient plus ouvertement et plus attentivement maintenant qu'ils avaient été éconduits à la porte de lord Deveral.

Au lieu de quoi, elle calqua son pas sur celui de Strangford et ils déambulèrent comme un couple d'amoureux en promenade sur les pelouses vertes et vallonnées jusqu'à l'étendue plate et grise du lac.

Par cette froide journée – l'air était mordant, et le vent impitoyable tirait sur le chapeau de Lily –, le parc était moins fréquenté qu'à l'accoutumée, et seuls quelques passants épars erraient dans les allées pavées.

Strangford s'arrêta au bord du lac, sur une vaste berge à découvert. Là, il lui lâcha le bras sans toutefois quitter son côté. Ainsi, personne ne pourrait s'approcher d'eux en douce pour les épier. Ils étaient à la vue de tous, mais Lily savait qu'ils étaient ici en toute intimité, autant que dans son propre salon.

L'eau reflétait les tons acier du ciel maussade. Le vent d'hiver formait des vaguelettes à sa surface.

— Pourquoi ne m'avez-vous rien dit ?

— Parce que ce n'était pas important, répondit Lily sans ambages. Je ne le connais pas. Vous voyez bien ce que cela a donné.

Elle réprima un frisson, bien décidée à ignorer la morsure du vent qui fouettait ses jupes.

Elle ne voulait pas poser la question suivante, mais celle-ci refusait d'être étouffée et franchit ses lèvres malgré tout :

— Est-ce important ?

— Que vous soyez la sœur de lord Deveral ?

— Que je sois une bâtarde.

Elle attendait de percevoir un signe trahissant ce qu'elle savait déjà. Cet homme était baron, prompt comme ses pairs à juger les gens d'après les circonstances de leur naissance. Or, les siennes étaient parfaitement inacceptables pour un homme de son rang. Il pouvait prétendre le contraire par courtoisie, mais c'était là la pure vérité.

Son compagnon au sobre costume noir se pencha en avant et choisit soigneusement un galet sur le sol, près de la rive. Il se redressa, l'œil tourné vers la vaste étendue du lac. D'un geste sec du poignet, il projeta la pierre sur la surface de l'eau.

— J'étais moins prudent quand j'étais jeune – avec mon pouvoir, je veux dire, précisa-t-il sans la regarder. C'était un jeu.

La moindre poignée de main me plongeait au cœur des secrets de chacun, une simple paire de lunettes oubliée ou un mouchoir devenait une ouverture sur des scandales en tous genres.

Il hésita et Lily comprit qu'il songeait à l'époque où son pouvoir avait cessé d'être un jeu pour devenir une vulnérabilité.

Il ramassa une autre pierre et la soupesa dans sa main pour en évaluer la portance.

— J'ai très vite appris que le caractère d'une personne ne tient que rarement aux circonstances de sa naissance.

Il lança la pierre. Lily compta les rebonds - six, sept, huit - avant que le galet ne succombe à la gravité.

La description que lui en avait donnée Mordecai Roth, dans la galerie, lui revint en mémoire.

Un drôle de zèbre comme on en fait peu, un vrai garçon de bohème, même si cela ne saute pas aux yeux.

— J'aurais dû vous proposer d'y aller seul, conclut-elle.

— Je doute que cela aurait fait une différence. Je ne suis pas ce que l'on appelle une personne d'influence. Non, nous allons essayer autre chose.

— Nous, répéta-t-elle sans masquer son soupçon de scepticisme.

Il exécuta un autre ricochet.

— Vous n'êtes aucunement obligée, si c'est trop pour vous. Je ne vous le reprocherai pas.

— Ce n'est pas ce que je voulais dire, s'empressa-t-elle de balbutier, stupéfaite qu'il ait mal interprété son propos.

Il marqua une pause pour la détailler du regard.

— J'ai dit que je vous soutiendrais dans cette affaire, lui dit-il.

— En effet, quand vous me preniez pour une femme respectable.

Sa bouche frémit aux commissures et il répondit :

— Miss Albright. Je vous ai rencontrée alors que vous étiez étalée sur la route en pantalon. Je n'aurais jamais risqué de vous prendre pour quelqu'un de banalement respectable.

Une autre bourrasque les enveloppa, faisant claquer ses jupes en soie verte et virevolter les boucles sombres de Strangford. Son chapeau de velours fut à nouveau soulevé et elle leva le bras pour en rattraper le bord, arrachant délibérément ses épingles. Le vent en profita pour libérer ses mèches, qui se mirent à danser autour de son visage.

Elle ramassa alors un galet sur la rive, qu'elle projeta sur la surface du lac… où il coula à pic.

— Tout est dans le poignet, expliqua-t-il. Il faut lui apprendre à voler, pas le lancer comme une balle de cricket.

— Je vois mal quelles sont nos options, reprit-elle, au comble de la frustration. Le plus logique serait d'aller trouver les proches des autres victimes, d'en savoir plus sur ce qu'elles faisaient et qui elles fréquentaient avant leur mort. Chercher des sujets récurrents, des points communs.

— Cela me semble très raisonnable, en effet.

— Sauf que la police a probablement déjà procédé aux interrogatoires, et eux ont plus d'expérience et de moyens que nous. Je ne suis pas enquêtrice. Et vous ?

— Je crains que cette ligne manque à mon curriculum vitae.

— Nous manquons de temps. Nous ne pouvons pas nous permettre d'en perdre davantage en allant trouver des gens qui ne savent sans doute rien sur ces meurtres. Il faut aller droit au but. (Soudain, l'idée lui vint, une idée si audacieuse et pourtant si évidente qu'elle suspendit son geste pour se tourner vers son complice, les yeux écarquillés.) Car c'est possible, n'est-ce pas ?

Son expression se fit soudain circonspecte.

— Que voulez-vous dire ?

C'était affreux. Au-delà du macabre.

Mais cela fonctionnerait.

— Vous pourriez lire l'une des victimes.

Il demeura immobile. L'impact fut plus fort que ne l'aurait été une vive protestation ou encore un cri d'indignation. Les instincts de Lily s'éveillèrent, l'avertissant que quelque chose avait mal tourné.

Le vent soufflait en rafales sur le lac, à présent, provoquant de sinistres ondulations à sa surface.

— Je ne veux pas parler d'Annalise Boyden, développa Lily. Mais plus vraisemblablement de Mrs Durst, la deuxième victime la plus récente. On vient juste de l'enterrer à Abney Park.

— Je crains que vous ne compreniez pas la portée de votre suggestion.

— Nous serions en infraction avec la loi. J'en suis consciente. Les peines encourues pour profanation de sépulture peuvent être sévères.

— Ce n'est pas ce que je veux dire.

La tension rendait sa voix tranchante, entamant l'élan d'enthousiasme que son idée avait suscité en elle.

— Quoi donc, alors ? demanda-t-elle prudemment.

— Je ne suis pas seulement spectateur de mes visions. Ces dernières provoquent une sensation… immersive. Les odeurs, les textures, les émotions, je suis là, à l'intérieur. Je ressens les expériences comme si elles étaient miennes. Que croyez-vous que je ressentirais si je posais les mains sur un cadavre ?

L'horreur la saisit, comblant les détails qu'il avait omis - le froid suffocant et l'obscurité, la lente coulée vers la décomposition ; la sensation de chair enflée, puis son affaissement.

Et avant cela, la violence. La terreur et la douleur.

C'était un cauchemar, et elle venait de lui proposer de le vivre.

Mieux que quiconque, elle aurait dû le comprendre. Elle ressentit la brûlure de la honte tandis que des gouttes d'eau glissaient dans son cou, annonciatrices d'une rude ondée hivernale.

— Je suis désolée. Oubliez ma suggestion.

Le silence s'éternisa alors que la pluie se changeait en bruine, obscurcissant la surface grise du lac.

— Je vous raccompagne jusqu'à la route ? demanda-t-il enfin.

— Merci, répondit Lily en épinglant de nouveau son chapeau pour le maintenir en place.

Cette fois, il ne lui offrit pas son bras et elle se garda de le réclamer.

Il les conduisit hors du parc par un autre chemin, loin de la résidence immaculée de lord Deveral. Une fois dans la rue, il héla un fiacre qui passait. Le véhicule s'arrêta et il ouvrit la portière pour Lily. Elle s'apprêtait à monter à l'intérieur lorsqu'il tendit la main pour l'arrêter, refermant ses doigts gantés autour de son bras. Elle resta ainsi, à demi hissée sur le marchepied, alors que des gouttes s'écrasaient çà et là sur le trottoir alentour.

Ses yeux lui parurent plus sombres, plus caverneux.

— Je vais le faire, dit-il à brûle-pourpoint.

— Vous n'êtes pas sérieux.

— Si cela fonctionne, alors nous découvrirons l'identité du tueur.

— Mais ce que vous subiriez…

— Vous m'avez dit qu'il y avait d'autres vies en jeu. Était-ce une exagération ?

Elle chercha un argument pour le convaincre d'une meilleure option, mais n'en trouva aucun.

— Non, répondit-elle. Ce n'était pas exagéré.

— Je dois le faire ce soir, murmura-t-il. Avant que la situation… n'évolue…

Évolue. Ce mot lui donna le frisson.

— Je viens avec vous.

Elle avait retrouvé toute son attention, alerte et aiguisée.

— Non.

— C'était mon idée.

— D'autres personnes peuvent m'apporter leur aide.

Elle fit un pas en avant, se rapprochant de lui, et répéta sur un ton péremptoire :

— Je viens avec vous.

Elle affronta son regard, le mettant au défi de trouver une faille dans sa détermination.

— Nous passerons vous chercher à une heure du matin. (Il relâcha enfin son bras et lança une pièce de monnaie au cocher juché en surplomb.) March Place, Bloomsbury, ordonna-t-il avant de reculer.

— Vous ne montez pas ?

— J'ai besoin de marcher. Bon après-midi, Miss Albright.

Lily le regarda s'éloigner, toujours campée sur le trottoir jusqu'à ce que la toux discrète du cocher lui rappelle sa présence.

Elle grimpa en voiture et referma la portière.

Le fiacre se mit en branle, rebondissant sur un nid de poule. Son cœur remonta dans sa gorge et elle tenta tant bien que mal de le ravaler, alors que le parc défilait derrière la vitre et que de grosses gouttes commençaient à marteler le toit de la voiture. Elle se pressa contre le carreau pour regarder en arrière, mais la silhouette de Strangford avait déjà disparu dans un virage.

Quelque chose attira alors son attention : un homme svelte et de grande taille, à la moustache blonde, avec un chapeau melon noir sur la tête et un gilet vert à motif cachemire, qui marchait sur le trottoir. Elle était si proche qu'il lui aurait suffi de tendre la main dans la bruine froide pour le toucher, ce qui lui permit de remarquer le symbole inhabituel sur la broche en laiton de son revers.

C'était la rune du héros, le sigle de la Société pour l'amélioration de la race britannique… le club eugéniste du docteur Joseph Hartwell.

Était-ce le même homme qu'elle avait aperçu sur March Place ? Elle voulait en avoir le cœur net, mais c'était impossible. Si tel était le cas, alors sa présence devant son appartement ainsi qu'à l'angle du parc où elle s'était entretenue avec Strangford n'était pas une coïncidence.

La pluie redoubla alors que la voiture empruntait un virage, et l'homme au cachemire vert disparut à sa vue.

CHAPITRE X

Lily attendait dans l'ombre de la cage d'escalier, vêtue d'une jupe et d'une veste en tweed d'occasion, reliques de son passé au théâtre qu'elle aurait dû reléguer au chiffonnier mais qui étaient demeurées au fond de son armoire. Elle avait enfilé une cape sombre par-dessus. Les bottes légères mais robustes qu'elle portait habituellement pour ses virées à mobylette complétaient la tenue.

Les éclats de voix des clients d'Estelle s'étaient infiltrés par le plancher de son salon, exclamations étranglées, sanglots et cris intermittents qui lui rappelaient les clameurs de la foule lors des spectacles d'illusionnistes, à chaque lapin tiré d'un chapeau et assistante souriante coupée en deux. Sans doute parce qu'Estelle réalisait une mise en scène du même ordre.

Le bruit était différent, à présent, réduit au bourdonnement de conversations étouffées alors que les invités d'Estelle étaient sur le départ.

La porte s'ouvrit. Lily attendit que la foule se masse sur le palier, assortiment d'hommes et de femmes de tous âges et de tous rangs sociaux, entre lavandières en calicots usés jusqu'à la corde et banquiers à la fortune prospère et diamant au doigt.

Lily se mêla à la foule, passant ainsi inaperçue pour descendre l'escalier.

Les participants à la séance se déversèrent par la porte d'entrée, certains s'attardant sur le perron, les autres se dispersant en direction de Bloomsbury Street ou de Tottenham Court Road. Lily les suivit, emboîtant le pas à un groupe de jeunes filles dont les voix stridentes résonnaient sur les briques des maisons environnantes. À mi-chemin, elle exécuta un rapide pas de côté, se faufilant dans l'espace étroit entre deux bâtiments pour s'enfoncer dans l'obscurité.

Là, elle patienta.

Les derniers invités d'Estelle tournèrent au coin de la rue et leurs éclats de voix s'estompèrent. March Place retomba dans le silence et l'immobilité.

Il n'y avait aucun signe de l'homme au gilet vert, ni de personne d'autre, d'ailleurs. Elle se sentait un peu bête. Le subterfuge auquel elle s'était livrée pour sortir de chez elle sans se faire remarquer n'avait apparemment servi à rien. Joseph Hartwell n'avait pas envoyé de sbire pour l'épier. Lily aurait tout aussi bien pu attendre dans le confort de sa chambre que l'on vienne frapper à la porte de façon civilisée. Au lieu de quoi, elle se retrouvait dans les ténèbres glaciales de la ruelle, son souffle formant des nuages de buée.

La rue dégageait une odeur de pluie, fraîche et vivifiante.

Il ferait plus froid encore à Abney Park, où les pavés seraient remplacés par le gazon luxuriant qui poussait sur les tombes.

C'était de la folie. Elle entraînait Strangford dans un cimetière au beau milieu de la nuit pour profaner la tombe d'une femme assassinée, un acte qui le plongerait dans des abîmes d'horreur indicible et risquait de les faire jeter à la prison de Newgate, tous deux ainsi que les acolytes qu'il avait évoqués – quels qu'ils fussent.

Qu'avait bien pu leur dire Strangford pour les convaincre de leur prêter main forte ?

Une rue plus loin, quelqu'un ferma une porte. Le claquement sec retentit dans March Place, se réverbérant sur les façades sombres et silencieuses.

Cela valait pourtant la peine d'essayer. L'expédition de cette nuit leur permettrait peut-être d'apercevoir le meurtrier, le monstre qui avait vidé ces femmes de leur sang dans leurs lits. Strangford l'avait admis lui-même, même si cela n'atténuait en rien l'appréhension de la jeune femme.

Elle se gratta la jambe à travers sa jupe épaisse avant de suspendre son geste. Sa blessure avait commencé à la démanger plus tôt dans l'après-midi, une sensation qui n'avait fait qu'empirer au cours de la soirée. Elle ne cessait d'y penser, incapable de se concentrer.

Voilà qui la rendait nerveuse. Elle pensa à ce qu'elle avait fait subir à sa blessure ces deux derniers jours. En cas d'infection, elle ne pourrait s'en prendre qu'à elle-même. Quels étaient donc les symptômes d'une telle tournure ? Sa mémoire refusait de les lui restituer.

Un véhicule en approche s'annonça alors, dans un fracas à réveiller les morts qui résonna sur les fenêtres sombres. Lily s'avançait à l'entrée de la ruelle lorsqu'une calèche noire, ordinaire mais bien entretenue, apparut sur la route. Trop raffinée pour un véhicule ordinaire, il devait s'agir d'une calèche privée, conçue pour la fonction plus que pour l'apparat.

Des deux silhouettes perchées sur la malle, elle ne reconnut pas la première, dont le visage était recouvert d'un cache-nez de laine. La seconde, elle, correspondait à Sam Wu, le cocher de Mr Ash, qui tenait avec nonchalance les rênes d'une main, la jambe appuyée contre la rambarde et sa casquette tournée à un angle insolent sur la tête.

Lily attendit que la voiture arrive à sa hauteur pour quitter sa cachette. La rejoignant au pas de course, elle glissa sa canne sous son bras, sauta sur le marchepied et tourna la poignée de la portière. Puis elle entra avant même que le véhicule ne commence à ralentir.

— Bonsoir, lui dit platement son occupant.

C'était un homme de grande taille, bien au-delà d'un mètre quatre-vingts, entre quarante-cinq et cinquante ans. Ses cheveux épais et sa barbe étaient grisonnants. Il avait la carrure d'un boxeur, effet amplifié par le volume et la force de ses mains. À la courbure de son nez, il était évident qu'il avait été cassé autrefois.

La fenêtre de séparation s'ouvrit et Sam se pencha pour regarder par l'interstice.

— Tout va bien, Mr Wu, le rassura l'inconnu. Miss Albright vient de nous rejoindre.

Le jeune homme recula la tête et cracha sur le trottoir.

— Vous avez fait peur aux chevaux.

La vitre se referma dans un claquement et la voiture reprit sa course effrénée.

— Y avait-il une raison particulière à cette entrée peu orthodoxe ? demanda enfin son compagnon avec un fort accent irlandais.

— Non, répondit Lily.

La calèche passa devant une ruelle plus large que celle où Lily s'était dissimulée. Elle aperçut une brève lueur orangée dans l'obscurité. Ce n'était sûrement qu'un employé sorti en douce pour une cigarette tardive, toujours est-il que ses précautions lui parurent tout à coup moins ridicules.

— Docteur Harold Gardner, à votre service, reprit l'inconnu.

Lily se demanda comment Strangford connaissait cet homme, en qui il semblait avoir suffisamment confiance pour l'appeler à l'aide dans cette entreprise pour le moins macabre.

— Lord Strangford nous retrouve-t-il là-bas ?

— Il est ici même, assis avec Sam.

Lily se rappela la silhouette emmitouflée qu'elle avait aperçue avant de monter à bord et éprouva un sursaut de culpabilité à l'idée de ne pas l'avoir reconnu. Le fait qu'il ait choisi de monter sur la malle, exposé au froid de la nuit, au lieu de s'asseoir à l'intérieur de la calèche en disait long.

— Il est un peu bizarre ce soir. Je ne peux pas lui en vouloir. C'est une drôle d'initiative que nous prenons. Avez-vous une quelconque expérience en matière de cadavres, Miss Albright ?

— En quelque sorte.

Si le médecin fut surpris par sa réponse, il eut la politesse de ne pas le montrer.

— Personne ici ne vous en voudra si vous préférez retourner chez vous, vous coucher.

— C'est moi qui suis à l'initiative de cette expédition, et j'ai l'intention de la mener à bien.

— Je vois, conclut-il.

Lily réprima l'envie de se gratter la jambe.

— Alors, vous êtes médecin ?

— Ai-je l'air d'un philosophe ?

— Vous n'avez pas plus l'air d'un médecin, admit-elle franchement.

Il laissa échapper un grand éclat de rire.

— Vous, on peut dire que vous êtes franche. Ça me plaît. Je n'en ai peut-être pas l'air, mais j'ai les documents qui l'attestent. Assistant de médecine agréé à l'hôpital St Bartholomew, à votre service.

— Êtes-vous ici pour examiner Mrs Durst ?

— La pauvre défunte dont nous allons troubler le repos en cette belle soirée ? Oui, si tant est que ce soit utile. Je ne suis pas pathologiste. Je travaille sur les vivants.

Était-il un simple ami que Strangford avait entraîné dans cette épopée douteuse ? Ou était-il ici parce que lui aussi était associé à Robert Ash et au Refuge ?

Elle se garda de l'interroger. Ce n'étaient pas ses affaires et elle tenait à ce que les choses restent ainsi.

Ils quittèrent le centre-ville de Londres pour s'engager dans les faubourgs, plus calmes, de Stoke Newington. La voiture s'arrêta enfin dans une jolie petite ruelle bordée d'une rangée bien entretenue de maisons, chacune dotée d'un jardin arrière où organiser fêtes d'anniversaire et thés du dimanche.

La route se terminait par un croisement plus large, et au-delà se dressait une haute clôture en fer forgé noire jalonnée de colonnes de pierre blanche qui semblaient tout droit sorties d'un temple égyptien. C'était la grille annonçant l'entrée d'Abney Park, dernière demeure des iconoclastes et dissidents de Londres, vaste étendue sauvage d'arbres lugubres dépourvus de feuilles et de stèles en ruine.

Le docteur Gardner descendit de voiture, s'accroupissant presque pour en extraire sa carrure massive. Il se retourna et lui tendit la main, avec une poigne forte mais douce.

La démangeaison était de retour. Lily se trémoussa en grimaçant, mais garda la main sur sa canne.

— Quelque chose ne va pas ?

— Une douleur à la jambe, répondit-elle succinctement.

— Ce n'est que la cicatrisation.

L'attention de Lily s'aiguisa. Elle fixa le colosse du regard tandis que Sam, qui était descendu d'un bond, se dirigeait vers leurs montures.

— Comment le savez-vous ? demanda-t-elle.

— Les plaies de ce genre, ça provoque toujours des démangeaisons de tous les diables.

— Ce n'est pas ce que je voulais dire.

— Non, répondit-il sobrement. J'imagine bien.

La silhouette sur le siège du cocher se laissa choir à son tour, écartant le cache-nez pour révéler les traits poétiques du visage de Strangford.

— Miss Albright.

— Lord Strangford.

— Je vois que vous avez rencontré le docteur Gardner.

— Oui, répondit celui-ci.

Strangford se tut et un épais silence s'installa.

Devant eux, Sam murmurait à l'oreille de la jument baie qui composait la partie gauche de son attelage. Le cheval renâcla, son souffle formant de la buée dans l'air frais de la nuit, et l'alezan voisin hennit, faisant cliqueter son harnais en agitant la tête.

Sam s'en éloigna.

— Bon, je suppose que vous voulez savoir si je peux m'occuper de la serrure ? demanda-t-il.

— Si cela ne pose pas trop de problèmes, répondit le docteur Gardner.

— Si nous nous laissions arrêter par les problèmes, nous serions tous dans nos lits à l'heure qu'il est, rétorqua Sam avec un bref coup d'œil sans équivoque vers Lily.

Il remonta la ruelle, les épaules basses et mains dans les poches. Il traversa l'avenue pour s'arrêter devant la grille en fer forgé, s'y appuya et extirpa un objet de sa poche.

À la lueur de la flamme qui surgit dans la nuit, Lily comprit qu'il s'allumait une cigarette.

Quelle audace, tout de même ! Le jeune homme s'offrait une

pause pour fumer, alors qu'ils étaient tous debout dans le froid à attendre de s'atteler à une tâche qui s'annonçait longue et fastidieuse.

Regardant Strangford de côté, elle perçut la tension dans la ligne de sa bouche, sa mâchoire crispée. N'en était-elle pas responsable ?

Au même moment, elle entendit rire non loin de là.

Un couple tourna au coin de la rue, bras dessus bras dessous, la démarche légèrement titubante. Ils passèrent devant Sam, n'accordant qu'un coup d'œil distrait au fumeur adossé contre la clôture. Sitôt qu'ils eurent disparu à leur vue, le cocher jeta sa cigarette, l'écrasant sous sa botte avant de se diriger vers la porte de la petite loge qui jouxtait le portail.

L'attente fut brève : une minute plus tard, elle le vit pousser la porte. Après avoir vérifié l'intérieur, il la referma et revint à petites foulées.

— Où diable a-t-il appris à crocheter les serrures ? s'étonna Lily.

— Notre monsieur Wu a un passé quelque peu douteux, répondit le docteur Gardner.

— Et voilà, c'est fait, annonça Sam à son retour.

— Quelqu'un doit faire le guet, observa le médecin à l'attention de Strangford. C'est une véritable jungle là-dedans. Nous n'aurons aucun moyen de savoir si quelqu'un arrive.

Le docteur Gardner avait raison. Abney Park s'étendait sur des hectares de nature sauvage densément boisée – une bonne couverture pour ce qu'ils avaient prévu, mais un inconvénient pour savoir si une quelconque menace approchait.

— Sam ? demanda Strangford au bout d'un moment, sur un ton vaguement contrit.

Ce ne serait pas suffisant, pensa Lily. Même si Sam et elle surveillaient deux directions opposées, il y avait plus d'angles que deux paires d'yeux ne pouvaient couvrir. Le cimetière était une jungle quadrillée de nombreux chemins de traverse.

Sam se frotta le visage d'un air las.

— Des rats feront l'affaire, je crois, dit-il.

— Vous ne pourriez pas vous contenter d'oiseaux ? protesta le docteur Gardner.

— Il n'y en a pas beaucoup à cette heure de la nuit, et ils sont moins organisés. (Hochant la tête en direction de Lily, les yeux plissés, il demanda :) Est-ce qu'elle va se mettre à crier ?

— Non, elle ne criera pas, rétorqua Lily avec humeur.

Elle lui rendit son regard, le mettant au défi de la contredire, même si intérieurement, elle en était bien moins certaine.

Des rats ? Quel rapport leur virée avait-elle avec ces rongeurs ?

Il haussa les épaules.

— Très bien. Attendez ici.

Il traversa la ruelle, s'arrêtant devant l'ombre étroite d'une grille d'égout.

Puis il émit un sifflement.

C'était un son étrange et grave. Lily sentit un frisson involontaire lui parcourir la peau. Une longue minute s'écoula.

Enfin, un rat apparut, ses yeux noirs comme deux minuscules pierres surgissant de la grille d'égout. Sa longue queue se mit bientôt à battre le sol, et Sam s'accroupit à sa hauteur. Ainsi penché sur le rongeur, il entreprit de lui parler. Sa voix était bien trop basse pour que Lily puisse distinguer les mots, seulement le murmure d'un discours troublant… un discours que le rat semblait écouter.

Enfin, Sam se leva et l'animal déguerpit, se faufilant dans les buissons aux abords d'un jardinet coquet.

Le jeune homme sortit de sa poche ses gants de cocher et les enfila.

— Le prochain à monter sera l'alpha, expliqua le docteur Gardner.

Il s'était approché d'elle, sa stature imposante se profilant dans son dos. Il parlait comme s'il s'adressait à un cheval apeuré, d'un ton monocorde et apaisant. S'attendait-il à ce qu'elle prenne ses jambes à son cou ?

Un nouveau rat, plus gros que le premier, émergea de l'égout, se contorsionnant pour passer à travers les barreaux de la grille. En voyant Sam debout sur le trottoir, il siffla, dévoilant des dents acérées.

En temps normal, Lily ne craignait pas les rongeurs, mais la créature était impressionnante, même depuis l'autre côté de la rue.

Pendant un moment, il sembla que les combattants se toisaient du regard. Puis Sam esquissa un petit pas en avant. Le rat se précipita vers sa cheville, mais la main de Sam s'abattit, clouant l'animal au sol. Hurlant de rage et de peur, ce dernier tenta tant bien que mal de se libérer, alternant entre griffes et crocs.

C'est alors que Lily avisa la présence d'autres rats sur les lieux. Leurs yeux noirs brillaient de tous côtés – sous les haies soigneusement taillées, au sommet des poteaux de clôture fraîchement repeints. Ils observaient le drame qui se jouait près de la grille d'égout avec une attention soutenue.

Le rat sous la main de Sam agitait furieusement la queue en sifflant de rage. Sam se pencha alors en avant, resserrant sa prise, et à son tour, émit un sifflement.

Lily éprouvait la désagréable envie de s'élancer de l'autre côté de la rue pour mettre un terme à ce spectacle, mais elle s'efforça de rester immobile.

La queue continuait de cingler le sol, fouettant le poignet de Sam. Enfin, elle cessa. Le rat, qui gisait mollement sous sa main, fixant sans ciller le cocher de ses yeux noirs, attendit un autre moment que Sam ouvre la main et se lève. L'alpha se remit alors sur ses pattes et détala à toute vitesse pour disparaître dans les égouts de cette petite rue tranquille des faubourgs.

Les autres, auxquels appartenaient ces myriades d'yeux luisants dans la nuit, demeurèrent immobiles.

— Ça risque de devenir un peu désagréable, la prévint le docteur Gardner à mi-voix.

— Vous voulez dire plus désagréable que jusqu'à présent ?

Strangford s'approcha d'eux, son profil souligné par la lueur du lampadaire en haut de la rue. Sa voix était basse lorsqu'il expliqua :

— Ils doivent le toucher pour l'accepter comme roi.

Les ombres autour d'elle commencèrent à se mouvoir. Des corps bruns et lisses jaillirent des fissures des fondations, des poubelles et des barils. Lily les vit aller et venir en tous sens, se tordre à travers la grille pour descendre dans les égouts et en ressortir. Derrière elle, les feuilles d'un laurier bruissèrent. Elle se raidit lorsque trois rongeurs traversèrent la rue.

D'autres suivirent, provenant de toutes les directions à la fois, des dizaines et des dizaines de rats se déversant sur la chaussée impeccable de ce paisible quartier endormi. Ils convergèrent vers Sam et, à sa plus grande stupéfaction, entreprirent de grimper le long de son corps.

Les petits mammifères enfoncèrent leurs griffes dans la laine qui recouvrait ses jambes, hissant leurs corps épais sur son manteau, pour ensuite gravir ses bras, s'accrochant à ses épaules et délogeant sa casquette. À présent, on le distinguait à peine sous le flot informe d'animaux.

Enfin, la masse se stabilisa tandis que d'autres bêtes se rassemblaient à ses pieds. Ainsi lesté, Sam baissa les yeux, s'adressant aux rongeurs d'une voix trop basse pour qu'elle puisse l'entendre. Les rats, eux, le dévisageaient avec fascination, le regard fixe et imperturbable à l'exception de quelques coups d'œil vers Lily et les siens.

Leurs yeux étincelaient.

Ils l'ont compris, se dit-elle avec une bouffée de terreur et de stupéfaction. Il parlait, et les rats l'écoutaient.

Après quoi, les vagues de rongeurs traversèrent la route et escaladèrent les colonnes égyptiennes pour se déverser dans le cimetière. D'autres contournèrent la clôture en passant par les toits et les branches environnants.

Sam se baissa pour récupérer sa casquette, qu'il remit sur sa tête avant de revenir vers eux.

— Ils vont faire le guet, expliqua-t-il. Si un petit gars vous tire sur la jambe, dispersez-vous.

— Merci, répondit Strangford.

Le jeune homme hocha la tête, puis jeta un petit coup d'œil

irrité vers Lily avant de retourner auprès des chevaux. Visiblement, il savait à qui il devait cette excursion nocturne.

À quelle drôle de scène venait-elle d'assister ?

Elle avait déjà entendu parler de charmeurs de serpents et de montreurs d'ours et de lions, lors des carnavals, qui prétendaient pouvoir hypnotiser leurs bêtes, mais elle ignorait qu'il était possible de charmer des rats.

N'était-ce que cela ? Une sorte de tour de carnaval ?

Elle se tourna vers l'endroit où Sam se tenait, près de la calèche. Le cheval bai avait son museau dans son cou, menaçant de déloger à nouveau sa casquette. Sam le gratifia de caresses et lui murmura quelques mots, qui arrachèrent un reniflement à l'animal.

N'y avait-il que les rats ?

Elle repensa aux paroles d'Ash, dans la pénombre de la salle de réflexion.

Vous n'êtes pas seule, Miss Albright.

Le comportement de Sam, qu'elle avait jusqu'alors pris pour un domestique, l'avait déjà frappée par sa désinvolture. Peut-être était-ce parce qu'il occupait en réalité une autre fonction.

Était-il membre de la ménagerie d'Ash ?

Elle jeta un coup d'œil à Strangford, nimbé d'ombres et de silence, puis à Gardner, qui avait si aisément deviné sa blessure à la jambe, pourtant enfouie sous des couches de tweed et de lin.

Étaient-ils tous charismatiques ?

— Nous aurons besoin de lumière, commenta le médecin.

Sam décrocha de la calèche l'une des lampes, devant laquelle il rabattit un volet. Seule une faible lueur s'échappait de la fente entre les panneaux d'étain.

— Gardez-la fermée jusqu'à ce que vous en ayez besoin. La lumière vous trahirait, rats ou pas.

— Nous nous en remettons à votre expertise en la matière, répondit docilement le docteur Gardner en la récupérant.

— Allons-y, intervint Strangford sur un ton inhabituellement sec.

Il se retourna et entreprit de traverser la route.

Lily et le docteur Gardner le suivirent le long des grilles du cimetière. Des pierres tombales, claires dans la nuit, étaient visibles à travers les barreaux de fer forgé, enveloppées par le manteau d'une forêt plongée dans l'obscurité. On eût dit que le vaste faubourg s'était ouvert en son centre, révélant des bribes d'un monde de contes de fées. Pas les jolies histoires, mais plutôt celles dans lesquelles la sorcière dévore les enfants perdus.

— Attendez, les avertit le docteur Gardner.

Lily, imitant le médecin, se mit à l'abri de la lumière. Un bruit de roues résonna entre les maisons silencieuses et, un instant plus tard, le véhicule apparut : un fiacre qui avait connu des jours meilleurs, tiré par une vieille jument sellée. Il passa assez près pour que Lily distingue les gants troués du cocher depuis l'ombre du chêne où elle était cachée près de Strangford et de leur complice.

Lorsque le grondement s'estompa, Strangford sortit de l'obscurité et les conduisit jusqu'à la loge, dont la structure rappelait le style pseudo-égyptien des colonnes du portail - l'effet en était néanmoins amoindri par les affiches collées sur le mur extérieur. La réclame d'une crème pour la peau recouvrait à moitié un tract annonçant la fin du monde. Mais ce fut une autre coupure de journal qui attira l'attention de Lily, l'annonce d'une conférence sur le thème de « l'avenir glorieux de l'humanité », sponsorisée par la Société pour l'amélioration de la race britannique.

Avant qu'elle ait le temps d'y réfléchir, elle tendit la main et attrapa le coin décollé de l'affiche pour l'arracher du mur et la rouler en boule.

— J'en déduis que vous n'êtes pas une partisane de l'eugénisme, observa le médecin à côté d'elle.

— Et vous ? s'enquit Lily.

— Je crois que c'est l'une des idées les plus dangereuses qui soient, répondit-il simplement.

Strangford posa la main sur la poignée et la porte s'ouvrit pour dévoiler un petit espace encombré aux murs couverts de papiers épinglés. Un bureau et sa chaise étaient accolés à de lourds meubles de rangement, il y avait des empreintes de pas boueuses sur le sol et une paire de gants de travail tachés de terre sur une étagère près de la porte.

Lily jeta la feuille froissée dans une corbeille à papier qui débordait.

Le docteur Gardner ouvrit le volet de la lanterne, libérant un mince faisceau de lumière.

— Quel est le nom de la femme que nous allons exhumer ce soir ?

— Sylvia Durst, répondit Lily. Elle a été enterrée ici il y a trois ou quatre jours, tout au plus, d'après la date à laquelle le rapport du médecin-légiste a été publié dans les journaux.

— Quatre jours ? Heureusement qu'il fait froid, ces temps-ci, commenta-t-il sans émotion.

Strangford se dirigea vers l'un des meubles, tirant sur les tiroirs pour les fouiller. Le docteur Gardner passa un doigt sur la surface du bureau, sur les quelques centimètres carrés qui n'étaient pas couverts de papiers, laissant une ligne dans la poussière avant de lâcher un grognement de dégoût.

Avec ses dizaines d'hectares de superficie et ses innombrables tombes, Abney Park s'étendait sur un terrain immense. S'ils ne trouvaient pas trace de l'enterrement de Durst, ils n'auraient aucun moyen de localiser sa tombe. Ils ne pouvaient pas espérer tomber dessus par hasard.

Il était clair pour Lily que le gardien du cimetière n'était pas très regardant en matière de propreté ou d'organisation. L'inhumation de Durst étant récente, elle soupçonna l'homme d'avoir laissé les documents correspondants à portée de main. Pas dans le meuble, donc.

Lily s'assit au bureau… et trouva ce qu'elle cherchait au milieu de la pile de papiers sales.

— Apparemment, elle est à dix mètres au nord de ce qui s'appelle l'« allée K », leur annonça-t-elle avant de refermer le dossier pour le remettre dans la pile.

Le docteur Gardner balaya de sa lanterne la petite loge, s'arrêtant sur une carte fixée au mur. Elle était jaunie, effritée aux coins et à moitié couverte d'autres bouts de papier.

— Là. Vers la limite nord.

Strangford repoussa le tiroir, qui se referma dans un bruit sec. Il tira le verrou d'une porte à l'arrière du pavillon et la franchit, suivi par le docteur Gardner et Lily.

Ils émergèrent sous un grand chêne, au point de départ d'une étendue indomptée. Des stèles surgissaient de l'ombre comme autant de fantômes, silhouettes spectrales englouties par le lierre au milieu des arbustes et des grands arbres efflanqués.

Le médecin choisit deux pelles sur un tas à l'arrière du bâtiment et les posa sur son épaule. Il marqua une pause, puis opta aussi pour un pied-de-biche.

— De quel côté ? demanda Strangford.

— Par là.

Le docteur Gardner les mena vers une large allée bordée d'arbres, qui aurait été du plus bel effet dans un jardin public, sans les morts de part et d'autre. Lily y rencontra des lions de pierre dont les crinières flottantes se mêlaient à l'herbe sèche, sous l'œil attentif des anges austères incrustés de mousse.

Le silence était total, bien plus absolu que par une nuit ordinaire à Bloomsbury, sans bruit de roues de calèche ni hululement de train au loin. On n'entendait que le grattement des branches d'arbres et le frémissement des feuilles sèches.

Elle repensa aux illustrations du fait divers dans la presse, à la créature dotée de crocs penchée sur la forme allongée d'une femme endormie. Lily ne croyait pas à la culpabilité d'un être surnaturel. Après tout, les hommes n'étaient-ils pas capables d'actes monstrueux ? Cependant, dans l'atmosphère nocturne d'Abney Park, alors qu'elle s'apprêtait à extirper une défunte de sa tombe, l'invraisemblable devenait soudain un peu plus difficile à balayer d'un revers de main.

Changeant de prise sur sa canne, elle continua sa progression.

Le chemin conduisait à une clairière, où une grande chapelle gothique surgit de manière inattendue, avec sa flèche et ses contreforts, coincée entre des stèles blanches semblables à des adorateurs prosternés aux pieds d'un dieu antique. Strangford traversa le terrain dégagé, suivi par le médecin dont les pelles s'entrechoquaient légèrement en rebondissant sur son épaule.

Lily s'arrêta. Son instinct la poussait à rester à la lisière du bois, où elle pourrait se tapir dans l'ombre. Après tout, comment savoir s'il n'y avait pas un gardien faisant sa ronde dans le cimetière ou un agent de police chargé de surveiller les lieux afin d'empêcher précisément le genre de délit qu'ils étaient venus commettre ?

Un grattement se fit entendre derrière elle. Lily se retourna aussitôt pour tomber nez à nez avec un gros rat brun qui se hissait sur un mausolée voisin, le regard fixe et les moustaches frémissantes. Jetant un œil dans la clairière autour de la chapelle, elle prit conscience qu'il y en avait d'autres, leurs mouvements se détachant plus nettement au clair de lune. Des silhouettes sombres et visqueuses se faufilaient entre les tombes et allaient se percher sur les pierres tombales.

Il s'agissait de leurs guetteurs, chargés de donner l'alerte en cas de danger.

Elle accéléra le pas, s'empressant de traverser le terrain dans le sillage de Strangford et du docteur Gardner. Au-delà de la chapelle, le parc était moins bien entretenu. Les branchages se rencontraient et s'enchevêtraient au-dessus de leurs têtes, plongeant les sentiers étroits dans une ombre si profonde que Lily peinait à savoir si elle ne s'était pas égarée. Le monde alentour était enveloppé d'un épais manteau de lierre et de mousse, à l'exception de quelques tombes soigneusement dégagées par les familles des défunts. Le reste n'était qu'un terrain vague, abandonné comme les ruines d'une civilisation perdue.

Les pelles cliquetèrent lorsque le médecin changea de main. Il désigna de la tête un espace moins dense dans la forêt – tout juste un recoin plus sombre entre les arbres.

— Ce doit être l'allée K, souffla-t-il.

Le sentier était envahi par la végétation. Lily progressait lentement sur les graviers, utilisant sa canne pour éviter les stèles enfouies. Le médecin gardait le volet de la lanterne fermé – sage décision, songea Lily : ils ne pouvaient risquer d'être repérés à cause de leur faisceau, si étroit soit-il. Sans compter que la lumière ne ferait que réduire l'adaptation de leur vue à l'obscurité. Il était moins important de distinguer leur chemin que de pouvoir reconnaître une tombe récente parmi les buissons touffus qui les entouraient, et pour cela, il fallait un champ de vision plus large.

Sans un mot, ils se séparèrent, quittant le sentier pour s'enfoncer dans les broussailles. Lily se fraya un chemin entre les épais troncs d'arbres gris et les mausolées de guingois. Quelque chose craqua sous son pied. Elle espérait que ce n'était qu'une branche morte.

— Ici, lança le docteur Gardner à mi-voix en faisant basculer les pelles et le pied-de-biche de son épaule pour les planter dans la terre.

Lily le rejoignit. Il y avait un chemin nettement taillé à travers les fourrés et le lierre. Le sol y était bosselé et boueux, révélant le passage récent de plusieurs individus. Au bout, sous un petit aulne, se trouvait un rectangle de terre fraîche.

— Il n'y a pas de pierre tombale, observa-t-elle. Comment être certains que c'est bien la tombe de Sylvia Durst ?

— Impossible.

— Et si ce n'est pas la sienne ? demanda-t-elle alors qu'il s'emparait de l'une des pelles.

— Alors, nous creuserons ailleurs, répondit-il en enfonçant la lame dans la terre.

CHAPITRE XI

Au bord du chemin, Lily assistait aux fouilles.

Strangford s'était débarrassé de son manteau, l'ayant abandonné sur une tombe à proximité avant de prendre l'autre pelle. Le médecin et lui avaient déjà retiré près d'un mètre de terre, qui s'était amoncelée à côté d'eux, éclairée par la fine bande lumineuse de la lanterne.

Lily se sentait inutile. Après tout, elle n'avait pas les connaissances médicales pour espérer établir les circonstances de la mort, pas plus qu'elle n'était capable de lire le passé avec ses mains. Elle ne pouvait pas même dire qu'elle faisait le guet, puisque les rats continuaient à aller et venir dans le sous-bois autour d'eux, leurs yeux noirs luisant comme des cailloux humides dans les branchages.

Elle n'avait rien d'autre à offrir qu'un vague et inutile sentiment de culpabilité.

Le docteur Gardner grogna, la sueur brillant sur son front dans les rares rayons du clair de lune qui parvenaient à se frayer un chemin à travers les branches noueuses. Strangford, lui, creusait avec une détermination sinistre, déplaçant la terre avec l'acharnement et le silence d'un automate.

Elle se demandait ce qu'ils découvriraient au fond du trou pratiqué dans le sol. Des réponses, peut-être, qui sauveraient lord Deveral de la pendaison pour un crime qu'il n'avait pas commis. Peut-être même les informations dont ils avaient besoin pour sauver la vie d'Estelle.

Non, pensa-t-elle résolument. Elle ne se laisserait pas aller. Permettre à cet espoir de s'ancrer en elle ne conduirait qu'à un chagrin pire encore.

À moins que tout cela ne soit qu'une grossière et triste erreur.

La pelle de Strangford heurta du bois dans un bruit sourd et creux.

— Je pense que vous tenez quelque chose, commenta le médecin.

Ils dégagèrent le reste de terre jusqu'à ce que le couvercle du cercueil soit entièrement exposé. Le médecin y coinça alors son pied-de-biche. Il força, peinant à faire levier dans le trou exigu qu'ils avaient pratiqué.

Lily se rapprocha.

Un sinistre grincement se fit entendre, le cri du métal qui protestait, puis les clous qui maintenaient le cercueil fermé s'arrachèrent.

— Je vais avoir besoin d'un peu d'aide.

À côté du docteur Gardner, Strangford passa ses mains gantées sous le couvercle. Il tira, ses muscles bandés sous sa chemise souillée.

Enfin, le couvercle céda.

La puanteur s'éleva comme un nuage, évoquant la viande oubliée trop longtemps dans la glacière. Puis, les relents les plus nauséabonds se dissipèrent, laissant une simple odeur désagréable dans l'air.

— Où est la lanterne ? demanda le docteur Gardner.

Lily la ramassa et la leur tendit. Strangford se hissa pour la récupérer, plaçant son corps entre la jeune femme et l'obscurité de la tombe en contrebas. Elle s'arrêta, mais ce n'était pas par peur de ce qu'elle y découvrirait.

Elle était sûre d'avoir été confrontée à pire : on n'essayait pas – sans succès – d'éviter toutes sortes de désastres sans rencontrer bon nombre de cadavres. Certes, ceux qu'elle avait croisés sur sa route étaient en bien meilleur état de conservation que celui de Sylvia Durst, mais il s'agissait aussi de morts plus violentes, la défunte qu'ils cherchaient à exhumer étant décédée dans son lit sans qu'aucune marque n'ait été découverte sur son corps.

C'était pour Strangford qu'elle s'était interrompue. Si le fait de savoir qu'elle avait été protégée du pire dans cette expédition pouvait le réconforter, c'était le moins qu'elle puisse faire après les avoir traînés jusqu'ici. De toute façon, ce n'étaient pas ses yeux qui allaient leur dire ce qu'ils avaient besoin de savoir. C'était sur les mains de Strangford qu'ils comptaient.

Ce dernier remit la lanterne au médecin, qui ouvrit le rabat. La lumière éclaira le trou dans le sol, se répandant sur les chérubins et les décorations funéraires alentour.

Aussitôt, les rats et leurs yeux étincelants détalèrent, trouvant refuge dans des recoins plus sombres.

Strangford s'avança jusqu'au bord et regarda en bas. Lily en profita pour se glisser un peu plus près.

Le corps d'une femme d'âge moyen gisait dans le cercueil ouvert. Un peu de terre avait atterri sur sa joue violacée. Sa peau ressemblait à de la cire, mais ne présentait aucune autre marque.

— Je ne peux pas être sûre que ce soit elle, admit-elle. Les journaux n'ont jamais publié de photo.

— En tout cas, c'est déjà une femme. Son âge ? demanda le médecin.

— Apparemment, elle avait environ cinquante ans.

Il vérifia son bras.

— Difficile de savoir s'il y a eu une saignée avant la mort. Elle a été entièrement embaumée, et pour cela, il a fallu qu'on la vide de son sang. Pardon, madame, murmura-t-il en ouvrant les boutons de sa robe noire, exposant son cou et sa poitrine. Il y a eu une autopsie, en tout cas. C'est prometteur.

— Comment cela ? fit Lily.

— Oui. Ils n'en auraient pas pratiqué si elle était morte d'une pneumonie. Ah, voilà.

Il passa les mains derrière son cou, tournant sa tête sur le côté.

— Que voyez-vous ? demanda froidement Strangford.

S'il affichait un masque de sérénité imperturbable, Lily vit néanmoins sa mâchoire se crisper.

— Il y a une trace de piqûre d'aiguille juste au-dessus de la jugulaire.

— Les journaux mentionnaient une plaie perforante à la gorge, se rappela Lily.

— Cette marque-ci a été causée par une aiguille hypodermique. On lui a injecté ou retiré quelque chose. Sûrement retiré, au vu de la taille du trou. Par ailleurs, les traces de piqûres guérissent très vite et celle-ci est encore ouverte ; le prélèvement a donc dû avoir lieu très récemment, sans doute juste après le décès.

— Vous en êtes certain ?

— Je suis médecin, ma chère. Je travaille beaucoup avec les aiguilles. Je suis formel.

Une aiguille de professionnel, juste à la jugulaire. Le sens de cette découverte était à la fois clair et terrible : malgré ce qu'avait déclaré la presse à sensation, il n'y avait jamais eu de pouvoirs surnaturels en jeu ici. Le tueur avait vidé la victime de son sang par des moyens simples et pratiques – une aiguille dans le cou et un long tube de caoutchouc. Elle repensa à sa vision de la mort d'Annalise, au bruit qu'elle avait perçu dans la chambre alors que l'ombre noire du meurtrier se profilait.

Aux verres qui s'entrechoquaient, comme le cliquetis d'une caisse de laitier.

Aux bouteilles.

Voilà pourquoi il n'y avait pas de sang dans la chambre ! Le meurtrier l'avait vidé dans des bouteilles qu'il avait ensuite emportées.

Cette révélation soulevait autant de questions qu'elle n'apportait de réponses, la principale d'entre elles étant : pourquoi ? Quelle raison pouvait-on avoir de voler l'intégralité des réserves de sang d'une pauvre femme ?

Le docteur Gardner déplaça la lanterne, ajustant l'angle de la lumière. Cette fois, son attention était rivée sur le visage de Sylvia Durst.

Il tapota une série de vilaines marques rouges autour de son nez et de sa bouche.

— Ces brûlures sont tout à fait curieuses.

— Des brûlures ?

Lily avait pris ces traces pour une forme de décoloration affectant la peau après la mort.

— Oui, ce sont des brûlures. (Il ouvrit la bouche du cadavre pour examiner sa langue.) Il m'est déjà arrivé d'en croiser, mais impossible de me rappeler où. (Il fronça les sourcils un moment de plus devant le corps, puis secoua la tête.) J'ai bien peur de ne pas pouvoir vous en dire plus. Je le pourrais, en rouvrant l'incision de l'autopsie, mais dans cette lumière, sans instruments…

— Merci, docteur. Ce ne sera pas nécessaire, répondit Strangford.

Le médecin replia le volet de la lanterne, puis s'extirpa du trou. Absorbé dans la contemplation de la tombe ouverte, le visage blême au clair de lune, Strangford retira ses gants et les rangea soigneusement dans sa poche.

Les arbres se mouvaient au-dessus de leurs têtes, les branches se heurtant dans un vent au goût d'hiver. Lily resserra son manteau.

Strangford se laissa tomber dans la tombe. La terre s'effrita sous ses bottes, produisant un bruit sec et caverneux contre le cercueil. Il dévisagea la défunte à ses pieds.

— Il est possible que je me mette à crier.

Lily réprima l'envie d'intervenir. Au lieu de quoi, elle resta au bord de la fosse, telle une sentinelle, attentive et immobile. Si elle ne pouvait pas empêcher ce qui allait se produire, elle pouvait au moins en être témoin.

L'aristocrate s'agenouilla dans la terre meuble. Il ferma les yeux et prit une inspiration profonde et irrégulière. Le moment s'éternisa. Lily commençait à se demander s'il n'allait pas flancher.

Enfin, il posa ses mains nues sur le torse exposé du cadavre.

Lily vit ses épaules se raidir. Il haleta, comme si l'on venait de le frapper. Tous ses instincts lui hurlaient de plonger dans la tombe et de le tirer de là. Pourtant, elle n'en fit rien.

Les arbres se balançaient tels des bras squelettiques gambadant dans le ciel nocturne. Les rats couraient dans les hautes herbes derrière elle, le raclement de leurs griffes murmurant dans l'obscurité.

Enfin, il prit la parole.

— Ils l'ont baptisé. Il était déjà mort, mais le vicaire était un ami et il a accepté. Il est froid dans ses bras. Elle a horreur de cette sensation, comme un paquet de chiffons humides, mais elle ne peut se résoudre à l'abandonner, parce qu'elle se souvient de lui quand il respirait encore. Il était chaud, si présent. Tant de chagrin…

Sa voix, à vif, traduisait toute la détresse d'une mère tenant la dépouille de son enfant.

Il tenta de se détourner.

— Les tables. Le bois brut sous ses doigts. Les mains d'inconnus dans les siennes. Des mains chaudes, des mains froides. Des mains comme du papier de verre. Les morts sont inconstants. Ils refusent de venir la moitié du temps, alors elle fait semblant parfois. Pour gagner quelques sous. Quand on est veuve, on fait ce qu'on peut pour s'en sortir. Ça les réconforte, ils croient qu'il y a quelque chose après la vie, mais ce ne sont que des bribes de souvenirs, des os et de la poussière. Des os et de la poussière.

Elle prit conscience qu'il était happé dans les méandres des expériences de la malheureuse - son chagrin le plus vif, la routine interminable de son travail quotidien. Il avait besoin d'aide pour se concentrer sur le plus important, sur la raison pour laquelle ils étaient tous là.

Elle se rapprocha et se mit à genoux au bord du sol accidenté.

— Ça suffit. Trouvez la nuit où elle est morte, ordonna-t-elle.

Le docteur Gardner la regarda depuis l'autre côté de la tombe, où il était assis sur le bord d'une stèle incrustée de lichen.

— Endormie, reprit Strangford au bout d'un moment, la voix épaisse. Non, pas endormie. C'est autre chose. Elle veut se réveiller mais elle ne peut pas.

— Y a t-il quelqu'un avec elle ?

— Oui.

Le pouls de Lily s'accéléra.

— Qui ?

Strangford secoua la tête.

— Elle ne sait pas. Elle ne peut pas se réveiller. Ça fait mal.

— Qu'est-ce qui fait mal ?

— Son cou. La douleur.

— Nous devons savoir qui d'autre est dans la pièce.

Les épaules de Strangford étaient crispées, ses muscles noués par la tension.

— Juste une ombre. Elle ne peut pas voir. Les lumières… Le gaz est en panne.

Ces paroles déclenchèrent un souvenir inattendu.

Chaque fois que je l'interroge… elle me montre une lampe, et c'est tout.

Les mots d'Estelle, l'histoire qu'elle prétendait tenir du fantôme d'Agnès McKenney.

Quoiqu'étrange, le lien était loin d'être pertinent. Les lampes à gaz n'assassinaient pas et ne vidaient pas les gens de leur sang.

— Si elle ne peut pas voir, peut-elle sentir ? Entendre ? Il doit y avoir quelque chose, insista-t-elle, de la frustration dans la voix.

— Il y a une odeur, dit Strangford. Insoutenable. Elle s'y noie. Elle n'a pas assez d'air.

— Quel genre d'odeur ?

— Douce, âcre, du sucre brûlé et de l'huile de paraffine.

De l'autre côté de la tombe, le docteur Gardner se redressa.

— Du chloroforme, déclara-t-il.

— L'anesthésiant ? fit Lily.

— Ces marques sur son visage… certains patients réagissent à ce produit quand il entre en contact avec leur peau. Je n'en ai pas vu depuis des lustres, mais je me rappelle assez bien à quoi cela ressemble. L'odeur est distinctive, mais elle se disperse. Après une demi-heure, on ne la sent presque plus.

— C'est donc une sorte d'opération dont elle se souvient ?

— Les chirurgiens n'utilisent plus de chloroforme. Dans aucun hôpital de Londres. Tout se fait à l'éther depuis plus d'une décennie.

Son esprit était en ébullition, rassemblant tous les détails.

— Peut-on administrer du chloroforme à un patient déjà endormi ?

— Par inhalation, oui. Les patients respirent toujours, même quand ils rêvent.

Les pièces commençaient à s'assembler : un tueur attendant que sa victime soit déjà plongée dans le sommeil pour la droguer jusqu'à une inconscience plus profonde et moins superficielle, avant d'insérer une aiguille et de siphonner le sang dans des bouteilles.

Mais comment entrait-il ? Il n'y avait eu aucun signe d'effraction sur les lieux des crimes, et un homme chargé d'une caisse remplie de bouteilles de sang aurait difficilement pu passer inaperçu.

Pour l'instant, rien ne répondait de près ou de loin à la question du *pourquoi.*

— Le chloroforme est un produit délicat, poursuivit le médecin. Il n'est pas facile à administrer sans tuer son patient par surdose ou provoquer un réveil en pleine opération. Il doit être dosé au millilitre près et injecté en continu. Il y a peu de marge d'erreur.

— Alors, vous dites que le meurtrier est un homme de médecine.

— En tout cas, il en a la formation.

Les pensées de Lily revinrent à Hartwell et à l'avertissement d'Evangeline Ash – s'il s'agissait bien d'un avertissement, et pas seulement d'une coïncidence extravagante accentuée par un excès de champagne et la présence crispante de son demi-frère.

Bien entendu, les précisions du docteur Gardner pouvaient se référer à n'importe quel médecin de Londres.

Voilà au moins qui réduisait leur champ d'investigation à un millier de suspects potentiels… dont le docteur Gardner lui-même.

Ce n'était pas suffisant.

Elle se pencha en avant, se rapprochant le plus possible de Strangford sans tomber dans l'excavation.

— Il doit y avoir autre chose, un détail que vous pouvez nous dire sur l'homme qui se trouvait dans la pièce avec elle. S'il vous plaît, Strangford.

Il était blafard, sa respiration laborieuse comme s'il courait un sprint.

— Elle ne le mérite pas, dit-il d'une voix rauque.

— C'est vrai, elle ne le méritait pas. Mais nous devons en savoir plus si nous voulons retrouver le responsable, insista Lily.

— Le pouvoir, rétorqua Strangford. Elle ne le mérite pas.

Le pouls de Lily s'accéléra et ses doigts s'enfoncèrent dans la terre meuble au bord de la tombe. Ce n'était plus Sylvia Durst que Strangford percevait, mais les pensées du dernier homme qui l'avait touchée, du monstre qui lui avait ôté la vie. Son empreinte était gravée dans la chair de la défunte, tout comme les souvenirs de Lily avaient été emmagasinés dans l'étain froid de son poudrier.

— Rien qu'une femme au foyer ventripotente et inepte. Quelqu'un de meilleur… de plus fort… pourrait en faire plus. De grandes choses… Seigneur, gronda-t-il d'une voix chevrotante. Toute cette pourriture ! Quelle horreur !

— Miss Albright… commença le docteur Gardner.

Mais Lily l'interrompit avant qu'il puisse dire ce qu'elle savait déjà.

— Vous devez continuer, ordonna-t-elle à Strangford. Vous touchez au but.

Elle le sentit alors : un coup sec sur ses jupes. Lily les ramassa et tira distraitement, pensant qu'elle s'était accrochée à une branche morte. Lorsque cette dernière recula vivement, elle se retourna, baissant les yeux pour croiser ceux d'un rat, aussi noirs qu'inexpressifs, son vêtement pris entre ses dents. Il relâcha le tissu et émit un sifflement, un son aigu et insistant. Puis il détala dans l'herbe.

Si un petit gars vous tire sur la jambe, dispersez-vous.

Un avertissement.

Elle se retourna vers le médecin.

— Cachez-vous, souffla-t-elle.

Il vit l'urgence sur son visage et jeta un coup d'œil vers la tombe.

— Allez-y ! Je m'occupe de lui, reprit-elle.

La carrure imposante du médecin disparut derrière un obélisque, engloutie par les ombres.

— Strangford ! murmura-t-elle. Venez !

— Je les sens creuser. Sous la peau. Bien trop froid, répondit-il à mi-voix alors qu'un frisson lui ébranlait tout le corps.

Il ne pouvait pas l'entendre – ou s'il le pouvait, il était incapable de réagir.

Derrière elle, elle perçut un crissement de bottes sur le gravier.

Devait-elle essayer de le faire sortir ?

Un scintillement apparut entre les branches enchevêtrées, se déplaçant le long du chemin.

Ils n'avaient plus assez de temps.

Lily retira sa cape et jeta l'étoffe sombre sur la tombe pour la recouvrir et ainsi bloquer la lueur de la lanterne sourde. Elle y parsema quelques feuilles par précaution, puis plongea derrière la pierre tombale la plus proche. Accroupie dans les mauvaises herbes et la terre et sans sa cape, elle sentait le froid pénétrer le tissu léger de son chemisier.

Les pas se rapprochaient, la lumière perçant entre les arbres élancés.

Ses pensées se tournèrent vers la fosse dans le sol, quelques mètres devant elle. Que se passait-il là-dessous ? La frustration et l'inquiétude la rongeaient alors que la lumière balayait l'entrelacs de branchages.

Strangford émit un faible gémissement, à peine plus audible qu'un souffle à demi étouffé.

La lampe s'arrêta.

Lily risqua un coup d'œil entre les feuilles de lierre qui envahissaient sa cachette. Le gardien se tenait sur le chemin, à quelques mètres d'elle. Aidé de sa lanterne brandie, il balayait du regard les tombes désordonnées autour de lui.

Elle retint son souffle, priant pour que Strangford reste silencieux.

La lumière déclina alors et les bruits de pas reprirent alors que le gardien passait son chemin.

Lily attendit dans une immobilité insoutenable que la lueur de la lampe disparaisse.

Le silence retomba. Elle compta les secondes jusqu'à ne plus en supporter davantage, puis elle se rua hors de sa cachette.

— Docteur ! lança-t-elle tout en se dirigeant vers la tombe pour en retirer sa cape.

Elle se laissa choir dans la tombe, ses bottes projetant de petits cailloux sur le cercueil. Entourant de ses bras le torse solide de Strangford, elle appuya les pieds sur les rebords en bois et le tira en arrière.

Arraché à la défunte, il atterrit sur la terre à côté d'elle. Il gémissait, sa respiration irrégulière.

Le visage du médecin apparut au-dessus d'eux.

— Faites-le sortir d'ici ! l'exhorta Lily.

Le docteur Gardner se pencha, glissant ses grandes mains sous les bras de Strangford pour le soulever vers la surface.

Elle jeta un coup d'œil en arrière, sur le cadavre affaissé et boursouflé de Sylvia Durst. Elle leur avait révélé tant de choses… pourtant, c'était loin d'être suffisant.

Lily s'agrippa au bord de la fosse et se hissa aux côtés de Strangford, qui restait sur le dos, le regard tourné vers les branches sombres au-dessus de sa tête.

— Êtes-vous capable de vous lever, mon ami ? demanda le docteur Gardner.

Strangford roula sur lui-même, s'appuyant sur ses avant-bras.

— Je n'ai pas besoin de vous, répondit-il sèchement, la voix rauque, avant de se mettre à genoux.

L'une de ses mains à la peau claire se posa sur la terre et il la retira vivement, comme s'il s'était brûlé.

— Dans votre poche, l'aiguilla le médecin.

Avec la raideur d'un vieillard, Strangford sortit ses gants et les enfila. Puis il glissa les mains sous ses bras, tout contre son corps.

— Milord… commença Lily.

— Je vais bien, l'interrompit-il aussitôt en se détournant.

Lily vit le médecin l'examiner avec attention avant de secouer la tête en se tournant vers la tombe. Gardner sauta à l'intérieur, saisit le couvercle du cercueil et le remit en place, tentative ardue en raison des clous aux pointes tordues qui empêchaient le bois de se refermer convenablement. Après un dernier effort pour tenter de redresser le couvercle, il finit par reculer.

— Bon, de toute façon, tout retournera à la poussière.

Il s'extirpa du trou avec la lanterne à clapet. Rejoignant le tas de terre, il dégagea l'une des pelles et entreprit de recouvrir la fosse.

Alors que les mottes rebondissaient dans un son creux sur le cercueil, Lily se retourna vers Strangford. Il se tenait à distance, les mains toujours repliées sous ses bras de manière protectrice, les épaules voûtées sous sa chemise tachée de terre.

À l'est, le ciel était nimbé d'une lueur plus rose que l'auréole ambiante des lampes à gaz de la ville : l'aube approchait. Elle devait arranger le désordre auquel elle avait contribué.

Lily alla ramasser l'autre pelle.

~

Elle était épuisée lorsqu'elle déposa le dernier monticule sur la tombe. Le ciel s'était nettement éclairci. L'air était encore frais, mais le docteur Gardner essuya la sueur de son front avec un mouchoir.

Lily baissa les yeux sur ses bottes. Elles étaient toutes crottées, comme sa jupe.

Le docteur Gardner tendit la main vers sa pelle et Lily la lui laissa. Il cala les deux manches sur son épaule avec le pied-de-biche, puis il reprit la lanterne.

— Milord ? demanda-t-il.

Il fallut un moment à Strangford pour répondre. Il regarda lentement derrière lui, comme s'il était enfermé dans un rêve.

— Oui. Bien sûr.

Sa voix était atone. Il se tourna avec la mobilité d'un homme deux fois plus âgé. Puis il s'engagea sur le chemin sans se retourner pour voir si les autres le suivaient.

— Allez, venez, dit enfin Gardner en s'élançant après l'aristocrate, Lily sur ses talons.

Les pierres tombales qui bordaient l'étroit chemin étaient plus distinctes dans la lumière de l'aube. Ils traversèrent la clairière où se dressait la chapelle, ses fenêtres sculptées encore sombres. Les rats suivaient, sautillant sur les stèles dans sa vision périphérique.

Devant la loge, Gardner posa les pelles et poussa la porte. Une fois à l'intérieur, Lily tira le verrou. Leurs traces de pas boueuses se mêlaient à la terre qui maculait déjà le sol.

— Attendez, dit le médecin en s'accroupissant pour regarder par le fenestron, brandissant la lanterne contre la vitre avant d'ouvrir et de refermer brièvement le rabat trois fois de suite.

Quelques instants plus tard, elle entendit les roues d'une calèche.

Sam s'arrêta juste devant. Le médecin fit signe à Lily de passer en premier, Strangford derrière elle.

— Dépêchez-vous, ordonna Sam en sautant de la malle.

Il courut jusqu'à la porte de la loge tout en sortant les crochets de sa poche. Lily comprit qu'il remettait la serrure dans sa configuration initiale, afin que le concierge ne remarque rien de louche à son arrivée, plus tard dans la matinée. Il devait faire vite avant que leur présence n'éveille les soupçons.

Elle ouvrit la portière pour se hisser à l'intérieur, mais interrompit son geste, mue par l'impulsion de regarder derrière elle.

Strangford avait les yeux rivés sur l'habitacle sombre et exigu de la voiture avec une expression de terreur à l'état pur.

Le médecin lui prit le bras et le poussa vers l'avant du véhicule.

— Montez sur la malle, monsieur le Baron.

Strangford se mit en mouvement, grimpant sur le perchoir du cocher. Sitôt son cache-nez sur le visage, il s'affala sur le banc comme un homme à moitié ivre.

Sam, qui en avait fini avec son travail, frôla Lily en se hissant sur son siège. Il avait indubitablement l'aisance de l'expérience.

— Miss Albright ?

Le docteur Gardner se tenait à la portière et Lily prit conscience que c'était elle qui s'attardait à présent sur le trottoir, au risque d'attirer l'attention.

— Ah, oui, dit-elle par automatisme avant de s'engouffrer à l'intérieur.

Elle avait tout juste pris place que la voiture se mit en branle. En face d'elle, le médecin s'adossa dans son siège et étira ses longues jambes devant lui. L'esprit de Lily, qui tournait à plein régime, tentait de reconstituer une image cohérente à partir des faits épars qu'ils avaient découverts. Un homme ayant reçu une formation médicale entrait en douce chez des femmes endormies pour voler leur sang, puis repartir avec dans des bouteilles… pourquoi une telle manœuvre ? Qu'en retirait-il pour que cette collecte vaille la peine d'avoir recours à de telles extrémités ?

— Docteur ?

— Oui ? répondit l'homme à voix basse sous la bordure de son chapeau.

— Quel usage fait-on du sang humain ?

Il remonta le chapeau de quelques centimètres, posant sur la jeune femme un regard visiblement songeur.

— En théorie, le sang humain peut faire beaucoup de choses, comme sauver la vie de patients lors d'interventions chirurgicales ou de victimes d'accidents violents. Savez-vous combien de femmes enceintes font des hémorragies pendant l'accouchement ? S'il existait un moyen sûr d'effectuer des transfusions sanguines, un grand nombre de vies que nous perdons actuellement pourraient être sauvées.

— Mais c'est impossible, avança Lily.

— En effet. Des expériences ont été tentées il y a près de deux cents ans. Les résultats n'ont rien donné de très… engageant. Quelque chose dans le sang humain réagit souvent mal au transfert dans un autre corps, et entraîne ainsi presque toujours la mort.

— Presque ?

— Parfois, la procédure fonctionne. Le problème, c'est que personne n'a encore découvert le moyen d'en déterminer la raison de manière fiable. Il n'y aura pas d'avancées de sitôt, puisque les expériences elles-mêmes se soldent souvent par le décès des sujets de recherche.

— Est-ce en rapport avec les travaux du docteur Joseph Hartwell ?

— Le docteur Hartwell est un homme brillant. Ses théories sur les groupes sanguins sont intrigantes, mais ce ne sont encore que des théories. J'accorderai plus de crédit à Hartwell quand je pourrai les mettre en pratique dans une salle d'opération.

— Je vois.

Il y avait d'autres questions qu'elle brûlait de poser, des questions sur Gardner lui-même et son rôle dans toute cette affaire, sur Sam Wu et le Refuge. Pourtant, elle garda sa langue et le silence retomba dans la voiture. Gardner ferma les yeux. Les pensées de Lily se tournèrent alors vers Strangford, prostré là-haut sur le banc du cocher.

Il s'en sortira, se dit-elle. Son état actuel était sûrement dû au souvenir persistant de ce qu'il avait vécu à l'intérieur du cadavre de Sylvia Durst, associé à la fatigue d'une nuit blanche. Un bain, un somme, un bon verre de brandy, et il serait de nouveau sur pied. En attendant, il fallait le laisser tranquille, décréta-t-elle.

Et ensuite… ?

C'était une question à laquelle Lily ne pouvait répondre, une question qui faisait peser sur elle son propre épuisement comme une chape de plomb.

La ville s'animait lentement alors que la calèche s'enfonçait dans les rues familières de Bloomsbury jusqu'à son appartement de March Place.

Lily se leva.

— Miss Albright, la salua poliment Gardner sans prendre la peine de rouvrir les yeux.

— Docteur, répondit-elle.

Sam lui ouvrit la portière.

— Merci, fit Lily en descendant.

Le cocher referma brutalement derrière elle en guise de réponse.

— Miss, dit-il avec une courtoisie succincte avant de remonter sur la malle en faisant claquer ses rênes.

Elle regarda l'attelage s'éloigner, et ses yeux dérivèrent vers la silhouette courbée à côté de Sam sur la banquette.

Enfin, elle était seule.

Les portes s'ouvraient autour d'elle : les résidents matinaux des faubourgs sortaient pour commencer la journée. Une belle calèche privée était garée au bout de la ruelle, les chevaux trépignant d'impatience et soufflant de la buée par les naseaux.

Avec ses vêtements tachés de terre et ses bottes couvertes de boue, elle ne devait pas avoir fière allure. Si elle s'attardait plus longtemps dans ce quartier convenable, avec ses loques tout droit sorties d'un roman de Dickens, quelqu'un allait finir par appeler la police.

Elle s'efforça de gravir les marches et poussa la porte, la refermant sans un bruit derrière elle.

Elle n'avait jamais été aussi fatiguée de sa vie. Ses épaules lui faisaient mal, sa blessure la démangeait atrocement. Elle avait éperdument envie d'un bon bain, mais elle se sentait bien incapable de garder les yeux ouverts assez longtemps pour remplir la baignoire.

Mrs Bramble émergea alors du bout du couloir, les mains plantées sur ses hanches.

— Vous avez un visiteur, aboya-t-elle. Je l'ai installé dans votre salon.

— *Un* visiteur ? répéta Lily comme en écho.

La politique de Mrs Bramble à l'égard des hommes sous son toit était sans ambiguïté, pourtant celui-ci avait été conduit à l'appartement de Lily – alors même qu'elle était absente. Quel genre d'homme pouvait impressionner suffisamment sa logeuse pour se voir accorder de tels privilèges ?

Et pourquoi lui rendait-on visite à l'heure indue de sept heures et demie du matin ?

— Je vous apporte le thé dans un instant, annonça Mrs Bramble avant de tourner les talons pour disparaître dans la cuisine.

Lily fit face à l'escalier. Elle ne voulait pas affronter de visiteur. Elle n'avait qu'une seule envie : se glisser dans son lit et fermer la porte sur le monde. Qui que soit cet intrus, il ne resterait pas assez longtemps pour prendre le thé.

Elle monta les marches, sa jambe protestant à chaque mouvement. Elle crut bien mettre une éternité avant d'atteindre son palier et de pousser la porte.

L'homme se leva du vieux fauteuil d'occasion, près de l'âtre dans lequel Bramble avait allumé un feu confortable. Lily pouvait voir la lumière se refléter sur son profil familier, sa mâchoire carrée et son nez aristocratique – le genre de physique dont on sculpte les bustes dans le marbre à l'image des anciens empereurs romains.

C'était un visage qui se rappelait à son souvenir chaque fois qu'elle se regardait dans un miroir. Le visage du douzième comte de Torrington.

— Bonjour, Lilith, la salua son père.

CHAPITRE XII

La dernière fois qu'elle l'avait vu remontait aux funérailles de sa mère.

La journée était magnifique, ensoleillée et claire comme rarement à Londres. La brise était chaude et si douce qu'elle semblait pouvoir alléger votre peau et emporter votre âme.

La petite chapelle était bondée, le moindre bout de banc occupé. Les convives étaient alignés le long des murs et débordaient jusqu'à l'extérieur de l'édifice. Lily en connaissait un grand nombre. Il y avait là d'anciens régisseurs et metteurs en scène, ainsi que la majeure partie d'un orchestre. Une flopée de choristes sanglotaient bruyamment à l'arrière. Des comédiens, célèbres comme anonymes, étaient mêlés à la foule entre les admirateurs inconditionnels et les badauds qui n'avaient jamais vu Deirdre Albright se produire, curieux d'apercevoir les autres invités. Il y avait des hommes en tenue de deuil et des femmes en pantalon et manteau élégant. Certaines arboraient des boas, des perroquets et des chapeaux défiant la gravité.

C'était une exhibition aussi spectaculaire que toutes celles auxquelles Deirdre Albright avait participé, mais cette fois, elle jouait son propre rôle à l'intérieur d'une boîte en ébène vernie.

Lily était à genoux au premier rang, à côté de sa nurse, une jeune fille au visage fin qui avait été embauchée à peine quelques semaines plus tôt. Lily l'avait entendue grommeler avant l'office, déplorant de n'avoir été payée que jusqu'à la fin de la semaine.

— J'espère qu'on ne s'attend pas à ce que je reste avec la morveuse d'une actrice sans toucher de salaire, avait-elle maugréé.

Les hommes et les femmes assis de part et d'autre, sur le même banc, étaient des inconnus. Il n'y avait aucun membre de la famille, aucun parent éloigné du côté de Deirdre. Ils étaient tous morts, ou bien ils avaient émigré ou rompu depuis longtemps tout lien avec elle.

Lily avait l'impression d'être, elle aussi, sur une scène, à jouer un rôle dans une pièce écrite pour quelqu'un d'autre.

La foule était sûrement plus nombreuse et démonstrative qu'elle ne l'aurait été si Deirdre Albright était simplement morte dans son sommeil. Une vedette, aussi terne et fanée soit-elle, poignardée en plein cœur par un vulgaire voleur, voilà qui ne pouvait qu'attirer hors du bois tous les amateurs de sensations.

L'image resterait à jamais gravée dans le cerveau de Lily.

La vision s'était manifestée alors qu'elle se trouvait dans le fauteuil à bascule de sa chambre, plus vive et plus intense que la vie même.

Naturellement, elle avait tout tenté pour l'éviter. Pour une fois, les événements avaient semblé jouer en sa faveur. Sa mère, qui avait toujours été plutôt indulgente, avait accepté sans broncher les conditions que Lily lui avait imposées, au comble du désespoir, des conditions soigneusement conçues pour qu'il lui soit impossible de finir comme elle l'avait vue en songe – vêtue d'une robe rouge vif, seule, les yeux perdus vers le ciel nocturne, ses bijoux scintillant dans la mare de sang autour d'elle.

Bien sûr, rien n'y avait fait.

Après tout, une robe blanche tachée de sang pouvait aisément se parer du rouge que Lily lui avait supplié de laisser à la maison. Et le collier de pâte et de verre, emprunté à un ami costumier, paraissait plus beau encore dans l'obscurité de Covent Garden que les vrais bijoux qu'elle avait accepté de délaisser pour la soirée.

Elle avait tenu sa promesse et était sortie accompagnée, mais le costumier était mort avec elle.

Tous les espoirs de Lily avaient été réduits à néant. Chaque avertissement pris en compte, chaque élément de contexte soigneusement esquivé, avait contribué à l'horreur même que Lily cherchait à éviter. Comme si elle avait elle-même tenu le couteau. Sa culpabilité était tout aussi réelle, tout aussi prégnante. Elle savait depuis deux semaines que sa mère courait un danger, et pourtant elle n'avait pas réussi à la sauver.

L'élan froid et brutal que provoquait cette réalité menaçait de l'avaler tout entière.

Autour d'elle, acteurs et danseurs versaient des larmes de crocodile dans des mouchoirs couleur nuit ou sur des épaulettes en bombazine. Lily restait immobile et silencieuse, les yeux secs tandis que les porteurs du cercueil noir emportaient sa mère dans l'allée.

— J'aimerais seulement savoir ce que l'on compte faire de moi, murmura la nurse à la costumière éplorée à côté d'elle, tandis que Lily se levait pour suivre la caisse en bois sombre jusque dans le cimetière.

Les mots résonnèrent en elle, lourds de sens, un sens qui fit hésiter son pas autrement assuré et régulier.

J'aimerais seulement savoir ce que l'on compte faire de moi.

Deirdre Albright avait vécu comme un papillon, aussi brillante qu'insouciante des aspects pratiques du quotidien. Elle n'avait jamais eu aucun plan pour l'avenir, ni pris aucune mesure pour déterminer ce qu'il adviendrait de sa fille si l'inimaginable venait à se produire.

À la fin de l'office, la foule de pleureuses qui l'entourait s'en irait boire, dormir ou soulever ses jupes sur les scènes de music-hall.

Elle n'aurait plus personne.

Une peur glacée s'insinua en elle, se frayant un chemin dans un espace déjà opprimé par la culpabilité et le chagrin, puis le cortège s'arrêta devant la fosse obscure où sa mère serait déposée.

La pelouse du cimetière était luxuriante et verte, les arbres aux feuilles tendres murmurant au-dessus de sa tête dans la douce brise.

— L'homme ! Ses jours sont comme l'herbe ; il fleurit comme la fleur des champs, entonna le prêtre. Lorsqu'un vent l'effleure, elle n'est plus, et le lieu qu'elle occupait ne la reconnaît plus.

La lumière du soleil filtrait à travers les branches oscillantes, scintillant sur le marbre blanc des tombes alentour. Lily en aurait hurlé.

Une main se posa alors sur son épaule – chaude, stable et solide.

Lily leva les yeux. Il était là, l'homme qui croisait constamment son chemin tel un passant familier, mais toujours un peu distant. Il se tenait bien droit, la lumière dessinant son profil romain et ces cheveux poivre et sel qu'elle connaissait si bien, mais il y avait quelque chose de différent dans les traits de son visage, quelque chose d'étrange et pourtant d'étonnamment familier.

La souffrance du deuil.

Il la détailla du regard pendant que le prêtre débitait le reste du psaume, le poids de sa main comme une ancre dans la tempête.

— Je sais, dit-il.

Elle prit conscience qu'en effet, il savait ; que parmi les myriades d'invités éplorés pressés autour de ce trou sombre qui attendait d'être comblé, il y en avait un qui partageait réellement sa douleur et qui comprenait ce qu'elle avait perdu, parce qu'il l'avait perdu, lui aussi.

Les éloges funèbres ronflants, le dépôt de roses, les sanglots et le martèlement de la terre sur le couvercle du cercueil se succédèrent sans que jamais sa main ne quitte son épaule. Et lorsque tout fut terminé et que la foule se dispersa, il s'agenouilla devant elle, ses yeux gris acier rencontrant les siens.

— Tout ira bien, déclara-t-il sur le ton du serment, ses mains ancrées sur les os graciles de ses épaules.

Enfin, il se leva et murmura quelque chose à la nurse, qui était soudain devenue aussi docile qu'obséquieuse à son apparition.

— Bien, milord, répondit-elle avec un hochement de tête.

Puis il se retourna et sourit à Lily. Son sourire exprimait une promesse qu'elle lut aussi distinctement que s'il l'avait dite à haute voix : elle ne serait pas seule dans cette épreuve ; quelqu'un serait là, quelqu'un qui comprendrait.

Après quoi, il se retira.

Et ne revint jamais.

Trois jours plus tard, ce ne fut pas le comte de Torrington qui se présenta à la porte de son appartement, sur Oxford Street, mais un avocat d'un certain âge. Il versa à la nurse une généreuse indemnité de départ et attendit avec une impatience à peine dissimulée que Lily fasse ses bagages. Elle fut envoyée chez Mrs Finch, où elle passa les cinq années suivantes de sa vie sans une seule nouvelle de l'homme qui avait été la source de sa force en ce terrible moment, l'homme qu'elle avait eu la naïveté de croire et qui l'avait douloureusement trahie.

Si l'on exceptait les relevés bancaires.

Son salon n'était pas agencé pour les visites ; Lily ne recevait personne. Il y avait bien deux fauteuils, mais elle n'en utilisait jamais qu'un seul. Elle avait acheté l'autre sur un coup de tête, dans une brocante, et même Le Chat s'en désintéressait, préférant se dégotter une nouvelle veste ou les pantoufles de Lily pour y dormir, les laissant recouvertes de poils orange. Le coussin était raide, assez tendu pour faire rebondir une pièce de monnaie jusqu'au plafond.

Une pile de journaux et quelques magazines sur les motocyclettes étaient éparpillés près de la cheminée. Des plantes d'intérieur exceptionnellement robustes, capables de résister à une négligence permanente, encombraient le haut de l'étagère. Les murs étaient décorés avec ce qu'il fallait de tableaux pour ne pas paraître cruellement nus : de médiocres peintures de paysages, du genre que l'on ne remarque jamais à moins qu'un clou ne se casse et qu'elles ne tombent à terre.

Il n'y avait qu'une seule photo, posée discrètement sur le manteau de la cheminée : un portrait de sa mère que Lily dissimulait à moitié derrière une horloge en laiton. Sur cette photo, elle était vêtue en Cléopâtre et son visage était légèrement flou, car elle avait esquissé un sourire impromptu pendant la pose.

Pour un homme comme le comte de Torrington, son logis devait ressembler à une mansarde de pacotille.

Lily se moquait bien de son opinion. Cela faisait longtemps qu'elle ne craignait plus son jugement.

Quatorze ans pour être exacte.

Il avait changé, et était pourtant toujours le même. Ses traits sculptés dans le marbre étaient tels que dans son souvenir, bien que les rides autour de sa bouche et de ses yeux soient plus creusées à présent. Le sel avait pris le pas sur le poivre dans ses cheveux, mais son dos était toujours aussi droit, son regard gris tout aussi vif.

Que faisait-il ici ? Pour quelle raison brisait-il quatorze ans de silence et se présentait-il ainsi dans son salon ?

Deveral.

La visite de Lily n'était pas passée inaperçue.

Cela n'expliquait toujours pas sa présence en ces lieux. Si Torrington voulait l'éloigner de sa famille, il n'avait nul besoin de le faire en personne. Une lettre aurait fait l'affaire, ou un autre avocat. Celui qui l'avait accompagnée chez Mrs Finch devait être mort depuis le temps, mais elle ne doutait pas qu'il en avait toute une armée à ses ordres.

Elle se demanda quel type de menaces il lui proférerait si elle refusait de le satisfaire. Révoquerait-il l'allocation qu'elle refusait toujours d'accepter ?

Elle ne lui devait rien. Il ne pouvait rien lui faire.

Elle laissa tomber sa canne dans le support près de la porte, ramassa ses jupes boueuses et exécuta une gracieuse révérence de pure forme.

— Milord.

Elle crut déceler un éclat dans ses yeux gris familiers. Non pas l'agacement qu'elle s'attendait à susciter, mais autre chose. Quelque chose de plus triste.

— C'est votre fauteuil ? demanda-t-il en indiquant le siège luxueux et confortable devant lequel il se trouvait.

— Non, mentit-elle avant de prendre place sur le siège de la brocante – lentement, afin de ne pas rebondir sur l'assise, tandis que les ressorts s'enfonçaient dans ses cuisses.

— Veuillez m'excuser pour l'heure de ma visite, dit-il en prenant place face à elle. Je sais qu'il est très tôt, mais je suis attendu au Parlement à neuf heures et il fallait que je vous voie au plus vite. Votre gouvernante m'a dit que vous veniez de sortir et que vous seriez de retour sous peu.

Sans se laisser décourager par la souillure qui maculait ses jupes de seconde main, ni par la boue accumulée sur ses bottes qui s'écaillait sur le tapis, Lily répondit :

— Ma logeuse.

— Pardon ?

— Mrs Bramble est ma logeuse. Pas ma gouvernante.

— Je vois.

Le silence retomba, si épais qu'elle pouvait entendre le tic-tac de l'horloge en bronze sur la cheminée. Elle ne lui proposa rien. S'il se sentait gêné ou mal accueilli, grand bien lui fasse.

Les roues des véhicules grondaient sur les pavés sous sa fenêtre, bruit de fond étouffé par la vitre.

— Lilith… commença-t-il enfin, aussitôt interrompu par des pas pesants qui gravissaient l'escalier.

On frappa à la porte.

— Entrez, lança Lily sans quitter du regard l'homme installé sur le plus confortable de ses deux fauteuils.

Mrs Bramble poussa la porte, les bras chargés d'un plateau à thé bien garni. C'était un plateau en argent que l'appartement de Lily n'avait encore jamais eu l'honneur de recevoir, avec une théière de porcelaine fine et des biscuits glacés au chocolat. Elle le déposa sur la table près du feu avec une grâce inhabituelle, les tasses s'entrechoquant à peine contre les soucoupes. Puis elle fit un pas en arrière.

— Puis-je vous apporter autre chose ?

Dans quel drôle d'univers parallèle Lily avait-elle atterri ? En y réfléchissant bien, Mrs Bramble ne devait pas recevoir tous les jours un pair du royaume sous son toit. Lily était certaine que si sa logeuse lui avait menti en prétendant qu'elle allait rentrer d'un moment à l'autre, c'était pour avoir le plaisir de faire monter lord Torrington à l'étage afin de pouvoir se vanter jusqu'à la fin de ses jours d'avoir servi le thé à un comte.

— Ce sera tout, merci, répondit Lily, coupant court à toute discussion.

Après une révérence, Mrs Bramble s'éclipsa en refermant délicatement la porte derrière elle.

Lily n'avait pas bougé d'un pouce : elle refusait de le servir, tant pis s'il la trouvait grossière. Comment osait-il débarquer dans son salon ? Comment osait-il envahir sa vie ? Et pour quelle raison ? Simplement pour lui ordonner de rester en dehors de la sienne ? Il n'aurait pas à le lui demander deux fois. Elle le ferait, et avec grand plaisir.

— Vous feriez mieux de parler, dit-elle, estimant aux pas de Bramble qu'elle était hors de portée de voix. Il est presque huit heures.

Il se pencha en avant et prit un biscuit sur le plateau.

— Vous avez rendu visite à lord Deveral hier.

— En effet.

— Puis-je savoir ce qui a motivé cette visite ?

Elle réfléchit à sa réponse, écartant rapidement la possibilité d'un mensonge. Elle ne trouverait aucune raison plausible à une soudaine envie de rendre visite au demi-frère qui la détestait, le jour même où il était accusé de meurtre, et elle était presque certaine que son père n'avait pas son pareil pour détecter les mensonges.

Soudain, un mouvement attira son attention : Le Chat se dirigeait à pas de velours vers le fauteuil du comte. Lily se surprit à imaginer cette boule de poils rousse de dix livres atterrir sur les nobles genoux de monsieur le Comte.

Et quand bien même… La matinée pouvait difficilement être pire.

— Je voulais lui parler des événements de la veille.

— Vous faites référence à la mort de Mrs Boyden.

— Oui.

— Pourquoi ?

Elle haussa les épaules.

— Je voulais savoir s'il avait vu ou entendu quelque chose d'inhabituel quand il était là-bas.

Elle pouvait deviner son esprit vif en ébullition derrière ses yeux gris familiers.

— Vous parlez de lui comme d'un témoin. Il ne serait pas l'assassin de Mrs Boyden, selon vous ?

— Non, admit Lily, faute d'alternative. Ce n'est pas ce que je crois.

Il se pencha pour prendre la théière et remplir une tasse.

— Du thé ?

— Non, merci, répondit Lily.

Il prit le sien sans lait ni sucre.

— Connaissez-vous bien Simon ? demanda-t-il.

— Non, pas vraiment.

— Alors, ce n'est pas parce que vous lui faites confiance que vous le croyez innocent. Auriez-vous une preuve quelconque désignant un autre coupable ?

— Non.

— Mais alors… pourquoi ?

Les secondes s'égrenaient à l'horloge de la cheminée. Sa jambe la démangeait. Le Chat avait traversé le salon pour venir se camper au pied du fauteuil, et dévisageait le comte avec une attention soutenue.

Elle était épuisée jusqu'aux os, frustrée, furieuse, à demi affamée, et avait une envie furieuse de retrouver son lit. Tout plutôt que de rester assise là, à subir un interrogatoire par le père qui l'avait abandonnée plus de dix ans auparavant.

— Une intuition, disons, répondit-elle avec dédain.

Le Chat bondit et atterrit sur les genoux de Torrington. Lily s'attendait à ce qu'il repousse vivement l'animal, mais la main de son père se posa sur la nuque épaisse du Chat, qu'il se mit à gratter distraitement.

Le Chat commença à ronronner.

Le Chat ne ronronnait jamais.

On entendit un charbon rouler dans le feu, les flammes crépiter.

— Alors, vous en avez toujours. Des intuitions.

Tous ses sens se hérissèrent. Le vrombissement de moteur continuait dans la gorge du Chat. Elle pouvait sentir l'odeur de son père, des senteurs familières de cèdre et de bergamote. Comment diable pouvaient-elles lui paraître familières ?

Ses pensées s'envolèrent vers l'appartement d'Oxford Street, quand elle enfouissait son nez dans la laine du manteau qu'il avait abandonné sur le dossier d'une chaise avant d'entrer dans la chambre de sa mère, puis dans les oreillers quand elle se blottissait contre elle, le lendemain matin.

Elle avait oublié cette odeur.

— Je ne vois pas de quoi vous voulez parler, rétorqua-t-elle sur un ton impassible.

Il caressait l'animal sur ses genoux, une main désinvolte glissant sur sa fourrure orange et soyeuse.

— Je ne savais jamais quand je viendrais à Oxford Street. Parfois, les séances au Parlement se terminaient tôt, parfois certaines obligations étaient annulées... mais quel que soit mon imprévu, vous vous arrangiez toujours pour être dans le salon, à jouer sur le sol chaque fois que j'arrivais.

Son pouls s'accéléra alors que le souvenir lui revenait. Oui, elle avait toujours su. L'assurance simple et indiscutable qu'il viendrait s'imposait à elle, et elle trouvait un moyen d'échapper à sa nurse pour être présente au moment où il franchissait le seuil.

Bouleversant, le souvenir la percuta avec la force d'un train. D'autres prémonitions s'étaient manifestées : le contenu du courrier, l'annulation d'une représentation, ou des projets de pique-nique avortés pour cause de pluie. Elle savait comme les astronomes savent qu'une étoile est sur le point d'apparaître ou les marins que la marée menace de tourner.

Son pouvoir n'avait pas toujours revêtu l'apparence de visions, de cauchemars lucides destinés à se réaliser. Au début, ne lui venait que la simple conscience de ce qui l'attendait, et qu'à son grand étonnement, son entourage ne percevait pas.

L'aveu de son père l'ébranla dans ses fondements. Saisissant la théière pour masquer son émoi, elle se servit une tasse. La porcelaine ne tinta que très légèrement contre la soucoupe lorsqu'elle la souleva.

— Bien sûr. Les enfants ont toujours le chic pour jouer dans les pieds des adultes, j'imagine, répondit-elle avec nonchalance.

— Sûrement. Mais d'après vos nurses, vous n'étiez généralement pas autorisée à jouer là où l'on vous retrouvait. Et pourtant, vous étiez toujours dans l'entrée au moment où je faisais mon apparition. Remarquable coïncidence que celle-ci.

Lily sirota son thé.

— En effet. Tout à fait remarquable.

— C'était ce que pensait votre mère, en tout cas.

La tasse et la soucoupe de Lily s'entrechoquèrent, et elle s'efforça de se ressaisir.

— Pardon ?

— Elle vous appelait son petit télégraphe. Elle était fière de dire que vous saviez toujours avant le reste de la maisonnée quand un colis allait être livré ou quand telle connaissance comptait passer. Je me souviens d'une fois où je lui avais apporté une babiole. Ce n'était pas une occasion spéciale, simplement le plaisir de voir briller ses yeux. « Lily m'a prévenue que tu avais quelque chose pour moi », m'a-t-elle dit. Vous avez gâché ma surprise, ce jour-là.

Son ton était léger, mais son regard restait fixé sur elle, l'épinglant comme un papillon sur une planche. Elle dut faire appel à des trésors de volonté pour garder le contrôle sur son expression et ses manières, afin de ne rien révéler du tumulte que ses mots faisaient naître en elle.

— Les nurses ont toujours dit que j'étais plutôt difficile, répondit-elle d'un ton léger.

— Il est bien connu que la pomme ne tombe jamais loin de l'arbre.

Elle éprouva une vive bouffée de colère à ces mots. Elle s'y raccrocha, de peur de sombrer dans l'abîme d'émotions qui se bousculaient.

— Vous faites référence à ma mère ?

— Non, pas du tout.

Elle le dévisagea, assis sur son fauteuil au coin du feu, à caresser Le Chat visiblement ravi. Cet homme, qui partageait son nez et ses yeux et n'avait pas le droit d'être plus qu'un inconnu dans sa vie, avait fait irruption dans son sanctuaire et menaçait d'en abattre les murs avec ses souvenirs désinvoltes.

— Suffisamment loin, il faut croire, observa-t-elle.

Ses doigts, soudain crispés dans le cou du Chat, le trahirent : les mots de la jeune femme avaient fait mouche.

Elle n'en retira toutefois aucune victoire.

Le Chat sauta au sol et son père se leva. Il s'éloigna vers le pignon de la fenêtre, laissant son regard errer vers la rue en contrebas.

— Simon est difficile. (Ses paroles étaient d'une honnêteté sans fard.) Il l'a toujours été. J'ai essayé de lui apprendre à gérer son humeur, mais il n'est pas enclin à apprendre. Un père ne peut pas tout, même avec les ressources dont je dispose. Pourtant, je le connais - votre frère. Il n'assassinerait jamais une femme dans son lit.

Même à l'étroit dans son pauvre salon étriqué, la silhouette de Torrington était droite, raide, aristocrate dans sa perfection. Mais Lily voyait bien que la rigidité de son corps ne tenait pas qu'à son éducation. Elle y décelait une certaine tension, mais aussi autre chose... de la peur. Et peut-être un soupçon de culpabilité.

Il se retourna pour lui faire face, les bras croisés derrière son dos.

— Je suppose que votre intérêt pour cette affaire n'a pas pour objet de défendre la réputation de lord Deveral ?

— Non, répondit Lily.

Ou la mienne ? aurait-il pu demander.

Lily baissa les yeux sur ses mains, qu'elle gardait serrées comme des poings sur ses genoux.

— Je n'aime pas l'injustice, avoua-t-elle. Aussi antipathique que soit la victime.

La petite horloge en laiton sonna sur la cheminée, attirant le regard du comte. Il s'en approcha, s'arrêtant devant le discret portrait de Deirdre Albright dans son cadre d'ébène. Il passa un long doigt sur son sourire flou, puis sa main retomba le long de son corps.

— Je ferai en sorte que Simon accepte de vous recevoir et de répondre à toutes les questions que vous voudrez lui poser.

— Il n'acceptera jamais, lâcha Lily, forcée à l'honnêteté par sa déclaration.

— Si, insista le comte de Torrington. Il vous recevra.

Il n'y avait aucune menace dans sa voix, aucune colère, pourtant elle avait un tranchant de fer qui rappela à Lily qu'elle était en présence d'un homme qui avait pour habitude de plier à sa volonté les noms les plus puissants du royaume.

Il se détourna de la photo.

— J'ai assez abusé de votre matinée. Je m'excuse encore de vous avoir dérangée à l'improviste. Si je peux faire quelque chose pour vous aider, faites-le-moi savoir.

— Dois-je vous écrire par l'intermédiaire de vos avocats ?

La question, pleine d'amertume, lui avait échappé avant qu'elle ne puisse la retenir. Elle s'en voulut aussitôt, car elle aurait préféré garder ses émotions sous cloche. L'amertume impliquait la douleur. Et la douleur impliquait qu'il avait encore le pouvoir de la blesser.

Il s'interrompit, la main sur sa veste de laine suspendue au porte-manteau.

Elle resta figée sur son fauteuil, dans l'attente de sa réponse, curieuse de la forme qu'elle prendrait. Une indifférence courtoise, peut-être ? Ou avait-elle troublé son calme apparent pour libérer de la rancœur, du ressentiment ?

Il retira sa main, laissant retomber ses bras le long de son corps. Sa posture trahissait un poids qu'elle n'avait jamais perçu auparavant. Ainsi, il semblait plus proche de son âge réel, les rides soudain plus creuses sur son visage.

— Si seulement vous saviez… commença-t-il, sa voix enrouée par une émotion qui rappela à Lily le chagrin.

Il n'alla pas plus loin, suspendu sur le seuil de la porte alors que l'heure continuait de tourner sur le manteau de la cheminée.

Ces quelques mots la frappèrent, ouvrant une brèche dans ses défenses soigneusement élaborées, qui la laissait terriblement vulnérable.

Si seulement vous saviez…

Elle garda le silence, résolument immobile.

Enfin, il se redressa, retrouvant sa contenance, laissant ses décennies de pratique aristocratique s'exprimer dans son maintien.

Il se tourna vers elle et s'inclina.

— Excusez-moi d'avoir perturbé votre matinée.

Elle resta perchée sur l'impitoyable coussin de son atroce fauteuil longtemps après que le bruit de ses pas eut cessé dans la cage d'escalier.

CHAPITRE XIII

Lily s'éveilla aux trois coups de l'horloge du salon.

Trois heures du matin ? Pourquoi diable s'était-elle réveillée ? À la lourdeur de son corps, il était évident qu'elle était encore éreintée.

Elle se retourna pour se rendormir, son visage rencontrant un monceau de fourrure orange. Elle éternua et s'écarta du Chat, qui ouvrit un œil vert réprobateur avant de se blottir à nouveau, grosse flaque féline sur son oreiller.

Le soleil filtrait à travers la fenêtre de sa chambre : il n'était pas trois heures du matin, il était trois heures de l'après-midi.

L'après-midi de quel jour ?

Les souvenirs lui revinrent d'un coup. Elle était en lingerie, couchée sur les couvertures. Elle s'était mise au lit, trop fatiguée pour se changer ou prendre un bain, ne parvenant qu'à retirer ses vêtements souillés pour les jeter sur le plancher avant de s'effondrer. Son père venait alors tout juste de prendre congé.

Son père.

Si seulement vous saviez...

Elle devait se concentrer, réfléchir à la suite des événements. Lord Deveral... Torrington avait dit qu'il la recevrait la prochaine fois qu'elle se présenterait chez lui et qu'il répondrait à toutes ses questions. Elle imaginait d'ici la joie qu'aurait son demi-frère à obtempérer sous la contrainte.

Son seul espoir d'atténuer son animosité serait de s'assurer l'appui d'un compagnon respectable lors de sa visite. Lily ne voyait qu'une seule personne qui accepterait de se joindre à elle. Strangford avait démontré assez clairement son degré d'engagement à leur cause, la veille au soir.

Pourtant, il avait gardé un silence troublant après leur départ d'Abney Park. Elle s'en souvenait comme dans un rêve : le cimetière à minuit, les stèles blanches perçant l'enchevêtrement obscur, le cadavre dans son cercueil. L'odeur, en revanche, avait été plus pestilentielle qu'aucun songe ne pourrait la rendre.

Lily renifla. L'odeur ne l'avait toujours pas quittée.

Ce dont elle avait vraiment besoin, c'était d'un bon bain – la baignoire en émail remplie à ras bord d'eau chaude et fumante dans laquelle elle se prélasserait jusqu'à ce qu'on l'en déloge.

Mais il était déjà quinze heures. Si elle voulait profiter de l'intervention de son père auprès de lord Deveral, mieux valait s'y atteler sans laisser à son demi-frère le temps de trouver le courage de la repousser et d'en subir les conséquences.

~

Une heure plus tard, après une toilette de chat dans sa bassine, Lily était confortablement installée dans un autre fiacre en route vers Bayswater, le regard fixé sur les élégants hôtels particuliers par la vitre encrassée. Les façades géorgiennes blanches se ressemblaient toutes. Elles étaient d'une finesse ordinaire, agrémentées de haies de lauriers parfaitement taillées et de perrons en agrégat de granite.

La voiture s'immobilisa avant de dépasser le chariot d'un livreur de journaux. Lily aperçut alors un carlin en fonte, en position assise, disposé de façon incongrue sur les marches d'une des maisons. Une décoration plutôt absurde, tout à fait déplacée dans ce raffinement coquet à la peinture immaculée, sans le moindre grain de poussière.

Le fiacre s'arrêta en face de la forme dodue de l'animal métallique, et le cocher l'informa qu'ils étaient arrivés à destination.

Strangford lui avait parlé d'une sœur, se rappela-t-elle, une sœur dotée d'un sens de l'humour assez fantaisiste pour baptiser un hongre Béatrice. Elle sentit son influence dans cette extravagance. Au moins, elle fut rassurée sur un point. C'était la bonne adresse.

Elle descendit du véhicule.

— Dois-je vous attendre, miss ?

Elle hésita. Le silence de Strangford, la nuit précédente, n'était peut-être pas le contrecoup d'une expérience cauchemardesque. Peut-être s'était-il muré dans le mutisme par ressentiment envers la responsable de son tourment. Si tel était le cas, sa visite serait bien plus brève que prévu.

Cependant, elle voulait tenter sa chance. Il y avait d'autres fiacres à Bayswater.

— Ce ne sera pas nécessaire, merci.

Elle paya sa course et la voiture s'éloigna.

La jeune femme resta un moment à contempler l'escalier. Le carlin la toisait avec une singulière vacuité, sa langue de fer pendant bêtement de sa gueule.

Lily gravit les marches et frappa énergiquement à la porte. Elle entendit des bruits de pas, puis une pause. Des chuchotements échangés à toute allure lui parvinrent. Mais rien de plus.

Lily attendit un moment encore, mais l'agacement prit le pas sur l'incertitude et elle frappa à nouveau. Après une nouvelle salve de chuchotis – qui ressemblaient plus distinctement à une dispute, à présent –, la porte s'ouvrit.

Un jeune homme en livrée de valet de pied apparut devant elle : dans les dix-huit ans, cheveux bruns, taches de rousseur et plus d'embonpoint que la plupart de ses semblables – en temps normal, la haute société les préférait sveltes et pimpants.

— Oui ? demanda-t-il avec ce que Lily perçut comme un soupçon d'accent provincial.

Derrière lui, une femme de chambre du même âge sortit la tête de l'une des pièces qui bordaient le hall d'entrée.

— Miss Lily Albright pour lord Strangford.

Il la fixa sans répondre, puis jeta un coup d'œil à la femme de chambre. Manifestement, il ignorait la marche à suivre. Lily ne serait pas étonnée d'apprendre que Strangford recevait peu de visites, mais son valet de pied devrait tout de même savoir comment accueillir une invitée inopinée.

Quelque chose clochait.

Si Strangford était absent ou indisponible, le valet de pied lui aurait délivré le message consacré, procédure simple que tout garçon fraîchement débarqué de la campagne aurait apprise avec aisance dès son entrée en fonction. Et que dire du comportement singulier de la femme de chambre, qui n'aurait en aucune façon dû se montrer en présence d'un visiteur ? À l'évidence, la confusion qu'elle percevait cachait quelque chose.

La jeune domestique renfrognée fit un geste pressant avant de disparaître au cœur de la maison. Le valet se racla maladroitement la gorge.

— Je crains que Monsieur ne soit… euh… ne reçoive personne.

Il jeta un coup d'œil nerveux par-dessus son épaule.

— Je vois, répondit Lily, impassible.

— Aimeriez-vous laisser une carte ? demanda-t-il comme s'il venait de se rappeler la courtoisie la plus élémentaire de son métier.

— Je n'en ai pas sur moi. Pourriez-vous simplement lui faire savoir que je suis passée ?

— Oh ! Oui. Très certainement. Dès que… (Il s'interrompit sans savoir comment continuer.) Dès qu'il demandera. À savoir qui est venu, conclut-il maladroitement avec un nouveau coup d'œil dans le couloir.

— Je vois. Merci.

Elle tourna les talons et commença à descendre les marches.

La porte claqua derrière elle avant même qu'elle n'atteigne le trottoir, la faisant sursauter. Surprise, elle se retourna vers la porte d'entrée ; on eût dit que le valet avait refermé la porte précipitamment avant de détaler devant la menace que représentait Lily.

Sa visite impromptue constituait-elle véritablement une perspective si terrifiante ? À l'évidence, la formation du jeune homme ne l'avait pas préparé à une telle situation.

Un fiacre vide passa en bringuebalant dans la ruelle, mais Lily continua jusqu'au bout de la rue, tourna à l'angle et s'engagea dans l'artère menant aux remises à calèche, derrière les grandes bâtisses. Elle contourna habilement un tas de crottin de cheval. Il était frais, et les pavés alentour en étaient exempts. Dans le quartier chic de Bayswater, même les ruelles étaient régulièrement balayées.

Elle compta les portes en passant, avant de s'arrêter devant celle du jardin de Strangford.

Deux garçons d'écurie s'interpellèrent, quelque part à proximité.

Lily poussa la porte, mais le loquet ne céda pas. Il lui sembla qu'elle n'avait pas été entretenue depuis longtemps, avec ses gonds en fer rouillé, ses planches grises et usées.

Elle entendit une porte se fermer au bout de l'étroit chemin, puis les roues d'un chariot. Elle n'avait qu'un instant pour prendre sa décision. Si son instinct était juste et que quelque chose ne tournait pas rond dans la maison de Strangford, c'était certainement en lien avec leur excursion à Abney Park, la nuit passée. Auquel cas, Lily était responsable.

Elle sentait le conflit la tirailler, ce sentiment aigu de malaise aux prises avec l'inconvenance inouïe de l'acte qu'elle s'apprêtait à commettre.

Elle se remémora le moment où le gardien du cimetière était passé devant eux, les longues minutes pendant lesquelles elle avait abandonné Strangford dans la tombe de Sylvia Durst.

Le poids de la culpabilité régla la question en un tournemain.

Posant sa canne contre le mur de briques, elle souleva les jupes mauves de sa robe d'après-midi et donna un coup de pied sec sur le vantail avec sa jambe valide. La porte s'ouvrit dans un craquement. Le loquet brisé pendait du chambranle, des éclats de bois vermoulu encore accrochés aux pointes des vis qui l'avaient maintenu en place.

Lily entra, refermant la porte derrière elle.

Sur le côté se trouvaient une remise à calèches et une écurie, visiblement inutilisées. Une imposante haie d'ifs cachait la maison à sa vue. Elle suivit l'étroit chemin qui la contournait pour déboucher dans le jardin, guère plus qu'un carré de pelouse encadré de hauts murs de briques couverts de lierre. Si le fouillis d'arbustes broussailleux et de plates-bandes de plantes vivaces apportait certainement une note de couleur agréable en été, en cette saison hivernale, tout était marron et terne, dépourvu de feuilles.

Une table en fer forgé blanche occupait les dalles de la terrasse, ainsi que deux chaises. C'était le genre de cadre où elle imaginait aisément un gentleman assis avec son épouse par une journée plus chaude, à savourer un petit-déjeuner en plein air.

L'une des chaises était voilée par une grande toile d'araignée.

Elle traversa l'herbe flétrie en direction de la maison. Inutile d'essayer de passer inaperçue alors qu'elle était vêtue de satin aux tons aubergine.

Les fenêtres du rez-de-chaussée étaient juste assez basses pour qu'elle puisse regarder par-dessus le rebord. Un coup d'œil dans la pièce de gauche lui révéla une salle à manger. La femme de chambre y entra et Lily se baissa pour échapper à sa vue.

Elle rejoignit la fenêtre de droite. Il y avait un peu de givre sur la vitre. Lily la frotta pour mieux voir à l'intérieur, dans ce qui paraissait être le bureau d'un gentleman. À travers le carreau embué, elle distingua la ligne sombre d'une étagère, la surface dégagée d'un bureau. Des touches de couleurs plus vives rehaussaient le mur. Son attention, cependant, fut rapidement attirée par la cheminée, où elle aperçut une silhouette, assise sur l'un des deux fauteuils devant l'âtre froid, si immobile qu'elle avait failli ne pas la remarquer.

Lily se déplaça vers l'autre fenêtre pour avoir un meilleur angle.

Strangford était une loque.

Prostré sur le fauteuil avec les mêmes vêtements toujours entachés de terre que la veille, au cimetière, il avait abandonné son manteau et son gilet, et sa chemise était ouverte au col. Il portait encore ses bottes crottées. Elle pouvait même voir la trace boueuse qu'elles avaient laissée sur le sol – des empreintes menant de la porte au fauteuil, mais nulle part ailleurs.

Il ne dormait pas, mais fixait plutôt du regard les cendres froides de la cheminée, ses yeux cernés par l'épuisement.

Elle entendit le bruit d'une porte qui se fermait, puis des éclats de voix, quelque part dans la maison. Saisissant l'occasion avant de trop y réfléchir, elle s'approcha de la porte de derrière et appuya sur la poignée.

Elle s'ouvrit et Lily entra.

L'ameublement du vestibule était sobre, le plancher recouvert d'un tapis élimé par endroits. Le papier peint, sans doute en vogue soixante-dix ans plus tôt, était délavé à présent. Les meubles anciens étaient toutefois bien cirés et une gerbe de fleurs fraîches égayait l'entrée.

Le grincement des marches se fit entendre dans l'escalier et elle se faufila en hâte dans le bureau.

Ce qu'elle y vit l'arrêta dans son élan.

Elle s'était attendue à un quelconque fumoir de gentleman et avait atterri à la place dans une véritable galerie d'art. Des œuvres recouvraient les murs depuis le niveau de sa taille jusqu'au haut plafond. Et il ne s'agissait pas des paysages et portraits ordinaires auxquels on pouvait s'attendre dans n'importe quelle maison bourgeoise. Non, ces tableaux-ci étaient remarquables et bariolés, véritable explosion de lignes et de formes éclatantes.

Mordecai Roth n'avait pas exagéré le goût artistique de Strangford.

Ces œuvres attiraient Lily, l'appelaient à s'y absorber, à explorer les choix hors du commun du maître des lieux, mais l'heure n'était pas à la contemplation.

Elle referma prudemment la porte derrière elle, avec un léger déclic.

Strangford, qui lui tournait le dos sur son fauteuil, prit soudain la parole :

— Je vous ai demandé de ne pas me déranger, dit-il, le ton porteur d'un tranchant inhabituel.

— Si c'est le cas, je crains fort d'avoir raté votre message.

Il ne se leva pas.

— Miss Albright.

— Milord.

Elle entra plus avant dans la pièce, contournant le fauteuil pour se placer en face de lui. De près, il avait la mine plus affreuse encore.

Sa peau était livide, exsangue comme celle d'un homme gravement malade. Il transpirait malgré le froid de la pièce – elle pouvait distinguer des perles de sueur sur son front et tout autour de son cou. À aucun moment il ne rencontra son regard.

— Je suis indisposé. Roderick aurait dû vous le dire… je ne reçois pas de visiteurs.

— Il me l'a dit. Je suis entrée par effraction.

Sa réponse mit un temps à venir, comme si ses mots traversaient la mélasse.

— Ai-je besoin d'une nouvelle fenêtre ?

Sa tentative d'humour, bien qu'engourdie, lui procura une sensation de soulagement presque palpable, qui en disait long sur ses craintes pour l'état de santé de Strangford.

— Un verrou de rechange, tout au plus, répondit-elle. (Elle s'agenouilla devant lui, le forçant à croiser son regard.) Dites-moi ce qui ne va pas.

— Je ne me sens pas bien. J'aimerais mieux rester seul.

— Vous êtes souffrant ?

— J'essaie de vous demander de partir.

Lily se redressa et prit le temps de l'observer – la terre qui maculait ses manches, la pâleur de sa peau. Ce n'était pas un brusque accès de fièvre. Il y avait autre chose, quelque chose de bien plus grave.

Un détail parvint à sa conscience : ses mains, crispées sur les accoudoirs du fauteuil, les doigts pressés contre le bois.

Elles étaient nues.

Lily n'avait aucun lien familial. Elle pouvait à peine se considérer comme une amie. Il lui avait demandé de partir, et toutes les règles sociales lui imposaient de respecter sa volonté. Pour commencer, elle n'aurait jamais dû entrer.

Qu'à cela ne tienne ! La bienséance et elle n'avaient jamais été que de vagues connaissances, de toute manière.

Le danger n'était pas loin. Elle pouvait le sentir.

— Je devrais peut-être y aller, concéda-t-elle. Et peut-être me rendrai-je directement à Bedford Square, pour informer Mr Ash, Sam Wu, Cairncross, le docteur Gardner et tous ceux qui voudront bien m'entendre que vous êtes assis ici devant une cheminée froide, dans des vêtements couverts de terre. Ce qui est exactement ce que je ferai si vous ne me dites pas précisément ce qui vous arrive.

Il rejeta la tête en arrière, paupières closes. À la vue du pouls qui palpitait dans sa gorge, elle ressentit une inquiétude plus vive encore. Le rythme était trop rapide, trop superficiel. Elle se demanda pendant un moment si cette impasse n'était pas une perte de temps qu'elle aurait mieux fait de consacrer à la recherche d'un médecin.

— La lecture m'est restée.

Le bureau était silencieux, à l'exception du tic-tac régulier de l'horloge dans le coin et du grondement sourd de la ville au-dehors.

— La lecture d'hier soir ? demanda-t-elle.

— Oui, confirma-t-il au prix d'un certain effort.

Lily se laissa choir sur le fauteuil en face de lui. Elle repensa à ce trajet en fiacre, lorsqu'il lui avait parlé pour la première fois de son pouvoir.

Il y a des anomalies, parfois...

— Dites-moi ce que cela signifie.

Ses mains se contractèrent un peu plus sur les accoudoirs.

— J'y suis toujours.

— Où ça ?

— Avec Sylvia Durst.

L'implication de sa révélation déferla sur elle comme une vague d'horreur.

La lecture par Strangford du cadavre de Sylvia Durst ne s'était pas achevée à Abney Park, dans le trou qu'ils avaient pratiqué au sol. Sans qu'elle sache comment, il en était resté prisonnier, en proie aux expériences d'un cadavre en décomposition. Elle se remémora les sensations qu'il avait décrites, accroupi dans la tombe – l'obscurité suffocante, la pourriture, le froid. D'après ses explications, il ne se contentait pas d'observer à prudente distance. Ses lectures étaient complètement immersives et envahissaient tous ses sens – son goût, son toucher.

Il avait passé les dernières heures enterré vivant dans le corps de quelqu'un d'autre.

— Cela dure-t-il depuis hier soir ?

Il hocha la tête. Elle voyait clairement la tension dans sa mâchoire, ses épaules.

— Pourquoi les visions ne se sont-elles pas arrêtées dès que vous l'avez lâchée ?

— Cela arrive, parfois.

— Cela vous est-il déjà arrivé auparavant ?

— Oui.

— Et comment y avez-vous mis fin ?

— En lisant un autre objet. Quelque chose de puissant.

— Avez-vous essayé ?

— Oui.

Ses pensées tournaient à plein régime. Combien de temps l'esprit d'un homme pouvait-il supporter d'être ainsi consumé par une lente et atroce décomposition ? Combien de temps allait-il tenir le coup ?

Elle devait garder son calme, même si son état l'inquiétait au plus haut point.

— Et cela n'a pas marché, devina-t-elle.

— Non.

— Alors, il vous faut quelque chose de plus puissant.

— L'encrier. Les tableaux. J'ai de nombreuses choses ici… pour les incidents de ce genre. Des objets chargés d'histoire.

Des objets. Le mot produisit en elle un curieux écho. Elle balaya la pièce du regard, ses yeux virevoltant des œuvres d'art au coupe-papier en laiton, en passant par l'encrier en étain éraflé.

Rien que des objets. Inanimés, sans vie.

— Avez-vous essayé quelque chose de vivant ?

— Je ne lis pas les vivants.

Il avait parlé sur un ton catégorique, comme pour fermer résolument la porte de cette éventualité. Lily insista :

— Les êtres vivants ne seraient-ils pas plus puissants que les objets ?

Cette fois, il se hérissa.

— Ce n'est pas une option.

— Vous êtes pris au piège dans le corps d'une morte. Si votre pipe ou votre tasse en porcelaine échouent à inverser le processus, c'est peut-être parce qu'il vous faut un sujet qui a encore un cœur qui bat.

— Vous ne comprenez pas, fulmina-t-il.

— Alors, expliquez-moi, rétorqua-t-elle, au comble de la frustration.

Elle le regardait fixement, mais le tourment que lui renvoyaient ses yeux sombres la troublait plus qu'elle n'aurait voulu l'admettre.

— Je ne peux pas contrôler ce que je vois. La personne que je lis pourrait aussi bien être entièrement nue devant moi. Qui pourrais-je décemment utiliser de la sorte ?

La dureté de ses paroles lui fit l'effet d'une gifle, ébranlant sa détermination. Elle persista néanmoins.

— Et un animal ?

— Je n'ai pas d'animaux de compagnie.

— Votre cheval ?

— À l'écurie, sur la lande.

Il était aussi blême qu'un spectre, ses mains nues cramponnées au bois strié des accoudoirs comme une corde à un canot de sauvetage. Le bois ne le sauverait pas. Il s'y raccrochait avec l'énergie du désespoir, priant pour que la mort de Sylvia Durst ne l'engloutisse pas tout entier.

Il n'y avait pas de temps pour débattre des diverses options. Il fallait agir, et vite.

La solution était aussi évidente que cohérente.

Elle retira ses gants et les posa sur la table.

— Alors, ce sera moi.

Aussitôt, il se leva – avec une rapidité telle qu'elle sursauta. Ses poings, serrés, tremblaient convulsivement à ses côtés.

— Vous devez partir.

Elle se leva à son tour, furieuse envers son obstination indécrottable.

— C'est ma proposition qui vous a mis dans cet état, insista-t-elle. Il n'est que justice que ce soit moi qui fasse rentrer les choses dans l'ordre.

— J'ai dit non.

— Vous allez devenir fou, répondit-elle en s'approchant pour mieux riposter. Vous me demandez de m'y résigner, en sachant que c'est mon idée qui a provoqué ce chaos ? Mettez vos fichus principes de côté un moment et acceptez mon aide.

Il lui renvoya son regard, l'œil noir et creux.

— Il est des vérités que je ne pourrai me retenir de voir, des vérités que vous ne partageriez pas avec votre amie la plus proche. Et vous me connaissez à peine. Est-ce là vraiment ce que vous voulez ?

À cela, elle hésita.

Son passé était loin d'être immaculé, d'autant plus aux yeux d'une personne élevée dans l'aristocratie, dont les normes en matière de comportement féminin avaient été établies par des tantes douairières et des matrones de la haute société.

Elle songea à ce qu'il avait failli découvrir à son sujet rien qu'en touchant son poudrier.

Aucune importance. L'enjeu était plus important que l'opinion qu'il se faisait d'elle. Elle devait chasser toutes ses appréhensions et le convaincre de passer à l'action avant que les ténèbres dans lesquelles il était englué ne l'avalent définitivement.

— Comme vous le dites, je vous connais à peine. Pourquoi devrais-je me soucier de ce que vous pensez de moi ?

Elle affronta son regard avec fermeté. À travers la terreur et la douleur, un autre sentiment lui apparut : une vulnérabilité bouleversante.

Il ne s'agissait pas seulement d'elle, mais d'Annalise Boyden, des secrets qu'il avait soutirés malgré lui à d'innombrables personnes avec qui il n'avait pas d'attaches, jusqu'à ce qu'il apprenne la vérité sur les êtres chers à son cœur. Combien de fois un simple effleurement de doigts avait-il conduit à la déception, à l'effondrement d'une relation de confiance et de respect ? S'il avait opté pour les gants, étouffant son talent par un contrôle absolu, une valeur sûre, ce n'était pas sans raison.

Depuis combien de temps n'avait-il pas touché un autre être humain ?

Cette idée rendait plus terrifiant encore ce qu'elle s'apprêtait à faire.

Tant pis. Elle lui devait bien cela, quoi qu'il leur en coûte à tous les deux.

— Laissez-moi vous aider, l'implora-t-elle.

Plus qu'une simple proposition, c'était une promesse.

Fermant les yeux, il laissa échapper une longue expiration frémissante. Lorsqu'il les rouvrit, il avait perdu son intransigeance défensive, laissant la peur plus marquée encore.

Il leva vers elle ses mains tremblotantes, mais il s'attarda juste au-dessus de sa peau.

— En êtes-vous sûre ? demanda-t-il d'une voix rauque.

La peur la tenaillait. Elle la chassa résolument et affronta crânement son regard.

— Oui.

Son contact était léger, d'abord hésitant, puis délicat. Le bout de ses doigts glissa sur sa joue, dansant à la naissance de ses cheveux, ses paumes frôlant sa mâchoire.

Il électrisa tous ses sens, et elle sentit la chair de poule se propager sur ses bras et le long de son dos. Le moindre mouvement de ses mains sur sa peau formait un imbroglio de sensations débridées.

Le souffle de Strangford resta suspendu et son regard se perdit dans le vague. Il prit une inspiration profonde et uniforme. Lorsqu'il expira à nouveau, elle constata un changement radical : ses épaules étaient soudain nettement détendues et les couleurs lui revenaient peu à peu au visage.

Ses mains commencèrent à se mouvoir, changements subtils de pression et de texture. Le glissement de son pouce sur sa joue, ses doigts dans ses cheveux, comme une lente et élégante danse se déroulant sur sa peau. Des sensations qu'elle percevait non pas par les nerfs et les tissus, mais au moyen d'un sens plus profond, celui-là même qui lui ouvrait des portes inopportunes sur des connaissances qu'elle avait tenté de fuir des années durant. Ce sens réagissait au contact de Strangford, s'éveillant brusquement en elle et bourdonnant comme s'il décelait la présence d'une énergie sœur.

Le temps resta suspendu, comme l'espace entre deux respirations. Combien de temps s'était-il écoulé ? Des secondes, des minutes, une heure… ? Elle n'aurait su le dire.

Puis, le visage de Strangford se mit à alterner entre les émotions comme des cartes que l'on bat. Une ride chagrine se forma entre ses sourcils, s'effaçant presque aussitôt pour céder la place à un plissement de paupières perplexe, suivi d'un franc éclat de rire, un son de pur plaisir.

C'étaient les souvenirs de Lily qui provoquaient ces changements en lui, ces réactions aussi intenses que passagères, l'expérience de sa propre histoire se reflétant sur son visage.

Cela aurait dû lui paraître étrange, pourtant à ce moment-là, rien au monde ne lui semblait plus naturel que le contact électrique de ses paumes voltigeant sur sa peau.

Un autre changement survint alors, accompagné d'une forte inspiration, d'un tremblement subtil de ses doigts sur son épiderme. Ses lèvres s'entrouvrirent et les couleurs s'accentuèrent sur son visage.

Tout à coup, la proximité de Strangford l'ébranla au plus haut point. Son corps près du sien et sa forme, les lignes de son ossature, de ses muscles et de sa peau. Son odeur. Sa chaleur. Et combien ils étaient assortis, tous les deux, les yeux dans les yeux, épaules contre épaules. La sensation s'abattit sur elle avec la puissance d'un raz-de-marée, un désir différent de tout ce qu'elle avait connu jusqu'alors.

Il lui suffirait d'un petit pas pour se retrouver pressée contre lui, lovée contre son corps. Pour que ses mains s'enfoncent dans ses cheveux bruns et qu'elle se délecte de lui.

Il changea alors de position et releva la tête. Son regard retrouva toute son acuité. Il la dévisageait – ici, dans le présent – et Lily était convaincue qu'il savait précisément ce qu'elle venait de ressentir.

Le moment resta suspendu, en équilibre sur le fil.

Enfin, il retira ses mains et recula d'un pas.

Puis il pivota vers la fenêtre, lui tournant le dos. Elle le vit serrer les poings autour du châssis, ses jointures blanches.

Le corps de Lily s'embrasa, pris au dépourvu par ce désir inattendu.

Aussitôt, elle se ressaisit. C'était de la folie, le désastre assuré. Elle devait s'en éloigner avant qu'il ne soit trop tard.

Cet homme était baron. Elle n'était qu'une bâtarde. Pour lui, elle ne pourrait jamais être autre chose qu'une maîtresse. Une de plus, comme sa mère, laissée pour compte telle une poupée sur une étagère, entre deux usages. Un objet avec lequel jouer à loisir jusqu'à ce qu'il retourne à d'autres obligations, une famille légitime, par exemple.

Non. Jamais. Elle refusait de trahir de la sorte une autre femme, ne se permettrait pas d'aimer un homme qui ne pourrait lui appartenir complètement. Ne s'exposerait jamais à la douleur du jour inévitable où il serait contraint de choisir entre deux vies.

Elle épousseta sa jupe pour retrouver une contenance.

— Est-ce que ça a marché ? demanda-t-elle, soulagée que sa voix présente plus d'assurance qu'elle ne s'y attendait.

— Oui. Ça a marché.

Il se dirigea vers le bureau, où son manteau était posé sur le dossier de la chaise. Fouillant dans sa poche, il en retira ses gants, qu'il remit en place.

Il n'avait toujours pas croisé son regard.

Son cœur s'emballa. Elle pensa à tout ce qu'il aurait pu voir – l'époque où elle travaillait à genoux comme femme de ménage, une brosse à récurer entre ses mains gercées ; son visage maquillé comme celui d'une putain, son corps vêtu du costume à sequins d'une choriste, à servir des cocktails à des hommes aux mains baladeuses à qui elle n'avait aucune envie d'offrir la moindre parcelle de son anatomie.

Peut-être avait-il aussi touché du doigt les nombreuses vies qu'elle n'avait pas réussi à sauver en dépit de ses efforts.

Elle ne voulait pas l'interroger. Ce qu'elle lui avait dit était vrai : elle le connaissait à peine ; il n'était rien de plus que le partenaire tout désigné dans cette entreprise où elle était empêtrée.

À part, peut-être, le seul être au monde capable de comprendre ce qu'elle ressentait, sous la surface.

Elle récupéra ses propres gants.

— Je devrais vous laisser récupérer. Je suis sûre que vous avez besoin de repos.

Il se détourna de la fenêtre pour lui faire face.

— Pourquoi être venue ?

Voulait-il savoir ce qui l'avait amenée à Bayswater ? Ou ce qui l'avait poussée à enfoncer la porte de son jardin pour faire irruption dans son bureau ?

Elle choisit la question la plus simple.

— J'ai reçu une visite de mon père ce matin.

— Lord Torrington.

— Oui, répondit-elle prestement. Il m'a fait savoir que lord Deveral nous recevrait quand nous voudrions lui rendre visite.

Strangford s'empara de son manteau.

— Allons-y tout de suite.

— Mais vous devez être épuisé, s'exclama-t-elle sans cacher sa stupeur.

— Vous m'avez dit que le tueur comptait frapper à nouveau, ce qui signifie que nous essayons d'empêcher un meurtre. Avons-nous vraiment le loisir de nous reposer ?

— Je ne sais pas, répondit-elle en toute honnêteté.

— J'aime mieux ne pas laisser au vicomte le temps de se décider à désobéir à votre père.

— Vous devriez au moins prendre un bain, souligna-t-elle, bravant le rouge qui lui montait aux joues.

— Oui, en effet, concéda-t-il en s'examinant, avant de sonner la cloche. Je passerai vous chercher… commença-t-il avant de jeter un coup d'œil à l'horloge, sourcils froncés. Vers dix-neuf heures trente.

— Ce n'est pas une heure pour rendre visite à quelqu'un.

— Il ne s'agit pas d'une visite de courtoisie, mais d'un interrogatoire. Et je doute qu'il ait d'autres engagements.

— Il me semble qu'il réside à Bayswater et non à Bloomsbury ? Pourquoi ne viendrais-je pas vous retrouver ici ?

— Parce que malgré les apparences, je suis toujours un gentleman. Et les gentlemen ne demandent pas aux dames de voyager sans compagnie pour leur propre commodité.

Au même instant, le valet de pied aux manières gauches fit son apparition. Il écarquilla les yeux en découvrant l'état de son maître, et resta bouche bée lorsque son regard se posa sur Lily, debout dans la pièce.

— Roderick, allez nous chercher une voiture, s'il vous plaît. Je dois raccompagner Miss Albright à Bloomsbury.

— Certainement pas, rétorqua Lily. Je me raccompagnerai toute seule.

— Je viens de vous dire…

— … que les gentlemen ne demandaient pas aux dames de voyager sans être accompagnées, je sais. Mais vous avez mieux à faire que de traverser Londres sans raison valable. (Dormir, par exemple, songea-t-elle en voyant les cernes sous ses yeux.) Si vous devez vraiment insister, envoyez votre valet de pied.

Elle le vit tressaillir et se tourna vers le jeune homme aux yeux hagards, à côté d'elle.

— Roderick, auriez-vous l'amabilité de me raccompagner à Bloomsbury ?

— Bien sûr, madame. Euh, je veux dire, miss, se corrigea-t-il précipitamment, le visage virant à l'écarlate. Bien sûr.

Strangford se frotta les yeux. Son épuisement se lisait dans chaque ligne de son corps.

— D'accord, céda-t-il. Allez-y, Roddie.

Le valet de pied s'inclina avant de déguerpir sans demander

son reste. Strangford fit signe à Lily de le suivre dans le couloir, puis l'accompagna jusqu'à la porte d'entrée, où ils patientèrent dans un silence pesant.

Il était toujours aussi hirsute, en bras de chemise, les cheveux en bataille et couvert de crasse, mais il semblait à nouveau vivant. Rompu de fatigue, mais bien vivant. Enfin, il demanda :

— Dites-moi, où dois-je changer ce verrou, exactement ?

Elle sentit un rire lui chatouiller la gorge, plus difficile à contenir qu'il n'aurait dû l'être.

— Vous devriez jeter un œil à la porte de votre jardin, répondit-elle sans se départir de son sérieux.

Elle vit l'éclat dans son regard et le frémissement aux commissures de ses lèvres.

— Et dans quel état dois-je m'attendre à le trouver ?

— Il faut dire qu'il n'était pas en très bon état quand je suis arrivée, répondit Lily du tac au tac.

Un fiacre s'arrêta sur le trottoir et Roderick descendit du marchepied à l'arrière.

— Miss Albright ? appela-t-il.

Elle se tourna vers son hôte et se surprit à espérer que les événements de l'après-midi n'avaient pas trop entamé son opinion à son sujet.

— Bon après-midi, milord.

Strangford s'inclina, une salutation formelle plutôt mal assortie à son état général, mais qu'il réalisa avec aplomb.

— Miss Albright.

Il croisa son regard en se redressant et son visage se rembrunit, retrouvant toute sa gravité. Il s'attarda un instant sur les traits de la jeune femme.

Le pincement dans sa poitrine se fit à nouveau sentir. Lily hocha la tête, puis se retourna et rejoignit le fiacre aussi gracieusement que possible. Elle y monta, s'adossa dans la banquette et ferma les yeux.

Dix-neuf heures trente.

Aurait-elle le temps, elle aussi, pour ce bain qu'elle espérait tant ?

CHAPITRE XIV

Les mains de Lily étaient aux prises avec les délicates attaches de sa robe. Les petits crochets bordant le tissu argenté du corsage lui donnaient toujours du fil à retordre, à l'évidence conçus pour une femme aux doigts plus agiles. Sitôt la tâche accomplie, elle enfila la veste assortie. Si celle-ci était plus légère que son pardessus d'hiver, elle irait bien mieux avec la robe.

Au vu de ce qui l'attendait, il lui paraissait important de se montrer sous ses plus beaux atours ce soir. L'armure que constituait cet ensemble respectable la réconforterait bien plus qu'une couche supplémentaire contre le froid ambiant.

On frappa à la porte à dix-neuf heures trente précises, comme elle s'y attendait.

Il fallut un moment à Mrs Bramble pour répondre, ce qui laissa à Lily le temps de descendre sur le palier d'Estelle. La riche voix de ténor de Strangford s'éleva jusqu'à elle, s'adressant à son intransigeante logeuse avec une parfaite courtoisie :

— Bonsoir, madame. Je viens chercher Miss Albright.

— Je suis là, lança Lily.

Sa tenue était soignée et sobre ; plus rien ne trahissait le piteux état dans lequel elle l'avait découvert dans l'après-midi. Ses cheveux foncés étaient surmontés d'un haut-de-forme, et il avait soigneusement noué sa cravate noire. Au son de sa voix, le regard du baron se leva vers le premier étage, où il s'arrêta.

Aussitôt, il se ressaisit et lui offrit une révérence.

— Miss Albright. Vous êtes très en beauté ce soir.

Elle rougit, se remémorant soudain le trouble qu'il avait provoqué en elle lorsqu'ils s'étaient retrouvés l'un face à l'autre dans son bureau, plus tôt dans la journée. Elle s'empressa de réprimer rougissement et sentiments pour hocher brièvement la tête en guise de remerciement.

Il lui fit signe de le précéder à l'extérieur et elle dévala les marches dans l'air froid et mordant de la nuit tombante. Il la rattrapa juste à temps pour lui ouvrir la portière du fiacre. Alors qu'elle s'apprêtait à y monter, sa main gantée l'arrêta.

Elle le dévisagea, surprise. Il y avait comme un malaise, mais aussi une certaine gravité dans son expression.

— Rien ne vous force à y aller.

La révélation lui causa un choc.

Il savait.

Il savait l'appréhension que lui causait cette visite, et il en connaissait les raisons, ce qu'elle ressentait pour Deveral, pour son père – combien elle avait souffert quand il l'avait abandonnée entre pensionnat et notaires, régentant son existence comme si elle n'était rien de plus qu'une quelconque obligation encombrante. Autant de choses qu'aucun autre ne savait, autant de choses qu'elle n'aurait jamais admises, pas même à elle-même, et elles lui avaient été exposées comme dans un livre ouvert, ainsi que d'autres vérités qu'elle préférait ne pas considérer.

— Je pourrais m'y rendre seul et vous rapporter notre échange.

— C'est moi que Torrington lui a demandé de recevoir. Pas vous.

— Deveral comprendra que cela revient au même.

— Non, répliqua-t-elle avec détermination. Je ne suis pas du tout certaine qu'il choisisse de comprendre la chose de cette manière.

Sans attendre sa réponse, elle grimpa dans le véhicule et prit place sur l'étroite banquette, suivie par son compagnon. Il referma la porte derrière lui, les confinant tous deux dans l'habitacle exigu que l'obscurité extérieure rendait plus intime encore. Strangford sentait le savon et l'huile de rasage, mêlés à un je-ne-sais-quoi de plus brut, de plus masculin.

Lily baissa la vitre, laissant l'air frais de la nuit s'engouffrer dans la carriole.

— Avez-vous dormi ? s'enquit-elle.

— Je suis assez reposé.

Elle aperçut son visage à la lumière d'un lampadaire : il avait l'air bien plus dispos que cet après-midi, mais une ombre persistait autour de ses yeux, plus prononcée qu'en temps normal. Elle refusa de le contrarier, mais n'en pensait pas moins.

— Quand nous y serons, à supposer qu'il nous laisse entrer, que devrions-nous lui demander ? dit-elle.

— Il nous laissera entrer.

— Vous ne pouvez pas en avoir la certitude.

— Votre père n'est pas un homme auquel on s'oppose à la légère.

Lily ne savait que répondre. Elle détourna les yeux vers la vitre, laissant le silence s'étirer.

Ce fut Strangford qui le brisa.

— Je n'ai pas plus d'expérience que vous en la matière, mais j'imagine que lui demander de nous raconter les événements du soir de la mort de Mrs Boyden serait un bon commencement. Tout ce dont il peut se souvenir. Nous ne saurons pas ce qui est important avant de l'entendre.

— Espérons que ce ne soit pas une perte de temps, répondit Lily.

— Vous craignez d'avoir tort.

— La mort de Mrs Boyden ne ressemble en rien aux autres meurtres. Elle a été égorgée, non pas piquée et vidée de son sang. Et elle n'était pas médium. Toutes les autres victimes prétendaient parler aux morts.

Il y eut un silence. Une automobile au moteur assourdissant les croisa dans un vrombissement.

— Ash vous conseillerait de vous y fier. (La voix de Strangford semblait plus proche, dans la pénombre.) À votre don, je veux dire. Même s'il semble contredire les faits.

Elle ne voulait pas savoir ce que Robert Ash en dirait, si bien qu'elle répondit avec plus de tranchant qu'elle ne l'aurait souhaité :

— Si je me trompe, lord Deveral est le suspect tout désigné. Cela signifierait que nous sommes sur le point d'interroger un homme qui pourrait avoir assassiné quelqu'un que vous aimiez tendrement autrefois. Y avez-vous songé ?

Elle le sentit changer de position à côté d'elle, chaque mouvement comme amplifié.

— Oui.

— Et ?

— Je sais mieux que quiconque que les choses sont rarement aussi simples qu'elles le paraissent en surface.

La sérénité de sa réponse la laissa sans voix. Elle ne savait que trop bien comment il avait acquis cette connaissance, et elle ne pouvait guère le contredire.

L'attelage ralentit pour laisser à un omnibus le temps de déverser ses passagers sur le trottoir.

Une foule était massée devant l'un des immeubles qui bordaient Tottenham Court Road. Bourgeois en chapeaux de soie et ouvriers en casquettes et manches rapiécées se mêlaient dans la multitude, mais l'attention de Lily fut attirée par deux messieurs qui arrivaient, dont les revers étaient ornés de broches en cuivre jaune.

Elle reconnut le symbole, les accents circonflexes entrecroisés du club eugéniste de Joseph Hartwell.

Il y en avait d'autres, dispersés dans la foule. Elle entrevit alors le titre d'une affiche, près de la porte, annonçant l'attraction du soir : *Conférence présentée par la Société pour l'amélioration de la race britannique.*

Consciente que son comportement paraîtrait incongru aux yeux de son compagnon de voyage, Lily héla les deux passants, poussée par une curiosité à la limite de l'impulsion.

— Excusez-moi, est-ce que le docteur Joseph Hartwell donne un discours ici ce soir ?

Les deux hommes s'arrêtèrent, étonnés, puis le charme succéda à la surprise sur leurs visages lorsqu'ils comprirent que c'était une jeune femme bien mise qui les interpellait.

— Hartwell ? Oh, non. Il y aurait deux fois plus de monde s'il venait en personne, répondit l'un d'eux en inclinant son chapeau à un angle moins formel. Nous attendons Mr Caymus, l'un de ses collègues, ce soir. Il parlera des vertus de la restriction du mariage.

— La restriction du mariage ? Qu'est-ce donc ?

— Rien qui ne doive inquiéter une dame comme vous, répondit le plus jeune des deux en lui adressant un sourire.

L'omnibus reprit sa progression en cahotant et Lily n'eut pas le loisir de poser d'autres questions, car leur fiacre se remettait en branle dans son sillage.

Elle se rassit.

Strangford changea de position à côté d'elle, mal à l'aise.

— Ils veulent que le Parlement interdise le mariage entre des personnes qu'ils jugent déficientes, déclara-t-il. Voilà ce que cela signifie. J'en ai entendu parler à la Chambre des lords.

— Qu'est-ce que cela veut dire, au juste, *déficientes* ?

— Tout ce qui leur chante.

Il avait mis dans ses mots une hargne qui ne lui ressemblait guère. Elle en fut étonnée.

— Je suppose que vous désapprouvez.

— Il n'appartient pas au gouvernement de décréter qui a le droit de s'aimer.

Lily songea aux nombreux couples qu'elle avait rencontrés à l'époque où elle travaillait au théâtre, aux hommes comme Mordecai Roth, ou encore Miss Bard et Estelle.

— Pourtant, c'est déjà le cas.

— Cela n'en est pas plus juste pour autant.

À leur arrivée à Bayswater, une rafale de vent souffla contre la voiture, charriant un tourbillon de feuilles sèches sur la route, sous la lumière des lampes à gaz longeant la rue. Un couple en tenue de soirée passa d'un pas vif, manteaux bien serrés sur leurs épaules.

Le fiacre s'arrêta devant la maison de lord Deveral. Elle semblait plongée dans le noir, mais Lily pouvait voir la lumière filtrer entre les rideaux aux fenêtres.

Elle attendit que Strangford descende et lui tienne la portière. L'air était devenu à la fois plus pesant et plus glacial, et elle le ressentit à travers sa veste légère. Elle leva les yeux vers le ciel, mais en plein cœur de Londres, difficile de faire la différence entre une nuit claire et une veille d'orage.

— Dois-je faire attendre le cocher ? demanda Strangford.

— Nous n'avons pas la moindre idée du temps que nous y resterons. Nous ferons appel à un autre fiacre quand nous aurons terminé.

Alors que la voiture s'éloignait derrière eux, Lily perçut les notes de musique d'un quatuor à cordes dans une maison voisine. Une calèche passa, fraîchement repeinte, un écusson sur la portière. Elle entendit un éclat de rire à l'intérieur.

À cette exception près, la rue était déserte. Il n'y avait aucun signe d'agent de police posté à proximité. Si les mouvements de lord Deveral étaient surveillés, la discrétion était de mise. Elle n'aurait pas été étonnée d'apprendre que son père était intervenu.

La maison était calme et silencieuse, et seule la lueur à travers le rideau laissait suggérer qu'elle n'avait pas été condamnée et abandonnée.

Elle contempla le perron enténébré. Strangford, à son côté, attendait en silence. S'il se montrait aussi patient, c'était parce qu'il savait précisément pourquoi elle hésitait à s'approcher de cette porte.

L'idée la troublait ; elle aurait aimé garder certaines choses à l'abri, en particulier de quelqu'un qu'elle ne comprenait pas elle-même.

— Ne nous attardons pas dans la rue, murmura-t-elle en gravissant les marches.

Elle frappa avec toute la conviction qu'elle espérait exprimer.

Le silence se prolongea juste assez longtemps pour que Lily se demande si elle ne s'était pas trompée en croyant voir une lumière à la fenêtre.

La porte s'ouvrit enfin, révélant le majordome qui les avait congédiés la veille. Son visage affichait le même masque pompeux et las. Lily chercha à y déceler une quelconque trace de mécontentement ou de désapprobation, mais elle ne perçut rien, pas même un signe qu'il l'ait reconnue. Cet homme savait jouer la comédie. Peut-être devrait-elle lui suggérer une seconde carrière sur scène.

— Lord Strangford et Miss Lily Albright pour lord Deveral, déclara son compagnon.

Sa voix ne trahissait aucune allusion au fait que l'homme dans l'embrasure de la porte les avait presque jetés dehors la dernière fois qu'ils s'étaient rencontrés. À l'évidence, Strangford aussi savait jouer un rôle.

— Entrez, je vais demander au vicomte où il souhaite vous recevoir.

Ils attendirent dans le hall élégamment aménagé. Le sol en marbre était réchauffé par d'épais tapis, et quelques antiquités de bon goût venaient rehausser le cachet du papier peint bleu foisonnant à imprimé Morris. Elle se demanda quelle part de la décoration reflétait les goûts de lord Deveral et quelle autre portait l'empreinte de son père.

Le majordome revint.

— Si vous voulez bien me suivre dans le salon. Puis-je prendre votre manteau, milord ?

— Merci, répondit Strangford en se délestant de son pardessus.

Il tendit le vêtement à un valet de pied, qui avait surgi en silence et disparut comme il était venu.

— Par ici, s'il vous plaît.

Le majordome les conduisit dans le couloir, où ils passèrent devant un guéridon chinois raffiné et un immense tableau de paysage marin, impressionnant comme de juste. Il s'arrêta devant une porte ouverte.

— Lord Strangford et Miss Lily Albright, milord, annonça-t-il avant de s'écarter pour les laisser passer.

Le formalisme irréprochable du domestique lui avait presque fait croire que la visite se déroulerait à l'ordinaire, toute en sherry et discussions feutrées.

Un coup d'œil dans le salon fit voler en éclats cette coquette illusion.

La pièce était sombre, à peine éclairée par la lueur du feu qui ronflait dans l'âtre. Son frère était affalé sur un élégant sofa, vêtu d'un pyjama et d'une robe de chambre en soie noire. Il y avait une bouteille de vin sur la table voisine, et une autre, déjà vide, à même le sol. Une odeur de cigarette imprégnait l'atmosphère, émanant d'un cendrier plein à ras bord posé sur un support en laiton près de lui.

— Strangford. Ma chère sœur. Pardonnez-moi de vous recevoir ainsi déshabillé. Mais il s'agit d'une réunion de famille, n'est-ce pas ? Nul besoin d'en faire toute une cérémonie.

Lily se redressa de toute sa hauteur.

— Non. Bien sûr, nul besoin.

Elle prit place sur le fauteuil en face de son frère avec toute la grâce et la retenue qu'on lui avait inculqué au pensionnat.

Strangford resta debout. Elle vit son regard passer de la tenue de son frère à la bouteille vide. Mâchoire serrée, il se retourna et alla se poster de l'autre côté de la pièce, comme pour admirer les œuvres d'art dont les murs étaient ornés.

— Je suppose que vous connaissez la raison de cette visite ? demanda Lily.

— Vous voulez dire votre curiosité macabre ? Oui. Père m'en a informé. Enfin, « monsieur le Comte de Torrington », comme vous devriez l'appeler, rectifia-t-il après coup.

Lily se sentait lapidée par ses paroles, chaque mot comme un coup porté à son intention. Elle y répondit par un sourire délibérément pincé, une expression qu'elle tenait de ses camarades de classe du pensionnat, lesquelles auraient certainement vendu leur âme pour une simple entrevue avec le vicomte Deveral, héritier d'un comté et beau parti par excellence.

Lily, quant à elle, aurait volontiers échangé sa place, mais elle devait comprendre le rôle joué par Annalise Boyden dans cette énigme. En apprenant pourquoi le tueur l'avait choisie et pour quelle raison sa mort semblait si différente de celle des autres victimes, elle tiendrait peut-être la clé du mobile, ainsi que l'identité du meurtrier.

À supposer, naturellement, que Lily ait raison de penser que Mrs Boyden était morte dans les mêmes circonstances que Dora Heller, Agnès McKenney et Sylvia Durst. En d'autres termes, si l'homme assis en face d'elle ne lui avait pas simplement tranché la gorge lui-même.

— Pouvons-nous commencer ? demanda lord Deveral. Comme vous le voyez, j'allais me retirer pour la nuit. Tout le monde ici n'est pas choriste.

C'était un nouveau coup bas, qui suggérait qu'il avait eu vent de son histoire avant même de la croiser deux jours plus tôt. S'il n'était pas difficile de suivre les faits et gestes des membres de la haute société britannique - une industrie tout entière était consacrée aux rubriques mondaines et aux actualités de l'aristocratie ; Lily elle-même ne pouvait éviter d'entendre parler du clan Torrington –, rien n'était moins évident pour le cours de sa propre vie. Il s'était donné du mal pour en apprendre sur elle.

Ce qui signifiait également que l'aversion que lord Deveral lui témoignait était loin d'être inopinée. Ses racines, longues et profondes, remontaient à longtemps, bien avant leur rencontre à la galerie Carfax.

Cette fois, cependant, le tir n'était pas destiné à la frapper directement, car le regard de son frère se porta immédiatement sur Strangford, guettant sa réaction.

Il n'en obtint aucune.

Si lord Deveral espérait utiliser le passé de Lily pour creuser un fossé entre elle et l'homme qui la soutenait, il serait amèrement déçu. Rien de ce qu'il pouvait lui jeter à la figure ce soir ne surprendrait son compagnon.

En un sens, cette idée aurait dû être réconfortante.

Son frère extirpa une cigarette de l'étui sur la table et l'alluma. La flamme projeta une lueur orangée sur son visage, dévoilant un entrelacs de griffures d'un rouge vif lui barrant la joue.

— Votre visage… se récria Lily avant de pouvoir se retenir.

Sa vision lui revint en mémoire : le rictus cruel déformant les lèvres de lord Deveral, ses paroles acerbes et tranchantes ; la main d'une femme surgissant pour lui griffer la peau dans le scintillement de la poudre blanche, en suspension dans l'air.

— Oh, cela ? Oui, l'inspecteur en a été ravi. Apparemment, ils ont trouvé du sang sous les ongles d'Annalise. J'imagine que cela va dans son sens, développa-t-il en crachant un panache de fumée en direction du lustre éteint.

C'était indéniable. Il avait été le dernier à voir la victime en vie, et on les avait entendus se disputer. Ses initiales étaient gravées sur l'arme du crime. Les traces de sang prouvaient qu'Annalise Boyden et lui s'étaient battus le soir de sa mort.

Aucun jury, aussi illustre soit-il, ne mettrait en doute une telle conclusion. Il serait pendu.

À moins que l'on ne parvienne à prouver de manière tout aussi convaincante qu'il n'avait pas tranché la gorge de cette pauvre femme. Et pour cela, il fallait retrouver le véritable assassin.

La police prendrait-elle seulement la peine d'explorer de nouvelles pistes ? L'inspecteur Gregg et ses collègues supposaient sûrement – à juste titre – qu'ils avaient mis la main sur le meurtrier. Alors pourquoi gaspilleraient-ils des ressources à poursuivre l'enquête ? Pour eux, c'était une affaire classée.

Il n'y avait plus qu'elle, à présent, pour s'interposer entre le nœud coulant et l'homme vautré sur le canapé, confit d'amertume.

Elle prit une inspiration pour rassembler ses forces et sa patience. Il chercherait sans doute toutes les ouvertures possibles pour la contrarier.

Elle pouvait y arriver. Elle *allait* y arriver. Parce qu'il n'y avait personne d'autre.

— J'ai besoin de vous poser quelques questions.

— À ce qu'il paraît, répondit lord Deveral.

— Vous et Mrs Boyden étiez amants.

— Quelle brillante déduction.

— Depuis combien de temps ?

— Je ne sais pas, répondit-il dans un haussement d'épaules. Nous n'avons jamais officialisé notre relation. Mais vous vous y connaissez dans ce domaine, bien sûr.

Ignorant l'estocade, elle insista :

— Un an ? Deux ?

— Plus ou moins, s'impatienta-t-il.

— Racontez-moi ce qui s'est passé le soir de sa mort.

Il tira une longue bouffée sur sa cigarette.

— Nous sommes allés à un vernissage. J'y ai fait l'exquise rencontre de ma chère demi-sœur. Nous sommes rentrés à Mayfair. Il y a eu une querelle, et je suis parti. Ensuite, quelqu'un d'autre est entré et lui a tranché la gorge.

— Plus de détails me seraient utiles.

— Quel genre de détails voulez-vous ? Ce que nous avons mangé au dîner ? La façon dont je l'ai prise sur la banquette du fiacre en chemin vers la galerie ? C'était une friponne, notre Annalise. N'est-ce pas, Strangford ?

— Je ne saurais le dire, répondit l'intéressé sur un ton soigneusement contrôlé, parfait simulacre d'indifférence.

Il semblait examiner de près le portrait d'une femme en robe bouffante. Ses traits, rehaussés par une chevelure blonde et des yeux bleus, étaient un tantinet trop doux pour en faire une beauté saisissante. Elle avait aussi quelque chose de familier. En jetant un œil à lord Deveral, Lily comprit pourquoi. On retrouvait des échos de cette douceur sur ses propres traits, superposés aux lignes caractéristiques héritées de leur père.

La comtesse, sa mère. C'était elle, sur le mur, la femme que son père avait trahie chaque fois qu'il se rendait à Oxford Street.

Lily détourna le regard.

— Quel dommage pour vous, commenta lord Deveral à l'adresse de Strangford.

Elle poursuivit :

— Dites-moi ce qui s'est passé après votre retour à Mayfair.

— Je vous l'ai dit. Nous sommes montés à l'étage. Nous avons eu une dispute. Je suis parti.

— Qui d'autre était dans la maison ?

Ses réponses se faisaient de plus en plus courtes. À l'évidence, il commençait à s'agacer de ne pas réussir à les atteindre, Strangford et elle.

— Ses domestiques.

— Donnez-m'en la liste.

— La gouvernante. Deux valets de pied. Sa femme de chambre. Une bonne ou trois, je ne sais pas. Elles se ressemblent toutes.

— Personne d'autre ?

— Pas que je sache.

— Pourquoi vous êtes-vous disputés ?

— Rien en particulier.

— Ça n'a pas l'air de rien, répondit Lily en désignant les blessures sur sa joue d'un mouvement de tête.

— Elle était comme ça, parfois. C'était l'un de ses traits de caractère les moins charmants.

— Son comportement pouvait-il avoir un rapport avec la cocaïne ?

Il haussa les épaules.

— Tout est possible.

— En a-t-elle repris après votre retour ?

Ses yeux se plissèrent.

— Oui.

Elle pensa à sa vision : la poudre blanche recouvrant la lame de lord Deveral, la tempête de particules en suspension dans l'air.

Tout cela ne faisait que confirmer ce qu'elle savait déjà. Ce n'était pas suffisant. Il lui fallait autre chose, quelque chose d'utile, qui puisse lui prouver qu'Annalise Boyden était morte par la même main qui avait ôté la vie à Sylvia Durst et aux autres. La même main qui menaçait Estelle… et non celles de l'homme assis en face d'elle, à fumer paisiblement sa cigarette.

Il y avait le sang, se rappela-t-elle. Les éclaboussures sur les rideaux blancs du lit ne semblaient pas assez nombreuses au regard de la violence de la blessure. L'absence de sang sur les draps pouvait signifier qu'Annalise Boyden en avait été vidée avant d'être égorgée… ou simplement que Lily et Strangford n'étaient pas médecins et n'avaient donc pas la moindre idée du saignement produit par une telle plaie.

Elle avait besoin d'établir un lien irréfutable entre Annalise Boyden et les autres victimes. La question à poser était aussi évidente qu'absurde.

— Mrs Boyden était-elle médium ?

La tête de lord Deveral se redressa.

— Comment diable le savez-vous ?

Son cœur fit un bond et ses sens s'aiguisèrent. Elle perçut un changement similaire dans l'attention de Strangford, qui se rapprocha pour venir se placer directement derrière sa chaise.

— Vous voulez dire qu'elle l'était ? demanda-t-il d'une voix sourde et rocailleuse.

— Oui, confirma lord Deveral avec circonspection. Ou du moins, elle prétendait l'être. Elle aimait faire le spectacle pour ses amis lors de nos soirées.

— Et ce spectacle, était-il convaincant ? demanda Lily.

Nouveau haussement d'épaules.

— Les gens avaient l'air de s'y laisser prendre.

— Mais ce n'était que cela, du bruit et des illusions ?

— Que voulez-vous que ce soit d'autre ? À moins que vous ne fassiez partie de ces idiots qui croient aux esprits des morts flottant dans les salons des ménagères bedonnantes.

Elle leva les yeux vers Strangford, dont le regard lui indiquait clairement que la signification de cette révélation ne lui avait pas échappé.

— Qui était au courant ? s'enquit-elle.

Lord Deveral se frotta les yeux. Il ne devait pas avoir beaucoup dormi depuis la mort de sa maîtresse. Une autre émotion transparaissait à travers les rides que son épuisement creusait sur son visage : le chagrin. Vif et cinglant, il accentuait les cernes sous ses yeux et rendait ses mots plus tranchants.

— Qu'elle prétendait parler aux morts ? Comme je vous l'ai

dit, elle s'en vantait en soirée. Tous ses amis étaient probablement au courant, alors je dirais que la moitié de l'aristocratie aussi. Ce n'était pas un secret.

Elle n'était guère plus avancée : la liste de suspects continuait de s'allonger et rien n'expliquait cette différence macabre entre les crimes : pourquoi avait-elle été égorgée alors que les autres avaient été patiemment et délicatement vidées de leur sang ?

La cocaïne, pensa Lily… il y avait là quelque chose qui lui échappait, quelque chose qui titillait le fond de sa mémoire.

— Quels sont les effets de la cocaïne ?

— C'est un stimulant, répondit lord Deveral en extrayant une autre cigarette de l'étui pour l'allumer au mégot de la précédente. Elle provoque une sensation d'euphorie.

— Pendant combien de temps ?

— Une heure ou deux, dit-il d'un air évasif.

— Le cycle du sommeil peut-il s'en trouver déréglé ?

— Pas si l'on descend une dose suffisante de brandy.

Lily se tourna vers Strangford.

— Comment une telle substance interagit-elle avec le chloroforme ?

— Nous devrions demander au docteur Gardner, répondit-il.

— Pourrait-on supposer que la prise de cocaïne puisse compromettre les effets d'un anesthésiant ?

— Ça fait comme un sacré coup de fouet, précisa platement son frère.

Lily se leva et se rapprocha de Strangford alors que les pièces se mettaient en place, la poussant à insister :

— Et si elle s'était réveillée ?

— Vous voulez dire pendant qu'il lui administrait le chloroforme, ajouta Strangford.

— Il lui aura fallu trouver un moyen de la faire taire avant qu'elle n'alerte le personnel. Et il y avait le couteau sur la coiffeuse.

— Comment le savez-vous ? s'exclama lord Deveral en posant ses pieds au sol. Pourquoi en savez-vous autant sur ce qui s'est passé dans cette chambre ?

Lily l'ignora, continuant sur sa lancée, portée par la force de sa trouvaille.

— La mort de Mrs Boyden ne ressemble pas aux autres parce qu'elle ne s'est pas déroulée comme prévu. Mais si elle n'avait pas pris de cocaïne quelques heures auparavant…

— Et d'abord, quel est votre intérêt dans cette affaire ? intervint son frère en se levant brusquement. Pourquoi vous intéressez-vous à Annalise ? C'est à cause de lui ? (Il se tourna vers Strangford.) Vous savez que c'est une bâtarde, n'est-ce pas ? Le regrettable fruit d'une liaison entre mon père et une putain qui se produisait au music-hall ? Vous avez toujours été un drôle d'oiseau, mais je ne vous aurais jamais cru capable de vous acoquiner avec pareille honte. À moins, bien sûr, que vous n'ayez vous-même une liaison. L'on pourrait penser que vous seriez rebuté de savoir qu'elle a soulevé ses jupons devant la moitié de Drury Lane, de l'imaginer écarter les cuisses pour chaque machiniste…

L'impact de ses suggestions, leur vulgarité pernicieuse, l'avait privée de l'usage de la parole.

— Il suffit.

La voix de Strangford était posée et faussement impassible, mais Lily y perçut une menace qu'elle ne lui avait jamais entendue auparavant. Elle était consciente de sa présence à son côté, de cette immobilité semblable à l'instant précédant un orage.

Lord Deveral jeta sa cigarette dans le feu avant de se rapprocher, pointant sur elle un doigt accusateur.

— Vous débarquez ici comme si c'était dans votre droit… Vous vous servez de notre père pour me forcer à entrer dans votre petit jeu. Vous croyez avoir gagné ? C'est moi qui ai gagné. J'ai gagné il y a quatorze ans, quand Père voulait vous coller dans nos pattes comme un chiot perdu, la bâtarde qu'il a engendrée avec cette sale traînée d'Irlandaise alors qu'il aurait dû être à la maison auprès de sa femme.

Ces mots lui firent l'effet d'une rafale de balles, réduisant son armure en lambeaux.

Il y a quatorze ans... quand Père voulait vous coller dans nos pattes...

Était-ce la vérité ?

Si seulement vous saviez...

— Mère aurait accepté, reprit-il, songeur, la lumière du foyer projetant des ombres cruelles sur son noble visage. Elle était prête à tout pour le rendre heureux, pour le ramener à elle, alors qu'il était parfaitement évident qu'il continuerait à prendre son plaisir partout où il le voudrait. C'est *moi* qui l'ai convaincue de refuser, lâcha-t-il. Je lui ai dit que s'il vous ramenait à la maison, je franchirais la porte et ne leur adresserais plus jamais la parole. C'était encore préférable à devoir partager le même toit que la preuve vivante de notre humiliation. L'humiliation de ma famille.

Elle les sentait atteindre leur cible, chaque réplique acérée comme un poignard. Elles la lacéraient par leur pertinence, leur odieuse et indéniable véracité.

— Figurez-vous que je les ai entendus en parler alors qu'ils me pensaient trop jeune pour comprendre. Tous les commérages ; les femmes avec leurs regards emplis de pitiés rivés sur cette pauvre comtesse incapable de garder son époux à son côté ; et les hommes qui l'avaient tous vu parader en ville avec sa putain. Et il osait nous demander de vous accepter ?

Il s'approcha un peu plus. Il était grand, comme leur père, et était presque penché sur elle, à présent, son ombre imposante noircissant le mur tapissé de soie, son haleine empestant le tabac et le vin éventé.

— *Cela n'arrivera jamais.*

C'était le coup fatal, sa dernière pique, et il avait fait mouche. Contre toute attente, elle parvint à se contenir, comme un vase qui se serait déjà fendillé, petite chose fragile encore en suspens dans cet ultime instant avant de toucher le sol.

Elle ne voulait pas de cette famille.

Elle n'en avait jamais voulu, se dit-elle, se raccrochant à cette idée comme à une bouée de sauvetage qui se dissolvait sous ses mains désespérées.

Mais la colère émanait de lui, semblable à une force palpable, cherchant un autre moyen de frapper sa cible.

Elle se sentait bien incapable d'encaisser un coup de plus. Pas sans s'effondrer, s'exposer dans sa plus effroyable vulnérabilité à cet homme qui la détestait tant. Alors elle mobilisa ses réserves presque taries pour maîtriser les trémolos dans sa voix, et déclara d'un ton neutre :

— Merci, monsieur le Vicomte, pour votre aide.

Après quoi, elle tourna les talons et quitta la pièce.

CHAPITRE XV

Le pas de Lily était calme et régulier lorsqu'elle remonta le couloir menant au hall d'entrée. D'une main ferme, elle tourna la poignée de la porte, découvrant une rue ruisselante de neige fondue.

N'importe quel autre soir, après n'importe quelle autre visite, elle aurait attendu dans la chaleur du salon qu'un pauvre valet de pied paré à braver les éléments lui trouve un fiacre. Elle aurait plaisanté autour d'un autre verre de brandy sur les caprices de la météo à cette époque de l'année.

Mais il ne s'agissait pas de n'importe quelle visite. En l'occurrence, c'était un champ de bataille. Lily devait battre en retraite avant que ses défenses ne s'écroulent et que sa vulnérabilité ne se répande sur les somptueux tapis orientaux de Deveral, dans une défaite que son frère ne manquerait pas de savourer.

Alors, elle sortit dans la tempête.

Les rues étaient désertes. Le seul véhicule en vue était une calèche privée tirée par quatre chevaux. Arrivé à sa hauteur, l'attelage percuta dans un grincement une flaque d'eau stagnante, aspergeant du même coup la jeune femme. Elle s'en trouva glacée jusqu'aux os, ses cheveux plaqués sur son cuir chevelu. Le vent soufflait en bourrasques, faisant claquer ses jupes humides contre ses jambes.

Elle continua son chemin malgré tout, résolue à prendre ses distances avec la douleur qui menaçait de l'envahir.

Des pas heurtèrent le trottoir mouillé derrière elle.

— Lily ! appela Strangford.

Elle s'arrêta.

Il arriva auprès d'elle, en veston et chemise. Il avait oublié son chapeau et son pardessus à l'intérieur dans sa hâte de la rejoindre.

— Je vais bien, dit-elle avant même qu'il ne le lui demande. N'y prêtez pas attention.

Sa voix s'enraya sur le dernier mot.

Elle prit conscience, avec horreur, qu'elle était sur le point de lâcher pied et elle s'efforça de se contenir, ne serait-ce que pour s'épargner l'indignité de se briser en mille morceaux devant lui.

— N'y prêtez pas attention, répéta-t-elle, avec plus de conviction cette fois, tandis que la pluie s'abattait sur elle comme de minuscules lames de glace.

Il ne répondit pas. C'était inutile. Même au travers de l'orage, elle savait qu'il voyait clair dans son mensonge.

— Il faut rentrer, dit-il, le grésil lui aplatissant les cheveux et imbibant le tissu clair de sa chemise.

Le froid était glacial : ils ne pouvaient se permettre de rester dehors plus longtemps par ce temps. Elle évalua leurs options pour détourner ses pensées du tumulte d'émotions qui faisait rage en elle – des sentiments plus désagréables encore que la neige fondue.

La route sur laquelle ils se trouvaient longeait le parc. À cette heure de la soirée, un autre jour, elle aurait été sillonnée de véhicules. En l'espèce, elle était déserte ; Strangford et elle étaient complètement seuls. Quelle option cela leur laissait-il ? Les grandes et belles demeures se succédaient en bordure de rue, leurs intérieurs obscurs ou entièrement occultés par des rideaux, comme pour se prémunir de l'étendue enténébrée du parc. Les lampes à gaz de l'avenue vacillaient dans le lointain, indistinctes à travers le voile de l'averse.

La maison de Deveral était située juste en bas de la route, derrière eux.

Non. Elle ne voulait pas y retourner. Plutôt geler sur place.

Une voiture tourna au coin de la rue, le bruit de ses roues sur les pavés troublant le grésillement continu de la pluie. Lily se retourna pour voir un cabriolet solitaire remonter l'artère vide à toute allure.

Strangford leva une main pour le héler, mais il ne ralentit pas.

— Il doit déjà avoir un client, bredouilla Lily, gênée de constater qu'elle claquait des dents.

— Il est vide, commenta Strangford alors que le véhicule approchait.

Le cocher allait pour passer son chemin comme si de rien n'était, résolument penché sur ses rênes, quand Strangford surgit sur la route juste devant lui.

Les chevaux s'arrêtèrent brusquement, faisant cliqueter leur attelage, et l'homme leva la tête.

— Oh, là ! Attention, l'ami. J'ai fini pour la nuit. Je ne prends plus de clients.

— Faites une exception, répondit Strangford, toujours au milieu de la chaussée. Je vous en prie. Je dois raccompagner cette dame chez elle. Je serai heureux de doubler votre tarif. Juste une dernière course, jusqu'à Bloomsbury.

Lily sentit que l'homme s'apprêtait à refuser, mais les derniers mots de Strangford le firent hésiter.

La neige continuait à tomber autour d'eux, s'écrasant sur le trottoir à ses pieds. Sa veste était trempée, et l'humidité glacée s'infiltrait jusque dans ses épaules, descendant en ruisselets le long de son cou.

Ils trouveraient un autre moyen, se persuada-t-elle alors que la glace lui piquait la peau.

Elle ne retournerait pas en arrière. Pas même si elle devait rallier Bloomsbury à pied.

— Bon, venez, accepta enfin le cocher de mauvaise grâce. Je vous emmène. Mais uniquement parce que je me rends moi-même à Clerkenwell.

Strangford n'hésita pas. Il se dirigea vers la portière et l'ouvrit à Lily, qui monta prestement. Il prit place à son côté et aussitôt, la voiture se mit en mouvement.

Une fois leurs panneaux repliés, les cabriolets offraient très peu d'espace, ce dont Lily n'avait encore jamais vraiment pris conscience. La cloison avant se trouvait à quinze centimètres environ de ses jambes, la vitre suffisamment proche pour qu'elle puisse l'embuer de son souffle. Les flocons cinglaient le carreau, et le froid pénétrait par tous les interstices, jusqu'à l'endroit où ils étaient assis.

Jetant un coup d'œil aux rues dépeuplées par-delà la vitre, elle eut une pensée soudaine :

— Nous devons nous arrêter, s'écria-t-elle.

— Bien sûr que non, répondit Strangford sur un ton impassible.

— Mais c'était votre rue.

— Je vous raccompagne chez vous.

— Comment retournerez-vous à Bayswater ensuite ? Le cocher a dit qu'il n'acceptait pas d'autres courses ce soir. Il ne vous prendra pas.

— J'en trouverai un autre.

C'était un acte de courtoisie qui défiait la raison, et Lily se rendit compte qu'elle était à court de patience.

— Vous n'êtes pas sans savoir que j'ai passé des années à emprunter, seule, des rues bien plus malfamées que celles de Bloomsbury.

— C'est exact.

— Alors, qu'est-ce qui vous fait croire qu'il est nécessaire de m'accompagner dans le confort de cette voiture ?

— Je ne veux pas que vous vous retrouviez seule.

Ce n'était pas la réponse à laquelle elle s'attendait et elle en fut plus ébranlée encore que par les cahots de la chaussée. Sa conversation avec Deveral lui revint en mémoire – la manière dont il avait usé de cette rage délibérée pour lui causer du mal, ses mots pareils à un séisme faisant trembler le sol sous ses pieds, le roc rassurant de la solitude qu'elle s'était soigneusement bâti après avoir appris, il y avait bien longtemps de cela, qu'elle ne pourrait jamais dépendre de qui que ce soit.

Pourtant son père avait voulu qu'elle…

Aucune importance, se rappela-t-elle avec détermination. En fin de compte, il ne l'avait pas fait. Il ne l'avait pas accueillie chez lui, ne l'avait pas intégrée à sa famille. Qu'était une intention si elle n'était pas suivie de faits ?

Et pourtant, cela comptait à ses yeux.

L'habitude lui dictait de prétendre qu'elle allait bien, qu'elle n'avait besoin de personne. Elle n'en avait jamais eu besoin et rien n'avait changé.

Seulement, elle hésita. Le froid avait balayé les faux-semblants, à l'évidence, car Lily admit dans son cœur qu'elle n'allait pas bien.

— Merci, répondit-elle.

Le silence de l'habitacle clos et sombre n'était interrompu que par le crépitement du grésil contre la vitre. La présence de Strangford à ses côtés, qui observait tranquillement le monde derrière la vitre ruisselante de glace, était comme palpable. Devait-elle franchir ce bref espace qui les séparait encore, ou au contraire s'en éloigner le plus possible ?

— J'aurais dû le provoquer, admit-il.

— Pardon ?

— Deveral. Pour ce qu'il vous a dit.

— Le provoquer en duel ?

— Quoi d'autre ? répondit-il avec une apparente solennité.

Elle ne savait que répondre, imaginant Strangford dans son modeste costume de vicaire, quelque part sur la lande, sortant d'un étui un curieux pistolet à silex du XVIIIe siècle avant de réaliser les vingt pas réglementaires pour s'éloigner de son arrogant demi-frère. Puis il se retournerait, dégainerait son arme et logerait une balle en plein dans le cœur noir et froid de Deveral, sur lequel ce dernier crisperait la main dans un geste dramatique tout en basculant en arrière sur la bruyère.

— Au pistolet ? suggéra-t-elle.

— Si c'est moi qui le provoque en duel, à lui de choisir l'arme.

— Deveral choisirait l'épée. Il est trop lâche pour une arme à feu. Êtes-vous doué à l'épée ?

— Tout dépend.

— De quoi ?

— De quel côté de la lame je me trouve, répondit-il.

Et Lily de partir d'un grand éclat de rire. Elle n'aurait pas dû, pas après tout ce qu'elle avait vécu ce soir – pas après tout ce qu'ils avaient vécu ces derniers jours –, mais que cela lui fit du bien ! Un bien immense qui était sans doute l'effet recherché par son compagnon.

Elle était reconnaissante et un brin embarrassée. Cet homme, assis tout près d'elle, n'était pas censé la connaître aussi bien.

Il sourit avec elle, avant de retrouver son sérieux.

— Je ne plaisantais qu'à moitié, admit-il.

— À propos de l'escrime ?

— De la réaction que j'aurais dû opposer à votre frère. Je n'aurais jamais dû le laisser en dire autant. J'aurais dû...

— Mais vous ne l'avez pas fait, l'interrompit Lily d'une voix douce.

— Non.

— Pourquoi ? demanda-t-elle avec une vraie curiosité.

— Car parmi toute cette bile qui se déversait de lui, je savais qu'il y avait des bribes de vérité qu'il ne tenait qu'à vous d'entendre ou d'ignorer.

La tension s'alourdit. Tous deux étaient conscients de la façon dont Strangford avait appris ce qu'il savait.

Debout dans ce salon enfumé, pris dans le flot de vilenies s'échappant de la bouche de son frère, l'homme à ses côtés avait compris l'importance du moment. Il connaissait sa douleur et son désarroi, ainsi que toute son histoire. Il le savait, parce qu'elle le lui avait transmis en lui donnant l'autorisation de la toucher. Et maintenant, elle devrait en supporter la conséquence - qu'un inconnu en savait plus sur ses blessures profondes et ses aspirations secrètes abandonnées depuis longtemps que n'importe quelle âme sur cette terre.

— Ce n'était pas à moi de décider quand y mettre un terme.

C'est alors qu'elle comprit : cet homme, dont l'instinct de gentleman refusait qu'elle prenne un fiacre seule, avait ravalé sa propre indignation pour lui céder le contrôle.

Défier son frère au pistolet, au lever du jour, n'aurait guère été plus courageux.

Il se détourna de la vitre pour lui faire face, le visage grave et fermé.

— J'espère que vous comprenez…

— Je comprends, précisa-t-elle avant qu'il ne puisse aller plus loin.

Il y avait tant d'autres choses à dire, mais elle préféra le silence. Malgré le froid humide de sa veste détrempée qui s'infiltrait jusque sous sa peau et ses orteils engourdis, un sentiment de chaleur se déversa dans ses veines. Elle sentit approcher le bord du précipice et la chute inévitable vers cet endroit qui l'épouvantait tant. Elle choisit de s'en éloigner tandis que le cabriolet bringuebalait dans les rues verglacées, la nuit dépeuplée scintillant à travers les vitres.

Le véhicule emprunta enfin un virage familier et elle se retrouva devant la façade ruisselante de March Place.

Ils s'arrêtèrent. Elle savait le cocher fatigué et tout dégoulinant sur le siège au-dessus, aussi Lily ne perdit pas de temps pour s'extraire du véhicule. Elle allait pour sortir son sac à main, quand Strangford, qui l'avait devancée, tendit au cocher une somme qu'elle reconnut comme exorbitante. L'homme le remercia d'un petit hochement de chapeau - un geste approprié, étant donné qu'ils lui avaient presque imposé ce trajet. Puis il fit claquer ses rênes et s'élança dans la rue inanimée avec grand fracas.

La neige fondue continuait de tomber, lui brûlant le cuir chevelu. Si l'habitacle du cabriolet n'était pas chauffé, maintenant qu'il avait disparu, le souvenir lui parut presque doux en comparaison.

À côté d'elle, Strangford avait des allures de rat mouillé, ses cheveux bruns plaqués sur sa tête, laissant couler des ruisseaux glacés sur son visage.

— Eh bien, vous voilà arrivée à bon port, annonça-t-il avec un signe de tête vers le perron.

— Il semblerait.

— Alors, je vous souhaite une bonne soirée.

À sa voix, elle s'attendait presque à ce qu'il exécute une révérence enjôleuse, tel un prétendant la ramenant chez elle après une soirée galante.

— Où allez-vous ? demanda-t-elle alors qu'il se tournait vers la route.

Il réfléchit.

— Je pense que j'aurai plus de chance de trouver un autre fiacre sur Tottenham Court Road.

Elle observa la rue inhabituellement calme même pour le paisible quartier de March Place. Il était bien plus d'une heure du matin. Avec cet orage, même Tottenham Court Road serait aussi désolé que la lande. Il risquait d'attendre des heures avant que quelqu'un ne passe.

La solution au problème était évidente, et elle se rendit compte qu'elle avait moins de réticences à l'accepter qu'elle ne l'aurait dû.

— Venez, dit-elle en montant les marches. Vous attendrez à l'intérieur le temps que la pluie cesse.

Sentant qu'il restait campé sur le trottoir derrière elle sans la suivre, elle se retourna.

— Je ne suis pas sûr que ce soit… commença-t-il, gêné, avant de s'interrompre, à court de mots.

Elle sentit ses joues s'empourprer en comprenant les sous-entendus que l'on pouvait percevoir dans sa proposition, mais elle garda la tête haute, refusant d'y céder. Ce soir, on avait déjà tout mis en œuvre pour la couvrir de honte et entacher à la fois son passé et son héritage. Elle en avait assez subi, du moins jusqu'à l'aube et le début d'un nouveau jour.

— Je comptais seulement vous offrir le thé, pas de partager ma couche, répliqua-t-elle.

— Eh bien. Proposé ainsi…

Il la rejoignit sur les marches alors qu'elle déverrouillait la porte, les lèvres recourbées en un sourire qu'elle tentait de refréner. Elle tourna la poignée, puis s'arrêta pour jeter un œil derrière elle.

— Ma logeuse désapprouve la présence de gentlemen dans la maison.

— C'est bien ce qu'il m'avait semblé comprendre.

— Mieux vaut donc ne pas faire de bruit.

Il arqua un sourcil.

— Avez-vous la moindre idée du nombre de morceaux de sucre que j'ai chapardés dans le garde-manger de la maison de mon enfance ?

— Non.

— La cuisinière non plus.

Lily étouffa un rire, qui sortit comme une toux étranglée. La neige redoubla, tombant à présent à gros flocons.

— Allons-y, ordonna-t-elle en poussant la porte.

Il lui emboîta le pas dans le couloir obscur. Lily n'avait pas pour habitude de veiller tard, aussi n'avait-elle jamais vu la maisonnée à cette heure, plongée dans une épaisse pénombre qui rendait presque invisibles les sardines peintes à l'huile accrochées au mur. Elle referma soigneusement la porte, puis s'interrompit pour évaluer ses options, Strangford dans l'ombre à côté d'elle.

Son regard passa de l'escalier au couloir qui s'ouvrait devant eux. Les marches étaient l'option la plus évidente, mais cela faisait des heures qu'elle était sortie et elle ignorait l'état de son petit poêle de salon. Son appartement sous les combles devait être glacial.

Bien sûr, le froid de sa mansarde serait toujours préférable à la tourmente au-dehors, surtout pour attendre un fiacre qui pourrait ne jamais venir, mais… au bout du couloir se trouvait la cuisine. Mrs Bramble avait éteint son poêle pour la nuit seulement quelques heures auparavant. Le feu avait brûlé avec ardeur jusque-là, il pouvait aisément être ranimé.

Et puis, il lui semblait moins risqué de recevoir son invité clandestin dans la cuisine de Bramble, où la propriétaire elle-même pouvait se rendre à tout moment, plutôt que de le faire monter en douce dans l'intimité de son appartement.

— Suivez-moi, chuchota-t-elle en le conduisant dans le couloir.

Elle s'arrêta à l'entrée de la cuisine pour jeter un coup d'œil à la porte menant aux appartements de Mrs Bramble. Elle était fermée et aucune lumière ne filtrait en dessous. La maison était silencieuse, à l'exception du fracas de l'orage, étouffé par les fenêtres.

À peine eut-elle passé le seuil de la pièce qu'une douce chaleur l'enveloppa, une sensation si délicieuse qu'elle retint un soupir.

La cuisine était spacieuse, occupée par une grande table en bois éraflée, flanquée de quelques chaises, mais la surface était destinée au travail, pas aux repas. Elle était vide, à présent, à l'exception d'un pot à biscuits en porcelaine en son centre.

Elle contourna la table pour rejoindre le poêle en fonte émaillée et en ouvrit la grille. La fine couche de braises rougeoyantes à l'intérieur reprit vie sous l'arrivée d'air. Lily attrapa le seau à charbon.

— Laissez, lui dit Strangford en l'arrêtant. Je m'en occupe.

— Au point où j'en suis, ma robe peut supporter un peu de suie, répliqua Lily d'une voix ferme mais basse. (Elle lut sa réponse sur son visage.) Bon, d'accord, capitula-t-elle.

Elle recula d'un pas et Strangford se délesta de sa veste mouillée, qu'il posa sur la table. Il détacha sa cravate et la rangea dans sa poche, puis retira ses gants et retroussa les manches de sa chemise. Le tissu était humide aux poignets et au col.

Il s'attela à la tâche en silence, prélevant les charbons dans le seau à l'aide de la pelle avant de les faire glisser proprement dans le poêle. Lorsqu'il eut terminé, il se dirigea vers la bassine et se rinça les mains.

Il y avait déjà un fauteuil à bascule près du feu. Pendant que Strangford se nettoyait, Lily apporta une autre chaise, puis elle récupéra la veste de son invité pour la suspendre au crochet près du poêle.

Elle regarda son propre manteau, froid et mouillé, avec une forte envie de s'en débarrasser.

Approchant enfin, Strangford s'interrompit devant les deux sièges : l'un, étoffé d'un coussin et d'une couverture, était manifestement prévu pour se détendre au coin du feu, et l'autre offrait un dossier raide plus commode.

— Prenez le fauteuil à bascule, ordonna Lily.

— Je ne devrais pas.

— Votre nuit a été plus rude que la mienne, répliqua-t-elle.

Il finit par céder, s'enfonçant dans le plus confortable des deux. Il se laissa aller contre le dossier et ferma les yeux avec reconnaissance, chaque ligne de son corps soudain apaisée.

Il avait l'air si à l'aise, en bras de chemise, des taches de charbon sur les poignets, ses mains nues posées sur le bois des accoudoirs poli par les ans. Elle l'avait déjà vu dans un état vaguement similaire, bien sûr, après Abney Park. Mais là, c'était différent. La veille, il nageait en pleine affliction. À présent, il y avait autre chose, comme s'il avait baissé sa garde. La prudence qu'elle avait si souvent perçue chez lui avait disparu, révélant pleinement ce qui se cachait derrière – un abandon qui lui rappelait les étendues venteuses de la lande, l'air froid et l'herbe ondoyante. Elle se remémora les œuvres hétéroclites qu'elle avait entrevues sur les murs de son bureau et pensa à la description que Mordecai Roth avait faite de cet homme de bohème. Voilà qui lui sautait aux yeux, maintenant. La sobriété de ses vêtements et la retenue de ses manières n'étaient qu'un déguisement, un mince vernis qu'il avait érigé comme une carapace pour dissimuler la vérité aux yeux de tous. Et pourtant, il avait toujours été là, à attendre que l'on prenne la peine de s'intéresser à lui de plus près.

Elle comprenait cette dualité. Elle-même y était sujette : depuis qu'elle avait quitté Drury Lane, elle affichait les manières et la garde-robe d'une jeune femme de bonne naissance, tout en respectabilité et rigueur, et s'en délestait sur la lande au volant de sa Triumph. Plus que la sensation de vitesse, la mobylette lui conférait le loisir d'être, sans se soucier du regard de la société ni passer pour un objet de curiosité aux yeux du monde.

Cette peur, Strangford la connaissait bien, et pourtant, elle avait disparu, vaincue par l'épuisement et le confort paisible de la cuisine. Là, au milieu des vagues effluves de cannelle et de poulet rôti, les faux-semblants s'étaient envolés, laissant apparaître autre chose dans la silhouette élancée de son compagnon – un quelque chose… qu'elle lui enviait, réalisa-t-elle.

La glace fondue s'égouttait lentement au travers du tissu détrempé de sa veste.

Enlève-la.

Elle défit les attaches récalcitrantes et retira son fichu vêtement, qu'elle alla suspendre sur le support à côté de celui de Strangford.

Elle sentit son regard se poser sur elle. Rien n'avait changé dans sa posture, pourtant elle remarqua son attention accrue. L'effet fut immédiat : tous ses poils se hérissèrent, comme mus par une conscience nette et précise de son environnement – le glissement de la soie humide sur ses épaules, la chaleur pénétrante du poêle.

Son désir croissant fut tempéré par une peur tout aussi prompte et puissante.

Non.

Sans le regarder, elle s'assit sur l'autre siège et étira ses jambes vers le feu. Le grésil s'était adouci contre les fenêtres, atténué en un murmure léger au-dehors.

Lily analysa sa réaction alors même que son cœur battait encore la chamade. Elle se frottait à quelque chose de dangereux qui la mettait en déroute. Repoussant cette chose sans nom, elle chercha une distraction.

— J'avais espéré…

— Quoi donc ? demanda Strangford, sa voix comme un souffle léger dans la pénombre à côté d'elle.

S'efforçant d'ignorer les battements de son cœur affolé, elle continua :

— J'avais espéré un déroulement différent. Avec Deveral, ajouta-t-elle en guise d'explication.

— Nous avons appris ce qu'il nous fallait sur Annalise. Maintenant, nous savons que c'était le même tueur. Ce n'est pas rien.

— Mais nous n'avons aucune idée de son identité.

Il garda le silence, le regard vers les flammes.

— Cela n'aurait pas dû être nécessaire. Si j'en avais fait davantage avec Mrs Durst…

— Ne dites pas cela, se récria Lily.

— J'aurais pu vous épargner Deveral si j'avais su lire plus de détails sur le meurtrier.

— Vous avez pris un risque considérable pour apprendre ce que vous avez appris.

Il ne semblait pas l'écouter, les yeux baissés sur ses mains dénudées.

— Je possède ce pouvoir. Ce... *don*, comme l'appelle Ash. Ce charisme. Et je redoute constamment de l'utiliser. Qu'aurais-je pu apprendre dans la maison de Deveral si j'avais eu la force de retirer mes gants ? Et dans la chambre d'Annalise ?

Cette dernière suggestion l'emplit d'épouvante.

— Vous ne pouvez pas exiger cela de vous-même.

— Si j'étais plus fort...

— Plus fort ? répéta Lily. Je vous ai vu marcher droit dans la mort et en ressortir sans sourciller, et vous aimeriez être plus fort ?

Il lui fallut un moment pour répondre, un silence comblé par la neige s'écrasant mollement sur les vitres et les charbons roulant légèrement dans le poêle.

— Eh bien, admit-il enfin d'un ton calme. On ne peut tout de même pas dire que je n'aie jamais sourcillé un seul instant.

— Ne vous avisez pas de vous sous-estimer. Vous êtes extraordinaire, et cela n'a rien à voir avec vos mains.

Ses paroles avaient fusé avant qu'elle puisse y réfléchir, éperonnées par le besoin de corriger ce qui lui semblait être une flagrante erreur. Aussitôt, cependant, elles déraillèrent et Lily se tut.

L'intimité de la cuisine, le silence réconfortant du feu, l'attention affûtée de son invité ; il y avait là une menace qui avait le potentiel de saper toutes ses défenses soigneusement élaborées.

Elle devait absolument changer de cap, les ramener sur un terrain plus sûr.

Avant qu'elle puisse trouver un moyen, Strangford prit la parole. À son timbre de voix, elle comprit qu'au contraire, il les entraînait dans une direction opposée.

— Lily…

Elle fut sauvée par le grincement d'une porte.

— Bramble, siffla-t-elle en se redressant sur sa chaise.

Le nom fit voler en éclats la tension qui s'accumulait entre eux, la remplaçant par une urgence tout autre.

Strangford se leva d'un bond.

— La table, ordonna-t-il.

Elle plongea dessous et il saisit sa chaise, la retournant habilement pour la remettre dans sa position initiale. Il y parvint sans le moindre bruit, pas même lorsque les pieds se posèrent à nouveau sur le sol. Puis il se faufila sous la grande planche en chêne, où ils patientèrent, accroupis côte à côte.

Des pas se firent entendre dans le couloir.

La douloureuse sensation de la proximité de Strangford, de la chaleur presque palpable de son corps, menaçait de raviver la tension qu'elle avait éprouvée si vivement un instant auparavant.

Il lui vint alors à l'esprit qu'elle était cachée sous une table de cuisine en compagnie d'un pair du royaume, telle une écolière apeurée à l'idée de se faire surprendre. Elle eut soudain envie de rire. Ses efforts pour se contenir produisirent l'effet inverse, et la pulsion devint irrésistible. Elle sentit ses épaules se raidir et dut fournir un prodigieux effort pour rester immobile.

Strangford dut sentir sa détresse.

— Ne commencez pas, lui dit-il à voix basse. Sinon, je vais m'y mettre, moi aussi.

Soudain, Bramble entra d'un pas lourd dans la cuisine.

Elle portait une chemise de nuit en flanelle. Bien que très ample, le vêtement lui servait manifestement depuis une décennie ou plus, car il était usé jusqu'à la corde par endroits, lui offrant sur sa logeuse un aperçu intime dont Lily se serait volontiers passée.

La jeune femme se rendit compte que la grille du poêle était toujours entrouverte, derrière eux. Une chaude lumière orange en émanait, la lueur de la flamme ravivée. Elle pensa à leurs manteaux suspendus dans l'ombre près de la grille.

Elle attendit que Bramble s'en aperçoive, mais sa logeuse avançait tout droit, comme si elle avait l'habitude d'emprunter ce chemin à la faveur de l'obscurité.

Ses pas la conduisirent jusqu'à une armoire, qu'elle ouvrit pour en sortir une tasse en fer blanc.

Son prochain arrêt fut la glacière. Elle y prit une bouteille de lait et en remplit sa tasse.

À côté de Strangford, Lily observait en silence ces gestes machinaux, priant pour que la prochaine étape n'implique pas la lumière d'une lampe.

Enfin, Bramble se tourna vers la table et s'arrêta, pieds nus, à quelques centimètres de la cachette de Lily.

Strangford était rigide comme une statue, aussi tendu qu'elle. Elle se surprit à se demander ce qui se passerait lorsque Bramble baisserait les yeux pour découvrir sa locataire blottie sous la table en compagnie d'un baron en chemise. Elle retint son souffle, attendant l'explosion.

Le silence fut rompu par un tintement de porcelaine. C'était le pot à biscuits. S'ensuivirent quelques craquements étouffés – Bramble aimait les biscuits très secs.

Cette fois, le fou rire revint en force. Elle résista tant bien que mal, parfaitement consciente des conséquences auxquelles elle s'exposait, mais rien ne semblait pouvoir arrêter les tremblements qui s'étaient emparés de tous ses membres. Elle jeta un coup d'œil à Strangford dans l'espoir que son sérieux lui fasse oublier sa propre hystérie, mais, la tête basse et le bras sur la bouche, il tentait lui aussi d'étouffer le rire qui secouait violemment ses épaules.

Lily s'était presque résignée à renoncer à son bail lorsque le couvercle du pot de biscuits se remit en place. Elle tendit vivement la main pour saisir le bras de Strangford à travers sa chemise et le contraindre au silence un moment de plus, tandis que les pieds nus de Bramble reculaient. Ses pas retentirent dans le couloir, ponctués par le grincement et le claquement de la porte de sa chambre.

Lily attendit l'espace d'un instant, s'assurant que sa logeuse n'avait rien oublié dans la cuisine. Enfin, elle relâcha le bras de Strangford.

— Vous n'imaginez pas combien j'avais envie de lui pincer les orteils, chuchota-t-il.

Ce fut la remarque de trop. Son rire jaillit en une explosion, mais par bonheur, les halètements qui sortirent de sa gorge n'avaient rien du rugissement tonitruant qui aurait à coup sûr éveillé sa logeuse, à l'autre bout du couloir.

— Arrêtez, supplia-t-elle lorsqu'elle eut repris sa respiration. Si vous me faites renvoyer d'ici…

— … je serais dans l'obligation de vous offrir mes appartements et de m'installer dans la remise à calèches avec Roderick, ce qui serait terriblement gênant.

Une autre vague de fou rire menaça, qu'elle s'efforça de soumettre, même si, aux yeux humides de son compagnon, il était évident qu'elle n'était pas seule dans cette lutte.

Enfin, tous deux reprirent leur souffle, l'un en face de l'autre dans l'obscurité.

— Nous devrions peut-être sortir de sous la table, proposa Lily.

— Excellente idée, répondit Strangford.

Il s'extirpa le premier, puis se retourna pour lui tendre la main… avant de s'immobiliser brusquement. Les gants, comprit-elle. Il venait de se rappeler qu'il les avait enlevés.

— C'est bon, s'empressa de lui assurer Lily en se redressant dans un déploiement un peu gauche.

Debout, tout près de Strangford, l'abrupte et exquise conscience lui revint. Lily savait exactement ce qu'elle exigeait. Et la possibilité d'assouvir cette envie lui semblait soudain dangereusement proche.

Ils étaient seuls, dans le noir, séparés de sa chambre par quelques volées de marches.

Elle vacilla au bord de ce désir, puis le sentit se déplacer sous ses pieds, le sol auquel elle se raccrochait se fondant en sables mouvants.

Elle éprouvait des sentiments pour lui.

Cette vérité la submergea, aussi chaude et réelle que les flammes qui rugissaient dans le poêle, ébranlant les défenses qu'elle avait méticuleusement et inconsciemment dressées. En quelques jours, cet homme avait réussi à franchir son bouclier et à se faire une place dans sa vie.

Il ne faut pas.

Un baron et une bâtarde. Une telle relation ne pourrait prendre qu'une seule forme, celle qui était à l'origine de sa propre histoire - amant et maîtresse. Il viendrait à elle quand l'envie lui prendrait, avant de s'en retourner auprès de sa famille. Elle ne serait qu'un à-côté, simple parenthèse dans une vie dont elle ne pourrait jamais faire partie. Et à choisir, l'affection l'emporterait-elle sur les obligations ? Elle avait appris la réponse à cette question quatorze ans plus tôt.

Le silence retomba dans la cuisine, rongeant le bord des flammes crépitantes alors que la tension dansait entre eux.

Elle recula d'un pas.

— Je crois que la pluie s'est arrêtée.

— Oui, confirma-t-il. Alors, je ne devrais pas vous faire risquer votre bail plus longtemps.

Faites-le, voulait-elle insister. Mais elle s'abstint.

Il tendit la main et elle comprit qu'elle l'empêchait d'accéder à son manteau. Il l'enfila et ramena ses gants sur ses mains élégantes. Elle grimaça intérieurement, sachant que la laine noire devait être encore humide de pluie. Cependant, elle ne pouvait se permettre de le laisser attendre qu'elle sèche. Encore maintenant, elle sentait sa détermination flancher, menaçant de céder.

— Avez-vous besoin d'autre chose ? Avant que je parte.

Réprimant ses émotions en pagaille, elle se raccrocha à la meilleure décision.

— Non. Non, merci. Vous en avez déjà fait plus qu'assez.

— Si vous en êtes sûre.

— Absolument. Je vous raccompagne à la sortie.

Sur ce, elle se retourna et le conduisit dans l'obscurité glaciale du couloir, tout droit vers la porte d'entrée, encore nimbée de longues ombres nocturnes. Après en avoir franchi le seuil, il s'arrêta pour la regarder dans la pénombre.

L'impression de danger, inscrite dans chaque ligne de son corps, se raviva. Elle en avait délicieusement conscience, à présent, pouvait l'entendre dans chaque mot qui sortait de sa bouche.

La seule façon pour Lily de s'épargner la douleur inévitable qu'il représentait était de s'éloigner. Aussi vite et loin que possible.

— Bonsoir, Miss Albright.

C'était une salutation formelle, mais la chaleur de sa voix la toucha.

— Bonsoir, milord, répondit-elle.

Et il se retira.

Elle referma la porte derrière lui avant de s'y adosser, les mains tremblantes. Prendre ses distances. Voilà ce dont elle avait besoin. La distance éloignerait le danger.

Elle se raccrocha à cet espoir, sourde à la douce voix frémissante en elle qui aspirait à tout autre chose.

CHAPITRE XVI

Ce fut le froid qui la réveilla. Il avait pénétré sa chambre, infiltrant la faible chaleur du feu qui s'éteignait dans le poêle. Le givre scintillait sur les vitres, traçant d'élégantes figures sur le verre. De l'autre côté, la rue entière luisait des frimas de l'hiver, depuis le trottoir verglacé jusqu'aux pointes étincelantes des grilles en fer forgé.

Elle se rappelait les flocons blancs virevoltants de sa vision, la neige comme un signe avant-coureur de la menace qui traquait Estelle dans l'ombre.

Pour la jeune femme, l'air froid revêtait une signification plus grande encore, que Lily répugnait à reconnaître.

Pourquoi le printemps mettait-il si longtemps à venir ? Si le temps se réchauffait, peut-être aurait-elle l'assurance qu'Estelle ne serait pas en danger avant l'année suivante. Elle aurait alors des mois devant elle pour tenter de retrouver le tueur, un sursis pour le moins bienvenu, car elle avait épuisé toutes ses idées pour cette enquête : elle avait forcé Strangford à projeter sa conscience dans un cadavre, affronté son demi-frère dans toute sa malveillance. Et tout ce qu'elle avait gagné en récompense de ces efforts était plus de questions encore.

Si ce froid annonçait la neige… Si le danger planant sur Estelle se rapprochait…

Lily tenta de chasser cette pensée de son esprit. Il n'avait jamais été question de sauver Estelle, se rappela-t-elle. Elle savait que c'était impossible. Dans le meilleur des cas, elle ne pouvait qu'espérer innocenter lord Deveral.

Un espoir bien mince.

Elle se leva, enfila ses chaussons et sa robe de chambre, puis s'approcha du poêle pour raviver le feu. À travers les planches brutes sous ses genoux, elle entendit soudain un fracas retentissant, suivi de vociférations étouffées, provenant de l'étage inférieur. Lily était certaine que ses oreilles auraient viré au rose si elle avait réussi à comprendre les mots.

Avec un soupir, elle referma le poêle et se dirigea vers l'escalier.

Comme à l'accoutumée, la porte d'Estelle était entrouverte. Lily frappa tout de même avant d'entrer.

— Tout va bien ? lança-t-elle en guise de salutation.

— Par ici, ma chérie, répondit sa voisine d'une intonation chantante ourlée d'irritation.

Lily suivit sa voix jusqu'à une porte au fond du salon, qui donnait sur une pièce dont Lily connaissait l'existence sans l'avoir jamais vue. C'était la deuxième chambre de l'appartement, un espace qu'Estelle avait converti en boudoir pour ses séances hebdomadaires.

Bien que la pièce fût relativement étroite, une énorme table ronde, dotée d'un épais pied central et d'une base ronde, occupait l'espace, entourée d'une dizaine de chaises. Il y avait tout juste assez de place autour pour permettre de circuler et de s'asseoir.

Le papier peint, sans doute un quelconque imprimé floral comme celui qui recouvrait les murs de Lily, à l'étage, était habilement dissimulé sous des rideaux pourpre foncé. Des tentures étaient suspendues au plafond, drapées dans les coins, formant des plis bombés. Quelques faux palmiers en pot ajoutaient à la décoration vaguement orientale. Le seul autre meuble était une armoire en bois ordinaire, de la taille de Lily, encastrée dans le mur du fond.

Dans la pénombre ou à la lueur des bougies, la pièce devait paraître exotique et mystérieuse. Dans la lumière crue des lampes à gaz, le tout paraissait plutôt de mauvais goût.

Estelle était sous la table.

— Ces satanés fils, grommela-t-elle en remuant son postérieur. Quelque chose s'est emmêlé.

Elle portait un pantalon de soie et un kimono. S'agissait-il de vêtements de jour ou d'une sorte de chemise de nuit ? Avec la garde-robe d'Estelle, la différence ne sautait pas toujours aux yeux.

Cette dernière sortit enfin de sous la table et se dirigea vers l'armoire. Elle ouvrit la porte, puis activa un loquet caché qui se déclencha dans un déclic. La paroi du fond, que l'on aurait pu croire adossée à plat contre le mur de la pièce, s'ouvrit pour révéler une alcôve secrète. À l'intérieur, Lily aperçut un imbroglio de cloches et un tambourin. Des fils partaient des instruments pour rejoindre des trous dans le sol.

Elle avait déjà vu ce genre de tours auparavant. Après son évasion du pensionnat de Mrs Finch, Lily avait souvent assisté à la mise en place des spectacles de magiciens pendant qu'elle balayait ou récurait le sol en coulisses. Leurs tours impliquaient toutes sortes de fils, exactement comme ceux des médiums spirites.

Contre toute attente, elle éprouva une cuisante déception.

Il n'y avait aucune raison à cela, pourtant. Lily n'avait jamais accordé beaucoup de crédit aux soi-disant capacités d'Estelle à communiquer avec l'au-delà. Qu'y avait-il d'étonnant à ce que la médium veuille jeter de la poudre aux yeux de ses clients par quelques subterfuges frauduleux ?

Estelle s'en retourna sous la table. À présent, Lily distinguait un panneau, ouvert sous le socle. Une série d'anneaux métalliques était fixée à l'intérieur. Sous ses yeux, Estelle tira sur chacun d'eux. Au fond du meuble, on entendait le tintement fantomatique des cloches et du tambourin qui, dans l'ambiance feutrée d'une pièce sombre, ne devait pas manquer de produire son petit effet.

Elle tira enfin le dernier anneau, jetant un coup d'œil vers l'épais rideau noir devant la fenêtre.

Rien ne se produisit.

— Foutu machin inutile…

— Qu'y a-t-il ?

— C'est ce maudit soufflet.

Estelle s'approcha du rideau d'un pas raide et le tira. Derrière, sur le mur, était fixé un soufflet de cheminée ordinaire.

Comme les instruments de l'armoire, il était lui aussi relié à un fil qui descendait le long du mur et disparaissait dans un autre trou au sol.

— Quand je tire sur le fil, il est censé se comprimer, comme ça, expliqua-t-elle en mimant l'effet escompté. Sauf qu'ensuite, il doit se gonfler à nouveau, pour que je puisse continuer à souffler. Et là, ça ne gonfle pas.

— Pourquoi veux-tu qu'il se gonfle ?

— Aha ! s'écria fièrement Estelle. Mon nouveau joujou. Attends, je vais te faire une démonstration.

Elle ferma le rideau, puis baissa la luminosité des lampes. La pièce fut plongée dans une pénombre lugubre, les tapisseries orientales scintillant faiblement dans la quasi-obscurité.

Estelle passa la main sous le rebord de la table. Lily entendit un déclic. Soudain, une silhouette spectrale et lumineuse apparut à la surface du rideau noir. L'effet était saisissant.

— Magnifique, n'est-ce pas ?

— Mais qu'est-ce que c'est ?

— Une lanterne magique ! annonça Estelle avec satisfaction. (Lily se pencha pour mieux voir le dispositif.) Elle marche avec une ampoule électrique, alimentée par une batterie. La lumière ne dure que quelques minutes, mais c'est tout ce dont j'ai besoin. Plus longtemps, et l'effet serait plutôt pauvre.

Estelle appuya sur un interrupteur et l'appareil s'éteignit. Elle ralluma les lampes à gaz, puis retira une fine plaque de verre de l'appareil, qu'elle tendit à Lily.

— Permets-moi de te présenter Desdemona. Je l'ai dénichée chez un prêteur sur gages à Notting Hill. J'ai repeint le fond en noir pour qu'on ne voie pas cet affreux décor très approximatif du genre harem de sultan. J'ai aussi envisagé de lui ajouter un peu de rouge aux joues, mais elle est censée être morte… (Elle récupéra la plaque des mains de Lily pour la remettre dans la lanterne.) Le problème, c'est qu'elle est complètement inanimée si elle reste juste suspendue. Pour ajouter du dynamisme à sa performance, elle a besoin de mouvement. Or il ne faudrait pas plus qu'un léger flottement du rideau pour qu'elle se déhanche comme elle le ferait dans un sérail. (Elle s'approcha du rideau, l'ouvrit à nouveau et tendit un doigt accusateur.) Mais mon soufflet refuse obstinément de fonctionner.

Lily examina le mécanisme.

— C'est parce que tu l'as branché à l'envers.

— Pas du tout, rétorqua Estelle sur un ton assuré. Le fil doit passer par le plancher. Il n'y a pas d'autre chemin possible.

Lily se rapprocha.

— Ce qu'il faut, c'est une sorte de crochet, ou mieux encore, un anneau, pour que tu n'aies pas à craindre que le fil glisse. Tiens, juste ici. Comme ça, le fil ira vers le haut plutôt que vers le bas. Ensuite, tu ajoutes un contrepoids à la base du soufflet, et…

— Mais quelle brillante idée ; vraiment formidable, ma chérie ! Que de talents cachés !

— J'ai une certaine expérience en matière d'illusions, répondit sobrement Lily.

Malgré ses efforts pour ne pas paraître critique, elle avait dû se trahir, car Estelle lui adressa un regard appuyé.

— Tu te demandes si tout ne se résume pas à des tours de passe-passe, n'est-ce pas ? lui dit-elle plus sobrement.

Lily éprouva une pointe de culpabilité.

— Je n'ai jamais dit ça.

— Tu sais, j'ai renoncé à essayer de convaincre les gens il y a longtemps. Alors, crois ce que tu veux. Ce n'est pas bien grave, de toute façon.

— Si tu n'essaies pas de convaincre les gens, alors pourquoi toute cette mise en scène ?

Estelle se laissa tomber sur l'une des chaises, ses jambes tendues devant elle.

— C'est un spectacle, ma chérie. Une représentation. Que voudrais-tu que ce soit d'autre ? (Elle se pencha en avant et ajouta :) Tu crois vraiment que la plupart des gens viennent ici pour entrer en contact avec les morts ? Ils se fichent pas mal de savoir ce que ces derniers ont à leur dire. Je me fais leur porte-parole quand même ; c'est le moins que je puisse faire pour les pauvres disparus. Mais les vivants sont bien plus enclins à écouter s'ils sont d'abord mis en condition par un peu d'esbroufe. C'est mon numéro qui les pousse à revenir pour des séances privées qui, elles, remplissent mon escarcelle. Et c'est aussi ce qui les incite à partager leur expérience avec leurs amis, mes futurs nouveaux clients. Bon… et maintenant, si tu me disais qui tu as fait entrer en douce ici hier, à une heure du matin ? N'essaie même pas de le nier. Je vous ai entendus bavarder en bas tous les deux.

— J'étais sortie avec un ami quand l'orage nous a surpris. L'immeuble était l'abri tout indiqué, le temps pour lui de pouvoir trouver un fiacre.

— Et cet ami ne serait-il pas un certain baron, beau et ténébreux, de notre connaissance ?

Lily s'efforça de ne pas réagir.

— Je ne suis pas sûre de comprendre ce que tu veux dire.

— Note bien que je ne désapprouve en aucune façon. Je ne connais pas spécialement ce jeune homme, mais si Robert l'apprécie, alors c'est qu'il doit être très bien. En outre, quelques sorties et un peu d'exercice ne peuvent pas te faire de mal.

— Un peu d'exercice ? répéta Lily, stupéfaite.

— Oh. (Estelle écarquilla les yeux.) Je vois. Vous n'en êtes pas encore au stade de l'exercice. Après l'avoir ramené à la maison avec toi au milieu de la nuit ? Hmm. J'espère que ça ne veut pas dire qu'il est… enfin, tu connais le théâtre, tu vois ce que je veux dire.

Lily était sans voix.

— Non. Je ne crois pas que ce soit le problème… reprit Estelle, songeuse. Mais il y a certainement quelque chose…

— Ou peut-être est-il simplement un gentleman, souffla la jeune femme d'une voix étranglée.

— Oui, peut-être. Vraiment, quel dommage.

Les pensées de Lily remontèrent à la soirée de la veille, à cette bouffée de désir qu'elle avait éprouvée en compagnie de Strangford dans la cuisine.

Il s'en était fallu de peu, et ce n'était pas à cause d'un manque de considération de la part de Strangford. C'était Lily qui avait bien failli perdre le contrôle. Pourtant, elle ne devait jamais oublier la vérité, inaltérable : elle n'était qu'une bâtarde. Elle serait toujours une étrangère dans le monde de Strangford, le monde de son père. Dans le meilleur des cas, elle serait tolérée ou ignorée. Au pire… Les paroles de Deveral, la veille, lui revinrent en mémoire, la bassesse de ses insultes, destinées à causer les plus vifs chagrins à un être qu'il croyait incapable de riposter.

Ce souvenir en entraîna un autre, bien plus bouleversant que tous les coups verbaux assénés par Deveral.

Il osait nous demander de vous accepter.

Quelle aurait été sa vie si son père avait obtenu gain de cause ? Si elle avait été acceptée chez les siens et élevée comme sa fille, au vu et au su de tous ? Comment le monde la considérerait-il alors ? La perspective d'une alliance avec une femme telle que Lily, tout illégitime fût-elle, et la possibilité de se rapprocher des plus hautes sphères de l'État anglais qui en découlait, semblerait bien moins inacceptable.

À la pensée des révélations de Deveral, son cœur se serra, frappé dans sa vulnérabilité. Faire partie d'une famille… Dîner ensemble chaque soir. Ouvrir les cadeaux le matin de Noël. Courir dans la maison en compagnie d'une armée de frères tapageurs en se chamaillant des jouets empruntés.

Avoir connu un vrai foyer.

Un père.

Elle se ressaisit, résolument convaincue que tout ceci n'était qu'un rêve impossible. Même si son père avait choisi d'exercer son autorité, le reste de la maisonnée l'aurait toujours détestée. Le comte n'aurait rien pu y faire, son influence n'aurait jamais mis un terme aux racontars, aux jugements silencieux, rappels constants parmi les cercles aristocratiques auxquels il se mêlait qu'elle n'était là que parce qu'on l'y tolérait, qu'elle n'y avait pas sa place et ne l'aurait jamais.

— Un problème ? demanda Estelle.

— Non. Pas du tout. (Lily tenta un sourire.) Aurais-tu de la quincaillerie ? Je pourrais peut-être te bricoler un soufflet.

Estelle sortit une boîte à outils de sous la table et la lui présenta. Lily choisit les pièces dont elle avait besoin et se dirigea vers la fenêtre, se mettant au travail, armée d'un tournevis. Derrière elle, Estelle se cala au fond de la chaise, les pieds sur la table.

— Où est Miss Bard aujourd'hui ? demanda Lily pour occuper le silence.

— Oh, elle a filé pour une vente aux enchères dans une région désuète au nom qui se termine par « shire ». Elle espère acquérir une babiole folklorique qui lui fait de l'œil. Je suppose que tu as entendu parler du meurtre ?

Lily suspendit son geste un instant avant de continuer à manier le tournevis.

— Quel meurtre ?

— Celui qu'ils accusent ton frère d'avoir commis. Je sais qu'apparemment, les journaux ne t'intéressent pas, mais tu ne vas tout de même pas me dire que tu n'étais pas au courant de cette histoire-là.

— Demi-frère, précisa Lily. Et je ne peux pas dire que j'aie vraiment suivi l'affaire.

— C'est incroyable, vraiment. Ils vont l'inculper. Cela pourrait être la première fois qu'un pair du royaume est accusé d'un tel crime depuis lord Cardigan, et c'était du temps de ma grand-mère.

Une accusation, lors de laquelle les preuves contre lord Deveral seraient énumérées devant un grand jury – un dossier en apparence à toute épreuve. Comment pouvait-elle espérer s'y opposer, convaincre qui que ce soit de son innocence ?

Ses pensées revinrent au docteur Joseph Hartwell.

Elle ne pouvait se défaire de l'intuition que le célèbre médecin était impliqué dans cette affaire. Mais elle n'avait rien d'autre que cela – une intuition. Aucune preuve ne le reliait aux crimes, seule la plus infime conjecture. Ce n'était pas une piste, seulement une impasse de plus.

Le givre gagnait du terrain sur la fenêtre d'Estelle. Il se fichait bien que Lily soit à court d'idées. Les événements qu'elle avait tristement prédits s'approchaient inexorablement, au mépris de ses efforts.

Elle ressentit un élan de frustration et le poids tout aussi fort de la culpabilité.

— Ce ne sont pas mes affaires, mentit-elle.

En tirant d'un coup sec, elle détacha le fil qui maintenait tout le dispositif d'Estelle.

— Alors, c'est sans rapport avec la visite de ton père, hier matin.

— Aucun.

— Pas plus que ton excursion à Abney Park jeudi soir.

À ces mots, Lily laissa tomber le tournevis.

— Qu'as-tu dit ?

— C'est Agnès qui me l'a soufflé, expliqua Estelle avec désinvolture. C'est l'une des choses les plus faciles à déceler, tu sais : les lieux, surtout si vous vous y êtes rendues toutes les deux auparavant. Je ne sais pas quel proche d'Agnès y repose, mais ma grand-tante était une célèbre protestante. J'y passe de temps à autre pour empêcher le lierre de recouvrir complètement sa tombe, sinon elle se rappelle à moi dans mes rêves. Et j'ai des choses bien plus intéressantes à rêver qu'à ma grand-tante Prudence.

— Je vois, répondit Lily sur un ton circonspect en récupérant l'outil sur le sol.

— Agnès dit que tu y es allée pour parler à quelqu'un, mais je n'arrive pas à savoir qui. Elle n'arrête pas de me montrer ces lampes à gaz. Alors bien sûr, je meurs de curiosité.

Estelle se radossa confortablement dans sa chaise, un sourire patient aux lèvres.

Lily en avait le tournis.

Était-ce de la chance ? Une intuition hasardeuse ? Estelle aurait pu découvrir que Lily s'était absentée jeudi soir, mais de là à deviner où elle était allée ? Bien sûr, elle aurait pu l'apprendre de Sam ou du docteur Gardner… mais Lily avait beaucoup de mal à croire que l'un ou l'autre soit allé raconter leur aventure clandestine à l'une des commères les plus notoires de Londres.

La seule explication plausible était qu'Estelle communiquait bel et bien avec l'esprit d'une médium assassinée.

Lily attendit le retour en force de son éternel scepticisme. Mais rien ne se produisit. Au lieu de quoi, elle se sentait aux prises avec un sentiment inconnu, bien plus inconfortable : l'idée qu'Estelle lui disait la vérité. En dépit du clinquant de ses mises en scène spectaculaires – dont Lily tenait la preuve entre ses mains –, ses facultés étaient aussi authentiques que les siennes.

Elle posa le tournevis et se retourna.

— Comment cela se manifeste-t-il ? demanda-t-elle.

Estelle n'eut pas besoin de lui demander ce qu'elle voulait dire.

— Eh bien, ce n'est pas exactement comme quand nous discutons autour d'un sherry.

— Alors, comment ?

— Plutôt comme… un rêve éveillé, je dirais. Si tant est qu'on puisse oser une telle comparaison.

— Un rêve éveillé ?

— Les morts ne s'expriment pas avec des mots. Ils communiquent par les idées. Alors, il faut ouvrir ton esprit, leur faire savoir que tu es là et que tu écoutes, puis te montrer absolument ouverte à tout ce qui s'invite dans tes pensées, même si celles-ci te paraissent absurdes.

— Alors, comment faire la différence entre quelque chose qu'un mort te transmet et une pensée spontanée qui te vient ?

Estelle haussa les épaules.

— On le sait, c'est comme ça. Le plus dur, c'est d'avoir suffisamment confiance en soi pour y démêler un sens. La vague impression d'une rose peut vouloir dire plusieurs choses : l'amour, par exemple, le magasin d'un fleuriste ou encore un nom. Tout est dans l'interprétation… si cela m'évoque plutôt un fleuriste ou un nom.

— Qu'est-ce qu'Agnès t'a montré à mon sujet ?

— J'ai vu le cimetière où est enterrée ma grand-tante grincheuse. Un téléphone qui sonne dans une pièce vide. Et un lys calla orange… C'était toi.

Le lys calla.

Elle songea au bouquet ornant le portrait d'Evangeline Ash, à ces fleurs élégantes aux tiges tombantes dans leur vase antique.

— Oh. Et les lampes à gaz, bien sûr. Elles en faisaient partie aussi. C'est drôle, non ? L'image qu'Agnès me renvoie chaque fois que j'essaie de lui demander qui l'a assassinée, et voilà qu'elle réapparaît quand elle me parle de ta petite virée.

Lily percevait la nuance dans l'intonation d'Estelle.

Elle savait.

Elle savait que Lily était intéressée par les meurtres. Qu'elle lui cachait quelque chose.

L'envie folle et éperdue de la mettre en garde, de l'avertir du danger, monta en elle une nouvelle fois.

Devait-elle y céder ? Cela ferait-il la moindre différence ?

Lily savait d'expérience combien la chose était improbable. Si elle suivait cette impulsion et se laissait aller à prévenir Estelle, elle emplirait d'épouvante et d'angoisse les derniers jours de la pauvre femme, qui lutterait avec acharnement pour échapper à l'horreur à laquelle elle était condamnée.

S'il y avait un espoir, ne serait-ce qu'infime, de changer ce que Lily avait vu en songe, ce n'était pas sous la forme d'un énième avertissement infructueux. Il fallait agir. Et jusqu'à présent, toutes les mesures prises par Lily l'avaient inexorablement conduite dans une impasse.

Elle tordit le dernier fil, fixant le poids en place, puis tira sur le filament brillant qui allait du sol jusqu'à l'anneau qu'elle venait de monter sur le mur. Le soufflet se dégonfla, l'air soulevant les cheveux de Lily, avant de se rouvrir sous l'action du contrepoids.

Estelle applaudit.

— Merveilleux !

— Il faudra simplement recouvrir le poids de feutre pour qu'il n'érafle pas le mur et émette du bruit quand il bouge.

— Du feutre. Mais oui, bien sûr. Comme il est commode d'avoir pour voisine une femme aux talents si divers et utiles. Où en serais-je sans toi ?

— Il te manquerait une Desdemona ondulante, répondit Lily par automatisme, ses pensées déjà ailleurs.

Des talents si divers...

Estelle n'avait pas tant besoin d'une bricoleuse que d'une personne capable de découvrir l'identité de l'homme qui la traquait, et de résoudre un crime qui n'avait pas encore été commis.

Une personne capable de deviner l'avenir.

Lily avait ce pouvoir. Mais il était fluctuant, allant et venant à sa guise sans autre motif qu'un caprice inexplicable.

Pourtant... et si cela pouvait changer ? S'il pouvait répondre à ses caprices, à elle ?

C'était du moins la promesse d'Ash. La raison pour laquelle, d'après ses dires, il avait fondé le Refuge comme un lieu d'acceptation et de maîtrise de soi. Était-il possible qu'il s'y trouve des connaissances susceptibles de permettre à Lily de prendre le contrôle sur son pouvoir, d'apprendre à le diriger pour servir ses propres objectifs ?

Son instinct la poussait à fuir cette idée. Reconnaître ce qu'elle était, ce dont elle était capable, c'était risquer le retour de cette terrible responsabilité, le poids de la culpabilité parce qu'elle ne parvenait pas à éviter les tragédies qu'elle savait pourtant imminentes. C'était le risque de s'engager dans une bataille qu'elle était condamnée à perdre, encore et toujours. Elle n'en avait plus la force, ne voulait plus de cet enfer.

Malgré tout, il y avait des vies en jeu. Celle d'Estelle, de Deveral. Quatre femmes étaient déjà mortes et le coupable courait toujours, tandis que la loi avait commodément attribué au moins l'un des crimes à un innocent.

Ce n'était pas bon. Pas bon du tout. C'était même terrible. Et si Lily avait la moindre chance de changer la donne, si son pouvoir lui permettait d'identifier le monstrueux auteur de ces crimes et de le traduire en justice... pouvait-elle baisser les bras sans même avoir essayé ?

Ce fut le visage de Strangford qui apparut dans son esprit en guise de réponse. Elle songea à sa réaction lorsqu'elle lui avait suggéré d'utiliser le pouvoir qu'il avait entre ses mains pour lire le cadavre de Sylvia Durst. Malgré ses réticences, il avait obtempéré, conscient de la douleur et de l'effroi qui l'attendraient. Il avait cédé par souci de justice, parce que même la plus petite chance de sauver une vie ou deux valait la peine d'affronter le danger. Comment oserait-elle refuser de prendre le même risque ?

Elle s'y refusait.

— Je suis désolée, dit-elle en tendant ses outils à Estelle. J'ai bien peur de devoir partir. J'ai une visite à rendre.

CHAPITRE XVII

Lily hésita devant la porte du Refuge, son regard passant du heurtoir en laiton poli à la poignée de porte. Les mots d'Ash résonnaient dans sa mémoire.

Elle vous sera toujours ouverte.

Un havre de paix pour les charismatiques, pour les gens qui, comme Lily, portaient le fardeau d'une connaissance qu'ils n'étaient pas censés posséder. Ash l'avait invitée à envisager qu'elle puisse en faire partie après une conversation de quelques minutes à peine. Une offre exceptionnellement généreuse... que Lily n'avait aucune intention d'accepter.

Elle frappa.

La porte s'ouvrit, révélant un Sam Wu vêtu d'un manteau en tweed et d'un pantalon en laine foncée.

— Oh. C'est vous, dit-il.

Une salutation qui manquait singulièrement d'enthousiasme, mais Lily ne voulait pas se laisser déstabiliser.

— Mr Ash reçoit-il ?

Au lieu de répondre, Sam émit un sifflement. Aussitôt, un petit moineau brun descendit en voletant pour se poser sur la rampe à côté d'elle. Il pencha la tête, sautilla plus près de la porte, puis vint se percher sur son épaule. Sam lui chuchota quelques mots, puis l'oiseau s'envola, passant en sifflant au-dessus du chapeau de Lily.

Il ouvrit la porte et recula. Ce n'était pas vraiment une invitation, mais elle entra en retirant ses gants.

Il garda le silence pendant une minute gênante, puis finit par demander d'une voix atone :

— Puis-je prendre votre manteau ?

— Merci, répondit platement Lily.

Il s'avança derrière elle, l'aidant à faire glisser sa veste sur ses épaules. Après avoir récupéré ses gants et son chapeau, il disparut, sans doute pour aller les ranger dans le placard.

Lily patienta près du buste d'Isaac Newton, dans le silence du couloir, refusant de paraître mal à l'aise. Elle s'absorba dans la contemplation de l'ambitieuse bataille qui se déroulait sur le bouclier antique fixé au mur en attendant le retour de Sam.

— Par ici, si vous voulez bien, dit-il en lui faisant signe d'entrer dans le salon.

La pièce était élégante, mais d'allure confortable, canapés et fauteuils juste assez élimés pour donner l'impression d'être utilisés. Un feu brûlait dans l'âtre, et la décoration se composait d'un assortiment d'objets divers, tous uniques : une vieille épée jouxtant un tisonnier et une pelle assortis ; dans une vitrine, plusieurs petites figurines turquoise couvertes de hiéroglyphes et ce qu'elle identifia comme un lézard momifié.

Sam s'appuya contre l'encadrement de la porte, bras croisés sur sa poitrine.

— Où est Mr Ash ? s'enquit Lily.

— Il est en train de méditer. (Sur le mur, une horloge égrenait ses secondes dans le silence.) Dès qu'il aura terminé, je lui ferai savoir que vous l'attendez.

— Comment saurez-vous qu'il a fini, si vous êtes ici ?

Il ne répondit pas, mais ne partit pas non plus, ne lui offrit pas de thé et ne fit rien de ce que l'on attendrait d'un domestique en temps normal.

C'était un moyen d'intimidation subtil, mais efficace. Lily en respectait l'audace, même si elle n'avait pas l'intention de se laisser détourner de son but. La raison de sa visite était bien trop importante. Importante, et terrifiante à la fois. Elle était ici pour demander à Robert Ash comment utiliser son pouvoir et provoquer une vision, exiger de l'avenir qu'il lui révèle ses secrets – et pas n'importe lesquels, les secrets qu'elle avait besoin de voir.

S'il lui en donnait la clé, elle serait confrontée à un choix : s'en servir et ouvrir une porte vers une partie de son être qu'elle avait passé les quatorze dernières années à essayer d'enfouir, ou y renoncer et ne rien faire pendant qu'un homme était pendu pour un crime qu'il n'avait pas commis et qu'un meurtrier continuait d'aspirer la vie de femmes innocentes dans leurs lits ?

Franchir la porte du Refuge lui en avait coûté. Elle n'allait pas se laisser chasser par l'antipathie de Sam Wu. En même temps, pouvait-elle vraiment lui en vouloir ? Elle n'était qu'une inconnue, une intruse dans ce qui était à l'évidence un domaine qu'il considérait comme le sien. Il ignorait ses motivations, son rôle, ce qu'elle voulait et même si elle représentait une menace pour ses proches.

Elle fit le tour de la pièce à pas lents, admirant les diverses curiosités. Elle s'arrêta devant un tableau pas plus grand qu'une feuille de papier à lettres, peint à l'huile sur une très vieille pièce de bois. Il représentait un saint en toge marron, reconnaissable à l'auréole de feuilles d'or délicates qui couronnait sa tête. Dans un champ, sur fond de ciel bleu foncé, il tendait les mains comme pour illustrer ses propos. Son auditoire était constitué d'une volée d'oiseaux qui planaient devant lui, visiblement transis.

— Saint François d'Assise, commenta Sam. On dit qu'il était si vertueux que Dieu lui a accordé le don de parler aux animaux.

— Vous voulez dire qu'il était comme vous.

Lily perçut l'impertinence de ses propres mots. Reconnaître à haute voix ce dont elle avait été témoin avec les rats, devant Abney Park, lui semblait troublant, voire dangereux.

— Je ne suis pas catholique, répondit-il.

Son rire lui échappa avant qu'elle puisse le retenir. À sa grande surprise, les lèvres de Sam frémirent à leur tour, réaction infime et clairement involontaire, qu'il s'empressa de dissimuler.

Elle l'avait vue, cependant, cette fissure dans son armure implacable.

La curiosité la tiraillait.

— C'est le moineau, n'est-ce pas ? Vous lui avez demandé de surveiller Mr Ash à votre place.

— Peut-être, répondit-il, à nouveau imperturbable.

— Cela marche-t-il de la même manière avec tous les animaux ? Obéissent-ils à tout ce que vous leur dites ?

— Vous voulez savoir si je peux les commander comme un seigneur ? Pas vraiment.

Sam quitta la porte pour se laisser tomber sur un fauteuil rembourré comme s'il s'agissait là de sa place attitrée – un autre indicateur de son statut ambigu au sein de cette maison : en règle générale, les domestiques n'avaient pas pour habitude de se comporter comme chez eux dans le salon de leurs maîtres.

— Dites-moi, comment cela fonctionne-t-il ?

Il haussa les épaules.

— À certains, on peut demander des faveurs, qu'ils accordent ou non. Mais généralement, ce ne sont pas les plus intelligents. Les plus intelligents, on peut en tirer plus, seulement ils exigent quelque chose en échange.

— Comme un paiement, vous voulez dire ? (Elle repensa à Abney Park.) Les rats étaient de ce genre ? Vous les avez payés pour leur aide au cimetière ?

— Non. Ce ne sont pas des lumières. Humiliez leur roi et ils vous suivront pendant un moment ; ils feront tout ce que vous voulez, tant que ce n'est pas trop compliqué.

Elle songea à sa confrontation avec le monstrueux rongeur qui avait émergé, seul, des égouts de Stoke Newington, quand ce jeune homme fin comme une liane avait forcé à la soumission l'animal qui sifflait et lui mordait les doigts.

— Alors, quels sont les animaux les plus intelligents ?

— Les corbeaux, répondit-il sans hésiter.

— Quel paiement demandent-ils ?

— Plus que vous ne consentiriez à donner.

Quelque chose dans sa voix lui donna le frisson. Elle reporta son attention sur l'icône du tableau.

— La dernière fois que je suis venue ici, Mr Ash a évoqué des histoires de miracles et de saints.

— Il pense qu'ils étaient comme nous.

Il avait placé sur ce « nous » une légère emphase dont le sens ne lui échappait guère. Avec ses questions sur les oiseaux et les rats, elle lui avait rappelé qu'elle connaissait sa différence. Il lui rendait seulement la pareille.

— Qu'ils pouvaient… faire des choses dont les autres étaient incapables. Spontanément, sans intervention divine, précisa-t-elle.

— Ne le lancez pas sur le sujet de l'intervention divine, sinon vous en aurez pour la nuit.

Il se leva brusquement du fauteuil, comme s'il se ressaisissait, renonçant à la nonchalance qui semblait s'être emparée de lui. Son visage se ferma et son intonation devint plus sèche.

— Et d'abord, qu'est-ce que vous venez faire ici ?

Lily savait que la question ne concernait pas vraiment sa visite. Il voulait savoir pourquoi elle avait envahi son monde, menacé de troubler son équilibre par l'introduction d'un élément étranger.

Son premier instinct fut de l'éconduire, mais que cela leur plaise ou non, à l'un comme à l'autre, cet homme avait déjà un pied dans ses affaires.

Elle le revoyait encore, rigide et immobile alors que les rats rampaient sur son corps… ce qu'il avait enduré pour elle, au nom d'une cause dont il ignorait tout.

— J'essaie de prévenir une injustice. Et peut-être… (Elle buta sur les mots, sa bouche trop sèche lorsqu'elle les prononça :) Peut-être de mettre un terme à la menace qui plane sur un être cher.

— Rien d'autre ?

— Rien d'autre.

Sam sembla méditer ses propos.

— Et après ?

Lily ne savait que répondre. Cela aurait dû être simple : elle retournerait à sa vie et oublierait toute l'histoire. Cependant, elle avait du mal à formuler cette promesse. Au lieu de quoi, elle botta en touche, optant pour une question qui ferait certainement oublier à Sam celle qu'il lui avait posée, plus difficile encore.

— Étiez-vous un voleur ?

Aussitôt, Sam adopta une posture défensive.

— En quoi cela vous regarde ?

— Je vous ai vu crocheter la serrure de la loge, à Abney Park.

— Et quand bien même ?

— Sauriez-vous entrer dans une maison fermée à clé et faire en sorte qu'elle paraisse toujours fermée après votre départ ? insista-t-elle.

— Tout ça, c'est fini. De toute manière, qu'est-ce qui vous fait penser que je le ferais pour quelqu'un comme vous ?

— Je ne vous demande rien. Je veux seulement savoir si c'est possible.

Il croisa les bras, toujours méfiant.

— Un gars pourrait y arriver, s'il connaissait son affaire. Bien sûr, le mieux est encore de ne pas avoir à crocheter la serrure. Il suffit de s'arranger pour être à l'intérieur avant que tout ne soit fermé.

Lily lui accorda soudain une attention toute particulière.

— Avant que tout ne soit fermé ?

— C'est assez facile, si on sait s'y prendre. Ensuite, on trouve un endroit où se cacher jusqu'à la nuit. Puis on sort par une porte avec un loquet, pas un verrou. Un loquet, ça se referme derrière soi. Avec un peu de chance, personne ne remarquera qu'il y avait quelqu'un, ni que quelque chose a disparu avant que vous ne soyez loin.

— C'est aussi simple que ça ?

— Disons que tout le monde n'en est pas capable. Il faut une main experte. Pourquoi cette question ? Vous cherchez à barboter quelque chose ?

— La chose en question est déjà le fruit d'un vol.

— De quoi s'agit-il ?

— De sang.

Sam se perdit en réflexions. Ses défenses avaient fini par tomber, vaincues par sa curiosité.

— C'est bizarre, comme fauche. Ça ne se revend pas, sauf peut-être à un boucher, et encore, il ne vous en donnerait pas grand-chose.

— Je ne pense pas que le voleur ait l'intention de le vendre. (Lily considéra le problème, avant de prendre conscience que son interlocuteur serait peut-être en mesure de lui offrir une réponse plus éclairée.) Dans quel autre but volerait-on quelque chose ? Si ce n'est pour le revendre ?

— Peut-être pour le plaisir, tout simplement. Je connaissais un type à Limehouse qui escamotait les chapeaux des dames. Il les arrachait directement de leurs têtes. Mais il ne les vendait pas, il les gardait alignés dans sa chambre. C'est très rare, cela dit. La plupart du temps, si ça ne rapporte pas d'oseille, c'est qu'on en a besoin. Les mioches qui chapardent du pain parce qu'ils ont faim ou les soûlards avec l'alcool.

— Mais pourquoi aurait-on besoin de sang humain ?

— Qu'est-ce que j'en sais ? fit Sam avec un haussement d'épaules.

Au même instant, un oiseau entra dans la pièce. C'était le moineau de l'entrée, brun et frêle.

Lily avait déjà vu des oiseaux en liberté dans une maison. En général, ils étaient paniqués et tournaient en rond en rebondissant sur les murs. Celui-ci, en revanche, semblait aussi à l'aise dans le salon que Le Chat sur son oreiller. Il voleta un moment avant de se poser sur la cheminée à côté de Sam, où il émit un gazouillis.

— Salut, l'ami, répondit-il.

L'oiseau ébouriffa ses plumes, puis repartit aussitôt.

Sam se leva.

— Monsieur a fini de méditer.

— Il a fini depuis que le petit messager de quelqu'un lui a picoré la cheville.

Ash franchit le seuil de la pièce. Il portait un costume bien taillé et des chaussures en cuir vernies, le gentleman anglais dans toute sa respectabilité.

— Vous êtes si immobile quand vous méditez, il voulait sûrement s'assurer que vous ne vous étiez pas changé en statue, rétorqua Sam avec aisance.

Ash sourit un instant avant de retrouver une expression plus sobre.

— Votre père vous demande.

Sam se crispa. Lily vit sa posture devenir plus formelle, plus conforme à ce que l'on attendrait d'un cocher s'entretenant avec son employeur.

— Shì, Lǎoshī, répondit-il.

L'étrange sonorité de ces mots la saisit. Elle s'était habituée à entendre l'accent rugueux de l'East End dans la bouche du jeune homme, à tel point qu'elle avait cessé de se demander depuis longtemps si c'était là sa langue maternelle.

— Miss Albright est ici pour vous, milord, annonça-t-il sur un ton parfaitement approprié.

— Merci, Sam, répondit Ash.

Il salua son patron et, à la grande surprise de Lily, esquissa aussi un bref salut à son attention, avant de prendre congé.

— Son père ?

— Il s'occupe des jardins.

— Et Mrs Liu ?

Elle se souvenait de la vieille dame aux traits asiatiques, qui lui avait servi le thé dans la bibliothèque, celle qui confectionnait les délices aux graines de lotus.

— Sa grand-mère.

Une centaine de questions se bousculaient dans sa tête : d'où venait la famille Wu ? Que faisaient-ils en Angleterre ? Depuis combien de temps étaient-ils ici et comment s'étaient-ils retrouvés au service d'Ash ?

— Verriez-vous un inconvénient à ce que nous sortions prendre l'air ? demanda ce dernier, devançant ses questions. Il se trouve que j'ai grand besoin d'une promenade.

— Avec plaisir.

Ils flânèrent le long du square. Les arbres étaient nus, leurs entrelacs de branches sombres masquant les maisons de l'autre côté. Dans quelques mois, un épais feuillage vert dissimulerait entièrement ces façades en briques, donnant l'illusion d'une certaine intimité rurale.

Lily se demandait comment aborder le sujet qui l'avait amenée. Finalement, elle n'eut pas d'autre choix que de se jeter à l'eau.

— Pouvez-vous m'apprendre à invoquer une vision de mon plein gré ? demanda-t-elle tout de go.

La question avait failli lui rester entre les dents. Elle venait de reconnaître qu'elle était ce qu'Ash avait toujours affirmé : une charismatique. Mais le temps du déni était passé depuis la mort d'Annalise Boyden, depuis qu'elle s'était présentée sur le pas de sa porte en demandant de l'aide pour résoudre un meurtre qui n'avait pas encore eu lieu.

Ash ne posa aucune des questions qu'il était pourtant en droit de lui poser. Il se contenta d'un « oui ».

— Comment ?

— Il y a plusieurs chemins. Je préfère vous voir emprunter le chemin le plus long. L'étude, la pratique, le développement d'une relation solide avec votre pouvoir.

Lily s'évertua à ne pas froncer ostensiblement les sourcils. Elle n'avait pas le temps de se perdre en apprentissage et en exercices. Elle avait besoin de réponses, et tout de suite.

— Et les autres ?

— Tout dépend de ce que vous cherchez.

— J'ai seulement besoin de voir ce que je veux, quand je le veux.

— Je crains fort que ce soit impossible.

Elle interrompit son pas.

Ils se trouvaient à présent dans l'une des paisibles rues résidentielles longeant Bedford Square.

— Vous venez de dire qu'il y avait plusieurs chemins.

Il ne sembla pas décontenancé le moins du monde par son exaspération, ce qui ne fit que l'attiser davantage.

— Oui, pour provoquer des visions à volonté. Ce que je ne peux pas vous apprendre, cependant, c'est comment dicter ce que cette vision doit vous montrer… ou pas.

Une fois de plus, elle sentit cette frustration trop familière monter en elle. À quoi bon susciter une vision si elle était incapable de l'orienter ? Elle risquait d'y découvrir d'autres drames impossibles à empêcher plutôt que d'obtenir les informations nécessaires pour renverser le cours de ce qu'elle avait déjà prédit.

— Il doit bien y avoir un moyen.

Il se retourna et reprit sa marche. Lily fut obligée de lui emboîter le pas, sous peine de devoir abandonner cette conversation et de rentrer bredouille.

— Vous avez déjà rencontré d'autres membres du Refuge.

— Oui, répondit-elle succinctement, le souvenir de Sam, en train de remercier le petit oiseau brun au milieu du salon impeccable comme si de rien n'était, se rappelant à sa mémoire.

— Votre pouvoir est différent du leur. Sauriez-vous me dire comment ?

Le vieil homme semblait décidé à jouer avec ses nerfs, or elle n'avait pas le temps de se laisser entraîner dans des réflexions philosophiques. Elle avait besoin de réponses, mais à l'évidence, elle allait devoir se plier à son jeu pendant un certain temps si elle voulait une chance de les obtenir.

— Votre cocher parle aux animaux, répondit-elle sans ambages. Miss Deneuve communique avec les morts.

Elle ne mentionna pas le docteur Gardner, même si elle était convaincue que le grand Irlandais était des leurs, lui aussi.

— Et lord Strangford ?

Ash jeta un coup d'œil à la jeune femme. Rien dans ses yeux bleu clair ne semblait indiquer un double sens à sa question.

— Il touche les choses, répondit Lily sur un ton impassible, s'efforçant de ne pas penser au frôlement électrique de ses doigts sur sa peau.

— Et que peut-on dire de ces pouvoirs ? Un point commun que le vôtre ne partage pas.

Lily sentit sa patience fondre comme neige au soleil.

— Vous pourriez tout aussi bien me le dire. Je n'ai jamais été très douée pour les devinettes de ce genre.

— J'en doute.

— Demandez mon dossier à l'académie de Mrs Finch, si vous pensez que je mens.

— Vous n'y avez pas exercé votre esprit de déduction, seulement passé des tests comme des cerceaux qu'il vous fallait franchir.

Malgré elle, Lily sentit un rictus naître au coin de sa bouche : sa remarque était d'une justesse imparable.

— Qu'est-ce que Sam, lord Strangford et Miss Deneuve ont en commun, qui les rende différents de vous ? insista-t-il.

Lily réprima un soupir et avança la première réponse qui lui vint à l'esprit :

— Ils sont toujours actifs.

— Actifs ?

— Leurs… dons. Sam semble être capable de communiquer avec toutes sortes de créatures quand ça lui chante. Si des morts sont dans les parages, Estelle peut recevoir des communications de leur part. Quant à lord Strangford… (Elle avait horreur du nœud qui se formait dans sa gorge chaque fois qu'elle prononçait son nom, mais elle n'en fit pas cas.) La capacité de lord Strangford se manifeste dès qu'il touche quelque chose.

— Et vous ?

— Je ne sais jamais quand je vais voir quelque chose. Les visions viennent, ou pas, selon leur volonté propre. Elles n'ont ni rime ni raison.

— Vous ne contrôlez pas le moment où vos visions se produisent. Mais alors, selon vous, qu'est-ce qui le détermine ?

— Aucune idée. Je n'y ai jamais pensé.

Ash s'arrêta. Ils avaient atteint le bout de l'allée.

— Vous possédez ce pouvoir depuis toujours et vous n'avez jamais pris une minute pour vous demander ce qui déclenchait vos visions ?

— En général, j'étais trop occupée à essayer d'empêcher des

accidents ou des morts pour m'embarrasser de questions existentielles.

— Ou alors, vous vouliez que cela cesse.

Les paroles d'Ash, prononcées avec une simplicité franche, pourfendirent Lily comme une lame. Elle recula comme s'il l'avait frappée, le cœur serré.

— Qu'en savez-vous ?

— Qui pourrait vivre sous l'emprise d'un pouvoir comme le vôtre sans souhaiter, à un moment ou à un autre, le voir disparaître à jamais ? (Il s'approcha, et sa main lui effleura le bras.) J'ai dit que vous aviez un don, Miss Albright. Et c'est le cas. Mais cela ne veut pas dire qu'il soit toujours le bienvenu.

Il écarta sa main et lui fit signe d'avancer, dans un geste familier et courtois. Ils sortirent de l'allée pour s'engager dans la marée d'hommes, de chevaux et d'automobiles qui montait et descendait Tottenham Court Road.

C'était l'une des artères les plus fréquentées de la ville, un fleuve vivant et chaotique en mouvement constant. La foule se moulait autour d'eux comme un torrent autour d'une pierre. C'était un sentiment contre nature pour Lily, qui, en tant que Londonienne de naissance, s'était toujours fondue dans ces courants, s'y coulant le plus harmonieusement possible. Négliger délibérément cette circulation naturelle – devenir, au contraire, un obstacle que le flux de corps était contraint d'éviter – était une sensation étrange.

Ash, quant à lui, semblait imperturbable.

— Vous ne vous êtes peut-être jamais interrogée sur la cause de vos visions dans le passé, mais je vous pose la question maintenant. Quelle serait votre réponse ?

C'était une piste qu'elle n'avait aucune envie d'explorer. Quelque chose en elle se rebiffait, l'incitait à abandonner cette conversation et à se perdre dans la sécurité anonyme de la foule qui continuait à se mouvoir tout autour d'eux.

Pourtant, elle était résolue à rester. Elle allait jouer le jeu encore un peu. Elle n'avait pas le loisir de se mettre en quête d'une autre source de connaissances alors qu'elle en avait tant besoin.

— Je dirais que c'est comme un réflexe. Une toux ou un éternuement, répondit-elle, incapable de masquer l'impatience dans sa voix.

— Tout réflexe implique une cause initiale : on tousse pour expulser des matières de ses poumons ; un éternuement est déclenché par une poussière dans l'air ou une plume sous le nez. Quelle serait la plume de votre vision ?

— Je n'en sais rien. Ce pourrait être n'importe quoi.

— Voyons. Vous avez bien dû remarquer des schémas récurrents. Il aurait été logique de votre part d'essayer de vous en débarrasser, de déterminer le déclencheur afin d'éviter de tels stimuli à l'avenir. Et je sais que vous êtes douée de bon sens.

Lily sentit sa colère revenir, aussi vive que défensive. Il essayait de la faire entrer dans une boîte, comme un enfant en entraînant un autre dans le labyrinthe du jardin familial. Elle n'avait pas de temps à perdre.

— Et si vous me disiez directement ce que vous essayez d'obtenir ?

Il ne sembla nullement outré ni déconcerté par son franc-parler.

— Je crois savoir quelle est votre plume, Miss Albright.

— Je vous écoute.

— Je ne crois pas que ce soit un concept facile à saisir pour vous. Les esprits les plus simples l'adoptent sans broncher, mais le vôtre est tout sauf simple.

— Essayez toujours.

— Dieu.

Un omnibus passa en trombe. Une marchande d'huîtres se faufila dans la masse, à côté de Lily, en vantant ses produits, croisant le chemin de deux dandys riant à gorge déployée d'une plaisanterie quelconque.

— Dieu, fit Lily en écho.

— Ou dharma. Logos. Les Égyptiens l'appelaient ma'at. En Chine, je l'ai rencontré sous la forme du Tao. Dans presque tous les systèmes de croyance de ce monde, il existe un principe de causalité acausale – une connexion entre les événements qui ne trouve aucun fondement dans les lois de la physique communément admises, mais qui n'en est pas moins réelle. Un principe d'agencement de l'univers aussi fondamental que la gravité, mais basé sur le sens, le cœur. Appelez cela le destin, si vous voulez. Le Parlement des étoiles.

Une mouette criaillait dans le ciel. Une calèche s'arrêta non loin de là, devant la boutique d'un modiste, libérant une file de dames aux toilettes élégantes. Quelque part à proximité, une voiture klaxonna, ajoutant une note supplémentaire à la symphonie de bruits et de mouvements environnants.

— Alors, vous dites que mes visions seraient déclenchées par… le destin.

— Miss Albright, nous parlons du domaine des miracles. Vos visions, la capacité de Sam à parler aux oiseaux, le toucher de lord Strangford sont autant d'impossibilités selon les lois physiques telles que nous les connaissons. Et pourtant, vous êtes la preuve vivante du contraire. Il a toujours existé des hommes et des femmes comme vous, depuis l'aube de l'humanité. Nous avons toujours vécu parmi les miracles et ceux qui les réalisent. Si vous n'êtes pas soumise à la nature linéaire du temps, aux règles communes de l'espace, alors quel principe vous anime ? Il doit y avoir une force plus grande, et croyez-moi, on ne fait pas plus grand que le Tao.

Elle en avait le tournis. Était-ce à cause de ce revirement inattendu dans leur conversation, ou simplement la confusion d'être le seul point fixe dans une mer de corps, de véhicules et de chariots de pommes en mouvement ?

— J'aimerais seulement savoir comment faire fonctionner ce pouvoir.

Ash sourit. Il y avait de la patience dans ce sourire, ainsi qu'un soupçon de tristesse.

— Miss Albright. Si le destin est votre plume, alors vos visions fonctionnent déjà. Ce ne sont pas des éternuements, mais des émanations de ce qui donne sa valeur à cet univers, et en tant que telles, elles sont imprégnées de sens.

La vieille colère qui l'accompagnait se manifesta, plus vive et brûlante que jamais.

— Si elles ont un sens, alors soit je suis une vraie ratée, soit votre destin a un sens de l'humour biscornu.

— Pourquoi dites-vous cela ?

— Parce que chaque fois que j'essaie d'empêcher un événement de se réaliser, il se produit quand même. Systématiquement. Que suis-je censée en conclure ? Que je suis une incapable ? Ou que tout cela n'est qu'une plaisanterie de mauvais goût ?

Elle ne put retenir un ricanement acerbe. Cet aspect de sa personne était plus laid que tout ce qu'elle exprimait en temps normal, mais quelque chose dans le calme d'Ash alors qu'il déchirait le tissu de sa réalité lui faisait oublier les conventions les plus élémentaires régissant les rapports sociaux.

— Vous n'êtes peut-être pas censée changer quoi que ce soit, répondit-il.

Le sol sembla se dérober sous ses pieds. La colère de Lily s'estompa.

Commis, oisifs, clients de boutiques et promeneurs de chiens continuaient leur valse autour d'elle, mais pour la première fois depuis qu'ils avaient entamé cette conversation, Lily sentit le monde s'arrêter.

— Qu'entendez-vous par là ?

Ash eut un petit rire.

— Oh, ma chère… Il n'y a sans doute pas mieux pour aborder la question de la souffrance que Tottenham Court Road aux heures de pointe, mais je crains de vous avoir déjà assené bien plus que vous n'en aviez demandé ou que vous ne l'envisagiez. Nous aurons amplement le temps d'en discuter, avec tout le loisir et l'espace nécessaires à la méditation, je l'espère, lorsque vous serez prête. Comme je vous l'ai déjà dit, ma porte vous est toujours ouverte. Vous pouvez la franchir quand bon vous semble.

— Pourquoi ? demanda Lily. Pourquoi me faire cette proposition ? Vous ne me connaissez pas. Vous ne savez rien de moi.

— J'en sais suffisamment.

— C'est le tableau, n'est-ce pas ? Celui dont vous m'avez parlé. Ce n'est pas moi. Votre femme n'a pas pu me peindre. Elle est morte avant ma naissance.

— Dixit la jeune femme qui prédit l'avenir.

À la lueur dans ses yeux, Lily était presque certaine qu'il se gaussait d'elle. Elle en était furieuse. Il lui fallait plus que cela. Elle avait besoin d'une réponse, et tout de suite, pas dans des mois ni des années, une fois que Deveral aurait été pendu et Estelle assassinée.

— Vous avez dit qu'il existait plus d'un chemin pour obtenir mes visions. Quelque chose de plus rapide que l'étude et la pratique.

— Oui. Il en existe. Vous pouvez essayer la divination. Et il y a le vin de Jurema, qui agit sur d'autres charismatiques comme un raccourci vers une meilleure compréhension de leur potentiel. Bien qu'il y ait souvent… des conséquences indésirables. Vous devez savoir, cependant, qu'aucune de ces techniques ne vous permettra de voir uniquement ce que vous choisissez. Le destin agit comme une plume sous votre nez, Miss Albright. Quelle que soit la manifestation de vos visions, qu'elles vous arrivent tout simplement ou que vous les canalisiez par votre propre volonté, ce que vous voyez sera toujours déterminé par une source extérieure. Quant à ce que vous êtes censée en faire… peut-être êtes-vous censée être le messager qui prévient les gens de ce qui va advenir, leur donnant le temps de mettre leurs affaires en ordre. Il est aussi possible que votre résistance même soit un point de friction, que vos efforts pour changer le cours des choses, même s'ils semblent échouer, aient en réalité un impact sur le monde que vous ignorez. Ou bien êtes-vous destinée à réussir, de temps à autre.

Cela pouvait-il être vrai ? Était-il possible que ses visions ne lui demandaient pas d'essayer d'empêcher les événements de se produire ? Servaient-elles un autre but ? L'idée était révolutionnaire, mais elle soulevait aussi une question essentielle.

— Comment savoir la différence ?

— Impossible, sourit-il.

Sa réponse la laissa sans voix.

— Je crains de devoir me hâter, j'ai rendez-vous, s'excusa Ash. Nous pourrions remettre cette conversation à plus tard.

— Oui. Plus tard, répondit machinalement Lily, alors que son esprit bouillonnait de questions sans réponses et qui n'en auraient peut-être jamais.

Il s'inclina.

— Bon après-midi, Miss Albright. J'espère vous revoir bientôt.

Un seul pas dans la foule le fit disparaître, englouti par la masse déferlante comme s'il s'était volatilisé dans les airs.

CHAPITRE XVIII

Lily connaissait un endroit où elle pourrait certainement en apprendre davantage sur la divination et le vin de Jurema, les deux méthodes pour provoquer une vision que Robert Ash avait mentionnées pendant leur conversation : l'immense bibliothèque du Refuge.

Seulement, elle n'avait aucune envie de s'y rendre. Elle savait ce qu'Ash attendait d'elle. Même s'il n'avait pas insisté sur ce point, Lily était persuadée qu'il cherchait à l'attirer pour qu'elle rejoigne Strangford, Sam et Dieu sait qui d'autre sous sa tutelle, où elle serait alors guidée sur un chemin de discipline et d'étude qui durerait des années et lui permettrait d'atteindre l'état mystique nécessaire pour accepter pleinement qui et ce qu'elle était.

Impensable.

Lily ne serait jamais en paix avec ses dons. Comment le pourrait-elle ? Quel genre de personne pouvait être sereine face à un pouvoir qui lui montrait le pire de ce que l'avenir réservait sans lui donner la possibilité de le changer ?

Peut-être servait-il un autre but, comme Ash l'avait suggéré. Mais si la puissance supérieure qui tirait les ficelles ne consentait pas à partager son plan avec Lily, pourquoi jouerait-elle le jeu ?

Non, elle ne retournerait pas au Refuge, pas si elle avait le choix.

Elle était certaine de pouvoir obtenir les connaissances dont elle avait besoin quelque part ailleurs, à Londres.

Après qu'Ash l'eut abandonnée sur Tottenham Court Road, elle prit la direction de la bibliothèque de Guildhall. L'architecture du lieu – à dessein, comme elle le soupçonnait – était telle qu'il fallait être un érudit pour ne pas se laisser impressionner. L'imposante collection était logée dans un bâtiment inspiré d'une cathédrale, du haut plafond à contreforts aux nefs bordées d'étagères à défaut de statues de saints.

Le catalogue ne faisait aucune mention du vin de Jurema et ne proposait rien en matière de divination. Elle aurait plus de chance en s'adressant directement au bibliothécaire.

— Si nous avions quelque chose à ce sujet, ce serait classé dans la catégorie folklore, lui répondit-il, déconcerté. Mais il n'y a rien. Si vous faisiez une demande auprès de l'une des sociétés savantes peut-être… à supposer, bien sûr, que votre projet ait une valeur scientifique suffisante, ajouta-t-il avec un regard sceptique sur sa tenue élégante.

Lily était certaine qu'aucune société savante ne trouverait une quelconque valeur à son projet. Heureusement, elle connaissait des archives spécialisées dans le folklore qui n'exigeaient aucune lettre de recommandation.

Elle n'avait qu'à frapper à la porte pour y entrer.

La fraîcheur du soir était tombée sur la ville lorsque Lily gravit les marches de son immeuble sur March Place. En dépit du ciel dégagé, l'air mordant évoquait l'hiver bien plus que le printemps. Le froid qui traversait le tissu de sa robe rendait l'urgence de sa tâche plus vive encore.

Elle grimpa au pas de course jusqu'au premier palier et frappa à la porte.

— Qui est-ce ?

La voix d'Estelle était inhabituellement perçante.

— C'est moi, répondit Lily.

La porte s'ouvrit pour dévoiler sa voisine, enveloppée dans une robe de chambre. Son éternel turban avait disparu, laissant apparaître des cheveux bruns et fins coupés aussi court que ceux d'un garçon, parsemés de mèches grisonnantes. Elle avait appliqué une touche de fard sur l'un de ses yeux, mais pas l'autre.

— Vite, entre.

Lily franchit aussitôt la porte, qu'Estelle fit claquer derrière elle. Elle imagina le regard désapprobateur que leur lançait certainement Mrs Bramble à travers le plancher.

— Désolée, ma chérie. Je croyais que c'était eux, expliqua Estelle en traversant promptement le salon jusqu'au couloir, suivie par Lily.

— Qui donc ?

— Les clients ! Ils ne sont pas censés arriver avant au moins une heure, mais ce ne serait pas la première fois que l'un d'eux débarque plus tôt. D'habitude, je suis déjà habillée, mais le problème du soufflet de ce matin m'a fait prendre du retard.

Bien sûr : la séance. Lily avait presque oublié qu'Estelle organisait l'un de ses événements ce soir.

— Écoute, ma chérie, j'adorerais t'accueillir avec un petit vermouth, mais j'ai bien peur d'être pressée.

— En fait, c'est Miss Bard que je viens voir. Mais si le moment est mal choisi…

— Gwendolyn ? Oh, non, elle est enfermée dans le bureau, à jouer avec ses affreuses petites poupées. Je ne sais pas comment je pourrais leur trouver une place ici sans que mes clients ne poussent de hauts cris et fassent tomber leurs verres.

— Ces figurines sont destinées à l'étude, pas à la décoration, comme je te l'ai déjà dit des centaines de fois, retentit gaiement la voix de Miss Bard depuis la pièce à l'autre bout du couloir.

— Tu pourrais au moins étudier quelque chose de moins macabre, rétorqua Estelle.

— Et c'est la femme qui parle aux morts pour gagner sa vie qui me dit ça !

— Les morts ne sont pas macabres. Ils sont surtout désorientés, les pauvres.

Miss Bard apparut dans l'embrasure de la porte.

— Entre, Lily. Laissons Miss Deneuve se préparer pour son spectacle.

Le bureau de la spécialiste en folklore était exigu, à peine plus grand qu'une garde-robe. Les étagères qui bordaient chaque mur du sol au plafond n'arrangeaient rien. Une unique fenêtre laissait entrer les dernières lueurs du couchant, mais les lampes à gaz sur les murs tenaient la pénombre à distance. La bibliothèque croulait sous les volumes et les piles de journaux, de papiers reliés et de solides boîtes en carton. Plusieurs autres boîtes étaient éparpillées sur la table qui servait de bureau à Miss Bard. À l'intérieur, dans des nids de papier de soie, se trouvaient les « affreuses petites poupées » décriées par Estelle.

— Est-ce Guignol ? demanda Lily, surprise, en reconnaissant le nez rouge crochu de la marionnette et sa casquette à visière.

— Oui, en effet. Le jeu complet de personnages. Je l'ai dégotté dans une vente de succession, dans le Buckinghamshire : le père du monsieur était un professeur qui a donné des représentations jusqu'à Glasgow. Les personnages doivent dater de la fin du XVIIIe siècle. Ils sont remarquablement bien conservés, à l'exception de notre ami Jack Ketch. Il a presque perdu son bras. Un bourreau manchot, c'est bizarre, non ?

— Tu vas créer un théâtre de marionnettes ?

— Oh, non ! gloussa Miss Bard.

— Alors, que vas-tu en faire ?

— Pas les exposer dans le salon, apparemment. Cela dit, je n'en ai jamais eu l'intention. Aucune de mes collections n'est destinée à être exposée, même si Miss Deneuve persiste à piocher dans mes trouvailles pour égayer la cheminée. Je suis soulagée qu'elle ne les ait pas trouvées à son goût. Il faut les conserver à l'abri de la lumière du soleil autant que possible.

— Alors, tu étudies Guignol et Madelon.

— Exactement.

— Mais qu'est-ce que Guignol et sa femme ont à voir avec le folklore ?

— Bonté divine ! s'exclama Miss Bard, tout sourire. (Elle piqua de son aiguille le bourreau à la cape noire et tira sur le fil.) Leur histoire est pétrie de Vieille Angleterre. Bien sûr, elle présente encore des liens évidents avec son origine italienne, mais elle n'est pas restée intacte très longtemps. Maintenant, les personnages sont basés sur l'archétype du farceur et des sacrifices rituels. Si on ne reconnaît pas dans le personnage du crocodile le dragon des fabliaux médiévaux, il est grand temps de réviser ses Mystères d'York. Quant à la mort et la résurrection... ils auraient aussi bien pu fabriquer des personnages de maïs et prétendre que c'étaient les dieux des moissons.

— Je vois, répondit Lily, seul commentaire que lui permettaient ses lacunes en matière de théâtre médiéval et de dieux des moissons.

Miss Bard ne sembla pas s'en soucier. Elle coupa son fil, puis déposa le personnage du bourreau dans sa boîte avant de replacer le couvercle sur son visage masqué.

— Je doute fort que tu sois passée pour une leçon sur le syncrétisme des divertissements traditionnels anglais. Alors, dis-moi, comment puis-je t'aider ?

Lily croisa les jambes, adoptant une intonation décontractée.

— Connais-tu par hasard le terme de divination ?

— Évidemment, se récria Miss Bard. Il n'y a là rien d'exceptionnel. Figure-toi que cet art est encore pratiqué par quasiment toutes les jeunes filles de Grande-Bretagne à un moment ou à un autre de leur adolescence.

— Vraiment ? fit Lily sans cacher sa surprise. Mais je n'ai rien trouvé là-dessus à Guildhall.

— Ah oui ? Une collection prestigieuse sélectionnée par d'éminents messieurs aurait omis de couvrir une pratique relevant en grande part des femmes et des jeunes filles ? Comme c'est surprenant, répondit Miss Bard, sarcastique. Quand tu étais petite, on ne t'a jamais dit que si tu allumais une bougie devant un verre, le soir d'Halloween, et que tu regardais ton reflet, tu verrais ton futur époux ?

Lily n'avait jamais entendu pareille histoire, mais elle en avait connu des variantes chez les jeunes filles du pensionnat de Mrs Finch. Vraisemblablement, elles n'avaient pas estimé Lily digne d'être mise dans la confidence, elle qui ne pourrait épouser aucun homme de bonne naissance.

— C'est de la divination. Édulcorée, bien sûr, et entièrement orientée sur la question du mariage - le seul sujet auquel les jeunes femmes sont autorisées à accorder de la valeur dans la société d'aujourd'hui -, mais tout de même une résurgence des pratiques ancestrales.

— Ce qui, je suppose, n'a pas seulement trait à la recherche d'un époux.

— Oh, non. C'est évident. L'art de la divination consiste à découvrir ce qui est dissimulé. À voir par-delà les apparences, ni plus ni moins. On peut la pratiquer sur n'importe quelle surface réfléchissante : une plaque de laiton huilée, une boule de cristal, un étang paisible, un miroir, un bol rempli d'eau.

— Un bol d'eau ? lâcha-t-elle.

Le matin où elle avait vu la mort d'Estelle... Lily était debout devant sa bassine. Elle était sur le point de s'asperger le visage, mais quelque chose dans le scintillement de la lumière du matin sur la surface de l'eau avait attiré son attention, l'interrompant un instant, et puis...

Et puis avait surgi une vision.

— Assurément, répondit Miss Bard. Cela devait être très courant par les temps anciens. On fabriquait certainement des bols dans ce but, en métal précieux pour rendre le liquide qu'ils contenaient plus réfléchissant encore.

La divination. Voilà donc ce qu'elle faisait sans même le savoir. Pourtant, elle s'était lavé le visage dans cette même bassine des centaines de fois auparavant. Qu'y avait-il eu de différent, cette fois ?

Ce ne sont pas des éternuements, mais des émanations de ce qui donne sa valeur à cet univers, et en tant que telles, elles sont imprégnées de sens.

Lily chassa de son esprit les paroles d'Ash. Elle ne pouvait pas se permettre d'attendre une émanation.

— Comment les déclenche-t-on ?

— Il n'y a pas vraiment d'astuce. Enfin, selon les vieilles croyances, on recommande de grimper les escaliers à reculons avant de commencer, ou d'agiter une bougie devant un miroir en scandant « Bloody Mary ». J'appellerais plutôt cela une invocation. Non… pour la divination, il s'agit simplement de se mettre dans le bon état d'esprit. Parfois, une bougie ou une autre source lumineuse permet de se concentrer. On l'observe en silence jusqu'à ce qu'un autre feu apparaisse dans la glace et que la vérité s'ouvre à nous.

Un feu dans la glace…

Lily s'efforça de cacher sa déception : cette méthode ne semblait guère fiable pour atteindre son objectif. Rester assise devant un miroir… elle l'avait fait des milliers de fois dans sa vie, et cela n'avait presque jamais abouti à une divination accidentelle. Rien dans la description de Miss Bard ne lui promettait plus de contrôle sur le contenu de ses visions. Trop de mystères étaient laissés au… comment Ash l'avait-il appelé ? Le Parlement des étoiles.

Lily ne se sentait pas très portée sur les étoiles en ce moment même.

— Alors, c'est tout ? S'asseoir devant une glace et… regarder.

— Tout juste, fit Miss Bard en souriant. Tu n'essaies pas de savoir à quoi ressemblera ton futur mari, n'est-ce pas ?

— Non, répondit précipitamment Lily. Absolument pas.

— Est-ce en rapport avec ton inquiétude pour Miss Deneuve ?

Si la voix de Miss Bard était toujours aussi décontractée, Lily sentit tous ses sens se hérisser.

L'autre femme lui offrit ce sourire charmant qu'elle lui adressait toujours, de ses lèvres pleines et rebondies, pourtant Lily commençait à y déceler une certaine tension, l'anxiété creusant les ridules autour de ses yeux d'un brun scintillant.

— Tu dois savoir que Miss Deneuve est… (Sa voix avait monté dans les aigus lorsqu'elle reprit :) C'est la personne la plus importante au monde à mes yeux. Tu es une bonne actrice, Lily, mais je suis particulièrement sensible à tout sentiment de menace à son égard. Je peux l'entendre dans ta voix quand tu parles d'elle. Alors, j'imagine que tu as de bonnes raisons de garder pour toi la nature de cette menace ?

Lily déglutit péniblement.

— Je suis… désolée.

— Je vois.

La spécialiste en folklore se racla la gorge. Elle saisit la boîte du bourreau sur la table et la glissa à sa place sur une étagère.

— Sache que si je peux t'aider d'une quelconque manière, tu n'as qu'à demander.

Lily quitta son siège. Il y avait tant de choses qu'elle voulait dire, des promesses qui ne demandaient qu'à sortir de sa bouche pour offrir un tant soit peu d'explications ou de réconfort. Mais elle garda les lèvres scellées. Il n'y avait qu'une seule promesse qu'elle puisse formuler. *Je ferai tout mon possible pour l'empêcher.* Était-ce seulement vrai ? Allait-elle vraiment faire tout ce qui était en son pouvoir pour sauver Estelle ?

À moins que la peur et toutes ces années de culpabilité et de chagrin finissent par avoir raison d'elle.

— Merci pour ton aide, lui dit-elle d'une voix monocorde.

Miss Bard lui offrit une solide poignée de main.

— Il n'y a pas de quoi, répondit-elle.

Enfin, Lily prit congé. Elle s'éloigna dans le couloir, résistant à l'envie de prendre ses jambes à son cou. Elle se disait qu'elle ne craignait pas de croiser Estelle, qu'elle serait parfaitement capable d'étouffer le tumulte d'émotions qui la traversait.

Elle était à mi-chemin de la porte d'entrée lorsque des coups y retentirent.

— Zut, pesta Estelle en sortant la tête de la chambre. (Son turban était à nouveau en place et ses yeux étaient symétriquement soulignés, mais elle n'avait pas fini d'enfiler sa robe au modèle alambiqué.) Ma chérie, pourrais-tu me rendre l'immense service de jouer les hôtesses un moment ? Roger est en retard.

— Le livreur de journaux ? fit Lily avec surprise en songeant à l'adolescent potelé qui annonçait souvent les gros titres sous leurs fenêtres.

— Je sais. J'avais le jeune homme parfait, aussi austère qu'un croque-mort. Mais il a fallu qu'il se torde la cheville. Tu veux bien ?

— Certainement.

Estelle disparut à nouveau dans sa chambre et Lily traversa le salon. On n'avait frappé qu'une seule fois. Peut-être était-ce tout simplement une erreur et se retrouverait-elle face à un couloir entièrement vide ?

Elle ouvrit la porte.

Un homme attendait patiemment sur le seuil. Il ne correspondait pas à l'image que Lily se faisait d'un adepte de spiritisme. Il n'avait ni brassard noir, ni veuve éplorée à ses côtés. Il avait l'air parfaitement ordinaire et propre sur lui, cheveux bruns soigneusement peignés, teint clair et moustache gominée. Si elle avait la vague impression de l'avoir déjà vu, il avait le genre de visage que l'on croise une dizaine de fois par jour dans n'importe quelle rue de Londres.

— Bonsoir, dit-il. J'espère que je n'arrive pas trop en avance.

— Je n'en ai pas la moindre idée, admit Lily avec impatience, mais entrez donc.

Il contemplait la tête de chèvre empaillée, près du porte-manteau, lorsque Roger déboula dans l'entrée.

— Je suis en retard, n'est-ce pas ? s'exclama-t-il, à bout de souffle, les mains sur les genoux. Il y a un sacré paquet d'escaliers. J'ai dû faire une seconde tournée de distribution de journaux ce soir. L'édition du jour s'est vendue comme des petits pains. Un aristo accusé de meurtre. Ils l'ont mis au trou, comme un gars du peuple. Les gens sont dingues de cette histoire.

Lily sentit le sol se dérober sous ses pieds.

— Tu veux parler de lord Deveral ?

— C'est ça. Il a été mis en examen aujourd'hui. Ils n'ont pas perdu de temps, l'audience préliminaire aura lieu sous quinzaine.

— Quelle date ? s'enquit Lily.

Elle jeta un coup d'œil au moustachu venu pour la séance, redoutant d'attirer son attention par son empressement inhabituel, mais il continuait à observer la tête de chèvre.

— Le 8 mars, répondit Roger comme si de rien n'était. Ça

me fera un ou deux shillings de plus dans la poche. Une aubaine !

Le 8 mars. Dans dix jours.

Ce n'était qu'une mise en accusation, se rappela Lily. Un procès en bonne et due forme à la Chambre des lords suivrait, et peut-être même une série d'appels avant que la corde ne soit passée au cou de son demi-frère.

Cette idée ne lui fut pas d'un grand réconfort. Elle allait manquer de temps.

— Occupe-toi des clients, lâcha Lily qui se rua dans le couloir, croisant deux veuves en grande conversation avant de gravir les marches quatre à quatre.

~

Lily posa le lourd miroir de sa coiffeuse sur le sol en essayant de ne pas faire trop de bruit.

Le parquet lui semblait plus approprié qu'une chaise pour se livrer à l'exercice. Son salon, où elle avait traîné le miroir, était aussi plus éloigné de la salle de séance d'Estelle. Ainsi, Lily ne risquait pas d'être dérangée par les cris de surprise et le cliquetis de la fanfare dissimulée dans l'armoire de sa voisine.

Elle appuya le grand miroir contre le mur.

La pièce était sombre. Après s'être assurée que Le Chat ne s'attardait pas dans les parages, elle avait éteint les lampes à gaz et tiré les rideaux, ne laissant qu'une seule bougie en guise d'éclairage. Elle se consumait sur le rebord de la fenêtre, projetant des ombres vacillantes sur les formes familières de la pièce : la bibliothèque, le porte-parapluie ; le fauteuil où son père s'était assis le matin précédent.

Elle s'empara du bougeoir et le posa sur le sol, devant la glace, puis s'agenouilla juste derrière.

Alors, c'était tout ? Cela ne semblait pas suffisant. Un rituel plus élaboré lui aurait donné plus d'assurance. Une méthodologie qui semblait reposer entièrement sur la capacité de Lily à rester en silence et à se concentrer était une base bien fragile.

Peut-être devrait-elle essayer de scander « Bloody Mary ».

Elle fixa du regard la flamme dans le reflet du miroir et attendit. Une rumeur sourde montait du couloir, à l'étage inférieur. Une porte se referma dans un bruit étouffé par la distance. Dans la glace, le visage de Lily était blême, perdu dans l'obscurité environnante. La bougie éclairait toujours. Une crampe commença à lui crisper le pied et elle changea de position pour se mettre plus à l'aise.

Toujours rien.

C'était de la folie. À quoi jouait-elle ? Était-elle réellement en train de passer sa soirée assise par terre devant le miroir de sa coiffeuse ? C'était une colossale perte de temps – un temps dont elle ne disposait pas. Et pourtant, qu'y avait-il de pire ? Perdre du temps ou prendre le risque que cette initiative soit couronnée de succès ?

Voilà qu'elle demandait une vision – elle en *demandait* une, après avoir passé des années depuis la mort de sa mère à se battre bec et ongles pour tenir à distance ces moments d'épouvante. Et si elle était exaucée ?

Elle n'avait aucun moyen d'orienter sa prémonition, de ne voir que ce qu'elle désirait, un indice qui la mènerait à la véritable identité du tueur. Elle risquait de s'ouvrir de son plein gré à la vision d'une nouvelle catastrophe, une autre tragédie qu'elle serait incapable d'éviter ; plus de chagrin, de culpabilité et d'impuissance sur ses épaules.

Elle ferait mieux de laisser tomber toute l'affaire et de s'interrompre tout de suite. Remettre les lumières, allumer le phonographe et faire comme si elle n'avait jamais entendu parler de tout cela.

Le froid s'infiltrait par le sol, traversant le mince tapis et le tissu de sa jupe pour la saisir aux genoux. Devant elle, la flamme vacilla, son mouvement reflété par le verre obscur.

Elle ferma les yeux.

Strangford. Abney Park. Dans ses pensées, Lily le revoyait accroupi dans la tombe de Sylvia Durst, ses mains pâles, si terriblement vulnérables, posées sur son cadavre. Il avait pris tant de risques en espérant qu'elle leur révélerait une information utile, un moyen de déterminer qui était au cœur de cette affaire.

En comparaison, refuser de prendre un risque bien moindre simplement pour fuir la culpabilité lui paraissait mesquin.

Non, elle le ferait. Elle lui devait bien cela, quoi qu'il lui en coûte.

Lily rouvrit les paupières pour constater que le feu dans le miroir s'était modifié. Placé contre le mur derrière elle, il brûlait plus fort, encadré par le verre d'une lampe à gaz. Une ombre passa devant et Lily leva les yeux, cessant de se brosser les cheveux. Sa chemise de nuit était ouverte à la gorge, exposant sa clavicule.

Elle reprit son geste, laissant glisser librement les longues vagues de sa chevelure auburn.

Strangford apparut.

Il était nu jusqu'à la taille, ses cheveux bruns et sa musculature sèche – beau, comme elle l'imaginait une fois dépouillé d'une grande partie de son armure. Ses doigts dénudés l'effleurèrent, glissant sur la colonne claire de son cou jusqu'à son épaule. Le contact de ses paumes était électrique, laissant sa peau en feu et projetant des étincelles dans son cœur. Lily pencha la tête en arrière, alanguie contre lui tandis que ses mains parcouraient son corps, l'enlaçant dans une chaude étreinte. Le désir montait en elle, farouche et empressé.

Non, pensa-t-elle avec la volonté de résister. C'était impossible. Une telle union ne pouvait que se terminer dans la douleur et le chagrin. Et là n'était pas ce qu'elle souhaitait voir. Elle était ici pour une autre raison, aussi résuma-t-elle ce besoin par une requête, s'y raccrochant en dépit du tumulte d'émotions suscité par les mains de Strangford qui dansaient sur son épiderme.

Montrez-moi qui s'en prendra à Estelle.

Une fois de plus, elle sentit le froid s'infiltrer dans ses genoux. Elle fut tirée de sa transe et revint à elle, son regard sur la lueur de la bougie, aveugle au couple enlacé dans son dos.

La flamme grésilla sur une impureté de la cire avant de se redresser, éclairant le papier peint cramoisi et la bordure d'un cadre doré. Toutes les personnalités de la ville, en toilettes de soie et queue-de-pie, flottaient dans la pièce comme des débris agités par un courant invisible ; les conversations allaient bon train ; les serveurs portaient des plateaux de flûtes à champagne ; les œuvres d'art, sur les murs, se résumaient à des paysages ternes peints par des artistes décédés tout aussi quelconques, à l'exception de quelques tableaux plus audacieux.

Elle était déjà venue ici. C'était la galerie Carfax. Était-ce une prémonition ou un souvenir ? Le futur ou le passé ?

Je vous félicite, Miss Albright.

Le docteur Joseph Hartwell – éminent médecin, eugéniste et fiancé éconduit – se tenait devant elle, en manteau et queue-de-pie. Il tenait un verre en cristal à la main.

Le bruit de la foule l'assaillait et elle avait du mal à réfléchir. Elle chercha un point d'ancrage, quelque chose qui l'aiderait à s'enraciner parmi les corps tourbillonnants.

Strangford...

Il n'était pas là. Il venait de s'éloigner, suivant le galeriste jusqu'à son bureau pour signer les documents de l'achat du portrait d'Evangeline Ash.

Un rire féminin retentit derrière elle, familier, d'une pureté cristalline.

Elle en eut froid dans le dos.

Annalise Boyden. Elle était là, et dans quelques heures, elle serait morte.

Lily se retourna, parcourant frénétiquement la foule du regard. Si seulement elle pouvait la trouver, la prévenir... Un aperçu de robe d'un blanc immaculé taquina sa vision périphérique avant de disparaître en virevoltant.

Les clients de la galerie bougeaient, tournoyaient. Lily prit conscience que leurs mouvements n'étaient pas aléatoires, mais réguliers comme le cliquetis des engrenages d'un automate. Or là où les visages auraient dû se trouver, il n'y avait que de la peinture et du plâtre, des masques de théâtre criards qui s'écaillaient sur le tapis moelleux.

Tous étaient faux, depuis le magnat des chemins de fer jusqu'au traiteur et son assiette de petits fours, tous à l'exception de l'homme à l'autre bout de la pièce, immobile comme la pierre parmi les corps tourbillonnants. Son regard fendit la foule pour la trouver, exprimant une telle hostilité qu'elle en eut le souffle coupé.

Son frère.

Cela n'arrivera jamais.

Ses mots prirent forme dans l'air, traversant la salle pour la transpercer comme autant de poignards.

Elle se détourna pour découvrir Evangeline Ash. La défunte l'observait depuis son portrait, sereine, inerte derrière l'huile et les pigments, mais ce n'était pas la toile que Lily avait vue l'autre soir. Quelque chose avait changé : les lys ; les fleurs éclatantes qui dépassaient du vase, aux côtés de l'artiste, étaient maintenant écrasées, comme déchirées par des mains malveillantes. Les pétales flétris jonchaient le sol, leurs tiges repliées pendant mollement sur l'élégante porcelaine.

Des lettres s'étaient détachées de la bannière qu'elle tenait dans ses mains, les caractères noirs glissant au bas du cadre. Il n'en restait qu'une poignée, le message qu'elles épelaient d'autant plus frappant.

Danger.

Hartwell leva son verre. Son visage commença à se lézarder, des fragments de chair s'effritant comme une vieille couche de peinture.

Vous pourriez trouver notre prochain duel un brin plus exigeant.

La flûte n'était plus remplie de champagne. Elle débordait d'un épais liquide écarlate, assez chaud pour embuer le bord. Le médecin but, déversant le sang riche et frais dans sa bouche… il avala à plusieurs reprises, mais le verre refusait de se vider. Tous les visages peints se tournèrent dans sa direction, puis avancèrent, leurs yeux noirs et dénués de vie rivés sur Lily.

Va-t'en. Tout de suite.

Une pensée désespérée, aussi nette que le rire d'Annalise Boyden.

Le mot dans les mains d'Evangeline Ash vibrait d'intensité. Lily redoubla d'efforts pour atteindre la sortie alors que la horde masquée se rapprochait.

Sors d'ici. Tout de suite. TOUT DE SUITE.

L'instant d'après, elle n'était plus dans la galerie.

L'air qui l'entourait était froid, vif comme l'hiver londonien. L'odeur âcre qu'il charriait lui brûlait les narines, chargé de fumée.

Elle se tenait à présent dans une rue déserte, sous un ciel sans étoiles. La ville s'étalait, assoupie, autour d'elle. Le bâtiment d'en face était long, courant sur toute la longueur de la rue, et silencieux, ses fenêtres sombres dégageant une impression d'abandon, ses blocs de calcaire entachés de suie. Cela aurait pu être n'importe quel endroit de la ville. Un cabinet d'expertise comptable ou une compagnie d'assurance… une bâtisse si quelconque qu'elle semblait presque s'effacer sous son regard, se dérobant à son champ de vision.

Où était-elle ? Que faisait-elle ici ?

Un changement de luminosité attira son attention : un éclat était apparu à l'une des fenêtres. Le verre était craquelé et taché, mais juste derrière, quelque chose clignotait, une lueur orange vacillante.

Une flamme.

Le bâtiment était en feu.

Soudain, elle pouvait presque sentir le souffle de chaleur, en dépit de l'atmosphère toujours froide, aussi mordante que les frimas de l'hiver, dans un silence assourdissant, sans le moindre crépitement de flammes. Il n'y avait pas de fumée qui s'échappait du toit, pas de badauds massés sur le trottoir pour assister au spectacle comme cela aurait été le cas avec n'importe quel incendie.

Pourtant, les flammes scintillaient toujours dans le verre. Elles luisaient non pas derrière une seule fenêtre, mais dans toutes, le même éclat furieux dansant sous ses yeux et reflété une dizaine de fois.

Reflété…

Le reflet. Ce n'était pas ce bâtiment qui était en proie aux flammes, mais une construction voisine, toute proche. Seul leur chatoiement se propageait sur les vitres.

Des sabots claquèrent, troublant sa concentration, et elle se tourna vers la rue déserte… ou presque : un mouton solitaire trottait vers elle sur la route. Il brillait dans l'obscurité, sa laine scintillant comme de l'or filé.

— Ambre, bêla-t-il en passant devant elle. Ambre. Ambre.

Des cloches sonnèrent, rompant le silence. Leur sonorité claire carillonnait dans l'air de l'hiver. Lily connaissait ce son, ce timbre familier. Si seulement elle parvenait à le situer…

Quelque chose bruissa au-dessus de sa tête.

Un corbeau était perché sur le faîte d'un toit. Tête penchée sur le côté, il l'examinait de ses yeux noirs brillant d'une intelligence sibylline. Il ébouriffa ses plumes à nouveau, puis s'envola. Ce n'était pas un corbeau, en réalité, mais cinq. Dix. Des dizaines, une nuée de corbeaux qui s'élevait du toit pour obscurcir le ciel. Ils prirent la direction du sud, se déplaçant avec une détermination farouche.

Quel autre nom donnait-on aux corbeaux, déjà ?

Cette pensée était vague, sans importance, pourtant elle la titillait, refusant d'être mise de côté.

Soudain, la réponse se forma.

Charognards. Les corbeaux étaient des charognards.

Ces derniers descendirent en piqué, l'enveloppant dans un tourbillon de becs acérés et plumes noires. Lily leva les mains pour se protéger et sentit la brûlure de la cire chaude lorsque la bougie s'écrasa sur le sol.

La flamme oscilla, puis s'éteignit, la plongeant dans le noir.

Un brouhaha étouffé s'éleva à travers le plancher alors que les spectateurs d'Estelle réagissaient à l'un de ses miracles fabriqués de toutes pièces. Les relents de poussière se mêlaient à l'odeur minérale de la bougie soufflée.

Lily s'approcha de la fenêtre à tâtons. Elle se leva et repoussa les rideaux, laissant entrer la douce lueur bleutée de la lune qui rendit à la pièce son allure familière. Pour faire bonne mesure, elle coucha son miroir, face vitrée contre le tapis.

Hartwell.

Pourquoi sa vision l'avait-elle ramenée à sa rencontre avec le physicien ? Était-ce parce qu'il était le meurtrier qu'elle recherchait ? Et l'immeuble, avec les fenêtres en feu ? C'était un signe bien opaque, qui ne lui offrait rien de concret à quoi se raccrocher. Peut-être était-ce ce qu'elle avait demandé – des indices quant à l'identité de la menace qui planait sur Estelle –, ou bien la vision l'avait entraînée sur le chemin d'une autre atrocité imminente dans laquelle Hartwell était impliqué. Une autre tragédie qu'elle serait incapable d'empêcher.

Le miroir ne lui avait donné aucune réponse, seulement des distorsions oniriques sujettes à une multitude d'interprétations.

Inutile.

La frustration était plus brûlante encore que la cire sur sa main. Elle se retrouvait avec quantité de symboles et de suppositions qui lui donnaient l'impression d'avancer à l'aveuglette dans les ténèbres.

Non, protesta-t-elle. Il devait bien y avoir une idée là-dessous, une piste à suivre, même si elle prenait le risque d'être entraînée dans la mauvaise direction. Elle s'efforça de se concentrer sur ce bâtiment maussade, sur les corbeaux et le mouton au pelage étincelant. Sur les cloches…

Bien sûr.

Lily reconnaissait le son de ces cloches, à présent. On les entendait résonner par-delà le fleuve, depuis la tour de la cathédrale de Southwark que Lily, comme beaucoup d'autres Londoniens, connaissait encore sous son ancien nom de St Saviour.

La bâtisse de sa vision était de l'autre côté de la Tamise, à Southwark. Lui apporterait-elle des réponses ou seulement d'autres questions plus fâcheuses encore ?

Il n'y avait qu'un seul moyen pour le savoir.

CHAPITRE XIX

L'odeur âcre de la Tamise à marée basse montait à ses narines alors que l'omnibus bringuebalait sur le London Bridge en direction de Southwark.

Les cahots du véhicule lui semblaient encore trop lents. Lily regrettait sa Triumph, capable de se faufiler habilement dans la circulation encombrée de la ville. Elle ne l'avait jamais enfourchée à Londres même, préférant pour ses promenades l'air pur de la lande et ses chemins à ciel ouvert, mais il lui semblait maintenant que la mobylette pourrait remplir une fonction plus pratique – en particulier si elle devait passer beaucoup plus de temps à sillonner les rues à la poursuite d'ombres et de chimères.

La cathédrale de Southwark se dressait devant elle, au-dessus des toits peu élevés, ses cloches immobiles et silencieuses.

Elle descendit à Borough Market, où la rue grouillait de clients et de vendeurs, et l'air était chargé de l'arôme de levure humide de la brasserie voisine. Plus loin, les poutres en métal du gazomètre s'élevaient au-dessus des bâtiments comme une élégante sculpture moderne ponctuée de hautes cheminées. La fumée de charbon se mêlait aux effluves de saucisses grillées, de vieux oignons et de haddock frais.

Le bruit ambiant offrait une riche couverture tissée de rires effrontés, de sifflets d'usine et du cliquetis des machines, – très différent du calme bourgeois de Bloomsbury, tout en murmures polis et pas feutrés.

Elle se fraya un chemin à travers la foule. Sa canne martelait le pavé, offrant un appui bienvenu à sa jambe, dont la douleur persistait. Elle passa devant des étals d'huîtres et des sacs de farine, des canards suspendus et des cuves grouillantes d'anguilles. Des trognons de pommes crissaient sous ses pieds.

De quel côté se rendre ?

Il faisait froid. La fraîcheur de la veille s'était prolongée dans la journée et le givre scintillait sur les toits. L'hiver perdurait. Même si un dégel soudain lui accordait un sursis avant que le tueur ne s'en prenne à Estelle, elle avait une autre raison d'être dans l'urgence, à présent : la mise en accusation de lord Deveral n'était plus que dans neuf jours.

Elle repensa à sa vision. Le bâtiment qu'elle avait vu n'était pas en bordure de fleuve, mais plus en retrait. Il n'y avait pas d'étals ni de magasins alentour. Il devait se trouver dans le calme des rues les plus reculées de Southwark, non loin des cloches de la cathédrale.

Cependant, c'était un quartier bien trop vaste. Il lui faudrait des jours pour parcourir toutes ses ruelles et ses allées. Il devait bien y avoir autre chose, un indice de plus pour affiner sa recherche…

Soudain, tout lui revint. Dans sa vision, de la suie entachait le haut des fenêtres, vestiges d'un ancien incendie.

Les feux, aussi dangereux qu'exaltants, étaient plutôt rares à Londres. Si la bâtisse avait brûlé ces dernières années, les habitants de Southwark s'en souviendraient.

Elle arrêta un vieil homme qui allait, une miche de pain sous le bras.

— Excusez-moi. Pourriez-vous m'indiquer si un bâtiment a subi un incendie dans le quartier, récemment ?

Il réfléchit tout en mâchant une boulette de tabac.

— Quel type de bâtiment cherchez-vous ? Une église ?

— Non.

— Un entrepôt ?

— Non. Un bâtiment ordinaire.

— Une maison ?

— Non, plus grand.

— Hmm, fit-il. Je ne vois aucun bâtiment ordinaire qui aurait brûlé récemment.

Lily retenait péniblement sa frustration.

— Je vois. Merci pour votre aide.

— À moins que vous ne parliez de l'hôpital, ajouta-t-il alors qu'elle tournait les talons pour s'éloigner.

Lily s'arrêta.

— L'hôpital ?

— La clinique des dames, près de *La Toison d'or.*

Le mot « dames » avait sonné bizarrement dans sa bouche. Son regard aussi avait changé, comme si Lily l'avait offensé, mais qu'il était trop poli pour le lui dire.

Lily songea au mouton étincelant qu'elle avait aperçu dans sa vision.

— *La Toison d'or* ?

— Oui, le pub.

Ambre.

Le mot que l'animal doré de sa vision avait prononcé en trottinant devant elle. Cela pouvait-il désigner la couleur de la bière ?

La Toison d'or était un pub.

Sur les indications du vieil homme, elle dépassa le marché et descendit Borough High Street, une artère très fréquentée où se côtoyaient fabricants de pipes, fromageries, cafés et marchands de tissu. Elle fit une pause devant une confiserie dont la vitrine miroitait de glaçages appétissants. Derrière elle, les chariots passaient sur les pavés, le grondement de leurs roues ponctué de temps à autre par le sifflement d'un camion à vapeur.

Elle laissa derrière elle le bruit et l'agitation de l'avenue pour s'engager dans une rue plus calme. Elle n'était pas loin des anciens bas-fonds de la ville, jadis connus sous le nom de Liberty of the Mint, le genre d'endroit où les familles respectables dissuadaient leurs enfants désobéissants de s'aventurer, à grand renfort d'histoires effrayantes. Le quartier avait été purgé en grande part, les bâtiments rasés, et pourtant l'ancienne atmosphère n'avait pas disparu.

La Toison d'or s'annonçait aux amateurs de liqueur par une enseigne en bois représentant un jeune homme vigoureusement charpenté en armure grecque avec, à la main, ce qui ressemblait à un plaid duveteux et doré. De l'autre côté, Lily reconnut la façade ordinaire de sa vision.

Le pub se trouvait juste en face de l'école confessionnelle, qui avait entièrement brûlé récemment. La suie assombrissait toujours le calcaire au-dessus de chaque fenêtre, la trace des flammes s'effilant à la manière d'une bannière médiévale. Les vitres des étages supérieurs étaient fissurées ou brisées, tandis que les fenêtres du rez-de-chaussée étaient condamnées par des planches. La porte d'entrée n'avait pas été ouverte depuis très longtemps, d'après les affiches publicitaires en lambeaux qui y étaient placardées, vantant les mérites d'une quelconque pommade capillaire.

Lily s'approcha. Elle pouvait voir des trous dans la pierre près de la porte, à l'endroit où une plaque avait sans doute été arrachée. Rien n'indiquait à quoi avait servi ce bâtiment – ni pourquoi sa vision l'avait attirée ici. Ce n'était qu'une coquille vide, barricadée et à l'abandon, aux abords d'un quartier autrefois tristement célèbre pour ses pickpockets et ses coupe-gorge.

La frustration était à son comble. Devait-elle consacrer toute son énergie à débusquer les secrets de ce bâtiment, alors qu'elle ne savait pas même s'il s'agissait d'une véritable piste ou d'une perte de temps ?

— Si tu as des ennuis, ce n'est pas ici que tu trouveras de l'aide, fit quelqu'un juste derrière elle.

Lily se retourna pour découvrir une femme entre deux âges, gironde comme une boulangère. Ses joues étaient naturellement rosées et elle masquait son embonpoint par un étroit corset qui mettait en valeur certains de ses atouts les plus volumineux.

À la vue des rayures rose bonbon de son corsage et de l'ourlet de sa jupe qui lui arrivait au-dessus des chevilles, Lily comprit qu'elle avait affaire à une femme qui gagnait sa vie en soulevant ses jupes.

— C'est fermé depuis six mois maintenant, depuis l'incendie. Mais de toute façon, ils n'auraient pas pu t'aider, là-dedans. Crois-moi sur parole. (Le regard de la femme se posa sur son manteau bien taillé et ses bottes de qualité.) Tu viens d'une maison chic ? Je croyais qu'ils avaient leurs propres toubibs là-bas pour s'occuper des polichinelles dans le tiroir.

Lily avait suffisamment fréquenté le monde du théâtre - en grande partie peuplé de femmes ayant exercé la même profession que son interlocutrice - pour comprendre ce qu'elle sous-entendait. Elle avait pris Lily pour une fille de joie issue d'un bordel haut de gamme, qui aurait eu la malchance de tomber enceinte et chercherait un moyen de mettre un terme à sa grossesse. À l'intérieur de ce bâtiment.

Elle se décida aussitôt.

— Comment t'appelles-tu ?

— Berta, répondit la prostituée. Comme Sa Majesté.

— Berta, je t'offre un gin ?

— Pourquoi tu ferais ça ?

— J'aimerais savoir tout ce que tu peux me dire sur cet endroit.

Le regard de Berta quitta Lily pour se tourner vers la ruine calcinée.

— Qu'est-ce que tu veux savoir ? Il n'en reste plus rien maintenant.

— Je pourrais te payer, proposa Lily posément. S'il te plaît. C'est important.

Berta haussa les épaules.

— Un shilling pour une heure.

~

L'intérieur de *La Toison d'or* était semblable à ce que Lily avait imaginé : sombre, bas de plafond et envahi de fumée de tabac. Berta et elle étaient les seules femmes, mais les quelques hommes attablés çà et là ne leur accordèrent qu'un bref coup d'œil avant de retourner à leur bière. Une dame élégante aurait fait sourciller, mais il n'était pas rare de trouver des prostituées dans un pub, en particulier si sa clientèle était aussi populacière que ces hommes accoudés au bar délabré.

Berta la conduisit sans hésiter vers une alcôve en fond de salle et s'assit sur un banc. Le poêle à charbon, juste à côté, dégageait une chaleur bienvenue. Lily posa sa canne contre la banquette, puis déroula son écharpe et déboutonna son manteau.

— Ça ne se voit pas encore, commenta Berta. Tant mieux. C'est plus efficace si on s'en occupe tôt.

— Combien de fois tu l'as fait, toi ? demanda Lily.

— Juste une fois. Mais on en entend parler par les frangines, bien sûr.

— Et tu as subi l'intervention là-bas ? s'enquit Lily en désignant de la tête l'autre côté de la rue, où l'on apercevait à peine la façade barricadée de l'hôpital à travers la petite fenêtre du pub.

Berta acquiesça.

C'était surprenant. Lily avait déjà entendu parler d'avortements – de temps à autre, une comédienne pouvait rencontrer ce genre de problème –, mais les procédures dont elle avait connaissance se déroulaient toujours discrètement, dans des maisons privées ou des lieux reculés. Avec un peu de chance ou de débrouillardise, on trouvait une sage-femme prête à réaliser l'acte. Les moins chanceuses avaient recours à des barbiers ou à des personnes moins qualifiées encore. Certaines en mouraient.

Pourtant, aucune de ses connaissances n'avait évoqué d'avortement dans un hôpital ordinaire. Mettre fin à une grossesse était passible de la prison à vie. Quel médecin respectable prendrait un tel risque ?

Il était évident qu'avant de brûler, le bâtiment d'en face était un établissement florissant, avec pignon sur rue.

Cela n'avait aucun sens.

Au même instant, le tenancier s'approcha, un homme d'un certain âge, bâti comme une barrique, cheveux coupés court autour d'un crâne dégarni.

— Berta, dit-il froidement.

— Bonjour, Art.

— Je ne veux pas que tu viennes tapiner chez moi.

— On n'est pas là pour des passes. C'est juste un verre entre filles.

Son regard acéré passa de Berta à Lily, dont il évalua la tenue raffinée.

— Qu'est-ce que ce sera ?

— Une brune pour moi. Et un feuilleté à la saucisse, répondit aussitôt Berta.

— Une blonde, s'il vous plaît, dit Lily en lui tendant quelques pièces.

Elle n'avait pas l'intention de boire, mais si elle ne commandait pas, elle craignait de paraître plus suspecte encore aux yeux du patron.

— Bon, très bien, finit-il par dire après un moment de silence.

Il retourna au bar, où l'attendait un homme mince vêtu d'un gilet doré extravagant, chapeau melon sur la tête. Ce dernier croisa le regard de Lily et lui adressa un sourire, dévoilant un léger écart entre ses incisives.

— N'essaie même pas de lui faire du gringue. C'est Frank la combine. Il ne vaut pas le coup, crois-moi, l'avertit Berta.

— Loin de moi cette idée, répondit Lily avec honnêteté.

Elle se pencha en arrière alors que le patron déposait leurs pintes sur la table, ainsi qu'un généreux morceau de roulé à la saucisse. Berta y mordit avec joie.

— Est-ce que beaucoup de filles ont reçu de l'aide là-bas pour ce genre de problème ? demanda Lily en désignant la clinique.

— Ils ne s'en vantaient pas, mais d'après les rumeurs, ils avaient un vrai médecin qui le faisait par simple charité.

— Par charité ? Tu veux dire que c'était gratuit ?

— Exact. Si ça te paraît trop beau pour être vrai, je suis bien d'accord avec toi, dit Berta alors que le tenancier passait près d'elle.

Il leur jeta un regard insistant. Lily baissa la voix et attendit qu'il soit retourné auprès de Frank la combine, au bar, avant de poursuivre :

— Comment ça ? Ils n'ont pas tenu leur promesse ?

— Oh, si. Ils l'ont fait, pour sûr. Mais pendant un moment, j'ai eu des doutes.

— Pourquoi ça ?

— Eh bien, j'ai eu pas mal de saignements… après, tu vois. Et puis, j'ai attendu le retour de mes menstrues. J'ai commencé à penser que c'était peut-être une farce et qu'ils me l'avaient laissé, tout compte fait. Mais je ne l'ai jamais senti bouger et mon ventre n'a pas gonflé.

Lily se renfrogna. Elle ignorait que la procédure puisse entraîner de tels symptômes, mais encore une fois, ce qu'elle savait sur la manière de se débarrasser d'une grossesse ne reposait que sur des bribes de conversation entendues par hasard.

— Alors, tes cycles se sont… interrompus ? Combien de temps ça a duré ?

— Je te le dirai quand je le saurai.

— Tu veux dire qu'ils n'ont toujours pas repris ?

— Je sais, ça a l'air formidable, non ? J'ai mis un temps fou à convaincre ma maison que je pouvais travailler pendant tout le mois sans m'arrêter. Ça me permet de mettre quelques sous de plus dans ma poche. Mais ça ne m'aurait pas plu si j'avais eu dans l'idée d'avoir vraiment un bébé à moi un jour.

Lily se demandait si ce que Berta décrivait était inhabituel. D'après certains témoignages, une interruption de grossesse comportait toujours des risques, mais d'autres assuraient que c'était aussi simple et expéditif que de se faire arracher une dent.

Elle ne se rappelait pas, cependant, avoir entendu dire en coulisses qu'une telle intervention pouvait mettre fin au cycle féminin. Quelque chose dans le récit de Berta la mettait mal à l'aise, d'autant plus que les femmes prises en charge dans les ruines de l'autre côté de la rue n'auraient jamais pu faire appel aux autorités en cas de mauvais traitements. Qui les forces de l'ordre auraient-elles cru ? Les gérants d'une clinique de charité bien établie ou la parole de quelques prostituées ?

Sans compter que tout cela ne répondait pas à sa question,

plus pressante encore, à savoir si le bâtiment incendié avait un quelconque rapport avec le tueur qu'elle recherchait.

— Alors, tu y es entrée, insista-t-elle.

— Ils ne l'auraient pas fait sur le trottoir, tout de même.

— Tu peux me raconter comment c'était, là-dedans ?

Berta haussa les épaules, soudain un peu gênée.

— C'était propre, normal. Chaque patiente avait son lit et les couvertures étaient bien lavées. Tout était en ordre.

— Mais dehors, tu m'as dit que je n'aurais pas voulu de leur aide. Ce que tu décris maintenant n'a pas l'air si terrible.

— Oh, ce n'est pas la façon dont ils traitaient les filles en cloque. C'était les autres.

— Les autres ?

— Les filles qu'ils collaient dans l'aile est.

— Que se passait-il dans l'aile est ?

— Bonne question. Une souris n'aurait pas pu y entrer. Pendant tout le temps où j'étais là-bas, je n'ai jamais vu personne en sortir. Juste les aides-soignantes qui transportaient des bouteilles, des draps et d'autres affaires. Elles disaient que c'était là où on prenait en charge les patients atteints du mal français, mais ça ressemblait plutôt à une prison. Je le tiens d'une vendeuse d'huîtres qui y est restée pendant un mois, une tuberculeuse. Elle m'a dit qu'aucune fille n'en ressortait jamais. Sauf les pieds devant. (Berta poursuivit à voix plus basse :) Elle disait qu'on pouvait entendre des cris, par moments, aux petites heures de la nuit. Elle dormait mal, tu comprends. Une fois, il y a eu un fracas à la porte, et elle a vu une fille qui tapait sur la vitre à mains nues comme une forcenée. Elle l'aurait brisée si elle avait pu. Elle avait des plaies sur le visage et des brûlures partout aux bras.

Quelle terrible affaire ! songea Lily.

À la mention du mal français, cependant, elle demeura pensive. La syphilis était un affreux mal. Elle en savait quelque chose : alors qu'elle travaillait au théâtre, une vieille assistante régisseuse avait atteint les derniers stades de la maladie. Elle était alors sujette à des emportements irrationnels ou faisait à tout le monde des avances sexuelles explicites, au grand dam de l'équipe. Elle n'était plus capable de travailler, mais les gérants n'avaient pas eu le cœur à la renvoyer, lui offrant à la place une sorte de pension qui lui évitait de pourrir dans la rue pendant que le reste du personnel continuait à travailler en sa présence.

La maladie pouvait également provoquer des lésions. Si l'aile est avait bel et bien hébergé des syphilitiques au stade avancé, il était possible que les « brûlures » évoquées par Berta soient des plaies, ce qui justifiait la porte verrouillée pour la sécurité des autres patientes.

Il n'y avait pas non plus de traitement. Si la clinique n'acceptait que les cas les plus graves, il était tout à fait plausible que les patientes n'en ressortent qu'après leur mort.

Aux yeux d'une femme effrayée, souffrant dans un lit d'hôpital, cela aurait pu passer pour une conspiration de cauchemar, mais prendre en charge des causes perdues – par charité, qui plus est – aurait pu être une preuve de grande miséricorde.

— Et l'incendie ? s'enquit Lily.

— Il a démarré là-bas.

— Dans l'aile est ?

— J'ai entendu dire que c'était à cause d'une sorcière, reprit Berta en baissant la voix. Qu'ils ont essayé de l'enfermer, mais qu'elle s'est transformée en feu maléfique et qu'elle a tout brûlé avec elle.

C'était une histoire fantasmagorique, un nouveau mythe forgé par les habitants du vieux Mint à partir de racontars et de témoignages éculés. Elle n'en était pas moins troublée.

Elle se remémora sa vision, le reflet des flammes sinistres sur les vitres entachées de suie. Celles d'un autre incendie, pas celui qui avait ravagé les lieux, car ses prémonitions concernaient toujours l'avenir, jamais le passé. Pourtant, elle se surprit à s'interroger sur les portes verrouillées décrites par Berta. Si le feu avait pris dans cette aile du bâtiment, qu'était-il arrivé aux patientes qui s'y trouvaient ? Avaient-elles été secourues… ou oubliées, prises au piège et réduites en cendres ?

Rien de tout cela n'expliquait toutefois pourquoi cet endroit était apparu avec une telle clarté dans son miroir opaque. Les révélations de Berta attestaient de douleurs et de souffrances passées, non d'une menace imminente, et rien n'associait l'ancienne clinique aux morts suspectes des médiums.

Elle songea à la réputation de l'hôpital, cet établissement bien entretenu et financé par de hautes instances.

— Berta… tu peux me parler du médecin qui t'a soignée ?

— Le lieutenant, tu veux dire ?

— C'était un militaire ? s'écria Lily, stupéfaite.

Depuis le bar, Art, le patron, et Frank la combine lui jetèrent un coup d'œil intrigué.

— Bah oui, « lieutenant », ce n'est pas un nom de baptême !

— Tout le monde avait un grade, là-bas ?

— Non. Seulement lui.

— Tu veux bien me le décrire ?

— Je ne sais pas… C'était un type ordinaire. Les cheveux bruns, avec une moustache.

En effet, de telles caractéristiques pouvaient aisément s'appliquer à la moitié de la ville, banquiers comme épiciers.

— Tu n'as pas retenu son nom ?

— Il n'était pas du genre bavard, répondit Berta. Il faisait son travail, et puis c'est tout. Mais…

— Oui ? fit Lily devant son silence soudain. Qu'y a-t-il ?

— Non, rien. Sauf que… Il était un peu bizarre. Tu sais ce que c'est, on ne fait pas long feu dans notre métier sans intuition. Il y a des types qu'on préfère éviter, même s'ils sont propres sur eux et paraissent bien de prime abord. Ils ont quelque chose de glaçant. Quand on ressent ça, on leur dit qu'on est complet pour les quinze prochains jours, même s'ils proposent des cent et des mille.

Lily voyait exactement ce que la prostituée voulait dire. L'idée lui fit froid dans le dos, alors même qu'elle était assise à quelques mètres seulement du tuyau de chauffage du poêle à charbon.

— Alors, il était de ce genre-là, le lieutenant ?

— Pour sûr, confirma Berta. (Elle prit une autre gorgée

de bière. Elle avait presque terminé sa pinte.) Maintenant, tu comprends pourquoi je t'ai conseillé d'éviter leur aide ? Il vaut mieux demander à un boucher de te le faire passer plutôt qu'à ces gens-là. C'est le Ciel qui a brûlé cet endroit, si tu veux mon avis. Cet incendie, c'est l'œuvre du bon Dieu.

— Et le médecin en chef ? s'empressa de demander Lily alors que Berta vidait le reste de son verre. Son nom a sûrement été mentionné pendant ton séjour là-bas.

— Tu veux parler de l'aristo qui dirigeait la clinique ? Bien sûr, il avait une plaque en laiton à son nom sur la porte d'entrée, comme tous ceux de sa trempe.

— Qui était-ce ?

— Hartwell, répondit Berta en reposant son verre vide. Ce type s'appelait Hartwell.

~

Hartwell. L'éminent docteur eugéniste avait dirigé une clinique de bienfaisance pour prostituées, dans les bas-fonds du vieux Mint. Lily ne cessait d'y songer après avoir pris congé de Berta, tout en traversant Southwark à grandes enjambées, sa canne claquant sur le trottoir.

Les eugénistes prenaient les femmes comme Berta pour des dégénérées, une condition héréditaire, d'après eux. Ils estimaient que de telles femmes ne devraient pas avoir le droit de se reproduire. Alors, pourquoi Hartwell, leur chef de file, offrirait-il ses services à celles-là mêmes qu'il souhaitait voir écartées de l'avenir de la race humaine ?

La réponse était évidente, naturellement : la clinique de Hartwell proposait des avortements. Lily avait du mal à croire que le médecin agissait par pure compassion pour le sort des malheureuses qui n'avaient pas les moyens d'élever un enfant.

Cela correspondait trop bien à son plan.

Cette pensée lui donnait la nausée.

Mais alors, quid des patientes syphilitiques ? Prendre en charge des prostituées atteintes d'une maladie incurable, voilà qui ne correspondait pas vraiment à la philosophie du personnage.

Elle cherchait aussi un point commun entre les meurtres et ce qu'elle venait d'apprendre. La description de la clinique que Berta lui avait donnée expliquait-elle pourquoi un éminent médecin volerait le sang de femmes spirites ? Hélas, non. Il semblait plus vraisemblable que la vision de Lily se soit concentrée sur Hartwell à cause de l'aversion que lui inspirait cet homme.

Elle était encore aux prises avec ces idées lorsqu'elle prit conscience d'une présence, sur le point d'apparaître au coin de la rue. La certitude, plus forte qu'une simple intuition, la frappa tel un éclair de clairvoyance, aussi pressante que l'une de ses visions.

Elle s'arrêta net, sous le choc, avant de voir surgir au bout de la ruelle une silhouette élancée, qui se tourna vers elle.

C'était l'excentrique du bar, l'homme que Berta avait appelé Frank la combine, son gilet doré encadré par une veste bleu électrique.

Peut-être était-ce une coïncidence. Il suffisait de quitter *La Toison d'or* et de se diriger vers le marché ou le pont pour emprunter le même chemin. Pourtant, en tant que demoiselle résidant seule à Londres depuis des années, elle savait que la prudence était de mise dans ce genre de situation.

Se détournant de la circulation dense de Borough High Street, elle s'engagea dans l'une des rues transversales, plus paisibles, de Southwark. Elle longea les longues façades en briques des entrepôts jusqu'à un terrain vague entouré d'une haute clôture en fer. Quelques chiffons bariolés attachés aux barreaux révélaient la nature des lieux : Lily avait emprunté le chemin de l'ancien cimetière, le lopin de terre où, un siècle durant, l'on avait enterré sans cérémonie les prostituées, voleurs et suicidés de Southwark.

Il n'y avait pas de calèches ni de passants aux paniers débordants de poissons et de pains. La rue était large, mais déserte.

Parfait.

Lily s'arrêta en plein milieu et attendit.

Quelques instants plus tard, Frank la combine franchit le coin de la rue.

La lumière du soleil se reflétait sur ses brogues vernies. Il aurait été aisé de commettre l'erreur de croire qu'un homme avec des chaussures aussi bien cirées hésiterait à se salir les mains.

Mais Lily n'était pas dupe.

— Tu es une petite curieuse, n'est-ce pas ? lui lança-t-il en sortant un cure-dent de sa poche pour le placer entre ses dents. Tu en poses, des questions.

Elle sentit ses sens s'aiguiser, son pouls s'accélérer. Ses muscles voulaient se tendre, mais elle le leur refusa. Cela faisait longtemps qu'elle n'avait pas eu à s'y résoudre. Les rues de Bloomsbury ne grouillaient pas franchement de voyous prompts à profiter des femmes non accompagnées. Elle espérait ne pas avoir perdu le coup de main.

— En quoi cela vous regarde-t-il ? demanda-t-elle.

— On m'a demandé de te décourager de mener l'enquête dans notre quartier. C'est simple, non ?

Était-ce une réaction habituelle aux nouveaux venus un peu trop fouineurs ? Lily rejeta l'idée : si près du marché et des boutiques de Borough High Street, il y avait toujours de nouvelles têtes qui circulaient.

Non, c'était autre chose.

Ses pensées revinrent au regard du patron du pub lorsqu'il était passé devant leur table alors que Berta lui parlait de l'hôpital. Il s'était ensuite rendu directement au bar pour rejoindre cet homme… qui y était assis sans aucun verre devant lui, réalisa soudain Lily en se remémorant la scène. Ce qui signifiait qu'il n'était pas au pub en tant que client, mais pour une tout autre affaire.

Il devait être question de la clinique. À l'évidence, certains secrets méritaient d'être protégés, même s'il ne restait plus du bâtiment lui-même qu'une ruine calcinée.

On m'a demandé de te décourager.

Restait à savoir de qui émanaient les ordres, même si Lily se doutait bien que Frank la combine ne serait pas disposé à divulguer cette information.

— Ce n'est pas poli, d'épier les honnêtes gens, rétorqua-t-elle tout en déplaçant discrètement le pommeau en laiton de sa canne de la main droite à la gauche.

— Dommage. J'espérais que tu apprendrais plus vite. Cela aurait rendu notre échange plus agréable.

— Parce qu'il va devenir désagréable, c'est ça ?

— Je dois te faire un peu peur, c'est tout. Rien de trop méchant. Histoire de m'assurer que tu as bien compris le message.

Aussitôt, il passa à l'action, aussi rapide que Lily l'avait prévu.

Elle brandit sa canne, refermant la main droite en son milieu, puis elle abattit violemment le bois rigide sur les bras qui se tendaient déjà vers sa gorge. Elle sentit l'if vibrer sous l'impact. Son agresseur recula avec un juron, en se frottant l'avant-bras. Ses yeux s'embrasèrent d'une lueur plus malveillante encore : maintenant, il allait essayer de lui arracher sa canne. Elle procéda à une rapide répétition mentale.

Pousser avec la droite, tirer avec la gauche...

Il tendit brusquement les mains, les refermant sur l'extrémité la plus éloignée du bâton, que Lily avait délibérément laissée de son côté. Avant qu'il puisse le lui arracher, elle le tordit, forçant ses bras à se croiser, puis elle fit levier jusqu'à ce qu'il le lâche.

Et maintenant, pour enfoncer le clou...

Elle lui assena le bout de sa canne sur le nez. Du sang éclaboussa son gilet doré chatoyant et il se retourna, portant les mains à son visage. Au-dessus de ses doigts, son regard était assassin. Elle vit le conflit qui faisait rage en lui, le désir farouche de lui faire du mal se heurtant à l'évidence que, pour le moment, il ne faisait pas le poids. Il était venu seul, sans armes, croyant avoir affaire à une cible facile.

Il baissa les mains. À la courbure étrange de son nez, elle sut qu'elle le lui avait cassé.

— Je vous conseille de soigner ça, observa poliment Lily, sa canne toujours prête entre ses mains.

Elle attendit sa réponse, le cœur au galop.

Après avoir craché une giclée de sang sur le trottoir à ses pieds, il lâcha un juron assez abject pour faire rougir un charretier.

Puis il s'éloigna.

CHAPITRE XX

L'omnibus oscilla en tournant au coin de la rue et Lily dut se pencher de l'autre côté pour éviter d'atterrir sur les genoux d'un vicaire bien en chair.

La circulation était plus dense qu'à l'accoutumée, à cette heure de la journée, et ils progressaient péniblement dans un chaos de chevaux agités et de voitures motorisées. Son trajet de retour de Southwark s'avéra bien plus long que prévu. Et pour quels bénéfices ?

Rien que des questions supplémentaires.

Des questions qui l'embourbaient dans un autre genre de chaos, une valse-hésitation. Devait-elle continuer à chercher la vérité sur les activités de Hartwell à l'hôpital, en sachant qu'il y avait de fortes chances que cela ne fasse que la détourner de son objectif plus urgent ? Mais que pouvait-elle tenter d'autre, sans véritable piste à creuser ?

Elle n'avait toujours pas arrêté son choix lorsqu'elle descendit à Tottenham Court Road pour rejoindre March Place.

Dans le hall d'entrée flottait une odeur de haricots. Lily avait raté le déjeuner. Aucune importance, de toute façon, la frustration et la fatigue lui avaient coupé l'appétit.

Il y avait une carte sur la table, près de la porte.

Lord Strangford, 14 Sussex Court.

Le coin supérieur droit était corné, indiquant qu'il était passé en personne.

Lily éprouva une soudaine pointe de culpabilité. Elle ne l'avait pas contacté depuis le soir de leur visite chez lord Deveral, le soir où ils avaient été surpris par la pluie et avaient trouvé refuge dans la pénombre de la cuisine encore chaude de Bramble. Elle aurait peut-être dû passer l'informer de ses progrès. D'un autre côté, ses seules avancées se résumaient à de vaines tentatives et conjectures, rien de concret. Inutile de le déranger si elle n'avait rien de nouveau à lui apprendre.

Cette excuse en valait bien une autre, même si Lily avait une bonne raison d'éviter une visite à Bayswater : ses sentiments naissants à l'égard du baron n'entraîneraient que des déconvenues, elle le savait. En guise de défense, elle préférait garder ses distances.

Elle prit la carte sur le plateau et la glissa dans sa poche. Encore distraite par ses pensées, elle s'engagea dans l'escalier sans penser au craquement des marches devant la porte d'Estelle. Ces dernières grincèrent sous son poids, trahissant sa présence à cinq cents mètres à la ronde.

La maison resta plongée dans le silence. Pourtant, la porte d'Estelle était entrouverte.

Curieux.

Son appartement vide, à l'étage, pouvait attendre. Lily se retourna et poussa la porte.

— Estelle ? lança-t-elle.

Le salon était inoccupé, toutes les lampes éteintes. La lueur terne qui filtrait par les fenêtres conférait à la pièce un sentiment de calme. La tête de chèvre empaillée et l'affreuse urne verte avec son couvercle en forme de shih tzu accroupi, qu'Estelle avait finalement disposée sur un guéridon, dans l'entrée, paraissaient tout droits sortis d'une tombe scellée depuis longtemps.

Lily ressentit une panique soudaine, la peur irrationnelle qu'un malheur soit arrivé. Elle savait pourtant que ce n'était pas le cas : la journée avait beau être glaciale, il ne neigeait pas. Le terrible danger qu'elle avait prédit ne pouvait pas s'être réalisé – du moins pas encore –, mais elle ne pouvait résister au besoin d'aller vérifier.

Elle s'avança.

De l'autre côté du salon, elle distingua une lumière plus chaude, quoique faible, sous la porte de la salle consacrée aux séances. Lily s'en approcha et frappa.

— Entrez.

La voix d'Estelle était lasse, mais elle était bien vivante.

— Referme la porte, tu veux bien ? lui demanda-t-elle alors que Lily entrait.

La jeune femme obéit, et lorsqu'elle se retourna, ce fut pour être happée dans un tout autre monde.

La pièce était sombre, à l'exception de la flamme vacillante d'une bougie sur la grande table en bois. Des ombres s'attardaient dans les coins, mais les fils dorés des tentures sur les murs et au plafond scintillaient dans la lumière tamisée, donnant à Lily l'impression d'être entourée d'étoiles. Des effluves de cire chaude mêlés à un soupçon d'huile de graissage parvinrent à ses narines.

Estelle était assise à la table. Ses fins cheveux bruns étaient découverts et ses yeux démaquillés. Elle portait une modeste robe bleu ciel, bien moins exotique que sa tenue habituelle. Au naturel, elle paraissait plus ordinaire, mais sans tous ses ornements, ses pommettes fines et son cou gracile étaient mis en valeur.

— Desdemona doit être recalibrée, annonça-t-elle.

Elle activa un interrupteur sous la table et la projection de l'odalisque s'anima devant les rideaux. Lorsque le tissu foncé se mit à bouger, la silhouette voilée dansa à sa surface. Lily entendit le sifflement léger du soufflet et comprit qu'Estelle actionnait le fil sous la table avec son pied.

— La séance ne s'est pas bien passée hier soir ?

— Oh si, plutôt bien. Les gens ont poussé des cris extasiés quand elle a fait son apparition. Mais j'ai eu l'impression qu'elle frémissait comme un bol de gelée alors qu'elle aurait dû onduler. Enfin, j'étais sûrement déstabilisée par cette histoire d'espionnage.

— D'espionnage ?

— J'ai eu un concurrent à ma table hier soir, répondit Estelle sur un ton clairement désapprobateur.

— Quelqu'un que tu connaissais ?

— Non. Je n'avais encore jamais rencontré ce type.

— Et il t'a annoncé être un concurrent ?

— Il n'a pas eu ce culot.

— Alors, comment le sais-tu ?

— Ma chérie, crois-moi, quand je suis en présence d'une personne capable de voir l'au-delà, je le sais.

Dans l'atmosphère sombre et feutrée du boudoir, les paroles d'Estelle lui donnaient le frisson bien plus qu'autour d'un vermouth dans le salon. Preuve, s'il en fallait, de l'efficacité d'un tel décor.

— Ses pouvoirs n'étaient pas exceptionnels, poursuivit Estelle. Il était sensible à certains esprits présents dans la pièce. Je l'ai notamment vu réagir au défunt mari d'une de ces dames. Mais il n'avait pas l'air conscient de la femme qui le suivait pendant toute la soirée.

— Comment sais-tu qu'elle le suivait ?

— Parce que son fantôme planait sur son épaule gauche, répondit Estelle. Je pouvais le voir aussi clairement que je te vois maintenant.

La silhouette voilée projetée sur les rideaux immobiles derrière elle commençait à la mettre mal à l'aise.

Elle essaya de se rappeler ce qu'Estelle lui avait dit sur ses méthodes de communication avec les morts. Cela lui avait paru beaucoup plus abstrait que ce qu'elle décrivait à présent.

— Alors, c'est normal ? Que tu les voies ?

— Non. C'est plutôt inhabituel. La sienne était seulement une présence particulièrement forte.

— C'était une femme ?

— Oui, clairement. Une étrangère. Elle a marmonné pendant toute la séance dans une langue incompréhensible. Et avant que tu me poses la question, ça aussi, c'est très rare.

— Les étrangers ?

— Non, la parole, expliqua Estelle. En général, les morts ne parlent pas avec des mots. Ce ne sont que des symboles et des suggestions, comme l'interprétation de signaux de fumée. Mais elle, je l'entendais. Et pourtant, ce type est resté tranquillement assis tout le long de la séance, comme s'il n'y avait rien qui murmurait à son oreille.

L'image était troublante.

Soudain, des coups appuyés se firent entendre, résonnant à travers le bois de la table.

— Silence, Agnès, ordonna Estelle.

— Ton concurrent, qui est-ce ?

— Il m'a donné un nom quand il a réservé, mais je suis persuadée que c'était un faux. Je suis presque certaine que je ne l'ai jamais vu avant, même si son visage était plutôt banal.

Quelque chose la troublait dans la description que faisait Estelle de cet homme « banal ».

— Yeux sombres, cheveux bruns et moustache soignée ? hasarda-t-elle.

— Rien qu'hier soir, j'avais deux ou trois messieurs qui pourraient correspondre à ce portrait, répondit Estelle avec ironie.

— Il est arrivé avant tout le monde ?

— Oui, c'est lui.

Lily se souvenait de l'homme qu'elle avait fait entrer dans le salon, la veille au soir. Certes, il avait un visage banal, et pourtant il lui était resté en mémoire. Peut-être était-ce son vif intérêt pour la tête de chèvre de Miss Bard.

Ils ont quelque chose de glaçant...

C'était ainsi que Berta avait décrit les clients qu'une prostituée apprenait rapidement à écarter si elle souhaitait vivre longtemps. Selon elle, le médecin qui l'avait traitée à la clinique de Hartwell correspondait à cette description.

Et quelque chose chez cet homme, dans le salon d'Estelle, le plaçait dans cette même catégorie. Il l'avait troublée sans qu'elle puisse s'en expliquer la raison.

— Tu crois qu'il va revenir ? demanda Lily.

— Aucune idée. Chaque fois qu'un autre médium a assisté à l'un de mes événements, c'était pour essayer de comprendre comment je réalisais mes petits tours. Ce type-là n'avait pas l'air spécialement intéressé. Il voulait peut-être évaluer la qualité de la concurrence avant de monter sa propre affaire.

L'odalisque ondoya, produisant un effet inattendu qui fit sursauter Lily plus que le mouvement même du rideau.

Estelle passa la main sous la table pour appuyer sur l'interrupteur de la lanterne magique, et la silhouette disparut. Elle quitta son siège, puis se dirigea vers les rideaux et les ouvrit en grand. La magie du moment s'évanouit aussitôt que les tentures chatoyantes et les recoins sombres furent exposés à la lumière crue du soleil.

— Tu veux rester pour un vermouth ?

— Une autre fois, peut-être. Je dois vraiment y aller.

Lily se leva à son tour et s'éloigna vers la porte.

— Je n'ai pas peur de mourir, tu sais, lui dit soudain Estelle avec légèreté.

Lily s'arrêta net et se tourna vers la femme qui se tenait toujours près de la fenêtre, la lumière éclairant ses traits sans modestie aucune.

— Pourquoi dis-tu ça ? demanda-t-elle prudemment.

— Parce que je sais que tu as vu quelque chose. Je gagne ma vie en lisant les signes, ma chérie, chez les vivants comme chez les morts. Et tu es loin d'être une énigme.

Estelle s'exprimait avec une certitude implacable, et Lily sentait qu'il serait vain d'essayer de nier.

Elle n'avait rien d'autre à lui offrir qu'un silence sidéré.

Estelle ne sembla pas s'en soucier.

— J'imagine que tu as essayé d'y remédier, poursuivit-elle. Voilà pourquoi tu n'as cessé d'aller et venir à toute heure du jour et de la nuit, alors qu'il y a une semaine encore, c'était tout juste si tu sortais te promener sur la lande ou au théâtre, une fois de temps en temps. Sans parler de tes fréquentations toujours très intéressantes.

À la lueur dans les yeux de sa voisine, il était évident qu'elle faisait allusion à lord Strangford.

Lily pensa avec culpabilité à la carte de visite dans sa poche.

— Je ne suis pas sûre de…

— Non. Ne dis rien, l'interrompit Estelle en levant la main. Tu as certainement de bonnes raisons de ne pas m'avoir informée. Je n'en ai pas parlé pour te mettre la pression. Je voulais juste que tu saches, au cas où les choses tourneraient mal, que… ça ne fait rien.

— Ta mort, précisa froidement Lily.

— Oui.

— Comment peux-tu dire ça ? s'emporta-t-elle alors, en proie à une violente colère. Comment peux-tu prétendre que ça ne fait rien ?

— Parce que la mort a toujours fait partie de ma vie, répondit simplement Estelle. Elle n'a rien d'étrange pour moi. Ce n'est que le saut dans l'inconnu qui nous rend nerveux. En plus de ceux que nous laissons derrière nous. En fin de compte, la mort est beaucoup plus dure à supporter pour les vivants.

Sa colère prit de l'ampleur, comme une entité palpable mue par une volonté propre, la poussant à se montrer bien plus effrontée qu'à l'ordinaire. Au fond, elle cherchait une cible et elle avait trouvé Estelle, même si c'était injuste.

— Alors, c'est comme ça ?

— Je me suis dit que ce serait un petit réconfort, répondit sa voisine sur un ton désabusé.

— Non, répliqua Lily. Pas du tout.

Un silence tendu retomba dans la pièce. Elle avait tant de choses à dire. Les mots qui avaient franchi ses lèvres étaient désagréables et insuffisants, mais aucune réponse plus éloquente et compatissante ne lui venait. Elle était douloureusement consciente que ses chances de prévenir son amie s'amenuisaient. Elle devrait au moins s'excuser pour la véhémence de ses paroles.

— Je crois que je vais y aller, articula-t-elle plutôt.

— Bien sûr, répondit poliment Estelle, imperturbable.

— Si tu veux bien m'excuser ?

Sur ce, elle tourna les talons et s'éloigna. Après avoir traversé le salon, elle déboucha sur le palier et referma la porte derrière elle.

Ses mains tremblaient de colère. Ou bien était-ce de regret ? Tout autre chose ? Elle se sentait tiraillée, incertaine quant à la direction à prendre.

D'un côté, elle était attirée vers l'escalier de droite, impatiente de s'engouffrer dans son appartement vide pour s'effondrer sur son lit. De l'autre, son indignation à fleur de peau la poussait à *faire quelque chose.*

Elle n'était pas en colère contre Estelle. Sa fureur était dirigée vers le pouvoir qui lui donnait ces maudites visions, qui jouait avec les vies comme avec des pions sur un grand échiquier, dans une partie dont Lily ignorait l'issue. Le destin la narguait perpétuellement par des prémonitions contre lesquelles elle ne pouvait rien. Et elle était folle de rage à l'idée que le plan qu'il exécutait cette fois-ci implique une fin si brutale pour la femme qui se trouvait derrière la porte, dans son dos.

Non, pas cette fois.

C'était une impulsion, une pensée défiant toute rationalité. Chaque fragment de logique, chaque douloureuse année d'expérience lui disaient pourtant que la bataille était perdue d'avance.

Qu'à cela ne tienne.

Cela faisait des jours qu'elle contournait la vérité, se persuadant que ses efforts avaient pour seul but de rendre justice à lord Deveral et aux femmes assassinées. Mais cela n'avait jamais été qu'une couverture : l'important était de sauver Estelle, de remporter cette bataille contre le destin.

Elle savait que c'était de la folie, une cause perdue tel Icare s'envolant vers le soleil.

Tant pis. Elle allait essayer, puiser dans toutes les ressources à sa disposition.

Une intense frustration déferla en elle : les ressources en question étaient bien maigres. Elle n'avait qu'une seule piste, et son lien avec la menace qu'elle cherchait à balayer était infime, reposant sur la conviction infondée que ses visions lui avaient montré – pour une fois – ce qu'elle y attendait.

De toute manière, elle n'avait pas le choix ; elle creuserait cette piste jusqu'à ce que mort s'ensuive.

Elle allait devoir demander une faveur à une personne qui n'avait aucune raison de l'aider, mais d'abord, elle devait faire en sorte d'être bien équipée pour livrer bataille. Et pour cela, elle devait récupérer quelque chose.

Lily tourna à gauche, dévalant les marches avant de pousser la porte d'entrée.

CHAPITRE XXI

L'homme aux cheveux blonds posté en face de son immeuble avait tout de l'employé municipal respectable, du genre à travailler dix heures par jour comme un forçat sur des livres de compte pour un patron qui touchait six fois son salaire. Il était trop bien habillé pour un promeneur, trop convenable pour un tire-au-flanc. Alors pourquoi s'attardait-il sur ce trottoir depuis quarante minutes ?

Elle ne l'avait jamais vu auparavant, mais il n'y avait aucun doute : en l'apercevant par la fenêtre après avoir fait un saut à Highgate, Lily avait su instinctivement qu'il était là pour la surveiller. Et ce n'était pas après sa quasi-agression, le matin même, qu'elle allait mettre sa paranoïa en sommeil.

Il lui semblait impossible d'avoir été suivie ce matin-là, en particulier dans l'omnibus bondé – à bord duquel elle était montée de justesse, au moment même où il redémarrait. Ce guetteur ne devait pas avoir de rapport avec son expédition à l'hôpital de Southwark.

Quoi qu'il en soit, elle n'avait pas l'intention de se laisser prendre en filature pendant le reste de la soirée. D'ailleurs, le succès de ses projets en dépendait.

Avec un peu de chance, ce ne serait pas un problème.

~

La Triumph l'attendait entre fourches rouillées et râteaux à demi abandonnés, dans la cabane à outils de son vieux voisin, un abri plus modeste que le hangar qu'elle louait à Highgate.

Elle avait récupéré sa motocyclette le matin même en prenant un tram surchargé jusqu'aux abords de la ville.

La chaîne était neuve, et seules quelques rayures sur la peinture verte trahissaient ce qu'elle avait subi lors de l'accident sur la lande.

Le retour en ville avait été bien plus rapide que l'aller.

Vêtue d'un pantalon, Lily sortit la Triumph du cabanon, la poussant dans l'allée étroite entre les immeubles. Elle se pencha pour démarrer le carburateur, puis enjamba la selle, ses pieds sur les pédales, avant de faire tourner le moteur.

En déboulant dans la rue au volant de sa moto, elle éprouva une singulière satisfaction devant le regard interloqué du gratte-papier suspect alors qu'elle passait en trombe en direction de Gower Street.

Elle arriva presque trop vite à Bedford Square.

S'arrêtant juste avant la place, elle tourna dans la ruelle qui courait derrière les élégantes bâtisses. Elle plaça la Triumph sur sa béquille, puis alla frapper avec détermination à la porte de la remise à calèches.

— Sam ?

Pas de réponse.

La poignée céda sous sa main et elle entra.

Le box était entièrement occupé par une énorme voiture motorisée à la longue carrosserie rutilante, spectre argenté dans la faible lueur de la remise. C'était la Rolls-Royce dont Sam avait parlé. À l'évidence, le chauffeur avait effectué les réparations encore en attente le soir de la mort d'Annalise Boyden.

Elle poussa sa mobylette à l'intérieur, l'appuya contre un mur, puis longea l'imposant véhicule endormi jusqu'à la porte de derrière. Celle-ci donnait sur un élégant jardinet bordant les deux maisons de ville que comptait le Refuge. Une allée sur sa gauche conduisait à une volée de marches qui descendaient vers une porte en bois étroite au rez-de-chaussée. La fenêtre était embuée, mais Lily distinguait des silhouettes en mouvement de l'autre côté.

Elle hésita. Elle ignorait au juste devant quelle partie de la maison elle se trouvait. Elle aurait dû redescendre par la ruelle, tourner au coin de la rue et se présenter à l'entrée principale, comme toute invitée qui se respecte.

Cela dit, elle n'était pas une invitée à proprement parler, et ce n'était pas au maître de maison qu'elle venait rendre visite.

Elle frappa.

La porte s'ouvrit aussitôt, révélant un Cairncross en bras de chemise, un mouchoir noué devant le nez et la bouche, une loupe d'horloger sur le front.

— Miss Albright ! Quelle charmante surprise. Mais entrez donc, lui dit-il comme si les dames de sa connaissance débarquaient couramment en pantalon sur le seuil de sa cuisine.

Un meuble d'apothicaire était posé sur la table. Il était en mauvais état, strié de rayures. Un grand nombre de ses bocaux et flacons étaient fissurés ou complètement brisés.

Cairncross s'y assit, saisissant une pince à épiler avant d'abaisser la loupe devant son œil pour prélever ce qui ressemblait à de minuscules éclats de verre dans un tas de poudre beige sur une plaque de cuisson en fer blanc.

Près de la cuisinière, Mrs Liu lui lança un regard noir en débitant une série de mots dans une langue étrangère – des reproches, de toute évidence.

— Nous avons une invitée, Mrs Liu, fit remarquer Cairncross à mi-voix. Notre illustre gouvernante est contrariée de me voir manipuler du poison à l'endroit où elle prépare ses nouilles, expliqua-t-il à Lily. Certains de ces composés proviennent de régions du monde auxquelles on n'accède qu'après un très long voyage à dos de chameau à travers l'Hindu Kouch, poursuivit-il, s'adressant de nouveau à la femme derrière lui, tout en retirant d'un geste lent et méticuleux un autre éclat de verre de la poudre. J'aimerais mieux en récupérer le plus possible, et la luminosité est meilleure ici que dans la chambre-forte.

Il mélangea la substance beige, aidé d'un rasoir, l'étalant en couche fine sur la plaque de cuisson, l'œil toujours attentif derrière sa loupe. Satisfait, il la déversa soigneusement sur une feuille de papier propre, qu'il enroula en entonnoir pour faire glisser les particules – un gramme tout au plus – dans une nouvelle fiole.

— Et voilà, annonça-t-il en remettant le bouchon. (Il abaissa le mouchoir sur sa gorge, avant d'ajouter :) Les satanées étagères de la cave ont pourri à cause d'une fuite détectée trop tard. Tout s'est effondré. J'en suis l'unique coupable, bien sûr. Il est de ma responsabilité de veiller à l'état des archives.

— Vous conservez des archives dans la cave ? demanda Lily.

— Disons qu'il y a certaines parties de la collection de Mr Ash qu'il vaut mieux ne pas exposer, répondit gravement Cairncross.

— Comme ce *Livre des Jours*. Une vilaine chose, souligna Mrs Liu avec un coup d'œil vers Lily – elle avait parlé en anglais par égard pour elle, une langue dans laquelle elle semblait moins à l'aise.

— S'il revient ici sans y être invité, commenta Cairncross après une nouvelle réflexion de la gouvernante en mandarin, appelez-moi et je me chargerai de vous en débarrasser. Le jeter au feu entraînerait de bien fâcheuses conséquences, croyez-moi.

— Le *Livre des Jours* ? fit Lily.

— C'est sans importance. Et ne vous inquiétez pas, Mrs Liu. Je vous assure qu'il est soigneusement attaché.

— Hmm, grommela l'autre femme, guère convaincue.

Lily n'eut pas le loisir de s'interroger sur le genre de livre qu'il fallait attacher dans la cave de peur qu'il ne remonte en cuisine, où il constituerait une menace suffisante pour que Mrs Liu envisage de le brûler. Son attention s'était fixée sur l'une des fioles encore intactes du meuble d'apothicaire de Cairncross : un petit tube en verre étroit, rempli d'un liquide vert sans éclat. Son contenu était identifié par une écriture en pattes de mouche, griffonnée à l'encre brune sur une étiquette jaunie délavée par les ans.

Vin de Jurema.

Lily connaissait ce nom : Ash l'avait mentionné lors de leur promenade à Tottenham Court Road.

Un raccourci vers une meilleure compréhension de leur potentiel.

Cairncross se leva, emportant la plaque de cuisson en fer

blanc jusqu'à l'évier. Il humecta une feuille de papier journal, dont il se servit pour nettoyer le plateau soigneusement.

Avant qu'elle puisse y réfléchir à deux fois, la main de Lily jaillit et se referma sur la fiole, qu'elle glissa dans la poche de sa veste.

— Vous feriez mieux de vous débarrasser de cette ciguë, Mr Cairncross.

Sursautant, Lily se retourna pour découvrir Ash, près de la porte. Aussitôt, elle ressentit une pointe de peur teintée de culpabilité. Depuis quand était-il là ? Avait-il eu le temps de la voir subtiliser le flacon ? Si c'était le cas, il n'en laissa rien paraître.

Il portait un tángzhuāng, longue toge en soie grise unie. Le teint pâle, il avait l'air fatigué.

— Comment voulez-vous que je m'en débarrasse ? rétorqua le maître des archives. Que je la brûle en espérant que les vapeurs ne tuent pas les passants dans la rue ? Que je la jette dans la Tamise ? Non. Nous n'allons pas nous en débarrasser. Je viens de la remettre dans une fiole et elle sera rangée dans les coffres, où le risque qu'elle provoque des convulsions fatales sera bien moins grand.

— Je m'en remets à votre expertise en la matière, répondit Ash d'un ton égal. Miss Albright, voulez-vous vous joindre à moi un moment ? Il y a quelque chose que je souhaiterais vous montrer.

L'éprouvette dans sa poche lui parut plus lourde, tout à coup. L'emmenait-il à l'écart par pure politesse, afin de ne pas exposer son larcin au reste de la maisonnée ?

— Bien sûr, répondit-elle en lui emboîtant le pas dans le couloir.

— Veuillez m'excuser pour ma tenue informelle, lui dit-il tout en la conduisant vers l'imposant escalier. Je ne me sens pas très bien aujourd'hui.

Lily se garda de tout commentaire, elle-même vêtue d'un simple pantalon de toile, de bottes de motard et d'une veste en cuir doublée de polaire.

En haut des marches, elle s'arrêta un instant, fascinée par la pièce qui donnait sur le palier. Elle était lumineuse, ses fenêtres dépourvues de rideaux et de tentures, et entièrement vide, sans le moindre mobilier. Le soleil qui se déversait à flots à travers les vitres éclairait tout un arsenal fixé au mur. Non pas des antiquités, mais une collection moderne de bâtons, d'épées et autres armes qu'elle ne connaissait pas, mais qui semblaient régulièrement utilisées.

— Ah. Vous n'aviez pas encore vu le studio.

— À quoi sert-il ?

— C'est ici que nous pratiquons notre tai-chi-chuan, répondit-il. Je crois vous avoir déjà parlé de cet art et de son usage par les charismatiques ?

Elle repensa au fracas des corps sur le sol qu'elle avait entendu lors de sa première visite, et à Strangford sur le palier derrière elle, ses cheveux bruns humides de sueur.

— C'est ce que vous vouliez me montrer ?

— Non, dit Ash. Par ici.

Ils traversèrent d'autres pièces – quelques chambres ainsi qu'un boudoir privé intimiste –, avant de déboucher sur un escalier plus étroit conduisant au grenier. Au sommet, une simple porte en bois leur barrait le passage.

— Venez, lui dit Ash en poussant la porte.

C'était un endroit spacieux, qui s'étendait sur la totalité des deux bâtiments du Refuge. L'atmosphère y était calme et froide, chargée de poussière et de relents de vieux bois. Les murs étaient entièrement recouverts de longs rideaux noirs. De petites fenêtres encastrées dans les pignons éclairaient l'espace, offrant une lumière pure qui dansait avec les grains de poussière en suspension.

En apercevant le plafond, elle ne put retenir un cri d'admiration.

Il était peint, orné dans son intégralité d'une fresque complexe, exécutée dans une riche palette bleu et or. De style égyptien, elle était composée de centaines de silhouettes. Certaines étaient immenses, occupant jusqu'à trois mètres de la surface en plâtre ; d'autres étaient minuscules, formant des armées de corps indistincts. Les uns régnaient en maîtres depuis leurs trônes majestueux, tandis que les autres labouraient la terre ou descendaient des rivières bleues à bord d'embarcations légères comme des plumes.

Les animaux côtoyaient les dieux, leur peau couleur ivoire, terre ou d'un vif lapis-lazuli ; des scorpions dansaient entre serpents et chacals ; un babouin maniait habilement un stylo effilé, penché sur un parchemin immaculé ; une femme au profil carré et déterminé, entourée de vivants et de morts, brandissait un scarabée ailé au-dessus de sa tête.

Des myriades d'étoiles argentées scintillaient à travers chaque dessin.

Si l'inspiration était égyptienne, le rendu était à la fois plus abstrait et plus vivant que ce que Lily avait pu voir de cet art dans les revues, les encyclopédies ou dans les salles du British Museum.

— Le plafond du temple d'Hathor à Dendérah, commenta Ash à voix basse, à côté d'elle. D'après les savants, il s'agissait probablement d'une sorte de diagramme astrologique, une représentation de l'influence des étoiles sur le destin des dieux et des hommes. Ce n'est pas une réplique exacte, naturellement. Elle a pris quelques libertés.

— C'est votre femme qui a peint ça ?

— Oui.

Il devait y avoir des milliers de silhouettes, chacune avec sa propre personnalité et son propre caractère. La réalisation d'une telle œuvre avait dû être un véritable sacerdoce pour l'artiste, courbée en arrière ou suspendue tel Michel-Ange sous le plafond de la chapelle Sixtine. Pourtant, ce chef-d'œuvre-ci était enfermé dans un grenier, loin des foules d'admirateurs, où seuls la poussière et les objets oubliés pouvaient y contempler sa magnificence.

— Pourquoi ? demanda Lily. Pourquoi peindre cela ici ?

— Je l'ignore, admit-il à mi-voix.

La tristesse lasse portée par ses mots la toucha au plus profond de son être : la fresque avait été peinte par la femme qu'il aimait, une femme qu'il avait perdue trente ans auparavant.

— Ce n'est pas tout, ajouta-t-il avant qu'elle puisse trouver des paroles de réconfort.

Son attention se porta alors sur les rideaux noirs qui recouvraient les murs, des mètres de tissu opaque suspendus autour de la pièce, conférant à l'espace une impression mortuaire, comme à une veillée funèbre.

Elle en avait la chair de poule. Même si elle était encore impressionnée par le paysage étoilé du plafond, Lily commençait à se demander si elle avait eu raison de gravir l'escalier du grenier. La salle qui l'entourait semblait prête à recevoir un sarcophage. C'était un tombeau.

— Sous les rideaux ? demanda-t-elle.

— Sa dernière œuvre, répondit Ash.

Les étoiles argentées scintillaient toujours au-dessus de sa tête alors que Lily prenait la pleine mesure de la situation… et comprenait enfin la raison de sa présence.

Ash y avait déjà fait allusion, le jour de leur rencontre dans la lumière terne et sereine de la salle de réflexion. Il lui avait dit qu'il l'avait reconnue d'après le dernier tableau de sa femme, une peinture pourtant achevée des années avant la naissance de Lily.

Mais il ne s'agissait pas d'une simple toile encadrée. Sous ces rideaux, la peinture s'étendait sur toute la largeur et la longueur des deux maisons accolées.

Que cachait donc la pénombre de ce voile obscur ?

Lily n'était pas certaine d'avoir envie de le savoir.

— Pourquoi est-elle recouverte ?

Ash s'approcha du mur, effleurant du bout des doigts le tissu noir qui ondula en réaction.

— Parce qu'il n'est pas aisé de la contempler. Quand elle a peint cette fresque… son art et son pouvoir avaient atteint un degré d'intimité inégalé. Cette œuvre représente ce qu'elle était sous sa forme la plus complète, ce qui la rend… éprouvante.

— Son pouvoir. De quoi s'agissait-il ?

— Je crois vous avoir parlé de la force qui anime vos visions.

— Vous voulez dire le destin.

— Evangeline pouvait le sentir.

La pièce sembla s'agrandir autour d'elle, soudain plus froide, comme ce vaste espace vide entre les étoiles.

— Je ne comprends pas, répondit Lily.

— Vos yeux sont des organes qui traduisent la lumière en images. Vos oreilles transforment les ondes sonores en musique. Eh bien, ma femme possédait un organe associé aux relations entre chaque chose, à leur signification. À la manière dont les gens, les objets et les événements sont liés, non par les lois de la physique, mais par leur sens profond. Voilà en quoi consistait son art, Miss Albright, expliqua-t-il sur un ton patient, mais empreint d'une douleur ancienne. Elle tentait de traduire cette signification par quelque chose que le commun des mortels serait capable de percevoir.

Les rideaux semblaient brusquement plus lourds, plus épais. L'évocation de ce qu'ils dissimulaient prenait des allures de menace, quoiqu'encore nébuleuse dans l'esprit de Lily… ou du moins, une redoutable promesse.

— Alors, quel destin contemplons-nous ? demanda-t-elle, embrassant du regard l'immense salle vide.

— Le mien, peut-être. Le vôtre. Tous les destins mêlés, allez savoir.

Le froid commençait à percer la polaire de sa veste, se frayant un chemin jusqu'à ses os. Ce grenier était trop silencieux, son atmosphère sépulcrale créant un poids presque oppressant.

— J'aimerais vous montrer une partie de cette œuvre. Êtes-vous prête à la voir ? demanda Ash.

Elle avait peur et se sentait sur la défensive, feignant le détachement en présence de ce qui relevait pourtant, clairement et indubitablement, de l'extraordinaire.

— Pourquoi ne serais-je pas prête ? lui retourna-t-elle.

Elle-même sentait combien ses mots sonnaient creux devant ces mètres carrés de rideau noir, les secrets du ciel tout entier exprimés au-dessus de sa tête.

Ash traversa la salle jusqu'au centre d'un long pan de mur homogène, rejoignant d'un pas déterminé un interstice dans le tissu.

Enfin, il l'écarta, exposant l'œuvre en dessous.

Lily tressaillit.

Les teintes étaient éblouissantes, plus chatoyantes que nature. Le rouge et le vert dansaient avec le mauve sur un fond bleu plus sombre que la nuit, le tout rehaussé d'or.

La silhouette d'une femme y était représentée, des flammes en guise de chevelure et des yeux froids couleur argent. Elle tenait une canne à la main. Des branches y poussaient, couvertes d'aiguilles vertes pointues et de baies écarlates caractéristiques des ifs. Le bâton semblait dangereux et vivant, regorgeant de potentiel.

L'ombre d'un homme plus âgé se profilait derrière elle, anonyme par son visage détourné. Il semblait prostré dans la honte et le chagrin. Une couronne ternie était posée sur sa tête.

Et derrière, il y avait des portes. Des centaines de portes, de toutes formes, styles et tailles, superposées les unes aux autres pour former un puzzle d'une effroyable complexité. Chacune d'entre elles était entrouverte, laissant passer un filet de lumière étincelante.

Sur la robe de la femme, tout en flottements de soie dorés et carmin, se dessinaient des milliers de clés en or.

À sa droite, tout juste visible derrière le bord du rideau qu'Ash tenait ouvert, Lily entrevit une autre silhouette. Une simple main dans un gant d'acier noir brillant, tendue vers la femme à la chevelure flamboyante, presque assez proche pour la toucher sans toutefois y parvenir.

Un sentiment la poussait, la mettant au défi d'en voir davantage… impulsion à laquelle elle tentait désespérément de résister.

Il y avait une bannière sous les pieds de la femme, semblable à celle qu'Evangeline Ash tenait dans sa main sur le portrait de la galerie Carfax.

La Prophétesse.

Non, pensa-t-elle instinctivement, transie de peur. Ce n'était pas elle. Impossible.

La femme peinte sur le mur était puissante, une véritable déesse. Elle occupait le centre d'un univers riche en signification. Lily, quant à elle, n'était qu'une créature des contours, avait toujours été plus proche du bord que du milieu : la relation de sa mère avec lord Torrington ; le pensionnat ; le monde de Drury Lane, où elle n'avait été acceptée que grâce à sa filiation, toujours considérée comme légèrement différente, pas tout à fait à sa place.

Ash faisait fausse route.

Et pourtant… l'if dans la main de la silhouette, le même bois qui constituait la canne de Lily. La sciure sur le sol à ses pieds, lesquels n'étaient pas chaussés d'escarpins délicats mais de robustes bottes en cuir brun, comme celles qu'elle portait en ce moment même pour piloter sa Triumph. Et là, dans le coin derrière elle, presque perdues dans l'ombre sous la silhouette couronnée… une flaque de sang et des pierres précieuses luisant dans l'obscurité. Exactement comme les bijoux en toc éparpillés sur le trottoir lorsque sa mère était tombée sous la lame d'un voleur.

Les étoiles tournoyaient au plafond, comme si dieux et rois attendaient sa réponse à une question tacite.

— Qu'est-ce que ça veut dire ? parvint-elle à demander, sa voix lui faisant l'effet d'une gorgée de poussière.

— Que vous avez un rôle déterminant à jouer dans ce qu'il va advenir.

— Et que va-t-il advenir ?

— Je crois que vous êtes mieux placée que moi pour le savoir.

Elle jeta un nouveau coup d'œil à la ronde, vers l'étendue infinie du rideau d'un noir d'encre, suspendu sur d'indicibles secrets avec une immobilité de mort.

— Qu'y a-t-il d'autre ? demanda-t-elle.

— Un grand nombre de choses.

Dans un geste révérencieux, il tira lentement le rideau sur l'image de la Prophétesse.

L'œuvre à nouveau cachée, Lily put laisser libre cours à sa colère. Elle n'avait jamais demandé cela. À quoi bon ? Elle se retrouvait avec des milliers de questions qui restaient sans réponses, et l'impression de porter un fardeau plus lourd encore qu'auparavant. Comment pouvait-elle être si importante et si inutile à la fois ? Si puissante et pourtant incapable de se maîtriser ?

— Qu'attendez-vous de moi ?

— Je n'attends rien de vous, Miss Albright.

— Alors, pourquoi m'avoir montré ceci ?

— Parce qu'elle aurait voulu que vous le voyiez.

— Ce n'est pas moi.

Malgré sa véhémence, le déni était bien faible. Ash ne prit pas même la peine de le réfuter.

Elle se retourna et se dirigea vers l'escalier, en proie à un puissant besoin de s'éloigner.

Elle s'arrêta cependant sur le palier, avant de pivoter vers le vieil homme une fois de plus.

— Mon pouvoir… n'est que le fruit du hasard. Des circonstances. Je n'ai d'utilité pour personne.

— Peut-être, Miss Albright. Ou alors, vous êtes bien plus que vous ne l'avez jamais soupçonné.

Cette fois, sa colère éclata, menaçante dans sa violence. Avant qu'elle ne se déchaîne, elle se rappela que cet endroit était sacré : elle se trouvait au cœur d'une douleur qu'elle ne pouvait prétendre comprendre, une douleur qui n'appartenait qu'au maître des lieux. L'émotion causée par sa visite ne devait guère lui faire oublier le respect qui lui incombait.

Elle devait s'en aller.

— Je suis désolée. Je dois partir.

Elle dévala les marches sans attendre de réponse, laissant Ash planté au centre de cette galerie aux allures de tombeau tel un moine des temps anciens en toge sombre, disciple d'un temple reculé et hostile.

CHAPITRE XXII

Elle brûlait de faire éclater sa colère sur le mobilier de la maison. Refoulant cette violence aveugle que recouvrait l'instinct de fuite après ce qu'elle avait vu dans le grenier de Robert Ash, elle parcourut les pièces désertes et descendit les escaliers imposants jusqu'à l'entrée familière, avec son Newton en marbre et son bouclier en forme de blason.

Secouée comme elle l'était, même l'immensité des lieux lui semblait oppressante. Elle avait besoin d'air, aussi se dirigea-t-elle vers la porte au fond du couloir et la franchit, émergeant dans le jardin. Ceint de hauts murs de briques, il n'était plus que branches noueuses et tiges séchées à cette époque de l'année, reliquats d'arbustes et de fleurs encore en sommeil, enfouis et assoupis.

Elle prit de grandes bouffées d'air frais et vivifiant, attendant que le martèlement dans sa tête disparaisse.

Il ne s'agissait guère plus que de la folie d'une artiste certes brillante mais dérangée. Son mari, encore tourmenté par le deuil, lui donnait une signification excessive. Le personnage dans le grenier n'était pas une représentation de son destin. Ce n'était que de l'huile et des pigments sur du plâtre. S'il avait pu paraître plus que cela, l'espace d'un instant, c'était grâce au talent indéniable de l'artiste et à l'atmosphère exceptionnellement feutrée de la pièce.

Elle n'aurait pas dû venir.

Elle donna un coup de pied dans le gravier de l'allée avant de la suivre vers la remise à calèches. Poussant la porte, elle s'arrêta net en découvrant un homme longiligne accroupi à côté de sa mobylette.

— Elle est à vous ? demanda Sam Wu sans quitter la moto des yeux.

— Je suis désolée de l'avoir garée ici. Je ne voulais pas la laisser dans la ruelle.

— La Roadster 500 cm3.

— Exact, confirma-t-elle.

Sam extirpa un chiffon de sa poche arrière et essuya une trace de poussière sur le capot du moteur.

— Ils ont sorti une 550 cm3, depuis. Elle peut facilement rouler à plus de 60 km/h.

— J'imagine.

Il se redressa, fourra le chiffon dans sa poche et ajusta sa casquette.

— Quand même. Pas mal, le moteur.

— Merci.

— Besoin d'aide pour la sortir ?

Si elle mourait d'envie de reprendre sa Triumph et de déguerpir au plus vite, elle était venue ici avec une idée en tête, et voilà que, contre toute attente, on lui offrait l'occasion de la concrétiser.

Elle se demandait comment sa requête serait perçue. Elle avait toutes les raisons de penser que le jeune homme n'éprouvait envers elle que suspicion et hostilité. À vrai dire, elle ne pouvait pas le lui reprocher. Il représentait aussi son meilleur espoir d'exécuter la prochaine partie de son plan, une étape qui lui permettrait de régler une fois pour toutes la question de l'hôpital, de savoir s'il y avait là un indice capable de sauver Estelle ou s'il ne s'agissait de rien d'autre qu'une fausse piste.

— En fait… commença-t-elle.

Elle fut interrompue par le grincement de la porte qui pivotait sur ses gonds derrière elle, en laissant entrer un rayon de lumière qui se refléta sur le chrome de la Rolls-Royce.

— Sam, auriez-vous vu…

La phrase de Strangford mourut sur ses lèvres lorsque son regard se posa sur Lily.

Auréolé par la lumière de l'embrasure, il semblait plus décoiffé qu'à l'accoutumée. Sans doute était-il arrivé à cheval, supposa-t-elle avant de réaliser que son apparition avait déclenché une réaction plus puissante qu'à l'ordinaire au fond de sa poitrine.

Elle y résista, pour lui lancer plutôt :

— Bonjour, milord.

Du coin de l'œil, elle vit Sam hausser un sourcil étonné devant son intonation formelle.

Strangford s'en aperçut, lui aussi. Elle voyait bien la question qu'elle soulevait dans son regard, mais il se garda de la formuler à haute voix devant le chauffeur.

— Je suis passé chez vous tout à l'heure, lui dit-il.

— Oui. J'ai reçu votre carte. J'avais prévu de venir vous voir dès que possible.

Sa réponse ne lui parut guère satisfaisante.

— Tout va bien ? demanda-t-il. Y a-t-il quelque chose…

— Non, l'interrompit Lily. Non, tout va très bien, merci.

Les grains de poussière flottaient dans l'atmosphère silencieuse de la remise, étincelant dans les rayons qui affluaient derrière lui depuis le jardin.

Le silence s'éternisa, presque plus gênant que la conversation qu'il remplaçait.

Après un raclement de gorge, Sam se gratta les cheveux sous sa casquette.

— Bon, je ferais mieux d'y aller, dit enfin Strangford. La séance commence à quatre heures.

La séance à la Chambre des lords. Elle repensa à la nouvelle qu'elle avait apprise de Roger, le livreur de journaux, selon lequel la mise en accusation de lord Deveral était prévue dans à peine plus d'une semaine. Strangford était baron, et en tant que tel, il siégeait au Parlement et compterait parmi ceux qui y assisteraient.

— Mais si vous avez besoin de moi… commença-t-il.

— Si j'ai besoin de vous, je ne manquerai pas de vous le faire savoir, compléta-t-elle poliment.

Elle était parfaitement consciente de la maladresse de ses paroles, de leur incohérence totale avec ce qui avait transparu entre elle et cet homme quelques jours à peine auparavant. Ses mots étaient comme une main sur son torse, le repoussant en arrière. Lui aussi se sentirait plus en sécurité avec la distance, se dit-elle.

Ses efforts ne passèrent guère inaperçus. Elle pouvait lire la stupeur et l'incompréhension sur son visage, ainsi qu'autre chose encore. La douleur du rejet. Il s'efforça cependant de la dissimuler, se parant de courtoisie comme d'un manteau.

— Dans ce cas, j'attendrai de vos nouvelles, dit-il avant de se tourner vers Sam. Je suis venu vous demander si vous aviez vu Cairncross.

— Il est dans la cuisine avec ma grand-mère, répondit prestement le jeune homme.

— Le seul endroit où je n'ai pas pensé à regarder. Si vous voulez bien m'excuser.

Lily se rendit compte qu'il attendait véritablement son autorisation pour prendre congé, aussi hocha-t-elle la tête, incapable de répondre, et il se retourna pour partir.

— Strangford, fit soudain Lily, comme si son nom avait franchi ses lèvres de sa propre initiative.

Il s'arrêta et jeta un œil en arrière.

Elle s'empressa de se ressaisir, maîtrisant l'impulsion qui avait provoqué cet élan du cœur.

— Rien. Bon après-midi.

Son regard s'attarda sur elle un moment, puis il se retira.

Elle se surprit à fixer plus longuement que nécessaire l'encadrement de la porte encore ouverte.

Garde tes distances, se rappela-t-elle résolument.

— Alors, vous aviez besoin d'aide ?

— Pardon ?

— Avec la moto, précisa Sam.

Lily retrouva ses esprits : elle avait du pain sur la planche.

— Non. Mais j'espérais pouvoir vous parler un moment.

Cette fois, une pointe de méfiance transparut dans le regard de Sam. Il alla fermer la porte par laquelle Strangford était parti, coupant le rayon de lumière.

— Je suis censé m'occuper des chevaux.

— Je peux parler pendant que vous travaillez.

— Comme vous voudrez.

Il traversa aussitôt le box, longeant l'énorme Rolls argentée dans la pénombre et la présence imposante de la calèche noire au verni étincelant. Une porte de l'autre côté s'ouvrait sur l'étroite galerie entre les stalles.

L'air sentait le foin frais et le fumier, et les lieux exsudaient une douce chaleur animale réconfortante. Dans les deux stalles spacieuses se reposaient les chevaux alezan et bai dont Lily se souvenait de sa virée à Abney Park.

Ils piaffèrent, et leurs queues s'agitèrent lorsque Sam entra. Il décrocha une brosse du mur et ouvrit la première stalle, où il entra pour s'attaquer au pelage du cheval bai.

— J'ai besoin d'aide, dit Lily en s'approchant de la porte.

— Ce n'est pas ce que le baron vient de vous proposer ?

Le coup était cinglant, mais Lily refusait de céder à la provocation.

— Vous êtes le seul à pouvoir m'aider dans cette affaire, reprit-elle.

— De quel type d'affaire parlons-nous exactement ?

— Une entrée par effraction.

La cadence des coups de brosse s'interrompit et le cheval renâcla. Au bout d'un moment, Sam reprit son mouvement régulier.

— Et qu'est-ce qui vous fait penser que je suis prêt à vous aider ?

— Rien, admit Lily en toute honnêteté. Mais vous m'avez dit en être capable. Et j'ai besoin d'entrer dans ce bâtiment.

Il garda le silence, continuant à brosser l'animal, de l'autre côté cette fois.

— C'est à propos de votre amie ? demanda-t-il enfin. Celle qui a des problèmes ?

— Oui.

Sam abaissa la brosse et la jument lui donna un coup de museau.

— Ne commence pas, la réprimanda-t-il. Va manger ton dîner.

Une fois de plus, le cheval protesta, mais il finit par rejoindre – d'un pas lourd – le seau accroché au mur. Enfouissant ses naseaux à l'intérieur, il se mit à mâcher.

Sam recula dans l'allée, refermant doucement la porte du box. Il s'adossa alors contre les planches usées, les bras croisés sur son torse.

— Où ça ?

— Un dispensaire de Borough, près du vieux Mint. Mais il est fermé depuis des mois. Il y a eu un incendie.

— Ce n'est pas un bon quartier, la nuit. Sans compter les risques, même si on réussit à entrer.

— Lesquels, par exemple ?

— On ne sera peut-être pas les premiers à avoir cette idée. Il pourrait y avoir des gens qui traînent là-bas, et sûrement pas des agneaux. Si le bâtiment a brûlé, il faut aussi s'inquiéter de la structure. Des escaliers qui cèdent, des planchers qui s'effondrent sous nos pieds.

La jument s'approcha à nouveau, et alors qu'elle poussait du museau son épaule, Sam tendit le bras pour la caresser machinalement.

— Quand ?

— Ce soir, répondit Lily.

Il ouvrit la porte de l'autre box, où l'alezan attendait patiemment, et il réitéra la manœuvre, brossant sa riche robe dorée par de grands gestes vigoureux.

— Je passerai vous chercher à onze heures, répondit-il sans lever les yeux.

Elle sentit son cœur s'emballer.

— En fait, il vaudrait mieux que je vienne moi-même vous retrouver.

— Pourquoi ?

— Je crois qu'on me surveille.

Il lui jeta un œil par-dessus le dos du cheval, puis haussa les épaules.

— Bon, d'accord

— Je serai à l'heure.

Elle lui tourna le dos, mais la voix du cocher la retint.

— Votre canne. Celle que vous avez toujours.

— Oui ?

— Vous ne boitez pas.

— Non, confirma Lily.

— Alors, vous l'utilisez pour autre chose que la marche.

Elle ne répondit pas.

— Apportez-la, précisa-t-il avant de reprendre sa tâche.

~

De nuit, la ruelle qui courait derrière Bedford Square était différente, les ombres effilées déformant les silhouettes des élégantes bâtisses.

Il faisait froid. Quand Lily toussa, sa bouche produisit de la buée qui s'attarda dans l'atmosphère figée de l'hiver. Le froid récalcitrant menaçait de se changer en neige d'un jour à l'autre. Ce n'était pourtant pas ce qui l'empêchait de se lancer dans ce qui serait très certainement une quête vaine.

Le bruit des roues d'un chariot brisa le silence nocturne et Lily fit un pas en arrière, se tapissant dans les ombres qui longeaient le passage étroit. Le véhicule qui s'était engagé dans la ruelle n'était pas la calèche immaculée et parfaitement entretenue d'un membre de l'aristocratie, mais un fiacre qui avait connu des jours meilleurs, datant sans doute de la prime jeunesse de la reine Victoria : la peinture était écaillée quand elle n'était pas enduite de boue, et l'une des roues était clairement désaxée. Le cocher était aussi ancien que sa voiture, vieillard décharné et rabougri à la barbe d'un blanc douteux, perché sur le siège comme une mouette, une casquette effilochée sur le crâne.

Il s'arrêta à sa hauteur.

Lily eut un moment de crainte. Elle s'était montrée prudente en quittant March Place, se faufilant entre les appartements de

Mrs Bramble et la cuisine pour aller emprunter l'entrée de service. Elle avait contourné le pâté de maisons avant de retrouver le chemin de Bedford Square, tout en s'assurant de ne pas être suivie.

Peut-être n'avait-elle pas été suffisamment attentive.

Elle resserrait sa poigne sur sa canne lorsque la porte du fiacre s'ouvrit.

Sam passa la tête au-dehors.

— Allez, montez, lança-t-il avec impatience.

Lily sauta sur le marchepied et s'enfonça dans l'habitacle exigu.

— C'est bon, George ! cria Sam par la vitre opposée.

Le véhicule se mit en branle, oscillant au gré des tours de roue irréguliers.

Son compagnon s'affala sur la banquette à côté d'elle, les bras croisés. Après lui avoir jeté un bref coup d'œil, il tourna son visage vers la vitre ouverte comme pour la défier de protester contre le courant d'air froid qui s'engouffrait à l'intérieur.

— George veut bien nous attendre si vous le payez double tarif.

— D'accord, répondit Lily.

C'était logique : Sam ne pouvait guère emmener la voiture de son employeur aux abords de l'un des quartiers les plus malfamés de Londres et la laisser stationnée sans personne pour s'en occuper pendant qu'ils s'aventureraient sur une propriété privée. Le fiacre semblait avoir été choisi avec soin pour éviter d'attirer une attention indésirable parmi les habitants du vieux Mint.

Manifestement, le jeune homme dégingandé en savait bien plus qu'elle sur leur expédition nocturne et les risques encourus.

— Nous avons tout ce qu'il faut ? demanda-t-elle.

— Quoi, par exemple ?

— J'imagine qu'il faut du matériel pour ce genre de choses.

— Plus on en porte, plus il est difficile de courir.

— Vous pensez que nous allons devoir courir ?

Sam haussa les épaules.

Ils roulèrent en silence, le siège agité par les soubresauts intermittents du fiacre.

— Merci d'avoir accepté de m'aider, dit enfin Lily.

— Ce n'est pas encore fait, rétorqua-t-il sans la regarder.

Ils s'arrêtèrent près de Borough Market, qui n'avait à présent plus rien de l'endroit vivant et bondé que Lily avait traversé l'après-midi même. Le marché était fermé et obscur, les boutiques et étals tous barricadés. La lumière de la brasserie voisine brillait encore. Lily entendait les ouvriers de nuit et le vrombissement des machines.

— Par là, ordonna Sam en se penchant par la vitre.

Le cocher orienta le fiacre jusque dans un recoin étroit, à côté d'un magasin de meubles d'occasion.

Sam sauta à l'extérieur, sans même lui tenir la portière ni lui tendre la main. Lily descendit sans encombre, toujours vêtue de sa tenue de motarde. Ce choix lui avait paru perspicace : comme Sam l'avait justement fait remarquer, ils n'avaient aucun moyen de connaître l'état de l'intérieur du bâtiment. De plus, elle risquait moins d'attirer l'attention avec sa veste et son pantalon dans les rues sombres qui entouraient l'hôpital.

— Occupez-vous de George, fit Sam.

Lily sortit de sa poche une coquette somme, qu'elle remit au cocher en lui disant :

— Nous risquons d'en avoir pour un moment.

George inclina sa casquette avec un sourire qui découvrit ses dents du bonheur.

— C'est par où ? demanda Sam lorsqu'elle l'eut rejoint.

— Par ici.

Lily les conduisit dans la rue principale, qui était loin d'être déserte, même à cette heure de la nuit : un couple s'offrait une étreinte dans l'intimité relative d'une porte de magasin ; quelques garçons, trop jeunes pour être dehors à cette heure, couraient dans la rue devant eux en tapant dans un ballon. Comme Drury Lane, où elle avait vécu autrefois, ce quartier n'était jamais complètement endormi. C'était impossible : beaucoup de gens ici travaillaient à l'heure où les petits bourgeois de Bloomsbury dormaient paisiblement dans leurs lits.

Ils tournèrent devant *La Toison d'or.* Un éclat de rire gras retentit à l'intérieur du pub, qui accueillait une foule animée. Le passage de Lily attira l'attention de deux hommes à la porte, qui la regardèrent passer de l'autre côté de la route en compagnie de Sam. Par bonheur, leur intérêt premier retomba promptement, découragé par la tenue de Lily et la pénombre de la nuit.

Enfin, ils s'arrêtèrent devant la clinique. Elle avait l'air plus grande dans l'obscurité qu'en plein jour. Les poutres calcinées du toit se dressaient comme un échafaudage dans le ciel noir, et le calcaire semblait plus clair, les taches de suie et de fumée de charbon moins apparentes.

Sam glissa un cure-dent entre ses lèvres et prit le temps de réfléchir, les mains dans les poches.

— Il doit y avoir une porte de service à l'arrière, conclut-il. Ce sera notre entrée.

La ruelle empestait le chou pourri et les excréments de chien. Des rats traversèrent devant eux, puis s'arrêtèrent, levant la tête comme s'ils avaient remarqué quelque chose d'inhabituel. Ils suivirent Sam des yeux pendant un moment. Ce dernier les ignora, et Lily vit les créatures déguerpir. Elle se demanda si elle n'avait pas imaginé leur brusque changement d'attention.

La porte arrière de la clinique ne payait pas de mine. Elle avait été condamnée, tout comme les fenêtres du rez-de-chaussée.

— Gardez l'œil ouvert, d'accord ? lui dit Sam alors qu'ils approchaient.

À l'aide d'un couteau, il dégagea quelques planches, puis il sortit de sa poche un étui à cigarettes effilé en fer blanc, qui s'ouvrit pour révéler un assortiment de pointes métalliques aux extrémités biscornues et pointues. Il s'agenouilla devant la serrure et Lily reporta son attention sur la ruelle, mais personne ne passa pendant toute la durée de son travail. Après un moment, elle entendit un déclic alors que la serrure cédait.

Il poussa la porte de quelques centimètres.

— Elle est bloquée de l'intérieur. Aidez-moi.

Lily glissa sa canne à l'arrière de sa ceinture, puis s'appuya de tout son poids, le talon de sa botte bien calé contre les pavés. Elle poussa. La porte bougea lentement, accompagnée par le raclement d'un obstacle invisible.

Sam jeta un regard circulaire avant de lui faire signe de passer.

— Allez-y. Dépêchez-vous.

Elle lança sa canne à l'intérieur, puis la suivit en se faufilant dans l'espace entre les planches.

Elle n'aurait su dire à quoi servait cette pièce autrefois, car l'étage supérieur s'était effondré à cet endroit. Le clair de lune révélait des gravats de plâtre et des carreaux brisés jonchant le sol, ainsi que les débris carbonisés et déformés d'une demi-douzaine de lits de camp métalliques. Lily comprit d'où provenait la lumière lorsqu'elle leva les yeux après avoir récupéré sa canne : là-haut, un grand trou dans le plafond perçait également les étages supérieurs, donnant sur le ciel nocturne où la pleine lune d'hiver les observait entre les bords irréguliers des chevrons encore en place.

De l'eau coulait quelque part, les gouttes produisant un tintement mélodieux sur une bassine renversée. De l'autre côté de la salle, un escalier était à demi réduit en poussière. Un mur avait été complètement démoli, laissant les marches suspendues dans les airs comme une rangée de dents cassées.

Sam rampa jusqu'à son côté et se redressa en découvrant les ruines.

— C'est mauvais signe. Si une partie de l'étage s'est effondrée, le reste ne doit pas être très stable. Vous êtes sûre de vouloir continuer ?

— J'en suis sûre.

— Nous ne serons peut-être pas les premiers. Il risque d'y avoir des rôdeurs.

— Vous pouvez attendre ici, si vous préférez, répondit Lily, implacable.

— Moi, je peux me débrouiller. Je tiens juste à m'assurer que Madame sait dans quoi elle s'engage.

— C'est bien noté, Mr Wu.

Sam sourit en remettant le cure-dent dans sa poche.

— Bon, alors allons-y.

Ils s'engagèrent dans les décombres, leurs semelles dérapant sur le carrelage glissant ou soulevant de petits nuages de poussière de plâtre. Lily s'arc-boutait sur sa canne pour éviter de trébucher sur les débris.

Au fond de la pièce, la porte donnait sur un grand couloir sombre. Les fenêtres étaient obstruées, laissant tout juste passer quelques rayons d'une douce lueur bleutée. Les yeux de Lily mirent quelques minutes à s'accoutumer tandis que Sam et elle progressaient à pas lents dans le silence.

L'incendie n'avait pas laissé beaucoup de traces de ce côté, mais on apercevait des signes d'intrusion : des emballages de sandwiches traînaient au sol, ainsi qu'une bouteille de bière vide. Dans l'une des pièces, qui semblait avoir été une sorte de laboratoire, Lily découvrit les restes d'un feu de camp à côté d'un matelas roussi. S'il était resté quelque chose dans les bureaux et les réserves, tout avait été pillé après l'incendie. Çà et là, parmi les ombres, des piles de linge s'amoncelaient, couvertes de moisissure, au milieu des éclats de bocaux.

L'incendie ne remontait qu'à quelques mois, à en croire Berta. En marchant dans le couloir, Lily avait pourtant l'impression que les lieux étaient à l'abandon depuis des années.

Dans un autre laboratoire, elle ouvrit des armoires, fouillant silencieusement les quelques récipients en verre encore intacts qu'elles contenaient.

— Au fait, qu'est-ce qu'on cherche ? demanda Sam.

— Je le saurai quand je le verrai. Vous me donnez un coup de main ?

Sam s'avança de l'autre côté d'un chariot renversé, et ensemble, ils le soulevèrent. Au même moment, une porte du chariot s'ouvrit, laissant échapper une pile de pots de chambre en fer blanc qui s'écrasèrent avec fracas sur le sol.

Lily retint son souffle et croisa le regard de Sam par-dessus la table en métal. Il posa un doigt sur ses lèvres, avant de le brandir en l'air. Lily comprit le signal.

Chut. Attendez.

Il s'approcha de la porte en rasant le mur. Là, il attendit, aux aguets. Lily recula dans un coin plus obscur encore, le souffle suspendu. Le silence s'étira, tendu comme la corde d'un arc.

Enfin, Sam se redressa. Il donna un coup de pied dans une boîte vide, qui rebondit avec un tintement contre une table.

— Il n'y a personne ici, conclut-il.

— En tout cas, ça n'a pas toujours été désert, répondit Lily en desserrant les doigts autour de sa canne pour désigner la boîte.

Sam haussa les épaules.

— Les squatteurs ont dû trouver un meilleur endroit. Ou alors, ils ont été chassés.

— Chassés ? Par qui ?

— Vous n'avez pas d'autres armoires à vérifier ? demanda-t-il avec un signe de tête vers l'enfilade de placards.

Après une courte hésitation, Lily se dirigea vers les portes métalliques au ras du sol, qu'elle ouvrit les unes après les autres. À présent, sa vision s'était suffisamment ajustée pour qu'elle puisse distinguer leur contenu en un clin d'œil.

— Alors, dites-moi, qui vous a appris à crocheter les serrures ? fit-elle tout en écartant un tas de tubes en caoutchouc.

— Un certain Cannon.

— Vous avez travaillé pour lui ?

— Oui, on peut dire que c'était un boulot.

— Quel âge aviez-vous ?

— J'étais assez vieux, répondit-il évasivement.

— Mais assez petit pour vous faufiler dans des endroits qu'un adulte ne pourrait pas atteindre, supposa Lily.

Elle avait entendu parler de ces quelques voyous sans scrupules de l'East End qui employaient de jeunes garçons désespérés pour faire le sale boulot à leur place et grimper dans des endroits inaccessibles pour les adultes, et bien souvent dangereux. Bien sûr, quand quelqu'un se faisait prendre, c'était le garçon, et non l'homme qui lui avait confié sa basse besogne.

— Mon père ne trouvait pas de travail. Personne ne voulait l'embaucher. Năinai avait trouvé un emploi dans une blanchisserie. Elle rentrait tous les soirs les mains ébouillantées, tout ça pour quelques sous.

— Năinai ? répéta Lily.

— Ma grand-mère. Mon père a vendu tout ce qu'on possédait pour payer la traversée jusqu'ici. Il fallait bien se retrousser les manches si on ne voulait pas mourir de faim.

— Il vous a laissé faire ça ?

— Il savait que j'avais du boulot. Il n'était pas obligé de connaître les détails.

Lily referma le dernier placard et se leva.

— Il n'y a rien ici, annonça-t-elle. Vous avez repéré un autre escalier ?

— Au bout du couloir.

— Essayons.

Ils enjambèrent une barricade de chaises renversées et continuèrent dans le couloir obscur.

— Pourquoi votre père a-t-il quitté la Chine si c'était pour venir sans rien ?

Le silence de Sam lui fit comprendre que ses questions commençaient à devenir inconvenantes. Il avait accepté de l'aider à s'introduire ici, pas de lui raconter sa vie.

— Excusez-moi. Vous n'avez pas à répondre.

— Non, c'est vrai, répliqua-t-il.

Du pied, il poussa un pot de chambre en fer blanc qui heurta le carrelage, puis s'engagea dans la cage d'escalier et gravit les marches, Lily sur ses talons.

— C'était ma faute, dit-il enfin.

— Mais vous deviez être très jeune quand vous avez quitté la Chine.

— J'avais dix ans.

— Qu'est-ce qu'un enfant de dix ans a bien pu faire pour chasser toute sa famille hors du pays ?

— J'avais de mauvaises fréquentations.

— Pires qu'une bande de cambrioleurs de l'East End ?

— Oui, pire.

Lily savait qu'il ne lui disait pas tout, et elle ouvrit la bouche pour l'interroger avant d'être assaillie par un instinct brutal. Une intuition claire, nette et précise, aussi soudaine qu'indéniable.

Dépêche-toi.

— Vite ! cria-t-elle.

Elle poussa Sam devant elle et se rua à sa suite. Ils déboulèrent sur le palier juste au moment où l'escalier qu'ils venaient d'emprunter se détachait du mur pour s'effondrer dans un nuage de poussière.

Affaissé contre le mur, Sam lui jeta un coup d'œil intrigué.

— Votre pouvoir vous a alertée ?

— Je… je ne sais pas trop, reconnut Lily. Ce n'est pas comme ça, d'habitude.

Elle pressa les doigts sur ses tempes, soudain tout étourdie. Avait-elle perçu inconsciemment un indice subtil dans l'atmosphère ? Peut-être un léger mouvement de la pierre sous ses pieds ou un bruit lui indiquant que les marches étaient sur le point de céder ? Ce n'était pas son impression. Plus tôt dans la matinée, elle avait senti l'apparition de Frank la combine à l'angle du mur – comme l'une de ses visions, mais plus claire encore, assortie d'un sentiment d'urgence.

Comme autrefois.

Elle avait oublié ces épisodes de prescience jusqu'à ce que son père en parle, lors de sa visite impromptue. La conscience toute naturelle de ce qui allait se produire : le passage du facteur, l'arrivée de la pluie, une visite de son père dans l'après-midi. Elle prenait plaisir à savoir ce que personne d'autre ne semblait deviner.

Cette capacité avait disparu depuis des années. Pourquoi refaisait-elle surface maintenant ? Peut-être parce que la veille, elle avait délibérément provoqué une prémonition. Devant ce miroir, Lily avait enfoncé des portes qu'elle avait passé les quatorze dernières années à tenter de condamner. Peut-être ne s'étaient-elles pas entièrement refermées, une fois la séance de divination terminée.

Cette idée l'épouvantait. Ce n'était pas censé se passer ainsi. Elle faisait son possible pour essayer de sauver Estelle, mais en cas d'échec, elle retournerait à son ancienne vie et tout rentrerait dans l'ordre.

Rien ne devait changer.

— Vous venez ?

— Désolée, répondit Lily.

Elle gravit prudemment les dernières marches, solides sous ses pieds. Pouvait-elle se fier à son instinct, désormais, assurée qu'il les préviendrait à temps avant qu'une autre partie du bâtiment ne s'écroule ?

Sam l'attendait au premier étage. On y voyait mieux ici, les fenêtres dépourvues de planches laissant entrer le clair de lune. Ils traversèrent lentement d'anciens dortoirs, à en juger par les rangées soigneusement alignées de lits étroits, ainsi que des réserves obscures et une sorte de salon. Lily aperçut un canapé moelleux et une table basse, mais l'impression de confort s'arrêtait là, amoindrie par les entailles dans la toile et les liquides nauséabonds qui entachaient les murs partout où des bocaux avaient été jetés et brisés.

Les ravages de l'incendie étaient plus apparents à mesure qu'ils approchaient de l'extrémité du couloir : l'encadrement de la porte qui fermait l'autre moitié du bâtiment était couvert de suie, et les relents de bois humide et calciné devenaient de plus en plus forts.

— Ce sera plus risqué dans cette direction, l'avertit Sam.

— Je dois aller voir par là-bas, décréta-t-elle en désignant une pièce, un peu plus loin sur leur chemin.

C'était une vaste salle où trônait un grand bureau en chêne. Le feu avait dévoré les lieux, sa chaleur si forte que des cloques s'étaient formées sous la peinture de l'un des murs. Une vitrine de médicaments avait été saccagée, sa serrure cassée. Seuls quelques flacons vides restaient encore à l'intérieur. Le squelette articulé dans un coin avait perdu sa tête et l'on avait enfoncé un scalpel rageur dans le dossier du luxueux fauteuil en cuir.

Les meubles de classement attirèrent l'attention de Lily, l'incitant à prendre le risque de s'approcher de la partie la plus endommagée du bâtiment. Les meubles, en acier de bonne facture, comptaient une serrure à chaque tiroir. Leur peinture noire leur donnait un aspect monolithique, au fond du bureau. À l'évidence, ils étaient conçus pour contenir des documents à l'accès restreint – des documents qui pourraient bien lui dévoiler la vérité derrière les rumeurs et les spéculations qui l'avaient conduite jusqu'ici.

— Nous allons sûrement avoir besoin de vos crochets… s'interrompit Lily, constatant que le premier tiroir glissait aisément sous sa main.

Vide.

Elle en ouvrit un autre, puis un troisième.

Tout était vide.

Sam regarda par-dessus son épaule.

— Il n'y a pas de cendres dans ces tiroirs. Si leur contenu avait brûlé, il y en aurait. Alors, soit ils étaient vides depuis le début…

— Soit quelqu'un les a vidés, conclut Lily.

Elle referma le tiroir dans un claquement, ravalant sa frustration. C'était de réponses qu'elle avait besoin, pas de tiroirs vides.

— Pourrait-il y avoir d'autres documents à l'étage supérieur ? Une sorte de salle des archives ? demanda-t-elle.

— Je suis partant si vous l'êtes.

CHAPITRE XXIII

Le grenier était spacieux, étendu sur l'intégralité du bâtiment. Les chevrons donnaient à Lily l'impression d'être sous le toit d'une cathédrale, avec ses arcs-boutants et son élégance gothique.

Les courbes esthétiques formées par les portions du toit détruites dans les flammes étaient comme à nu sous l'immensité nocturne baignée de lune.

Sous cette plaie à ciel ouvert se succédaient des rangées de lits et de chaises métalliques empilées en équilibre instable, entrecoupées de caisses au contenu secret.

Sam et elle se frayèrent un chemin dans le fatras, enjambant des montants désarticulés, éclaboussant le parquet chaque fois que leurs bottes rencontraient des flaques d'eau. Des plumes légères et douces flottaient sur les lattes. Lily entendait les froufrous et le roucoulement des pigeons nichés dans les poutres encore tendues.

Elle s'arrêta non loin du trou causé par l'affaissement du sol. Ses bords étaient irréguliers et noircis, cédant la place au gouffre obscur des niveaux inférieurs.

— Je ne vois aucun document, observa Sam.

La frustration de la jeune femme montait en flèche. Il n'y avait rien d'autre ici que des éclats de verre et de la cendre. Elle était venue chercher des réponses, mais le bâtiment refusait obstinément de lui en fournir.

Elle se détourna de la gueule béante dans le sol.

— Nous avons peut-être raté quelque chose. Je vais fouiner un peu.

— Si ça vous chante, répondit Sam en se mettant à son aise sur le bord d'une étroite fenêtre à pignon.

Deux pigeons prirent leur envol depuis les chevrons pour

venir se percher à côté de lui. L'un sauta sur son genou tandis que l'autre poussait sa main de la tête en roucoulant tout bas.

Il gratta le cou de l'oiseau tandis que Lily posait sa canne pour tirer sur une rangée de lits de camp coincés les uns dans les autres telles des cartes à jouer. Ils se détachèrent en gémissant, avant de cliqueter dans un fracas métallique, telles les chaînes de Jacob Marley[1], lorsqu'elle les traîna sur le sol.

— Alors comme ça, lord Strangford et vous... C'est quoi, votre histoire ? demanda Sam sur un ton désinvolte.

Lily rejeta un tas de linge poussiéreux.

— Je n'ai aucune idée de ce dont vous parlez.

— Voyons. J'aurais pu couper au couteau la tension qu'il y avait entre vous deux dans cette remise.

L'image de Strangford, debout dans l'embrasure de la porte du garage, lui revint en mémoire, ainsi que la peine dans ses yeux sombres.

— Vous avez mal interprété la situation, c'est tout.

— Alors, il ne vous plaît pas ?

Lily se retourna pour gratifier son complice d'un regard noir.

— Pourquoi cette question ?

— Pour passer le temps.

D'autres pigeons avaient suivi les plus hardis sur les genoux de Sam, se posant sous sa fenêtre, où ils se pavanaient comme des soldats à l'occasion d'un défilé.

Lily se posta de l'autre côté du grenier. Elle arracha une vieille porte de ses gonds, révélant une pile de matelas crasseux.

— Je pourrai placer les invités à votre mariage ? lança Sam. Un Chinois comme maître de salle à des noces de grands bourgeois. Ça aurait de l'allure, non ?

— Il n'y aura pas de mariage, riposta Lily en écartant un chariot roulant de son passage.

---

1 Personnage condamné à traîner ses chaînes pour tous les péchés commis de son vivant, dans *Conte de Noël* de Charles Dickens.

La roue s'accrocha à une planche disjointe et le plateau d'acier bascula, s'écrasant sur le sol dans un vacarme de verre brisé.

Elle retint le juron qu'elle sentait monter, s'efforçant de rester calme en se tournant vers la pile de matelas.

— D'accord, reprit Sam, ce n'est pas un sujet à prendre à la légère. Mais où est le problème ? Ça me semble plutôt simple, à moi.

— Je ne suis pas son genre.

— Il n'a pas de genre précis. Je ne l'ai jamais vu s'intéresser de près ou de loin à une femme avant vous.

— Il n'est pas…

— Oh, que si.

Lily repoussa les émotions conflictuelles que cette affirmation déclenchait en elle.

— Je veux dire que je ne suis pas le genre de femme qu'un pair du royaume épouse.

— Comment ça ? Vous en avez tout l'air, en tout cas. Vous parlez comme ces femmes-là. Vous allez me dire que vous n'avez pas eu de gouvernante bien éduquée qui vous a appris à parler comme ça ?

— Je suis allée à l'école.

— Une de ces écoles pour dames du monde, sans doute.

— Je vous l'ai dit. Je ne suis pas ce que je semble être.

— Alors, quoi ? Vous n'êtes pas une aristo ? C'est quoi, le problème, votre famille est dans le commerce ? C'est courant, de nos jours. On brasse plus d'argent dans le commerce qu'avec des titres de noblesse, de toute manière. Tous les nobles sont fauchés. À cause des droits de succession, précisa-t-il en imitant un accent bourgeois irréprochable.

Lily déplaça une chaise en équilibre précaire et la jeta sur le côté. Sous l'impact, deux autres lits à monture métallique s'entrechoquèrent.

— Je suis une bâtarde. C'est assez clair comme ça ?

Les pigeons s'envolèrent vers les chevrons voisins, laissant derrière eux quelques plumes gris clair.

Sam la regarda attentivement depuis son perchoir, à la fenêtre.

— Une bâtarde qu'on a mise en pensionnat... ce n'était donc pas une simple passe dans une ruelle. Mais si la fortune venait du côté de votre mère, elle aurait été envoyée dans une clinique religieuse en Suisse, où vous auriez été adoptée et élevée à l'allemande. Donc ça doit être votre père. C'est quoi ? Un comte russe ? Un baronnet écossais ?

— Un comte anglais, figurez-vous, rétorqua Lily en tirant d'un coup sec sur le couvercle d'une caisse.

— Sans blague ? Votre vieux est comte ? Alors, où est le problème ? Si c'est bel et bien le cas, quelle importance que vous soyez née dans le mariage ou non ? Personne n'oserait reprocher ses relations à Monsieur.

— Il n'y a pas de relations. Je ne suis pas reconnue.

— Faites-vous reconnaître.

Lily ricana en remettant le couvercle en place dans un claquement.

— Et d'abord, pourquoi êtes-vous si insistant ?

Sam haussa les épaules, visiblement sur la défensive.

— C'est quelqu'un de bien, voilà tout.

Elle ouvrit la bouche pour répliquer, mais se retint alors que le sous-entendu dans les paroles et la posture du garçon perçaient ses propres défenses spontanées : il tenait à Strangford. Bien sûr, il nierait certainement si elle le lui demandait directement, mais il considérait le baron comme un ami. Lily était prête à parier que Sam n'accordait pas souvent ce privilège.

— Je suis sûre qu'il existe quelque part la compagne idéale pour lord Strangford, dit-elle d'une voix plus douce. Mais ce n'est pas moi.

— Je n'ai pas rencontré beaucoup de filles de comtes, mais je les imagine bien parler perles et rubans toute la journée. Ça m'étonnerait qu'elles arpentent des ruines brûlées en pantalon pour essayer de sauver une amie.

Lily s'interrompit, les mains sur le couvercle de la caisse suivante. Le compliment l'avait déstabilisée, la touchant plus vivement qu'elle ne l'aurait cru. Elle glissa un regard au jeune dur à cuire de Limehouse à la fenêtre. Il était appuyé contre la vitre, bras croisés sur sa poitrine dans un air de bravade.

— Je dis seulement que ce n'est pas si dingue, continua-t-il. Mais ne vous inquiétez pas. Je comprends. Vous avez peur, c'est tout.

— Je vous demande pardon ?

— Ça va, je suis passé par là, moi aussi. C'était une fleuriste, à Limehouse. Je n'ai jamais pu lui dire plus de cinq mots. Rien que : une m… m… marguerite, s'iou-plaît.

La caisse fouillée, Lily la referma et l'écarta avant de poursuivre ses recherches. Des matelas étaient entassés devant elle. Elle entreprit de les tirer un à un pour dégager le passage.

— Cette histoire s'est bien terminée ?

— Non. Elle s'est fait mettre en cloque par le boucher, répondit Sam en se grattant le nez. Mais j'imagine que ça se passera mieux pour vous deux, si vous tentez votre chance.

Lily écarta le dernier matelas. Ce qu'elle découvrit alors lui fit marquer une pause.

— Qu'est-ce que c'est ? demanda Sam en se levant, délogeant par la même occasion les quelques oiseaux regroupés autour de lui à la fenêtre, qui protestèrent avant de s'éloigner en sautillant.

— Des valises, répondit Lily.

Il y en avait peut-être deux dizaines, cachées sous l'avant-toit. Elles étaient de piètre qualité, abîmées et éraflées. Quelques-unes ne tenaient que par une vieille ceinture ou un bout de ficelle. Certaines n'étaient même pas des valises, mais de simples sacs de toile. La collection ne semblait pas à sa place dans le grenier, manifestement un entrepôt de matériel hospitalier en surplus. Pourquoi une clinique aurait-elle besoin d'un tas de bagages usés jusqu'à la corde ?

— Vous pensez qu'elles appartenaient à quelqu'un ? demanda Sam, exprimant tout haut la question qui résonnait dans l'esprit de Lily.

— Sans doute à des patients.

— Il n'y a plus de patients, au cas où vous ne l'auriez pas remarqué. Comment se fait-il qu'elles soient encore là ?

— Peut-être qu'elles appartenaient à ceux qui ne sont jamais rentrés chez eux.

Ce dispensaire faisait la charité. Ses employés se seraient-ils donné la peine de rechercher les proches des patients qui mouraient sous leur garde ? S'ils n'étaient pas réclamés, les biens des défunts devaient être encombrants. Qu'on ne les ait pas simplement mis au rebut était déjà une preuve de compassion.

Pourtant, quelque chose dans ces pauvres valises poussiéreuses et cabossées lui faisait mal au cœur.

Sam retira sa casquette et se gratta les cheveux. Les pigeons roucoulaient paisiblement sur les poutres.

— On regarde à l'intérieur ? proposa-t-il.

Elle songea à Abney Park et au moment où le docteur Gardner avait enfoncé son pied-de-biche dans le cercueil de Sylvia Durst. Ce qu'elle envisageait ici lui semblait tout aussi profane, pourtant elle était venue pour obtenir des réponses.

Elle tira à elle le premier bagage et souleva le couvercle.

Ce qui se trouvait à l'intérieur était aussi modeste que l'extérieur de la valise le laissait présager : une vieille chemise de nuit tout élimée et quelques vieux mouchoirs ; une ceinture tissée et un bout de ruban écarlate – les maigres possessions qu'une pauvre femme avait apportées pour trouver du réconfort dans cet endroit où elle était venue dans l'espoir de guérir… et où elle avait trouvé la mort.

Toutes les autres étaient identiques. Sam la rejoignit à sa troisième valise. Il s'agenouilla à côté d'elle dans la poussière, tirant un autre sac pour en examiner le contenu avec un respect solennel.

Lily ferma un bagage pour passer au suivant. Celui-ci était en carton recouvert de sergé noir. Elle tira sur le nœud qui le retenait et ouvrit le couvercle. Elle en sortit une paire de bas et un petit sachet qui dégageait encore un vague parfum de lavande, puis un chemisier à volants soigneusement reprisé. Alors qu'elle soulevait ce dernier, quelque chose glissa d'une poche, atterrissant sur le sol dans un bruit mat. Elle posa le chemisier et récupéra ce qui venait de s'en échapper.

— Qu'est-ce que c'est ? demanda Sam en jetant un coup d'œil dans sa direction.

C'était une petite breloque en argent.

Lily frotta sa surface ternie en forme de main humaine au pouce tendu. Le métal était recouvert de minuscules caractères dans une écriture que Lily n'avait jamais vue, de petites lettres carrées qui couraient à la verticale sur chaque doigt, s'entrecroisant au niveau de la paume.

— C'est de l'hébreu, dit Sam, qui s'était accroupi derrière son épaule. J'ai vu ces lettres sur les devantures juives de Whitechapel.

Lily retourna le bijou, l'examinant des deux côtés tout en passant sa main le long de la grossière lanière de cuir qui devait permettre de la suspendre autour du cou.

Elle se leva, glissant la breloque dans sa poche.

— Ça ne vaut pas grand-chose, objecta Sam.

— Je ne la prends pas pour sa valeur.

Alors, pourquoi ? Elle n'avait pas de réponse, juste une impulsion, un coup de tête. Comme l'intégralité de sa mission, en fin de compte.

Refermant le couvercle de la valise, elle l'abandonna parmi les autres.

— Je crois que nous ne découvrirons rien de plus, déclara-t-elle en récupérant sa canne. Allons-y.

À l'étage inférieur, Sam jeta un œil dans le couloir enténébré.

— On ne peut pas revenir par le même chemin.

— Il faut trouver un autre escalier. Il y en a sûrement de l'autre côté du bâtiment.

— L'incendie a causé trop de dégâts de ce côté-là, dit-il. Je ne peux pas garantir la stabilité du sol.

— Allons voir, au moins.

Lily ouvrit la voie. L'odeur de brûlé et de cendres humides était de plus en plus forte à mesure qu'ils progressaient le long des bureaux saccagés, se rapprochant du cœur de l'ancien brasier.

Ils s'arrêtèrent devant une double-porte. D'étroites fenêtres à croisillons y étaient pratiquées, déformées par la chaleur. Un lit de camp était coincé dans l'ouverture, son matelas moisi et sa couverture tachée de suie. Lily l'escalada pour se glisser à l'intérieur.

Elle y découvrit une vaste salle entièrement noire. Des traces de fumée se dressaient sur les murs comme des doigts furieux tendus vers le trou irrégulier que le feu avait laissé dans le plafond. Au-dessus, quelques étoiles éparses et une lune spectrale brillaient à travers de timides nuages. Des lits longeaient les murs, des bouts carbonisés de matelas et de couverture encore accrochés aux ressorts. De l'autre côté, le verre des fenêtres était fendillé et vitreux derrière d'épaisses barres de fer. Le parquet ne s'avançait que sur quelques mètres, après quoi les planches se terminaient par des moignons noirâtres étendus au-dessus du précipice béant.

— Ce doit être ici que le feu s'est déclaré, commenta Lily.

— On dirait plus une prison qu'un hôpital.

Lily resta interdite devant les résidus de literie encore rattachés aux sommiers.

— On est de quel côté ? demanda-t-elle.

— À l'est, répondit Sam après un rapide calcul.

L'aile est. Le service dans lequel, d'après Berta, les patientes étaient entièrement coupées du monde extérieur, la porte éternellement fermée à clé.

Son imagination s'emballa et elle se figura le même espace empli de femmes malades et infirmes, les fenêtres barrées et les flammes dévorant les murs tandis que les pauvres mourantes s'agrippaient à la porte, cherchant désespérément une issue de secours.

C'était une scène dantesque, un aperçu de l'enfer en plein Southwark.

Sam reporta son attention sur la porte à la peinture écaillée et boursouflée.

— C'était fermé. Apparemment, on a utilisé ce lit comme bélier. Pas facile, avec le verrou. Ça a dû demander de sacrés muscles.

— Ou plusieurs personnes unissant leurs forces.

Les pièces du puzzle commençaient à prendre forme dans l'esprit de Lily : personne n'était venu les chercher ; l'hôpital avait brûlé et les médecins, infirmières et aides-soignants avaient fui, abandonnant les pensionnaires de cette aile à leur triste sort.

Cette idée l'emplit d'une rage aussi fulgurante et vive que l'incendie qui avait ravagé la pièce.

— Voilà notre escalier, dit alors Sam en désignant une porte sur le mur du fond, au-delà du gouffre qui s'étalait à leurs pieds. Je crois qu'on ne sortira pas par là.

Ils finirent par trouver des draps à demi moisis dans un placard du couloir. Sam les noua soigneusement pour former une corde, qu'il jeta par l'ouverture du parquet.

Il passa le premier, puis récupéra la canne qu'elle lui lança. Elle suivit, ses bras endoloris à force de se retenir aux longueurs de lin entortillé, jusqu'à l'endroit où il l'attendait, en équilibre sur les décombres de l'aile est.

— Il y a quelque chose de bizarre dans cet incendie, déclara-t-il alors qu'elle descendait.

— Ah oui ? répondit-elle dans un grognement.

Il laissa son regard errer sur le trou dans le plafond, sa casquette inclinée en arrière.

— Il n'a pas démarré dans la cheminée.

Les pieds de Lily atteignirent enfin la terre ferme. Après avoir agité les bras pour les dégourdir, elle leva les yeux à son tour.

— Vous voyez le sol près de la cheminée ? reprit-il. Il y a un mètre ou deux qui n'ont pas brûlé. Si le feu avait commencé là-dedans, ça aurait été le premier endroit à partir en fumée.

(Sam observa la grande ouverture carbonisée.) C'est presque comme si le feu avait pris au beau milieu du plancher.

Quelque chose dans cette idée lui donna la chair de poule. Elle songea au passage le plus extravagant du récit de Berta.

J'ai entendu dire que c'était à cause d'une sorcière. Qu'ils ont essayé de l'enfermer, mais qu'elle s'est transformée en feu maléfique et qu'elle a tout brûlé avec elle.

— Enfin, ça n'a plus vraiment d'importance maintenant, n'est-ce pas ? Alors, on rentre ? demanda-t-il en lui rendant sa canne.

Lily jeta un coup d'œil à leur sortie, la porte qui donnait sur la ruelle. Puis son regard fut attiré de l'autre côté, vers un rectangle de ténèbres plus denses indiquant un autre passage dans le mur du fond.

Lily se voyait déjà rejoindre son lit, laissant la fatigue abandonner sa carcasse.

Sans aucune des réponses qu'elle était venue chercher.

— Il reste encore un endroit, dit-elle en se dirigeant vers la porte sombre, qui débouchait sur une cage d'escalier.

D'un côté, les marches montaient vers ce qu'il restait de l'aile est. De l'autre, elles s'enfonçaient dans un noir absolu.

Son compagnon sortit de sa poche un moignon de bougie et une boîte d'allumettes.

— Je croyais que vous ne transportiez pas de matériel.

— Difficile de bien fouiller sans y voir clair. Vous êtes sûre de vouloir descendre là-dedans ? demanda Sam.

— J'ai besoin d'y aller.

Il haussa les épaules et prépara une allumette, mais Lily tendit la main pour l'arrêter.

— Le gaz, souffla-t-elle.

Sam leva la tête vers le trou dans le plafond : des tuyaux cassés dépassaient des planches calcinées.

— Ils l'ont sûrement déjà coupé. La ville ne doit pas vouloir que ces trucs-là se répandent dans les airs, surtout si personne ne paie la facture. Mais bon, si vous ne voulez pas prendre le risque…

Devant Lily, dans la cage d'escalier, le chemin était plongé dans l'ombre, dévoré par l'obscurité.

— Allumez-la.

Sam croisa son regard, arquant un sourcil.

— Souhaitez-nous bonne chance.

Il la gratta. L'allumette prit vie, puis sa petite flamme brilla avec régularité, seule source de lumière dans les ténèbres. Il l'approcha de la mèche et la lueur devint plus éclatante.

Les marches conduisant au sous-sol étaient dégagées devant eux.

— Honneur aux dames, déclara Sam.

Le plafond était plus bas ici qu'aux étages supérieurs. Toutes les surfaces étaient recouvertes de carreaux blancs stériles. Il n'y avait aucun signe de l'incendie qui avait fait rage, ni cendres sur le sol, ni fumée sur les murs. On eût dit que tout le sous-sol était resté enfermé dans un bocal et conservé en l'état.

Ils étaient entièrement enfoncés sous le niveau de la rue. Aucun soupirail, pas la moindre fenêtre pour venir rompre la monotonie du carrelage. Les pas de Lily retentissaient alors qu'ils progressaient dans le couloir.

La première pièce qu'ils traversèrent était la chaufferie. Les murs y étaient en béton brut, tout l'espace dominé par une énorme chaudière noire. Elle était endormie et froide à présent, mais devait dégager une chaleur et un grondement formidables lorsqu'elle était allumée. Plusieurs ouvertures en fer y étaient pratiquées – plus que nécessaire pour alimenter le feu en charbon ou le réguler, observa Lily.

— C'est pour quoi, tout ça ? demanda Sam.

— Ils devaient l'utiliser pour se débarrasser des déchets, répondit Lily sur un ton détaché.

Sam se garda de tout autre commentaire.

Le couloir les conduisit devant d'autres laboratoires et réserves vides. Leur contenu semblait intact, en grande partie, comme si même voleurs et pilleurs avaient hésité à faire intrusion dans cet espace sombre et sacré.

La bougie de Sam miroitait sur les carreaux luisants, projetant des ombres dansantes sur leur chemin.

Au bout du couloir se trouvait la salle d'opération.

La pièce était spacieuse, même si le plafond bas donnait l'impression d'y être trop à l'étroit. Des placards bordaient tout un mur, remplis de bocaux intitulés « alcool », « hamamélis », « iode ». Il y avait là des boîtes de coton hydrophile et de bandages stériles, leurs étiquettes lentement gagnées par la pourriture. De l'autre côté, un chariot en acier brossé présentait tout un assortiment de seringues, de tubes en caoutchouc et d'instruments chirurgicaux étincelants. Un crâne humain y était posé, sans doute celui du squelette dans le bureau à l'étage.

Au centre de la pièce se trouvaient deux tables disposées côte à côte, chacune équipée d'une rangée de solides sangles en cuir.

— Je ne m'y connais pas beaucoup en médecine, mais ce n'est pas un peu bizarre qu'il y en ait deux ? fit remarquer Sam. Ils opéraient deux patients en même temps, c'est ça ?

— En effet, ce serait curieux, admit Lily.

Elle déplia un étrange pied métallique fixé à la table. Il y en avait deux, articulés pour s'étendre à la fois vers le haut et vers l'extérieur, et terminés par des arceaux métalliques qui n'étaient pas sans lui rappeler les étriers d'un cheval.

— Qu'est-ce que c'est ?

— Croyez-moi, vous ne voulez pas connaître ma théorie, répondit Lily en pensant aux problèmes qui avaient amené Berta et ses camarades dans cette clinique.

Sam saisit l'une des épaisses boucles métalliques, au centre de la table.

— C'est normal, ça ? Attacher les gens avant de les opérer ?

— Non. Je ne pense pas.

Le malaise rampait le long de ses bras comme une armée de doigts glacials.

— Il y a quelque chose qui cloche ici, conclut Sam en laissant retomber la boucle sur la table.

— Allons-nous-en.

Les ruines du rez-de-chaussée leur parurent accueillantes après l'obscénité glaciale du sous-sol. Lily se fraya un chemin dans les gravats jusqu'à la porte de sortie, appuyée sur sa canne pour ne pas glisser sur les débris branlants de bois calciné et de carreaux fissurés.

— Alors, vous avez trouvé ce que vous cherchiez ?

— Non, répondit simplement Lily, au comble de la frustration.

— Vous n'êtes peut-être pas venue ici avec la bonne personne. Monsieur le baron vous aurait été d'une meilleure aide.

Lily aussi y avait pensé. Strangford aurait pu faire courir ses mains sensibles sur ces tables, au sous-sol, et découvrir l'étendue de leurs secrets. Il le ferait même maintenant, si Lily le lui demandait… le soumettant une fois de plus à d'incommensurables horreurs. Comment pouvait-elle exiger cela de lui, alors qu'elle n'était pas même certaine que cet endroit ait un rapport avec le tueur qu'ils recherchaient ?

Ash lui avait dit que c'était une impasse, que Lily ne pouvait pas contrôler son pouvoir. Certes, elle avait vu cet hôpital dans une vision délibérément provoquée pour révéler l'assassin d'Estelle, mais cela ne signifiait rien.

Elle ne pouvait pas faire appel à Strangford avant d'avoir toutes les raisons de croire que cet endroit en valait la peine.

Que lui restait-il, à présent ?

Elle pensa à la serrure brisée sur la porte de l'aile est. Il y avait des femmes dans cette pièce quand elle avait brûlé. Certaines d'entre elles avaient bien dû réussir à s'en sortir. N'importe laquelle de ces malheureuses pourrait certainement lui en apprendre plus sur ce cauchemar. Qu'étaient-elles devenues ? Si Berta avait vu juste, alors elles devaient toutes être gravement malades ou dans un sale état au moment de leur évasion. Auraient-elles survécu longtemps sans soins médicaux ? Lily n'en savait pas assez pour le dire.

À moins que certaines ne soient pas restées dehors bien longtemps. Comme leur maladie continuait à gagner du terrain, il était probable qu'elles aient cherché de l'aide. Il devait forcément y avoir en ville d'autres dispensaires pratiquant la charité.

Comme Barts, par exemple, où exerçait le docteur Gardner.

Lily suivit Sam par l'ouverture qu'ils avaient pratiquée dans la porte barricadée. Encore absorbée dans ses propres pensées, elle se heurta contre lui.

Il s'était arrêté à un pas de la porte, le corps tendu, les yeux rivés sur les six hommes qui leur faisaient face de l'autre côté de la ruelle.

— Ça aurait été sympa d'être avertis, sur ce coup-là, chuchota-t-il.

— Alors, on sort faire ses emplettes tard le soir ?

L'homme qui venait de parler se tenait au centre du groupe. Il était plus âgé que les autres, comme en attestait sa moustache poivre et sel. Son visage disparaissait dans l'ombre de son chapeau melon à larges bords. Il sembla à Lily vaguement familier, son timbre de voix lui donnant le frisson.

— On jetait juste un coup d'œil, répondit Sam.

— Des trouvailles ?

— Pas grand-chose. Tout a déjà été fauché, sauf quelques lits de camp rouillés et des bandages humides.

Sam avait l'air avenant, mais Lily remarqua qu'il avait glissé la main dans sa poche, où se trouvait le couteau qu'il avait utilisé pour faire levier sur les planches de la porte. Sans un bruit, elle affermit sa poigne sur le pommeau de sa canne.

Enfin, les nuages se dissipèrent. Le clair de lune se déversa dans la ruelle, faisant étinceler un badge en cuivre épinglé sur le revers d'une veste, celle de l'homme qui se tenait à côté du chef de bande. Il était brun et rasé de près, à la fois plus élégant et plus sobrement vêtu que les voyous qui l'entouraient.

— Vise un peu, Art. C'est la fille de tout à l'heure.

Lily n'eut aucun mal à reconnaître l'homme qui la désignait en bout de ligne. C'était Frank la combine, son nez encore violacé et tordu depuis leur petite altercation.

— Je vois, Frank, répondit le chef, qui s'avança, le clair de lune révélant enfin les traits de son visage.

C'était le patron de *La Toison d'or*, l'homme qui avait regardé Lily et Berta avec insistance pendant que la prostituée lui racontait son histoire.

— Vous n'êtes pas venus vous servir, à l'évidence, reprit Art. On n'aime pas trop que des étrangers viennent fouiner dans notre vieux Liberty, pas vrai, les gars ?

— On n'aime pas ça du tout, renchérit Frank la combine.

— J'imagine que tu as prévenu Madame de faire attention à elle, quand tu l'as rencontrée tout à l'heure.

— Pour sûr, mais elle n'a rien voulu entendre. (Frank cracha sur le trottoir.) Il faut croire qu'elle a besoin de plus de fermeté.

— De quel genre ? demanda une brute épaisse, à l'autre bout de la rangée.

— Elle voulait en découdre, ajouta Frank.

— Dommage, répondit Art. (Il vérifia sa montre à gousset avant d'ajouter :) Bon, alors. On ferait mieux de s'y mettre. Vince, occupe-toi de la dame. Towers, Frank, vous vous chargez du garçon.

Sam s'écarta du mur de l'hôpital et, instinctivement, Lily lui tourna le dos. Un rapide coup d'œil lui apprit qu'il avait sorti son couteau de sa poche, la lame étincelante dissimulée juste derrière sa cuisse. Elle brandit sa propre canne à deux mains.

— Attention au bâton, Vince, lança Frank.

Vince, le grand costaud, se rapprocha. Aussitôt, Lily chargea, atteignant un point sensible de son anatomie au niveau de la rotule. Sa jambe se déroba et il tomba à la renverse, se cramponnant le genou en poussant des jurons.

— Cette salope m'a cassé la jambe !

— Je t'avais dit de faire gaffe au bâton, répliqua Frank.

— Ce ne sont qu'un gamin et une bonne femme, s'exclama Art. Assez lambiné !

Lily sentit Sam bouger derrière elle. Elle risqua un œil, pour le voir passer à l'action. Il se battait comme un dur de Limehouse. À sa façon de manier lame et poings, il était évident que ce n'était pas la première fois qu'il y était contraint. Il reçut un coup à la mâchoire et sa tête pivota, mais il s'empressa de riposter d'un coup de couteau. Le dénommé Towers poussa un cri perçant et retira son bras blessé.

Art se tourna alors vers celui qui n'avait pas bougé à côté de lui, l'homme au badge en laiton.

— Je crois qu'ils ont besoin d'aide, Mr Gibbs. Prêt ?

— Je suis déçu, Mr Bennington, mais il faut ce qu'il faut.

— Mickey, aide Mr Gibbs avec la dame. Moi, je m'occupe du chinetoque avec Frank.

Le dernier acolyte du tenancier, qu'il venait d'appeler Mickey, s'élança vers elle, un Gibbs plus calme sur ses talons. Alors qu'il se rapprochait, la clarté de la lune révéla les détails de son insigne : deux accents circonflexes entrelacés, le sigle du club eugéniste de Joseph Hartwell. Sa stupéfaction faillit lui coûter cher, retardant sa réaction d'une seconde critique. Elle se redressa juste à temps pour frapper le premier dans le ventre avec sa canne, lui coupant le souffle avant de s'écarter.

Gibbs sortit une matraque de sa manche. Lily n'eut qu'un instant pour brandir sa canne en if et parer le coup, ses bras tremblant sous le choc. Elle lui porta un coup sec au visage, mais il recula d'un bond pour l'esquiver.

Derrière elle, Sam avait perdu son couteau. Il se rua sur Frank la combine, lui enfonçant son épaule dans l'abdomen et l'entraînant avec lui contre une benne à ordures. Il atterrit sur son agresseur et assena trois violents coups successifs sur son nez déjà amoché. Le dandy poussa un hurlement déchirant, la main sur le visage. Saisissant Sam par le dos de sa chemise, Bennington le tira à l'écart.

Lily para un autre coup de matraque, mais elle tituba lorsque son talon heurta un pavé mal enfoncé. Gibbs fondit alors sur elle, la faisant tomber au sol. Joignant les mains, elle enfonça brutalement ses coudes dans le creux entre son cou et son épaule. Avec un cri de douleur et de rage, il se détacha d'elle. Aussitôt, elle se remit sur ses pieds et recula jusqu'à la porte de l'hôpital, où Sam la rejoignit.

Frank la combine, toujours étalé sur la benne, gémissait, le nez dans ses mains. Towers, que Sam avait tailladé de sa lame, enroulait autour de sa blessure une bande de tissu prélevée sur sa chemise. Quant aux autres, ils étaient toujours en lice.

Art Bennington recula pour allumer une cigarette, laissant tomber l'allumette dans une flaque. Il avait eu le temps d'analyser la situation – sans doute avait-il une grande expérience en la matière – et semblait avoir décrété que son aide ne serait pas nécessaire pour terminer le travail, maintenant que Lily et Sam étaient désarmés.

Vince se leva sur sa jambe flageolante et s'avança en claudiquant légèrement. L'autre costaud, Mickey, s'était remis de sa blessure. Il ramassa le couteau de Sam sur le trottoir et le soupesa dans sa main. Manifestement, il savait s'en servir. Gibbs, quant à lui, récupéra son gourdin sur le sol et vint se camper derrière eux. Depuis que Lily l'avait frappé au cou, l'éclat de son regard était passé d'une sorte de détermination résignée à une fulgurance plus froide et meurtrière.

Lily évalua ses options.

Elles n'étaient pas très prometteuses.

Elle posa les yeux sur sa canne, quelques mètres plus loin sur le trottoir. Dans une tentative désespérée, elle s'élança, mais Vince n'était pas aussi amoché qu'elle l'espérait. Il lui attrapa le bras, la projetant vers la façade.

À côté d'elle, Sam ferma les yeux et émit un sifflement, une note claire et musicale qui s'éleva en virevoltant dans l'air de la nuit.

Le dos de Lily heurta la pierre du mur alors que les mains de Vince se refermaient sur sa gorge. Elle lui décocha un féroce coup de pied, lui lacérant les mains de ses ongles, mais c'était comme si ses membres étaient embourbés.

Sam siffla à nouveau, mais s'interrompit brusquement pour parer un coup de matraque, offrant malencontreusement sa joue à l'autre main, furibonde, de Gibbs.

Alors qu'elle peinait à respirer, la gorge percluse de douleurs, Lily entendit un bruit étrange dans le ciel, un bruissement, doux et ronflant, comme des centaines d'ailes battant à l'unisson : par la brèche inégale du toit de l'hôpital, des pigeons s'envolaient dans la nuit, tournoyant au-dessus de la ruelle avant de plonger en piqué sur les hommes. Leurs ailes s'attaquèrent aux visages, déplaçant les chapeaux sur la tête de leurs victimes. Leurs becs acérés s'acharnèrent sur la moindre parcelle de peau exposée, entamant joues et mains. C'était comme se trouver dans une tornade d'êtres vivants, tout en serres et en ailes brunes duveteuses.

L'agresseur de Lily libéra sa gorge pour tenter, avec la violence du désespoir, de faire fuir les oiseaux, tournant sur lui-même afin de leur échapper. Elle s'éloigna alors en titubant, le souffle court, et se heurta à Sam. Il était immobile et serein, sa joue fendue en sang, tandis que des centaines de pigeons s'en prenaient à leurs assaillants.

Les oiseaux n'émettaient presque aucun son, tout juste le mouvement de l'air et leurs battements d'ailes, mais les hommes s'époumonaient. Par intermittence, des corps gris tombaient sur les pavés, se traînant au sol ou demeurant inertes.

Deux pigeons volèrent jusqu'à eux et Lily eut un mouvement de recul. Mais ils se posèrent sur le bras et l'épaule de Sam en roucoulant, lui donnant de gentils coups de bec. Il les gratifia de caresses en guise de remerciement, puis en approcha un de son visage en murmurant. Enfin, il leva le bras et l'oiseau s'envola.

— Allons-y, déclara-t-il.

Après avoir essuyé sa joue ensanglantée, éclaboussant le trottoir, il s'éloigna.

— C'est vous qui avez fait ça. Vous les avez appelés, s'exclama Lily dans son sillage, après avoir ramassé sa canne sur les pavés.

— Les pigeons sont très protecteurs, expliqua Sam.

Elle entendit un autre cri et jeta un regard en arrière pour voir une nuée d'oiseaux s'élever dans la nuit, au-dessus des bâtiments peu élevés.

CHAPITRE XXIV

Il y avait des rages de dents ; des jambes maintenues par des attelles en bois et des chiffons taillés dans de vieux jupons ; des plaies, des blessures et des pleurésies en grand nombre. Lily entendit le râle des toux, de l'autre côté du mur, avant même de franchir le coin du couloir pour découvrir la file de patients qui attendaient d'être admis à l'hôpital royal de St Bartholomew – ou Barts, comme l'appelaient plus couramment la plupart des Londoniens.

Les dizaines d'hommes, de femmes et d'enfants formaient un groupe remarquablement ordonné pour des êtres souffrant de ce que l'existence pouvait infliger de pire. La file d'attente était respectée avec civisme. Les derniers arrivés prenaient place à l'arrière, et tout le monde s'écarta en silence sur le passage d'une civière portée par des hommes à la mine grave – un couvreur tombé d'un toit, d'après ce que Lily perçut des murmures.

Elle était gênée de passer devant le groupe jusqu'à la porte, comme si l'on risquait de lui reprocher de ne pas attendre son tour. Mais en la voyant marcher normalement, sans traces de sang, plaies purulentes ni toux déchirante, les patients qui attendaient leur tour avaient dû comprendre qu'elle ne représentait aucune menace pour leur ordre de passage.

Elle n'était pas tout à fait indemne, cependant : le col montant de sa robe en laine bleue dissimulait les vilaines ecchymoses pourpres qui couvraient sa gorge ; elle avait coupé à ras ses ongles trop abîmés d'avoir griffé son agresseur ; et d'autres hématomes coloraient déjà son dos et ses jambes.

Au moins, elle avait retiré les points de suture de sa cuisse le matin même.

Le bureau d'accueil était un tourbillon d'activité bien rodé.

Trois infirmiers triaient les patients avec une efficacité redoutable dans un vaste hall d'entrée aux plafonds hauts et grandes fenêtres. Le brouhaha résonnait sur les murs, un peu comme dans une cathédrale juste avant le début de l'office.

— Excusez-moi, dit-elle à l'un des infirmiers qui venait tout juste de renvoyer un homme souffrant d'eczéma et non de lèpre, comme il l'avait cru. Où puis-je trouver le docteur Gardner ? (Elle souleva le sac qu'elle tenait à la main et d'où s'échappait un délicieux fumet de saucisses et de frites.) J'apporte son déjeuner.

— Il est dans la salle Matthew aujourd'hui, répondit sèchement l'infirmier avant de se tourner vers les bras cassés et orteils gonflés par la goutte qui l'attendaient.

Lily trouva son chemin dans les couloirs de cette grande machine merveilleusement conçue, des corps et de l'eau de Javel en guise de boulons et de graisse de moteur. Des hommes et des femmes allaient et venaient en tous sens, rapides et besogneux comme des abeilles dans une ruche au fonctionnement bien huilé ; les chariots filaient sur les carreaux impeccablement astiqués ; les plaques en laiton rutilantes sur les portes des bureaux bien aménagés annonçaient l'identité de leurs prestigieux occupants, des noms rehaussés par le titre de « Sir » ou précédés d'une série d'illustres initiales ; des palmiers en pot égayaient les couloirs par leur verdure luxuriante.

Seule l'odeur troublait l'impression de netteté qui se dégageait des lieux – celle des produits nettoyants agressifs copieusement utilisés pour masquer la puanteur tenace de la vieillesse et de la mort qu'aucun établissement de soins ne pouvait vraiment éviter.

Elle attrapa un aide-soignant par la manche pour lui demander où se trouvait la salle Matthew, qui s'avéra être un espace lumineux aux murs bleu ciel, où les patients alités souffraient de pneumonie et de rhumatismes.

Lily repéra immédiatement le docteur Gardner : le grand gaillard irlandais était assis au bord d'un lit, un petit enfant chétif et livide dans ses bras.

— C'est dégoûtant, disait le médecin avec douceur, d'une voix gutturale. Absolument infect. Ne la crois pas si elle te dit le contraire. (Il jeta un coup d'œil vers l'infirmière qui fronçait les sourcils derrière lui, une fiole à la main.) Mais tu en as besoin pour guérir, mon grand. Tu veux guérir, n'est-ce pas ? Et retrouver l'extérieur pour aller mettre des pétards dans les boîtes aux lettres ?

— Vous connaissez ? Comment ça se fait ? demanda le garçon en se redressant, soudain très intéressé.

— Avale ça comme un bon petit soldat et peut-être que je te le dirai.

Lily attendit près de la porte que le garçon eut vidé le contenu de la fiole avec une grimace de dégoût. Quand le médecin se leva, elle s'avança.

— Docteur Gardner ?

— Miss Albright. Je ne m'attendais pas à vous voir ici.

— Je vous apporte votre déjeuner, l'informa-t-elle en brandissant le sac à présent imbibé de graisse.

— Je vois ça. Venez, allons dans mon bureau.

Chez le docteur Gardner, on ne retrouvait pas les signes extérieurs de pouvoir que Lily avait constatés au rez-de-chaussée de l'hôpital. À la place des meubles en chêne clinquants et des sièges en cuir souple, son bureau était rempli de placards de classement, avec une table en pin écaillée qui avait grand besoin d'entretien. La pièce semblait être un ancien cagibi reconverti, néanmoins Lily discernait un certain ordre dans le chaos apparent.

Il ouvrit le sac avec précaution, en sortit une frite et poussa le feuilleté à la saucisse vers Lily.

— Vous pouvez le prendre, si vous voulez. J'ai perdu le goût de la viande depuis que j'ai vu ce dont Mr Wu est capable avec les animaux. Et puis, je la soupçonne d'être très mauvaise pour le cœur.

— Je n'ai pas très faim.

— Alors, que me vaut le plaisir de cette visite ? Je présume que vous n'êtes pas venue pour jouer les livreuses.

— J'espérais que vous m'aideriez à retrouver une patiente.

— Je peux toujours essayer. Qui cherchez-vous ?

— Je n'ai pas vraiment de nom, admit Lily.

— Une énigme… D'accord. Si vous n'avez pas de nom, qu'avez-vous à me donner ?

— Je sais que c'est une femme, et qu'elle souffre à la fois de syphilis et des séquelles d'un incendie.

— Nous ne traitons pas beaucoup de syphilitiques ici. Le plus souvent, ils sont envoyés à l'hôpital Lock. Qu'est-ce qui vous fait penser qu'elle est à Barts ?

— Très honnêtement, je ne suis même pas certaine que cette personne existe réellement, mais vous êtes le seul que je connaisse qui puisse au moins écouter ma requête, alors j'ai voulu tenter le coup.

— Eh bien, dit-il en enfournant une autre frite avant de se lever lourdement de sa chaise. Essayons toujours. Vous venez ?

Ils atteignirent le bureau des archives, de l'autre côté de l'hôpital, au terme d'une longue marche dans les couloirs grouillants de personnel qui s'activait en silence. La pièce, peu lumineuse, sentait l'encre et la colle.

— Mr Gleeson, lança le docteur Gardner en entrant.

— Oh. C'est vous, répondit sobrement l'homme élancé derrière le bureau, clignant des paupières à travers ses lunettes.

— Avons-nous des femmes atteintes de syphilis dans nos services en ce moment ?

— Cinq, je crois.

— Et certaines d'entre elles sont-elles victimes de brûlures ?

Mr Gleeson se dirigea sans hésiter vers l'une des hautes armoires en acier adossées au fond du bureau. Il ouvrit un tiroir et parcourut les dossiers d'un geste expert. Enfin, il sortit un document, y jeta un coup d'œil, puis le rangea à sa place, refermant le tiroir d'un coup sec.

— Non, dit-il succinctement.

— Je vous remercie pour votre grande aide, répondit le docteur Gardner sans la moindre ironie.

Lily était dans tous ses états à l'idée que cette piste déjà ténue débouche sur une impasse. Ses pensées revinrent vers les couloirs et les ruines calcinées de la clinique, vers l'horreur du sous-sol au carrelage froid, s'attardant un moment sur les tables d'opération munies d'étriers aux allures d'antennes.

— Et des complications suite à un avortement ? demanda-t-elle.

Mr Gleeson leva les yeux, sourcils froncés.

— Veuillez répondre à la dame, Mr Gleeson, intervint le docteur Gardner avec ménagements.

L'archiviste revint à ses dossiers, ouvrant brutalement un nouveau tiroir. Ses doigts fins voletèrent sur un autre dossier, qu'il détacha prestement. Il le consulta avant de le refermer.

— L'une des patientes syphilitiques a subi une hystérectomie.

— D'autres complications ?

— Apparemment, elle souffre des séquelles d'une inhalation excessive de fumée.

— Vous n'auriez pas pu le dire avant ? s'exclama Lily avec emportement. Quand on vous a demandé de chercher une victime de brûlures ?

Mr Gleeson ouvrit le dossier et l'inspecta à nouveau avant de le refermer.

— Elle n'a pas de brûlures, déclara-t-il d'une voix atone.

— Merci, Mr Gleeson, répondit patiemment Gardner. Il semblerait que ce soit la personne que nous cherchions. Pourriez-vous me dire où elle se trouve ?

— Dans la salle Sitwell. Sous la direction du docteur Burton.

Le médecin rejoignit le couloir, suivi de Lily.

— Il fallait que ça tombe sur le service de Burton, grommela-t-il dans sa barbe.

— Y a-t-il un problème ?

Il se mit en marche, Lily à ses côtés.

— L'hôpital n'est pas une entité homogène, Miss Albright.

Nos services sont comme de petits fiefs, dirigés par des seigneurs souvent jaloux de leur territoire. Notre docteur Burton se trouve être, comme il ne manquera pas de vous le rappeler, l'arrière-petit-fils du dixième duc d'Argyle. Il a fait ses études à Eton et Oxford, et ne juge pas bon de considérer le fils d'un tailleur de Belfast comme son égal, quelles que soient mes années d'études et de pratique.

— Je vois.

— Ce qui veut dire que ça pourrait mal se passer.

— À quel point ? demanda Lily en lui prenant le bras pour le forcer à s'arrêter. Vous ne devez pas prendre de risques pour moi.

Le docteur Gardner fit un écart pour éviter une civière bringuebalante.

— J'avais pourtant l'impression que votre entreprise comportait son lot de risques. À moins que notre petite virée clandestine à Abney Park n'ait été pour le plaisir ?

— Je n'avais pas l'intention de vous mêler à cela.

— Vous auriez laissé lord Strangford s'en occuper tout seul ?

— J'ai pourtant essayé de l'en dissuader, rétorqua Lily.

— Alors, c'est que votre objectif ne doit pas être si important.

— Si, insista Lily. C'est important. Mais les chances que j'y parvienne sont… faibles. Je refuse que d'autres personnes se mettent en danger pour cette cause, que ce soit sur le plan personnel ou professionnel.

Ses pensées revinrent à la nuit précédente, quand le cou de Sam avait claqué sous la force d'un coup de poing, et aux oiseaux tombés, leurs petits corps pâles sur la chaussée noire.

Le docteur lui prit doucement le bras et l'entraîna sur le côté pour éviter l'infirmier qui franchissait une porte en trombe, les bras chargés de serviettes propres. L'homme de grande stature dépassait Lily de plusieurs têtes, et pourtant il se déplaçait avec la grâce innée d'un danseur.

— Je ne suis pas sûr que vous en compreniez le fonctionnement, Miss Albright.

— De quoi donc ?

— Du Refuge.

Lily sentit ses défenses se dresser, la préparant au combat.

— Quel est le rapport avec le Refuge ?

— En tant que membres, nous prêtons main forte sans hésiter à ceux qui ont besoin d'aide. Même si nous en ignorons les tenants et les aboutissants. Parce que nous sommes les seuls à comprendre le fardeau que constitue la faculté de connaître des choses impossibles, des choses que personne ne devrait savoir.

— Je n'en fais pas partie.

— Ah. Je vois.

Elle grinça des dents au ton qu'il avait pris.

— Que voyez-vous, exactement ?

Il l'écarta de la trajectoire d'un chariot rempli de flacons qui s'entrechoquaient.

— Nous devrions remettre cette conversation à plus tard. Venez avec moi. Il ne me reste que vingt minutes sur ma pause déjeuner.

Lily s'arrêta un moment. Deux infirmières faillirent la heurter par derrière, mais la contournèrent de justesse avec un regard exaspéré.

— Je vous l'ai dit, je ne veux pas que vous preniez des risques pour moi.

— Je ne les prends pas pour vous. Je les prends pour le bien de celui ou celle que vous essayez de protéger.

— Comment savez-vous que j'essaie de protéger quelqu'un ?

— Parce que vous avez été très claire, tout à l'heure. Vous ne voulez pas être redevable envers moi ni qui que ce soit d'autre. Et pourtant, vous l'êtes déjà. Vous n'auriez pas fermé les yeux là-dessus s'il s'était agi de vous seule. Alors, j'en déduis que le bien-être de quelqu'un d'autre est en jeu.

— Votre logique laisse à désirer.

— Eh bien, je n'ai jamais été très doué pour ce genre d'exercice. Mais je sais que j'ai raison. Alors, assez tergiversé. Venez, nous n'avons pas toute la journée.

La salle Sitwell se trouvait à l'étage inférieur. Comme le service du docteur Gardner, celui-ci présentait des baies vitrées impeccablement polies à travers lesquelles le soleil de l'après-midi se déversait sur les lits en rangs d'oignons. Le docteur Gardner ouvrit la marche d'un pas tranquille dans l'allée centrale. L'on aurait pu croire qu'il se dégourdissait simplement les jambes, mais Lily voyait ses yeux parcourir les graphiques sur les porte-blocs, au bout de chaque lit.

Ils n'étaient qu'à mi-chemin de la rangée lorsqu'une infirmière en robe grise amidonnée et tablier blanc s'avança.

— Dr Gardner. Que puis-je faire pour vous ?

— J'accompagne une amie qui rend visite à l'une de vos patientes, Infirmière-chef Roberge.

— Je vois. De quelle patiente s'agit-il ?

Lily percevait la désapprobation dans l'intonation de la femme. À l'évidence, sa loyauté allait au docteur Burton, et non au fils du tailleur de Belfast qui venait déambuler dans son service.

Lily les dépassa de quelques pas, inspectant à la dérobée les porte-blocs.

— Miss MacAlister, dit-elle enfin en s'arrêtant au pied de l'un des lits. Je suis sa cousine.

L'infirmière en chef darda sur elle un regard peu amène.

— Il me semblait que c'était *Mrs* MacAlister, répondit-elle, l'accent sur le titre de sa patiente subtil, mais sans équivoque.

— Oui, en effet… commença Lily avant de sombrer dans un silence éloquent, les yeux rivés sur la femme alitée qui suivait leur échange avec détachement.

Le regard de l'infirmière s'attarda sur la robe de Lily, une tenue respectable à la coupe irréprochable, avant de descendre sur la montre en cuivre suspendue à un cordon autour de son cou.

— Vous avez un quart d'heure. Ensuite, il sera l'heure de changer les draps.

— Merci, Infirmière-chef, répondit le docteur Gardner.

Lily se rapprocha de la patiente. Elle était blême, frêle comme si elle souffrait de malnutrition. Ses cheveux d'un brun terne tombaient mollement autour de son visage et des lésions se détachaient nettement sur la peau claire autour de sa bouche. Elle était couverte d'une fine pellicule de sueur et respirait péniblement. Elle leva les yeux vers Lily, qui s'asseyait à son chevet.

— Vous n'êtes pas ma cousine, fit-elle dans un râle.

Derrière Lily, le docteur Gardner se dirigea vers la fenêtre surplombant la cour, les mains jointes dans son dos.

— J'ai dit ça pour qu'on m'autorise à vous parler.

— L'homme de Bernadette est mort dans les mines. Elle a laissé le bébé à Mamie et s'est jetée dans le puits.

— Qui est Bernadette ?

— Ma cousine.

— Mrs MacAlister… Pourriez-vous me dire si vous avez déjà fréquenté un autre hôpital ? Avant celui-ci.

— Je n'aime pas les hôpitaux.

— Un hôpital à Southwark, par exemple ?

La femme sembla se ratatiner dans le lit.

— Je ne sais rien de tout ça.

Lily sentit son pouls s'accélérer.

— Vous n'avez aucun souci à vous faire. Personne n'en saura rien. Ce sera notre secret, aussi sacré que la confession. (Elle se pencha en avant et demanda :) C'était celui de Borough High Street, n'est-ce pas ?

— Ils étaient censés m'aider avec le bébé.

— Mais ils ont fait plus que ça, pas vrai ?

La femme détourna le regard.

— Il a dit qu'il valait mieux l'enlever de mon corps. Qu'elle serait née avec la variole et qu'elle serait morte dans d'atroces souffrances.

— Votre petite fille, avança Lily.

C'était délicat. Elle jouait le rôle du prêtre qui écoute en silence et avec compassion dans la pénombre du confessionnal.

Pourtant, tous ses sens étaient en éveil, son attention aussi vive qu'une mouette à un pique-nique. Cette femme était comme un nerf à vif, et tout aussi vulnérable. Elle était désorientée, à demi perdue dans les sombres forêts de l'âme. En un sens, Lily l'exploitait, mais elle n'avait guère le loisir de se sentir coupable. Il fallait qu'elle sache.

— Après ça, pourquoi êtes-vous restée ?

— Il a dit qu'ils allaient me soigner, avec un lit chaud et trois repas par jour.

— Et ont-ils tenu parole ?

Elle secoua la tête, regardant Lily droit dans les yeux avec une rage contenue.

— Il nous a empoisonnés. Il a injecté son poison diabolique dans nos veines.

— Que voulez-vous dire ? demanda Lily.

— La syphilis se traite par le mercure, précisa le docteur Gardner à mi-voix derrière elle, sans se détourner de la fenêtre. Ce n'est pas un traitement agréable, et pas très efficace non plus.

Mrs MacAlister fit un effort pour se redresser, les yeux soudain hagards et le souffle court.

— Où est Mamie ? Je dois lui dire pour le bébé... s'écria-t-elle en posant la main sur son ventre plat. Elle a toujours dit qu'on en arriverait là. Mais elle ne nous rejettera pas. Pas... (Son regard éperdu revint sur Lily et elle se renfrogna, visiblement perplexe.) Qui êtes-vous, d'abord ?

— Quelque chose ne va pas, commenta le docteur Gardner en se détournant de la vitre.

— Que voulez-vous dire ?

— Les plaies autour de sa bouche indiquent le deuxième stade de la maladie. Mais cette confusion mentale... elle ne devrait pas survenir avant un moment. Avant un très long moment.

Le médecin tourna la tête vers le bureau de l'infirmière, qui avait cessé de griffonner dans son registre pour aboyer un ordre à une subordonnée plantée comme un piquet. Il en profita pour rejoindre le pied du lit, et prit le dossier de Mrs MacAlister qu'il feuilleta, ses yeux survolant les pages.

— Syphilis de stade deux. Lésions pulmonaires dues à l'inhalation de fumée. Bon, tout cela est plutôt évident.

Il laissa les pages se refermer d'elles-mêmes. Lily glissa un regard vers l'infirmière en chef, qui, l'œil noir, avait reporté son attention sur le docteur Gardner. Il replaça le bloc sur le crochet et retourna se poster à la fenêtre.

— Elle montre des signes de jaunisse, déclara-t-il. À la couleur de ses yeux. La syphilis ne provoque pas de jaunisse. Pouvez-vous la toucher ?

— Que dit ce grand monsieur ? demanda la patiente en fronçant les sourcils, tournée vers le médecin.

— Rien d'inquiétant, répondit Lily en souriant.

Elle lui prit la main, qu'elle tapota avec délicatesse.

— Est-ce qu'elle est chaude ? demanda le docteur Gardner.

— Oui.

Les doigts décharnés dans sa paume brûlaient comme des tisonniers.

Un fracas se fit entendre et Lily dirigea son regard vers le bureau de l'infirmière. Cette dernière quittait sa chaise pour se tourner vers un vieil aide-soignant qui tremblait de tous ses membres devant les éclats brisés d'un pot de chambre. L'odeur âcre qui s'en dégageait lui parvenait depuis l'autre côté de la salle.

Elle glissa un œil vers le docteur Gardner. Il était évident qu'un conflit intérieur faisait rage en lui. Avec un dernier regard vers l'infirmière-chef occupée, il s'assit au bord du lit, faisant ployer les ressorts sous son poids.

— Mrs MacAlister. Je suis le docteur Gardner. Verriez-vous un inconvénient à ce que je prenne votre pouls ?

La patiente ne répondit pas, mais elle dégagea sa main de celle de Lily pour la lui tendre sans conviction. Le médecin prit délicatement son poignet fin entre ses énormes mains, et ferma les yeux.

Tous les sens de Lily étaient en alerte et un picotement lui parcourut la peau. Chaque détail de la pièce lui parvint avec une remarquable acuité – la forte odeur d'ammoniaque, le raclement des éclats de grès que l'on ramassait sur le sol.

Soudain, elle fut convaincue que Gardner ne mesurait pas le rythme cardiaque de cette femme. Non, il faisait autre chose. Son corps était immobile, sa respiration profonde et régulière. Le moment sembla s'éterniser, lent et silencieux même si les aiguilles de l'horloge au-dessus de la porte avançaient à peine.

Enfin, ce fut terminé. Il ouvrit les yeux et reposa tout doucement le bras de la patiente sur le lit. Il regarda Lily.

— Cette femme a la malaria.

La déclaration était si inattendue qu'il fallut à Lily un moment pour être certaine d'avoir bien entendu.

— Mais elle vient de Southwark. Qui attrape la malaria à Southwark ?

— Mrs MacAlister, avez-vous déjà voyagé à l'étranger ?

La femme alitée secoua vaguement la tête.

— Je ne suis pas retournée en Irlande depuis mon enfance. Mon père a dit qu'il me fouetterait si j'osais m'y montrer à nouveau.

— Et ailleurs ?

— *Y suffirait d'bouger cette bonne vieille Hackney Road, d'la déplacer un brin, et j'vivrais à Paris du soir au matin...*

Elle chantonnait sur un ton monocorde, sa voix comme un souffle dans un roseau creux, pourtant Lily reconnut l'air. Soudain, un souvenir la frappa avec force, et une autre voix entonnant le même refrain tinta à ses oreilles : une femme assise à une coiffeuse, passant négligemment une brosse argentée dans sa crinière d'un roux flamboyant ; la voix cristalline de sa mère égrenant les paroles paillardes d'un classique de music-hall.

Lily repoussa le souvenir, s'efforçant de se recentrer.

— Vous êtes certain que c'est la malaria ? Ce ne pourrait pas être autre chose ?

— Je le sais, tout comme je sais que vous avez des ecchymoses dans le cou, sous le col de votre robe, répondit le médecin à mi-voix. D'ailleurs, je vous conseille de desserrer ce col s'il vous comprime trop. Le gonflement n'arrive pas toujours tout de suite après une strangulation, mais il vaut tout de même mieux éviter de bloquer vos voies respiratoires.

Lily repensa à Abney Park, à sa main sur son coude alors qu'il l'aidait à descendre de voiture, puis à sa référence anodine à sa blessure à la jambe – une plaie dont il ne pouvait pas connaître l'existence.

Les plaies de ce genre, ça provoque toujours des démangeaisons de tous les diables. Ce n'est que la cicatrisation.

Cette même main lui avait pris le bras dans le couloir, quelques minutes auparavant, pour l'emmener à l'écart du passage.

— Alors, vous êtes comme Strangford ? demanda-t-elle tout bas.

— Non, répondit-il sur le même ton. Je ne suis pas comme le baron. Seulement, je sais reconnaître ce qui ne va pas dans le corps humain.

Les pensées de Lily se bousculaient, une cacophonie de questions qui se battaient pour franchir ses lèvres en premier. Pendant ce temps, la vérité retentissait en elle : elle avait rencontré un autre charismatique.

Alors qu'elle s'apprêtait à lui poser sa première question, il l'interrompit :

— Ce n'est ni le lieu ni le moment, Miss Albright.

Elle glissa un regard de l'autre côté de la salle, où l'aide-soignant maladroit s'empressait de déguerpir tandis que l'infirmière en chef claquait des doigts pour appeler une jeune recrue armée d'une serpillière.

Lily se ressaisit, revenant à la question qui les préoccupait.

La malaria était une maladie des climats tropicaux, transmise par la piqûre du moustique. Elle pouvait rester en sommeil après sa première manifestation, se faire discrète pendant des années avant de ressurgir violemment. Ceux qui en étaient atteints étaient généralement des vétérans des guerres coloniales ou des aventuriers qui n'avaient pas rapporté de leurs voyages que la fortune et la gloire qu'il étaient allés y chercher. Pas des prostituées de Borough.

— La malaria. Si elle n'a pas voyagé, est-il possible qu'elle l'ait… attrapée avec quelqu'un ?

— Ce n'est pas une maladie vénérienne. Le seul moyen de l'attraper est par la piqûre d'un moustique infecté ou toute autre forme de contact de sang à sang.

— C'était le sang de ce diable menteur.

La voix de la patiente la fit sursauter.

— Quel diable menteur, Mrs MacAlister ?

— Celui qui a pris ma petite fille. (Le visage de la prostituée se crispa, déformée l'espace d'un instant par un chagrin insoutenable encore vif.) *Tu n'trouves pas d'autre nom que « Bébé »…* chanta-t-elle faiblement. C'est son sang maudit qui nous a rendues malades. Ça ne les a pas tuées. Florrie. Beth. Rita. La veuve du boucher. Cette petite créature de Croydon, qui s'est enfuie après que son père lui a fait tâter pire que le ceinturon. Toutes mortes. J'ai eu de la chance. *Y a des hauts, y a des bas, c'est la vie, mon p'tit gars, t'as d'la chance ou pas. Chou-bi-dou-ouah…*

Elle fut interrompue par une violente quinte de toux qui la déchira de l'intérieur, agitant son corps malingre.

— Comment son sang a-t-il pu vous rendre malade ? insista Lily.

La prostituée s'affaissa sur le lit, comme engloutie par le matelas fin.

— Ils nous ont enfoncé des tubes et des aiguilles. On nous attachait à la table pour nous empêcher de bouger. C'était pire qu'une passe dans une ruelle, parce que ça, on ne peut pas s'en débarrasser. Le savon ne nettoie pas sous la peau.

Une fois de plus, Lily songea aux tables d'opération dans le sous-sol de la clinique, munies de sangles en cuir et d'épaisses boucles.

— Vous dites que quelqu'un vous a injecté du sang humain dans le corps ? gronda la voix de Gardner derrière son épaule, où il s'était avancé.

— Certaines en recevaient. D'autres en perdaient. Il le leur volait pour le transférer dans le corps du diable. Le sang allait et venait, sortait et entrait… et lui, il restait en pleine forme pendant que nous autres, on mourait ou on délirait de fièvre. Mais c'est toujours comme ça, non ? Eux, ils vivent bien, pendant que nous, on peut crever.

Lily se leva, à côté du médecin.

— Vous comprenez ce qu'elle décrit ?

— Cela ne ressemble à aucune procédure médicale officielle, répondit-il. Mais visiblement, elle n'est pas dans son état normal. Elle a besoin d'être soignée pour la malaria. Il lui faut de la quinine.

Lily pouvait voir la tension dans sa posture, la frustration sous son expression maîtrisée. Elle était bien placée pour savoir qu'il valait parfois mieux rester dans l'ignorance.

Quelles étaient les probabilités que le docteur Burton, arrière-petit-fils du duc d'Argyle, autorise ce parvenu, fils d'un simple tailleur de Belfast, à corriger son diagnostic ? Et pourtant, Gardner ne pouvait faire autrement que d'essayer d'obtenir pour cette femme le traitement dont elle avait besoin. La connaissance exigeait une action, qui comportait elle-même des risques et des difficultés, avec toutes les chances de mal se terminer.

Nous prêtons main forte sans hésiter à ceux qui ont besoin d'aide… parce que nous sommes les seuls à comprendre le fardeau que constitue la faculté de connaître des choses impossibles.

— Allez-y, dit Lily. Allez le leur dire.

Il se retourna, mais marqua une pause.

— Je crains que notre entretien s'en trouve écourté. Mieux vaudrait en venir à l'essentiel maintenant, de préférence.

Il traversa la salle et atteignit le bureau juste au moment où l'infirmière en chef revenait. La voix de Gardner était un grondement sourd mais doux, ses paroles incompréhensibles de l'endroit où elle se trouvait, mais la réponse de la femme retentit aussi clairement qu'une sirène par-dessus les rangées de lits :

— Vous n'êtes pas sans savoir que ce n'est pas la procédure habituelle.

Lily se détourna de la discorde qui se jouait à l'entrée de la salle, reportant toute son attention sur la femme souffrante.

— Mrs MacAlister, pouvez-vous m'en dire plus sur le médecin qui vous a soignée ?

— Quel médecin ? répondit-elle d'un air rêveur. Le militaire ou l'aristo ?

L'aristocrate… l'homme au titre prestigieux qui avait son nom sur une plaque en laiton. Lily n'avait pas besoin d'en savoir plus à son sujet.

— Le militaire, répondit-elle. Parlez-moi de lui.

De l'autre côté du service, Gardner haussa le ton et le visage de l'infirmière se ferma.

— Il a combattu les Boers en Afrique. L'aristo nous disait qu'il était spécial, mais on savait à quoi s'en tenir. Rien qu'un diable menteur avec du poison dans le sang. Il nous aurait toutes empoisonnées si la juive n'avait pas débarqué.

La juive ? Lily sentit le poids de la breloque du grenier dans sa poche, où elle l'avait glissée le matin même – l'étrange pendentif aux caractères hébreux.

— On remplissait toutes un noble dessein, reprit confusément la prostituée. Celui de guérir les maux de l'humanité et d'améliorer la race.

La voix et l'intonation n'étaient pas les siennes ; on eût dit le vieil enregistrement crachotant d'un phonographe se faisant l'écho d'autre chose, quelque chose qu'elle avait entendu. De la bouche d'un éminent médecin, peut-être, justifiant les horreurs infligées à un groupe de patientes incapables de se défendre.

— Dites-m'en plus sur cette femme.

— Ils n'arrêtaient pas d'aller la voir, encore et toujours, aspirant son sang pour le donner au diable menteur.

— Ils ont donné son sang au militaire ? Qu'en faisait-il ?

— Il se le mettait dans le bras, répondit la femme comme si la question de Lily était d'une bêtise crasse. Mais elle ne voulait pas de leur noble dessein. Elle disait qu'elle allait y mettre un terme. Et c'est ce qu'elle a fait. Elle a versé l'huile de la lampe sur ses cheveux, elle a gratté l'allumette et elle s'est enflammée, un beau feu de joie.

L'épouvante déferla dans tous ses membres. Elle se rappela Sam, les yeux levés vers le trou carbonisé dans le plafond, sourcils froncés.

Il y a quelque chose de bizarre dans cet incendie... Il n'a pas démarré dans la cheminée.

L'histoire à dormir debout de Berta, sur la sorcière et son feu maléfique, prenait tout son sens.

Mrs MacAlister avait repris sa chansonnette.

— *J'ai rêvé, hier soir, de mon tendre et bel amour...*

— Quittez ce service immédiatement.

Le timbre strident de l'infirmière en chef perça les pensées troubles de Lily.

— Demandez-lui simplement d'examiner son sang, rétorqua Gardner d'une voix inhabituellement cinglante.

— Leanan sídhe, murmura la patiente. C'est comme ça que Mamie les appelle. Les buveurs de sang. Faites attention à eux, sinon ils vous videront jusqu'à ce qu'il ne reste plus rien de vous.

Gardner rejoignit Lily.

— Il faut y aller.

Elle hésita. Elle avait encore trop de questions à poser, trop d'inconnues.

— Que pouvez-vous me dire d'autre sur le militaire ? À quoi ressemblait-il ?

— À tout le monde. À personne.

— Et son nom ?

— Waddington, répondit-elle, sa voix et son regard soudain plus clairs qu'ils ne l'avaient été depuis l'arrivée de Lily. Il s'appelait Waddington.

— Miss Albright... l'avertit Gardner.

Lily prit encore le temps de serrer la main de la mourante.

— Je suis désolée, chuchota-t-elle sans trop savoir pourquoi elle s'excusait.

Était-ce pour ce que Hartwell et son assistant lui avaient fait subir ? Ou pour ce que Lily elle-même était impuissante à changer ?

Enfin, elle se leva et suivit le médecin hors de la salle. Elle se laissa raccompagner jusqu'au rez-de-chaussée, où il s'arrêta devant une petite porte de service, loin de l'entrée des admissions trop fréquentée.

Il attendit avant de l'ouvrir.

— Quand vous m'avez demandé si je comprenais ce que cette patiente décrivait… je vous ai dit que cela ne ressemblait à aucune procédure médicale officielle.

Lily perçut une ombre dans son intonation.

— Mais ça ressemblait à quelque chose, n'est-ce pas ?

— Vous souvenez-vous, dans le fiacre de retour d'Abney Park, quand vous m'avez demandé l'usage que l'on peut faire du sang humain ?

Elle se rappelait très bien la description que Gardner lui avait faite des dangers et des difficultés de la transfusion sanguine, d'un donneur à un receveur humain. La communauté médicale avait même abandonné l'expérimentation de cette procédure, qui se soldait trop souvent par le décès du patient.

Florrie. Beth. Rita…

— Vous pensez qu'ils expérimentaient la transfusion.

— Je ne sais pas quoi penser, Miss Albright. Il est difficile de se fier à la parole d'un témoin délirant. Mais si je devais avancer une supposition, j'en conclurais que cette aventure dans laquelle vous vous êtes engagée, quelle qu'elle soit, concerne des hommes de ma profession qui mériteraient d'être traînés dans les rues et pendus pour ce qu'ils ont fait.

Lily repensa à l'horreur de cette salle d'opération glaciale entièrement carrelée, ainsi qu'aux trous noirs près de la porte où un illustre nom avait été fièrement affiché autrefois, gravé sur une plaque de laiton.

— Si l'on réussissait à prélever le sang d'une personne pour l'injecter dans une autre… cela donnerait lieu à de grandes avancées médicales, n'est-ce pas ? demanda-t-elle.

— Ce serait un progrès sans précédent, confirma-t-il calmement.

— Alors, quelles sont les probabilités, selon vous, que ces hommes de votre profession, comme vous le dites, soient amenés à rendre des comptes pour avoir sacrifié la vie de quelques prostituées sur l'autel d'un tel progrès ?

— Il n'y a pas qu'une seule instance qui nous demande des comptes, répondit-il avant de s'incliner. Bon après-midi, Miss Albright. Et n'oubliez pas ce que je vous ai dit à propos de votre col. Ainsi que du Refuge.

Sur ce, il se retourna, et ses pas lourds et pesants s'éloignèrent en silence sur les carreaux.

Dehors, il faisait froid. Le ciel s'était paré d'un gris terne et uniforme, l'air charriant une promesse de neige imminente.

Le temps pressait.

La trame des événements de Southwark commençait à prendre forme dans son esprit. Si Hartwell avait expérimenté la transfusion sanguine avec l'aide d'un médecin de l'armée porteur de la malaria, il était plausible qu'une prostituée de Borough ait pu contracter la maladie tropicale. Cela expliquait aussi pourquoi ses disciples surveillaient toujours attentivement les ruines calcinées de la bâtisse, à l'affût de toute fouineuse dans son genre manifestant un intérêt indésirable pour ce qui s'y était déroulé.

Ce qu'elle ignorait toujours, en revanche, c'était pourquoi l'illustre médecin avait choisi de poursuivre ses recherches en volant le sang de femmes médiums dans leur sommeil.

Il lui manquait encore quelque chose, la pièce du puzzle qui lui donnerait une image claire du lien entre les activités de Hartwell et les meurtres. Tant qu'elle ne l'avait pas, elle ne pouvait rien contre lui.

Elle n'était pas même sûre qu'il soit à l'origine de la menace qui planait sur Estelle. Après tout, peut-être était-il une fausse piste, auquel cas le véritable ennemi lui échappait complètement.

Tout n'était qu'embrouillement, tissu friable de suppositions et d'intuitions.

C'étaient de certitudes dont elle avait besoin, et elle n'avait plus de temps à perdre.

Ne lui restait plus qu'une seule option.

CHAPITRE XXV

Le quartier de Bayswater était calme, replié sur lui-même dans l'attente de la tempête à venir ; les attelages filaient dans les rues verglacées ; les femmes – par groupes de deux –, et les hommes – seuls – emmitouflés dans leurs lainages, pressaient le pas, impatients de regagner leur demeure avant que les cieux ne se déchaînent.

Lily hésita au pied du perron de Strangford.

Une fois de plus, la vision s'imposa à elle – non pas les ruines calcinées de la clinique, mais l'image qui les avait précédées : les mains du baron, nues, sur sa peau.

Elle ne voulait pas monter. Là-haut, elle courait un danger autrement plus terrible que la menace des sbires de Hartwell. Or elle avait tourné le sujet dans tous les sens et ne voyait pas d'autre option que celle-ci pour obtenir des réponses aux questions qui la tourmentaient à propos de Hartwell, de la clinique et d'un lien éventuel avec Estelle. Trop de choses en dépendaient pour que Lily reparte sans réponses, en particulier si l'unique personne susceptible de les lui fournir se trouvait de l'autre côté de cette porte.

Ses réflexions furent brusquement interrompues lorsque la porte s'ouvrit sous son nez. Une petite et élégante femme en sortit, parée d'un manteau vaporeux en soie émeraude raffinée. Ses cheveux bruns formaient une coiffure tout en volume et légèreté, surmontée d'un chapeau vert défiant la gravité. Un vieux carlin en surpoids émergea derrière elle, puis descendit péniblement les trois premières marches avant de s'interrompre, sans doute pour s'accorder une pause.

— Je reviendrai la semaine prochaine. N'oublie pas de te réapprovisionner en sherry. J'admire ton sens de l'économie, mais tout de même, il y a des limites. Oh !

Ses yeux foncés se posèrent sur Lily avant de revenir, soudain pensifs, vers Strangford qui venait d'apparaître derrière elle sur le seuil.

Qui était cette femme ? Pas son épouse. Il n'aurait pas pu lui cacher l'existence d'une épouse pendant tout ce temps. Sa fiancée ? Elle portait une alliance au doigt. Une maîtresse ? Lily avait comme l'impression qu'une pointe de glace venait de lui transpercer le cœur, réaction sans fondement qu'elle s'efforça de réprimer.

Le carlin s'ébroua, clignant paresseusement ses yeux globuleux. Il s'était arrêté juste au-dessus de la sculpture de chien en fer que Lily avait déjà remarquée sur ces mêmes marches. Les deux étaient presque identiques.

— Êtes-vous ici pour une œuvre de charité ? s'enquit la femme.

— Absolument pas, répondit Strangford à sa place.

La femme en émeraude prit le temps de la réflexion.

— Comme c'est intriguant.

— Virginia, je te présente Miss Albright. Miss Albright, permettez-moi de vous présenter ma sœur, Mrs Eversleigh.

D'où la ressemblance entre les carlins.

Et entre les deux paires d'yeux foncés qui la fixaient depuis le perron.

Cette même sœur qui avait donné à son cheval ce nom ridicule que Strangford n'avait jamais pris la peine de modifier.

— Faut-il que je reste en tant que chaperon, Anthony ? demanda-t-elle à Strangford sans même baisser la voix.

— Ce ne sera pas nécessaire.

— Encore plus intéressant, sourit-elle. Bon, eh bien, j'ai rendez-vous chez le coiffeur. Dommage, je me serais bien imposée un peu plus longtemps. Hélas, on ne fait pas attendre Jorge, et il m'a fallu plus d'un mois pour obtenir une réservation. Mais j'ai hâte de vous revoir, Miss Albright. Strangford, dit-elle avec un signe de tête à son frère. Allez, viens, Horatio, ordonna-t-elle en descendant les marches, suivie d'effluves parfumés et du carlin pataud.

Son départ laissa un silence qui, en s'attardant, commença à devenir gênant.

— Puis-je vous parler ? fit-elle enfin.

— Bien sûr. Voulez-vous entrer ?

L'hésitation dans la voix de Strangford, combinée à l'apparition de son aristocrate de sœur – véritable gravure de mode – sur les marches, un instant plus tôt, rappelait à Lily l'inconvenance potentielle de la situation. La dernière fois qu'elle s'était retrouvée seule ici avec lui, des circonstances particulières l'exigeaient. À présent, elle n'avait pas cette excuse.

— Nous pourrions peut-être nous promener.

— Je vais chercher mon manteau, répondit-il.

Ils se rendirent au parc. Strangford ne lui proposa pas son bras, et Lily se garda de le lui demander. Ils marchaient dans un silence assorti. Le chemin, très fréquenté en temps normal, était pratiquement désert, leur seule compagnie se résumant à quelques piétons empressés, leurs écharpes fermement enroulées autour du visage. Pourtant, ces rares passants étaient déjà de trop au goût de Lily, et lorsqu'un sentier étroit se détacha de la route pavée, elle s'y engagea. Strangford la suivit jusqu'à une clairière, dans un paisible bosquet. Les tilleuls alentour étaient nus, leurs branches telle une couronne encadrant le gris étain du ciel.

— Que puis-je faire pour vous, Miss Albright ?

Contrairement à ses habitudes, son intonation était distante, son timbre comme étranger : à l'évidence, ses tentatives pour le repousser avaient porté leurs fruits. Sans doute devrait-elle s'en réjouir.

— Je voulais faire appel à vos talents une fois de plus.

— Naturellement, répondit-il, comme si la dernière fois qu'elle lui avait demandé un service, il n'avait pas fini dans un linceul mental quatorze heures durant.

Elle s'en agaça.

— Vous ne comptez même pas me demander ce dont il s'agit ?

— Est-ce important ?

— Oui, j'imagine. Pour vous.

Un éclat d'exaspération transparut dans ses yeux foncés.

— Où étiez-vous passée ? demanda-t-il alors qu'une bourrasque faisait voleter les boucles sombres de ses cheveux.

— J'ai mené mon enquête.

— Sam Wu a reçu une belle rossée la nuit dernière. Étiez-vous avec lui ?

— Je ne vois pas comment…

— Juste ciel, Lily. (À présent, le masque de détachement avait disparu, cédant le pas à une colère aussi brusque qu'expressive.) Où ?

— Sur une piste vague, dans un vieil hôpital de Southwark.

— Southwark ?

— Près du vieux Mint, précisa-t-elle.

Inutile de faire mystère de son excursion aux abords de l'un des quartiers les plus malfamés de Londres. Après tout, il l'apprendrait dans quelques instants lorsqu'elle lui remettrait l'objet dans sa poche.

— Pourquoi n'êtes-vous pas venu à moi ?

— Votre aide ne m'a pas semblé nécessaire.

— Contrairement à celle de Sam Wu.

— Il sait crocheter les serrures.

Strangford encaissa sa réponse avec un calme déconcertant.

— Êtes-vous blessée ?

— Non, mentit-elle alors même que la douleur des hématomes autour de sa gorge se rappelait à ses pensées. (Elle redressa le dos.) Je crois surtout que je vous en ai déjà fait subir assez dans cette affaire.

Il baissa les yeux, les mains enfoncées dans les poches de son pardessus en laine noire. Des feuilles virevoltaient sur l'herbe, à ses pieds.

— Fait subir. C'est ce que vous pensez ?

— En faisant appel à vous pour ce qui ne relève pas de votre combat ? Oui. Cela revient à vous le faire subir.

— Pas mon combat ? fit-il en relevant la tête, les yeux brillants. Auriez-vous oublié que je sais qui il a tué ? Je connais les pauvres défuntes bien mieux que vous.

Ses mots étaient cinglants et douloureux. Lily songea à Annalise Boyden et à son rire cristallin de cloche d'église ; à Sylvia Durst, dont son interlocuteur avait habité à la fois le corps et l'âme dans ses derniers instants, une intimité qu'elle ne pouvait pas même se figurer.

Il se rapprocha alors que le vent faisait claquer sa jupe, sa colère aussi manifeste qu'inhabituelle. Elle sursauta, dans une réaction étrangement proche de la culpabilité.

— Pensez-vous véritablement que je ne sais pas qui est la prochaine victime ? Que je suis incapable de voir le schéma qui se dessine et d'y trouver un lien avec votre intérêt propre ? Me prenez-vous vraiment pour un idiot ?

Elle ne trouvait rien à répondre. Elle aurait dû s'en apercevoir et s'y montrer sensible, mais elle s'était laissé trop absorber par l'embarras que lui causait son attirance pour cet homme. Elle avait cherché le moindre prétexte pour lui échapper, et ceux qu'elle avait choisis – ce n'était pas sa responsabilité, c'était pour sa propre protection – étaient aussi factices que le décor d'une scène de théâtre au regard de la vérité.

Le silence se prolongea, plus inconfortable que jamais. Devait-elle s'excuser ? Comment le pourrait-elle ? Car pour cela, il lui faudrait admettre ses motivations.

Ce fut finalement Strangford qui reprit la parole :

— Que m'avez-vous apporté ?

Elle sortit le pendentif de sa poche.

— Je dois vous prévenir… commença-t-elle alors qu'il retirait ses gants.

— … que cela pourrait être difficile ? (Après les avoir rangés, il lui tendit l'une de ses élégantes mains à la peau claire.) J'en suis conscient, figurez-vous.

Elle hésita.

— Strangford…

— Donnez-le-moi, Lily.

Enfin, elle déposa le médaillon dans sa paume.

Il s'écarta en fermant les yeux.

Sous les branches squelettiques qui dansaient dans le ciel blême, elle attendit.

— Je vois une forêt. Des montagnes, des loups dans les bois. Un paysage bien trop sauvage pour l'Angleterre. Le feu d'une forge. Des voix. Des chants, comme une incantation.

— Vous êtes remonté trop loin, l'interrompit Lily. Nous cherchons Londres. Quelque chose de plus récent.

Il changea de position, inclinant la tête. Une vive émotion transparut sur ses traits, une colère mêlée de peur.

— Quelqu'un vous a porté les mains à la gorge.

Il rouvrit les yeux, arraché à sa lecture, et la fureur qu'elle vit dans son regard noir lui dessécha la bouche.

— Pas aussi récent, fit-elle d'une voix quelque peu rauque.

Ses yeux la quittèrent au prix d'un effort évident et il referma les paupières, à nouveau concentré sur l'objet dans sa main.

— Je sens de la suie. La puanteur du fleuve. Autre chose… de la levure de bière. Une femme a porté ce bijou dans un endroit qui lui était étranger et dangereux. Sale, aussi. Il y rôdait pire que des loups.

— Un endroit étranger ? Ce n'est pas Londres ?

— Si, c'est Londres.

— C'est elle qui est étrangère, en déduisit Lily.

— Oui.

— Voyez-vous un hôpital ? Comment est-elle arrivée là ?

— Il y a un bébé. C'est… elle a peur. La communauté la forcerait à partir, et, seule dans cet endroit, elle mourrait. Elle en est convaincue, elle n'a pas le choix. Elle doit s'en débarrasser. La douleur est atroce…

Les muscles de son visage s'étaient contractés, le chagrin envahissant les lignes de sa mâchoire, le pincement de ses lèvres.

— Ils lui ont dit de ne pas y aller. Elle aurait dû les écouter. Ils l'avaient prévenue.

— Qui l'avait prévenue ?

— Les morts, répondit Strangford.

À ces mots, le monde s'arrêta et le temps resta suspendu pendant quelques instants. Sa concentration était totale.

— Comment les morts l'ont-ils prévenue ? demanda-t-elle d'une voix maîtrisée, résolument impassible.

Strangford ouvrit les paupières. Son intonation était dépouillée de toute la détresse et l'hébétude du moment précédent, même si le regard attentif de Lily en décelait encore les vestiges dans l'inclinaison de ses épaules, la tension autour de ses yeux.

— Elle pouvait les voir, les entendre. C'était un don qu'elle possédait depuis toute petite.

— Alors, la femme qui portait ce pendentif était médium, précisa Lily pour en avoir le cœur net.

— Oui, exactement, confirma-t-il sur un ton implacable.

Il tendit la main et Lily récupéra le bijou, le glissant à nouveau dans sa poche.

— Merci. Ces informations me seront d'une grande utilité.

Il n'y avait pas de trémolos dans sa voix, un miracle compte tenu du tumulte qui la secouait.

La femme juive de la clinique était donc capable de voir les morts. La femme dont Hartwell était obsédé au point de la vider peu à peu de son sang jusqu'à ce qu'elle se donne la mort par le feu afin d'en être libérée.

Encore une médium dont l'essence de vie lui avait été arrachée, son existence terminée abruptement.

Le lien. Le lien qu'elle avait attendu était là !

Ce que le miroir lui avait révélé n'était pas un accident, ni un cauchemar de plus parmi tous ceux qui s'étaient succédé au fil des ans. Ce soir-là, Lily avait invoqué son pouvoir et il lui avait répondu.

C'était bien Hartwell.

Mais pourquoi ? Pourquoi s'en prenait-il à ces femmes ? Avait-il sombré dans la folie ? Elle songea à l'homme qu'elle avait rencontré le soir du vernissage. Il n'avait pas l'air fou. Il était au contraire lucide, ses propos limpides comme de l'eau de roche. Alors, qu'espérait-il retirer du sang volé à ces malheureuses capables de voir les défunts ?

Strangford s'écarta en remettant ses gants. Son regard était tourné vers la clairière, les lignes de son corps rigides.

— Vous êtes en colère, dit-elle.

— Oui. Je suis en colère. (Il se retourna pour lui faire face. Sa voix était posée, mais ses yeux irradiaient, sa tension comparable à la corde d'un arc.) Vous venez à moi quand vous en avez besoin, vous m'impliquez dans vos recherches, puis vous me rejetez du jour au lendemain pour vous retrouver ensuite avec une nouvelle victime sur les bras... tout cela pour vous faire agresser dans la rue par des voyous avec un enfant pour seul protecteur.

— Sam n'est pas un enfant.

— Là n'est pas la question.

— Voudriez-vous que je vous soumette toutes les décisions que je prends dans cette affaire ?

— Non, ne détournez pas le sujet. Je veux savoir pourquoi. Pourquoi persistez-vous à me tenir à l'écart, à tout assumer seule alors que des vies sont en jeu ?

Lily redressa le menton, affrontant courageusement son regard.

— Je me suis toujours débrouillée seule, et je compte bien continuer à gérer mes propres affaires. Je ne serai le fardeau de personne.

— Vous ai-je donné cette impression ?

— Alors, pour qui faites-vous tout ceci ? Pour Mrs Boyden ? Cela faisait des années que vous ne l'aviez pas revue.

— Elle ne méritait pas de mourir ainsi.

— Par esprit de justice, alors ? Pour quelque idéal abstrait ?

— Trouvez-vous abstraite la mort de ces pauvres femmes assassinées ?

— Des femmes meurent chaque jour dans cette ville. Il ne m'a pas semblé que vous rôdiez dans les rues à la recherche de violeurs, d'assassins et de maris abusifs.

— Que voulez-vous de moi ? demanda-t-il à brûle-pourpoint.

Lorsqu'il se rapprocha, elle sentit la chaleur qui émanait de sa personne, l'émotion fervente qui vibrait en lui. Mais elle refusait de se laisser impressionner.

— J'avais simplement besoin d'aide avec ce collier. Rien de plus, répondit-elle, mobilisant toutes ses forces pour maintenir une fragile façade de contrôle et de sérénité, s'efforçant de paraître aussi calme qu'un lac en hiver.

— Ce n'est pas ce que je vous ai demandé.

— Eh bien, c'est ma réponse.

— Je sais que vous mentez.

Il était tout près, à présent, leur dispute le rapprochant jusqu'à ce que seul un souffle les sépare. Elle se rappelait la première fois qu'il s'était retrouvé tout contre elle, lorsque ses mains avaient effleuré la surface de sa peau et que son esprit avait pénétré les secrets les plus intimes de son âme.

Il lui fallut un effort colossal pour rester inébranlable, dans sa voix comme dans sa posture.

— Le jeu n'est pas équitable.

Elle avait cherché à l'atteindre pour le forcer à reculer, et ce fut efficace. Sa colère se fendilla comme un miroir et il s'écarta, les épaules basses, enfouissant les mains dans ses cheveux.

— Je ne peux vous offrir un jeu équitable. Ni maintenant ni jamais. Quand bien même je vous dévoilerais mon âme, rien ne sera jamais comparable à ce que je pourrais tirer de la vôtre par un simple frôlement. (Il leva ses mains gantées de noir comme des armes à cacher aux yeux du monde.) Avez-vous une idée de ce qu'une quelconque intimité impliquerait ?

— Il n'a jamais été question d'intimité.

— Inutile de tergiverser. Je sais…

— … que je voulais vous mettre dans mon lit ? le coupa Lily. Je ressens du désir pour vous, Strangford. Comme vous le dites, inutile de le nier, puisque vos mains l'ont sans doute appris d'elles-mêmes. Mais il y a une grande différence entre éprouver du désir et passer à l'acte. Je n'ai jamais eu l'intention de tenter quoi que ce soit dans ce sens. Soyez-en sûr.

On eût dit qu'elle l'avait giflé au visage.

— Je vois, dit-il en reculant.

Elle aurait dû en rester là. Il aurait été plus sage de se contenter de lui faire savoir que ses sentiments pour lui n'étaient qu'une simple pulsion physique, aussi passagère que superficielle. Mais ce n'était pas juste. Moins dangereux, peut-être, mais injuste. Elle lui devait plus que cela. En l'ignorant, elle se comportait en lâche, aussi expulsa-t-elle la vérité, la toussant comme si deux mains l'étranglaient encore.

— Je ne serai le secret d'aucun homme. J'ai vu les dégâts que de telles liaisons provoquent sur toutes les âmes impliquées, et je refuse d'être la cause de tant de souffrance.

— Si je faisais de vous ma maîtresse, vous voulez dire ?

Sa voix était sèche sous l'effet de la stupeur, éraillée et gutturale.

— En tant que fille d'une femme ayant gagné sa vie essentiellement en soulevant ses jupes, je ne peux envisager une quelconque « intimité » avec des hommes tels que vous.

— Ah. Car mon statut veut que je prenne pour épouse une femme respectable.

— Prétendre le contraire serait pure absurdité.

— Et nous ne devons pas être absurdes, conclut-il.

Il y avait quelque chose d'étrange dans son intonation, comme une touche de sarcasme. Ce que cela sous-entendait l'ébranla, la faisant soudain douter que cet homme qui affichait sur ses murs des œuvres aussi improbables que splendides et percevait des vérités impensables à chaque contact puisse accorder de l'importance à ce que la bonne société pensait de sa compagne.

C'était une porte qu'elle ne devait jamais ouvrir, dont elle devait continuer à ignorer l'existence. Cela ne ferait que rendre les choses plus difficiles et la chute inexorable encore plus cuisante. Elle refusait de donner à quiconque le pouvoir de lui infliger une telle douleur à nouveau.

Des coups de vent balayaient la clairière, faisant tourbillonner entre eux les feuilles mortes sur l'herbe.

— Eh bien, dit-elle enfin en reculant d'un pas. Alors, c'est réglé. Je ne veux pas abuser de votre temps.

En face d'elle, il leva la tête, ses yeux sombres dardés sur les siens.

— Puis-je vous demander une dernière chose ?

— Bien sûr, répondit-elle alors même que toutes les fibres de son être réclamaient la fuite - elle avait beau faire mine du contraire, cette conversation lui nouait les entrailles.

— Je vous ai dit que je m'engageais dans cette voie. Il n'y a rien que vous puissiez me demander que je considérerais comme un abus. Alors, je vous en supplie, Miss Albright, la prochaine fois, venez me voir avant de risquer de vous faire à nouveau étranglée.

Le ciel de plomb tournoyait au-dessus de leurs têtes, menaçant, entre les branches nues des tilleuls.

— J'ai bien noté votre demande, milord.

— Alors, je vous souhaite une bonne soirée, répondit-il avec raideur.

Sur ce, il tourna les talons et s'éloigna.

Elle le regarda partir, attendant que ses genoux retrouvent une stabilité suffisante pour lui permettre de détaler, consacrant toute son énergie à contenir la faille en elle qui menaçait de se transformer en abîme.

Elle ne pouvait pas se permettre de sombrer dans ce gouffre. Pas maintenant. Un meurtrier courait toujours, et elle ne voyait qu'un seul moyen de l'arrêter… un chemin qui la conduirait tout droit dans la fosse du lion le plus dangereux qu'elle connaisse.

CHAPITRE XXVI

Les flèches gothiques et tours imposantes du palais de Westminster s'élevaient sur les rives de la Tamise. Autour de la majestueuse statue de Richard Cœur de Lion, son épée de croisé brandie au-dessus des sabots agités d'un cheval de guerre, une enfilade de calèches rutilantes se déployait lentement, déposant les plus hauts dignitaires de toute la Grande-Bretagne aux portes de la Chambre des lords.

— Arrêtez-vous ici, ordonna Lily à son cocher.

Après avoir réglé sa course, elle descendit du fiacre à l'entrée de la cour et se fraya un chemin jusqu'au palais, longeant la file de véhicules impeccablement vernis.

L'air froid lui mordait les joues. Le ciel de plomb était lourd au-dessus du bâtiment à l'architecture soignée. Depuis la tour de l'horloge lui parvenait l'écho des cloches de Big Ben, les aiguilles de la grande horloge indiquant à Lily qu'il était trois heures et demie de l'après-midi.

La séance des lords commençait à quatre heures. La foule de pardessus bien ajustés et de hauts-de-forme en soie affluait vers l'entrée principale, au centre de la bâtisse. Les lampes à gaz qui ornaient sa façade étaient déjà allumées et brillaient dans les premières ombres du crépuscule. Lily s'en éloigna, optant plutôt pour une porte latérale, au pied de la grande tour Victoria : l'entrée du public. Deux gardes à la porte passaient soigneusement en revue tous ceux qui s'y présentaient. Le regard dubitatif de l'un d'eux s'attarda sur la canne de Lily, puis il lui fit signe de passer.

La marée humaine l'entraîna dans un couloir tortueux, puis une vaste salle élégante. Les membres de l'assemblée s'y bousculaient, véritable torrent d'hommes qui entraient et sortaient du vestiaire, se mêlant à de petits groupes de conversation d'où fusaient des éclats de rire rauques. Les femmes s'y détachaient comme des oiseaux exotiques, les teintes bariolées de leurs robes attirant le regard sur ce fond noir et gris tout en tweed. Lily était mal à l'aise, bien trop visible parmi la foule, mais elle n'y pouvait rien. Elle avait un défi plus grand à relever : repérer le comte de Torrington dans cette masse aristocratique.

Elle s'extirpa de la foule pour rejoindre le mur. De sa position, entre deux bustes de marbre, elle avait un aperçu sur toute la longueur de la salle. Il n'y avait aucun signe de son père nulle part. En revanche, elle récolta quelques coups d'œil perplexes, comme si la présence d'une femme en pareil endroit était inopportune sinon fâcheuse.

— Bien sûr, vous avez appris, chuchota à côté d'elle un noble à son confrère.

Lily sentait de là le sherry dans son haleine.

— Vous parlez de la comparution ?

Le mot *comparution* attira son attention.

— Torrington refuse d'en parler, à ce qu'il paraît.

La voix de l'homme à l'haleine de sherry s'était enhardie, attirant quelques regards intrigués.

Son compagnon recula et baissa d'un ton.

— Je n'irais pas jusqu'à dire que le père tombera avec le fils. Cet homme est rusé comme un chat et deux fois plus résistant. Je te conseille de mesurer tes propos, ajouta-t-il dans un murmure avant de s'éloigner.

Cela faisait un demi-siècle que la Chambre des lords n'avait pas eu à juger l'un des leurs. D'après les rumeurs, elle s'apprêtait à faire une exception pour lord Deveral.

Voilà qui faciliterait la mission de Lily. Si elle voulait trouver son père, elle n'avait qu'à suivre les ragots dans la foule.

Elle sortit de son alcôve pour se mêler à la foule, qui l'entraîna dans un nouveau couloir. Certains s'y attardaient tandis que d'autres se rendaient directement dans la Chambre par la porte qui se trouvait juste devant elle. Le seuil franchi, les hommes s'arrêtaient et regardaient autour d'eux dans la grande salle, échangeant des messes basses.

Lily ne connaissait que trop bien ce genre de murmures.

Elle se rangea sur le côté sans quitter la porte des yeux. La Chambre, avec ses somptueux bancs rehaussés de cuir rouge et ses lambris anciens finement ouvragés, était immense. Un trône en or, tout juste visible de là où elle se trouvait, brillait sur une estrade, imposant et inaccessible.

Quelques hommes allaient et venaient à l'intérieur. Elle vit les uns héler telle ou telle connaissance, les autres s'installer à leur place attitrée.

Le regard de Lily se posa sur une grande silhouette au dos droit. Son père.

Elle traversa la salle jusqu'à la porte.

— Pas de femmes à l'intérieur.

La voix était stridente, les mots aussi monocordes qu'à l'office. L'homme qui s'était adressé à elle était âgé et bedonnant, vêtu d'un costume gris orné de broches et de sceaux en cuivre bien en évidence. Un huissier, probablement.

Elle n'avait pas de temps à perdre, elle devait absolument entrer. Se redressant de toute sa hauteur, Lily lui lança son regard le plus condescendant.

— Je suis la fille de lord Torrington. Je dois lui parler avant le début de la séance.

L'huissier demeura impassible. Il bomba le torse comme un pigeon cherchant à intimider son rival et répéta les directives :

— Pas de femmes à l'intérieur.

Elle imaginait déjà quelque stratagème pour provoquer un esclandre en espérant attirer l'attention de son père avant d'être jetée à la rue, lorsqu'elle remarqua des vêtements de couleurs vives scintillant dans la galerie en surplomb de la Chambre. Les quelques femmes regroupées là ressemblaient à des papillons perdus dans une forêt obscure.

— Puis-je assister à la séance de là-haut ? demanda-t-elle en indiquant la galerie.

— L'escalier des visiteurs se trouve après le Vestibule des pairs, répondit l'huissier en tendant un bras raide.

Le vestibule en question avait des allures de cathédrale : les somptueux carreaux étaient à peine visibles sous les innombrables paires de chaussures en cuir noir ciré ; un lustre massif était suspendu au plafond, sa lumière se reflétant sur les arches dorées et la surface miroitante de la grande porte en laiton, ouverte pour accueillir un flot ininterrompu de gentlemen ; des vitraux encastrés dans les hauts murs affichaient les armoiries de diverses familles de la noblesse.

De l'autre côté du hall, une étroite porte sombre donnait sur l'escalier des visiteurs. Lily s'y dirigea, traversant la foule d'hommes endimanchés, mais deux pairs s'arrêtèrent devant elle, lui barrant le passage sans lui prêter plus d'attention que si elle faisait partie du mobilier.

— Vous avez bien déjeuné ?

— Un sandwich seulement. Sur l'insistance de Madame, qui estime que je deviens trop gros pour mes gilets.

— C'est bien dommage. J'ai entendu dire que la soirée serait longue.

Ils s'écartèrent, le baron au gilet trop serré grommelant qu'il allait tout compte fait chaparder une pomme dans la salle à manger.

— Strangford ! cria soudain quelqu'un, tout près d'elle.

Elle fit volte-face. Il était là, à quelques mètres, les yeux baissés sur une liasse dans sa main. Il avait l'air fatigué, une ombre sous les yeux qu'elle n'avait pas remarquée une heure plus tôt.

Elle se faufila derrière un marquis corpulent. L'homme qui venait d'interpeller Strangford l'avait rejoint. Risquant un œil par-dessus l'épaule du marquis, elle remarqua que le gentleman avait pris Strangford par le bras avant même qu'il ne s'en rende compte.

À présent, ils se dirigeaient à pas lents vers la porte de la Chambre.

Non, pas tout de suite, supplia-t-elle en silence. Il ne devait pas entrer maintenant.

Par bonheur, un homme à la porte se retourna et accueillit le compagnon de Strangford par une exclamation. De vigoureuses poignées de main s'ensuivirent et, au grand soulagement de Lily, Strangford fut entraîné dans une alcôve pour poursuivre la conversation.

Aussitôt, elle reprit sa progression. Abandonnant la couverture du marquis, elle rejoignit les escaliers obscurs et raides, qu'elle gravit prestement.

La galerie courait tout autour de la salle. Elle était étroite, et Lily se demanda comment les femmes d'autrefois, parées des jupes à cerceaux et crinolines qu'elles portaient encore cinquante ans auparavant, trouvaient la place de passer. Cela dit, peut-être n'avait-il jamais été prévu que les femmes envahissent l'enceinte sacrée des lords, même en tant que lointaines observatrices.

Les quelques courageuses qui étaient venues se percher là la regardèrent entrer avec curiosité, avant de baisser d'un ton tandis qu'elle s'enfonçait plus avant dans la galerie. Sans prêter attention aux regards, elle s'arrêta dans la partie la plus proche de l'endroit où lord Torrington se tenait, dans la Chambre en contrebas, non loin du trône doré.

Là, elle attendit.

Les hommes ne lui prêtaient pas la moindre attention, comme si la galerie et les femmes qui s'y trouvaient relevaient d'un monde parallèle.

Elle tenta un toussotement qui lui valut quelques nouveaux coups d'œil de la part des femmes, mais aucun de ces messieurs ne fit le moindre commentaire. Quelque part au-dessus de sa tête, une énorme horloge égrenait les secondes. Saisissant le pommeau en laiton de sa canne, elle frappa vigoureusement la rampe de la galerie.

Cette fois, on tourna la tête dans sa direction. Celle de son père tarda à pivoter, mais dès que son regard croisa le sien, elle comprit qu'il l'avait reconnue. Il lui adressa un signe de tête en direction de l'escalier.

Alors qu'elle rebroussait chemin dans la galerie, elle se demanda tout à coup si son geste ne voulait pas tout simplement dire : « Sortez d'ici. » Elle ne voyait néanmoins pas d'autre moyen d'attirer son attention, à moins de crier à tue-tête et de se faire escorter à l'extérieur manu militari.

Alors qu'elle atteignait l'extrémité de la galerie, Strangford fit son entrée dans la Chambre. Pendant un instant, elle resta figée, paralysée par la peur, mais il ne leva pas les yeux. Elle se ressaisit aussitôt et s'empressa de rallier la pénombre protectrice de la cage d'escalier.

Son père l'attendait en bas. Elle accepta le bras qu'il lui tendait, se laissant conduire à l'écart du brouhaha assourdissant, jusque dans le calme relatif d'un couloir en retrait.

Laissant derrière eux la splendeur des salles officielles, ils longèrent de minuscules bureaux où des commis brassaient des monceaux de papier, une activité bassement terre à terre qui tranchait avec les riches tableaux et statues de marbre environnants.

Au bout du couloir, il ouvrit une porte en bois ordinaire et lui fit signe d'entrer. La pièce, aux proportions modestes, offrait une vue à couper le souffle. Des fenêtres gothiques encadraient la Tamise en contrebas, donnant à Lily l'impression de flotter au-dessus des eaux grises et endormies du fleuve. Les murs étaient tapissés de cramoisi et d'or, contraste saisissant avec le bois sombre et sculpté des lambris. Il y avait là de longues tables en bois, des chaises et quelques bancs au revêtement de cuir.

— La salle du comité, expliqua lord Torrington en refermant la porte. On ne viendra pas nous déranger ici. Mais je n'ai pas beaucoup de temps. Je dois retourner dans la Chambre avant le début de la séance.

— Je n'en ai que pour une minute. C'est au sujet de lord Deveral.

— Je suis tout ouïe.

À l'évidence. Il lui accordait sa pleine et entière attention, et c'était un homme dont l'attention n'était pas à négliger.

Malgré elle, elle repensa à l'autre soir, dans la maison de Deveral, aux mots que son frère avait maniés contre elle comme des armes.

Père voulait vous coller dans nos pattes comme un chiot perdu…

Il avait voulu la reconnaître, qu'elle fasse partie de sa famille.

Elle s'efforça de se rappeler que son vœu était resté lettre morte.

— Je sais qui a tué Annalise Boyden. (Elle marqua une pause avant d'abattre sa carte maîtresse :) C'est le docteur Joseph Hartwell.

— Le docteur Joseph Hartwell était avec moi la nuit de la mort de Mrs Boyden, répliqua son père sur un ton dénué d'émotion.

— Pardon ? fit Lily, incapable de masquer sa stupéfaction.

— Sa Société plaide en faveur d'un amendement pour un projet de loi sur le mariage dont nous débattons actuellement. Certaines… restrictions sur les unions matrimoniales. Il a réussi à obtenir un rendez-vous avec le Premier ministre, mais Loreburn s'est décommandé, alors j'y suis allé pour représenter les lords dans cette affaire, quoique non officiellement. Il est resté enfermé avec Asquith, Lloyd George et moi-même une bonne partie de la nuit.

— Jusqu'à quelle heure ?

— Trois heures du matin.

Cette révélation l'ébranla, bouleversant tout le paysage de l'affaire qu'elle avait commencé à peindre dans son esprit. Elle s'évertua à se ressaisir, réagençant à la hâte les pièces du puzzle.

— Il ne l'a pas fait lui-même alors. Il a un complice, sans doute un ancien médecin de l'armée du nom de Waddington. Mais c'est bien Hartwell qui tirait les ficelles.

Son père s'approcha de la fenêtre. Il était silencieux, mais Lily pouvait voir son esprit redoutable à l'œuvre derrière cette distante façade.

— Ce n'est pas un homme que l'on accuse à la légère.

— Pensez-vous que je me permettrais d'agir à la légère dans cette affaire ?

— Quelle preuve avez-vous ?

— Il y a une clinique à Southwark. Elle a brûlé il y a quelque temps, mais il y menait des expériences sur les patientes d'un dispensaire de charité, des transfusions sanguines humaines. L'une des femmes qu'il y avait enfermées était médium.

— Quel lien y a-t-il avec Mrs Boyden ?

Elle allait bien trop vite dans ses explications, aussi se reprit-elle, ralentissant malgré l'urgence qui la pressait.

— Il a tué plusieurs femmes médiums pour les vider de leur sang. J'ai identifié au moins trois autres victimes. Mrs Boyden organisait des séances de spiritisme, en privé, dont Hartwell a dû avoir vent.

— Il me semblait que cette femme avait été égorgée.

— Il y avait moins de sang sur la scène de crime qu'il n'aurait dû y en avoir. Vous avez bien dû vous procurer le rapport du médecin légiste.

— En effet, admit-il.

Elle le rejoignit en insistant :

— Votre fils sera mis en accusation dans une semaine. Donnez-leur le véritable tueur et épargnez-lui cette épreuve.

— Je le ferais volontiers. Mais le docteur Hartwell est l'un des intellectuels les plus éminents de Grande-Bretagne.

— Ce ne serait pas la première fois qu'un homme de renom se rend coupable d'un crime.

Il garda le silence. Le temps lui échappait. Elle devait le convaincre d'agir. Sentant le désespoir monter, elle joua une autre carte, d'une main plus tremblante cette fois.

— Il recommencera, dit-elle à mi-voix. Je vous jure qu'une innocente mourra si nous ne faisons rien pour l'arrêter.

— Comment le savez-vous ?

Elle redressa le menton et lui dit d'une voix blanche :

— Vous savez comment.

Il traversa la pièce pour se camper devant le portrait d'un roi mort depuis longtemps à la tête d'une troupe de soldats et de chevaux aux yeux hagards. Il n'était pas homme à montrer son tourment, pourtant Lily le devinait dans l'agitation nerveuse de ses doigts contre sa jambe. Elle attendit en retenant ses autres arguments, consciente qu'il avait besoin de temps pour réfléchir.

Enfin, il secoua la tête.

— Je ne peux pas accuser un tel homme sur la base de simples suppositions.

Elle eut l'impression d'avoir été giflée.

— Quoi ? dit-elle à mi-voix en reculant.

— Rien de ce que vous m'avez apporté ne l'associe directement à Mrs Boyden ni à aucune autre de ces victimes.

— Si, il faut simplement chercher pour le trouver.

— Vous croyez qu'il me suffit de pointer du doigt pour que la loi se plie à mes désirs ?

— N'est-ce pas le cas ? demanda Lily.

— Ce n'est pas si simple. Il y a d'autres éléments en jeu.

— Plus importants que la vie de votre enfant ? À moins que nous ne soyons tous superflus à vos yeux ?

C'était un coup bas. Elle le savait et s'attendait à ce qu'il réplique, mais il n'en fit rien, retrouvant sa posture de comte, froid et lointain, impassible comme la pierre.

— Il est le dernier homme à l'avoir vue en vie. Personne ne peut nier qu'ils se sont disputés. L'arme du crime lui appartenait. Si je ne le connaissais pas mieux, je pourrais facilement prêter foi à cette accusation.

— Mais vous le connaissez.

— Oui, répondit-il d'un ton las. Et c'est pour cela que je ne peux parler dans cette affaire. Le dossier contre lui est solide, vous ne l'ignorez pas. Toute action de ma part pour rejeter la faute sur un autre serait interprétée comme la tentative désespérée d'un père cherchant à sauver son héritier.

— Alors, vous ne ferez rien.

— Je vous dis que cela n'aurait aucun poids.

— Qu'en savez-vous ?

— Vous n'avez aucune preuve.

Malgré elle, elle se sentait trahie. Au fond, elle n'avait aucun droit d'attendre quoi que ce soit de sa part. Il ne lui avait jamais donné la moindre raison de penser le contraire. Sa tentative était bien vaine, aussi futile que tout recours mû par le désespoir.

Elle fit un pas en arrière, arborant la même indifférence froide.

— Je vois. Veuillez m'excuser pour le dérangement, milord.

— Lilith…

— Je crois que votre séance est sur le point de commencer. Ne vous inquiétez pas, je connais la sortie, dit-elle en s'éloignant.

À présent, la foule était dense dans le hall d'entrée, les derniers membres de l'assemblée s'empressant de rejoindre la Chambre avant le début de la séance. Elle se fraya un chemin dans le chaos et récupéra son manteau au vestiaire, avant de se précipiter dans la rue, où le froid la saisit.

Elle hâta le pas, longeant le bâtiment jusqu'à l'entrée des Communes, et héla un fiacre qui venait de déposer un lord retardataire.

— March Place, Bloomsbury, ordonna-t-elle.

Le ciel était sombre et pesant alors que le véhicule progressait péniblement sur Whitehall. Quelques flocons tombaient en spirale pour venir mourir contre le carreau de la vitre.

Elle était déchirée par le désespoir, un sentiment d'impuissance absolue : Torrington était son va-tout ; elle l'avait joué et avait perdu. Elle n'aurait pas dû attendre quoi que ce soit de sa part, n'aurait pas dû espérer qu'il la surprenne. Elle savait pourtant à quoi s'en tenir. Deveral lui avait révélé qu'il avait tenté de l'intégrer à sa famille, et elle en avait tiré des conclusions insensées.

Assez.

Ruminer d'anciennes blessures ne la mènerait à rien. Elle devait agir.

Mais comment ?

Elle pouvait toujours prévenir Estelle, telle une nouvelle tentative de la dernière chance, une initiative qui avait pourtant échoué à d'innombrables reprises par le passé. Cette fois, cependant, elle avait des noms, des détails. Elle pouvait faire comprendre à son amie la gravité de la menace. Peut-être que Miss Bard et elle pourraient s'en aller, quitter la ville le soir même pour un endroit isolé où personne n'irait les chercher. L'Écosse. Les Bermudes. Lily pouvait les convaincre que c'était nécessaire, qu'il n'y avait pas d'autre moyen.

À March Place, elle paya sa course et entra précipitamment. Là, elle frappa à la porte de sa voisine.

Pas de réponse.

Elle frappa à nouveau, plus fort cette fois.

— Elles sont sorties, aboya Mrs Bramble depuis le vestibule.

— Où ça ? demanda Lily.

— Comment voulez-vous que je le sache ? Miss Bard est partie tôt ce matin. Miss Deneuve, il y a quelques heures. Elle a dit qu'elle ne reviendrait pas pour le dîner et que je pouvais fermer la porte à clé parce qu'elle avait emporté la sienne.

Alors, elle rentrerait tard, pensa Lily en s'affalant sur les marches devant la porte. Impossible de savoir quand. Elle pouvait attendre ici, bien sûr, et l'intercepter dès son retour.

Non. Elle avait forcément mieux à faire que perdre un temps précieux, assise dans le noir.

La voix de son père résonnait encore dans sa tête.

Vous n'avez aucune preuve.

Il avait raison. Tout n'était qu'embrouillement, simples déductions et intuitions. C'était la vérité, naturellement, Lily en était intimement convaincue à présent. Mais sans preuve concrète à apporter au monde, personne ne prendrait le risque de la suivre. Il lui fallait quelque chose de tangible, que même le plus sceptique des lords ne pourrait réfuter.

Il y avait bien un endroit où elle aurait une chance de mettre la main sur une telle preuve.

L'audace de son plan la tétanisait, pourtant la rencontre avec son père lui avait prouvé qu'elle ne pouvait pas compter sur son aide.

Qu'à cela ne tienne ! Elle n'en avait pas besoin ; elle n'avait besoin de personne. C'était à elle de prendre ce risque. Après tout, c'était son combat et elle le mènerait à bien.

CHAPITRE XXVII

Il faisait nuit. Le crépuscule était tombé plus tôt qu'à l'accoutumée, précipité par le manteau d'épais nuages assombrissant la ville. Le froid lui mordait les joues en dépit de l'écharpe qu'elle avait enroulée autour de son cou et de sa bouche. La Triumph cahotait sur les pavés irréguliers. Quelques flocons de neige encore isolés filaient devant elle, disparaissant au contact du sol.

Lily actionna l'accélérateur et prit de la vitesse le long de la vaste étendue obscure de Hyde Park, attirant l'attention des rares piétons sur son passage. La ville était plus calme que de coutume, la plupart de ses habitants ayant renoncé face aux menaces du ciel, choisissant de rester au chaud près d'un bon feu.

Les larges artères de Kensington, qui s'étendaient au sud-ouest du parc, étaient plus désertes encore. Leurs bâtiments étaient hauts et cossus, le marbre et la pierre calcaire immaculés à la lueur des lampes à gaz, comme s'ils étaient immunisés contre la suie qui noircissait le reste de la ville. Ici tout était neuf, d'une opulence presque déraisonnable. Le quartier offrait de nombreuses places et squares, sans doute luxuriants et paisibles dans le soleil d'été, mais sombres et hostiles à présent, entrelacs de branches noueuses dénudées par l'hiver.

Lily ralentit enfin, poussant la Triumph à l'arrêt. Elle descendit et poussa sa mobylette le long des rues, se réfugiant dans l'ombre d'une venelle au passage d'une calèche. Puis, elle tourna dans l'un des parcs qui s'étendaient entre les interminables rangées de maisons en enfilade.

Des enfants jouaient quelque part, non loin de là, leurs cris résonnant dans le parc. Elle entrevoyait des bribes de vie par les fenêtres éclairées des maisons environnantes – des domestiques allant et venant en cuisine ; des femmes tirées à quatre épingles dans leurs salles à manger richement meublées.

La maison qu'elle cherchait se trouvait au milieu de la rangée. Elle devait être trois fois plus grande que la sienne, toute en fenêtres et pignons étincelants. Même pour un médecin, le docteur Joseph Hartwell semblait avoir formidablement bien réussi.

Après avoir dissimulé la Triumph derrière une haie d'ifs à l'autre bout du square, elle grimpa sur une branche basse près de la maison de Hartwell et se hissa dans un chêne.

Depuis son perchoir, dans l'ombre des branchages, Lily observa : les fenêtres éclairées du rez-de-chaussée indiquaient l'emplacement de la cuisine, où le personnel de Hartwell s'activait pour le souper ; au-dessus, des éclats lumineux au bord des fenêtres témoignaient que les épais rideaux tirés contre le froid de l'hiver cachaient une présence humaine.

Le même froid s'infiltrait dans son pantalon et traversait la veste qu'elle resserra par-dessus ses couches de lainage. Elle s'installa aussi confortablement que possible et attendit.

Le clocher d'une église voisine venait de sonner neuf heures du soir lorsqu'une occasion se présenta : la porte de derrière s'ouvrit et un marmiton en sortit en courant, un seau de déchets à la main. Il tourna au coin de la maison et disparut dans la ruelle où étaient entreposées les poubelles. Il n'avait pas fermé à clé derrière lui.

Se balançant dans les branches, Lily atterrit sans un bruit sur le sol. Ses os transis de froid protestèrent, mais elle ignora la douleur et se précipita d'un pas léger vers la maison. Elle se sentait dépouillée sans sa canne, vulnérable. Mais elle n'aurait fait que l'entraver dans son expédition de la soirée.

Elle tourna la poignée de la porte, et sans prendre le temps de trop s'interroger sur la folie de son initiative, elle entra.

Un souffle d'air chaud l'enveloppa aussitôt, dérivant des cuisines au bout du couloir sombre, sur sa droite. Elle pouvait sentir l'odeur des pommes cuites, de la cannelle et du gingembre. À sa gauche se trouvait une étroite cage d'escalier, sans doute empruntée par les domestiques pour rejoindre les chambres de la famille à l'étage supérieur.

Dépêche-toi.

Son instinct était clair et Lily obéit, ouvrant la porte la plus proche pour se réfugier à l'intérieur. Elle resta immobile, en silence dans le garde-manger bien rempli, tandis qu'un valet de pied passait d'un pas précipité avec un énorme rôti sur un plateau d'argent. Le fumet de la viande fit gronder son estomac. À quand remontait son dernier repas ? Impossible de s'en souvenir.

Quelqu'un cria dans la cuisine :

— J'espère que tu as emporté le seau plus loin, Thomas, au lieu de tout laisser dans le jardin comme la dernière fois.

Le garçon. Il allait revenir d'un instant à l'autre.

Si elle se faisait prendre en flagrant délit de violation de domicile… mais ce n'était pas le moment de céder à la peur.

Elle s'extirpa du garde-manger et monta l'escalier en colimaçon, exigu et sinueux, comme s'il avait été ajouté à la maison après sa construction. Elle n'était qu'à un tour de marches derrière le valet au rôti, mais au moins, il ouvrait la voie, la prévenant ainsi de toute personne empruntant les escaliers en sens inverse.

Elle atteignit enfin le palier.

Au bout du couloir, la lumière jaillit de la salle à manger lorsque le valet ouvrit la porte pour y entrer. Lily aperçut une table bien dressée où scintillaient cristal et porcelaine fine. Des femmes aux toilettes élégantes et aux bijoux clinquants y étaient installées, aux côtés d'un homme plus jeune en tenue de soirée – le fils du physicien, peut-être ? Un éclat de rire spontané lui parvint dans le couloir. C'était une scène chaleureuse, l'aperçu d'une vie de famille confortable – le genre de vie que Lily n'avait jamais connu. Et au milieu de cette joyeuse compagnie, échappant à son regard, était assis un meurtrier.

Qu'il profite, sa vie ne resterait pas aussi confortable bien longtemps.

Des bruits retentirent derrière elle et Lily se glissa dans la première pièce obscure qu'elle rencontra : un cabinet de toilette qui sentait la Javel et la lavande. Au-dessus de sa tête, le plafond trembla sous de petits pas énergiques. Un cri aigu et ravi parvint jusqu'à sa cachette, à côté de la grande baignoire sur pieds. Elle devait se trouver sous une chambre d'enfants.

Elle s'écarta de la porte entrouverte lorsque le valet revint, chargé d'assiettes sales.

Un frottement contre sa botte la fit sursauter et elle manqua de refermer la porte dans sa surprise. Un chat la regardait en clignant des yeux. Il poussa un miaulement perçant avant de lui donner un autre coup de patte sur la jambe.

Le valet jeta un coup d'œil dans sa direction, et un court instant, elle resta pétrifiée. Enfin, il se détourna et s'éloigna prestement. Aussitôt, elle retrouva le couloir pour se diriger vers l'arrière de la maison, s'éloignant de la chaleur de la salle à manger pour ouvrir une autre porte.

La pièce qu'elle découvrit était plongée dans le noir. De grandes baies vitrées donnaient sur le jardin. La vue devait être magnifique en été, quand elles étaient ouvertes pour laisser entrer chaleur et air frais. Ses yeux accoutumés à la pénombre distinguèrent la forme d'un grand bureau, des murs bordés d'étagères… et une rangée de meubles de classement.

Le bureau de Hartwell.

Elle s'y avança.

Le feu dans l'âtre était réduit à quelques braises laissées à l'abandon pour la soirée, mais la pièce conservait encore un peu de chaleur. Ses orteils et ses doigts avaient commencé à dégeler depuis qu'elle s'était introduite dans la demeure du physicien et se rappelaient douloureusement à sa conscience, mais elle ignora le picotement désagréable et se dirigea vers le bureau en chêne. Il était méticuleusement rangé, sans la moindre goutte d'encre sur le buvard. Des papiers formaient une pile soigneuse, qu'elle feuilleta hâtivement : des évaluations pour une propriété à Hampstead Heath, une hypothèque portant la signature alambiquée de Hartwell.

La superficie mentionnée était impressionnante. Que comptait faire Hartwell d'un tel espace ? Allait-il y bâtir une somptueuse maison de campagne ?

Il n'y avait rien d'autre sur le bureau, à l'exception d'un téléphone – un luxe hors du commun. Qu'il se trouve ici et non dans une pièce où d'autres membres de la famille y auraient accès en disait long : cette dépense n'était manifestement destinée qu'au seul usage de Hartwell.

Elle essaya les tiroirs, mais ils étaient tous fermés à clé.

Elle se dirigea alors vers les meubles de classement.

Il n'y avait pas de serrures et leurs tiroirs étaient remplis de dossiers. Elle tira légèrement les rideaux, laissant entrer un peu plus de lumière. Elle discernait à peine les noms sur les étiquettes, mais elle prit quelques documents au hasard, les rapprochant de la fenêtre pour y jeter un œil. Tout y était dans un ordre impeccable, classé par ordre alphabétique et daté, avec des renvois vers d'autres références.

Elle sentit son pouls s'accélérer. Il devait bien y avoir quelque chose ici, mais elle n'allait tout de même pas compulser les centaines de fichiers. Par où commencer ?

Boyden, pensa-t-elle.

Elle feuilleta les dossiers commençant par la lettre B.

Rien.

Heller. McKenney. Durst. Lily chercha ainsi les noms de tous les médiums assassinées. D'après l'organisation méticuleuse du reste des dossiers, ceux-ci n'avaient pas été malencontreusement égarés, ils n'existaient tout simplement pas.

Elle réprima l'envie de claquer le tiroir.

Il lui restait un nom à essayer.

Elle ouvrit le dernier meuble et passa les W en revue jusqu'à trouver ce qu'elle cherchait. Selon son dossier, le lieutenant Jeremy Waddington était un vétéran du Royal Army Medical Corps, actif pendant le conflit des Boers.

Renvoyé pour raisons médicales : Malaria.

Sous le diagnostic dactylographié se trouvait une note supplémentaire de la main de Hartwell.

Le patient est porteur asymptomatique.

Porteur. Elle repensa à la pauvre Mrs MacAlister, en piteux état au fond de son lit à l'hôpital de Barts.

Rien qu'un diable menteur avec du poison dans le sang.

Lily tourna la page. Il y avait une photographie : le portrait en noir et blanc d'un homme qu'elle avait déjà vu auparavant… le soir de la dernière séance d'Estelle, quand son amie avait demandé à Lily d'accueillir un invité arrivé de bonne heure, un homme ordinaire aux cheveux châtains et à la moustache bien taillée, le genre de visage que l'on était certain d'avoir déjà croisé une dizaine de fois.

À l'idée que cet homme se soit retrouvé sous son propre toit, elle éprouva l'irrésistible envie de prendre ses jambes à son cou, de laisser tomber le dossier et de retourner à March Place. Mais à quoi bon ? Estelle était absente, elle ne pouvait pas l'avertir, et aucune autorité ne croirait Lily sur parole quant au danger que courait sa voisine et amie.

Elle avait besoin de preuves.

Elle devait rester ici.

Elle prit connaissance du dossier de Waddington, parcourant les pages de notes. Une section était soulignée avec insistance, comme si Hartwell l'avait jugée d'une importance capitale.

Le sang du patient présente des caractéristiques inhabituelles. Résistant à la coagulation si mélangé. Pas encore de donneur incompatible. Possible caractéristique humaine avancée ?

L'homme de la photo braquait sur elle deux yeux marron foncé semblables à des lacs superficiels.

Selon le docteur Gardner, l'obstacle à une transfusion interhumaine réussie était la réaction imprévisible du sang d'un patient à un autre. Si les notes de Hartwell étaient exactes, alors Waddington était en effet exceptionnel, capable de recevoir du sang de n'importe quel donneur sans subir les effets néfastes qui causaient la mort dans tant d'autres cas.

Elle feuilletait prestement le reste du dossier lorsqu'une porte claqua dans le couloir, les cris enjoués d'un enfant résonnant à l'étage.

Elle s'arrêta, les yeux rivés sur une page intitulée *Compte-rendu des procédures*, contenant une liste de noms et de dates, en plus de quelques lignes descriptives.

Mary Ellen Smith. 4 avril 1913. Test de compatibilité avec le donneur. Succès.

Anna Faucett. 6 avril 1913. Test de compatibilité avec le donneur. Succès.

Mary Ellen Smith. 12 mai 1913. Transfusion partielle, 1/2 litre. Succès.

Elle parcourut la liste des entrées similaires avant de s'arrêter sur un nom qui attira son attention : *Mariah Reznik. 7 juillet 1913. Transfusion partielle, 1/2 litre. Succès. Remarque : Transfert effectif des caractéristiques du donneur. Durée de l'effet : Environ 3 heures.*

Reznik. Elle chercha le dossier de la femme, l'extirpant du tiroir alors que le tintement des assiettes qui s'entrechoquaient au bout du couloir indiquait la fin du dîner. Le dossier était épais. Sur la première page était collée une photographie de la femme. Elle était brune et fixait l'appareil photo avec une telle intensité que Lily fut glacée rien qu'en la regardant dans la faible lueur de la fenêtre.

Race : juive. Origine : Belz, Galicie.

Le formulaire d'admission utilisé comme couverture du dossier contenait un champ spécifique pour la syphilis, barré pour cette patiente. Les pages suivantes étaient couvertes de notes détaillées sur les traitements et procédures infligés à la femme, rédigées de l'écriture souple de Hartwell.

29 juillet 1913. Transfusion partielle de 1/2 litre, Lt J. Waddington. Transfert des caractéristiques du donneur, effet temporaire.

12 août 1913. Transfusion partielle de 2/3 litre, Lt J. Waddington. Transfert des caractéristiques du donneur, effet temporaire.

19 août 1913…

La liste continuait. 30 août, 10 septembre… *effet temporaire. Le sujet devient récalcitrant*, notait Hartwell.

Les paroles de Mrs MacAlister retentirent sous le crâne de Lily.

Ils n'arrêtaient pas d'aller la voir, encore et toujours... Mais elle ne voulait pas de leur noble dessein.

Vers la fin du dossier, un commentaire plus élaboré, griffonné comme sous le coup d'une soudaine inspiration, indiquait : *Il semblerait qu'une transfusion partielle ne produise qu'un transfert partiel de la caractéristique recherchée, quelle que soit la méthode. Une transfusion complète pourrait-elle assurer la pérennité ?*

Lily fixait du regard les mots sur la page alors que les pièces commençaient à se mettre en place dans son esprit.

La Société pour l'amélioration de la race britannique, le club eugéniste de Hartwell, une organisation consacrée à l'exploitation des pouvoirs héréditaires afin d'orienter l'évolution future de l'humanité. L'hérédité était un lent processus, la maturité mettant un certain temps à émerger au fil des générations humaines. Même si son projet de loi sur le mariage obtenait gain de cause auprès du Parlement, il faudrait des siècles avant que les aspirations de Hartwell ne se concrétisent.

La galerie Carfax. La foule d'admirateurs se pressant autour du bon docteur, s'extasiant sur ses recherches et le potentiel révolutionnaire de sa découverte sur le classement des types de sang humain.

La voix du docteur Gardner, dans l'habitacle obscur d'un fiacre.

S'il existait un moyen sûr de transférer du sang d'une personne à une autre, un grand nombre de vies que nous perdons actuellement pourraient être sauvées.

Le fabricant de cure-dents ventripotent de Bury Street, dans la lumière chaude diffusée par la galerie, une rune brillant sur son revers.

C'est précisément ce que promet notre avenir si nous sommes assez audacieux pour l'honorer... une race de nobles héros.

Et s'il y avait un raccourci ?

Si Hartwell avait découvert un moyen de transférer les caractéristiques recherchées d'un corps à un autre sans passer par la reproduction... il pourrait remodeler le monde à son image en un rien de temps !

L'audace de son projet était bouleversante, ses implications la saisissant d'effroi : Hartwell ne s'intéressait pas au sang pour sauver des vies, il voulait contrôler l'avenir de la race humaine.

Lily s'efforçait de compléter la boucle, d'appréhender l'image de cauchemar qui se formait dans son esprit. D'après Mrs MacAlister, Hartwell était devenu obsédé par Mariah Reznik. Le dossier de Waddington montrait que, dès son arrivée à l'hôpital, les autres transfusions avaient cessé. Quelle caractéristique désirable une pauvre femme juive possédait-elle pour devenir l'unique centre d'intérêt de Hartwell ?

Sa capacité de voir et d'entendre les morts, bien sûr. Son *charisme.*

Hartwell cherchait un moyen de le voler à la femme qui en était dotée pour le conférer à un autre. Mais il avait échoué.

Il semblerait qu'une transfusion partielle ne produise qu'un transfert partiel de la caractéristique recherchée... Une transfusion complète pourrait-elle assurer la pérennité ?

Transfusion complète.

Elle reprit le dossier de Waddington et le feuilleta jusqu'aux procédures, à la fin. Elle descendit au bas de la liste. Les dernières entrées dataient du mois dernier, bien après l'incendie de l'hôpital de Southwark.

D. Stokes. 15 février 1914. Transfusion complète. Remarque : Transfert effectif de la caractéristique du donneur. Durée : 2 jours.

D. Stokes. Sylvia Durst vivait à Stoke Newington.

Une transfusion complète consistant à vider une femme de son sang pour le verser dans les veines d'un autre. Un acte mû par une caractéristique que le physicien recherchait, un pouvoir qu'il pensait devoir accorder à un être plus digne. Le donneur, quant à lui, était abandonné comme un vulgaire rebut, avec ses souvenirs, ses rêves et son intégrité. Que valait la vie d'une simple femme face à la possibilité d'élever la race humaine à un niveau d'évolution supérieur ?

Dora Heller, Agnes McKenney, Sylvia Durst, Annalise Boyden, Mariah Reznik... toutes sacrifiées sur l'autel d'une plus noble cause, leur pouvoir aspiré et transmis à un individu que Joseph Hartwell jugeait plus digne qu'elles.

Et ce procédé était inscrit noir sur blanc sous ses yeux.

B. Belgrave. 18 février 1914. Transfusion complète.

B. Belgrave. Annalise Boyden, Belgravia. La date de sa mort était notée sur la feuille. Il avait simplement masqué le nom.

Elle avait enfin un indice. Une preuve.

Mais cela ne changeait rien.

Il nierait tout en bloc, prétendrait que les dossiers concernaient d'autres patients, que les dates n'étaient que des coïncidences. Lily chercha des dossiers aux noms de Stokes ou de Belgrave. Bien sûr, il n'y en avait aucun. Les quelques lignes offrant une preuve accablante à ses yeux seraient aisément balayées par d'autres moins enclins à douter de l'intégrité de l'un des plus éminents hommes de médecine de Grande-Bretagne.

Elle se tourna vers la silhouette du bureau dans l'obscurité, qui recelait encore bien des secrets dans ses tiroirs verrouillés. Sans se laisser le temps de changer d'avis, elle se dirigea vers la cheminée et s'empara du tisonnier sur son socle. Puis elle revint vers le premier tiroir, inséra la pointe dans la fente et exerça une pression.

Un bruit sec résonna entre les murs.

Elle se figea, aux aguets, le cœur galopant dans sa poitrine.

Des pieds couraient à l'étage, des enfants dans un couloir. Lily entendait la voix haut perchée d'une nounou appeler les bambins dissipés dont elle avait la charge. Des tintements d'argenterie et de vaisselle retentissaient quelque part.

Elle ouvrit le tiroir.

Il ne contenait qu'une seule feuille, qu'elle approcha de la lumière diffuse de la rue. Le papier était fin dans sa main. En haut, il y avait une adresse : *Bureau de la guerre, Whitehall, S.W.* Le message était bref.

Nous vous remercions d'avoir porté cette recherche à notre attention. Le secrétaire convient que cette piste de recherche est extrêmement prometteuse. Nous vous encourageons à poursuivre. Veuillez nous informer de tout progrès.

L'encre au bas de la page avait bavé, rendant le nom du signataire presque méconnaissable. La ligne dactylographiée inscrite en dessous, en revanche, était parfaitement claire et lisible, ses lettres noires aussi tranchantes que des couteaux.

En copie : P.M., Ld Torrington

Lord Torrington. Son père.

Nous vous remercions…

Soudain, le téléphone sonna.

Lily resta pétrifiée. La sonnerie, stridente, était assourdissante, anormalement forte dans le silence du bureau. Devait-elle répondre ? Y avait-il un autre moyen de la faire taire ?

Des bruits de pas approchaient déjà dans le couloir. Son temps était écoulé.

Fourrant le mémo dans sa poche, elle emporta le tisonnier ainsi que les dossiers de Waddington et de Reznik. Puis elle ferma le tiroir tant bien que mal, incapable de le remettre en place à cause de la serrure forcée. Elle se dissimula derrière un fauteuil à l'autre bout de la pièce et s'y roula en boule, aussi immobile et silencieuse que possible.

Hartwell était en tenue de soirée. Il activa un interrupteur à la porte et une lumière électrique éclaira le bureau, aveuglant momentanément l'intruse après cette longue période passée dans la pénombre. Il alla s'asseoir au bureau et décrocha le combiné. La sonnerie se tut. Dans le silence qui suivit, chaque bruit lui parut exacerbé, depuis le craquement du poids de Hartwell sur son fauteuil jusqu'au cognement sourd et régulier de son cœur dans sa poitrine.

— 603 Kensington, j'écoute, dit-il. De la bourse de Borough ? Oui, je le prends. À mes frais.

Il y eut une pause pendant que l'appel était connecté. Lily jeta un coup d'œil à Hartwell et aperçut le tiroir du bureau encore entrouvert.

— Vous l'avez ? Bien. Dans quel état ? Dommage, mais j'avais prévu cette extrémité. Que lui avez-vous injecté ? J'attendrais cinq heures passées pour m'assurer qu'elle l'a complètement métabolisé. Stabilisez-la avec du chloroforme en attendant. Oui, nous continuons comme convenu. Vous savez où vous installer ? Non, la nouvelle propriété n'est pas encore prête. L'entrepôt fera l'affaire. Lancez les protocoles préliminaires, j'arriverai à l'aube.

Sur ce, il raccrocha.

— Vous feriez mieux de vous montrer, dit-il alors d'une voix atone.

Lily se redressa. Inutile de rester accroupie derrière le fauteuil.

Sans compter qu'il serait plus facile d'être debout pour détaler ou se battre.

— C'était Waddington ? fit-elle.

— Lieutenant Waddington, je vous prie. C'est un officier et il mérite le titre qui sied à son grade. Qu'avez-vous trouvé ? demanda-t-il en jetant un œil aux dossiers dans sa main.

— Mariah Reznik. Et un fichier sur le lieutenant Waddington, avec des références à plusieurs meurtres.

— Vous devez faire erreur.

— Vous avez déguisé les noms, mais pas les dates. C'est assez clair.

— Vraiment ? Assez clair ?

Il n'avait pas l'air perturbé que Lily ait fait main basse sur ses documents. Parce qu'il avait raison : il n'y avait rien d'évident dans ses preuves, rien qu'il ne puisse réfuter si elle essayait de les porter à l'attention de la loi.

— Ce qui est clair, en revanche, c'est que vous vous êtes introduite chez moi illégalement. Ce qui fait de vous une cambrioleuse, Miss Albright. Je crains que ma patience à l'égard de vos manigances ait des limites, et je ne suis pas disposé à fermer les yeux sur cette dernière infraction. Alastair ! aboya-t-il vers l'embrasure de la porte.

Un valet arriva en courant, écarquillant les yeux à la vue

de Lily, avec son écharpe et son pantalon, debout dans le bureau.

— Rendez-vous au poste de police et dites à l'inspecteur de service que nous avons attrapé une cambrioleuse dans la maison. Tout de suite.

Après un autre regard étonné dans sa direction, le valet disparut précipitamment, conformément aux ordres de Hartwell.

— La police ? Vous n'allez pas me livrer à vos hommes de main du Mint ?

— C'était vous ? J'aurais dû m'en douter. Vous avez de la chance d'en avoir réchappé.

— La chance n'a rien à voir là-dedans. (Elle sentait la moutarde lui monter au nez.) Vous aurez à rendre des comptes pour vos actes.

— Il n'y a aucun compte à rendre. Je suis un scientifique engagé dans des recherches aux implications capitales pour l'avenir de notre empire. De toute la race humaine.

— Et qu'est-ce que la vie de quelques femmes comparée à ce grand et noble objectif ? répondit-elle, narquoise.

— Ce n'est pas en présumant que toutes les vies se valent que nous ferons progresser notre espèce. C'est plutôt le contraire. Si nous ne l'admettons pas, croyez bien que d'autres nations le feront. Nous ne pouvons pas nous permettre de prendre du retard. Voulez-vous vous asseoir ? Le poste n'est pas loin. L'inspecteur sera là dans un instant.

Il examina la serrure brisée de son tiroir et poussa un bref soupir désapprobateur. Lily attendit, tendue et immobile, tisonnier et dossiers toujours bien serrés dans ses mains.

— Vous étiez à Westminster aujourd'hui, reprit-il. J'imagine que votre père ne s'est pas laissé convaincre de vous aider, sinon vous n'auriez pas été désespérée au point de tenter cette folie. Il est plutôt englué dans les problèmes juridiques concernant son héritier en ce moment, voyez-vous. Pas étonnant qu'il ait peu de temps à consacrer à une bâtarde.

Elle glissa un regard au bureau et aux tiroirs fermés. Avait-elle choisi le mauvais ? Peut-être que l'un des autres contenait une preuve accablante susceptible de faire tomber Hartwell.

Non. Il n'y avait aucune preuve. Hartwell était bien trop malin pour se laisser prendre. Elle le comprenait maintenant que la vérité s'imposait à elle.

Sa présence ici était une erreur.

Elle se remémora les odeurs de désinfectant des couloirs de Barts et l'assurance tranquille du docteur Gardner.

Nous prêtons main forte sans hésiter à ceux qui ont besoin d'aide.

Puis elle pensa à Strangford dans la clairière, sous les tilleuls aux branches nues.

Il n'y a rien que vous puissiez me demander que je considérerais comme un abus.

Elle n'avait rien demandé – ni à Strangford ni à Gardner, pas plus qu'à Sam ou à Robert Ash. Elle avait foncé tête baissée, seule, refusant de mettre autrui en danger... Mais était-ce la véritable raison ? Essayait-elle seulement de les protéger ? Ou avait-elle peur de souffrir en s'attachant à eux, de se sentir déçue et trahie en cas d'échec ?

La question n'avait plus d'importance, à présent. C'était du passé. Elle avait laissé filer sa chance d'obtenir les preuves dont elle avait besoin, donnant ainsi à Hartwell un pouvoir incontestable sur elle. Il avait désormais la possibilité de l'éliminer de la partie et il n'allait pas s'en priver. Son avenir proche était tout tracé. Lily sentait le poids oppressant de cet échec et mat inévitable. Elle ne pouvait pas gagner. Qu'y pouvait-elle ?

Elle déposa les dossiers.

— Merci, Miss Albright. Mais je crains de ne pas pouvoir fermer les yeux sur cette intrusion.

Lily ajusta sa main sur le tisonnier, soupesant le lourd instrument de fer. La sérénité de Hartwell en fut troublée, remplacée l'espace d'un instant par une peur authentique. En la percevant, Lily sentit la satisfaction déferler dans ses veines : en dépit de son assurance hautaine, il reconnaissait qu'elle pouvait être dangereuse.

— Si vous me frappez avec, vous serez pendue.

— Ne me tentez pas, répondit Lily.

Elle s'approcha. Il fit un pas en arrière, contournant son bureau en direction de la porte, comme pour se protéger derrière le large meuble, mais elle ne réagit pas. Elle avait beau avoir envie d'en découdre, elle ne l'emporterait jamais. Alors, elle s'arrêta, tournant le dos aux grandes baies vitrées.

Hartwell cria par-dessus son épaule :

— Edward ! Mr Kendall ! Venez vite !

Lily se retourna et fit basculer le loquet de la fenêtre, qu'elle ouvrit d'un coup sec. L'air froid s'engouffra dans le bureau, faisant voler les rideaux. Il neigeait. D'épais flocons blancs se répandirent sur le tapis vert moelleux.

Elle grimpa sur le rebord de la fenêtre et regarda en bas. Le jardin était trop éloigné, les dalles froides de la terrasse à six mètres au moins de son promontoire.

— Si vous sautez, vous vous casserez une jambe, ou pire, dit Hartwell derrière elle. Croyez-moi, je suis médecin.

Il avait raison. Ce serait de la folie.

Lily leva les yeux pour voir apparaître un valet et le majordome de Hartwell dans l'embrasure de la porte.

— Retenez-la, s'il vous plaît, ordonna-t-il.

Les hommes approchèrent.

Elle agrippa le câble du téléphone vissé au mur extérieur avec la pointe recourbée du tisonnier, serra fermement la poignée, et au moment où les hommes de Hartwell tendaient la main dans sa direction, elle se laissa tomber.

Le câble ployant sous son poids, elle glissa le long du fil, survolant arbustes et allées. Lorsqu'elle s'arrêta, atteignant le point le plus bas que lui permettait le câble distendu, ses bottes pendaient à trois mètres environ au-dessus de la pelouse soyeuse du jardin.

Des cris lui provenaient depuis la maison, suivis du sifflet aigu d'un policier.

Lily lâcha prise.

Elle se tourna en tombant afin de recevoir l'impact sur le

côté plutôt qu'aux chevilles. Après un roulé-boulé sur le gazon parsemé de neige, elle se releva en titubant et s'élança dans la nuit.

Derrière elle, une porte s'ouvrit avec fracas, suivi du martèlement de pas sur le sol. Elle risqua un œil en arrière pour voir les hommes de Hartwell se ruer à sa poursuite à travers le jardin. Débouchant devant la haie, elle sortit la Triumph de sa cachette. Après avoir mis le contact, elle l'enfourcha et pédala furieusement. Le moteur s'emballa dans un vrombissement et elle prit le large, laissant ses poursuivants dans son sillage.

Elle roula à l'aveuglette avant de sortir ses lunettes de sa sacoche pour se protéger les yeux de la neige cinglante. La route était glissante sous ses pneus, mais elle refusait de ralentir, conservant une vitesse effrénée jusqu'à laisser Kensington derrière elle pour s'engager dans la crasse familière et le chaos du centre-ville. À Piccadilly Circus, les frontons des salles de spectacle étaient sombres et les larges artères, habituellement encombrées par la circulation, pratiquement désertes. Les pavés noirs disparaissaient dans les bourrasques de neige. À partir de la fontaine immobile et vide, les rues s'étendaient comme les rayons d'une roue.

Quel chemin emprunter ?

Les hommes de Hartwell étaient loin, à plus d'un kilomètre derrière elle. Le gendarme qui passa d'un pas pressé, le col relevé contre la tempête, lui accorda à peine un regard. Mais cela ne durerait pas ; ils se mettraient à sa recherche. Cette fois, elle était allée trop loin et Hartwell avait maintenant le pouvoir de la faire taire. Il veillerait à ce qu'elle soit jetée à Newgate, jugée et condamnée pour violation de domicile. Et qui l'en empêcherait ?

Ash et le Refuge ? Elle les avait rejetés, refusant leurs mains tendues.

Son père ? Il l'avait repoussée. Pourquoi risquerait-il sa position, tout le pouvoir qu'il avait soigneusement accumulé sa vie durant, pour une fille qu'il n'avait pas même reconnue comme sienne ? Sans compter qu'il avait peut-être des raisons plus troubles encore de refuser de poursuivre Hartwell, pensa-t-elle, consciente du mémo froissé dans sa poche.

Quant à Strangford… Le simple fait de penser à lui provoqua une douleur inattendue dans la poitrine de la jeune femme.

Il était vain de le nier à présent, de prétendre qu'il s'agissait d'autre chose. C'était la peur, purement et simplement, qui avait motivé ses décisions – la peur de l'importance qu'il prenait dans sa vie ; la peur d'un désir trop puissant ; la peur de la vulnérabilité face à la souffrance d'un nouvel abandon. Seulement, elle l'avait repoussé, et maintenant, elle manquait de temps.

Hartwell allait la poursuivre. Au carrefour de ces nombreuses rues offertes à elle, à cheval sur sa Triumph, il lui apparut qu'elle n'avait que deux choix possibles : attendre et tomber sous la coupe du physicien, ou bien s'enfuir, abandonner la vie qu'elle s'était construite, les êtres qu'elle avait appris à aimer, et disparaître.

Sa décision était prise.

Elle fit vrombir le moteur et s'engagea en un glissement dans l'une des artères devant elle, passant en trombe devant les théâtres fermés de Shaftsbury Avenue… direction March Place.

CHAPITRE XXVIII

Lorsque Lily pénétra son immeuble, la chaleur l'enveloppa, se lovant autour d'elle comme une couverture bienvenue après le froid glacial de sa course à mobylette. Ses mains étaient endolories dans ses gants de cuir.

Tout était à sa place dans l'entrée du 702 March Place, jusqu'au papier peint couleur rouille et au tapis oriental élimé. Il régnait une odeur de légumes bouillis et de suif – l'infect pudding aux orties de Mrs Bramble.

Pourtant, il lui sembla que quelque chose ne tournait pas rond.

Les sinistres sardines luisaient toujours sur l'affreuse nature morte accrochée au mur, à côté des chatons empaillés figés dans leur simulacre de chaleureuse béatitude. Mais il flottait dans l'air autre chose que les relents d'orties à la vapeur, comme une énergie vibrante de tension qui irradiait depuis l'escalier.

Au premier étage, la porte d'Estelle était grande ouverte. En soi, il n'y avait là rien d'exceptionnel, en revanche les chuchotements empressés et nerveux qui dérivaient de l'étage supérieur vers Lily l'étaient beaucoup plus. Le tapis de l'entrée, humide sous ses pieds, était maculé de neige fondante. En temps normal, Mrs Bramble aurait déboulé en lui reprochant de ne pas avoir essuyé ses bottes avant d'entrer. Toute la maisonnée semblait en suspension, dans un silence troublant.

Elle gravit les marches. Ses pas ne faisaient aucun bruit, pas le moindre craquement pour annoncer son arrivée alors qu'elle atteignait la porte ouverte et jetait un œil dans l'appartement d'Estelle.

Les signes étaient si subtils que l'on aurait pu aisément passer à côté au premier abord. La pièce était toujours la même, à l'exception du verre de vermouth encore plein sur la table.

L'urne chinoise de mauvais goût était tombée de son socle sur le tapis, son couvercle en forme de chien détaché et brisé en deux. Pas de cendres d'ancien empereur à l'intérieur, seulement une toile d'araignée et les restes racornis d'un papillon de nuit.

Lily entra sans appeler, le cœur battant contre ses côtes, et traversa le salon et le couloir en suivant les voix jusqu'à la chambre d'Estelle.

— Vous êtes sûre qu'elle n'est pas encore dehors ?

— Le cours aurait dû se terminer il y a deux heures. Même avec la tempête, elle devrait être rentrée depuis longtemps.

— Elle a peut-être rencontré un galant et elle sera sortie boire un verre. Ou alors, elle a filé avec l'employé du gaz.

— Franchement, Agatha !

Lily s'approcha de la porte. Miss Bard et Mrs Bramble se tournèrent dans sa direction. Le visage de Miss Bard était blême, ses yeux plus ronds et plus foncés lui donnant des allures d'animal effarouché.

— Que se passe-t-il ? demanda Lily.

Avant qu'elles puissent lui répondre, son regard se posa sur la glace derrière elles, au-dessus de la coiffeuse d'Estelle : elle était lézardée, comme une toile d'araignée rayonnant à partir d'un point d'impact.

Les images de sa vision affluèrent, aussi vives et nettes qu'une succession de photographies : Estelle devant son miroir ; l'ombre derrière elle, émergeant de la porte ouverte du placard ; le reflet d'une surface en argent dans sa main, une arme tranchante, aussi effilée qu'une rapière.

Non, se dit-elle. Pas une rapière.

Le rêve étant imparfait, comme souvent avec les songes, son esprit avait comblé les lacunes qu'il n'avait pas l'expérience nécessaire pour appréhender. Ainsi, le chien fendu en deux gisant dans un tas de cendres sur le sol était son interprétation de l'urne chinoise brisée dont elle n'avait pas connaissance auparavant. L'ombre mystérieuse, quant à elle, remplaçait la silhouette et le visage d'un homme qu'elle n'avait jamais rencontré. Elle pouvait compléter le tableau, maintenant qu'elle savait qui s'était introduit dans l'appartement, sans doute des heures plus tôt, alors que le va-et-vient des résidentes pouvait aisément étouffer le bruit d'une porte. Il avait attendu, dissimulé dans l'armoire de sa prochaine victime, qu'elle soit de retour, seule devant sa table de toilette.

Vous l'avez ?

Les mots de Hartwell, au téléphone, il y avait une heure de cela. Il ne discutait pas de la transfusion d'une pauvre prostituée assez malchanceuse pour avoir croisé sa route. Non, Waddington l'avait appelé pour lui signaler le succès de sa mission. Ils tenaient Estelle.

Et cette arme en argent dans sa main ? Une aiguille.

Que lui avez-vous injecté ?

Il lui avait sauté dessus en lui enfonçant une aiguille dans le bras pour la droguer avec une sorte de sédatif. Elle avait résisté et le miroir s'était brisé pendant leur lutte.

Lily imaginait la scène, à présent, complétant les espaces que sa vision avait laissés vides ou remplis par des symboles : il avait dû la traîner dans le salon, et Estelle, tendant faiblement la main, avait tout juste réussi à faire dégringoler l'urne de son socle au passage.

Et ensuite… ?

Elle se remémora le reste de sa prémonition : un endroit inconnu et des ombres mouvantes dans le scintillement d'une flamme, sur un fond vitré opaque. L'énigme dévoilait ses mystères, de plus en plus précis à mesure qu'elle les associait aux paroles de Hartwell au téléphone.

Oui, l'entrepôt fera l'affaire.

Il l'avait emmenée dans l'un des milliers d'entrepôts qui encombraient les quais de la ville. Là qu'il comptait la préparer pour la phase suivante de l'expérience.

Drainer le sang de ses victimes dans des bouteilles ne lui avait pas suffi. Cette fois, Hartwell allait tenter autre chose, un *nouveau protocole*. Et pour cela, il ne lui fallait pas seulement du sang, mais la femme tout entière. Une procédure consistant à prélever le sang d'Estelle à même les veines pour le déverser directement dans le corps de Jeremy Waddington. Hartwell espérait ainsi rendre pérenne le transfert de pouvoir d'un individu à un autre.

Lily la voyait aussi clairement que si elle était dans la pièce : Estelle, assise, pâle comme un linge, du sang s'écoulant à travers ses doigts serrés autour de sa gorge, ses yeux immenses et vides.

Voleur. Meurtrier. Alukah.

Alukah. Buveur de sang.

La terrible vérité s'imposa à elle : ils l'avaient surveillée ; Hartwell avait envoyé ses hommes suivre Lily après sa provocation dans la galerie. Elle les avait remarqués, rôdant à l'extérieur de son immeuble, mais elle avait mis cela sur le compte de sa paranoïa. L'un d'eux avait dû voir les invités d'Estelle entrer et sortir et s'y était intéressé de plus près. Il lui avait sûrement suffi d'une simple question pour apprendre qu'une médium vivait ici.

Voilà comment Waddington avait su où la trouver. Estelle ne faisait plus de publicité pour ses services, sur les conseils de Lily qui pensait la tenir éloignée du danger. Au lieu de quoi, elle avait conduit le tueur droit sur le pas de sa porte.

Elle se souvenait de sa conversation avec Estelle, le lendemain de la séance, après que Lily eut ouvert sa porte à Waddington. Elle affirmait qu'un concurrent était venu y assister, un homme capable de voir les morts. Il n'y avait plus de doute : c'était Waddington, faisant usage du pouvoir volé à Annalise Boyden, son emprise s'estompant déjà tandis qu'il cherchait une nouvelle victime.

Tout était sa faute. Elle avait provoqué l'affaire même qu'elle tentait d'éviter par ses tentatives insensées pour changer le cours du destin.

Comme chaque fois auparavant.

L'horreur de la situation lui fit l'effet d'un coup violent, rugissant à ses oreilles et l'éloignant de la porte où elle se trouvait.

— Êtes-vous souffrante ? Vous êtes tout chose, observa Mrs Bramble, sourcils froncés.

Miss Bard lui jeta un coup d'œil comme si elle venait tout juste de remarquer sa présence.

— Tu sais de quoi il s'agit ? demanda-t-elle. Tu sais ce qui lui est arrivé ?

Elle fit un pas en avant alors que Lily reculait.

— Je suis désolée. Je… je ne me sens pas bien.

Elle s'éloigna en courant et dévala l'escalier pour ouvrir la porte de l'immeuble d'un mouvement brusque. Elle sortit en titubant, se laissant saisir par le froid. Les dalles enneigées glissaient sous ses pieds et elle dérapa, tombant à genoux au milieu de la chaussée. Derrière elle, les rangées de maisons respectables demeuraient imperturbables, l'observant à travers leurs fenêtres obscures.

Elle était seule. Aucune empreinte de carriole ou de sabots ne venait profaner la pureté immaculée de la neige, ses propres traces rapidement recouvertes par l'épais manteau silencieux.

Le froid s'infiltra dans son pantalon, pénétrant son squelette.

Estelle allait mourir… par sa faute. Exactement comme autrefois, quatorze ans plus tôt.

Le monde bascula d'une nuit à une autre, sa rue huppée de March Place laissant place à une ruelle de Covent Garden jonchée d'affiches défraîchies, empestant la bière éventée et l'urine. Les rires gras des ivrognes résonnaient au loin, mêlés aux interpellations rauques des prostituées.

Elle avait accepté de ne pas porter de rouge, de laisser ses bijoux à la maison, de ne pas sortir seule. Elle avait respecté toutes les promesses que Lily lui avait soutirées à cor et à cri.

Seulement, l'insistance de Lily avait conduit à la scène même qu'elle avait tenté d'empêcher : sa mère en sang sur le sol, la poitrine lardée de coups de couteau et sa robe bleu ciel virant à l'écarlate ; ses bijoux fantaisie étincelants éparpillés sur les pavés ; un homme mort à ses côtés, victime collatérale des tentatives de Lily pour contrecarrer ce qu'une force supérieure avait déjà décrété.

Sa faute. Tout était sa faute.

Dans le néant de March Place, la neige se changeait en glace contre ses genoux et saupoudrait son dos tandis que la tempête tourbillonnait autour d'elle avec la férocité d'un animal sauvage.

Il en serait toujours ainsi. Elle était condamnée à être assaillie de vérités qui ne voulaient rien dire. Tout ce qu'elle tentait se retournait invariablement contre elle, détruisant la vie des êtres les plus chers à son cœur. Il ne pouvait y avoir aucun sens à tout cela, aucun espoir, seul un tourment infini de chagrin et d'impuissance.

Le désespoir gonfla au point de l'étouffer alors qu'elle restait là, dans les bourrasques de neige virevoltantes.

Elle avait échoué. Elle échouerait toujours.

Les implications de cette connaissance maudite lui apparaissaient comme une ombre jaillissant de l'obscurité. Elle retint son souffle, enfin prête, disposée à accepter tout ce que cela signifiait...

Soudain, le vent changea, retomba. Au lieu de la consumer tout entière dans son tourbillon, la neige resta suspendue dans les airs. Le monde se tut, tel le silence lourd et palpable d'une salle comble où chacun retiendrait son souffle en attendant l'annonce d'un grand événement. La neige sous ses genoux ne recouvrait plus une rue coquette. Elle se trouvait ailleurs, à un carrefour qui ne lui laissait pas d'autre choix que les ténèbres de l'inconnu.

Il y avait encore une alternative.

Elle pouvait admettre que son pouvoir était l'image même de l'inanité et décider de continuer comme avant, choisir de l'ignorer résolument, d'abandonner l'espoir d'un changement, d'un sens.

Ou bien...

Elle se rappela la voix de Hartwell, les mots prononcés dans le combiné noir du téléphone.

J'arriverai à l'aube.

L'aube n'était pas encore arrivée.

C'était presque inespéré, un pari perdu d'avance. Il devait

y avoir un millier d'entrepôts dans cette ville labyrinthique, et Lily n'avait aucune piste pour affiner sa recherche et découvrir où Estelle était détenue.

Sans compter qu'elle renoncerait à ses chances de fuite. Hartwell avait sans doute déjà rassemblé ses troupes, prêt à exercer le contrôle qu'il avait acquis sur elle. Tout espoir de ramasser les lambeaux de sa vie et de s'échapper serait alors définitivement perdu.

Mais elle pouvait encore choisir de se battre.

Elle pensa au grenier du Refuge, au personnage du tableau d'Evangeline Ash, déesse mythique mue par une force décisive.

Elle hésita.

En dépit du bon sens, elle savait qu'elle attendait un signe, quelque chose comme le Parlement des étoiles évoqué par Robert Ash pour lui indiquer la direction à prendre.

À nouveau, le vent tourna. Le répit dans la tempête était passé et elle redoubla d'intensité, le vent hurlant tout autour d'elle. De la glace pleuvait à présent sur sa joue, douloureuse et mordante.

Elle se leva, courbaturée, meurtrie jusqu'aux os.

Il lui restait encore une arme, un moyen de transformer la plus infime des chances en solution concrète, ou du moins, son meilleur espoir d'y parvenir.

Elle ravala la terreur qui l'emplissait, résolue à agir. Car elle ne serait pas seule.

CHAPITRE XXIX

La Triumph s'arrêta dans un dérapage, ses pneus glissant sur les pavés enneigés de Bayswater. Elle équilibra son poids, évitant la chute de justesse.

Lily avait beau s'être efforcée de rouler plus lentement que son cœur effréné ne l'aurait souhaité, c'était peine perdue. La tempête était trop épaisse, à présent, et la moto entravait sa progression. Elle aurait besoin d'un autre moyen de transport pour le reste de la soirée.

Elle coupa le moteur, retira ses lunettes et leva les yeux vers le perron de Strangford.

Une parfaite couverture blanche maculait les marches, la neige formant une crête sur la tête du carlin métallique. Les flocons tombaient toujours autour d'elle, étincelants à la lueur des lampes à gaz. Au bout de la route, le parc offrait une étendue sauvage intacte, dépourvue de la moindre empreinte de sabot.

Il était minuit passé. Les fenêtres des belles maisons, le long de la rue, reflétaient la tempête comme autant de miroirs sombres. Tout le monde dans ce quartier de notables devait dormir depuis longtemps. Cuisiniers et femmes de chambre ne quitteraient pas leurs lits avant quelques heures encore.

Elle n'aurait pu choisir pire moment pour une visite.

Levant les yeux vers les fenêtres obscures de la maison de Strangford, elle éprouva un bref élan d'appréhension, la pensée d'être rejetée aussi vive que l'air froid.

Non, décida-t-elle. Cette porte s'ouvrirait pour elle, même à cette heure inappropriée. Elle en avait l'intime conviction.

Appuyant la Triumph contre les barreaux de la clôture en fer, elle monta les marches quatre à quatre. Après une courte hésitation, elle saisit le heurtoir en laiton et frappa, encore et encore. Ainsi, on ne pourrait pas se méprendre sur l'urgence de sa demande.

Puis elle attendit.

Aucune réponse.

Son appréhension revint, mais elle l'ignora résolument et reprit le heurtoir pour frapper à nouveau.

Toc, toc, toc, toc, toc.

La porte s'ouvrit enfin. Roderick, le valet de pied fraîchement débarqué de Strangford, apparut, sa livrée boutonnée de travers par-dessus sa chemise de nuit. Brandissant une lampe à la main, il cligna ses yeux troubles. Puis son regard devint plus net et il la reconnut sur le seuil.

— Lord Strangford est-il ici ? Il s'agit d'une urgence.

Le regard du garçon passa rapidement de son pantalon à la neige qui mouchetait ses cheveux, pour s'arrêter sur son visage. Enfin, il s'écarta, ouvrant plus largement la porte pour l'inviter à entrer.

— Je vais le réveiller, dit-il.

— Il est réveillé.

La voix de Strangford lui parvint du haut de l'escalier, où il était enveloppé dans une robe de chambre grise. Ses cheveux étaient ébouriffés, d'apparence plus longue et plus désordonnée que d'ordinaire.

Les pensées de Lily s'orientèrent vers la vision de sa main sur son épaule et de ses lèvres dans son cou, qui enflammaient sa peau.

En débarquant dans sa demeure, en s'imposant à lui au beau milieu de la nuit, elle s'accordait une intimité qu'elle ne pouvait lui restituer, ouvrant la porte à un avenir qu'elle avait éperdument tenté d'éviter, avec tous les chagrins qu'il promettait sans doute.

Cela n'avait pas d'importance. Elle ne voulait plus le fuir. La vérité de ce que cet homme représentait pour elle était indéniable, à présent.

— J'ai besoin de vous.

Elle avait parlé avec plus d'aisance qu'elle ne l'aurait cru.

Il ne lui posa aucune question, son regard sombre rivé sur elle lorsqu'il s'exclama :

— Roderick, accompagnez Miss Albright dans le bureau. Remettez du charbon au feu. Je descends dans un instant.

— Par ici, miss, dit l'intéressé, retrouvant un semblant de professionnalisme en désignant le couloir.

Il la conduisit dans le bureau, où il alluma deux lampes électriques. Une lueur chaude et uniforme fut projetée dans la pièce alors que le feu était réduit à des braises rouges dans l'âtre. Accroupi, Roderick alimenta le brasier de quelques pelletées. Un morceau de charbon lui échappa, roulant à ses pieds sur le tapis, et il l'attrapa pour le remettre dans le feu avant de s'essuyer les mains.

— Puis-je vous offrir quelque chose, miss ? demanda-t-il en se levant. Du thé ou… autre chose ?

— Sans façon. Merci, Roderick.

Après une courte révérence, il se retira, laissant Lily seule dans le sanctuaire paisible du bureau de Strangford.

Elle avait le cœur au galop. Il battait la chamade depuis son départ de March Place, chaque fibre de son être réclamant action et mouvement. Elle avait pris une décision qui l'avait menée ici, et pendant un moment, elle n'avait rien d'autre à faire qu'attendre.

Elle n'en était pas à sa première visite, mais son impression des lieux s'était alors limitée à une vive surprise devant l'éclectisme éclatant et retentissant des tableaux sur les murs, des œuvres qui n'auraient pas eu leur place chez un membre honorable de l'aristocratie. Si elle avait été tentée de leur accorder plus d'attention, la détresse évidente de Strangford à ce moment-là avait tout balayé.

Les peintures devant ses yeux étaient universellement surprenantes, leurs couleurs vives, leurs lignes audacieuses et naïves, tels les coups de crayon d'un enfant guilleret. Il y avait là des forêts d'arbres blancs que traversaient des personnages virevoltants, vêtus de robes exotiques ; les yeux hagards d'une splendide femme aux joues creuses, un chat fauve sur les genoux ; deux crânes affublés de toges aux motifs éclatants se rapprochaient comme pour un baiser. Ailleurs, de véritables explosions de lumière et de couleurs, représentant des scènes qu'elle n'avait jamais vues au naturel.

Chaque œuvre était unique, mais toutes étaient unies par une énergie et une intensité qui les rendaient plus vives que de simples imitations des formes et des couleurs du monde réel, aussi expertes fussent-elles.

Elle s'approcha pour mieux s'en imprégner.

— Comment les trouvez-vous ?

Strangford était là, dans l'embrasure de la porte. Il s'était habillé à la hâte, enfilant son sempiternel costume noir uni, à l'exception de la cravate. Quant à ses cheveux, ils étaient toujours indisciplinés.

— Ces toiles sont magnifiques.

— Je ne les montre pas souvent, dit-il en s'approchant.

— Est-ce vous qui avez sélectionné chacune d'elles ?

— J'ai choisi tout ce qui se trouve ici.

— Même l'encrier ? demanda-t-elle, essayant d'atténuer la tension qu'elle sentait monter en elle à le voir ainsi entouré de ses œuvres d'art, devant la suggestion subtile de ce que cette collection révélait sur son conservateur - une forme de folie indomptable sous cet extérieur posé, quelque chose de si passionnément plein de vie qu'il pouvait vous faire souffrir rien qu'en le regardant.

Il s'avança vers le bureau et passa son doigt ganté autour du trou de l'encrier en étain.

— Cet encrier appartenait à William Blake. Un petit plaisir un brin excessif, mais son esprit, ne fût-ce qu'en écho, est tout à fait remarquable à découvrir. (Il laissa retomber sa main, retrouvant son sérieux.) Que s'est-il passé ?

Cette parenthèse de paix, qui lui avait permis d'oublier momentanément la raison de sa présence, se referma. Lily sentit retomber sur elle le poids de sa propre intention.

— Ce que j'ai essayé d'empêcher.

— Estelle ?

— Il l'a enlevée.

Sa voix avait grimpé d'une octave sous le coup de l'émotion.

— Qui ? demanda Strangford.

— Hartwell.

Elle eut un moment d'appréhension, comme si elle s'attendait à ce que Strangford proteste, exige des preuves ou lui objecte qu'un homme tel que le docteur Joseph Hartwell était incapable de recourir à pareils procédés.

Sans poser de questions, il se dirigea vers la porte.

— Allons-y.

Elle fut ébranlée par l'impact de la confiance qu'il lui témoignait.

— Où ça ? demanda-t-elle.

— Il y a un poste de police à la gare de Paddington.

— Nous ne pouvons pas aller voir la police, rétorqua-t-elle prestement. (Après tout, son portrait avait peut-être déjà fait le tour de tous les commissariats de la ville.) Même si nous pouvions les convaincre sur parole de prendre des mesures contre l'un des plus éminents scientifiques de Grande-Bretagne, ils ne trouveraient rien chez lui. Elle n'y est pas.

— Alors, où est-elle ?

— C'est ce que j'aimerais découvrir.

— Vous avez quelque chose pour moi ?

Il en était venu tout naturellement à cette supposition – qu'elle l'avait réveillé en pleine nuit simplement pour se servir à nouveau de ses mains. Elle sentit un pincement de honte à l'idée que son comportement justifiait sa méprise.

— Non. C'est pour moi-même que j'ai quelque chose.

Ses yeux foncés étaient déterminés, entièrement concentrés sur elle.

— Vous voulez parler de votre don ?

— Je pense que vous n'approuverez pas ma méthode, répondit-elle en rencontrant son regard.

— Et de quelle méthode s'agit-il ?

Elle sortit de sa poche la fiole bleue contenant le vin de Jurema et la lui tendit.

Il déchiffra l'étiquette.

— Mr Ash a dit que ceci agirait comme un raccourci pour débloquer plus de potentiel vis-à-vis de ma... capacité spéciale, expliqua-t-elle.

— C'est lui qui vous l'a donné ?

— Non. Pas exactement.

Elle lut la désapprobation dans son regard.

— Vous auriez dû vous rendre chez lui, dans ce cas, plutôt que de venir ici. Vous savez qu'il vous aidera quoi que vous lui demandiez.

— Ce n'est pas d'Ash que j'ai besoin, mais d'une personne de confiance.

Confiance. Le mot resta suspendu entre eux, lourd de sens.

— J'ai été abominable avec vous, reprit-elle d'une voix étranglée chargée d'émotion, alors je comprendrais que vous me mettiez dehors.

— Je ne ferais jamais une telle chose, répondit-il placidement.

Elle sentit la douleur et le soulagement l'envahir.

Il reporta son attention sur le vin de Jurema.

— Savez-vous comment l'utiliser ?

— Non, admit-elle.

— Avez-vous une idée de la quantité que vous pouvez absorber sans risque ?

— Je vais me débrouiller.

Il était tendu et elle percevait ses réticences dans chaque ligne de son corps. Il porta le flacon à ses yeux.

— Ce pourrait être du poison.

— Hartwell compte attacher Estelle à une table et aspirer tout le sang de son corps, répliqua-t-elle, fébrile. Il n'y a personne d'autre - personne - qui puisse l'atteindre à temps. Je ne vais pas rester ici à débattre, je dois agir. Resterez-vous avec moi ?

— Oui, répondit-il.

Cette unique syllabe, ce « oui » prononcé dans le silence de la pièce, eut raison de ses dernières bribes de résistance. Elle n'avait jamais pu compter sur quiconque – ni sur sa mère ni, à plus forte raison, sur son père. Et pourtant, l'homme qui lui faisait face lui offrait ce qu'elle exigeait de lui sans poser de questions ni présenter de conditions.

Elle n'avait pas le loisir de réfléchir à la signification d'une telle révélation, à la terrifiante vulnérabilité dévoilée par ses propos. Elle devait passer à l'acte.

Balayant le bureau du regard, elle s'arrêta sur les fauteuils d'un vert intense devant la cheminée.

— Non. Pas là, intervint Strangford en comprenant son intention.

Il retira son veston et le plia soigneusement à terre, au centre du tapis.

— Voilà.

— Sur le sol ? fit-elle avec surprise.

— Ni vous ni moi ne savons l'effet que le contenu de cette fiole produira sur vous. Au moins, par terre, vous ne pourrez pas tomber.

Elle y réfléchit un moment avant de convenir de la sagesse de cette initiative. Elle s'assit.

— Il y a quelques règles sur lesquelles je dois insister avant tout, précisa-t-il.

— Je vous écoute.

Il était étrange de lui parler depuis le sol.

— D'abord, vous devez accepter que je vous maîtrise physiquement si nécessaire.

La perspective était troublante, une possible implication qu'elle n'avait pas envisagée.

— Oui. Naturellement.

— Ensuite, si, à un moment quelconque de la procédure, je détecte un danger vous menaçant, il se peut que je demande de l'aide extérieure. Je ne veux pas avoir les mains liées.

Elle avait éludé la question de Strangford concernant le contenu de la fiole, mais cette concession la ramenait à la réalité. Elle ignorait tout de la substance qu'elle renfermait et de ses effets potentiels. Évidemment, il avait raison. Elle aurait dû se rendre au Refuge et supplier Ash de lui accorder son aide. Mais si l'affirmation du vieil homme sur les pouvoirs du vin de Jurema était exacte, alors elle s'apprêtait à enfoncer les portes d'une partie d'elle-même qu'elle avait cherché éperdument à étouffer presque toute sa vie durant. Elle n'avait pas menti en expliquant à Strangford pourquoi elle était venue ici plutôt qu'à Bedford Square. Elle avait besoin de sa présence, bien plus que d'un mode d'emploi.

— Vous avez ma permission pour prendre toutes les mesures que vous jugerez nécessaires.

Pendant une brève seconde, il demeura ainsi penché sur elle, en bras de chemise.

— Ça ne me plaît pas, Lily.

— J'en ai assez d'attendre en coulisses pendant que les gens que j'aime me sont enlevés les uns après les autres. (Ses mots trahissaient plus de douleur qu'elle n'aurait voulu l'admettre.) Si ce don en moi peut sauver des vies et si cette substance peut m'aider à y parvenir, alors je prends le risque, quel qu'il soit.

Il retira le bouchon et lui tendit le flacon, qui passa de sa main gantée à la sienne dans un frôlement de doigts. Il s'en dégageait un parfum boisé, à la fois mielleux et âcre, aussi attirant que terrible.

Lily observa le niveau de liquide à l'intérieur : il était rempli à ras bord.

Combien devait-elle en absorber ? Quelques gouttes, peut-être ? Puis attendre d'évaluer l'effet sur son corps avant d'en avaler davantage ?

Elle jeta un œil à l'horloge sur le bureau de Strangford : il était une heure et demie du matin. Le temps pressait.

Elle porta le goulot à ses lèvres, pencha la tête en arrière et vida la fiole. C'était infect, comme du vin de mauvaise qualité qui aurait macéré avec de la sciure.

— Juste ciel, vous auriez pu commencer doucement.

— Autant y aller franchement.

Elle s'étendit sur le sol, la tête sur le manteau plié de Strangford. Le tapis était moelleux et le feu ronflait dans l'âtre, l'enveloppant de chaleur et rendant le moment bien moins gênant qu'elle ne l'avait imaginé.

Strangford se mit à faire les cent pas et le temps s'écoula lentement.

— Comment vous sentez-vous ?

— Parfaitement bien. Tout à fait…

« Normale », voulut-elle dire, mais le mot mourut sur ses lèvres : elle venait d'être distraite par le soudain changement de luminosité dans la pièce. Strangford avait-il allumé une lampe ? Non, il y avait autre chose. Même les couleurs avaient changé, à présent plus vives, plus saturées. La toile verte des fauteuils brillait et le papier peint gris clair semblait irisé comme l'intérieur d'une coquille d'huître. On eût dit que le bureau se transformait en peinture, comme celles suspendues à ses murs.

Les tableaux aussi avaient changé, ou plutôt, ils étaient toujours les mêmes, mais Lily les voyait plus distinctement à présent. Ils n'avaient jamais été confinés dans leurs cadres, leurs couleurs débridées et traits sauvages se répandant sur le mur, envahissant tout ce qu'ils touchaient : le bureau, la bibliothèque, les fenêtres obscures… Tout ondulait, comme sous le pinceau d'un artiste survolté.

Le crépitement du feu rugissait tel un grondement à ses oreilles, amplifié jusqu'à la douleur. Un bourdonnement insistant s'y mêlait avec la lenteur et la régularité des vagues sur le rivage. La voix de Strangford. Elle ne comprenait pas les mots qui sortaient de sa bouche, mais elle sentait son inquiétude. Il s'était approché, à genoux à côté d'elle. Elle venait d'arriver à la conclusion qu'elle devrait sans doute le rassurer lorsque toutes les lignes de la pièce se démantelèrent.

De l'impression, elle passa à l'abstraction, un imbroglio insensé de formes et de couleurs qui ne signifiaient rien et tout à la fois, comme une langue qu'elle aurait oubliée. Mais si elle apprenait à la déchiffrer – cette toile de l'existence –, alors elle comprendrait tout et trouverait la réponse à toutes les questions qu'elle s'était toujours posées.

Elle fut parcourue d'une énergie électrique. Des circuits sectionnés se couplèrent à nouveau, des connexions s'activèrent, vives et claires, puis ce fut la lumière, brutale et fracassante.

Elle était ailleurs.

Étendue sur un immense lit à baldaquin, les draps éclairés par la lumière dansante d'un feu. Des mains douces et attentionnées vagabondent sur son corps dans un contact de peau à peau qui déclenche en elle les étincelles d'une symbiose absolue, intense dans sa folie. Elle a le visage de Strangford entre ses paumes et le goûte, ses lèvres soyeuses tout contre les siennes. Le plaisir monte, culminant comme une vague…

… avant de se briser dans la détonation d'un obus d'artillerie. Accroupie dans une tranchée boueuse surmontée de fils de fer barbelés, elle est mouillée, trempée jusqu'aux os, transie de froid tandis que la terre tremble sous l'assaut. Strangford, son uniforme maculé de boue, lui hurle d'une voix rauque : « vite, vite. » Des mains gantées la poussent. Elle dégringole en arrière alors que la paroi vole en éclats et que tout explose autour d'elle, fils de fer comme morceaux de bois…

… pour atterrir sur le dos dans un champ, des brins d'herbe plus verts que nature oscillant au-dessus de sa tête. Une grosse abeille bourdonne de fleur en fleur. Elle se remet péniblement sur ses pieds. Le pré s'étend à l'infini, parfait dans son silence, bordé de rangées interminables de croix blanches toutes simples, en marche immobile vers l'éternité, un champ d'un million de morts non identifiés…

… puis de retour à Londres, sous la pluie battante. Sam Wu la regarde fixement avec, dans les yeux, une douleur ineffable. Des corbeaux descendent du ciel et l'entourent comme un tourbillon, un cyclone de becs noirs, de plumes et d'yeux en forme de galets luisants d'une intelligence d'un autre monde…

… irradiant d'un portrait, visage immortalisé sur papier, entre les grandes mains du docteur Gardner. Dans son service de Barts, le médecin vautré sur une chaise en fer, un lit vide à côté de lui, les draps souillés, ses lourdes épaules secouées de sanglots…

… la pluie ruisselant sur le visage de Cairncross, devant le Refuge, une grande clé en laiton à la main. Son expression d'acier lorsqu'il la tourne, faisant pivoter les gorges qui verrouillent la porte…

… dans le grenier, où les volutes de poussière captent la lumière dorée du soleil de fin d'après-midi. Les rideaux absents, la fresque lui apparaît sous tous les angles, ses couleurs vives comme une agression. La vérité lui saute aux yeux dans ses moindres détails : le garçon aux pieds duquel les rats se regroupent avec adoration ; le guérisseur à l'âme blessée ; le guerrier couronné du halo doré d'un saint, des gants noirs aux mains… parce qu'elles doivent être protégées, trop dangereuses. Une femme svelte rit à gorge déployée, ravie dans les bras décharnés des morts qui dansent avec elle.

L'artiste porte une blouse tachée d'éclats de peinture, pots et pinceaux éparpillés à ses pieds. Elle ajoute une clé dans la robe de la femme aux cheveux flamboyants, sur le mur, retouchant un tableau pourtant achevé trente ans plus tôt.

— C'est impossible. Je ne suis pas capable de voir le passé.

— Tu n'as pas idée de ce dont tu es capable, lui répond Evangeline Ash.

— Ce n'est pas pour ceci que je suis venue, proteste Lily. Je dois trouver Estelle.

— Alors, arrête de te débattre et demande ce que tu veux voir.

Elle se dirige vers la silhouette au centre du cercle de squelettes, vers la femme joviale en robe bleu paon.

Arrête de te débattre. Demande ce que tu veux voir.

C'est impensable. Même dans ce déferlement de choses à venir, elle est tenue comme dans un étau par la volonté de se débattre. C'est ce qui l'empêche de sombrer dans l'abîme, de céder au désespoir ou pire encore. Comment s'arrêter ? Et que restera-t-il si elle renonce ? La douleur revient avec fracas, accompagnée des notes d'un vieil air de music-hall et du scintillement de bijoux dans une flaque de sang. Sans le moindre contrôle, comment se protéger ?

Impossible.

Elle se fige dans cette immobilité – poussière flottant dans l'air, lumière en suspens autour d'elle. La vérité de la situation s'installe. Lily en prend pleinement conscience et, enfin, la tension se relâche, la laissant sans défense.

Elle formule d'abord les mots par la pensée, posément et avec soin, puis les prononce à voix haute.

— Montre-moi où la trouver.

... soudain, la voilà.

Dans ce lieu obscur qu'elle a déjà entrevu auparavant. Des murs imposants, tout en verre sombre, luisant sous la flamme vacillante d'une lanterne. Cette fois, elle perçoit l'odeur ambiante : bois pourri, boue et relents de souris. Un entrepôt, quelque part au bord de la Tamise.

Mais où, sur le fleuve ? Il existe cent endroits de ce genre, et tout autant de possibilités.

Estelle est allongée sur une table dotée d'élégants bras métalliques articulés. L'un d'eux, plaqué sur sa poitrine, la maintient immobile. Un autre est tendu à la verticale tandis que des doigts appliquent une boule de tissu blanc chiffonné contre son nez et sa bouche.

Un homme apparaît alors dans son champ de vision. Il sort un compte-gouttes d'une fiole marron et imbibe le tissu avant de repartir. Elle entend cliqueter le verre lorsque Waddington écarte les bouteilles avant d'extirper un plateau chargé de matériel – pinces et grosses aiguilles, mais aussi un tube en caoutchouc qui se tortille comme un serpent.

Rien de tout cela ne l'éclaire sur ce qu'elle a besoin de savoir. Elle doit trouver un autre point de vue.

Un panneau de verre sombre brille au-dessus de l'épaule du lieutenant : une fenêtre, à peine visible entre les empilements de caisses.

Là-bas. Par là-bas, s'intime Lily... avant d'atterrir devant l'ouverture.

Cette fois, Waddington est à son côté, assez proche pour qu'elle puisse sentir l'humidité de son manteau. Cette proximité est trop intime, son être tout entier conscient des atrocités commises par cet homme.

Il devrait sentir sa présence. Sauf que, bien sûr, elle n'est pas vraiment là. Lui non plus, d'ailleurs – pas encore, du moins. Il s'agit de l'avenir, de ce qui n'a pas existé, même si cela ne se joue qu'à quelques instants près. C'est le pouvoir de Lily qui réagit à sa demande, l'amenant aussi près que possible de ce qu'elle recherche.

Waddington s'écarte et Lily revient à son objectif. Elle se concentre sur le verre pour chercher ce qui se trouve au-delà, dans l'obscurité.

Un filet d'eau noire et stagnante à l'endroit où, autrefois, il aurait pu se trouver une route. De l'autre côté de cet espace dégagé, une autre rangée d'entrepôts. Ils sont quelconques, sans particularité – une vue que l'on constate depuis des centaines d'endroits à Londres –, à l'exception du dragon d'acier accroché à la façade. La bête est longue, sa queue immergée dans l'eau sombre. Sa tête métallique dépasse du toit tandis que de fines ondulations de fer forment des ailes squelettiques qui se détachent sur la ligne d'horizon.

Lily sait pertinemment que son esprit comble les lacunes, substituant des détails qu'elle ne connaît pas encore par d'autres, comme un enfant se figurant des monstres dans les nuages. Elle a besoin d'autre chose pour pouvoir s'orienter de manière fiable, d'un élément qui lui serait indubitablement familier.

Elle laisse son regard errer sur la vaste étendue de la Tamise. Deux pics noirs, difficiles à discerner dans la lueur terne du ciel chargé de nuages, s'élèvent au-dessus de l'eau, formant une silhouette identifiable entre mille.

Tower Bridge.

Mais sous quel angle ?

Elle se trouve sur une sorte de jetée. Aussi près du pont, il y en a deux : les quais de Ste Katherine, à côté de la tour, et ceux de St Saviour, du côté de Southwark, anciennement connus sous le nom de Shad Thames, où le quartier malfamé de Jacob's Island, aujourd'hui rasé, faisait autrefois régner la terreur.

Ste Katherine est une voie navigable plutôt courte qui cède rapidement la place à deux grands bassins.

Elle s'avance à la fenêtre et son regard balaie la rive. Le bras d'eau s'étrécit et disparaît dans l'obscurité entre les bâtiments rapprochés.

Son cœur cogne à tout rompre contre ses côtes.

Enfin, elle sait où elle se trouve.

Derrière elle, Waddington brandit une seringue. L'aiguille étincelle sous la lumière de la lampe. Estelle gémit.

La pièce bouge soudain sous ses pieds et elle chute, basculant à la renverse derrière les caisses, à travers un gouffre sombre dans le sol. Elle est plongée dans l'eau glacée avant de se débattre pour remonter en suffoquant à la surface…

… mais quelque chose la retient. Elle est immergée dans les ténèbres froides et ses poumons la supplient d'être libérés, à bout de résistance. Enfin, elle est relâchée et fend la surface, pantelante.

Elle n'est plus dans l'entrepôt, mais dans une salle de bain carrelée, à l'intérieur d'une baignoire remplie d'eau où surnagent des morceaux de glace. L'étroite fenêtre donne sur un vaste paysage à ciel ouvert. Elle connaît cet endroit.

Au même instant, deux hommes en uniforme blanc la saisissent par les bras et la tirent hors de la baignoire, le long d'un long couloir aux rangées de portes closes et verrouillées.

C'est une prison. Non… pire encore. Elle repense à l'effroyable hôpital incendié, au sous-sol carrelé bordé de cauchemars silencieux, des recoins où personne ne répondrait aux appels de détresse.

La panique l'étouffe et une peur sourde gronde dans son cerveau.

Elle cherche à s'échapper, à retrouver le chemin de son immeuble pour se cacher de tout ce qu'elle refuse de savoir. Elle voudrait être libérée de ce sinistre don, de ses limites et de ses terribles responsabilités. Elle voudrait…

Arrête de te débattre. Demande.

C'est impossible. Elle se battra toujours. C'est ainsi qu'elle a survécu en dépit de la douleur, du poids constant de l'échec. Elle se bat pour avoir le contrôle, soit en empêchant la chose de se réaliser, soit en essayant de la soumettre par la force – lui accordant une infime marge de manœuvre dirigée dans le sens de ses propres objectifs.

Mais peut-être – peut-être, seulement – y a-t-il un autre objectif en jeu. Peut-être y en a-t-il toujours eu un.

Ses bras sont malmenés sous la poigne des hommes en uniforme. Ses genoux traînent sur le carrelage tandis que les portes défilent de part et d'autre. Elle sait ce qui l'attend au bout de ce couloir. Et c'est affreux.

Elle ferme les yeux.

Pour la première fois, elle se laisse aller.

— Montre-moi ce que tu veux que je voie, dit-elle à voix haute.

Les hommes ont disparu.

Elle est seule dans le couloir qui s'allonge à l'infini devant et derrière elle, des milliers et des milliers de portes l'entourant. Elle tient sa canne à la main, presque une branche, magnifique avec ses feuilles vertes et ses baies rouges. Dans l'autre main, une clé qui change de forme et scintille entre ses doigts, se métamorphosant à chaque mouvement de son poignet. Les portes murmurent. Elles sont puissantes et sans limites, chacune s'ouvrant sur un avenir encore inconnu…

Des possibilités infinies.

Dont elle détient la clé.

Pendant un moment, cette idée éclot et s'épanouit. Elle la comprend, saisit le potentiel inimaginable qui s'offre à elle et la place étonnante qu'elle y occupe.

Tu n'as pas idée de ce dont tu es capable.

Son pouvoir et sa responsabilité dépassent de loin tout ce qu'elle a pu oser soupçonner. Un sentiment aussi merveilleux que terrifiant. Elle aimerait prendre ses jambes à son cou, retrouver une ignorance béate par la seule force de sa volonté. Elle a presque envie d'en rire.

Doit-elle choisir ? Osera-t-elle ?

Une porte attend devant elle – une parmi des millions. La clé bouge dans sa main ; elle l'insère dans la serrure et tourne…

Aussitôt, la lumière se répand avec une clarté inouïe. Quelque chose bouge de l'autre côté, une chose familière, entièrement nouvelle, qui vient à elle…

… tout à coup, elle était de retour.

Le sol n'était plus aussi confortable dans le bureau de Strangford. Elle souffrait d'un torticolis et sa bouche était sèche, imprégnée d'un goût infect.

— Pour l'amour du ciel, Lily, réveillez-vous !

Strangford avait une voix blanche, tendue par la peur.

Elle ouvrit les paupières.

Il était à genoux auprès d'elle, ses cheveux hirsutes, la mine plus inquiète que jamais. Il ferma les yeux, laissant libre cours à son soulagement, et recula alors qu'elle se redressait lentement.

Les tableaux avaient réintégré leurs cadres. Le feu crépitait paisiblement dans la cheminée et la pénombre s'attardait encore de l'autre côté des hautes fenêtres.

Tout lui revint avec force, l'impact de ce qu'elle avait vu la percutant de plein fouet comme un train lancé à grande vitesse. Les mains de Strangford sur son corps, sa disparition dans une gerbe de boue et de barbelés de fer ; l'océan de tombes à perte de vue ; Sam et Gardner anéantis, le Refuge condamné et abandonné…

Toutes les portes. La clé qu'elle tenait à la main.

Elle avait touché quelque chose du doigt, s'était approchée d'une compréhension qui changerait tout… et qui lui échappait à présent, comme la sagesse d'un rêve qui s'efface. Une certitude demeurait, toutefois : il n'y aurait aucun retour en arrière. Plus cette fois. Ni jamais. Quoi qu'il lui en coûte.

Mais l'heure n'était pas à l'inquiétude. Ils devaient encore retrouver Estelle. Le temps de ce songe, Hartwell avait entamé ses préparatifs. Combien lui avaient coûté ses errements ?

— Combien de temps suis-je partie ?

Sa voix était épaisse. Un élan de panique trancha brusquement la brume persistante de sa vision. De combien s'était rétrécie leur marge de manœuvre ? L'avaient-ils perdue entièrement ?

— Vingt-trois minutes, répondit Strangford.

Elle fit la grimace, en proie à la migraine.

— Ce n'est pas possible.

— Je peux vous assurer que je suis resté très vigilant.

Elle risqua un coup d'œil dans sa direction.

— Vous étiez inquiet.

— Vous avez bu ce qui ressemblait à un flacon de poison, puis êtes tombée dans un état de stupeur. Évidemment que j'étais inquiet. Pouvez-vous vous mettre debout ?

— Oui, je pense.

Une main sous son bras et une autre dans son dos, il l'aida à se lever. Elle sentait la pression de ses doigts sur sa peau, tous ses sens en éveil, encore sollicités à l'extrême par les effets secondaires du vin de Jurema.

Elle était debout et il ne l'avait pas lâchée, comme s'il craignait qu'elle tombe. À présent, il était tout proche d'elle.

Et il était mécontent.

— Vous avez de la chance que je ne vous aie pas traînée d'autorité dans un fiacre pour vous mener directement à Barts.

— Un fiacre… marmonna-t-elle.

Les dernières pièces se mirent soudain en place. Elle saisit vivement le bras de Strangford.

— Il nous faut un fiacre. Tout de suite. (Elle rencontra son regard sombre, et ce qu'elle devait faire lui apparut clairement.) Je sais où trouver Estelle.

CHAPITRE XXX

La tourmente faisait trembler les vitres du fiacre alors qu'une bourrasque le secouait dans de furieux tourbillons de neige. Lily se sentait coupable à la pensée du cocher voûté au-dessus de ses rênes, emmitouflé sous des couches d'écharpes.

Ils avançaient plus lentement qu'elle ne l'aurait souhaité, mais au moins, ils avaient trouvé un véhicule. Une vraie chance, car même à la gare de Paddington, il n'y avait qu'une poignée de voitures attendant le long d'un trottoir où s'y agglutinaient habituellement plusieurs dizaines. Roderick, que l'on avait envoyé à la gare, à moins d'un kilomètre de la maison de Strangford, leur avait renvoyé ce fiacre avant d'en emprunter un second pour partir dans la direction opposée. En ce moment même, il se dirigeait vers le nord dans la tempête pour demander le concours du Refuge.

Strangford avait semblé s'attendre à des résistances de sa part lorsqu'il avait exigé qu'ils fassent appel à Ash et aux autres, mais Lily ne s'y était pas opposée. Si elle avait eu des réticences à l'idée de s'imposer ainsi à ces gens qui ne lui devaient rien, elles s'étaient volatilisées dans l'urgence de la situation. En revanche, elle avait refusé catégoriquement lorsque Strangford avait suggéré qu'elle se rende elle-même à Bedford Square tandis que Roderick se joindrait à lui pour se rendre directement à l'entrepôt. Après tout, personne n'était mieux placé qu'elle pour reconnaître les lieux, et elle doutait que Roderick soit particulièrement utile au combat.

Parce qu'elle s'attendait à un combat.

Elle déplaça sa main autour de la canne trouvée dans le porte-parapluies de Strangford. Celle-ci était en bois de fer, plus lourde et moins maniable que l'if dont elle avait l'habitude, mais elle ferait l'affaire.

Le fiacre dérapa dans un virage et le cocher ralentit l'allure de son attelage, rendant plus laborieuse encore leur progression dans les rues désertes et enneigées de la ville. La silhouette noire de Tower Bridge se profilait derrière les trouées entre chaque bâtisse. Ils se rapprochaient, mais l'état des routes était tel qu'elle ne se faisait aucune illusion : Roderick mettrait longtemps avant d'atteindre Bloomsbury ; Strangford et elle ne pouvaient pas se permettre d'attendre l'arrivée des autres. Ils allaient devoir se débrouiller seuls.

Dans l'habitacle, le silence était devenu pesant. Lily savait qu'elle devait le rompre, mais chaque intervention qu'elle envisageait se dérobait ; tout lui paraissait dérisoire et inconséquent comparé à ce qui avait transparu entre elle et son compagnon.

Ce fut Strangford qui les tira de l'impasse.

— J'aimerais clarifier une chose, au cas où notre aventure de ce soir s'avérerait… enfin…

Le silence qui suivit en disait long.

— Je suis sûre que ce n'est pas nécessaire.

— Vous croyez ?

Elle sentait son regard sur elle. Posée à une femme capable de voir l'avenir, la question avait plus de poids.

Elle se détourna, mais il reprit à voix basse, dans l'obscurité de la carriole :

— Vous avez dit quelque chose, hier dans le parc, que je n'ai pas relevé. Pourtant, j'aurais dû et j'aimerais rectifier cela.

Elle comprit qu'il attendait, comme s'il avait besoin de sa permission pour continuer.

Elle hésita. Comme toujours, la peur la gagnait et elle aurait voulu l'interrompre, ouvrir sa portière et quitter le fiacre avant qu'il ne dise quelque chose qui risquerait de tout changer, sans retour en arrière possible.

Elle résista à ses appréhensions. Désormais, elle ne fuirait plus.

— Allez-y.

La voiture fut ébranlée par une nouvelle rafale de vent.

— Je n'ai pas le temps de prendre de détours, alors je vous

prie de m'excuser d'être plus direct que je ne le souhaiterais. Au parc, hier, vous avez affirmé que, parce que votre mère était une actrice…

— Une prostituée, l'interrompit Lily. (Elle se retourna pour lui faire face, soudain hérissée.) Ma mère vendait son corps en échange du soutien financier d'un protecteur. C'était une prostituée.

— Vous avez affirmé, reprit Strangford, implacable, qu'à cause de votre parenté, vous ne pourriez jamais être autre chose qu'une maîtresse pour un homme de haut rang.

Les mots, douloureux, n'étaient pourtant que le reflet de la vérité pure et simple, exprimée sans ambages.

— Sachez que vous avez tort, acheva-t-il.

— Milord… commença Lily.

Mais il intervint, plus vif qu'à son habitude :

— Non. Je suis un homme de haut rang, et vous êtes déjà plus que cela pour moi. Vous êtes une consœur, la seule femme de ma connaissance à savoir ce qu'être accablé par cette terrible connaissance signifie. Et vous êtes mon amie. (Il avait prononcé ce dernier mot d'un ton farouche, comme s'il était prêt à se battre pour cette notion.) Je connais votre caractère, j'en ai été témoin plus intimement que quiconque. Votre courage, votre force, votre loyauté sans faille. Je ne vous laisserai pas commettre l'abominable erreur de croire que votre valeur se résume aux conditions de votre naissance. Vous êtes plus que cela. (Il déglutit péniblement. Sa voix était enrouée lorsqu'il ajouta :) Bien plus que cela.

Quelque chose se brisa en elle, mis à mal par l'impact de ses paroles. L'espace d'un instant, elle se demanda si elle n'allait pas s'effondrer tout entière.

Elle lui répondit avec calme, mais détermination :

— Il est impossible de fermer les yeux sur les mœurs de toute une société.

— Venant d'une femme en pantalon…

L'ironie ne lui échappait pas et elle sentait déjà une réponse lui monter aux lèvres.

— J'aurais dû vous le dire hier, continua-t-il. Si je ne l'ai pas fait, c'est parce que je craignais que vous le preniez pour une invitation. (Il s'interrompit pour rectifier aussitôt :) Non. Ce n'est pas ce que je veux dire. C'est… c'est moi, Lily, précisa-t-il, visiblement accablé. C'est moi. Personne ne peut se rapprocher de moi sans… Sans tout perdre – chaque secret, la moindre intimité. Ce… cet endroit spécial, à l'intérieur de soi, où chacun conserve ce qui n'appartient qu'à lui. Ce serait un sacrifice démesuré, que l'on ne peut véritablement comprendre qu'en le vivant. (Après une longue inspiration, il poursuivit :) Je voudrais juste…

— Je sais, le coupa Lily avec douceur.

Dans la pénombre du fiacre, elle sentit la distance entre Strangford et elle se resserrer, chargée de flammes qui l'attiraient, menaçant de la consumer entièrement.

— Si seulement j'étais un peu moins…

— Je vous défends, s'exclama-t-elle. Je vous défends de remettre en cause ce que vous êtes.

Le silence s'étira, seulement troublé par le fracas de l'attelage sur le pont.

— Bon, déclara enfin Strangford en passant ses mains gantées sur ses genoux. Je me réjouis que nous ayons clarifié les choses.

À ces mots, Lily éclata de rire.

Elle devina son sourire dans l'obscurité et, à nouveau, la tension monta en elle, embrasant sa conscience. Sa résistance faiblit et toutes sortes de possibilités complexes s'invitèrent dans son esprit.

La voiture eut un soubresaut et Lily se cramponna à la sangle tandis que les roues glissaient sur la neige avant de s'arrêter.

Strangford jeta un œil par la vitre.

— Nous sommes arrivés.

Lily sortit dans les bourrasques de neige. Leur attelage avait atteint l'extrémité de Shad Thames, où Jamaica Road engloutissait le dernier étroit segment de l'ancienne rivière Neckinger.

On distinguait vaguement les eaux noires du quai de St Saviour droit devant, à travers le voile blanc des flocons virevoltants.

Strangford la rejoignit, ses semelles crissant sur le sol gelé.

— C'est par ici ?

— Oui, quelque part sur la rive est, près du confluent avec la Tamise, répondit Lily.

— Faut-il garder le fiacre ?

Elle jeta un coup d'œil au véhicule, où le cocher ne formait plus qu'un amoncellement de tissu recouvert de neige.

— Nous ne savons pas si nous en aurons pour longtemps.

Ni même s'ils en reviendraient.

Il se dirigea vers le cocher. Lily savait que l'homme recevrait une généreuse compensation pour les avoir menés jusqu'ici, dans cet ancien repaire de brigands, même si le quartier malfamé avait été rasé depuis longtemps, remplacé par moulins et entrepôts au bord de l'eau.

Le fiacre s'éloigna lentement derrière eux. Malgré elle, Lily eut l'impression de perdre sa planche de salut.

Strangford revint auprès d'elle.

— Puis-je vous offrir mon bras ?

Elle hésita, surprise.

— Le sol est plutôt glissant, observa-t-il.

En guise de réponse, elle posa une main sur sa manche, et ensemble, ils remontèrent Mill Street, arc-boutés contre les bourrasques de poudreuse. Au bout de la ruelle, au sortir d'une arche basse, la Tamise aux reflets sombres s'offrit à leurs yeux, bordée par un quai plongé dans l'ombre.

À côté d'eux, une autre ouverture donnait sur une cour étroite, et au-delà, un long bâtiment de briques. Les fenêtres du rez-de-chaussée étaient condamnées, excepté la petite grille d'aération en fer au-dessus. C'était un vieil entrepôt noirci par des décennies de suie, pourtant les portes étaient récentes, en chêne robuste, munies de serrures neuves. À l'étage, les vitres étaient opaques, reflétant à peine la lueur lointaine des lampes à gaz municipales. Les lieux étaient silencieux, calmes et apparemment déserts. Elle s'efforça de les faire correspondre à sa vision, sans succès. La fenêtre par laquelle elle avait regardé en songe devait se trouver près de la Tamise, mais à quelle distance ? À supposer qu'il s'agisse d'un endroit réel et que sa vision ne soit pas le simple délire d'un cauchemar induit par la drogue.

Non, décréta-t-elle résolument. L'idée que toute l'affaire n'était qu'un rêve avait beau la tranquilliser, elle ne pouvait plus douter de ses dons.

— Où est Sam quand on a besoin de lui ? marmonna Strangford, le regard tourné vers les serrures en laiton.

— Ce n'est pas le bon angle. Je dois voir le bâtiment depuis la rivière pour savoir où nous sommes. (Elle jeta un œil du côté de la ruelle par laquelle ils étaient arrivés.) Il nous faut un bateau.

Ils se replièrent sous l'arche étroite débouchant sur le quai.

Les bateaux de pêche et autres barques qui sillonnaient le fleuve pendant la journée oscillaient doucement contre la jetée, en rangées silencieuses, leurs voiles ligotées autour des mats.

Lily aperçut une barque amarrée au bout de l'allée.

Soudain, son instinct se manifesta et elle saisit la main de Strangford pour l'entraîner en avant. Ils rejoignirent une échelle fixée sur le côté du quai.

— Descendez, souffla-t-elle.

Il s'exécuta promptement et sans un bruit, suivi avec agilité par Lily. Strangford lui dégagea une place sur l'échelle, suspendu au bord, puis ils se figèrent, leurs chaussures à quelques centimètres au-dessus des vagues glaciales de la Tamise.

Des pas se firent entendre sur les planches, accompagnés d'un sifflement bas et monocorde. Agrippée aux échelons, Lily s'imposa un silence absolu. Elle était assez proche de Strangford pour sentir la chaleur de son corps à travers son manteau.

Le passant s'éloigna. Elle attendit un moment de plus, son instinct toujours en éveil. Après une éternité, les pas revinrent, le bruit sourd et régulier d'un veilleur de nuit effectuant sa ronde.

Lorsqu'il se fut à nouveau retiré sous l'arche étroite, elle s'autorisa lentement à respirer.

L'urgence qui s'était manifestée à elle était plus prégnante qu'auparavant. Les pressentiments aigus qu'elle avait ressentis à l'hôpital de Southwark et, plus tard, dans l'escalier de Hartwell, avaient cédé le pas à quelque chose d'autre, une certitude inébranlable. En fin de compte, le vin de Jurema n'avait pas seulement provoqué la vision qu'elle avait eue chez Strangford ; il avait peut-être laissé des résidus chimiques dans son organisme. Elle préférait se raccrocher à cette explication plutôt qu'à son alternative, autrement plus dérangeante.

La voix de son père lui revint, l'autre jour dans son salon.

Je me souviens de vos intuitions.

— On peut y aller, dit-elle, volontairement impassible pour tenter de cacher son émoi à son compagnon.

Ils remontèrent sur le quai et se hâtèrent en silence vers la barque repérée quelques moments plus tôt. Lily usa de sa canne pour y sauter. Après avoir détaché la corde, Strangford descendit à son tour et s'empara des rames pour faire descendre la petite embarcation sur l'eau.

Il était habile, et rapidement, ils prirent de la vitesse sur les flots noirs.

Enfin, ils tournèrent à l'embouchure des quais.

Une fois sur le canal aux courants plus cléments, ils s'arrêtèrent. Leur barque flottait, moins agitée à présent, de l'autre côté de l'entrepôt.

Lily observa les bâtiments sur le quai opposé.

La perspective était différente. Elle était plus basse, au ras de l'eau, bien loin du toit de l'immeuble. Sous cet angle, on eût dit n'importe quel autre quartier fluvial de la ville. Elle ne distinguait pas la silhouette familière de Tower Bridge, et rien ne lui permettait d'identifier les différentes bâtisses, à l'exception d'un système de poulie suspendu à la façade de l'un des entrepôts. Sa couronne d'acier s'élevait au-dessus de l'eau tandis qu'un contrepoids formé de poutres élégantes s'avançait en arc de cercle au-dessus du toit. Cette forme, que l'on pouvait aisément confondre avec des mâchoires d'acier et des ailes sombres, lui était familière.

— C'est ici, confirma-t-elle.

Elle se tourna de nouveau vers l'entrepôt pour en examiner le mur extérieur. Les parois descendaient jusqu'à l'eau, mais l'on pouvait imaginer que les piliers soutenant le bâtiment étaient visibles à marée basse. Seule une double porte à l'extrémité de la bâtisse venait rompre la surface massive du bloc de briques.

— Regardez. Là-haut.

Lily suivit le regard de Strangford : derrière l'une des fenêtres obscures du dernier étage, une lumière vacilla – l'éclat bref d'une lampe qui disparut tout aussi vite.

Il y avait quelqu'un à l'intérieur.

— Il faut trouver un moyen d'entrer, ajouta-t-il.

Le regard de Lily se posa de nouveau sur les énormes portes. Tous les bâtiments construits au-dessus d'un canal présentaient des ouvertures similaires. Les matelots s'en servaient pour décharger directement leurs marchandises depuis les bateaux sans avoir à les hisser sur la rive.

Elle regarda plus attentivement l'espace sombre entre le bas de la porte et le niveau de l'eau.

— Il y a un passage, dit-elle soudain à voix basse, doigt tendu vers la façade. Là, sous la porte.

Strangford avait l'air dubitatif.

— C'est trop étroit pour y passer à la rame.

— Pas si l'on se baisse.

Il se concentra sur l'espace dégagé en fronçant les sourcils.

— C'est trop juste.

— Je ne vois pas d'autre choix.

— Nous pourrions attendre les autres. Sam saura…

— Nous n'avons pas le temps, l'interrompit Lily.

Il prit un instant pour peser le pour et le contre, deux options tout aussi indésirables. Puis il reprit les rames et s'écarta vers l'autre rive où il fit demi-tour, proue orientée vers les portes.

— Guidez-moi, ordonna-t-il.

Lily acquiesça et il avança prudemment, oubliant le silence

pour donner de grands coups de rames. L'embarcation prit de l'élan, fendant l'étroit bras du fleuve.

— Plus à gauche. Il y a encore du courant.

Il ajusta sa trajectoire. Les portes approchaient rapidement. Le regard de Lily se fit tout à coup plus craintif, l'espace noir en dessous lui paraissant bien moins généreux qu'elle ne l'avait cru de loin.

Ils se rapprochaient de plus en plus vite.

— Maintenant, souffla-t-elle en se plaquant au fond de la barque.

Strangford remonta les rames avant de plonger à côté d'elle.

Ils se retrouvèrent recroquevillés dans une intimité gênante, pressés l'un contre l'autre sur les planches inclinées. Le bateau continua sur sa lancée, propulsé par l'élan énergique que lui avait donné Strangford. Les yeux levés, Lily vit passer lentement au-dessus de sa tête les épaisses portes rongées par l'eau. Le bateau racla légèrement contre le bois, soulevé par une faible ondulation.

Ils étaient à l'intérieur.

Elle resta étendue au fond, tout contre Strangford, tandis qu'ils continuaient à avancer. Elle sentait son souffle sur ses cheveux.

Ils s'arrêtèrent brutalement, butant contre un obstacle invisible. Le bruit caverneux résonna dans un vaste espace ouvert. Lily sentit son pouls s'accélérer.

Elle resta inerte au fond du bateau, aux aguets, à la recherche du moindre signe indiquant que leur intrusion avait été détectée. Mais à l'exception du léger clapotis de l'eau contre la coque, c'était le silence.

Enfin, elle se redressa.

Ils flottaient contre le bord d'un bassin carré, au cœur de l'entrepôt. Au-dessus, les murs se dressaient à une hauteur vertigineuse, surmontés par des chevrons. Autour d'elle, le vaste espace était quasiment vide : seuls quelques sacs de farine moisis étaient empilés contre l'un des murs, formant une masse fantomatique dans la pénombre. À cause des fenêtres murées, l'intérieur disparaissait dans les ténèbres. L'air empestait la souris et la boue de la Tamise.

Elle repensa aux portes neuves et robustes sur la façade du côté rue. Personne ne gâcherait chêne et laiton de qualité pour protéger un hangar vide.

Non loin d'eux, la poutre métallique d'une poulie émergeait de l'eau et s'élevait jusqu'au toit. Lily distinguait sur le sol de l'entrepôt le moteur hydraulique qui faisait fonctionner le système. Il avait l'air bien huilé, sans taches de rouille. Le crochet qui servait à soulever les palettes de marchandises jusqu'aux étages supérieurs pendait au bout de son câble.

Si les lieux paraissaient déserts, ce n'était qu'une impression. On les utilisait encore. Il y avait quelque chose ici que certains avaient de bonnes raisons de vouloir protéger.

Les deux mains au bord du bassin, Strangford se hissa sur le sol de l'entrepôt, avant d'aider Lily à sortir à son tour en stabilisant la barque. Enfin, il retourna l'embarcation et lui donna une forte impulsion en direction des portes. Elle s'éloigna en se balançant à la surface et disparut sous le bâtiment.

Lily comprenait son intention : la présence d'un bateau dans le bassin trahirait à coup sûr la présence d'intrus. Ainsi, Waddington n'avait aucune raison de craindre que sa cachette ait été découverte.

Ils n'auraient pas pu s'y entasser à trois pour s'échapper, en particulier avec la marée montante, pourtant elle éprouva un pincement au cœur en voyant l'esquif disparaître, et avec lui leur unique échappatoire fiable.

Une échelle en bois fixée à côté de la poutre en acier de la poulie montait jusqu'à l'étage supérieur. Strangford la désigna et Lily hocha la tête. Tandis qu'il commençait à grimper, elle glissa la canne sous sa ceinture, dans son dos, avant de le suivre.

On n'entendait que leurs respirations dans le silence, jusqu'à ce que l'un des échelons de bois cède sous la botte de Strangford.

Le craquement retentit autour d'eux comme un coup de tonnerre.

Lily resta pétrifiée.

Peut-être ne les avait-il pas entendus ?

Bien sûr que si – le bruit avait été assourdissant dans le silence accablant.

Avec un peu de chance, il ne s'en préoccuperait pas, estimant que la structure du bâtiment se tassait ou que l'équipe du matin d'une usine voisine mettait les machines en marche. Peut-être n'était-il même plus là. Il pourrait être parti…

Non, il n'avait nulle part ailleurs où aller. Pas à cette heure-ci. Pas avec une captive sous sa responsabilité. Waddington était forcément là, et il les avait entendus.

Strangford aussi semblait se ranger à son avis. Il grimpa le reste de l'échelle, rapidement mais sans un bruit, et trouva refuge derrière une imposante caisse de bois, où il fit signe à Lily de le rejoindre.

Elle se faufila à côté de lui, retira la canne de sa ceinture et attendit.

Comme au niveau inférieur, l'espace qui les entourait n'était qu'une immense salle. Pourtant, celle-ci n'était pas vide. La lumière diffuse de la rue en contrebas filtrait par la rangée de fenêtres. Un enchevêtrement de meubles se succédait sur toute la surface de l'étage : des lits d'hôpitaux se dressaient là, poussés les uns contre les autres tels des dominos ; des chaises maintenues ensemble par de la corde formaient des empilements semblables à des tours ; des îlots de chariots et de tables roulantes transformaient la salle en un méandre d'allées étroites, bordées de piles branlantes susceptibles de s'entrechoquer au premier faux mouvement.

Au bout de ce labyrinthe, une autre double porte donnait sur une cage d'escalier.

Approchant ses lèvres de l'oreille de Strangford, elle chuchota :

— On nous a entendus ?

— Il vaut mieux partir de ce principe, répondit-il en scrutant les environs obscurs. S'il nous attend, ce sera en haut de l'échelle.

— Et s'il ne nous attend pas ?

— Il est toujours plus facile de se battre dans un escalier.

Il se faufila hors de leur cachette et s'avança en silence. Lily le suivit d'un pas léger, esquivant soigneusement les angles saillants des meubles empilés. Un seul choc risquait de faire basculer une tour et déclencher un vacarme de tous les diables qui révélerait à Waddington leur emplacement exact.

Tout était neuf : le placage des meubles n'était ni écaillé ni taché, les ressorts métalliques des sommiers ne présentaient aucune trace de rouille. Le malaise de Lily s'accentua à l'idée que ce bric-à-brac avait été acheté et entreposé récemment.

Les meubles et le matériel hétéroclites qui l'entouraient avaient un point commun : c'était l'équipement nécessaire à tout hôpital. Elle ne s'était jamais demandé pourquoi Waddington s'était installé ici, supposant simplement avec naïveté que c'était un lieu pratique et disponible. Évidemment, Waddington n'était pas aussi désinvolte, il était bien trop prudent, trop méticuleux. Avant d'y amener une autre victime, il s'était certainement assuré que cet endroit était sans danger pour lui. Et pour cause, le bâtiment, ainsi que tout le mobilier et les fournitures nécessaires pour ouvrir un nouvel hôpital, appartenaient à Hartwell.

Ses pensées dérivèrent vers les ruines calcinées de la clinique, vers le sous-sol cauchemardesque et l'épouvantable salle d'opération. Il était sur le point de recommencer ailleurs, avec un nouveau groupe de femmes. Les preuves s'étalaient tout autour d'elle.

Hampstead Heath, pensa-t-elle en se remémorant les documents de l'hypothèque sur son bureau.

Lily accepta la main que lui tendait Strangford pour l'aider à enjamber un matelas qui avait glissé de sa pile et leur bloquait le passage. En dépit de son gant noir, sa poigne était forte et assurée.

Vous êtes tellement plus que cela.

Elle écarta cette pensée avec détermination.

Enfin, ils arrivèrent à la porte.

CHAPITRE XXXI

La cage d'escalier était large, longée par une solide rampe en fer. D'étroites fenêtres pratiquées dans la brique laissaient entrer un peu de lumière. Elle se sentait terriblement fragile devant cette vaste étendue de métal et de béton, à la fois devant et derrière elle : il n'y avait aucun recoin où se mettre à couvert.

Si Waddington avait anticipé leur arrivée, campé en haut des marches, elle devait être prudente. Elle tendit l'oreille, exhortant son fichu pouvoir en silence. Allait-il se contenter de lui lancer un avertissement avant de se faire oublier au moment où elle en avait le plus besoin ? Combien de temps durait l'effet du vin de Jurema ?

Mais les escaliers étaient toujours silencieux. Strangford croisa son regard, puis releva la tête. Lily opina.

Elle monta avec précaution, frôlant le mur, sur la pointe des pieds. Après le dernier tournant, ils découvrirent une autre porte, ouverte sur le dernier étage.

Il faisait noir.

Elle raffermit sa main sur la canne. Strangford lui jeta un œil, la mine renfrognée. Elle savait qu'il mourait d'envie de l'empêcher d'aller plus loin. Au lieu de l'exprimer, il se retourna et se dirigea vers la porte.

À peine l'eurent-ils franchie qu'ils se plaquèrent contre le mur.

Un cliquetis se fit entendre dans le silence de la vaste salle lorsque le dos de Lily effleura une étagère chargée de bassines en céramique. C'était un bruit léger, mais elle se raidit, en proie à un terrible sentiment de vulnérabilité.

Cet étage était différent des précédents. Si les premiers étaient spacieux et ouverts, celui-ci présentait une succession de hautes étagères et de piles de caisses qui s'élevaient bien au-dessus de leurs têtes, formant d'étroites allées et de petites alcôves qui ne permettaient pas d'y voir à plus de quelques mètres. Un véritable dédale.

Un étroit corridor s'étendait devant eux. Le contenu des caisses de bois empilées de part et d'autre était griffonné sur des étiquettes. Linge, lut Lily sur l'étiquette la plus proche. *Douze draps, douze taies, édredons (5).*

Strangford ouvrit la voie et Lily résista à l'envie de le retenir. Après tout, elle était la seule à avoir une arme, même si l'espace encombré limitait nettement sa marge de manœuvre.

Ils passèrent devant une étagère de quatre mètres de haut sur laquelle étaient entreposés des pots de chambre, des serpillières et leurs balais, des boîtes de gaze et de plâtre. Leur chemin était sinueux, débouchant tantôt sur des impasses, tantôt sur des bifurcations. Ce faisant, elle ne cessait de guetter un signe de Waddington, mais il n'y avait toujours rien, le silence seulement troublé par le cognement de son cœur dans sa cage thoracique et sa propre respiration laborieuse.

Elle savait pourtant qu'il était là, quelque part dans l'obscurité, à les traquer. Un homme capable d'entrer par effraction dans des maisons sans se faire repérer, d'y rester tapi dans l'ombre avant de surgir pour voler le sang d'une femme endormie devait être discret. Il attendait sûrement d'avoir une meilleure compréhension de la situation avant de passer à l'acte, jaugeant avec précision l'ennemi auquel il était confronté pour mieux le contrer par ses manigances retorses.

Le surhomme de Hartwell avait la prudence et la perfidie du serpent.

Ils passèrent devant un autre recoin exigu au fond duquel étaient alignés des bocaux remplis. Lily aperçut quelques noms sur les étiquettes. *Iode, essence minérale, désinfectant...*

Phénol.

Ammoniac.

Un éclat scintillait sur le verre des rangées de bocaux – la lueur d'une lampe.

Strangford tendit le bras pour la mettre en garde avant de

poursuivre son chemin, Lily sur ses talons. Ils tournèrent à l'angle de l'étagère pour découvrir un nouveau couloir étroit formé par des piles de caisses, qui se terminait sur un espace plus large éclairé par une lanterne à paraffine.

Ils firent une pause avant de s'y engager, rasant les caisses tout en observant la salle depuis le dernier coin d'ombre.

Lily avait déjà vu ces étagères faisant office de murs où étincelaient flacons et bocaux, tubes et éprouvettes en quantité. Au centre de la salle se trouvait une table, et sur la table, une silhouette allongée.

Estelle.

Un voile de gaze blanche masquait la partie inférieure de son visage, maintenu au-dessus de son nez et de sa bouche par un bras en acier fixé à la table. Une sangle de toile lui barrait la poitrine, la retenant prisonnière.

Elle était livide, immobile. Une aiguille dépassait de son cou, reliée à un tube en caoutchouc fermé par une pince métallique.

Tout était fin prêt pour l'étape suivante des recherches de Hartwell : extraire le sang d'Estelle en profitant de la pompe naturelle de son cœur encore vivant pour le déverser dans les veines de Waddington.

Il n'y avait pas la moindre trace du médecin. Strangford fit un pas en avant, s'approchant d'Estelle pour renifler la gaze.

— Chloroforme, confirma-t-il à mi-voix en croisant le regard de Lily par-dessus la table.

C'était donc au moyen de la gaze que Waddington maintenait Estelle sous anesthésie.

Strangford l'arracha à son support et la jeta de côté avant de s'attaquer aux sangles qui maintenaient Estelle en place.

Soudain, tous les instincts de Lily s'éveillèrent. Elle jeta un regard autour d'elle : la salle était toujours vide et silencieuse, pourtant elle sentait le danger se profiler. Elle ajusta ses doigts sur la canne – pas trop serrés, mais souples et détendus comme on le lui avait appris.

Strangford s'interrompit, la main sur l'aiguille plantée dans la gorge d'Estelle, puis il recula pour rejoindre Lily près des étagères.

— Je ne veux pas prendre le risque d'enlever l'aiguille, chuchota-t-il.

Lily ne savait que répondre. Ôter le tube pourrait en effet laisser une plaie ouverte dans le cou d'Estelle, répandant son sang sur le sol. Elle n'était pas médecin. Le seul qui aurait pu les aiguiller ici était un tueur.

Elle jeta un regard en arrière vers la table : Estelle était blême, toujours aussi immobile. Elle lui paraissait plus vieille que jamais, les rides de son visage plus creusées, plus dures qu'elle ne les lui avait vues auparavant.

Soudain, son sentiment de menace imminente se renforça, une brusque prise de conscience qui déclencha dans sa tête toutes sortes d'alarmes. Agrippant Strangford par le bras, elle détala en l'entraînant juste au moment où les étagères derrière eux se renversaient, leur contenu s'écrasant sur le sol.

Le verre vola en éclats que Lily sentit pleuvoir contre son dos. Elle entendit Strangford pester et le vit porter la main sur une entaille d'un rouge vif en travers de sa joue. Elle risqua un regard vers la table. Estelle avait été épargnée par l'impact, même si de petits fragments de fioles brisées scintillaient çà et là sur son caftan.

Lorsque Strangford se redressa, les morceaux de verre glissèrent le long de son dos et atterrirent sur le sol dans un tintement.

Elle fit volte-face. Là où se trouvait le mur d'étagères un instant plus tôt, Waddington était debout et les fixait de ses yeux bruns et froids. Il avait immédiatement reconnu Lily. Glissant la main dans la poche de son revers, il extirpa la lame brillante d'un scalpel argenté.

— Rejoignez Estelle, ordonna Strangford avant de s'avancer, ses bottes crissant sur les éclats de verre.

Un brusque élan de fureur la traversa : contrairement à son compagnon, elle possédait une arme et était donc mieux équipée que lui pour affronter le médecin – même si la perspective de devoir esquiver sa lame tranchante et étincelante lui retournait l'estomac. Mais elle n'avait pas le temps de protester : Waddington avait déjà bondi sur l'étagère accidentée et l'enjambait à toute vitesse. L'instant d'après, les deux hommes se rencontraient.

La main de Lily se crispa sur sa canne, son corps prêt à se jeter dans la mêlée.

Le scalpel de Waddington scintilla en plongeant vers le ventre de Strangford, mais ce dernier se déplaça – un mouvement simple, aussi léger que celui d'un danseur. Il se contorsionna sur le côté et son bras se pressa contre celui de Waddington, le forçant à baisser sa lame. Dans le même temps, il brandit son autre main et lui assena un coup vif et sec à la mâchoire.

Son assaillant recula en titubant avant de revenir à la charge, sa lame brandie. Strangford l'accueillit par un autre de ces étranges mouvements de bras exécuté avec la grâce brutale de l'instinct. Cette fois, le médecin fut projeté au sol.

Le tai-chi-chuan, songea soudain Lily. L'art qu'Ash avait enseigné à Strangford afin de cultiver sa concentration et sa maîtrise de soi. Mais aussi un art martial d'autodéfense. À l'évidence, Strangford l'appliquait au pied de la terre, délibérément ou par pur réflexe.

À terre, Waddington s'empara d'un lourd tesson de bocal pour le lancer sur Strangford, l'obligeant à se baisser avant de se relever d'un bond.

Derrière elle, Estelle gémit et leva la main vers l'aiguille dans son cou. Lily se précipita pour rattraper les doigts vagabonds de la pauvre femme, les ramenant de force le long de son corps.

Waddington et Strangford se percutèrent à nouveau, mais cette fois, le médecin était prêt, conscient que son adversaire était redoutable, même désarmé. Il fit mine de tendre sa lame pour le surprendre au dernier moment par un coup de poing dans le flanc. La force du choc projeta le baron contre une autre étagère volumineuse, qui oscilla un instant avant d'aller s'écraser sur une seconde rangée, juste derrière. Lily se jeta sur le corps d'Estelle alors que de nouveaux morceaux de verre se brisaient sur le sol, renversant le guéridon sur lequel était posée la lampe à pétrole.

Elle vola en éclats, et aussitôt, les flammes suivirent la traînée d'huile répandue sur le bois sec du parquet.

Les deux hommes, entraînés par leur corps-à-corps carnassier, abandonnèrent tout d'un coup le chaos de la salle.

Lily se tourna vers Estelle, toujours allongée sur la table, paupières closes et doigts crispés. Elle percevait encore les échos du combat, le fracas des bols et le craquement du bois. Elle délaissa sa canne et saisit les bords de la table, qu'elle fit rouler aussi loin des flammes que possible avant de se heurter aux débris des étagères. Elle récupéra alors son arme et se rua vers les bruits de lutte.

Un autre fracas, un juron cinglant… Lily franchit l'angle du couloir pour découvrir les deux hommes qui s'affrontaient non loin du précipice, sur le bord surplombant le bassin.

Elle aperçut une nouvelle entaille dans la manche de Strangford, là où il avait rencontré la lame de Waddington. Lily était incapable d'estimer la gravité de la blessure. La joue de Strangford était en sang, son menton cramoisi. Le lieutenant l'avait acculé et le gouffre obscur s'ouvrait, béant derrière lui.

— N'avancez pas, aboya-t-il.

Sourde à ses protestations, elle s'élança dans leur direction, abattant le bois de fer vers les côtes de Waddington. Malheureusement, l'avertissement de Strangford l'avait alerté : il s'était retourné à l'approche de Lily, encaissant le coup de biais et parvenant à refermer les mains autour de la canne. Il la lui arracha et l'arme fut projetée dans le bassin en contrebas, le bruit d'éclaboussures lui parvenant depuis le rez-de-chaussée.

Waddington, toujours muni de son scalpel, fondit sur Lily, qui se laissa tomber en arrière pour l'éviter, atterrissant brutalement sur le sol. Alors qu'il fusait à nouveau vers Lily, Strangford le percuta de côté. L'impact les projeta tous deux vers le bord, où ils basculèrent.

Elle entendit le fracas d'une chute dans l'eau.

S'avançant près du trou, elle baissa les yeux vers le bassin et attendit.

Un long moment s'écoula.

Enfin, elle entendit la respiration de Strangford lorsqu'il remonta à la surface. Elle distinguait vaguement l'ovale clair de son visage dans l'eau sombre.

— Lily, allez-vous-en !

Son regard longea alors le rebord et elle aperçut Waddington, suspendu à quelques mètres d'elle. Avec horreur, elle le vit balancer la jambe et se hisser sur le sol de l'étage. Sa main jaillit et, à l'éclat argenté, elle comprit qu'il venait de récupérer son scalpel.

Lily s'élança sous le toit en flammes. L'incendie se propageait ; elle devait retourner auprès d'Estelle.

Elle s'enfonça à nouveau dans le labyrinthe. Tours et détours semblaient destinés à la désorienter, la forcer à revenir sur ses pas. La fumée étouffait l'air et ses poumons étaient en feu, mais elle résista à la toux qui montait, s'accroupissant plutôt au ras du sol, toujours à l'affût d'un signe de Waddington derrière elle.

Enfin, elle franchit une autre étagère et déboucha dans l'alcôve jonchée d'éclats de verre.

Estelle, toujours sur la table, tentait de s'asseoir, ses yeux ouverts. Des flammes dansaient tout autour d'elle. Elle tenait l'aiguille dans sa paume et du sang s'écoulait de son cou, rougissant le côté de son caftan.

Lily accourut et lui prit la main, qu'elle appliqua sur la blessure.

— Il faut partir, lui dit-elle sur un ton qu'elle s'efforçait de maîtriser.

On eût dit qu'Estelle ne l'avait pas entendue. Son regard était vague, comme si elle n'avait pas conscience du brasier qui prenait de l'ampleur autour d'elle. Elle marmonna quelque mot que Lily ne comprit pas, des borborygmes sans queue ni tête, ou bien une langue qu'elle ignorait.

— Estelle, je t'en prie. Il faut que tu te lèves.

Les yeux de la médium dérivèrent vers elle avant de continuer leur chemin pour se fixer quelque part par-dessus son épaule.

— Voleur, tonna-t-elle, le sang suintant entre ses doigts. (Le mot était lourd et chargé, prononcé avec un accent qui n'était pas le sien.) Meurtrier. Alukah.

Alukah.

« Buveur de sang » en hébreu. La langue de Mariah Reznik, une femme que les innombrables abus commis par Waddington avaient poussée à l'autodestruction. Les paroles d'une défunte au corps et sang souillés, dans la bouche d'une femme en communion avec l'au-delà.

Estelle n'avait pas le regard dans le vague : elle prêtait sa voix à une victime qui, en cet instant, regardait son assassin droit dans les yeux.

Au-dessus de l'épaule gauche de Lily.

Elle se baissa.

Le scalpel lui frôla le cou, passant dans un sifflement au-dessus de sa tête. Lily se releva en tâtonnant de l'autre côté de la table, puis elle saisit un morceau d'étagère et le jeta sur Waddington, qui s'arrêta pour laisser son épaule encaisser le coup.

Elle franchit le bord de la table en dérapant sur le parquet, une planche brisée dans ses mains. Des échardes lui entamaient la paume et au bout dépassait la pointe d'un clou arraché.

Waddington bondit.

Il l'attrapa par la taille, l'enserrant comme un étau, son souffle chaud tout près du col de son manteau.

Mue par un regain instinctif, elle projeta la planche devant elle. Le scalpel, qui descendait tout droit sur sa gorge, se ficha dans le bois. Appuyant ses pieds contre l'épais mur de briques, elle repoussa Waddington dans l'étagère derrière elle. Il la relâcha pour se protéger d'une chute de verre, la laissant prendre un peu de distance. Mais il n'en avait pas fini avec elle. Ajustant les doigts autour de son scalpel, il s'approcha à nouveau.

Il allait la tuer. Elle savait qu'il n'hésiterait pas un seul instant.

Ses poumons étaient saisis de spasmes et elle avait les yeux brûlants.

Elle agita sa planche dans un mouvement désespéré, mais il l'esquiva avant de riposter. La lame jaillit en direction de ses côtes. Cette fois, elle dévia le coup avec la planche, retrouvant un semblant de contrôle. Il reviendrait à la charge dans un instant, comme chaque fois. Elle devait se tenir prête.

Lorsqu'il chargea, Lily se jeta sur le côté. Au même moment, elle pivota et lui assena un coup par-derrière quand il la dépassa, entraîné par son élan. Elle visa la tête. La planche atteignit sa cible, le bois percutant violemment Waddington pour y rester coincé.

Il bascula en avant dans un mouvement qui lui arracha des mains son arme de fortune. Le clou était logé dans sa tête, profondément enfoncé dans son crâne.

Il s'effondra sur les genoux, le regard tourné vers Lily avec un étonnement rigide, avant de s'affaisser.

Lily baissa les yeux : du sang s'échappait du crâne du lieutenant, à l'endroit où la pointe de fer avait traversé son cerveau. Ses yeux demeuraient ouverts, mais aveugles. Il ne bougeait plus.

La terrible réalité de son acte commença à poindre, et l'espace d'un instant, elle en fut paralysée. Puis un autre fracas retentit dans l'entrepôt et la fumée devint plus épaisse.

Elle devait quitter cet endroit.

Dans la salle d'opération, Estelle était debout, vacillante et instable sur ses pieds.

— Lily, quelqu'un a mis le feu à la pièce.

Passant le bras d'Estelle par-dessus son épaule, elle glissa le sien autour de sa taille et l'aida à avancer. Ensemble, elles contournèrent le brasier et s'engouffrèrent dans le dédale obscur des couloirs, passant devant le recoin des produits chimiques dont les bocaux brisés gisaient à présent dans des flaques aux émanations toxiques qui l'étouffèrent autant que la fumée. Lily s'évertuait à se rappeler le chemin qu'ils avaient emprunté à l'aller. Devaient-elles prendre à droite ou bien à gauche après cette pile de caisses ? Fallait-il continuer tout droit ou tourner après l'enchevêtrement de supports à cathéters ?

Enfin, elle l'aperçut : la porte de l'escalier, au bout du long couloir étroit.

Derrière elle, d'autres meubles de bois en feu s'écroulèrent dans un vacarme. Quelque chose changea dans l'atmosphère, comme si l'air se retirait avant de gonfler à nouveau. Un souffle puissant comme une lame de fond les balaya, suivi par la déflagration des flammes dévorant plusieurs gallons de produits explosifs.

Elle fut projetée avec Estelle contre les étagères. Les pots de chambre s'écrasèrent sur le sol et des éclats de porcelaine volèrent alentour. Le parquet gémit douloureusement sous le poids soudain écrasant des sinistres initiatives de Hartwell.

Lily redressa Estelle et l'entraîna vaille que vaille, ses bottes dérapant à chaque pas. Le tumulte continuait derrière elle : le sol cédait lentement, emportant avec lui les étagères. À présent, le brasier rugissait comme une bête affamée et l'air était irrespirable.

Elles déboulèrent dans la cage d'escalier, hors d'haleine. Lily aida Estelle à descendre sur ses jambes flageolantes. Alors qu'elles atteignaient le palier, à l'étage qui tenait lieu de garde-meubles, Lily jeta un œil de l'autre côté de la porte pour constater que cette salle aussi était en feu.

Strangford.

Avait-il essayé de remonter dans l'entrepôt pour les trouver ? Était-il quelque part dans cet enfer de flammes ?

Cette pensée éveilla en elle un sentiment de panique, bien plus dangereux que la fumée oppressante pour ce qu'il lui restait de santé mentale.

Le bras d'Estelle se crispa contre son épaule. La fumée la suffoquait. Lily devait la faire sortir au plus vite.

Elle s'extirpa du labyrinthe incandescent, s'en retournant à la cage d'escalier. Une fois au rez-de-chaussée, elles s'affaissèrent contre la sortie. Lily laissa son amie glisser à terre, dégageant ses bras pour s'attaquer au verrou.

Lorsqu'elle ouvrit la porte géante, l'air froid les enveloppa. Soutenant Estelle, Lily tituba dans la cour enneigée. Comparé à la gifle de l'hiver glacial, l'intérieur du bâtiment était devenu une fournaise. La pureté de l'air qui s'engouffrait dans son corps était plus brûlante encore que la fumée. Elle s'effondra en toussant, ses poumons avides d'oxygène.

À genoux dans la neige, Estelle était toujours appuyée contre elle.

Où était Strangford ?

La tempête était passée. L'air était calme. Plus loin sur la Tamise, le ciel se parait du rose tendre de l'aube.

Soudain, des roues crissèrent dans la cour. Les deux chevaux bais de l'attelage étaient parfaitement assortis, le fiacre noir verni aussi luisant qu'un corbillard. Toujours accroupie dans la neige, elle le vit s'arrêter près d'elle.

La portière s'ouvrit et la silhouette familière, longue et élégante, de l'un des physiciens les plus reconnus de l'empire apparut.

— Vous, commenta Hartwell en découvrant Lily qui haletait encore, prostrée au sol. J'aurais dû m'y attendre en voyant cette fumée.

D'autres bottes s'avancèrent dans la neige.

— Le lieutenant Waddington ? demanda-t-il alors que deux nouvelles paires de chaussures apparaissaient dans son champ de vision.

— Il est mort, fit-elle d'une voix sifflante.

— Une bien fâcheuse complication, soupira-t-il. Essayons au moins de sauver ce que l'on peut. (Levant les yeux vers la bâtisse en flammes, il ajouta :) Je suis assuré, c'est déjà cela.

Il se tourna vers le coffre fixé à l'arrière du fiacre et l'ouvrit pour en sortir un étui fin.

— Installez ces deux femmes à l'intérieur, je vous prie.

Des mains brusques saisirent Lily par les bras, la tirant vers le haut. Elle reconnut le visage de l'homme qui la malmenait :

Gibbs, l'auteur des hématomes qui marquaient encore sa gorge, sous la laine de son écharpe.

Elle était trop essoufflée pour lutter, encore sonnée par la pureté de l'air froid.

Alors qu'il la traînait jusqu'à la voiture, ses talons laissant des traces dans la neige, elle vit le toit de l'entrepôt pencher dangereusement, puis s'effondrer. Aussitôt, l'incendie rugit de plus belle. Le bâtiment tout entier était en proie aux flammes qui brillaient derrière chaque fenêtre.

La gravité de la situation la percuta avec la violence d'un train : si Strangford était dans ce bâtiment, il était mort.

Un chagrin insoutenable déferla en elle, une douleur si vive et absolue qu'elle balaya toute autre pensée sur son passage.

Hartwell enfonça une aiguille dans le bouchon d'une fiole remplie d'un liquide clair, puis il souleva la seringue.

— Approchez-la de la lumière du fiacre, s'il vous plaît. J'ai besoin d'une veine.

Lily fut écrasée sur la carrosserie, sa tête contre le bois laqué, éblouie par l'éclat de la lanterne à pétrole. Deux hommes la maintenaient immobile. Refermant la main dans ses cheveux, Hartwell lui tira la tête en arrière.

— Et voilà, annonça-t-il alors que l'aiguille se fichait dans son cou.

Le monde devint gris. Le feu semblait toujours faire rage en arrière-plan, comme le souvenir d'un passé lointain.

La pensée de Strangford fut accompagnée d'un dernier soubresaut de résistance éperdue. Puis les ténèbres la submergèrent.

CHAPITRE XXXII

Lily se réveilla sur le sol d'une pièce exiguë et dépouillée. Les murs étaient blancs, l'odeur âcre de la peinture fraîche encore épaisse dans l'air. La lumière crue d'une ampoule électrique fixée au mur derrière une grille d'acier éclairait la pièce.

Elle se redressa péniblement, avec la désagréable impression que sa bouche avait été remplie de coton et la tête tout aussi embrumée. Ses vêtements empestaient la fumée. Il faisait froid.

La pièce était complètement vide, sans le moindre meuble. Tout juste une cellule de prison. L'unique fenêtre était creusée dans le mur opposé à la porte, bloquée par un grillage à charnières vissé au cadre par d'épais boulons et sécurisé par un lourd cadenas.

Elle jeta un œil de l'autre côté : à l'évidence, elle ne se trouvait pas à Londres, mais dans une campagne immaculée, ses champs couverts de neige que mouchetaient quelques bosquets. Un paysage vaguement familier. Elle observa les murets de pierre et les haies d'ajoncs qui longeaient le virage souple de la route.

Hampstead Heath.

Évidemment ! Elle avait emprunté ces routes des dizaines de fois avec sa Triumph – bien que jamais sous la neige. Et le virage en contrebas n'était autre que celui où elle avait eu son accident, quelques semaines seulement auparavant.

Quel était donc son angle de vue ?

Ses pensées revinrent au jour où sa chaîne avait sauté, et elle revit le vieux manoir imposant, isolé sur une butte en surplomb de la route. Il s'en dégageait alors une impression d'abandon et de négligence, en dépit des échafaudages qui couvraient l'une des ailes – raison pour laquelle Strangford avait préféré la conduire à la ferme la plus proche pour demander de l'aide.

Strangford.

Un souvenir bien plus récent s'imposa à son esprit, le tout dernier avant qu'elle ne se réveille dans cet endroit : l'éclat des braises fusant dans le ciel alors que le toit de l'entrepôt s'effondrait. Se trouvait-il encore à l'intérieur ? Était-il sorti du bassin obscur, au centre du bâtiment, pour se lancer à sa recherche ? Si tel était le cas, il était mort. Rien ni personne n'aurait pu survivre à ce brasier.

Le chagrin lui fit l'effet d'un coup de poignard. Elle l'avait rejeté, déployant tous ses efforts pour le faire fuir. Et pourquoi ? Parce qu'elle était déterminée à ne pas devenir une vulgaire maîtresse ?

Non. Elle s'en rendait bien compte, à présent. Ce n'était pas par refus de suivre les traces de sa mère, mais bien par peur ; la peur, pure et simple, de s'attacher, de laisser le désir la rendre vulnérable, soumise à la possibilité d'un nouvel abandon… comme son père l'avait abandonnée toutes ces années plus tôt. À cause de cette peur, elle avait nié l'importance que Strangford avait prise à ses yeux. Et maintenant, il avait certainement disparu.

Une détresse aiguë menaçait de l'engloutir, mais elle devait résister. Elle ne pouvait pas s'effondrer – pas maintenant, pas encore. Elle devait rassembler toutes les ressources dont elle disposait afin de déterminer où elle était et comment se sortir de là.

D'après l'angle de la route, elle devait être à l'intérieur du manoir abandonné qu'elle avait aperçu après son accident. Mais comment diable était-elle arrivée ici ?

Hartwell. La dernière chose qu'elle avait vue avant de sombrer dans le sommeil était des cendres virevoltant autour de ses bottes cirées, dans la neige de la cour de l'entrepôt, alors qu'une aiguille s'enfonçait dans son cou.

Il l'avait droguée, tout comme Estelle, ce qui expliquait son réveil dans ce nouvel endroit.

Elle se rappela les papiers qu'elle avait aperçus sur son bureau, une hypothèque pour l'achat d'une propriété sur Hampstead Heath. Voilà donc le grand projet de Hartwell. Mais pourquoi l'avait-il amenée ici ?

L'aube poignait à peine quand l'entrepôt s'était affaissé. À présent, le soleil était encore bas à l'horizon… sauf qu'il ne s'agissait pas du même horizon. Lily regardait vers l'ouest, pas vers l'est : le soleil se couchait. S'agissait-il du même jour ? Ou bien était-elle restée inconsciente plus longtemps encore ?

Un bourdonnement dans son esprit attira son attention, la certitude indéniable que quelqu'un arrivait.

Un moment plus tard, des pas retentirent dans le couloir, s'arrêtant à la porte de sa chambre, qui s'ouvrit pour révéler la silhouette massive de Mr Gibbs.

— Le docteur veut vous voir dans son bureau, dit-il, le ton impassible en dépit de la méfiance hostile qui pointait dans son regard.

Que ne donnerait-elle pas pour avoir sa canne en cet instant… Elle envisagea un moment d'implorer son aide, mais il avait encore des croûtes sur les mains et le visage, résidus des blessures que lui avait infligées l'armée impitoyable de pigeons sous le commandement de Sam.

Non. Elle n'obtiendrait aucune aide de ce côté-là.

Elle le suivit.

Long et froid, le corridor était seulement éclairé par des lampes électriques grillagées. Les portes se succédaient dans les deux sens, toutes identiques à l'exception des numéros soigneusement inscrits sur leur gauche. Lily sortait de la 109. Elle compta les autres à mesure qu'elle les dépassait : 111, 113, 115… Il y avait quelque chose de vaguement familier dans cette scène, mais son esprit refusait de la situer, vibrant toujours d'une énergie nerveuse.

Ils atteignirent un escalier, et après une volée de marches, tournèrent dans un autre couloir similaire. D'autres portes rapprochées défilèrent, à égale distance les unes des autres, avec des numéros croissants : 201, 203, 205… Lily s'arrêta devant la salle 207. Grande ouverte, la porte révélait une pièce carrelée sans fenêtres occupée par une énorme baignoire en fer.

Elle se remémora soudain le froid, l'eau glacée qui se refermait au-dessus de sa tête, ses poumons hurlant alors que des mains la maintenaient fermement sous la surface – un fragment de la vision suscitée par le vin de Jurema.

— À quoi cette chambre sert-elle ? demanda Lily.

— Si j'étais toi, je ne serais pas pressé de le découvrir, répondit Gibbs avant de la pousser en avant.

Le couloir se divisait en deux. Un côté était barré par une toile de peintre punaisée aux murs. Au-delà, il faisait noir et un courant d'air froid filtrait par les interstices. Une caisse à outils était posée à côté, dévoilant une scie à bois, un marteau et un pied-de-biche. Quelles que soient les rénovations en cours, les travaux n'étaient pas terminés.

Gibbs la détourna du rideau pour l'entraîner vers l'autre branche du petit couloir, où elle s'arrêta sur le seuil du bureau de Hartwell.

S'il s'agissait autrefois du bureau d'un gentleman, il en était à présent à divers stades de délabrement : les murs, grossièrement poncés par endroits, avaient perdu plusieurs bandes de papier peint ; les lattes du parquet étaient nues et présentaient de petits trous, là où des séries de clous les avaient percées autrefois pour retenir un tapis ; une lampe électrique, alimentée par un cordon qui rejoignait le couloir, éclairait un imposant bureau en chêne.

Il y avait deux fenêtres, mais contrairement à sa cellule, celles-ci étaient hautes et dépourvues de grilles.

Hartwell se tenait au bureau, un dossier médical à la main, dans lequel il ajoutait quelque annotation. Enfin, il se retourna pour le déposer dans le tiroir ouvert d'un meuble de classement derrière lui. De toute évidence, l'armoire en acier était neuve et ignifugée. Hartwell ferma et verrouilla le tiroir, remettant la clé dans la poche de sa veste.

— Miss Albright, docteur, annonça Gibbs.

— Merci, Mr Gibbs.

Hartwell le congédia. Une fois que Gibbs eut refermé la porte du bureau, Lily se retrouva seule face à son ennemi.

— J'ai réfléchi à mes options en ce qui vous concerne, dit-il, une légère irritation dans la voix. Bien sûr, vous livrer aux autorités reste une possibilité, mais je dois admettre que cela me séduit bien moins maintenant qu'en début de soirée. Depuis, vous m'avez fait perdre beaucoup.

Une bourrasque fit trembler les vitres encrassées. De l'autre côté, le soleil déclinait, sa clarté disparaissant derrière la vaste étendue sombre d'une forêt.

— Les biens matériels de l'entrepôt peuvent être remplacés, bien sûr. Je ne serais pas assez stupide pour m'exposer à une telle perte. Mais cela va entraîner un retard dont je me serais bien passé. Enfin, tout cela n'est rien comparé à la mort du lieutenant Waddington.

— C'était lui, n'est-ce pas ? Dora Heller. Agnès McKenney. Sylvia Durst. Annalise Boyden. C'est lui qui les a tuées.

— Le lieutenant était un homme plein de ressources.

— Comment ? demanda-t-elle. Comment réussissait-il à entrer sans se faire remarquer ?

— Par la porte d'entrée, j'imagine, répondit Hartwell sur le ton de l'évidence. Sauf peut-être chez Mrs Boyden. Elle devait avoir une entrée de service.

— Alors, il se faisait passer pour un domestique ?

— Un technicien des services du gaz, répondit sèchement Hartwell. C'était son idée, et elle était brillante. Il pouvait ainsi transporter une mallette pleine de matériel sans se faire repérer.

Cela tombait sous le sens. Elle se remémora Sam lui expliquant la meilleure méthode pour s'introduire dans une maison : se faire inviter et ne plus repartir. On entendait suffisamment parler d'accidents sordides causés par des conduites de gaz défectueuses pour que personne ne refuse un technicien prétendant enquêter sur une éventuelle fuite. Waddington n'avait qu'à entrer, puis se faire oublier. Dans un foyer animé, tout le monde penserait que quelqu'un d'autre l'avait vu repartir.

Il se trouvait un recoin où attendre, puis ressortait au moment opportun pour accomplir sa sinistre tâche.

Elle se rappela la vision qui avait déclenché toute l'affaire. Une ombre y brandissait une aiguille argentée, surgissant du placard de la chambre d'Estelle.

Il avait dû se cacher là en attendant que rentre sa victime.

Ou alors, elle a filé avec l'employé du gaz.

Le commentaire de Mrs Bramble à Miss Bard, entendu depuis le seuil de la chambre d'Estelle, lui revenait à présent, ainsi que l'épouvante qui l'avait envahie lorsqu'elle avait compris que sa prémonition s'était réalisée.

Il y avait eu d'autres signes, bien sûr.

Dans sa vision sur la mort d'Annalise Boyden, l'ampleur des lampes à gaz de la chambre oscillait, leur lumière clignotant comme des phares.

Elle disposait de tous les éléments depuis le début – mais de manière indirecte –, réalisa-t-elle, les tripes saisies d'un malaise soudain.

Chaque fois que je l'interroge à ce sujet – qui t'a tuée, Agnès ? –, *elle me montre une lampe… une applique à gaz.*

Le fantôme d'Agnès McKenney, qui communiquait avec Estelle, lui avait donné l'avertissement le plus précis qui soit pour identifier son meurtrier : l'homme des lampes.

Hartwell la dévisageait froidement.

— Le lieutenant Waddington présentait des particularités tout à fait uniques. Ses caractéristiques hématologiques étaient extrêmement rares, combinées à la compétence et à la discrétion précieuses d'un parfait assistant médical… enfin. L'ennui, c'est que vous représentez une menace inhabituelle. Ainsi, j'ai décidé que le plus responsable était encore de vous intégrer.

— M'intégrer où ?

— Ici.

— Dans ce manoir vide ?

— C'est… enfin, ce sera… l'hôpital pour femmes du Grand Hampstead. Un asile d'aliénées privé. (Il feuilleta les derniers papiers sur son bureau et y inscrivit une courte note.) Une solution bien plus appropriée au problème que vous posez. Après tout, je ne serais pas étonné que votre comportement scandaleux soit motivé, en réalité, par des troubles mentaux. Les femmes saines d'esprit n'arpentent pas les rues de Londres habillées en garçons pour entrer par effraction dans des propriétés privées.

C'était aussi la solution la plus discrète. Si les forces de l'ordre étaient impliquées, il y aurait un procès, et les procès attiraient les journalistes comme des mouches. Même si Lily ne croyait pas que les tribunaux soient enclins à écouter ses accusations à l'encontre de Hartwell, la presse à scandale s'en délecterait certainement, causant des remous indésirables pour le physicien à la carrière prestigieuse. Au moins, en l'enfermant dans son asile, il s'assurait que les vérités qu'elle tenterait d'exprimer soient rejetées comme les divagations d'une déséquilibrée.

— Vous serez démasqué tôt ou tard.

— Et pour quel crime ? Pour avoir exercé la médecine ?

— Les médecins ne tuent pas les gens.

Il plissa les yeux.

— Il s'agit de travaux de recherche, Miss Albright. Des travaux qui pourraient bien bouleverser l'avenir de la race humaine. Il n'existe pas d'objectif plus méritoire, au contraire.

Les liens continuaient à s'opérer dans son esprit, provoqués par sa proximité, par l'urgence de la situation.

Elle revit le portrait suspendu au mur de la galerie, l'avertissement d'une artiste morte depuis trente ans ; l'histoire de Mordecai Roth, sur ce prétendant éconduit par une femme qu'il n'avait aucune raison logique de courtiser.

Elle se remémora les mots prononcés dans l'ambiance feutrée de la salle de réflexion de Robert Ash.

Ma femme était une charismatique.

— Evangeline Ash, dit-elle tout à trac.

À ce nom, Hartwell plissa les yeux.

— Vous vous aventurez sur un terrain dangereux, Miss Albright.

— Saviez-vous ? reprit-elle sans se laisser réduire au silence par l'intimidation. Saviez-vous ce qu'elle était ?

— Je crains de ne pas comprendre ce que vous voulez dire.

— Je pense que vous le savez très bien, au contraire. Il n'a jamais été question de recherche. C'était elle depuis le début. Comme vous ne pouviez l'avoir, vous avez décidé d'arracher à quiconque tomberait sous votre coupe un écho de ce qu'était cette femme. Il n'y a rien de noble là-dedans, docteur Hartwell. C'est de la cupidité pure et simple.

Le temps resta suspendu, comme si la pièce elle-même retenait son souffle.

Enfin, il abattit son stylo sur la table, assez fort pour projeter une giclée d'encre sur le buvard.

— Ne faites pas comme si vous pouviez lire dans mon âme. Vous vous croyez moralement supérieure ? Je suis médecin. J'ai passé les vingt premières années de ma carrière dans un dispensaire. J'ai vu la misère et la dégradation auxquelles une vie humaine peut être soumise, sous toutes les formes possibles et imaginables. Vous me jugez sans penser aux milliers de personnes dont les souffrances futures seront soulagées par les améliorations que j'apporterai à notre race. (Il se ressaisit, retrouvant sa contenance.) Mais je m'emporte. On ne raisonne pas avec les fous.

Il reprit son stylo et griffonna soigneusement quelques notes supplémentaires.

— Je modifierai votre nom sur les documents d'admission, bien entendu. Personne ne viendra vous chercher, j'imagine, mais on n'est jamais trop prudent. (Après avoir séché la page, il la porta à ses yeux.) Mrs Amanda Church. Souffre de manie nerveuse. Traitement prescrit… thérapie… par l'eau, ânonna-t-il, la plume à la main.

La terreur au ventre, Lily songea à la grande baignoire en métal, à l'eau glacée et ses efforts pour reprendre son souffle.

Il fronça les sourcils en réfléchissant.

— Je ferais mieux de vous mettre sous laudanum. Nous pourrions commencer par une dose complète, que nous réduirons en fonction de votre réaction. Cela pourrait vous faire du bien, ses effets sont très relaxants.

— Et Estelle ?

— La saphique ? Elle ne restera pas longtemps ici. Il me faut simplement trouver un autre partenaire de recherche présentant un groupe sanguin compatible.

La peur s'insinua en elle, rapide et redoutable, enserrant ses longs tentacules glacials autour de son cœur : il avait le pouvoir de mettre ses menaces à exécution, y compris de la renvoyer dans cette chambre sous un autre nom. Même si elle parvenait à contacter quelqu'un de l'extérieur, qui accorderait plus de crédit aux délires d'une aliénée qu'à la parole d'un médecin respecté ? Personne ne l'écouterait, ne remettrait en question sa présence dans cet hôpital. Hartwell la contrôlerait tout entière, aussi longtemps qu'elle vivrait, recluse dans cet enfer. Et Estelle ? Il l'anéantirait dès qu'il en aurait les moyens.

Comment pouvait-elle l'arrêter ? Elle n'avait rien à négocier, aucun moyen de pression à revendiquer, ni argument à mettre sur la table…

Et pourtant. Elle possédait un atout qui piquerait à coup sûr la curiosité de Hartwell. Seulement, pouvait-elle en faire une monnaie d'échange assez puissante ?

— Et si je vous offrais un sujet de recherche plus intéressant encore ? demanda-t-elle.

— Comment cela ?

Ignorant son dédain, Lily continua :

— En admettant que je le puisse, laisseriez-vous partir Miss Deneuve ? Vous avez dû la droguer, comme moi. Si elle se rappelle l'entrepôt ou Waddington, ce ne seront que des souvenirs confus. Quand elle se réveillera ici, il vous suffira de lui dire qu'elle y a été amenée pour des soins et du repos, et que vous ignorez ce qui lui est arrivé. Elle vous croira. Elle n'a aucune raison de ne pas vous faire confiance. Je ne lui ai jamais parlé de votre implication.

— C'est un scénario envisageable, mais je ne vois pas…

Elle l'interrompit avant qu'il puisse terminer :

— Si je vous offre un meilleur sujet, jurez-vous sur votre honneur de médecin et de gentleman… (Les mots faillirent bien l'étouffer, mais Lily parvint tout de même à les prononcer.) Jurez-vous de la libérer saine et sauve ?

— Vous avez passé votre temps à juger mes actes, et maintenant vous me proposez de sacrifier une vie pour protéger un être cher. J'espère que vous êtes consciente de l'hypocrisie d'une telle demande.

— Dites-moi simplement que vous acceptez mes conditions.

— Je me réserve le droit d'en juger, selon ce que vous me proposez à la place. Et je ne libérerai pas la médium avant que le sujet que vous m'offrez, quel qu'il soit, ne m'ait été remis. Même dans ce cas, il faudra traiter la question avec une grande délicatesse…

— Alors, marché conclu ?

— Si vous êtes vraiment en mesure de fournir ce que vous promettez, alors oui. J'épargnerai cette femme. Mais je ne vois pas bien comment vous pourriez faire, étant donné que vous venez d'être admise dans un asile. (Il secoua la tête.) Gibbs !

Il n'y avait aucun miroir dans cette pièce, aucune bassine remplie d'eau, mais il lui fallait trouver quelque chose. Hartwell ne la croirait pas sur parole. Comme les invités des séances d'Estelle, il avait besoin d'un spectacle, d'une démonstration.

Le regard de la prisonnière se porta sur le meuble de classement, où la lumière de la lampe électrique se reflétait sur l'acier d'un noir luisant. Elle prit une inspiration, fermant sa conscience à la présence de l'homme de main de Hartwell qui revenait à la porte. Elle s'efforça d'ignorer les mots qu'ils échangèrent, désespérément concentrée sur son ersatz de miroir.

Il fallait que ça fonctionne. Il le *fallait*.

Une peur tenace menaçait de détourner son attention, mais elle refusait d'y céder.

Le reflet de la lumière vacillait, dansant comme la flamme d'une bougie sur l'acier noir. La pièce s'étrécit alors, ses recoins les plus éloignés basculant dans l'obscurité… enfin, il ne resta plus que la lueur.

Demande ce que tu veux voir.

N'importe quoi, mais maintenant, pensa-t-elle avec empressement. Tout de suite.

Une vision se présenta à elle, aussi claire qu'absurde. Puis elle disparut et Lily se retrouva dans le bureau délabré.

Elle ouvrit alors la bouche, et les mots se bousculèrent pour franchir ses lèvres.

— Un camion va bientôt passer sur la route. Blanc. Ses phares allumés. Il… (L'absurdité de ce qu'elle s'apprêtait à dire lui fit marquer une pause, mais elle continua. Elle ne pouvait pas douter, pas maintenant. Elle devait y croire.) Il est conduit par un chien, termina-t-elle.

Hartwell la dévisagea avec une surprise muette, comme s'il tombait des nues en découvrant qu'elle était bel et bien folle.

— Qu'est-ce qu'elle raconte ? demanda Gibbs, perplexe.

Au même instant, le grondement d'un moteur se fit entendre à travers le vitrage fin, de plus en plus fort à mesure que le véhicule se rapprochait. Hartwell regardait toujours Lily, un intérêt accru transparaissant soudain dans ses yeux plissés. Enfin, il rejoignit la fenêtre et l'ouvrit, poussant la vitre sale. L'air froid s'engouffra dans le bureau.

Un camion blanc dévalait la route. Le vrombissement du moteur chassa une volée de corbeaux épars dans les champs, qui s'envolèrent brusquement, taches noires sur le ciel de plus en plus sombre. Quelques-uns se posèrent sur les branches du grand chêne de la cour.

La vitre du côté conducteur était ouverte et la tête d'un beagle en dépassait. Le chien haletait, l'air ravi, dans la brise, perché sur les genoux de son maître qui relâchait l'accélérateur pour ralentir en empruntant le virage de l'allée. On entendit un crissement de gravier, puis le moteur s'arrêta.

Hartwell se tourna vers Lily.

— Comment ? Comment avez-vous su ?

Elle ne lui offrit aucune réponse, se raccrochant farouchement à un filament de connaissance encore actif au fond de son être. Plus qu'un simple instant de divination, c'était autre chose, quelque chose d'étrange et de familier à la fois, comme un vieil ami que l'on retrouve sur le pas de sa porte.

— Vous avez de la visite, lui dit-elle. (L'information était à portée de main, elle le sentait, et elle puisa en elle pour en savoir plus.) Il est question de température.

On frappa à la porte, au rez-de-chaussée, et des éclats de voix montèrent jusqu'à eux. Quelques instants plus tard, des pas retentirent dans le couloir.

Lily reconnut le nouveau venu. C'était l'homme qui conduisait le fiacre de Hartwell, la nuit précédente. Il était grand et mince, d'une beauté presque ennuyeuse. Sa casquette de cocher dépassait de la poche de son pantalon.

— Qu'y a-t-il, Mr Northcote ? demanda Hartwell.

— Désolé de vous déranger, docteur, mais il y a quelqu'un en bas. Il dit qu'il vient pour la chaudière.

Au lieu de répondre, Hartwell tourna lentement les yeux vers Lily.

— Dois-je le laisser entrer ? insista Northcote.

— Le moment est mal choisi.

— Eh bien, c'est exactement ce que je lui ai dit, mais apparemment, il ne repassera pas dans le coin avant une quinzaine de jours et je sais que la peinture ne séchera pas par ce temps sans chauffage. Alors, on ne va rien pouvoir faire pendant quinze jours, et comme vous avez des délais à respecter…

Hartwell commençait à s'agacer, mais Northcote semblait immunisé contre sa colère.

— Surveillez-la, lâcha finalement le médecin à Gibbs. Veillez à ce qu'elle ne tente rien de stupide.

Et le physicien de sortir à grandes enjambées, suivi par Northcote.

Enfin, Lily lâcha prise sur son pouvoir. La tension qu'exigeait le maintien de sa connexion l'avait poussée à l'extrême, et lorsque cette dernière s'interrompit, se rabattant progressivement, Lily expulsa un long souffle frémissant.

Comment avait-elle réussi ?

Les drogues, sans doute. Bien que la vision soit terminée, d'autres effets persistaient. Elle s'en sentait chargée à bloc comme la batterie de la lanterne magique d'Estelle.

Pourtant elle n'avait guère le temps de réfléchir aux implications de sa découverte ni de se soucier de la durée d'un tel phénomène. Elle devait évaluer ses options au plus vite.

Elle balaya furtivement le bureau des yeux et son regard s'arrêta sur un contour étroit dans le mur : une porte, pas plus grande que celle d'un placard, portait le même papier peint que le mur. Si des bandelettes n'étaient pas à moitié décollées, elle aurait été presque invisible. Lily se demanda si elle pouvait explorer les lieux sous la surveillance de Gibbs, toujours à l'entrée de la pièce.

Elle s'approcha de la fenêtre à guillotine. Le montant n'était pas bloqué et elle souleva le châssis. Elle se trouvait à une dizaine de mètres du sol verglacé, dur comme la pierre. Impossible de descendre le long de la façade lisse du bâtiment. Certes, il y avait toujours le grand chêne dans la cour, mais sa branche la plus proche était hors de portée, même si elle prenait le risque de sauter.

Un énorme corbeau était perché sur la branche dépourvue de feuilles, son regard morne tourné vers la lande.

— Si tu essaies, tu vas te casser le cou, aboya Gibbs derrière elle.

L'oiseau se retourna. Ses yeux noirs et ronds comme deux galets se braquèrent sur ceux de Lily, la toisant avec une intelligence sinistre.

Quels sont les animaux les plus intelligents ?

Les corbeaux.

Quel paiement demandent-ils ?

Plus que vous ne consentiriez à donner.

Elle se remémora les paroles de Sam, dans le salon du Refuge, sous le tableau de François d'Assise prêchant devant une assemblée de moineaux.

Le désespoir l'étrangla.

Elle ne pouvait pas s'en sortir seule.

Strangford n'était plus. Sa disparition l'emplissait d'un chagrin encore sourd qui attendait son heure aux abords de sa conscience pour la consumer tout entière.

Mais d'autres pouvaient encore lui venir en aide.

L'oiseau de l'autre côté de la fenêtre ébouriffa ses plumes, ses yeux noirs scintillant dans les dernières lueurs du couchant.

Elle eut alors une idée, une initiative ridicule, la tentative désespérée d'une femme qui méritait peut-être, tout compte fait, d'être enfermée dans un asile.

Elle tenta sa chance malgré tout.

— Il y a un garçon à Bloomsbury qui parle aux oiseaux, souffla Lily.

Le corbeau sur le grand chêne darda vers elle ses yeux noirs, la dévisageant sans ciller.

Lily continua, sans se laisser déconcerter par ce regard étrange et pénétrant.

— Dis-lui que je suis ici, que j'ai besoin d'aide. Je t'en prie. Quel que soit ton prix, je le paierai. Dis-lui simplement que… (Sa voix se brisa et elle déglutit avant de poursuivre :) Dis-lui que nous sommes ici.

— Bon, allez, ça suffit maintenant. Éloigne-toi de cette foutue fenêtre, s'écria Gibbs depuis la pièce.

— Le garçon de Bloomsbury qui parle aux oiseaux, répéta Lily avec insistance sous le regard impassible du corbeau. S'il te plaît.

Des mains autoritaires lui agrippèrent les bras pour la ramener à l'intérieur et la vitre fut refermée, si fort qu'elle trembla dans son cadre. De l'autre côté, une nuée d'oiseaux noirs effrayés s'envola, décrivant des cercles au-dessus de la cour.

Tous sauf un, qui regardait fixement la fenêtre de ses yeux luisants.

Hartwell revint sur ces entrefaites. Au premier coup d'œil, il repéra Lily, que Gibbs avait jetée au sol.

— Ramenez-la dans sa chambre.

Gibbs lui empoigna le bras pour la redresser vigoureusement. Elle résista et se tourna vers le médecin.

— Alors, marché conclu ?

Gibbs tira de plus belle.

— Allez, bougre de sotte.

Mais elle campa fermement ses talons dans le parquet comme pour obliger Hartwell à lui répondre.

— Marché conclu ?

— J'y réfléchis, répondit-il sèchement.

Penché en avant, son épaule contre son ventre, Gibbs la souleva et l'entraîna dans le couloir. Ses os s'enfonçaient dans son corps à chaque pas jusqu'à la chambre 109, où il la jeta sans ménagement sur le plancher. Puis la porte claqua. Elle était épaisse et se referma dans un bruit mat. L'instant d'après, le verrou coulissa.

Lily s'approcha du fenestron. Le soleil se couchait et la pénombre gagnait le paysage de l'autre côté de la vitre grillagée. Elle distinguait à peine la forme sombre du chêne qui se déployait sur la vaste pelouse de la propriété à l'abandon.

Il n'y avait plus rien sur ses branches.

L'obscurité s'installa sur la lande. À présent, le soleil avait presque entièrement disparu derrière les arbres. Assise sur le sol froid et nu, Lily s'efforçait de ne pas céder à la terreur.

Elle s'était dévoilée, avait partagé son secret le plus intime avec un monstre dans l'espoir de lui faire promettre qu'il rendrait à Estelle sa liberté. Et il y avait de fortes chances qu'il ne tienne jamais cet engagement. Dans le meilleur des cas, elle pouvait espérer avoir suscité suffisamment d'intérêt chez lui pour détourner son attention d'Estelle pendant un moment, le temps qu'on leur vienne en aide sous une forme ou une autre.

Mais elle n'était pas dupe ! Personne ne volerait à leur secours. Sa seule chance reposait sur une conversation avec un oiseau. Non, pire encore, un monologue.

Hartwell viderait les veines d'Estelle dès qu'il aurait mis

la main sur un receveur compatible et digne de confiance. Le temps nécessaire pour trouver la perle rare pouvait lui faire gagner quelques jours tout au plus.

Lily était inscrite en tant que patiente, désormais. Et rien n'empêcherait Hartwell d'utiliser Mrs Amanda Church aussi longtemps qu'il en aurait besoin, tout comme il l'avait fait avec Mariah Reznik.

Et il n'y avait pas de lampes à huile ici.

Un désespoir épais menaçait de l'étouffer, au point de lui donner le vertige.

Soudain, elle eut la chair de poule. Un léger avertissement courait le long de ses bras : ils arrivaient. Elle le savait, mais à quoi bon ? Elle ne pouvait pas fuir. Elle n'avait nulle part où se cacher.

Un moment plus tard, la porte s'ouvrit sur Northcote et Gibbs.

— Enlevez-lui son manteau, fit la voix détachée de Hartwell depuis le couloir.

Les hommes la plaquèrent brutalement à plat ventre sur le sol. Ils lui retirèrent son manteau, pressant son visage contre les lattes rugueuses.

Elle vit les bottes de Hartwell qui entrait à son tour dans la chambre. Sur le sol à côté d'elle, il déposa une trousse médicale noire, qu'il déverrouilla et ouvrit pour révéler deux rangées de flacons bien alignés ainsi qu'une seringue à longue aiguille.

— Tenez-la bien et donnez-moi son bras gauche.

Northcote lui coinça les jambes. Par une pression du genou, Gibbs retint sa main droite dans son dos, si lourd qu'il menaçait de lui casser les côtes. Il tira sur son bras gauche, le tordant jusqu'à ce que son épaule hurle de douleur. Sa poigne était implacable.

Hartwell sortit l'un des flacons de sa trousse et le vissa sur la seringue.

Elle sentit ses doigts sur son bras. Ils étaient discrets, presque doux. Il déboutonna et retroussa jusqu'au coude la manche de son chemisier. Puis il extirpa une sangle en caoutchouc de l'étui et l'attacha autour de son bras, sous son épaule, avant de la serrer. Après quoi, il tapota la peau sensible au creux de son coude.

— Il se peut que vous sentiez une légère piqûre, lui dit-il sur un ton aussi froid et professionnel que lors d'un examen de routine.

L'aiguille perça sa peau. La douleur était faible, comparée à la vive pression exercée sur son épaule, mais elle était plus constante aussi. Lily sentit la pointe de l'aiguille tressauter lorsque Hartwell tourna une sorte de levier sur la seringue. Il le remit dans sa position initiale un moment plus tard, et après une autre secousse désagréable, il reposa la fiole sur le sol près de son visage.

Elle était remplie de sang.

Puis il en prit une nouvelle et la vissa sur la seringue. Une fois de plus, le levier fut actionné. Son corps était perclus de douleurs. Le genou de Gibbs lui broyait les doigts, et ses côtes lui faisaient souffrir le martyre. Sa joue raclait contre le parquet froid.

La deuxième fiole rejoignit la première, puis une troisième quitta la trousse.

Northcote déplaça son poids sur ses jambes, lui tordant le genou au passage et envoyant une décharge de douleur le long de sa cuisse.

L'aiguille tressauta dans son bras.

À présent, le troisième flacon rempli était aligné avec les deux autres.

— Ça devrait suffire pour les tests, annonça Hartwell comme s'il s'adressait à un public invisible aux abords de la pièce.

Il retira proprement l'aiguille de son bras. Elle sentit la pression de sa main à l'endroit de la piqûre. Avec soin, Hartwell lui enroula une bande de gaze autour du bras, qu'il fixa avec une épingle à nourrice. Enfin, il reboucha vigoureusement les trois fioles.

Elles étaient étiquetées *A. Church, chambre 109.*

Après les avoir rangées soigneusement à leur place dans la trousse médicale, il la referma et se leva.

Les hommes la relâchèrent d'un coup. Lily roula sur le côté, puis sur les genoux, ses bras endoloris bien serrés contre sa poitrine. Ses jambes étaient trop faibles pour qu'elle tente de se lever ; le sang refluait à peine dans ses veines, provoquant des picotements désagréables.

— Apportez-lui de quoi manger. Je ne veux pas qu'elle s'affaiblisse, ordonna Hartwell avant de quitter la pièce, emportant la trousse avec lui.

Northcote lui adressa un hochement de tête comme pour s'excuser du désagrément, tandis que Gibbs détournait le regard, claquant la porte derrière lui.

Tout doucement, elle posa un pied sur le sol et se redressa en titubant.

La peur ne l'avait pas quittée, ses doigts glacials toujours agrippés à son cœur, et pourtant c'était de rage que son corps tremblait à présent. Une rage pure, explosive.

Il ne s'en tirerait pas comme ça.

Même si elle était enfermée, seule, sans arme et sans espoir d'être secourue.

Elle n'était peut-être pas armée, mais elle n'était pas impuissante. Elle ne l'avait jamais été.

Elle se replia en son for intérieur, tout son être tendu et dirigé avec détermination vers cet étrange instinct qui l'avait avertie lorsque les escaliers de la clinique étaient sur le point de s'effondrer ou qu'un danger approchait de sa porte. Le même instinct qui, dans sa jeunesse, n'avait jamais failli – quelques instants avant que la gouvernante fasse tomber un vase de la table, ou que ce grand comte fringuant qui n'était autre que son père vienne frapper à la porte.

Cette partie d'elle-même qu'elle avait consacré l'essentiel de sa vie à essayer de fuir.

Le froid se retira, de même que la douleur, et les murs de la pièce s'écartèrent avant de tomber en ruines, se dissolvant dans une immensité inouïe.

Lily en occupait le centre absolu. Et la connaissance bourdonnait tout autour d'elle. En elle.

Des décennies durant, chaque fois qu'elle avait effleuré du bout des doigts ce savoir ineffable, elle s'en était détournée, s'évertuant à l'enfouir aussi profondément que possible. Pour elle, le savoir était synonyme de souffrance, d'un sens des responsabilités qu'elle ne se sentait pas capable d'assumer.

Dans la marée humaine de Tottenham Court Road, Robert Ash lui avait laissé entendre que peut-être elle avait un autre rôle à jouer, que le succès et l'échec n'étaient pas toujours tout noirs ou tout blancs, et que, parfois, il suffisait de se lever et de se battre, quelle que soit l'issue du combat.

Elle sentit bruisser la vie au cœur de son pouvoir, et cette fois, au lieu de le fuir, elle ouvrit son esprit pour mieux le toucher…

… et son pouvoir lui répondit.

CHAPITRE XXXIII

Assise au milieu de la pièce exiguë, Lily attendait.

Toujours connectée à son pouvoir, elle concentrait sur ce lien tout son esprit et le calme de son corps. Il n'était pas parfaitement stable, elle pouvait le sentir vaciller, comme si l'effet résiduel du vin de Jurema s'estompait lentement.

Elle s'en soucierait plus tard. En attendant, il était encore suffisamment puissant pour ce dont elle avait besoin.

Voilà.

Sa conscience frémit. Quelqu'un arrivait.

Lily se leva et alla se placer derrière la porte, dos au mur. Elle devait agir au bon moment. Une seconde trop tôt ou trop tard et elle échouerait.

Elle patienta en silence.

Des pas sourds remontaient le couloir, pour s'arrêter devant sa porte. Un claquement métallique résonna lorsque la serrure tourna. La porte commença à pivoter sur ses gonds.

Lily attendit le moment opportun. Enfin, ses épaules appuyées contre le mur, elle leva les deux jambes et les projeta de toute sa force contre le panneau en chêne massif. La porte percuta Northcote de plein fouet, le touchant à l'épaule. Déséquilibré, il recula de l'autre côté du chambranle. Le bol qu'il portait alla se briser sur le sol.

Lily ne pouvait hésiter. Si elle lui laissait ne serait-ce qu'un instant pour se ressaisir, sa chance tournerait. Dès que ses pieds eurent atterri, elle l'empoigna par les revers de son manteau, tendit la jambe et le fit passer par-dessus. Il trébucha avant de s'étaler à l'intérieur de la pièce. Puis, Lily lui décocha un rapide coup de pied dans le ventre. Northcote gémit et replia les jambes pour protéger son abdomen, mais il n'y eut pas d'autre coup. Sa réaction avait suffi à l'éloigner de la porte. Lily l'enjamba d'un bond, saisit la poignée et referma derrière elle avec un tour de clé dans la serrure.

Le couloir était désert. Des portes numérotées se succédaient dans les deux sens, éclairées par la lumière crue des ampoules électriques. Maintenant, elle comprenait pourquoi elles lui avaient paru familières : elles lui rappelaient un autre couloir s'étendant lui aussi sur une distance impossible, des portes à perte de vue recelant un potentiel inimaginable. Et dans sa main, la clé, le pouvoir de choisir parmi les possibilités infinies de ce qui pourrait advenir…

Le bourdonnement qui s'attardait après sa vision s'interrompit brutalement lorsque Northcote se mit à tambouriner contre la porte.

Elle détala vers l'escalier.

À mi-chemin dans le couloir, sa conscience s'éveilla avec un nouveau murmure : quelqu'un arrivait.

Tirant sur la poignée la plus proche, elle se faufila derrière la porte, qu'elle referma sans un bruit.

Des pieds martelaient les marches, passant en trombe dans le couloir, juste devant sa cachette. Elle attendit qu'ils commencent à ralentir pour se ruer à nouveau dans le couloir. Gibbs se tenait devant la porte ouverte de la chambre 109. Lorsqu'elle réapparut, s'élançant en ligne droite vers la cage d'escalier, Northcote et lui se tournèrent comme un seul homme.

Elle les entendit se lancer à sa poursuite au moment où elle débouchait sur le palier.

La logique lui intimait de descendre : au rez-de-chaussée, elle aurait plus de chances de filer par une porte ouverte ou n'importe quelle fenêtre. Pourtant, elle hésitait. Cette aile du bâtiment avait été rénovée, destinée à devenir un asile d'aliénés. Elle n'était pas certaine de l'avancée des travaux aux étages inférieurs, mais s'ils étaient presque terminés, il ne devait y avoir aucune issue possible.

Elle repensa au bureau que Hartwell s'était attribué, situé à l'extrémité de l'aile remise à neuf. Au-delà s'étendait la partie du vieux manoir orientée vers la route, celle qui lui avait paru complètement à l'abandon lorsqu'elle était passée devant, quelques semaines plus tôt.

S'il y avait une chance d'évasion, c'était là-bas qu'elle la trouverait.

Refoulant cette impérieuse envie de descendre, elle s'élança résolument vers l'étage supérieur.

Une fois en haut, elle passa à toutes jambes devant une autre succession de portes à la régularité sinistre. La toile de peintre était toujours accrochée au fond, en travers du couloir. Elle entendait les pas de Gibbs et de Northcote derrière elle, assourdissants sur le parquet massif. Elle franchit la barrière de tissu et émergea dans une salle de bal délabrée plongée dans les ténèbres.

Il n'y avait pas de lumière électrique ici. Le haut plafond était couvert de toiles d'araignées, ses recoins dans l'obscurité totale. Des rideaux rongés par les souris pendaient mollement au-dessus des fenêtres, et de pâles carrés sur la tapisserie trahissaient l'emplacement d'anciens tableaux. Il flottait dans l'air des relents de fiente de pigeon et d'humus. La salle était vide, à l'exception d'une pile de chaises en bois désarticulées dans un coin.

Sans hésiter, elle traversa la piste de danse au pas de course alors que les derniers rayons du soleil s'estompaient derrière le verre encrassé des hautes fenêtres. De l'autre côté, elle s'engouffra dans un couloir d'un noir d'encre.

Dans les pièces derrière chaque porte, les meubles étaient recouverts de draps poussiéreux, le papier peint se décollait comme des lambeaux de peau écorchée et, aux plafonds, le plâtre formait des cloques et des lézardes. Le corridor se perdait en coudes et en ramifications imprévisibles. Lily s'y fraya un chemin à l'aveuglette, empruntant des virages au hasard et s'enfonçant de plus en plus profondément dans les entrailles des ruines.

Elle s'engagea dans un escalier qui avait dû être grandiose autrefois, mais dont il ne restait qu'un vieux tapis pourri et usé jusqu'à la corde.

Derrière elle, les pas retentissants se rapprochaient toujours.

À court de couloirs où se faufiler, elle choisit une pièce parmi d'autres et se glissa à l'intérieur.

Dans cette ancienne chambre élégante, il n'y avait plus que le cadre tordu d'un lit à baldaquin, dépouillé de son matelas et de ses tentures. La porte de l'armoire était entrouverte et les fenêtres barricadées, à l'exception d'un volet qui pendait dangereusement de ses gonds. Il n'y avait rien d'autre, aucun endroit où se cacher, sauf l'armoire qui se changerait en piège dès que l'on y jetterait un coup d'œil. Et ils n'allaient pas s'en priver.

Au-dehors, les pas ralentirent et des voix dérivèrent vers elle dans le petit couloir qui la séparait de ses poursuivants.

— Mais de quel côté est-elle partie ? vociférait Gibbs.

— Je ne sais pas. Bon Dieu, je n'y vois rien.

— Tu n'as pas fait attention ?

— Je n'entendais rien avec ton foutu vacarme.

— Elle est forcément dans une des chambres. Vérifie.

Le cœur battant à tout rompre, elle inspecta à nouveau la pièce. La panique la gagnait. Où diable pouvait-elle se cacher ?

Soudain, une réponse lui apparut. C'était de la folie, mais c'était aussi son unique option.

Avec une grande inspiration pour garder son calme, elle puisa dans son pouvoir. Il était plus incertain que dans la chambre 109. Peut-être l'avait-elle épuisé. Il lui semblait plus ténu, plus éphémère.

La peur s'accentua, mais elle la ravala. Elle pouvait le faire, elle allait y arriver.

À nouveau, le lien s'activa, puis se renforça lentement… enfin, elle *sut*. Ce qui allait advenir dans quelques instants était plus clair que la course effrénée qui l'avait conduite là, plus réel et plus concret, jusque dans les moindres détails.

Elle s'adossa contre le mur à côté de la porte, son attention toujours affûtée. Comme elle venait juste de le prédire, Gibbs entra dans la pièce.

Maintenant.

Son instinct la poussa à l'action. En silence, elle esquissa un pas de côté derrière lui, puis un demi-pas de plus vers la droite. Au même instant, il tourna la tête pour regarder dans le coin qu'elle venait à peine de quitter.

À gauche.

Une fois de plus, elle se déplaça. Gibbs fit volte-face pour tirer la porte et scruter le coin le plus obscur de la chambre, sous le regard affûté de Lily, immobile derrière lui.

Encore à droite. Puis avance.

Elle s'était changée en ombre mouvante dans son dos, anticipant chacun de ses mouvements un instant avant qu'il ne les exécute. Il ne lui en fallait pas plus pour adapter ses réactions – un pas rapide sur le côté alors qu'il se retournait pour examiner l'armoire, disparaissant à l'intérieur ; puis un autre juste derrière lui lorsqu'il recula pour rejoindre le milieu de la chambre.

Elle sut qu'il allait s'arrêter, se passer la main sur la nuque comme pour en chasser son regard attentif, puis se retourner brusquement. À ce moment-là, elle avait déjà bougé, maintenant constamment son corps en dehors de son champ de vision. Où qu'il se tourne, il ne voyait que la pièce entièrement vide.

Après un dernier regard suspicieux, il marmonna :

— Foutus fantômes.

Lily était debout au centre de la chambre qu'il venait de passer au peigne fin lorsqu'il partit enfin. Sa lucidité vacillait, tirant sur sa fin. Elle sentit le lien s'étioler, puis se rompre, épuisé par l'effort qu'elle venait de lui demander.

Elle chercha à l'atteindre à nouveau, dans un élan désespéré. Seul un écho lui répondit, une fraction infime du pouvoir qu'elle avait ressenti auparavant. Le sentiment de manque était si douloureusement vif qu'elle en fut étonnée.

Quel que soit le raccourci qu'elle avait emprunté pour rejoindre cette source en elle, il était hors d'usage. Pour y retourner, elle allait devoir s'armer de patience et suivre un chemin plus long, celui qu'Ash avait décrit comme un entraînement laborieux, des exercices et une grande discipline. Si elle choisissait cette voie… au moins, maintenant, elle avait un indice de ce qui l'attendait au bout.

La voix d'Evangeline Ash résonna dans ses pensées.

Tu n'as pas idée de ce dont tu es capable.

Si elle comptait découvrir ce que cela signifiait, ce serait pour un autre jour. En attendant, Lily devait trouver un moyen de sortir de ce manoir vivante.

Elle se dirigea vers la fenêtre et jeta un coup d'œil par l'ouverture du volet branlant : elle était arrivée au premier étage. Une vieille glycine biscornue grimpait tout le long de la façade, de ce côté du manoir. Le tronc, atteignable depuis la fenêtre, lui permettrait de descendre facilement jusqu'aux dalles de la terrasse, fendillées et tapissées de feuilles.

De là, elle pourrait ensuite rallier la route dans l'espoir de repérer un fiacre ou une calèche. Sans oublier la ferme où on lui avait gentiment recousu la jambe quelques semaines auparavant. Elle pourrait s'y réfugier et leur demander d'envoyer des secours – des secours qui reviendraient par la grande porte pour sauver Estelle.

L'ennui, c'était qu'Estelle ne serait plus là. Si Hartwell apprenait que Lily s'était enfuie, il déplacerait son autre sujet de recherche ou s'en débarrasserait sans états d'âme avant de laisser aux autorités le temps d'intervenir. La police ne trouverait qu'un physicien de renom dans un bâtiment à moitié rénové, incommodé par une femme délirante en pantalon qui était au mieux une cambrioleuse, et au pire, une folle en fuite à remettre entre ses mains.

Non. Elle ne pouvait pas s'échapper. Pas sans Estelle.

Elle pensa à nouveau aux longs couloirs inhospitaliers bordés de portes. Estelle pouvait se trouver derrière n'importe laquelle. Lily ne devait pas s'attendre à ce que Gibbs et Northcote soient suffisamment occupés dans l'ancienne aile du manoir pour lui laisser le loisir de toutes les essayer, sans compter que Hartwell risquait de surgir à tout moment.

Elle n'avait pas le temps de deviner où était cachée Estelle. Elle devait le découvrir. Son pouvoir ne l'aiderait pas, même si elle parvenait à s'y reconnecter : il ne pouvait lui dévoiler le présent, seulement l'avenir.

Mais alors, comment faire ?

Les dossiers.

Elle en avait feuilleté dans le bureau de Hartwell, dans sa maison de Londres, tous méticuleusement détaillés et organisés. Et il y avait un meuble de classement dans son nouveau bureau, ici au manoir, bien trop récent pour être une relique de l'ancienne propriété. Hartwell l'avait donc fait installer en priorité, avant le déménagement du mobilier et du matériel.

Quelque part dans ce placard, il y avait un dossier sur Estelle. Il ne contiendrait pas son vrai nom, bien sûr, mais le reste serait parfaitement exact, jusqu'au numéro de la chambre où elle était détenue.

Des pas précipités retentirent au plafond alors que Lily retournait vers la salle de bal. Elle passa sous la toile qui barrait le couloir et rejoignit l'aile immaculée de l'asile de Hartwell.

Elle prit le temps de récupérer un pied-de-biche dans la caisse à outils sur le sol. Son poids était rassurant dans ses mains, familier, comme un vieil ami.

Elle s'approcha de la porte du bureau.

Personne.

La lampe électrique posée sur la table éclairait encore la pièce, alors que de l'autre côté des fenêtres, la nuit était définitivement tombée. C'était une lumière crue qui l'exposait à quiconque passerait à proximité.

Le cœur battant furieusement, elle se dirigea à grands pas vers l'imposant meuble d'acier. Elle inséra le pied-de-biche au-dessus du premier tiroir et s'y appuya de tout son poids.

Le tiroir s'ouvrit avec un grincement de tôle froissée.

Il était vide.

Elle le referma, consciente que la rapidité était son meilleur atout, et enfonça le pied-de-biche dans l'interstice du tiroir suivant. Ce dernier s'ouvrit de quelques centimètres avant de se bloquer, mais Lily exerça une pression sur son outil et parvint à le dégager. Elle saisit les quelques dossiers contenus à l'intérieur et les jeta sur le bureau pour les consulter en toute hâte.

Le premier mentionnait une femme d'Islington, âgée de

soixante-quinze ans, atteinte de démence. Le suivant était celui d'une jeune femme de vingt ans souffrant de mélancolie. Il n'y avait aucun numéro de chambre sur ces deux dossiers. Sans doute s'agissait-il de patients que Hartwell prévoyait de transférer dans cet enfer stérile une fois qu'il serait prêt à ouvrir ses portes.

Risquant d'être découverte à tout moment, elle abandonna aussitôt les dossiers pour ouvrir celui d'une femme non identifiée. Son âge était décrit comme « moyen » et sa taille d'un mètre soixante-dix-sept. On lui avait diagnostiqué des délires chroniques. *Saphiste*, avait soigneusement écrit Hartwell sur l'une des lignes.

Saphique. L'insulte qu'il avait utilisée à l'égard d'Estelle.

Sur la première ligne du tableau, un numéro de chambre : le 204.

— Là !

Le cri provenait du couloir. Lily leva les yeux pour voir Hartwell et Northcote s'avancer vers elle.

Elle s'empara du pied-de-biche.

Serait-elle capable de les combattre tous les deux ?

L'étroite porte dérobée dans le mur attira son attention. Elle s'y précipita et l'ouvrit. Derrière, un escalier montait vers les combles.

Hartwell pénétrait dans la pièce lorsqu'elle s'engouffra dans l'ouverture sombre.

Des cris retentissaient derrière elle. Sans savoir ce qui l'attendait en haut de l'étroit escalier en colimaçon aux marches raides, elle courut entre les toiles d'araignée, ses pieds glissant dans la poussière. Enfin, elle heurta un mur solide.

Ses mains tâtonnèrent frénétiquement dans l'obscurité. Un air froid s'infiltrait par les fissures dans le bois. Enfin, sa main rencontra une poignée. Elle s'y échina, mais rien n'y fit.

Les pas en contrebas faisaient trembler les lattes sous ses pieds.

Derrière elle, le mur était rugueux : ce n'était pas du bois, mais de la brique. Elle s'y appuya avant de donner de grands coups de pied – une fois, puis deux. Au troisième coup, quelque chose céda et la porte s'ouvrit.

La franchissant aussitôt, Lily courut à en perdre haleine vers l'étroit dallage qui suivait le faîte du toit.

Le ciel au-dessus de sa tête était riche en étoiles, vertigineuses dans leur abondance. L'air glacial la giflait et son souffle formait des nuages de buée.

Elle apercevait la route et, au-delà, la vaste étendue de la lande, paysage familier que le linceul de l'hiver rendait presque hostile. Tout autour d'elle, tourelles et pignons formaient une dangereuse chaîne de montagnes enneigées. Elle distinguait les deux grandes ailes du bâtiment, mais rien n'indiquait la présence d'une porte similaire, d'une autre échappatoire qui lui épargnerait une chute mortelle.

Des éclats de voix se firent entendre dans la cage d'escalier derrière elle. À défaut d'autre choix, elle s'avança d'un pas vif sur l'étroit passage verglacé, qui se terminait au pied d'une autre cheminée en briques. Elle se retourna, les bras ballants, le pied-de-biche toujours à la main.

Hartwell fit irruption sur le toit.

— Si vous voulez bien attendre un moment, Mr Northcote, dit-il dans la pénombre derrière lui, avant de se tourner vers Lily. Miss Albright.

— Docteur Hartwell.

Son visage paraissait cadavérique sous la lumière blafarde des étoiles, ses joues creuses perdues dans l'ombre. Sa voix était décontractée, comme s'il venait de la croiser par pur hasard sur le toit et entamait une conversation désinvolte.

— Vous avez dû remarquer, j'en suis sûr, qu'il n'y a aucune autre issue.

Lily s'abstint de toute réponse, resserrant sa poigne sur le pied-de-biche. Ses doigts devinrent glacials au contact du métal.

— Mr Northcote est plutôt fâché contre vous. Mr Gibbs aussi, sans doute. Mais je leur ai fait promettre de ne pas se venger pour les problèmes que vous leur avez causés ce soir, si vous acceptez de retourner tranquillement dans votre chambre. Vous comprenez certainement que c'est encore l'attitude la plus raisonnable.

Il n'y avait absolument rien de raisonnable là-dedans. Retourner dans la chambre, c'était se soumettre à nouveau à l'autorité de Hartwell. Il lui soutirerait alors tout ce qu'il voulait – rapidement ou lentement – avant de la tuer.

Le toit enneigé n'offrait absolument rien, aucun échafaudage à escalader, aucun arbre sur lequel grimper. Rien qu'une pente raide et glissante de chaque côté, et au-delà, une longue dégringolade vers la terre ferme.

Le long silence que sa réponse aurait dû interrompre devenait pesant.

— Je vois, reprit Hartwell posément. C'est fâcheux. (Il cria en direction de la porte obscure.) Mr Northcote ? Je crains qu'il ne faille aller récupérer Miss Albright de force.

Hartwell s'écarta pour laisser passer son sous-fifre.

— Vous en sentez-vous capable ? souffla Hartwell à voix basse.

— Ce n'est qu'une fille, rétorqua Northcote en avançant à pas prudents sur le passage étroit.

Alors qu'il approchait, Lily perçut un battement d'ailes dans le ciel. Elle leva les yeux vers la déferlante d'ailes et de corps noirs obscurcissant l'épais voile étoilé. Les corbeaux se mirent à tourner en rond. Quelques-uns se détachèrent du groupe pour venir se poser sur les tuyaux en argile craquelés qui surmontaient la cheminée juste derrière elle, leurs regards sombres indifférents posés sur Northcote et Lily.

Le cocher continua sa lente progression. C'était un homme de grande stature et elle ne se faisait aucune illusion sur ses chances, s'il parvenait à lui mettre la main dessus.

Pour l'instant, elle n'avait qu'un seul avantage. Elle s'écarta du mur de briques, le pied-de-biche dissimulé dans l'ombre de sa jambe.

Alors que Northcote la rejoignait, le silence de la nuit fut troublé par le vrombissement lointain d'un moteur. Par-dessus l'épaule de son assaillant, deux phares perçaient les ténèbres de la lande, bien plus rapides qu'ils n'auraient dû l'être par ce temps.

Surpris, il se retourna.

Lily sauta sur l'occasion pour frapper.

Choisissant la cible la plus large, elle abattit son pied-de-biche dans le dos du cocher. Sous l'impact, il bascula en avant, mais il eut le temps de se retourner dans sa chute pour se raccrocher à la manche de Lily. Le poids de Northcote la déséquilibra. Ses pieds dérapèrent dans la neige et elle tomba avec lui, glissant sur les ardoises verglacées du toit.

Avec l'énergie du désespoir, elle tendit le pied-de-biche au-dessus de sa tête. Le crochet vint se ficher au bord du passage et elle resta suspendue, agrippée au manche et les pieds à mi-chemin du toit, tandis que Northcote glissait inexorablement à côté d'elle.

Se raccrochant de justesse à la gouttière en cuivre qui émit un craquement menaçant, il cria :

— Docteur !

Le grondement du moteur se faisait de plus en plus fort. Les phares se rapprochaient de l'allée, leur lueur soulignant les silhouettes noires d'une autre volée de corbeaux qui se posaient sur la haie en bordure de route.

— Miss Albright ?

Lily leva les yeux pour découvrir Hartwell sur le faîte du toit. À genoux dans la neige, il lui tendait la main.

— Accrochez-vous, je vous en prie.

Derrière elle, une autre portion de gouttière s'arracha dans un gémissement. Northcote poussa un cri.

Lily jeta un œil dans sa direction. Il avait réussi à enrouler une jambe autour du conduit, mais le cuivre s'était écarté du toit et oscillait à présent à quelques centimètres du bord.

— Nous irons chercher une corde pour Mr Northcote une fois que vous serez en sécurité.

Le timbre de Hartwell était calme, presque rassurant dans sa sérénité. Sa main claire restait tendue dans l'obscurité tandis que le manche en fer glacial commençait à glisser entre ses paumes moites.

Elle était parfaitement consciente de la raison pour laquelle il lui offrait son aide. Il voulait son corps, qu'il démantèlerait pour trouver la source de son pouvoir. Il le lui arracherait et en prendrait possession, réalisant le sombre rêve de puissance égoïste qui se cachait sous son vernis d'humanisme.

Plus bas, le métal se tordit en grinçant et la gouttière se détacha du toit. La voix de Northcote s'y mêla dans un hurlement de terreur animale alors qu'il glissait en même temps que le conduit et disparaissait à sa vue.

Le cri se termina abruptement dans un craquement sourd, étouffé par la neige de la cour.

La main de Hartwell s'attardait toujours dans l'obscurité.

Deux options, aussi terrible l'une que l'autre, s'offraient à elle, dans une tension insoutenable : glisser, ou se laisser sauver par Hartwell, pour mieux tomber sous sa coupe le temps qu'il lui restait à vivre.

Alors que le pied-de-biche glissait un peu plus entre ses mains, ses pensées s'orientèrent soudain vers ce couloir aux portes infinies, au poids tout aussi froid d'une clé dans sa main. Le lien vers cet espace onirique se renforça, l'irradiant tout entière. Avec une clarté absolue, elle comprit ce dont il s'agissait.

L'avenir défila à partir de ce moment si précaire. Elle le sentit exploser, se démultiplier comme un kaléidoscope dont chaque facette révélait un futur subtilement différent des autres. Les possibilités se déployaient derrière d'innombrables portes et Lily les épousa toutes, consciente des myriades d'options qui s'ouvraient devant elle à partir du pivot même de cet instant.

Dans un grand nombre d'entre elles – quasiment toutes –, Hartwell poursuivait son œuvre. D'autres femmes mouraient au nom de ses recherches, des recherches visant à prouver que l'on pouvait recueillir des talents enviables dans le sang de ceux qui en bénéficiaient pour les redistribuer à d'autres porteurs jugés plus dignes. Une découverte qui justifierait toutes les atrocités perpétrées.

Et pourtant, il existait d'autres portes – plus infimes, moins concrètes – conduisant à un résultat radicalement différent.

En cet instant précis, elle comprit qu'elle tenait dans sa main la clé de cet avenir… de cette troisième voie située quelque part entre le lâcher-prise et la capitulation.

Et cette option consistait à entraîner Hartwell dans sa chute.

En devenant elle-même une meurtrière, elle empêcherait un millier de crimes abominables.

Ce choix la glaçait de terreur.

Lily se hissa à l'aide du pied-de-biche, remontant les jambes sur la pente glacée du toit, ses pieds sur les ardoises. Elle retira sa main droite du manche et la leva. Elle sentit alors la paume froide de Hartwell contre la sienne, sa poigne ferme et assurée tandis qu'elle s'apprêtait à user de son levier pour se jeter dans le vide avec l'homme qui croyait la sauver.

En haut de l'allée, les phares approchaient toujours du grand manoir en ruine. Les pneus dérapèrent sur la neige et se bloquèrent, entraînant dans la cour une Rolls-Royce argentée rutilante. La lumière éclaira Hartwell par en dessous. Les ombres creuses disparurent aussitôt de son visage, remplacées par une expression de stupeur.

Sur le tuyau de cheminée, un corbeau gonflait ses ailes en croassant.

Impossible.

C'était impossible… et pourtant, quantité de choses impossibles s'étaient produites au cours de la soirée. Au cours de sa vie.

Hartwell se tourna vers la voiture dans l'allée, puis vers le visage de Lily, et sa surprise se changea en suspicion teintée d'un autre sentiment… une forme de respect qu'il rechignait à lui témoigner. Sa main toujours dans la sienne et ses jambes plaquées contre le toit, Lily croisa son regard. Elle perçut l'équilibre parfait de l'instant. Elle pouvait encore prendre sa décision, mais c'était maintenant ou jamais.

En bas, dans l'allée, des portières claquèrent et le moteur s'arrêta dans un crachotement.

Alors, elle expira et, changeant la position de ses pieds contre le toit, laissa Hartwell la ramener au sommet.

Des voix criaient dans la cour, vives et empressées. Lily distingua un accent irlandais familier alors que le timbre du docteur Gardner parvenait jusqu'à elle.

— Un homme à terre par ici !

Hartwell lui tenait toujours le bras, la serrant avec la ferveur d'un amant tout en surveillant les événements au pied du manoir. Des silhouettes s'activaient telles des ombres chinoises dans la lumière des phares. Lily reconnut les larges épaules de Gardner alors qu'il sortait une mallette de la voiture avant de quitter son champ de vision à petites foulées.

Armé d'une lanterne, Sam courut jusqu'au bout de l'allée et l'agita comme un signal vers trois autres paires de phares qui traversaient la lande plus lentement.

Il y avait quelqu'un d'autre à l'avant du véhicule, les yeux levés vers le toit. En dépit du contre-jour, Lily le reconnut aussitôt. Elle connaissait sa silhouette, l'inclinaison de ses épaules, sa coiffure excentrique.

Strangford.

Vivant. Ici.

Le soulagement qui déferla sur elle éclata en mille morceaux, la libérant d'un chagrin si profond qu'elle ne s'était pas autorisée à ressentir.

En percevant son regard sur elle, elle sut qu'il l'avait vue au sommet du toit – ainsi que la forme de l'homme qui la tenait. Il s'élança vers la maison.

— Comment avez-vous fait ? demanda Hartwell. Comment les avez-vous prévenus de votre présence ici ?

— J'ai eu de l'aide, répondit Lily.

À présent, les autres voitures étaient arrivées, tournant prudemment dans l'allée enneigée pour s'engager sur la propriété. Lily reconnut le blason du Metropolitan Police Service sur la carrosserie lorsqu'elles s'arrêtèrent. Des hommes en uniforme en sortirent, se répartissant entre l'intérieur du manoir et l'endroit où Northcote était tombé.

À côté d'elle, Hartwell les observait.

— Je pense… qu'on peut encore rattraper cela, dit-il lentement, songeur.

La peur transparaissait dans son intonation, les échos du doute. Lily s'en étonna : cet homme lui avait toujours paru sûr de lui, inébranlable quant au bien-fondé de ses actes.

Elle sentit son pouls s'accélérer, ses sens s'affûter à nouveau.

— La saphique a été droguée, poursuivit-il. Elle ne se souviendra de rien d'important. Tout ce qui se trouve dans le bâtiment y est parfaitement à sa place, étant donné mes projets. Gibbs confirmera mes explications. Il n'y a que la question de Northcote à régler.

— Il me semble que vous oubliez quelque chose, lâcha Lily.

— Non. J'imagine simplement ce qui se dessinera si la pièce la plus gênante du puzzle est éliminée.

Son cœur s'emballa à ces mots. Pas besoin de son pouvoir pour comprendre ce qu'il comptait faire d'elle.

L'histoire tiendrait la route : le bon docteur avait simplement tenté d'aider la forcenée qui était entrée par effraction dans sa maison – comme pouvaient en attester de nombreux témoins –, une déséquilibrée qui se trouvait à présent sur le toit, d'où son loyal serviteur était malencontreusement tombé.

Même si Strangford et les autres essayaient de rétablir la vérité, leurs efforts seraient vains sans le témoin essentiel de cette histoire.

Sans Lily.

Sur la cheminée, le corbeau lança un nouvel appel, un croassement virulent et exigeant, accompagné d'un battement d'ailes noires impatientes.

La pression sur son bras changea légèrement. Elle n'avait pas le temps de réfléchir, pas le temps de s'appesantir sur les conséquences. Lily réagit instinctivement, contrecarrant ses plans avec la seule ressource dont elle disposait.

Elle lui agrippa les bras à son tour, et lorsqu'elle sentit qu'il la hissait, elle se jeta de tout son poids dans le vide. Ensemble, ils basculèrent dans la pente. Elle roula sur les ardoises enneigées, repoussant Hartwell avant de chercher à se raccrocher dans un dernier élan de désespoir.

Ses doigts se refermèrent autour d'un métal froid, dont elle s'empara, l'objet s'enfonçant sous sa paume. Son élan fut arrêté net et son épaule protesta douloureusement.

À côté d'elle, Hartwell continuait sa glissade sur les ardoises glacées. Une fois au bas du toit, à l'endroit où la gouttière s'était détachée, il bascula au bord sans même un soupir et tomba.

Fermement agrippée au pied-de-biche, la main endolorie, Lily le vit disparaître.

Il n'y eut pas de cri, seulement le silence, puis le craquement sourd de l'impact.

Le corbeau quitta la cheminée, ses ailes noires battant paresseusement dans l'air. Il tournoya une fois, puis descendit en piqué vers le point de chute de Hartwell.

Le métal froid glissait sous sa paume.

— Lily.

Elle leva les yeux. Strangford était agenouillé en haut. Il avait des toiles d'araignée dans les cheveux, et une entaille barrait la peau claire de sa joue après son combat avec Waddington. Il tira sur ses gants noirs et les fourra dans sa poche, puis il tendit les bras dans sa direction.

— Accrochez-vous.

Sentant que le pied-de-biche lui échappait des mains, elle se mit à battre des pieds à la recherche d'un support dans la neige qui recouvrait les ardoises. Enfin, elle le trouva – presque rien, la pointe de sa botte de motarde contre une arête en pierre. Elle y prit appui et poussa, tendant le bras. Les doigts dénudés de Strangford la rencontrèrent et elle s'y cramponna.

Son autre main se referma sur la sienne dans un étau chaud et puissant. Il tira et Lily s'escrima sur le toit. Quelques pas hésitants plus tard, elle fut hissée au sommet.

Ses bras se refermèrent autour d'elle, solides et bien réels, et elle se laissa aller à son étreinte. Toute la tension et la peur s'évanouirent, l'épouvante d'être passée à un cheveu de perdre la vie lui laissant les nerfs à vif.

— Strangford, dit-elle, sa voix aussi rauque que celle du corbeau.

— Je sais, murmura-t-il, son souffle chaud contre ses cheveux et ses mains nues autour d'elle. Je sais.

CHAPITRE XXXIV

Une semaine plus tard
Sussex de l'Est

L'air était chaud, porté par une douce brise printanière aux effluves d'iode marine. Lily descendit de l'express et traversa le quai de la gare pour rejoindre la pittoresque ville côtière de Hastings.

Le sifflet du train à vapeur retentit. Elle se faufila à travers la foule éparse et affairée pour s'arrêter devant le wagon à bagages. Là, elle tendit son billet. Le regard du garçon qui le lui prit s'arrêta un bref instant, étonné, sur sa tenue de motarde, puis il disparut dans l'obscurité du wagon, ressortant un moment plus tard en poussant sa Triumph.

Lily attrapa le guidon pour l'aider à la tirer, les roues rebondissant sur chaque marche jusqu'au quai puis sur la rampe, sous l'œil des quelques passagers en partance.

La route devant la gare était encombrée de passants venus faire leurs emplettes et de couples qui flânaient, bras dessus bras dessous, par cette chaude après-midi de printemps. Les dames en robes pastel délicates arboraient des chapeaux de paille. Les crocus fleurissaient dans les jardinières, et l'air iodé rappelait la proximité de la côte.

Elle enfourcha sa moto, sauta sur les pédales et tourna l'accélérateur. Le moteur s'éveilla en rugissant. Elle reçut quelques regards intrigués alors qu'elle ouvrait les gaz et s'élançait sur la route.

À la campagne, l'herbe des champs se parait d'un agréable vert printanier et les rares congères, résidus de l'hiver, fondaient à vue d'œil. Les moutons paissaient paisiblement tandis que les poules picoraient en bordure de route. Entre deux haies chargées de bourgeons, Lily apercevait l'immensité bleue de la mer, au sud.

Le paysage devint plus sauvage à mesure qu'elle s'enfonçait dans les terres, vers la région du Weald. Des étendues de forêt côtoyaient champs et collines vallonnées. Alors que la Triumph franchissait un pont de bois en cahotant, elle aperçut les eaux blanches et tumultueuses d'une cascade se déversant dans un étroit ruisseau.

Elle tourna à l'ancienne guérite pour s'engager dans une longue allée, tout en gravier soigneusement ratissé, et abritée par une rangée de grands tilleuls. Leurs troncs réguliers défilaient à toute allure. Enfin, elle ralentit en atteignant le jardin.

Lorsqu'elle se retourna, ce fut pour découvrir un manoir jacobéen à l'architecture alambiquée mais élégante, assortiment d'ailes grises et de tours niché à la lisière d'un bois.

Brede Abbey, le fief de la famille Torrington.

Les murs couverts de lierre se reflétaient sur les eaux paisibles de l'étang ; des arbres centenaires, aux racines ceintes de fleurs blanches et violettes, parsemaient la pelouse verdoyante ; des moutons paissaient ; deux jardiniers ratissaient une allée ; une ancienne chapelle se dressait juste derrière la maison, vestige de l'abbaye dont les lieux tenaient leur nom.

Elle coupa le moteur, et le paysage retrouva son silence. La maison de son père, qu'elle découvrait pour la première fois, était d'une beauté à couper le souffle.

Laissant la mobylette sur sa béquille, elle descendit et retira ses lunettes de protection. Devant la porte d'entrée, elle n'hésita qu'un instant avant de lever la main pour frapper avec détermination.

Elle s'ouvrit sur un majordome en costume noir immaculé. Sa carrure devait être impressionnante autrefois, mais le septuagénaire au port altier commençait à se voûter avec l'âge. Ses yeux clairs s'attardèrent un court instant sur son accoutrement – son pantalon près du corps et ses cheveux ébouriffés par le vent –, puis sur la Triumph garée dans l'allée derrière elle. Enfin, avec une courtoisie irréprochable, il la salua.

— Bonjour.

— Miss Lily Albright. Je viens voir monsieur le Comte, annonça-t-elle en lui tendant sa carte de visite.

— Très bien, miss, répondit le majordome en l'acceptant sans hésiter. Je vais voir s'il peut vous recevoir.

Il ouvrit la porte et fit signe à Lily d'entrer. Elle s'était préparée à ce qu'on la fasse attendre sur le perron et elle ne cacha pas son étonnement. À l'évidence, le personnel de Brede Abbey avait été formé pour faire preuve de politesse en toute circonstance, quelle que soit l'identité du visiteur.

— Si vous voulez bien attendre ici.

Lily hocha la tête et le majordome s'éloigna dans le couloir, à pas lents pour ménager son genou.

Le plafond du hall d'entrée était haut, lambrissé du même bois riche et sombre que les murs où luisaient de superbes motifs patinés par les ans. L'ameublement était un mélange d'ancien et de moderne : une tapisserie antique suspendue au mur côtoyait d'un peu trop près une batte de cricket sur un socle et une paire de chaussures particulièrement boueuses ; sur un grand fauteuil Tudor, dont le rembourrage brodé s'était affadi avec le temps, reposait un chapeau à plumes, un voile de femme et une paire de gants lavande.

On avait abandonné un livre d'Hérodote sur la table, à côté du plateau d'argent destiné aux cartes de visite. Sans doute la propriété d'un de ses frères cadets jamais rencontrés. Quant au chapeau, il devait appartenir à leur mère, la comtesse. La femme de son père.

De l'autre côté de la salle, une énorme horloge égrenait son tic-tac régulier avant de sonner, interrompant le silence par un coup retentissant.

— Mes excuses pour ce retard, annonça le majordome, de retour. Monsieur est dans le bureau. Puis-je prendre votre manteau ?

— Ce ne sera pas nécessaire. Je ne resterai pas très longtemps.

Il l'entraîna alors dans le couloir, passant devant de grandes pièces bourgeoises qui évoquaient des générations d'histoire colorées par l'influence d'un goût typiquement féminin. La combinaison aurait pu jurer, mais l'ensemble était harmonieux. La maison semblait habitée, réelle. Elle s'imaginait un peu trop aisément en train de lire, blottie sur le fauteuil brun près de la cheminée du salon, ou de courser ses garnements de frères dans le grand escalier central.

Elle se ferma aussitôt à ces images troublantes.

Le majordome se tourna vers une porte ouverte.

— Miss Albright, monsieur, annonça-t-il, Lily sur ses talons.

— Merci, Mr Manning, répondit son père de sa voix aussi chaude et éclatante que le carillon de la grande horloge.

Mr Manning s'inclina avant de s'éclipser, la laissant seule avec le comte.

Le bureau était grand. Une rangée de hautes fenêtres donnait sur la pelouse, à l'est. La pièce devait être baignée de lumière et de chaleur le matin, ce que lui confirma la cheminée vide dans son dos. Les murs étaient lambrissés d'un bois noble et bordés d'étagères. À l'évidence, les volumes qui les occupaient n'étaient pas des ouvrages d'exposition, mais de référence. Il y avait des livres de droit, d'histoire, d'agriculture et de finances, ainsi que des collections de philosophie et l'intégralité des œuvres de Shakespeare.

Un vieux et long bureau trônait au centre de la pièce, chargé d'un agréable fouillis de piles de papiers, tasse de thé à moitié pleine et nombre de portraits dans de jolis petits cadres en laiton. Elle aperçut les visages de deux jeunes garçons espiègles à côté d'une femme aux cheveux clairs élégamment vêtue.

Lord Torrington, debout derrière le bureau, avait revêtu une veste en tweed renforcée aux coudes et, aux pieds, une paire de mocassins qui n'en étaient pas à leur premier usage. La lumière du jour qui se déversait par les fenêtres éclairait son épaisse chevelure argentée.

— Prendrez-vous du thé ?

— Non, merci.

Le silence retomba dans la pièce.

— Comment se porte lord Deveral ? demanda Lily.

— Toutes les accusations ont été levées. Grâce à vous.

— Grâce à Mr Ash, pas moi.

Après que Lily eut relaté l'ignominie des crimes de Hartwell et Waddington à Strangford et aux autres, Ash s'était contenté de lui promettre qu'il réglerait tous les détails.

Il avait ainsi obtenu des forces de l'ordre qu'ils confirment qu'un homme correspondant au signalement de Waddington avait été invité à entrer sur le lieu de chacun des meurtres en se faisant passer pour un employé du gaz.

Bien sûr, le service du gaz n'avait aucune trace de fuites quelconques, pas plus que de l'envoi d'un technicien. Lorsqu'une fouille de l'appartement de Waddington avait révélé une caisse de seringues et de tuyaux en caoutchouc, les quelques doutes qui entouraient encore l'affaire avaient été définitivement balayés – à temps pour faire annuler la comparution de Deveral.

Quant à Hartwell, le monde entier pensait qu'il avait sauté du toit de son asile, poussé par la honte d'avoir accueilli à son insu un meurtrier parmi son personnel. Son véritable rôle dans l'affaire n'était connu que de quelques-uns.

Mais c'était sans importance. Il était mort, à présent.

— Vous sous-estimez votre rôle, insista lord Torrington. (Il quitta son bureau et s'approcha de la fenêtre. Il lui sembla mal à l'aise, une émotion qui devait être rare chez cet homme, songea Lily.) Vous n'auriez pas dû venir ici, reprit-il, tourné vers la pelouse.

Le coup porté par ses paroles la heurta, pourtant, il n'aurait pas dû. Après tout, elle connaissait pertinemment son point de vue sur la question. Lily haussa les épaules, refusant de trahir son trouble.

— Je savais que ce serait sans danger.

— Sans danger ?

— Que votre femme serait sortie.

Il la dévisagea, comme abasourdi par ses propos, mais Lily continua, adoptant un ton décontracté.

— Vous veniez toujours nous voir le mercredi. Chez ma

mère. C'était le jour où la comtesse faisait ses visites de courtoisie.

— Vous vous méprenez… (Il s'interrompit en baissant les yeux. Lorsqu'il releva la tête, ses rides semblaient plus creuses, comme s'il avait vieilli en un instant.) Ce que je voulais dire, c'est que cette visite n'aurait pas dû être nécessaire. J'aurais dû venir à vous. Pour vous remercier. Et pour m'excuser.

L'honnêteté du comte la déstabilisa davantage encore, comme si le sol menaçait de se dérober sous ses pieds.

— C'est inutile.

Elle détourna le regard, s'absorbant dans la contemplation du paysage de carte postale de l'autre côté de la fenêtre.

— Vous m'avez demandé de l'aide et je ne vous l'ai pas fournie. Mon choix vous a exposée à un terrible danger.

— Non, rétorqua Lily catégoriquement. C'était mon propre choix, pas le vôtre.

Il revint vers son fauteuil et s'y laissa tomber.

— J'ai l'impression de me disputer avec moi-même, marmonna-t-il.

Son cœur fit un bond dans sa poitrine, mais elle s'efforça de n'en rien paraître, se tournant vers lui pour en venir à la raison de sa visite.

— Je suis au courant pour le mémo. Celui que Hartwell a envoyé au bureau de la guerre et qui vous a également été transmis.

Elle attendait l'impact de sa révélation, de l'accusation que celle-ci sous-entendait.

— Vous l'avez lu ? demanda-t-il placidement.

— J'ai lu la réponse qui en accusait réception. Apparemment, le bureau était très intéressé par le résultat des recherches de Hartwell.

Les questions lui brûlaient les lèvres, exigeant d'être enfin posées. Que savait-il exactement ? Sur quoi avait-il fermé les yeux ? Elle les retint un moment de plus, jaugeant sa réaction au défi qu'elle venait de lui lancer.

Il se leva pour la rejoindre à la fenêtre.

— Une guerre se prépare, lui annonça-t-il.

La luminosité changea au même instant, le soleil clair du printemps momentanément obscurci par un nuage qui projeta son ombre sur le paysage idyllique à l'extérieur.

— Contre l'Allemagne peut-être, mais cela pourrait tout aussi bien être la Russie ou même les Ottomans. Elle sera sans précédent, différente de toutes celles que nous avons connues auparavant. Plus brutale, plus terrible. Il est impossible de l'éviter, quels que soient les scénarios que j'ai envisagés. Mais vous le savez peut-être déjà, ajouta-t-il avec un œil dans sa direction.

Sa vision se rappela à sa mémoire : une tranchée creusée dans la terre froide et boueuse, renforcée par des poutres et des fils de fer barbelés, dans laquelle elle était accroupie ; les secousses, les explosions des obus d'artillerie assourdissantes à ses oreilles ; le monde tout entier volant en éclats alors que Strangford lui était arraché dans une gerbe de terre et de débris.

Une guerre.

— L'Angleterre aura besoin de tous les atouts qu'elle pourra rassembler pour s'en sortir indemne, reprit-il avec assurance. Nous devons évaluer toutes les options, si saugrenues soient-elles.

— Quoi qu'il en coûte ? répliqua la jeune femme.

— Non, répondit-il sur un ton catégorique. Nous devons toujours prendre le coût en compte, de crainte de devenir des monstres.

— Et qu'auraient coûté les recherches de Hartwell ? La vie de quelques pauvres femmes ?

Il la dévisagea, ses yeux gris si semblables aux siens tourmentés par le regret.

— Je ne savais pas. Personne n'était au courant. Dieu m'en soit témoin, je le prenais pour un gentleman.

— Oh, c'était un vrai gentleman, répondit Lily.

Elle sentit le coup atteindre sa cible, comme elle l'avait prévu. Il resta muet à côté d'elle, et le silence s'étira entre eux, tendu comme la corde d'un arc.

— Apparemment, je suis condamné à vous décevoir, dit-il enfin.

La gorge nouée, elle détourna le regard. Dehors, les nuages passèrent et la lumière du soleil réapparut, dansante dans la verdure printanière de la campagne.

La question qui la taraudait finit par remonter jusqu'à ses lèvres et s'exprima dans le silence.

— Comptiez-vous me faire venir ici ? demanda-t-elle. Après la mort de ma mère.

— Oui, répondit-il simplement. Je le souhaitais plus que tout.

L'impact de ces mots l'ébranla avec toute la force d'une bombe, qui brisa quelque chose en elle.

— Mais vous m'avez renvoyée.

— Je n'ai fait que mon devoir envers ma famille.

— Votre famille, répéta Lily, un peu hébétée. Bien sûr.

Quand il reprit la parole, sa voix était plus éraillée qu'avant, plus incertaine.

— Comment auriez-vous pu vous sentir chez vous ici s'ils ne voulaient pas de vous ? Amenée ici contre leur gré, vous auriez toujours été une étrangère à leurs yeux.

— Je le suis toujours.

Il posa une main sur la vitre et ses épaules s'affaissèrent.

— Seigneur, j'ai vraiment tout gâché. Je vous ai fait du mal, Lilith. J'ai fait du mal à mon épouse, à mes enfants. Et pourtant, je ne peux me résoudre à regretter ma vie auprès de votre mère. Pas un seul instant.

Elle était à vif, tous ses sens en éveil, sensibles jusqu'à la douleur. Elle avait presque envie de couper court à la conversation, de fuir avant même d'avoir obtenu ce qu'elle désirait et redoutait à la fois.

Sa propre voix était enrouée lorsqu'elle répondit :

— Parce que vous l'aimiez.

Il la dévisagea, le chagrin évident sur ses traits.

— Parce que je vous aimais toutes les deux.

À présent, une légère averse arrosait la vaste pelouse verte, les gouttes de pluie martelant les feuilles bourgeonnantes et tintant contre les vitres. Le genre d'orage qui passait aussi rapidement qu'il était arrivé, laissant dans son sillage un paysage revigoré.

Il se racla la gorge et s'en retourna à son bureau pour arranger négligemment quelques papiers.

— Je retourne à Londres la semaine prochaine, mardi au plus tard. Nous pourrions peut-être...

Il s'interrompit et elle sentit l'espace laissé par sa phrase en suspens, cette vulnérabilité fulgurante et douloureuse, tendue dans sa direction.

— Je ne serai le secret de personne ! tonna-t-elle, les mots lui échappant aussi viscéralement qu'elle les ressentait.

L'ondée continuait à l'extérieur, tambourinant sur les fenêtres comme des doigts impatients tandis qu'il affrontait son regard depuis l'autre côté du bureau.

— Non, déclara-t-il enfin. Plus jamais.

La pluie cessa, ne laissant que quelques gouttes luisantes sur les brins d'herbe humides.

Répondre à la question qu'il n'avait pas vraiment posée aurait dû être plus difficile, provoquer une lutte intérieure plus âpre en elle. Pourtant, quelque chose avait changé.

— Dans ce cas, oui, nous pourrions, répondit-elle à mi-voix.

Le cocher extrayait la Triumph du garage lorsqu'elle franchit la porte d'entrée, émergeant dans la fraîcheur du printemps après la pluie. Il s'arrêta au pied des marches, accompagné de sa mobylette, dans la même posture qu'il adoptait sans doute pour aider les douairières à monter dans leurs Daimler.

Elle l'enfourcha, démarra le moteur et, avec un rugissement, s'éloigna dans l'allée bordée de tilleuls. L'air sentait la boue fraîche, la forêt et la mer, et le vent faisait virevolter les mèches de ses cheveux. Elle traversa le Weald en survolant les chemins, consciente qu'un changement profond s'était opéré en elle, comme un rideau ouvert sur un paysage dont elle ignorait l'existence.

Avec un éclat de rire, elle mit les gaz et la Triumph accéléra.

CHAPITRE XXXV

Le ciel, teinté d'or au-dessus de Bedford Square, nimbait d'une lueur chaleureuse les passants qui se promenaient sur le trottoir ou discutaient sur l'herbe verdoyante du parc.

Lily arrêta la Triumph près du petit jardin grillagé de sa destination.

Elle aurait dû venir plus tôt. Elle le savait. Mais elle savait aussi que les habitants de cette demeure étaient plus aptes que quiconque à comprendre son besoin de temps et d'espace pour digérer les épreuves auxquelles elle avait été soumise – tout ce qu'elle avait appris, tout ce qu'elle avait fait. Personne ici ne la jugerait.

Elle appuya la mobylette contre la rambarde et gravit les marches.

Par réflexe, elle leva la main pour frapper contre la porte à la peinture bleue chatoyante, mais elle hésita. Son regard dériva vers la petite plaque en laiton près de l'entrée, sur laquelle était gravée une série de caractères chinois.

Elle ne pouvait pas les lire, mais c'était inutile : elle savait ce qui y était inscrit.

Au lieu de frapper, elle tourna la poignée, et la porte s'ouvrit.

Lily pénétra dans le hall d'entrée calme et désert. Le vase Ming trônait sur son guéridon, ses poissons orange vif s'ébattant toujours dans un champ de fleurs de lotus bleues. À côté, le buste de Sir Isaac Newton dardait sur elle son regard impassible.

Un éclat de rire clair et familier lui parvint, depuis la porte à sa droite. Lily se laissa attirer jusqu'à la bibliothèque.

Estelle était confortablement installée dans l'un des fauteuils. Elle était drapée dans son caftan bleu paon, un léger bandage de gaze autour du cou. Les couleurs vives de son turban tranchaient avec les tons plus discrets des livres environnants.

Elle avait une tasse et une soucoupe dans les mains. Alors que Lily entrait, elle reprit son sérieux et sirota son thé.

— Ce n'est pas drôle du tout, rétorqua Cairncross sur le fauteuil en face d'elle.

— Oh si, très drôle.

— Ne faites pas attention à elle, Mr Cairncross, intervint Miss Bard, à l'autre bout de la pièce, où elle venait de choisir sur une étagère un volume sur les religions polynésiennes. Elle a toujours la tête qui tourne après sa troisième tasse de darjeeling.

— Ça n'a rien à voir avec le thé. J'imaginais seulement James en petite tenue, en train d'affronter un hippopotame fou furieux.

— Ce sont des animaux extrêmement dangereux, protesta Cairncross. En particulier quand vous avez laissé votre fusil sur la plage avec votre pantalon.

Estelle pouffa derrière sa tasse de thé. Lily fut saisie par le caractère improbable de la scène : quelques semaines plus tôt, elle avait prédit la mort de cette femme, convaincue qu'avant peu, elle serait six pieds sous terre dans sa tombe. Pourtant, voilà qu'elle était assise là, dans la chaleur de la bibliothèque, à taquiner Cairncross sous le petit sourire ironique de Miss Bard.

À aucun moment Lily n'avait fait fausse route quant à l'imminence de sa vision. L'image d'Estelle en sang, pointant un doigt accusateur vers une menace invisible, était bel et bien l'annonce de sa mort. Elle en avait acquis une certitude indéniable qui dépassait toute logique pour trouver racine dans les tréfonds de son être.

Seulement, entre la prémonition et l'instant où les événements qu'elle annonçait s'étaient produits dans le monde réel, quelque chose avait changé. Le contexte s'était modifié, transformant une fin de cauchemar en un infime espoir.

Grâce à Lily.

Grâce au choix qu'elle avait fait et aux risques encourus pour y parvenir.

Vous n'êtes peut-être pas censée changer quoi que ce soit.

Voilà ce qu'avait suggéré Robert Ash, au milieu de Tottenham Court Road.

Elle repensa au tableau à l'étage, à la puissance des images exprimées par le don d'une femme décédée des années avant sa naissance – des portes, des clés et une infinité de possibles.

Lily ignorait toujours ce qu'elle était censée faire, quel était son but, mais il lui semblait qu'elle commençait tout juste – peut-être – à le deviner.

— Miss Albright ! lança Cairncross en la repérant dans l'embrasure de la porte. Je vois que vous êtes venue à moto. C'est un bel après-midi pour une virée.

— Bonjour, Mr Cairncross. Mr Ash est-il présent ?

— Il est parti fredonner dans sa barbe, répondit Estelle avec un geste évasif.

— Il médite. Dans le sanctuaire, rectifia Cairncross. Vous pouvez attendre ici avec nous, si vous voulez. Cela dit, il ne verra aucun inconvénient à ce que vous le rejoigniez.

— Merci, dit-elle avant de s'esquiver, suivie par un autre éclat de rire joyeux.

Au bout du couloir, elle s'arrêta pour se déchausser, posant ses bottes sur le paillasson près de la porte à côté d'une paire d'Oxford usées mais impeccablement cirées. Puis elle franchit le rideau sombre et s'avança dans le calme feutré du sanctuaire.

Le silence régnait en maître dans l'espace faiblement éclairé. L'air y était frais, exhalant des senteurs de vieux bois et d'eau claire.

En costume sombre, Ash était assis en tailleur au centre de la pièce, les mains posées délicatement sur ses genoux. Lily se posa sur le sol à côté de lui, repliant son corps dans une posture similaire. Puis elle attendit.

Son cœur battait la chamade. Elle avait du mal à rester immobile, assise là pendant qu'Ash continuait sa méditation. Elle réprima un tressaillement et l'envie de tapoter du doigt, ordonnant à son corps de se soumettre à l'immobilité, ne serait-ce que quelques minutes.

Le calme l'envahit enfin. Elle respirait plus profondément, essayant instinctivement d'absorber plus d'air frais. Quelque chose changea en elle, ses pensées fébriles et les battements de son cœur ralentissant de concert.

La cause de sa nervosité remonta alors à la surface, se révélant à elle : elle avait peur.

Bien sûr, elle n'en avait aucune raison. Ash avait déjà répondu des semaines plus tôt à la question qu'elle voulait lui poser. Pourtant, tant de choses avaient changé depuis, et tant de choses dépendaient encore de ses paroles – jusqu'à la forme que prendrait sa vie, à présent.

Ainsi exposée au grand jour, sa peur perdit de son tranchant, se muant en une facette de la pièce parmi d'autres, pas plus menaçante que les poutres en bois ou le filet d'eau qui coulait dans la rigole.

Elle sentit une crampe se former dans sa jambe. Après avoir résisté encore quelques instants, elle finit par grimacer et, aussi lentement que possible, la déplia pour la tendre devant elle.

— Comment allez-vous, Miss Albright ? s'enquit Ash.

N'importe qui d'autre aurait posé la question par pure courtoisie, requérant une réponse mécanique. Mais pas Ash. Lily savait que sa demande était sincère et ne souffrirait que la vérité.

— Je vais bien. Vraiment.

— Ne vous étonnez pas si les événements vous reviennent en cauchemar ou sous forme de crises de panique qui vous envahissent sans crier gare. Vous avez traversé une épreuve incommensurable. Votre corps et votre esprit ont besoin de temps pour se remettre d'une telle expérience.

Il parlait avec conviction et simplicité, et Lily se demanda s'il avait acquis ce savoir lui-même, par la force des choses.

Ses pensées revinrent à sa vision, à la conversation qu'elle avait eue avec Evangeline Ash alors qu'elle peignait dans le grenier de cette même maison. L'échange n'était ni une prémonition ni un écho du passé, mais tout autre chose. Quelque chose qui n'avait vraisemblablement rien à voir avec son propre pouvoir, le produit d'un phénomène qu'elle ne comprenait pas et ne comprendrait peut-être jamais.

Devait-elle lui en faire part ? Elle prit le temps d'y réfléchir, consciente de la présence d'Ash à ses côtés.

Non. La blessure de cet homme était toujours à vif, même trente années après la perte de sa femme. Inutile de la raviver, sans compter que le message s'adressait à elle seule et qu'elle l'avait bien reçu.

C'était d'ailleurs la raison de sa visite.

— Puis-je vous demander quelque chose ?

— Je vous en prie, l'encouragea doucement Ash.

— Quand je suis venue ici la dernière fois, vous m'avez proposé votre aide pour en savoir plus sur ce que je suis. Ce que je peux faire. Ce que tout cela signifie. Cette proposition tient-elle toujours ?

— Oui, Miss Albright, répondit-il. Elle tient toujours.

Lily prit une grande inspiration, laissant l'atmosphère apaisante de la pièce atténuer sa nervosité palpable.

— Alors, j'accepte.

Ces quelques mots étaient bien ordinaires, mais elle en ressentit la portée, le poids de l'engagement qu'ils impliquaient.

Autrefois, suivre cette voie lui avait semblé impossible, et même terrifiant. À présent, la décision était aussi limpide que tout le reste dans sa vie. Elle allait apprendre. Le chemin serait difficile, jalonné d'épreuves et de frustrations, mais elle l'emprunterait, car tout autre choix reviendrait à renier ce qu'elle était. Et cela, elle ne voulait plus jamais s'y contraindre.

Elle songea à tout ce qu'elle avait accompli ces dernières semaines – les visions, les pouvoirs qui s'étaient manifestés au manoir, sur la lande. Ils s'étaient effacés, maintenant, ne laissant qu'un écho imperceptible de ce qu'ils avaient été. Mais c'était sans importance. Lily savait qu'elle était capable de plus, de choses qu'elle ne pouvait pas même imaginer. Elle allait devoir travailler d'arrache-pied pour y arriver, s'abîmer dans l'étude, mais elle finirait par tout comprendre un jour. Cette perspective était aussi terrifiante qu'exaltante.

— Quand pouvons-nous commencer ?

Ash réfléchit.

— Demain matin. À six heures.

— Six heures ? s'esclaffa Lily. Dois-je me rendre présentable ?

— Pas le moins du monde.

Elle hésita, cherchant ses mots, mais la seule réponse qui lui vint à l'esprit était la plus évidente.

Elle espérait seulement qu'il comprendrait tout ce qu'elle comportait.

— Merci.

— Il n'y a pas de quoi, Miss Albright, répondit-il.

Une fois hors du sanctuaire, elle enfila ses bottes, puis s'arrêta et expira longuement.

Voilà, elle avait fait le premier pas. Cela lui paraissait infiniment plus important que ces quelques mots échangés dans le silence et la pénombre de la salle. Ses sens vibraient d'excitation, et l'adrénaline coulait à flots dans ses veines. Elle avait comme l'envie de courir, de crier du haut des toits.

Un claquement retentit au fond du couloir, suivi par une conversation animée. Lily descendit l'escalier en direction des voix et déboucha dans la cuisine.

Il faisait chaud et les fenêtres étaient embuées par la cuisinière. Il flottait dans l'air une douce odeur de riz à la vapeur et de gingembre. Les casseroles de Mrs Liu s'entrechoquaient dans l'évier et l'eau coulait du robinet. Un homme aux cheveux grisonnants était assis à table, une sacoche de jardinage autour de la taille. Il savourait une tasse de thé devant une assiette de biscuits et un journal couvert de caractères inconnus.

Devant le fourneau, Sam souleva le couvercle d'une marmite pour jeter un œil au plat qui mijotait, mais la gouvernante le houspilla en mandarin, lui tapant sur la main avec une cuillère en bois.

L'homme attablé l'interrompit par une remarque discrète

dans la même langue et Sam se tourna vers Lily qui n'avait pas quitté le seuil.

Il désigna la marmite de la tête.

— Il y a des petits pains aux graines de lotus là-dedans. Je te jure que je suis capable d'en sortir un sans faire échapper toute la vapeur, *Năinai*, assura-t-il à Mrs Liu.

— Encore trois minutes, répondit-elle, péremptoire.

— Vous connaissez mon père ? demanda Sam en s'approchant de la table. *Bà*, je te présente Miss Albright.

— Enchanté de vous rencontrer, lui dit le jardinier dans un anglais lent et régulier avant de tourner la page de son journal.

— Venez, par ici.

Sam entraîna Lily dans le garde-manger par une porte étroite. Là, il sauta sur un tabouret et tira de l'étagère supérieure un paquet enveloppé dans du papier ciré. Il le déplia pour révéler, dans une boîte soigneusement emballée, des sucreries qu'elle ne connaissait pas.

Il en prit une qu'il fourra dans sa bouche avant de tendre la boîte à Lily.

— Melon confit. C'est délicieux.

— Je n'en doute pas. (Après un silence, elle s'avança.) Sam… J'ai quelque chose à vous demander.

— C'est au sujet des corbeaux ? dit-il en suçant des résidus de sucre sur son doigt.

Il lui avait posé la question avec la même désinvolture que pour lui offrir ses confiseries.

Elle eut soudain l'impression qu'une aile noire passait au-dessus de la pièce.

— Alors, c'est vrai. C'est grâce à eux que vous avez su où me trouver.

Il mit une autre friandise dans sa bouche, puis secoua les rangées bien ordonnées afin de dissimuler son forfait. Enfin, il remit la boîte dans son emballage et la reposa au sommet de l'étagère.

— Je venais juste de sortir fumer quand ce gros gaillard m'est tombé dessus. Il a attendu que j'aie l'allumette dans la main pour se mettre à croasser. J'ai bien failli me brûler. Je me demande ce qui se serait passé s'il était arrivé plus tard. Le baron était prêt à enfoncer la porte de Hartwell et à retirer ses gants pour lire tout ce qui lui tomberait sous la main pendant que Cairncross et moi, on repousserait les flics qui essaieraient de le cueillir. Je suis certain que ça se serait passé comme sur des roulettes. (Il croisa les jambes, le dos contre une étagère de bocaux de cornichons, et détourna le regard.) Pour être honnête, j'étais à deux doigts de le suivre.

Il s'était fait du souci pour elle et cet aveu lui serra le cœur, tout comme sa révélation sur l'état de Strangford, prêt à tout pour la retrouver.

— Merci, dit-elle.

Il haussa les épaules.

— Enfin, vous n'avez pas à vous en soucier. Des corbeaux, je veux dire. Tout est réglé.

Un frisson la parcourut.

— Vous voulez dire qu'ils n'exigent aucun paiement ?

— Oh, non. Ils ne renoncent jamais. Mais en général, ils n'exigent qu'un seul œil. Vous leur en avez donné quatre.

Elle repensa au cri de Northcote quand la gouttière s'était arrachée, avant qu'il ne plonge dans le vide. Puis au raclement du corps de Hartwell contre les ardoises enneigées alors qu'il glissait sur le toit... et avant cela, au soldat gisant à terre, un clou enfoncé dans le crâne.

Trois hommes envoyés à la mort par sa main. Chaque fois pour s'épargner le même sort ou pire encore. Elle savait qu'elle avait agi par légitime défense, et pourtant, il lui suffisait d'imaginer la satisfaction des corbeaux pour être glacée jusqu'aux os.

Sam retira sa casquette pour se gratter la nuque.

— Ils sont assez contents du déroulement des choses. Il m'a chargé de les avertir si jamais vous souhaitiez retravailler avec eux.

— Je vois. (Elle tendit la main et la posa sur son bras.) Merci d'avoir été là pour les entendre.

— Ce n'est rien, fit-il avec un nouveau haussement d'épaules.

— Non, ce n'est pas rien, répondit-elle à voix basse.

Elle se retourna vers la porte, mais la voix de Sam l'arrêta.

— Il est dans le jardin. Au cas où vous vous poseriez la question.

La tension monta d'un cran et son pouls s'emballa. Elle jeta un coup d'œil derrière elle.

— Qui donc ? demanda-t-elle avec nonchalance.

— Devinez, répondit-t-il en piochant une pomme dans un panier, la lançant en l'air avant de la rattraper.

Elle fit une pause dans le couloir. D'un côté se trouvait la porte d'entrée, et au-delà, sa Triumph et le court trajet de retour à March Place. De l'autre, dans le mur juste derrière elle, s'ouvrait l'étroit portillon en bois donnant sur le jardin.

Avec une profonde inspiration, elle se retourna et ouvrit la porte.

Il était tard. Le soleil commençait à décliner, peignant le jardin d'un heureux mélange d'ombres effilées et d'éclats dorés chatoyants. Buissons et arbres encore en sommeil quelques semaines plus tôt bourgeonnaient déjà, et l'on apercevait çà et là quelques feuilles d'un vert éclatant. Des crocus blancs et mauves ornaient la pelouse, se mêlant au vert tendre des pousses de jonquilles et aux tulipes à pointe rouge.

Le fond de l'air était frais, dernier reliquat de la saison passée.

Strangford était assis à l'angle d'une grande haie de troènes. Ses cheveux étaient plus longs, comme s'ils avaient poussé pendant la semaine, depuis la dernière fois que Lily l'avait vu. À présent, ils frôlaient le col de son manteau de laine foncé. Ses gants étaient soigneusement pliés à côté de lui et ses doigts nus effleuraient les douces feuilles tout juste écloses d'un bel érable japonais.

— Parfois, j'ai besoin de sentir autre chose que l'intérieur de mes gants, dit-il sans lever les yeux.

— Quelque chose qui ne présente aucun danger ? fit Lily en traversant la pelouse jusqu'au banc.

Il suspendit son geste, sa main immobile.

— Rien n'est absolument sans danger.

Elle s'assit à côté de lui.

— À quoi cela ressemble-t-il, au toucher ?

Il médita sa réponse, l'expression distante. Elle avait appris à connaître ce regard, cet air qui signifiait que son esprit était ailleurs, égaré au bout de son bras, concentré sur le contact des feuilles sous ses doigts.

— Un sentiment de fraîcheur. De l'étonnement, aussi, comme si elles ne s'attendaient pas à être ici.

La bouche de Strangford frémit, touchée par un petit sourire, et elle fut soudain frappée avec une certitude absolue par la force des sentiments qu'elle en était venue à éprouver pour lui.

Il y avait tant de choses qu'elle ignorait encore à son sujet. Après quelques semaines à peine, comment pourrait-il en être autrement ? Mais c'était sans importance. Elle l'aimait - elle aimait sa gentillesse et sa vulnérabilité, sa loyauté et cette joie exceptionnelle qui refusait obstinément de le déserter, même face aux pires tragédies.

Et dire qu'elle avait failli le perdre. La douleur était encore vive, mêlée au souvenir de ce qu'elle avait ressenti à la vue du toit de l'entrepôt s'effondrant dans l'incendie. Encore aujourd'hui, dans la paix et le calme du jardin, elle apercevait la balafre rouge sur sa joue, rappel manifeste qu'il avait frôlé la mort. Son pouls s'accéléra.

À présent, elle se fichait bien de ce que pensait le monde, des frontières artificielles en apparence infranchissables que leurs naissances avaient tracées entre eux. Son refus de revivre l'histoire de sa mère n'avait jamais été qu'une excuse, un moyen de se protéger. Mais Strangford avait raison. Rien n'était absolument sans danger. Si elle attendait d'être en parfaite sécurité pour saisir la chance d'être heureuse, elle n'avait pas fini d'attendre.

Pourtant, tant de choses avaient changé.

En général, ils n'exigent qu'un seul œil. Vous leur en avez donné quatre.

Elle se leva et fit quelques pas sous les branches d'un cornouiller chargées de bourgeons.

— Je suis désolée de ne pas être venue plus tôt. Seulement, je...

À court de mots et la gorge sèche, elle laissa sa phrase en suspens.

— Vous n'avez pas à vous expliquer.

Elle caressa les feuilles naissantes. Elles étaient douces, offertes à la chaleur déclinante du soleil.

— Je n'ai jamais eu l'occasion de vous le dire. Quand vous êtes tombé, à l'entrepôt... Je suis si heureuse que vous en ayez réchappé, que vous soyez parti avant...

Il s'était levé derrière elle.

— C'est ce que vous pensiez ? Que j'étais parti ?

Elle se retourna pour lui faire face.

— Bien sûr. J'ai vu le toit s'effondrer. Rien n'aurait pu survivre là-dedans. Rien.

Il baissa les yeux sur la peau nue de ses mains.

— C'était un sentiment étrange. J'avais retiré mes gants parce qu'ils étaient mouillés. J'avais peur de glisser sur l'échelle si je les gardais aux mains. Et il y a eu ce... ce bourdonnement. Dans le bois. La structure du bâtiment qui gémissait avant de céder entièrement. Je l'ai senti et j'ai... j'ai lâché prise. Je suis retombé dans l'eau et j'ai nagé aussi loin que possible avant de remonter à la surface pour reprendre ma respiration. Je suis revenu à la nage jusqu'au quai. Quand j'ai levé les yeux et vu ce qui s'était passé... Seigneur, Lily, je ne savais pas si vous aviez réussi à fuir ou si vous étiez toujours à l'intérieur. Je ne pouvais rien faire, si ce n'est flotter au gré de l'eau, impuissant. Avez-vous la moindre idée de ce que l'on ressent ?

— Oui.

Il releva la tête et croisa son regard par-dessus l'étroit carré de pelouse verte qui les séparait. Les hirondelles voletaient dans les branches au-dessus de leurs têtes, leurs pépiements joyeux diffusant leur musique dans le silence de l'après-midi. Tout était calme et serein, et pourtant Lily sentait une tension entre eux, si réelle et implacable qu'elle semblait vibrer dans l'air.

— Lily… commença-t-il.

— Non. S'il vous plaît, laissez-moi parler avant que je prenne peur et enfouisse tout à nouveau. J'ai commis de nombreuses erreurs ces dernières semaines – et tout au long de ma vie –, mais celles qui me déchirent le plus sont celles que j'ai commises avec vous. Je suis désolée de vous avoir repoussé, de vous avoir exclu en vous donnant de pâles excuses lorsque vous avez eu l'audace de m'en demander la raison. La vraie réponse, c'est que j'étais terrifiée à l'idée de ce que vous commenciez à représenter à mes yeux, et la seule réaction que je connaisse, chaque fois que l'on se rapproche de moi, est la fuite. Mais je ne fuirai plus, c'est terminé. Ce qui nous lie, la voie dans laquelle nous nous engageons, je ne veux plus jamais m'y soustraire.

Elle s'interrompit, laissant s'estomper l'écho de sa tirade passionnée. Son cœur battait à tout rompre, comme la préparant, une fois de plus, à faire demi-tour et à détaler jusque dans la rue et au-delà.

Mais elle resta immobile, laissant la peur l'envahir, refusant de lui céder le contrôle.

— Ce ne sera pas facile, la prévint-il, sa voix presque aussi chevrotante que la sienne. Quel genre de relation peut s'épanouir si l'un des deux en sait toujours plus qu'il ne le devrait ?

— Ce n'est pas un jeu équitable, répondit Lily avec douceur, reprenant les mots qu'il avait employés dans cette clairière balayée par le vent et se laissant traverser à nouveau par leur douleur fulgurante.

Il fit un pas en avant, réduisant la distance qui les séparait.

— Non, le jeu n'est pas équitable, admit-il. Mais bon Dieu, Lily, je vous veux malgré tout.

Il se ressaisit, maîtrisant quelque impulsion soudaine. Une

tension grondait en lui, dont Lily sentit les remous jusque dans son propre corps, un sentiment vivant et impétueux.

— C'est terriblement égoïste de ma part, poursuivit-il d'une voix rauque tout en se rapprochant. Et si vous choisissez de quitter ce jardin maintenant, je ne vous en tiendrai pas rigueur.

— Ce que je pense… répondit Lily lentement en croisant son regard. C'est que vous devriez me toucher.

À ces mots, la tension retomba. Il leva vers elle ses longs doigts tremblants, et après une rapide inspiration, effleura sa joue délicatement.

La sensation de brûlure sur sa peau fit vibrer tout son corps d'un courant électrique. Ses doigts s'égarèrent dans ses cheveux, puis sa paume tout entière se posa sur sa gorge.

— Oh… souffla-t-il.

Ses pupilles se dilatèrent, altérant son regard.

Puis il éclata de rire, une explosion de plaisir à l'état pur qu'elle sentit résonner en elle, se répandant dans la lumière du jardin.

— Puis-je vous embrasser maintenant ? demanda-t-il, ses yeux concentrés sur l'instant, rivés sur les siens.

— Oui, répondit-elle.

Lorsque leurs lèvres se rejoignirent, les couleurs devinrent plus vives, plus fougueuses, autour d'eux, comme sur les tableaux de sa galerie privée, un lieu qui échappait au passé et à l'avenir. Des milliers de possibilités insoupçonnées s'ouvraient désormais à eux… et Lily comprit qu'elle était enfin chez elle.

À SUIVRE